Maxime Chattam

Né en 1976 à Herblay, dans le Val-d'Oise, Maxime Chattam fait au cours de son enfance de fréquents séjours aux États-Unis, à New York et surtout à Portland (Oregon), qui devient le cadre de *L'Âme du mal*. Après avoir écrit deux ouvrages (qu'il ne soumet à aucun éditeur), il s'inscrit à 23 ans aux cours de criminologie dispensés par l'université de Saint-Denis. Son premier thriller, *Le 5e Règne*, publié sous le pseudonyme Maxime Williams, paraît en 2003 aux Éditions du Masque. Cet ouvrage a reçu le Prix du Roman fantastique du festival de Gérardmer.

Maxime Chattam se consacre aujourd'hui entièrement à l'écriture. Après une trilogie composée de *L'Âme du mal*, *In tenebris* et *Maléfices*, il écrit *Le Sang du temps* (Michel Lafon, 2005) puis « Le Cycle de l'Homme et de la Vérité » en quatre volumes – *Les Arcanes du chaos* (2006), *Prédateurs* (2007), *La Théorie Gaïa* (2008) et *La Promesse des ténèbres* (2009) – aux éditions Albin Michel.

Sa série *Autre Monde* a paru chez le même éditeur, ainsi que *Léviatemps* (2010), *Le Requiem des abysses* (2011), *La Conjuration primitive* (2013), *La Patience du diable* (2014), *Que ta volonté soit faite* (2015), *Le Coma des mortels* (2016), *L'Appel du néant* (2017), *Le Signal* (2018), *Un(e)secte* (2019), *L'Illusion* (2020), *La Constance du prédateur* (2022) et *Lux* (2023). Son nouveau roman, *Prime Time*, paraît en 2024.

Retrouvez toute l'actualité de l'auteur sur :
www.maximechattam.com

LUX

ÉGALEMENT CHEZ POCKET

Le 5ᵉ Règne
Le Sang du temps
Carnages
Que ta volonté soit faite
Le Coma des mortels
Le Signal
Un(e)secte
L'Illusion
Lux

La Trilogie du mal

L'Âme du mal
In tenebris
Maléfices

Le Cycle de l'Homme et de la Vérité

Les Arcanes du chaos
Prédateurs
La Théorie Gaïa
La Promesse des ténèbres

Les Abysses du temps

Léviatemps
Le Requiem des abysses

Série Ludivine Vancker

La Conjuration primitive
La Patience du diable
L'Appel du néant
La Constance du prédateur

MAXIME CHATTAM

LUX

ALBIN MICHEL

Le Code de la propriété intellectuelle n'autorisant, aux termes de l'article L. 122-5, 2° et 3° a, d'une part, que les « copies ou reproductions strictement réservées à l'usage privé du copiste et non destinées à une utilisation collective » et, d'autre part, que les analyses et les courtes citations dans un but d'exemple et d'illustration, « toute représentation ou reproduction intégrale ou partielle faite sans le consentement de l'auteur ou de ses ayants droit ou ayants cause est illicite » (art. L. 122-4).
Cette représentation ou reproduction, par quelque procédé que ce soit, constituerait donc une contrefaçon, sanctionnée par les articles L. 335-2 et suivants du Code de la propriété intellectuelle.

© Éditions Albin Michel, 2023
ISBN : 978-2-266-31128-1
Dépôt légal : février 2025

J'écris en musique pour m'enfouir dans mon cocon créatif. Je ne saurais que vous recommander de lire ce roman de la même manière. Rien que vous et cette histoire, la musique pour vous isoler dans ces pages.
Voici les albums que j'ai le plus écoutés :
— *The Crown, Season 3*, de Martin Phipps.
— *Passengers*, de Thomas Newman.
— *Da Vinci Code*, de Hans Zimmer.
— *The Leftovers*, *Season 1*, de Max Richter.
— *Fondation*, de Bear McCreary.

*À ma femme, ma fille et mon fils.
Mes inspirations.*

*À Nona.
Paradoxalement, ce roman est celui
qui te ressemble le plus parmi tous ceux
que j'ai pu écrire, et tu es partie pour toujours au
moment où je l'ai terminé.
Le cycle de la transmission.
Je te dois beaucoup. Je n'oublierai jamais.*

*À mon père.
Il y a beaucoup de toi en moi,
et donc dans mes livres.
J'espère que tu es fier de notre travail.
Tu vas me manquer.
Bien plus encore que tu ne le pensais.*

« L'Arme Solaire n'a pas détruit *toute* la vie terrestre. Puisque nous sommes là ! Il y a eu des survivants, des végétaux, des animaux et des hommes. Sans doute très peu, mais c'était suffisant pour que tout recommence. Les maisons, les fabriques, les moteurs, l'énergie en bouteille, tout le saint frusquin dont ils vivaient avait été fracassé, anéanti. Les rescapés sont tombés le cul par terre ! Tout nus ! Ils étaient combien ? Peut-être quelques douzaines, dispersés dans les cinq continents. Plus nus que des vers parce qu'ils ne savaient plus rien faire ! [...] Ils sont repartis d'au-dessous du barreau le plus bas de l'échelle, et ils ont refait toute la grimpette, ils sont retombés en route, ils ont remonté encore, et retombé, et, obstinés et têtus, le nez en l'air, ils recommençaient toujours à grimper, et j'irai jusqu'en haut, et plus haut encore ! dans les étoiles ! Et voilà ! Ils sont là ! Ils sont nous ! Ils ont repeuplé le monde, et ils sont aussi cons qu'avant, et prêts à faire de nouveau sauter la baraque. C'est pas beau ça ? C'est l'homme ! »

René Barjavel,
La Nuit des temps.

« J'ai aimé une vie que je n'ai pas très bien comprise, [...] ce que je devinais se cachait derrière toute chose. Il me semblait qu'avec un effort, j'allais comprendre, j'allais le connaître enfin et l'emporter. »

Antoine de Saint-Exupéry,
Courrier Sud.

Espoir : nom masculin. Le fait d'espérer, d'attendre (qqch.).

Bientôt

Prologue

1.

Ses rêves d'enfant s'étaient fracassés contre l'âge adulte.

Le conte de princesse heureuse, la bienveillance du monde, un mariage solide, avoir au moins deux enfants, l'épanouissement par le travail idéal, tout ça s'était progressivement brisé à l'épreuve de la réalité. Zoé n'avait pas été épargnée par l'existence. Mais qui pouvait se targuer de l'être ?

Tous ses rêves, sauf un.

La grande maison au bord du lac.

Gamine, elle passait par cette banlieue prospère, un « ghetto de riches » comme le surnommait son père lorsqu'il la conduisait chez son orthophoniste. Il prenait le raccourci qui leur faisait traverser Le Vésinet dans sa portion nord, et avec le recul, Zoé réalisa que ça ne leur faisait pas gagner de temps, son père roulait exprès parmi ces propriétés somptueuses, meulières massives, mansarts trônant devant un bassin à fontaine, bâtisses d'architecte érigées au milieu d'un jardin à l'anglaise, il y en avait pour tous les goûts, mais pas pour tous les portefeuilles. La seule explication qu'avait trouvée Zoé à ce qui n'était au fond qu'un détour injustifié était que cela plaisait à son père. De l'envie sans aucun doute, au milieu de jalousie, de résignation certainement. Ça pouvait s'entendre à la façon dont il prononçait « ghetto de riches ». Le mépris dans le premier mot. Le désir dans le second. Le regard lucide. Et triste.

Et il y avait cette maison au bord d'un lac.

Le Vésinet, aux portes de Paris, avait cette particularité de noyer son territoire dans les arbres. Des coulées vertes un peu partout, où s'épanouissaient une jeunesse dorée, des chiens bien dressés, dans l'illusion du bonheur. À présent Zoé savait que ça n'était qu'un fard destiné à faire croire aux bambins que la vie est merveilleuse. Mais dans ce genre de ville, on voulait y croire, on avait les moyens d'y croire.

Et il y avait donc ces petits lacs, émergeant en plusieurs points de l'agglomération, parfois cachés, cernés de maisons élégantes, d'autres fois ouverts sur les parcelles de parcs où couraient des silhouettes sportives.

Zoé en avait repéré une, de maison, donnant sur un lac. Ils passaient devant chaque mercredi après-midi. « La maison Jules-Verne » comme elle l'appelait à cause de son toit en fer biscornu et de sa grande véranda qui ressemblait à l'armature de la tour Eiffel. C'était sa période Phileas Fogg et capitaine Nemo, tout ce qui ressemblait, à ses yeux, à l'ambiance *steampunk* fin XIXe était résumé à ses lectures favorites.

Elle ignorait pourquoi, mais cette construction la fascinait. Elle était l'incarnation du château de princesse dont elle rêvait. Et puis le charme bucolique de l'étang qui s'enroulait autour des deux tiers de son jardin, créant une douve, contribuait à la couper du reste du monde.

Le père de Zoé avait fini par remarquer son attrait pour cet endroit, et il faisait exprès de ralentir à ce moment de la rue. Zoé n'en perdait pas une miette. Et un jour, elle se fit la promesse qu'elle vivrait ici.

C'était l'unique rêve de petite fille qu'elle était parvenue à matérialiser.

« Grâce » à la mort de son futur ex, désormais feu mari.

Erwan avait toujours bien fait les choses. À l'exception de leur mariage.

Il avait notamment contracté une belle assurance vie, pourtant en pleine fleur de l'âge, athlétique, les signaux au vert, aucune raison de s'inquiéter. Il payait pour rien, lui répétait Zoé, c'était stupide. Un sujet de discorde parmi beaucoup d'autres.

Il apprit son cancer lorsqu'ils étaient en plein dans les papiers du divorce. Ce n'était pas un cancer contre lequel il allait devoir se battre, c'était un cancer fourbe, qui avait œuvré en douce, dans l'ombre, pour se révéler dans la dernière ligne droite, lorsqu'il n'y avait déjà plus de combat à mener.

Erwan se résigna presque immédiatement, et il mit un terme à la procédure de divorce. Il passa les six derniers mois pronostiqués de sa vie – qui dans les faits durèrent très exactement sept mois et douze jours – auprès de leur enfant, et un peu auprès de Zoé qui dut batailler pour avoir accès à lui, pour l'aider, l'accompagner, et il s'éteignit auprès de ce qui fut sa famille, juste avant la rentrée de septembre.

Ce fut d'ailleurs le fruit de leur union qui la convainquit d'acheter la maison du lac au Vésinet avec l'argent qu'ils touchèrent, même si elle trouvait que c'était une folie, surtout pour une si grande superficie alors qu'ils n'étaient plus que deux et demi. Ils quittèrent leur appartement du 14ᵉ arrondissement de Paris à Noël. De toute manière, cet appartement était devenu insupportable. Trop de souvenirs. Pas tous bons, loin de là. Et puis la dernière tempête avait ravagé entièrement le parc Montsouris où ils aimaient aller flâner, leur refuge de verdure dans le béton, la respiration pour René, le golden retriever qu'ils promenaient quotidiennement là-bas. Plus rien ne les retenait sur la capitale.

Quatre ans plus tard, elle était là, assise sur un des hauts tabourets qui ceignaient le plan de travail de la cuisine, leur quartier général. René ronflait sur le flanc, à ses pieds, avec l'absence de dignité des vieux chiens. La tablette ouverte devant elle, Zoé consultait une page internet sur le comblement des rides autour des yeux. Quarante-trois ans. L'âge fatidique, se répétait-elle depuis trois ans. C'était fait. Elle avait franchi le cap. Plus jamais de retour en arrière possible. Rien que cette saloperie de temps qui allait la bouffer toute crue. Ride par ride. Avec la complicité de cette pute d'attraction qui ne manquerait pas de tirer vers le bas le moindre fragment de peau. D'abord un relâchement imperceptible. Puis une mollesse visible. Avant l'affaissement consternant. Zoé guettait le bas de son visage, et s'interrogeait. Est-ce que ça allait surgir juste sous le menton ou par le bas des joues ? Le dessous du bras aussi était sujet à complication. Et les seins ?

Toute cette angoisse à cause d'une phrase de son connard de gynéco lors d'un examen de contrôle : « Et comme contraception, vous voulez repartir sur quoi ?

— Euh... Je... j'avoue que je n'y ai pas trop réfléchi. En ce moment c'est pas vraiment...

— Ah oui, c'est sûr qu'à votre âge, il y a peu de risques, mais c'est mieux de prévenir, et puis pour les hormones, comme ça on sait où on va, on aura une base pour gérer la ménopause. »

Elle avait eu envie de lui enfoncer son spéculum bien profondément dans la gorge ce jour-là, non sans avoir au préalable, bien sûr, précisé comme il se doit : « Attention, ça va faire froid. » Non mais quel abruti ! Sauf que depuis, forcément, ça lui était rentré dans le crâne. Date de péremption. Effondrement par l'intérieur et par l'extérieur.

Lorsqu'elle y songeait, Zoé se raidissait. Vieillir était d'une violence sans nom. *On se décompose vivant.*

Pourtant, elle n'avait pas à se plaindre, elle était plutôt une belle femme. Même si cela ne lui avait pas servi à grand-chose ces dernières années. C'était cruellement ironique. Elle ne profitait même pas du peu de temps et de fraîcheur qui lui restait ! Plus rien depuis la mort d'Erwan. Et même, avant cela ils n'avaient plus partagé un seul moment de séduction, et encore moins leurs corps, pendant presque deux ans. Zoé ne savait même plus si elle saurait toujours faire, avec un homme. Elle se disait qu'elle ne ressentirait plus rien, que tout s'était engourdi, ou bien ça serait le raz-de-marée, un torrent presque douloureux de plaisir.

Rien que d'y penser lui retournait le bide.

Elle tapa dans le moteur de recherche le nom de la dernière crème à la mode pour atténuer les rides – non sans se trouver ridicule d'ainsi céder à ses angoisses superficielles, le paradoxe de la femme moderne, tenta-t-elle de se rassurer –, lorsqu'un bandeau d'alerte se mit à défiler sur le haut de l'écran.

Ils étaient devenus une norme depuis plusieurs années. Les gens passaient leur temps sur Internet, alors le gouvernement avait décidé d'imposer ce moyen, le plus efficace, pour prévenir ses citoyens en cas d'alerte.

Le portable de Zoé vibra en même temps. Le SMS d'urgence.

Ce n'était pas une fausse alerte.

Le bandeau était clair.

« Alerte. Grade 4. Rejoignez sans délai l'abri le plus proche… »

Grade 4, relut-elle. Merde. C'était grave. Pourtant elle n'avait pas souvenir que les médias ou les autorités en aient parlé la veille. Grade 4, ça ne pouvait pas s'improviser, il y avait des signes.

Zoé releva le nez de sa tablette et avisa le jardin à travers la véranda. Les herbes vibraient dans le vent, et les buissons se courbaient. Oui, ça avait commencé. Même l'eau de l'étang dessinait des plis rapides sous la pression des rafales. Le plafond de nuages gris était bas, il étouffait le soleil, comme si la nuit était sur le point de tomber. Combien de temps venait-elle de passer absorbée par son écran pour ne même pas voir le changement de météo ? Ce truc la transformait en zombie. Ses petites obsessions personnelles et autocentrées la faisaient passer à côté du monde.

La maison avait été mise aux normes. Ça leur avait coûté ce que Zoé avait de côté ; mais pour l'heure, elle n'avait pas eu à le regretter. Elle était en sécurité. Enfin, elle l'espérait.

Zoé avisa sa montre. 16 h 07.

Son ventre se creusa d'un coup. Ce n'était plus son physique cette fois.

Mais la chair de sa chair, son unique enfant, qui devait être quelque part dehors sur le trajet du retour.

— Mon Dieu, dit-elle.

2.

Satan devrait être une idole.

C'était, en résumé, ce qu'avait expliqué le prof pendant une bonne partie du cours. En même temps, Pierre aurait dû s'en douter, avec une unité d'enseignement qui s'appelait « Sociologie des masses », il fallait s'attendre à tout.

D'après le petit barbu en veste de tweed, si le christianisme émergeait aujourd'hui, les gens deviendraient tous satanistes. Parce que Dieu, c'est l'autorité suprême, sans compromis, celui à qui il faut se soumettre pour mériter sa bienveillance, et ça, d'après le prof, ce ne sont plus des valeurs modernes. Il avait argumenté : pour lui, à l'aune des critères actuels, Dieu serait un tyran. Il suffisait de lire la Bible, de constater ce que Dieu attendait des hommes. Le prof avait énuméré : Dieu exige qu'on obéisse aveuglément à ses commandements, sous peine d'une punition éternelle ; sa vision du monde est ultra-stricte, bordée de tous côtés, quasi militaire ; c'est Dieu, unilatéralement, qui décide ce qui est bien et ce qu'il estime ne pas l'être, ce qu'il faut faire et comment, qui est bon et qui ne l'est pas, selon des critères iniques. Sans discussion possible. Et ne parlons même pas de la place des femmes ou des personnes autres que strictement hétérosexuelles. Le paradis se mérite, et pour l'obtenir, il faut avoir obéi et surtout courber l'échine à ce qu'il proclame comme étant la vérité. La sienne. Pas une autre. Parce qu'il est Dieu. Dominant. Dans la meute des êtres évolués, il est l'Alpha absolu.

L'amphi avait légèrement remué. Des gloussements. Mais aussi un peu d'indignation. Barbu-en-tweed avait marqué une pause, un rictus amusé, avant de poursuivre, sûr de lui.

Dieu proclame et nous devons le servir. Être asservis jusque dans notre pensée. Toute voix dissonante, toute personne qui voudrait remettre en question l'obéissance totale, voire proposer un assouplissement, est considérée comme traître, un ennemi. Même lorsqu'il s'agit d'un des propres anges de Dieu. Au final, Satan n'était-il pas juste un type proche du grand patron, et qui a un jour refusé d'obéir aveuglément, de ne plus se soumettre à l'autocratie décrétée par le plus puissant ? On en fait une description caricaturale de vil tentateur, mais l'histoire n'est-elle pas d'abord systématiquement écrite par les vainqueurs qui cherchent à noircir le trait de leurs adversaires ? Satan est un rebelle. On le fait passer pour un corrupteur, cependant, ne peut-on pas simplement considérer qu'il cherche à ouvrir les yeux des fidèles ? Montrer ce que sont Dieu et sa cour : une forme de dictature de la pensée avec ses lieutenants fanatiques prêts à tout pour faire taire l'opposition ? Dieu, c'est l'opposé parfait de la démocratie. Le diable est celui qui refuse de se conformer à ce qu'il estime injuste.

Barbu-en-tweed avait pris une pose dramatique avant de conclure.

À bien y regarder, si le christianisme avait éclos de nos jours, avec nos mœurs, nos critères et nos valeurs contemporaines, Satan aurait été adulé. Considéré comme le mec cool, qui s'oppose, le courageux, l'insoumis, l'incarnation du droit à la différence, à la dissonance, au changement.

Bref, le monde serait sataniste.

L'amphi ne riait plus.

Mais Barbu-en-tweed était fier de son petit effet et tapotait sa tempe de l'index. Il avait planté la graine, et la semaine prochaine il travaillerait sur ces germes, Pierre commençait à le connaître. Une provocation pour réfléchir. Une session pour analyser. Et ce n'était pas le débat sur le bien-fondé de considérer Satan comme une idole qui l'intéresserait, Pierre n'était pas dupe, seulement la dynamique de masse que ce cours aurait créée dans l'amphi. Ce n'était pas le fond de ce qu'il avait dit, mais comment ça allait impacter les auditeurs. Barbu-en-tweed était un petit malin. Il ne lui manquait que les cornes et la queue fourchue, rigola Pierre en sortant du couloir.

Il avait terminé sa journée. Retour à la casba, *Netflix & chill*. Et peut-être un peu de lecture pour ses cours aussi, s'il en avait le courage.

Pierre apprenait la socio sans être totalement sûr de ce qu'il en ferait. À vrai dire, il n'en avait même aucune idée, mais la matière l'intéressait. L'être humain l'intriguait. Était-ce à cause de son père ? Il préférait éviter d'aller dans cette direction, ça le mettait mal à l'aise.

Dans le hall près de la sortie, quantité d'étudiants s'attroupaient en discutant fort, Pierre dut jouer des coudes pour se rapprocher des portes, lorsqu'une fille l'interpella :

— Hey, faut pas y aller, t'as pas vu l'alerte de ce matin ?

Elle avait des écouteurs tellement gros sur les oreilles qu'ils mangeaient sa chevelure rose pourtant volumineuse. Pierre doutait qu'elle puisse l'entendre s'il lui répondait mais, bien élevé, il tenta sa chance :

— Y en a tout le temps, des alertes, si on les écoute on peut plus rien faire. C'est une grade 1 ? Ça va, je ferai gaffe.

Elle secoua la tête, mine révoltée.

— Ils ont annoncé un risque réel d'emballement !

Pierre haussa les épaules.

— Ils se plantent les trois quarts des fois, c'est bon.

Et il poussa la porte pour quitter l'UFR.

Il prit une claque dès les premiers pas. La grisaille d'abord. La luminosité était drastiquement tombée, et pourtant c'était le milieu d'après-midi ; et le vent vint lui fouetter le visage. Frais et autoritaire, il lui rabattit la capuche de son sweat sur les épaules, comme un père trop brutal qui n'approuve pas la dégaine de son fils. Au loin, des chiens aboyaient et hurlaient, paniqués. À l'inverse, dans les airs, il n'y avait plus un oiseau.

Pendant un instant, Pierre se demanda s'il avait pris la bonne décision, et il hésita à rebrousser chemin, mais rien que de subir le regard suffisant de la fille aux cheveux roses lui fit abandonner l'idée.

Le campus de Nanterre était en train de se vider. Des silhouettes se précipitaient vers les bâtiments les plus proches.

Grade 1, peut-être pas en effet.

Si ça passait au curseur supérieur, ça pouvait être risqué de rester dehors.

Sauf que la plupart du temps ça reste comme ça. Et puis ça passe vite.

Parfois ça empirait. Ou ça durait pendant des heures.

Pierre doutait. N'était-il pas plus sérieux de retourner d'où il venait ? Mais il s'imagina attendre au milieu du brouhaha jusqu'au soir, voire pire : jusqu'au lendemain, dormir sur les marches, sans dîner, des chiottes bouchées avant minuit, le réseau qui ne manquerait pas de couper, non merci !

S'il fonçait, il pouvait être chez lui d'ici trente minutes. À condition qu'il chope un train avant que la ligne soit interrompue, et ça, c'était le plus compliqué dans son plan. Pierre ajusta son sac sur ses épaules et se mit à courir au petit trot, en direction du stade qu'il devait contourner.

Le bruit devenait impressionnant. Comme des voiles claquant de partout autour de lui, au milieu de l'océan démonté. Des détritus filaient au ras du sol, projetés si rapidement qu'ils semblaient partis pour l'Angleterre.

Pierre ne l'entendit même pas arriver, la camionnette ne se signala qu'au dernier moment par un long klaxon qui lui souleva le cœur, et le rétroviseur lui effleura le bras.

— Enfoiré ! s'emporta Pierre.

Tout le monde fonçait se planquer.

Au loin, une porte claquait avec tellement de violence qu'elle semblait proche de se dégonder. Ça craignait, réalisa Pierre. Il était encore temps de se réfugier... Non, pas le gymnase, ça c'était inutile. En début d'année, l'université envoyait à chaque étudiant une vidéo qui présentait les mesures d'urgence, montrait les points de rassemblement et les bâtiments déjà équipés pour tenir, et insistait sur ceux qui ne l'étaient pas. Le gymnase était en tête de liste de ceux qu'il fallait absolument évacuer en cas de tempête. Son toit représentait autant de plaques prêtes à se transformer en lames de guillotine géantes, et propulsées par une tempête grade 2 ou 3, cela revenait à s'enfermer dans un mixeur et prier pour qu'il ne se mette pas en marche.

Un raclement le fit se retourner au moment de traverser la petite rue qui faisait le tour du complexe sportif de l'université. C'était une branche de la taille d'une citadine compacte qui crissait sur le bitume, semblable à une grosse main squelettique, poussée par le vent. Elle fonçait droit sur lui.

Pierre se précipita sur le trottoir et se servit d'un lampadaire pour préserver ses jambes. La main le dépassa aussi sec, se brisant au passage un doigt qui s'envola d'un coup, et elle disparut dans le virage, soulevée par-dessus les taillis.

OK, c'est vraiment craignos là.

La circulation des trains devait déjà être arrêtée.

Mais peut-être pas. S'il y a une chance que j'en chope un...

Il n'était plus très loin.

Pierre s'emmitoufla dans son sweat et accéléra davantage.

Il dépassa le stade, puis le centre de la piscine. Il y était presque. Encore un angle, et il verrait si les trains étaient à l'arrêt. Au pire, il se planquerait dans la gare. Mais est-ce que la gare était dans la vidéo des procédures d'urgence de la fac ?

Des feuilles tournoyaient de toutes parts, certaines venaient se plaquer contre lui, d'autres cherchaient à lui griffer le visage, et Pierre avait le menton enfoncé dans le cou pour s'exposer le moins possible.

Il parvint au coude derrière l'UFR de droit et vit la gare à une centaine de mètres. Il y avait un train à quai. Pierre ne pouvait savoir si les rames allaient repartir, mais ça se tentait. Il remarqua alors qu'il était seul sur l'esplanade qui menait à la gare. Le dernier fou à tenter sa chance.

Un mouvement colossal attira son attention vers l'horizon. Au-delà de la gare, le haut building de la préfecture, symbole de Nanterre, se fit engloutir d'une traite par un mur d'un gris-noir effrayant. Comme s'il avait plongé dans une eau limoneuse. Ses vingt-cinq étages et cent treize mètres de haut se volatilisèrent dans la déferlante. Des éclairs jaillirent quelque part dans cette masse sombre qui engloutissait le monde, projetant brièvement dans la brume sinistre les ombres des immeubles les plus hauts.

Pierre s'arrêta net. Il recula même d'un pas, instinctivement.

Ce n'était pas une grade 1, ça. Pas même une 2.

Lorsqu'il entendit le fracas d'une voiture projetée contre la façade d'une tour, Pierre songea que ce n'était même pas une 3.

Qu'est-ce qu'elle est rapide, ne put-il s'empêcher de se dire, effaré.

Il avait commis une grave erreur en ne restant pas avec les autres dans ce hall.

Mais c'était trop tard pour reculer.

La lumière déjà timorée du jour devint spectrale tandis qu'un rugissement terrifiant descendait des cieux. Les vêtements de Pierre convulsaient sur lui dans la fureur des éléments, et le garçon dut se pencher pour ne pas se faire renverser.

Il n'allait pas pouvoir tenir bien longtemps.

3.

Zoé bondit de son tabouret, ce qui réveilla René trop brusquement à son goût, et il la gratifia d'un regard perdu, ne sachant s'il devait réagir. Zoé fonça dans le grand vestibule pour guetter l'allée derrière le portail à travers l'œil-de-bœuf. Personne. Seulement les cyprès qui ployaient. Le contraste entre le calme dans la maison et ce qu'elle voyait de l'extérieur était saisissant. L'isolation parfaite. À peine un sifflement contre les vitres. Même la trappe de la cheminée avait été renforcée et demeurait fermée lorsque celle-ci ne servait pas.

Zoé ouvrit la lourde porte d'entrée. Elle n'avait pas encore tiré sur la poignée qu'elle recula sous le choc, le vantail manquant lui briser le poignet en se rabattant en grand, et elle le laissa échapper et claquer contre le porte-parapluies, qui se renversa sur le parquet.

Cette fois René se leva, les oreilles aux aguets, concerné. Zoé se massa le poignet. C'était passé près mais ça allait.

La tempête commençait à gronder. Un bourdonnement inquiétant. Énorme. Comme le ronflement de la terre elle-même. Des végétaux s'envolaient dans la rue, fouettaient les voitures qui n'avaient pas été mises à l'abri. Zoé laissait heureusement la sienne au garage lorsqu'elle ne s'en servait pas. Il n'y avait déjà plus personne dehors.

Comment est-ce que j'ai pu ne pas la voir venir, celle-ci ? se répétait-elle, en colère contre elle-même et anxieuse.

Elle dut s'appuyer contre le mur pour parvenir à refermer la porte. Il y eut un dernier sifflement rageur et clic, terminé.

Zoé fonça sur son téléphone.

— Décroche, s'il te plaît.

Elle tomba directement sur la messagerie. Classique. Si les gens qui avaient les moyens étaient globalement bien équipés et parés, les municipalités et l'État n'avaient pas le budget pour faire enterrer toutes les lignes, pour protéger les équipements, ça lambinait, beaucoup trop, et la première chose qui s'effondrait était le réseau électrique, qui était même coupé dans certains secteurs pour prévenir les accidents, et avec lui, bien souvent, les télécommunications.

Pourtant Zoé constata qu'elle avait encore du réseau. Elle insista, avec le même résultat.

Elle soupira et se mordit l'intérieur des lèvres. C'était pas bon ça.

Les lumières du plafonnier clignotèrent avant de retrouver une lueur continue. Le groupe électrogène de la maison n'avait pas encore pris le relais, mais ça n'allait pas tarder à sauter.

Zoé fixait la console domotique fixée au mur en bas de l'escalier. Le bouton « MISE EN SÉCURITÉ MAISON » clignotait en rouge. L'engin était connecté à Internet, pour l'alarme et pour l'alerte climatique, et il savait déjà ce qui se passait.

Elle tenta d'appeler une troisième fois, mais là son téléphone ne tomba même pas sur la messagerie. Ça y était. Elle-même n'avait plus de réseau. Ça n'avait pas traîné.

Quelque chose vint s'écraser violemment contre une des vitres de la cuisine et Zoé sursauta. Probablement un morceau de bois. Tous les carreaux sans exception avaient été remplacés par de l'anti-effraction, c'était la norme désormais, pour éviter qu'ils se brisent au moindre impact. Ils pouvaient résister à des pierres de cinq kilos projetées à plus de cinquante kilomètres par heure. « Mais contre des troncs entiers ça tiendra pas, faut pas rêver », avait dit le type qui avait supervisé l'installation pendant les travaux. Pour ça, il y avait les volets.

Zoé se pencha vers la fenêtre pour constater que ça s'intensifiait. Un mur gris avait avalé l'horizon, elle ne pouvait même plus voir le bout de la rue ; les arbres s'agitaient dans tous les sens, comme des poupées de chiffon dans les bras d'un enfant hystérique ; et pas mal de débris volaient à une vitesse dangereuse. Il ne pleuvait pas. Pas une goutte. Juste une colère sèche de mère Nature. Généralement, lorsque la pluie arrivait, c'était bon signe, le pire était passé.

À cet instant, ce que Zoé prit pour une tuile fusa au-dessus de l'étang, fit exploser le pare-brise d'un monospace garé un peu plus bas et le traversa pour disparaître dans le jardin des voisins après avoir probablement décapité le siège côté conducteur.

Être dehors maintenant relevait du suicide.

— Dis-moi que toi tu l'as vue venir, que tu es à l'abri, marmonna Zoé, en stress.

La console se mit à émettre les bips du compte à rebours. Le système prenait la main et allait sécuriser la maison. Basculer sur le groupe électrogène. Couper le courant dans les zones non essentielles. Fermer les volets de protection.

— Non, non, non !

Plus personne ne pourrait entrer une fois la maison recroquevillée sur elle-même, à moins que Zoé n'ouvre, et pour ça il fallait savoir que quelqu'un était dehors, ce qui était impossible avec l'insonorisation, les téléphones coupés et la sonnette – considérée comme non essentielle – désactivée.

Les chiffres défilaient. 8. 7. 6. Zoé luttait avec le clavier tactile pour trouver le bouton qui annulait la fermeture automatique. 5. 4. 3.

Là. « Contrôle manuel ». 2. 1. Zoé pressa la commande et l'écran cessa d'émettre ses bips.

La maison commençait à trembler. Le bourdonnement de la tempête gagnait en férocité. Il devait être assourdissant depuis l'extérieur. Un étau d'air en furie se resserrait autour du bâtiment. Zoé pouvait quasiment le sentir. Une poigne de colosse qui repliait ses doigts immenses sur la structure. Les murs grincèrent.

Des masses noires venaient cogner sans discontinuer contre les fenêtres un peu partout. Zoé prenait un gros risque à ne pas fermer les volets. Tôt ou tard, quelque chose de lourd et massif risquait de venir s'écraser contre une des façades, et si cela causait une brèche dans la demeure, elle le savait, le vent s'engouffrerait à l'intérieur, il arracherait tout, jusqu'à tenter de soulever le toit, d'arracher la maison Jules-Verne du sol pour la projeter vers la Lune. L'image aurait plu à la petite fille qui rêvait devant il y avait plus de trente ans, mais à présent, elle la terrifiait. C'était arrivé à plusieurs personnes non loin d'ici lors de la dernière alerte de grade 4. Juste une fissure, et le monstre s'était projeté dedans pour l'élargir et souffler jusqu'à faire exploser la maison. Une voisine avait raconté qu'un morceau de la propriétaire avait été retrouvé une semaine plus tard, de l'autre côté de la Seine, à Bougival.

Un choc sourd résonna depuis l'étage. La bête frappait. Elle voulait entrer. Elle rugissait par le moindre interstice.

Zoé devait fermer les volets. C'était de la folie de continuer ainsi.

L'écran de la console clignotait en rouge.

Elle guettait par la fenêtre, avec l'espoir idiot de voir surgir une ombre. Mais il n'y avait plus qu'un maelström fuligineux et tourbillonnant, qui mélangeait l'étang avec le ciel, la rue avec la végétation, et qui tentait par tous les moyens d'entrelacer la mort avec la vie.

La mâchoire de Zoé s'affaissa quand un tracteur de tonte défila sous ses yeux dans la rue, rebondissant de cinq mètres en cinq mètres, de salto en pirouette, se désagrégeant un peu plus à chaque choc, ses fragments s'envolant comme autant d'épines prêtes à transpercer des chairs. Ce qui ressemblait à des outils volait dans les airs. Tout un cabanon de jardin éventré se répandait dans le quartier.

Quelque chose de lourd vint se planter dans le mur près de la porte d'entrée. Ce n'était pas passé loin de l'œil-de-bœuf.

Zoé devait activer le système. C'était insensé d'attendre plus longtemps. Personne ne pouvait être encore dehors en cet instant.

Une voiture s'encastra brusquement dans le portail, qui se brisa d'un côté et se mit à trembler dans la frénésie qui tentait d'arracher l'autre morceau. Il allait céder d'un instant à l'autre. Et c'était contre la maison qu'il allait venir s'enfoncer.

Zoé leva lentement la main en direction de la console, se résignant un peu plus de seconde en seconde.

Une longue bâche bleue était emportée de chez les voisins, avec quelque chose à l'intérieur. Quelque chose qui *bougeait*. Non, non. Il ne fallait pas commencer à s'imaginer des horreurs. Ça devait être une chaise bringuebalée par les vents, oui, une chaise…

La vue dehors n'était plus qu'un vortex aux couleurs de la cendre, l'expression du chaos dans lequel le monde semblait partir en miettes. Des centaines, bientôt des milliers de particules noires se mirent à danser en un ballet mortuaire duquel rien ne ressortirait indemne. Des mottes de terre, des branches, des feuilles et le moindre objet que le cyclone pouvait arracher étaient projetés contre la maison, la puissance était telle que cela paraissait intentionnel. La Terre voulait faire mal aux êtres humains. Elle les prenait pour cible.

Les chocs contre la maison étaient de plus en plus violents. La structure même se tordait en couinant.

Les lampes s'éteignirent, l'électricité se coupa. Puis le groupe électrogène prit la relève quasi instantanément.

L'index de Zoé était sur le bouton. Elle avala sa salive avec difficulté. *Il le faut*, se répéta-t-elle. Elle pressa la commande.

Tous les volets descendirent immédiatement, les renforts de maintien des bâtis s'enclenchèrent et Zoé devina que l'alimentation des lumières non essentielles cessait.

Il n'y avait plus de marche arrière possible.

— J'espère que tu es à l'abri, murmura-t-elle.

4.

Grade 1 signifiait une dégradation météo impliquant un danger potentiel. Il était vivement recommandé de ne plus sortir.

Grade 2, c'était le début des vrais ennuis. Vents violents généralement suivis de pluies torrentielles. Ce stade impliquait couvre-feu obligatoire, mesures d'urgence enclenchées, ouverture des abris publics. C'était la plus courante des alertes, et on la craignait parce qu'avec l'expérience tous savaient qu'une grade 2 pouvait virer au cran du dessus sans prévenir. Pendant une tempête de grade 2, personne ne dormait, on attendait, anxieux, de savoir si elle basculerait du bon ou du mauvais côté.

Grade 3, c'était la mort. Des bâtiments s'effondraient. D'autres étaient emportés par les rafales. Ce n'était pas un cyclone, c'était une combinaison d'ouragans furieux qui pilonnaient la civilisation. Mais ceux-là, encore, cessaient généralement rapidement. Intenses mais brefs.

Grade 4, on priait pour les éviter. Elles demeuraient heureusement rares. Pour l'Europe de l'Ouest, généralement une par an, et par chance elle ne touchait qu'une partie des territoires. Mais partout où elle passait, elle semait la destruction. C'était comme si un dieu de l'Olympe ou d'Asgard était descendu sur Terre y mettre des coups d'une gigantesque bêche. Et qu'il la lançait dans toutes les directions pour retourner les villes et les campagnes sur son passage, encore et encore. Et encore. Un acharnement.

Grade 5 signifiait l'apocalypse, ni plus ni moins. La Big One des tempêtes. Celle dont l'humanité ne se relèverait pas. En théorie, grade 5 n'existait même pas sur l'échelle de l'ONU, c'était un ajout devenu tellement populaire que tout le monde croyait qu'il était officiel.

L'échelle climatique de l'ONU, l'ECO, avait été créée quand on avait constaté que ni celle de Beaufort pour les vents ni celle de Saffir-Simpson pour les cyclones ne pouvaient couvrir les nouvelles catastrophes qui s'abattaient avec de plus en plus de régularité sur le monde. L'échelle de Fujita était devenue trop compliquée pour le grand public dans sa version 2.0, et celle de TORRO trop nébuleuse. Mais surtout, les anciennes classifications étaient dépassées. Saffir-Simpson s'arrêtait aux cyclones de catégorie 5. Des monstres au-delà des deux cent cinquante kilomètres par heure. Désormais on dépassait largement les quatre cents kilomètres par heure.

Il fallait un repère simple et universel, compris de chacun. Et probablement aussi du marketing pour tenter de toucher le plus grand nombre. La nouvelle norme pour vivre sur la planète.

Pour survivre.

En théorie, on ne pouvait pas espérer s'en sortir si on se retrouvait à l'extérieur au milieu d'une ECO grade 4.

Pierre le savait très bien.

Il se cramponnait de toutes ses forces à l'un des pylônes lampadaires de l'esplanade devant ce qui avait été une gare mais qui, à présent, n'était qu'une ombre dans un tourbillon hurleur gris. Il ne voyait presque pas à plus de vingt ou trente mètres, seulement des formes géométriques fugitives fouettées par des armées de débris. Mais il devait en rejoindre une. La plus proche, c'était l'entrée du souterrain qui filait sous la gare. Un corridor pour les vents. Une rampe de lancement pour se faire satelliser en moins de deux quelque part dans la stratosphère. Pierre abandonna l'idée. L'UFR de droit était juste derrière. Il y avait bien cinquante mètres avant son entrée. Et rien ne garantissait qu'il parviendrait à l'ouvrir. Entre certaines sécurités qui maintenaient les huisseries verrouillées et la force du vent qui pouvait pousser en sens inverse, c'était un pari.

J'ai pas le choix, bordel !

Pierre avait peur. Il était arrimé du mieux qu'il le pouvait à son pylône, mais savait qu'il ne tiendrait pas. Et rien que l'idée de se lancer sur l'esplanade, sans garde-fou, le terrifiait. Sauf que c'était ça ou mourir, il n'avait aucun doute.

Il rassembla son courage, voulut se débarrasser de son sac à dos puis se ravisa. Il avait besoin du maximum de poids possible pour s'aider à tenir au sol.

Pierre lâcha son ancrage et fit deux pas.

Les rafales se jetèrent sur lui immédiatement. Elles le bousculèrent, le frappèrent dans le dos, au visage, tapèrent dans ses jambes, tous les coups étaient permis pour le faire chavirer. Mais Pierre tint bon. Il chancela, se courba pour maintenir un point d'équilibre contre la direction principale du vent, et avança. Lentement. Un pied après l'autre. Se prenant gifle sur gifle.

La bête vociférait autour de lui, comme s'il était suspendu dans la gorge d'un titan, juste au-dessus de ses cordes vocales en action.

C'était effrayant. À en devenir sourd.

Je vais pas y arriver.

De la végétation et des paquets de terre lui fouettaient le corps, et Pierre devait se protéger les yeux pour parvenir à les entrouvrir un minimum. Même respirer devenait difficile, ouvrir la bouche revenait à avaler n'importe quoi, ses joues se gonflaient aussitôt comme des baudruches, ses narines étaient saturées d'air, et un poids permanent lui compressait la cage thoracique.

Une énorme masse noire lui passa juste au-dessus sans qu'il puisse distinguer ce que c'était. *C'est la merde, voilà ce que c'est !*

Sa vie ne pouvait pas s'arrêter là, comme ça. Il avait trop d'envies à combler. Pierre voulait faire, s'impliquer, ressentir. Alors il puisa dans ses dernières ressources et insista pour se rapprocher de ce qu'il pensait être l'UFR de droit. Mais à vrai dire il n'y voyait plus rien. C'était de la spéculation, et l'instinct d'orientation, même si ça ne devait plus signifier quoi que ce soit dans ces conditions.

Pierre devait avancer. C'était ça ou crever là, et c'était impensable.

Ses jambes tremblaient. Il n'avait jamais eu aussi peur de toute sa vie. Ce n'était pas une émotion subite *a posteriori*, ou par anticipation. Ce n'était pas non plus une peur fugace et intense. Non, c'était une présence froide. Implacable. Juste là, autour de lui. Qui se faisait de plus en plus insistante. Elle se rapprochait à chaque seconde. Grandissait en lui. Pour lui montrer sa vulnérabilité. Son insignifiante existence si fragile. Souligner sa bêtise de s'être cru plus malin et plus fort que les forces de la nature.

Pierre savait qu'il avait fait une énorme connerie en sortant. Une décision rapide, qu'il regrettait amèrement.

Putain, avance !

Ce n'était pas le moment de s'en vouloir.

Une bourrasque lui rentra dedans avec la violence d'un autobus et Pierre fut projeté sur plusieurs mètres – pendant un instant, il crut même qu'il allait littéralement s'envoler pour toujours – avant de heurter la chaussée brutalement, le souffle coupé.

Il n'eut pas le temps de s'en remettre qu'il glissait en arrière, poussé par la tempête. Il fusa, sans savoir vers quoi, il risquait de tomber dans un trou, de s'empaler sur un barreau de clôture ou d'être broyé contre une grille s'il se laissait entraîner. Alors Pierre tenta de se retenir à ce qu'il pouvait, mais ne trouva rien, et il s'arracha trois ongles en voulant agripper le sol. La douleur était vive, le sang coula sur ses doigts, mais la peur l'anesthésia dans la foulée. Il n'allait pas y arriver.

Son sac à dos pesait une tonne sur ses épaules. Il décida de le laisser, ça ne l'aidait plus. À peine ôté, le sac disparut derrière lui, aspiré par le néant. Lui-même n'allait plus tenir bien longtemps.

Lorsqu'il parvint à un buisson qui résistait au bord du trottoir, sur sa gauche, Pierre s'arrima à sa base, là où l'arbre pénétrait dans le sol.

Il estima sa situation. Avec son envol et la glissade, il avait bien perdu dix ou quinze mètres. Il eut envie de pleurer. Une boule monta dans sa gorge. Il n'allait jamais y arriver, c'était trop...

Arrête ! C'est comme ça qu'on crève ! Tu n'as pas le droit de baisser les bras !

Il n'aurait pas cru cela possible, mais le vrombissement monstrueux gagna encore en intensité. La ville allait se faire plier en deux.

Il fallait y aller maintenant, avant qu'il n'ait plus aucune chance.

Pierre se mit sur les genoux, puis, difficilement, se releva, penché comme un L de travers. Il tenta un petit pas en avant et réussit à ne pas se faire renverser. Puis un deuxième. Au troisième, il manqua être soulevé et eut un réflexe salvateur pour se maintenir. C'était loin d'être gagné. Chaque mètre allait constituer une bataille. Une guerre même.

Il avait de la poussière plein la bouche et les narines. C'était infect. Ses paupières clignaient sans discontinuer, ses yeux le brûlaient.

Quelque chose de métallique vint le heurter à la tête, peut-être un panneau de signalisation, et cette fois il vacilla, tomba sur le rebord du trottoir, qui lui brisa le bras gauche. Pierre poussa un cri qu'il étouffa aussitôt à cause du vent qui s'enfourna dans sa bouche, lui donnant l'impression que sa gorge se dilatait douloureusement.

Il gémissait dans le caniveau, pas loin d'être emporté, lorsqu'une myriade d'étincelles qui étaient aspirées par le ciel se précipita vers lui. Une voiture aux pneus arrachés était propulsée de biais, et le raclement de l'acier des jantes contre le bitume provoquait ces feux d'artifice crépitants. Elle allait le déchiqueter.

Dans un dernier effort, Pierre se hissa sur le trottoir, aussi vite qu'il le put, mais n'eut pas le temps de remonter ses jambes.

La voiture s'envola au même moment, soulevée par le monstre invisible qui hurlait autour, et l'épargna.

Pierre ne savait plus quoi penser. S'il pouvait espérer. L'abri providentiel lui paraissait encore si loin.

Mais rien ne pouvait échapper à la bête. Le jeune homme essaya une dernière fois de se redresser et c'est là qu'elle l'attrapa. Une main invisible qui le balaya d'un coup, l'emportant dans le remugle en suspension de ce qui avait été arraché au monde, et qui bouillonnait à pleine vitesse, éléments s'entrecoupant, se déchirant et explosant les uns contre les autres.

Pierre ne fut alors plus qu'une tache obscure parmi la constellation de la destruction.

Une étoile sans lumière.

Et bientôt sans vie.

5.

Romy pouvait passer sa vie au cinéma.

Pour autant, elle n'avait jamais envisagé cette idée au sens propre.

Lorsque la tempête s'abattit sur le nord de la France, Romy assistait à une rétrospective David Fincher qui avait démarré la veille au soir pour se poursuivre le matin, avant un dernier film en début d'après-midi. La jeune fille était groggy de ce marathon d'images, le générique de fin était presque terminé lorsqu'elle ralluma son portable.

Le SMS d'alerte ECO s'afficha dans la foulée. Plusieurs téléphones tintèrent au même moment dans la salle.

— Merde, grade 4, fit une voix grave dans la rangée derrière celle de Romy.

L'alerte semblait sérieuse, déjà hier et aussi au réveil la jeune fille avait entendu à la radio qu'on évoquait une formation inquiétante qui se rapprochait vivement des côtes françaises et gagnait en intensité. Elle n'avait pas pris la nouvelle au sérieux, on ne pouvait pas s'arrêter de vivre à la moindre suspicion. Cette fois il n'avait fallu qu'une poignée d'heures pour que ça dégénère. Elle devait foncer pour rentrer chez elle. C'était même chelou que la projection n'ait pas été interrompue, s'étonna-t-elle.

Les lumières s'allumèrent brusquement et le générique se coupa. Une voix nasillarde crépita dans les haut-parleurs. « Alerte ECO grade 4 immédiate, les séances sont annulées. » Il y eut un blanc. Le type cherchait manifestement la suite de son annonce. Au ton de sa voix, Romy estima qu'il ne devait pas être beaucoup plus âgé qu'elle. « Veuillez évacuer le complexe avec calme et respect ou bien, si vous le souhaitez, vous pouvez aussi rester parmi… nous ? Euh… parmi nous. Nos salles sont aux normes CEE ECO… euh, plus. Vous serez en sécurité. Le personnel se tient à votre disproportion… non, à votre disposition, et… »

Romy en avait assez entendu. Vu le niveau du gars et sa formation plus qu'approximative, elle n'avait pas très envie de lui confier sa vie. Elle prit son manteau et son sac, puis fonça vers les marches pour rejoindre le couloir central d'où elle redescendit dans le hall. Les volets latéraux de protection étaient déjà baissés, il ne restait que deux portes pour sortir du complexe. En approchant de la plus proche, Romy comprit pourquoi.

Dehors un crépuscule morne était tombé, en plein milieu d'après-midi. Pire : le vent se déchaînait déjà comme dans une soufflerie de simulation de chute libre. Les passants trébuchaient, se précipitaient pour rejoindre leurs véhicules, leurs vêtements plaqués contre eux comme s'ils étaient trempés. C'était très mal engagé. Romy plaqua sa langue derrière ses dents et fit ce qui était chez elle un tic :

— Tssssssssssssss.

À la maison, ils appelaient ça ses sifflements de serpent, dont chacun avait son intonation caractéristique. Celui-ci était le sifflement décontenancé.

Elle ne pouvait pas sortir maintenant, elle n'aurait jamais le temps d'arriver chez elle. Si ce qu'elle apercevait là n'était que les préliminaires, il était hors de question qu'elle soit sans abri au moment où ce truc allait déferler sur le secteur. Romy recula et heurta un spectateur, qui la retint par le coude.

— Pardon.
— Pas de mal.

Le type n'avait pas trente ans, coiffé comme un hérisson mal réveillé, et des tatouages jusque dans le cou. Il avisa Romy, ce qu'il vit lui plut et il lui décocha un sourire charmant. Romy se savait jolie avec ses grands yeux verts et sa bouche pulpeuse, et elle aimait se vêtir pour souligner les courbes de son corps. Elle se donnait beaucoup trop de mal afin d'obtenir ce résultat pour le cacher. Mais elle attirait les débiles comme du papier tue-mouches les insectes volants.

— Vous pouvez me bousculer, ça va, ajouta le tatoué hirsute.

C'était nul comme réplique, mais en plus il ne semblait pas s'en rendre compte, et il insista sur le sourire pour bien marquer qu'il ouvrait la porte à la discussion.

Si tu savais, tu ferais moins le malin, je parie. T'as la tronche de ceux qui se tirent en courant.

Romy ne prit même pas la peine de répondre et s'éloigna en direction du comptoir des friandises. Elle ignorait combien de temps elle allait devoir rester ici, mieux valait prévoir. Elle voulut acheter deux bouteilles d'eau et un paquet de KitKat Ball (qui représentait la

« nourriture » la plus consistante sur place) mais la caisse automatique se coupa juste devant elle. *Tant pis*, elle estima que c'était la contribution de la chaîne à la sécurité de ses clients réguliers et elle enfourna le tout dans ses poches de veste avant de remonter vers le couloir des salles.

Il y avait une petite cinquantaine de personnes, la plupart en haut des escaliers, à guetter ce qui se passait dans le hall. Romy fit signe à plusieurs que c'était mort, inutile d'espérer sortir, et elle retourna dans la salle où elle venait de voir *Zodiac*, un de ses films préférés. Elle allait devoir prendre son mal en patience. Elle consulta son téléphone pour appeler à la maison, mais il n'y avait déjà plus de réseau, ou celui-ci était saturé, ce qui arrivait parfois dans la demi-heure qui suivait l'annonce d'une alerte importante. Les opérateurs n'étaient toujours pas fichus d'anticiper ce genre de situation. De toute manière, il en allait de même avec la plupart des services. Il y avait de moins en moins de fric partout, et les entreprises, y compris dans le privé, ne se donnaient même plus la peine de faire semblant. Service minimum. C'était le dernier moyen pour continuer de faire des profits maximaux au milieu d'une crise quasi mondiale qui n'en finissait pas. L'urgence climatique coûtait une giga-méga-blinde. Et les caisses des États étaient vides depuis longtemps. Rien que de la dette. Alors la société partait en lambeaux progressivement, mais on continuait de proclamer dans les médias que tout allait bien, que les gouvernements successifs étaient formidables, bien meilleurs que les précédents, et que des solutions étaient en cours.

À court de solutions, ouais. Ça rendait Romy folle de rage. Comme la plupart des vagues connaissances qu'elle appelait « potes ». Comme la très grande majorité des jeunes, en fait.

Les lumières s'éteignirent, remplacées par les veilleuses des sorties de secours et celles des marches. Romy s'y était attendue. Ils n'étaient que cinq dans la salle, mais chacun s'était approprié un petit espace, paré pour y séjourner le temps qu'il faudrait. *Si possible pas cinq jours.*

Romy n'avait pas envie que la gueule de hérisson la retrouve et insiste. Marre aussi de n'attirer que les lourdingues. Elle aspirait à un peu de romantisme, de douceur.

La tempête dura cinq heures au pic de son intensité. Le complexe vibra et grinça. Romy ne put dormir de la soirée, ni même ensuite lorsque le morceau le plus violent se fut éloigné pour laisser place à un vent brutal et irrégulier qui siffla dans les travées des conduites d'aération. Sa mère lui avait donné un heureux réflexe dès l'adolescence : toujours se balader avec un bouquin dans une poche. Elle lut la moitié de celui qu'elle avait sur elle, *Le Grand Secret* de Barjavel, et lorsque la grade 4 diminua en 2, elle constata qu'elle n'avait rien compris des deux cents pages qu'elle avait parcourues. Son esprit n'y était pas. Il faisait semblant, pour s'occuper. Alors elle recommença le roman dans la soirée, plus concentrée, et y était enfin lorsque la lampe de son portable la lâcha, faute de batterie. Lasse, elle essaya de somnoler le reste de la nuit, en vain.

Au petit matin, quelqu'un entra dans la salle pour leur annoncer qu'on pouvait sortir, et les usagers s'aventurèrent prudemment à l'extérieur.

Ce qu'ils découvrirent les secoua. À la place du parking, il y avait une forêt renversée. Des végétaux partout, sens dessus dessous. Presque tous les véhicules étaient empilés en vrac à l'opposé de là où ils avaient été garés, encastrés pour beaucoup dans la façade bétonnée d'un autre parking, celui du centre commercial. Les voitures qui manquaient à l'appel gisaient au loin sur un toit, enfoncées dans un immeuble, au deuxième ou troisième étage.

Il était inenvisageable d'emprunter les routes. Aucune n'était praticable. Là encore, des résidus de végétation constellaient les chaussées, parmi la ferraille, les tuiles brisées, des épaves de toutes sortes et même ce qui devait être des morceaux de murs.

Le silence qui régnait était déstabilisant. Sa mère lui avait souvent parlé d'un confinement qu'elle avait vécu dans sa jeunesse, à cause de la Covid, et de cette vie au ralenti, de l'absence de circulation dans les rues. Ici, c'était encore plus marqué, parce qu'il n'y avait même pas le chant des oiseaux. Aucun son. Rien. Ni sirènes lointaines ni cris. Seulement l'effarement.

Celui-ci ne dura qu'une heure, avant que les cris et les pleurs prennent le relais.

Romy mit la journée pour rentrer chez elle à pied. Le plus dur ne fut pas de s'y retrouver dans ce chaos, ni même d'avoir à marcher plusieurs kilomètres. Le plus difficile fut les scènes de guerre qu'elle traversa. Les personnes en train de fouiller les gravats entre deux immeubles pour espérer y retrouver des victimes. Les gens qui sanglotaient, hagards, sur la voie publique ; parfois le sang et la poussière qui les recouvraient formaient une croûte sur leur corps, ceux-là ressemblaient à des fantômes. Romy manqua s'arrêter aux trois premiers coins de rue qu'elle croisa, pour aider, mais elle réalisa que c'était ainsi partout ou presque. Elle ne pouvait rien y faire.

Sauf foncer chez elle s'assurer que sa mère allait bien.

Ce qu'elle fit.

Elle ne reconnut pas sa propre rue lorsqu'elle y pénétra, en fin de journée, les pieds meurtris, les jambes lourdes. Tout y était défoncé. Retourné. Leur portail avait disparu. La voiture du voisin était pliée en deux autour du chêne de leur jardin qui penchait vers l'étang, partiellement déraciné.

Romy n'eut pas le temps de sortir ses clés : la porte s'ouvrit et sa mère se précipita vers elle. Avec des yeux rouges pareils, Romy comprit qu'elle s'était imaginé le pire. Sa mère la serra fort. Trop fort. Elle la respira. Puis lui prit la tête entre les mains.

— Ça va ? demanda Zoé.

Romy acquiesça sans sortir un mot. Elle était encore sous le choc de ce qu'elle avait vu sur le trajet.

Et ce n'était qu'une grade 4.

La Big One ECO grade 5 était encore à venir.

PREMIÈRE PARTIE

Émergence

1.

Six mois plus tard

La tronçonneuse se mit à rugir et les dents de sa chaîne mordirent le tronc du chêne en projetant des esquilles de bois comme un geyser de sang.

C'était beaucoup trop pénible à regarder et bruyant pour que Zoé reste là. Elle rentra dans la maison et le son devint à peine un feulement lorsque la lourde porte se referma.

Elles avaient pourtant essayé de le faire repartir, ça leur avait coûté un bras de louer une minipelleteuse – alors que les engins de ce genre étaient mobilisés pour la reconstruction du pays –, juste pour replanter leur chêne adoré dans son trou d'origine. Mais rien n'y avait fait, pas même Romy qui venait lui parler le soir, une caresse en prime. L'arbre était mort et il fallait se résoudre à l'enlever avant qu'il devienne un danger pour la maison lors de la prochaine tempête. Sans lui, l'entrée dans le jardin ne serait plus pareille. Il manquerait. Il était l'unique être vivant qui avait vu le secteur évoluer depuis plus d'un siècle.

Zoé devait retourner bosser, ça lui occuperait l'esprit, sinon elle allait déprimer. Peut-être qu'elle mettait beaucoup trop d'affect dans cet arbre.

Elle alluma la bouilloire et se prépara un thé matcha avant de monter au deuxième étage, dans son bureau. Celui-ci occupait une grande pièce mansardée qui donnait sur le petit lac en contrebas. Zoé travaillait sur un modeste secrétaire ancien, sur lequel étaient posés son ordinateur portable, un carnet de notes avec stylo, et une lampe. Rien d'autre. Elle avait besoin de dépouillement pour s'étaler mentalement. Mais la vue était inspirante, c'était le moins qu'on puisse dire. Le lac, et surtout les arbres au-delà, ainsi que quelques toits pointus qui en dépassaient çà et là. Le paysage avait un peu changé après la dernière tempête, la grade 4 d'avril, bien qu'assez étonnamment la nature soit vite repartie avec le printemps, et la plupart des arbres de la région avaient tenu.

Sauf mon chêne, se morfondit-elle en pivotant sur le siège tournant. Derrière elle, Zoé avait fait installer un sofa pour bouquiner, et elle avait rempli les étagères avec ses livres préférés. Elle avait toujours aimé lire. C'était sa détente. Son évasion pendant l'adolescence, son médicament pour s'endormir le soir, son palliatif pour supporter les rames bondées du RER lorsqu'elle partait travailler. La lecture lui avait ouvert beaucoup de portes. Pas seulement celles de l'imagination, de la culture ou des émotions : elle avait également perfectionné son anglais en s'immergeant dans George R. R. Martin ou Stephen King dans leur langue natale, et ensuite sa connaissance des marchés pop, fantastique-fantasy-science-fiction, qui lui venait de là. Elle avait trouvé sa voie professionnelle par ce biais. Pour une fille qui avait abandonné ses études après les confinements Covid de 2020 et 2021, elle s'en était plutôt bien sortie.

Chargée des ventes internationales d'un groupe de production audiovisuel. Dont l'essentiel consistait en des séries, des animes et parfois quelques unitaires de genre. C'était la marque de fabrique de la maison : « la culture pop », comme on l'appelait encore, même si ça commençait à sonner franchement désuet. Le style avait eu son heure de gloire dans les premières décennies du siècle, s'étirant jusqu'à aujourd'hui pour devenir limite ringard. Une mode parmi d'autres, qui reviendrait un jour, suffisait d'être patient.

Zoé était loin des plateaux de tournage et des stars qui faisaient rêver à la télévision ; elle, son job, c'était de refourguer ce qu'ils produisaient aux marchés étrangers et pour le prix le plus élevé possible. Des gros montants en jeu, même pour un univers en déclin. Responsabilités et salaire pas honteux, loin de là, surtout pour une nana qui n'avait aucun diplôme, juste un anglais soigné, une véritable connaissance du marché, et pas sa langue dans sa poche. Merci, entre autres, à ses lectures.

Ça, c'était sa première vie.

Ensuite, il y avait eu son mariage qui s'était transformé en quasi-divorce, une désillusion de plus, et pour finir le cancer d'Erwan. La claque finale.

Du genre à tout remettre en question. Se poser les bonnes en tout cas. Les vraies, celles qui dérangent. Suis-je heureuse ? Ai-je fait les bons choix parmi ceux sur lesquels je peux encore avoir un impact ? De quoi ai-je réellement besoin pour être épanouie ?

Pendant un an, Zoé avait tourné autour de ces questions. Le temps aussi que le deuil se fasse, qu'elle soit capable de s'ouvrir à une suite éventuelle. Ce n'était même pas une histoire de sentiments, encore moins de cul, là-dessus Zoé n'éprouvait pas de manque à ce moment-là. Seulement une question de timing. Que la peine, la désillusion et l'amertume retombent, se sédimentent pour que son horizon ne soit plus brouillé par une perception mal étalonnée. Et puis il y avait leur fille. C'était elle la priorité à cette période.

Quatorze mois très exactement après l'enterrement d'Erwan, Zoé se sentait prête pour autre chose. Elle ignorait quoi, donc s'inscrivit à un cours de salsa qu'elle abandonna presque aussi vite – trop de contacts physiques avec des inconnus à son goût. Elle prit des cours de cuisine, mais là encore cessa – trop gourmande pour ne pas goûter en permanence, elle dut faire un choix entre la balance de sa salle de bains et celle de la cuisine. Enfin elle s'impliqua dans une œuvre caritative locale qui lui fit comprendre qu'elle devait s'occuper d'elle en premier lieu avant de pouvoir donner aux autres pour de bonnes raisons.

Autant d'échecs pas franchement glorifiants. Elle traversa une période de peu d'estime, craignant d'être superficielle, une de ces filles qu'elle avait tant critiquées, qui mettaient quantité d'énergie à entretenir leur physique et leur bien-être plutôt que de trouver le point d'équilibre entre soi et les autres. Zoé se demanda juste si elle n'était pas, en réalité, devenue *une grosse conne*.

C'est dans une papeterie que la suite s'enclencha. Elle y alla pour acheter un organiseur familial effaçable à aimanter sur le frigo, il y avait trop de rendez-vous auxquels elle et Romy devaient se rendre et elles avaient besoin d'y voir un peu plus clair, lorsque Zoé tomba sur ce carnet à la couverture imitant les vieux livres reliés en cuir. Ses doigts glissèrent dessus, puis elle y revint pour l'ouvrir, sans bien savoir pourquoi, et en ignorant l'usage qu'elle pourrait en avoir. Caresser le vélin de ses feuilles lui donna la chair de poule.

Le soir même, sur le plan de travail de la cuisine, elle écrivait dedans la première page de ce qui deviendrait un roman. Sans savoir où elle allait, Zoé déversa son imagination, son plaisir, et les mots s'emboîtèrent. Au début, il y eut énormément de ratures, mais ça ne la dérangeait pas, elles étaient les hoquets de son esprit, et comme sa grand-mère le lui répétait : « C'est rien ma fille, le hoquet c'est un organisme qui travaille. » Elle aimait ça, que son esprit travaille.

Zoé n'avait jamais véritablement écrit, elle n'y avait jamais songé à vrai dire. Mais tant et tant de lectures avaient imprégné leur marque dans sa façon de formuler sa pensée, dans l'expression de sa création, que les phrases coulaient.

Elle ne mit que les neuf mois d'une grossesse normale pour aller au terme de son livre. Neuf mois et trois carnets exactement. Romy fut la première lectrice, et c'est elle qui la poussa à envoyer son livre à un éditeur.

Zoé hésita un mois, et en mit un de plus pour tout retranscrire sur ordinateur, ce qui lui laissa le temps de trouver des noms et des adresses. Elle expédia son tapuscrit à six maisons d'édition, en format papier, ce que lui reprocha sa fille, ça n'était franchement pas très écologique alors qu'elle pouvait très bien le faire par e-mail. Zoé rétorqua que les mails aussi pompaient des ressources naturelles, et que pour quelqu'un qui prétendait à l'impression de milliers de pages potentielles en arbres morts, si elle commençait sur cette voie, il était préférable qu'elle ne soit pas éditée. Elles ne furent pas d'accord, et les éditeurs la contactèrent d'ailleurs par e-mail. Les trois premiers répondirent avant l'été suivant, il ne fallait pas être pressé. « C'est très bien mais non merci. » *Mails de merde*, les appela Zoé, et de temps en temps Romy lui demandait si elle avait reçu un nouveau mail de merde, mais non, rien ne venait. Il fallait croire que ce qui habitait sa tête n'intéressait pas, et Zoé s'était fait une raison. Elle avait adoré écrire, mais n'avait pas le talent pour publier, et ça n'était pas grave en soi. Rien ne l'empêchait de continuer, pour elle, et pour sa fille – jusqu'à ce que Romy se lasse de la lire, Zoé poursuivrait alors rien que pour son petit plaisir à elle. L'écriture était, à bien y réfléchir, un onanisme intellectuel, et donc un acte de jouissance personnel auquel on conviait les autres. Si personne ne voulait y participer avec elle, eh bien tant pis.

Cette image bancale, d'autant que son unique lectrice était sa fille, la mit très mal à l'aise et la conforta dans l'idée qu'elle n'était pas faite pour ça.

Un nouveau mail de merde tomba pendant les vacances de la Toussaint, soit huit mois après l'envoi du texte, et la bonne nouvelle, non sans ironie, le jour de la fête des Morts. En fait le courrier échoua dans sa boîte la veille, mais Zoé, nonchalamment, déjà déçue d'imaginer la réponse similaire aux précédentes, ne l'ouvrit que le 1er novembre.

L'éditeur était d'un enthousiasme galvanisant. Non seulement il avait adoré, mais était convaincu qu'il pouvait en vendre beaucoup et il lui enjoignait de l'appeler sans délai puisqu'il n'avait pu le faire – Zoé ne mettait jamais son numéro de téléphone, elle trouvait cela vulgaire. Le mot « vendre » lui avait déplu. Le fruit de son âme n'était pas un produit de consommation.

Elle constata bien vite qu'elle avait tort.

Le roman n'était même pas encore paru que l'éditeur lui demanda ce qu'elle avait en réserve, et quand il pourrait lire autre chose. Zoé réalisa alors qu'il était temps de se poser la vraie question. Celle qui les rassemblait toutes. Que voulait-elle faire de son existence ?

Elle donna sa démission la même semaine. Le grand saut. Une folie. Financièrement, si la maison était payée, son entretien allait engloutir au fil des années ce qui restait de l'argent légué par Erwan, Zoé devait gagner sa vie. Pour elle et pour Romy.

Pourtant elle n'eut pas peur. C'était le bon moment.

Le roman fit un carton en librairie. Elle ne récupéra qu'un petit pourcentage du prix de vente, ensuite les impôts lui en prirent plus de la moitié, mais ça lui convenait très bien ainsi. C'était déjà presque de l'argent volé. Du genre qu'on ne mérite pas. Là où la plupart des gens triment comme des bêtes pour des salaires dérisoires, elle toucha une somme importante pour avoir pris du plaisir à faire le job, et c'était pour ainsi dire une honte.

Zoé Margot (elle avait publié sous son nom de jeune fille) était célébrée pour la psychologie tout en dentelle de ses personnages. Une critique parue dans *Le Monde* l'avait éminemment flattée, au point qu'elle la découpa pour la conserver : « Zoé Margot dresse des portraits en trois phrases qui nous paraissent des vies entières, et brille dans les interactions humaines ; son art, ce sont les sentiments, et avec elle la littérature prend la même légèreté et pourtant si précieuse qu'une sagace discussion entre amis. » Cet article-là avait nourri son ego pour des années, même s'il gisait à présent dans un tiroir.

Le pari de tout plaquer était plus que réussi. Elle avait quitté un métier alimentaire pour vivre d'un acte qu'elle aimait profondément.

Le deuxième livre est toujours le plus difficile. Surtout quand le premier est un succès. Peur de ne plus y arriver, de décevoir, de forcément faire moins bien. Et presque sans surprise, c'est ce qui se produisit. Zoé était partie de trop haut pour espérer se maintenir. Les critiques furent tièdes, le public moins présent, et les ventes divisées par deux, ce qui restait beaucoup, mais à ce rythme-là Zoé estimait qu'elle aurait disparu des radars d'ici deux ou trois romans, soit à peu près rien dans une vie de romancière. En particulier lorsque celle-ci débute à peine.

Du triomphe euphorique à l'angoisse créative. Une banalité toute littéraire.

Zoé travaillait sur son troisième livre lorsque la tempête avait retourné le nord de la France, en avril. Jusqu'à l'été, elle avait fait comme beaucoup : elle s'était focalisée sur la reconstruction, mettant son manuscrit de côté. La maison avait peu souffert, mais le jardin était dévasté, ce qui n'était rien en comparaison du sort d'autres voisins. Zoé et Romy décidèrent d'offrir leur énergie là où elle serait véritablement utile, et elles s'engagèrent auprès du pôle d'urgence local, installé à la mairie du Vésinet. Elles s'occupèrent, entre autres, du recensement des besoins en eau potable, puis en électricité ; aidèrent à l'inventaire hebdomadaire des réserves de nourriture qu'il fallait ensuite distribuer, avec les trousses de première nécessité ; puis il fallut remplir les interminables questionnaires que les autorités envoyaient pour estimer les besoins immédiats, notamment financiers, et pour cela il fallait recevoir longuement chaque personne qui demandait une forme d'assistance, et faire valider chaque cas par la mairie ; pour finir Romy passa deux mois de bénévolat dans les écoles élémentaires du Vésinet, l'idée étant qu'elles soient non seulement reconstruites avant la rentrée mais surtout décorées avec des fresques qui aideraient à atténuer les cicatrices du traumatisme, tandis que Zoé servait des repas à la banque alimentaire du centre-ville. Zoé comme Romy n'avaient pas d'obligations professionnelles directes, contrairement à beaucoup d'autres, elles n'avaient pas tout perdu dans la tempête, et elles s'efforcèrent d'être le plus utiles possible à la communauté. Compte tenu de la chance qu'elles avaient, elles estimaient que c'était une évidence et s'employèrent à n'en dégager aucune fierté déplacée.

En août, l'essentiel était réglé ; à présent il fallait des moyens et des compétences très ciblés. Les deux femmes n'étaient plus aussi utiles, alors elles se recentrèrent sur leurs propres vies. Bien sûr, Zoé n'avait pas beaucoup avancé sur son roman depuis le printemps. Trop de choses lui passaient par la tête, elle n'arrivait pas à écrire si son esprit n'était pas parfaitement clair, libéré des préoccupations matérielles.

Mais il était temps de s'y mettre, son dernier bébé était sorti treize mois auparavant, et au rythme où elle avançait, le suivant arriverait deux ans plus tard, et encore, à condition de le terminer.

Le palier grinça dans le dos de Zoé, elle n'eut pas besoin de se retourner pour deviner que c'était René qui venait la rejoindre. Le golden détestait rester seul trop longtemps, même pour dormir. Il alla s'allonger au pied du sofa, sur l'épaisse moquette blanche, et soupira. Il attendit bien trente secondes et soupira encore. Pas très subtil.

— Ça va, oui je vais te sortir. Dis donc, tu pourrais être compatissant et me laisser bosser aussi.

Zoé fixait la page blanche sur l'écran de l'ordinateur. Elle leva les yeux vers les fenêtres du bow-window. La cime des arbres luisait sous le soleil de mi-octobre. Sous cette nature si paisible en surface, Zoé le savait, il y avait encore les stigmates de sa dernière colère.

Elle pivota vers René qui la fixait de ses yeux noirs.

— Bon. Tu veux aller te balader ?

Les oreilles reculèrent sur le crâne poilu.

— C'est parce que je t'aime, hein.

Mais au fond d'elle-même, Zoé était lucide : c'était encore un prétexte pour ne pas écrire. Ne pas se confronter au doute.

2.

Romy faisait tout ce qu'elle pouvait à vélo. Ça sculptait de belles fesses.

Adepte d'urbex – exploration urbaine de lieux abandonnés –, elle avait repéré un vieux bateau échoué sur les friches en bord de Seine, près du Mesnil-le-Roi, juste sous le pont de l'A14. Elle connaissait le coin, elle y avait déjà visité la villa Sapène, un manoir paumé en pleine forêt, surnommé le « bordel allemand » parce qu'il avait été une maison close pour les officiers de la Wehrmacht pendant la Seconde Guerre mondiale. Des murs froids qui résonnaient encore des événements sordides qui s'y étaient passés. Mais nulle trace d'un navire à l'époque, et pourtant la rive n'était qu'à une cinquantaine de mètres à travers la forêt.

Cette fois, pas besoin de mettre son vélo dans un train, Romy avait pédalé tout du long, à peine vingt minutes de chez elle. Legging noir, baskets confortables et brassière de sport pour bien maintenir les seins – elle avait des implants mais ils lui faisaient mal lorsqu'elle partait dans des randos cross s'ils n'étaient pas bien soutenus –, et rien ne pouvait lui résister.

Romy n'était pas une froussarde, ni face à l'effort ni face au défi. L'un comme l'autre ne se présentèrent pas cette fois, rien qu'une petite côte facile, et elle roulait au ralenti sur le chemin de halage en guettant la berge au-delà des arbustes. Idéalement, elle aurait adoré emmener René dans ses virées, être cette fille aventureuse avec un chien, un cliché romanesque en somme. Mais René avait mille ans. Au moins. Et l'urbex n'était pas pour les chiens.

La carcasse se profila un peu après le pont, et Romy estima qu'elle ne devait justement pas être loin de la villa Sapène. Elle avait lu que les officiers nazis s'y rendaient en bateau, même si celui qu'elle s'apprêtait à investir n'avait certainement rien à voir avec cette histoire.

Elle sortit la chaîne de son sac à dos et attacha son VTT de cross-country à un peuplier – la paye de son petit boulot de l'été dernier était passée dedans et pour rien au monde elle n'aurait voulu se le faire piquer –, puis chercha un accès praticable. Avec ce qui flottait, la principale difficulté, c'était de parvenir à monter à bord.

Sur le Discord d'urbex où Romy avait trouvé l'info, on parlait d'un bateau, mais c'était en réalité une péniche. Une grosse, avec deux ponts. Pour le transport de véhicules, devina Romy. Elle gîtait par le bâbord, du côté de la berge, ce qui serait plus pratique pour y grimper. La peinture s'écaillait, mangée par la rouille, et le morceau de coque que Romy pouvait distinguer portait une chevelure sèche qui témoignait de l'ancienneté du dernier entretien. La péniche avait fait plus que son temps et si elle était échouée là, c'était probablement parce que son armateur ne pouvait plus rien en faire. Le monde était une décharge pour les hommes, ce n'était pas nouveau.

Romy se sentait excitée. Elle adorait les minutes passées à dénicher un accès. C'était le moment où rien n'était encore fait, le site pouvait toujours se soustraire à son regard, et si elle parvenait à le faire céder, tout était possible sur ce qu'il recelait. Une pochette-surprise géante. Il lui arrivait souvent d'être déçue, rien que du béton sale sans intérêt, ni architecture surprenante ni graffitis sympas, mais parfois c'était le pied. Un labyrinthe dans lequel se perdre. Romy pouvait se sentir minuscule dans un monstre d'acier, presque une impression de peur, du genre un peu désagréable et en même temps stimulante, comme dans les manèges à sensations. Ces lieux étaient les témoins muets du passé industriel des hommes. Il arrivait même qu'il y reste des traces concrètes, vieux meubles ou statues, et dans un ancien sanatorium Romy avait trouvé des dossiers médicaux oubliés avec des radios de poumons à foison. Elle les avait étudiés méticuleusement, en se demandant à quoi avaient ressemblé les vies de ces malades.

Romy ignorait pourquoi l'urbex lui plaisait tant. C'était plutôt singulier, et pour sexiste que ce soit, plutôt un truc où on croisait essentiellement des mecs. La plupart y faisaient des photos, mais ça ne l'intéressait pas, elle. Tout était gardé sous son crâne et c'était bien ainsi. Juste des souvenirs. Bon, parfois, elle croquait une perspective, ou seulement un détail qui la saisissait, mais la plupart du temps elle ne sortait même pas son matériel de dessin.

Sa mère n'aimait pas ça, elle avait toujours peur pour elle, il faut dire qu'une fille seule dans des lieux isolés, ce n'était pas des plus prudents, surtout avec les histoires horribles qu'on entendait. Mais Romy ne pouvait s'empêcher de vivre. Elle était vigilante, et ne partait jamais sans son taser, un des derniers cadeaux que lui avait faits son père avant de mourir. « Un bon coup de ce machin dans les noix et tu seras peinarde », avait-il dit en riant. C'était l'époque où il ne pouvait déjà plus rire sans grimacer de douleur. Romy ne faisait pas encore d'urbex, mais elle avait souvent des problèmes à l'école.

— Voilà ce qu'il me faut, dit-elle en remarquant un arbre dessouché qui n'était retenu que par le bastingage de la péniche et qui formait une arche depuis la terre ferme.

L'angle était correct, et le fût assez large, de quoi marcher dessus. Romy joua les écureuils et remonta le tronc en enjambant les branches jusqu'à atteindre le pont principal. Il avait l'air assez solide. Elle descendit prudemment et posa d'abord un pied, pour tâter, avant de basculer tout son poids. C'était encore costaud.

La péniche avait un pont principal et un plus étroit au-dessus. Les deux servaient à stocker des véhicules, et le poste de pilotage se trouvait en haut, à l'arrière. C'était par là que Romy voulait commencer.

Elle n'était pas la première à grimper à bord, constata-t-elle rapidement. Un tag « GIZMOU » était inscrit à la bombe en gros sur une poutrelle qui soutenait le pont supérieur. *C'est con comme nom, Gizmou. T'es censé avoir un blaze qui claque quand tu l'affiches partout, non ?*

Romy traversa la coursive latérale en faisant attention où elle marchait et gravit doucement l'échelle qui desservait le poste de pilotage. L'intérieur était sans intérêt, déjà entièrement nettoyé par les plus vandales, les plus rapides, ce qui agaça Romy. Le principe de l'urbex était justement de ne rien emporter ni de dégrader les lieux. La vue sur la Seine n'était pas mal en revanche, alors elle posa son derrière sur le siège moisi du pilote et elle prit son temps pour scruter l'eau grise. Le débit était énorme quand on y pensait. Toute cette flotte... Jour comme nuit. Depuis des milliers d'années. On parlait sans cesse de la pénurie de matières premières, du manque de ressources naturelles que l'homme avait épuisées, mais ce fleuve, lui, ne se posait pas de questions, il débitait son cours inlassablement. Des déchets flottaient à la surface. Nombreux. Par endroits, ils s'aggloméraient et formaient des îlots entourés d'une auréole bleutée de produits chimiques. Après tous ces efforts, ces mesures écologiques, cette prise de conscience tant espérée, on en était encore là.

La planète était dans un sale état.

L'humanité était dans un sale état. Le réchauffement climatique avait foutu un sacré bordel. Nous *avons foutu un sacré bordel*, corrigea Romy *in petto*. Des pays vidés de leurs richesses, rendus invivables par les modifications brutales du climat ; des flux migratoires colossaux qui avaient engendré des tensions aux frontières (un euphémisme – Romy adorait ce mot parce que depuis qu'elle l'avait appris, il lui semblait que les journalistes et politiciens ne parlaient qu'en euphémismes) ; des discordes entre les nations qui s'affrontaient sur la répartition de ces migrants. Et c'était encore au détriment des plus pauvres. On connaissait la chanson. Les pays dits riches avaient bien vécu, s'étaient développés, et ceux qui morflaient le plus désormais, c'étaient ceux qui aspiraient à en faire autant, mais ne le pouvaient pas. Sauf que l'économie moribonde des nations riches ne reposait plus que sur de la dette, l'angoisse de tout perdre, et on se crispait sur ce qu'on avait pour ne pas avoir à le partager. Les gens devenaient égoïstes, sourds à la détresse des autres. « Pourquoi voulez-vous qu'on ouvre nos frontières à des inconnus alors qu'on n'a déjà plus de quoi vivre pour nous ? » s'écriaient les électeurs dans les urnes. Ils estimaient ça d'autant plus injuste qu'eux-mêmes n'avaient pas bénéficié de ces prétendues richesses, c'étaient les générations précédentes qui s'étaient gavées ! Eux n'héritaient que des ennuis, et du doigt tendu dans leur direction.

Et pendant ce temps, des foules s'amassaient aux frontières, où on avait dû envoyer l'armée pour tenir.

Romy avait honte. Y compris d'elle-même pour n'avoir aucune solution. Elle détestait son époque. On ne parlait plus que des problèmes. Comment stopper les migrants ? Comment maintenir l'économie du pays ? Comment refaire de la place à l'homme là où l'intelligence artificielle occupait l'espace ? Comment recréer de la richesse ? Ça n'arrêtait pas. Chaque jour on se demandait quel pays allait envahir quel autre le premier au nom de sa survie alimentaire. Le bal des hypocrites avec ces politiciens qui se rassemblaient tout le temps, officiellement pour trouver des solutions, alors qu'on savait très bien que ça n'était que de la façade – gagner du temps, des électeurs, mais des solutions, ils n'en trouvaient aucune. En existait-il seulement ? Ne fallait-il pas se rendre à l'évidence ? La fin d'une ère. De nos civilisations.

Et il y avait également le taux de natalité qui s'effondrait dramatiquement : la fertilité n'avait jamais été aussi basse, ah oui, ça c'était un des sujets de prédilection des médias ! La fertilité déplorable, à cause des saletés qu'on avait relâchées dans l'air, de la bouffe qu'on ingérait, de nos fringues, de nos modes de vie, bref, à cause de tout en fait. Et parce que les jeunes ne voulaient plus faire d'enfants bien sûr. C'était la faute des jeunes. *Mais tu m'étonnes ! Vous avez vu les perspectives ? Non mais regardez !*

Le monde ressemblait à un ballon trop gonflé, couturé de partout, et dans lequel on continuait de souffler, en se demandant laquelle de ses plaies allait céder la première.

Je suis joyeuse, ça fait plaisir, ironisa Romy. Elle adressa un clin d'œil à la Seine puis quitta le siège du pilote.

Elle redescendait de l'échelle lorsqu'une voix la surprit et manqua la faire trébucher :

— Tu sais pas lire ?!

Le ton n'était pas aimable.

Trois gars se tenaient à l'avant, autour d'une trappe ouvrant sur les entrailles de la péniche – le dernier en sortait à peine. Ils avaient à peu près le même âge que Romy, soit vingt ans, look de branleurs, pas celui un peu équipé de l'urbex, mais plutôt baskets voyantes, fringues flashy. Le voyant interne de Romy s'alluma direct : « EMMERDES PROBABLES ».

— Lire quoi ? demanda-t-elle sans se démonter.

Elle tenait une chose pour acquise dans ce genre de situation, c'était qu'il ne fallait jamais montrer sa peur.

Pas à trois connards. La peur sur la meute inspirait la connerie. C'était un détonateur.

— T'es aveugle ou quoi ? fit celui qui menait la troupe, un blond aux cheveux trop longs sur la nuque, aux yeux rapprochés et avec un gros grain de beauté sur le front, juste au-dessus du sourcil.

— Ah, c'est toi Gizmou ? Bravo pour le nom, ça claque.

C'était plus fort qu'elle. Romy savait qu'elle aurait dû se taire, mais parfois les paroles jaillissaient de sa gorge avant même qu'elle ait pu les filtrer. Trop d'années de frustration à ravaler ses colères, à encaisser, c'était comme si son cerveau avait épuisé ses réserves de tolérance et de retenue.

Un des gars ricana, ce qui déplut fortement au leader, qui le toisa avec méchanceté avant de se retourner vers Romy. Celle-ci étudiait sa position. Ils étaient clairement les plus proches du tronc. Pour quitter le bateau, elle allait devoir se rapprocher d'eux. Mieux valait ne pas attendre, et d'un air aussi sûr que possible elle remonta la coursive le long du bastingage.

— Tu te fous de ma gueule, c'est ça ? insista le plus nerveux des trois.

Ne ralentis pas.

— Depuis quand un compliment c'est un problème ?

Elle n'aimait pas la façon dont les deux autres la regardaient. Le premier ne décrochait pas de ses seins, et l'autre la dévisageait avec un drôle d'air. Elle avait laissé le taser dans le sac, sur ses épaules. Il était un peu tard pour s'arrêter et le prendre, ils le verraient aussitôt et ça risquait d'envenimer les choses.

Romy avait parcouru la moitié du chemin lorsque la grande gueule fit plusieurs pas vers elle, suivie par ses deux roquets.

— T'es toute seule ? demanda-t-il.

— Mes potes sont dans la villa Sapène. Tu veux que je gueule pour qu'ils rappliquent ?

— Mytho, fit celui qui reluquait sa poitrine. Y a personne à la villa.

Le rythme cardiaque de Romy s'emballa, sa gorge s'assécha. Elle ne le sentait pas. « EMMERDES PROBABLES » se mit à clignoter sévèrement sous ses paupières. Il fallait atteindre le tronc le plus rapidement possible. Elle regrettait amèrement le legging qui moulait ses formes.

Le chef de meute fit un bond et se positionna juste devant le passage, là où l'arbre écrasait la rambarde.

— T'as pas peur, toi, lâcha-t-il d'un ton qui devenait vicieux.

— C'est bon, lâche-moi.

Elle arrivait juste devant lui. C'était l'heure de vérité. Soit il se poussait, soit…

— C'est *mon* bateau, dit-il. Mon territoire. Mes règles.

Le cœur de Romy battait la chamade, et il devenait de plus en plus difficile de ne pas se trahir. Sa respiration s'était accélérée, et elle sentait que ses jambes se remplissaient de coton.

— OK, j'ai pigé. Je reviendrai plus. Maintenant laisse-moi passer.

— D'abord, faut payer ce que tu me dois.

Il tendit la main vers son visage, pour lui attraper le menton, mais Romy recula d'un pas.

— Hey ! Stop. Pour qui tu te prends ?

Il écarquilla les yeux, entre surprise et amusement.

Romy ne tint plus et se mit à haleter, pourtant elle s'immobilisa bien droite et le fixa du regard avec une haine qui le transperça. Tout ce qu'elle avait encaissé pendant l'adolescence, elle avait appris, à force de coups, de pleurs, de rage, à le transformer. Elle avait mis plusieurs années à y parvenir. Qu'elle ait peur ou soit humiliée, elle ne baissait plus les yeux. On pouvait tout lui dire, elle en transformait une partie en combativité. Le reste lui perçait le cœur, mais ça, elle avait l'habitude.

Le chef afficha un sourire détestable. Lui savait ce qui allait suivre, et ça lui plaisait.

— Hey, Kyl, attends, je la connais cette meuf..., fit celui qui la fixait d'une curieuse manière depuis le début.

Ça y était, soupira Romy intérieurement. Il n'avait pas fallu longtemps cette fois.

— Tu connais le nom de cette beauté ? Vas-y, balance.

Le gars qui l'avait reconnue s'approcha.

— C'est pas une meuf, Kyl ! Putain, mais oui ! C'est le keum qui s'est fait opérer ! C'est un trans !!!

Il éclata d'un rire gras qui le plia en deux.

— Merde ! Kyl a failli se faire un trans, putain !

Le troisième n'en revenait pas et le Kyl en question fixait Romy, abasourdi.

— C'est vrai ? T'es un mec ?

Romy serra les dents. Ne pas leur offrir ça. Cette fois elle le repoussa du bras et grimpa sur la rambarde pour accéder au tronc. Encore stupéfait, Kyl ne broncha pas et la laissa passer.

— Un enfoiré de trans ? Sérieux ? insista-t-il.

— Allez vous faire foutre, répliqua Romy en descendant lentement.

Kyl la regardait faire, l'air complètement sous le choc, comme si son esprit ne parvenait pas à faire le lien entre les données. Jolie fille. Attirance. Homme. Transsexuel. Ça ne matchait pas dans son processeur personnel.

Après trois mètres, Romy s'immobilisa pour faire passer son sac à dos devant elle et l'ouvrir. Elle prenait un risque, elle lui donnait une chance de se ressaisir et de lui jouer un sale coup, secouer le tronc par exemple, pour qu'elle chute de cinq ou six mètres dans l'eau croupie.

Elle sortit sa corde, fine mais solide, et l'enroula autour du fût, fit un nœud rapide, et reprit sa descente en s'y cramponnant.

En haut, un des gars riait encore aux éclats, tandis que Kyl fixait Romy avec ce qui devenait petit à petit de la haine.

— Sale pute de trans ! hurla-t-il enfin.

Romy haussa les sourcils. Pas très original. Au moins il ne l'avait pas attaquée physiquement. Mais il insista :

— T'es une sous-merde, t'entends ? Sous-homme !

— Tu l'auras cherché, murmura-t-elle.

Une fois sur la berge, elle tira de toutes ses forces sur la corde, et l'arbre, qui était l'unique voie de sortie, bascula dans le vide et s'effondra dans l'eau, au pied de la péniche.

— Qu'est-ce qu'elle a fait ? s'écria une voix catastrophée. Mais comment on va descendre ? Putain, Kyl ! Comment on va descendre ?!!

Romy les toisa et brandit son majeur dans leur direction.

Tenez, ça c'est pour le respect, c'est cadeau.

3.

Dans une rue reculée et sans intérêt d'Issy-les-Moulineaux, où s'opposaient deux barres d'immeubles à l'architecture aussi morne qu'anonyme, vivait Simon, au troisième étage, côté cour, dans un trois-pièces trop grand pour lui et trop exigu pour ses livres.

La peinture des murs pouvait bien être terne ou écaillée, personne n'aurait pu s'en offusquer puisque ceux-ci disparaissaient sous les alvéoles de cette ruche de connaissances. Il y en avait partout. Du sol au plafond, jusque derrière les portes et au-dessus des chambranles. Le couloir de l'appartement sentait le vieux papier et ressemblait à une coursive de sous-marin par son étroitesse et son obscurité – blindée à la cellulose et à l'encre.

Simon rentra de son jogging en début d'après-midi, un peu déboussolé par ce changement d'habitude. Normalement, il entamait sa journée par une heure d'effort, pour se sentir bien et pouvoir se consacrer entièrement à son travail par la suite. Mais il avait décidé qu'il fallait modifier sa routine. À quarante-cinq ans, ce qu'il avait instauré pour se garantir une hygiène de vie correcte devenait un processus mécanique sans intérêt. Dès l'adolescence, il s'était imposé d'entretenir son corps, pour que celui-ci ne soit jamais une entrave au bon fonctionnement de sa tête. Simon était un intello, il en avait été très tôt conscient, ce qui n'interdisait pas de cultiver sa forme physique, bien au contraire.

Et depuis trente ans, il courait et faisait ses pompes chaque matin.

Avec la mort de Pierre, Simon avait décrété nécessaire de faire bouger les lignes. Question de survie. Il n'arrêtait pas de s'interroger sur… tout. Tout remettre en question. Tout revoir. Tout repenser. Comme si cela avait pu changer quelque chose.

Ça n'avait pas de sens, il le savait au fond de lui, mais éprouvait ce besoin de mouvement. Dans une fébrile tentative d'analyse psychologique de comptoir, il s'était dit que c'était un biais pour se prouver que même absent, et pour toujours, Pierre pouvait encore avoir un impact sur sa vie.

Cela faisait six mois.

Une demi-année sans son fils. À cause d'une saleté de tempête. D'après les témoignages, Pierre avait refusé d'attendre à l'abri à la fac, il avait voulu sortir pour rentrer, et il s'était fait rattraper par ce monstre qui avait frappé le nord de la France. Il n'y avait pas plus d'explications, pas de coupable à blâmer, lui avait-on répété. Simon, lui, en avait désigné facilement. L'université, qui n'avait pas des protocoles assez rigoureux, pas les moyens ou ne se les était pas donnés, et surtout le gouvernement. Des monstres calculateurs au service de leur carrière, jamais à celui des électeurs qu'ils représentaient pourtant. Simon les haïssait.

C'était peut-être cette haine qui le tenait encore vivant. Il n'en savait rien. Pourquoi continuait-il au juste ?

Simon retira ses baskets, qu'il rangea aussitôt dans le minuscule placard à chaussures dans l'entrée (lui aussi écrasé par des colonnes de livres), vaporisa une giclée de désodorisant dedans et referma pour aller se servir un grand verre d'eau. Après quoi il entra dans le salon et sélectionna un vinyle dans sa collection, c'était la seule autre chose qu'il amassait en dehors des ouvrages. Du jazz et rien que du jazz. Il opta pour *This is Our Music* d'Ornette Coleman. C'était parfait pour se mettre sur les bons rails. Du moins essayer. Il le fallait. Coleman était festif, sa musique tournée vers l'extérieur, bien pour se donner de l'énergie positive. Il se gardait son autre référence, John Coltrane, pour le soir, davantage une musique d'introspection.

Son à fond (ses voisins n'étaient pas chez eux la semaine en journée), Simon prit une douche tiède pour terminer de se vivifier. Il enfila un polo et entendit les frottements répétitifs du diamant arrivé au bout du sillon. Il s'accorda le temps de la face B pour déjeuner sans appétit, un peu tard, des restes qui traînaient dans son frigo, sur un coin de la table du salon, le saxophone d'Ornette vibrant dans les enceintes. Il lâcha la bride à son esprit qui vagabonda d'une pensée à l'autre, revenant souvent sur Pierre... un peu sur son travail, et ça n'allait pas plus loin. La vie de Simon n'était, de toute manière, pas très riche.

Fin de la session.

Simon débarrassa et revint, avec son ordinateur portable cette fois. Le silence de la pièce était embarrassant.

Il lutta à peine cinq secondes avant que ses yeux finissent par glisser vers la photo de Pierre, posée dans un cadre sur une pile de bouquins historiques.

Le quadra soupira en fixant le portrait de son fils. Vingt ans. Beau gosse. Regard pétillant sur papier glacé.

Glacé comme son corps à présent. Froid, sous la terre des hommes. Cette même terre qui lui avait arraché la vie. Ces mêmes hommes qui avaient fait que la terre arrache des vies.

Simon secoua la tête, ce n'était pas le moment de se lancer dans ce genre de boucle. Rien n'en sortirait sinon de la frustration, de la colère et une infinie tristesse. Il coupa le robinet de l'émotion en détournant son regard.

Simon pouvait sembler distant parfois, mais c'était son fonctionnement à lui, pour tenir le coup. Étrangement, il n'avait presque pas pleuré depuis la mort de Pierre. Cela ne l'avait pas empêché, mille fois, d'éprouver un désespoir terrible. Simon n'était pas croyant, s'il l'avait été il aurait probablement rejoint son fils depuis longtemps dans l'au-delà, mais pour lui la mort n'était que la dissipation de l'être dans le néant. La vie pour seul flash de conscience dans l'éternité.

Il guetta le tiroir du bas. Celui où étaient enfermés les médicaments. Beaucoup. Bien assez pour tout interrompre. Simon soupira. Le flash de conscience allait durer. Encore un peu.

Il alluma son ordinateur. Il avait besoin de se plonger dans le boulot.

Simon était sociologue. Il donnait des cours à l'université Paris-Sorbonne, et publiait beaucoup. Dans des revues spécialisées et des ouvrages de référence.

Au moment du décès de Pierre, il avait hésité à tout plaquer, avant de se reprendre, et au contraire s'était immergé dans le travail comme jamais. Il en avait besoin, c'était sa rampe pour s'accrocher, se tenir à quelque chose de concret, et tenter d'avancer, un pas après l'autre. S'il n'avait plus ça, alors à quoi bon poursuivre ?

Les mois filaient et Simon doutait que cela suffise. Il était seul. Bien trop seul.

La mère de Pierre les avait quittés lorsque le petit n'avait que cinq ans. Elle ne supportait plus les contraintes de la vie de famille, que le couple soit avant tout une entreprise autour de l'enfant, que les soirées, les week-ends et les vacances soient conditionnés par le petit. Ni elle ni Simon n'avaient de proches pour les aider, pour garder Pierre au moins une fois de temps à autre, et elle avait explosé en vol. Du jour au lendemain, elle avait bouclé une valise, expliqué qu'elle devait penser à sa survie et abandonné le domicile conjugal pour « vivre ».

Simon avait cru que c'était un coup de sang, qu'elle allait revenir pleine de contrition et de bonne volonté au bout de quelques jours, quelques semaines au pire, et bien sûr il n'en fut rien. Elle ne demanda aucune nouvelle. Ni n'en donna. Simon et elle n'étaient pas mariés, et elle se volatilisa ainsi hors de leur existence. Simon entendit raconter par des connaissances communes qu'elle était partie profiter dans le sud de la France, puis à Londres pour vivre son égoïsme. À son adolescence, Pierre essaya de reprendre contact avec elle *via* les réseaux sociaux, et pendant quelque temps, à la grande surprise de Simon, elle sembla ouverte à l'idée, mais elle disparut de nouveau presque aussi vite, lorsque Pierre évoqua l'idée d'une rencontre.

Sur le plan émotionnel, ni le père ni le fils n'avaient eu de chance. Et Simon avait été quelque peu vacciné quant aux relations amoureuses. Il savait bien qu'il ne fallait pas généraliser, mais entre le boulot, le fait de préserver son fils de nouvelles désillusions affectives et ses propres réticences à faire confiance, Simon n'avait fait qu'enchaîner de courtes histoires sans avenir.

Un triste modèle pour Pierre, se blâmait-il parfois. Mais il faisait ce qu'il pouvait.

À présent que Pierre était mort, Simon était plus seul que jamais.

Ne lui restaient que ses livres et le jazz.

Largement de quoi finir fou, songea-t-il tandis que son ordi attendait qu'il entre le mot de passe pour s'allumer complètement. À nouveau, il fixa le tiroir du bas. Avec son contenu, tout serait réglé. Lui, l'homme cassé, serait réparé. Définitivement.

Comme il l'avait déjà fait une centaine de fois, il secoua la tête. Pas aujourd'hui. Pas encore.

Combien de temps tiendrait-il avant d'avaler ces cachets, de les arroser avec son meilleur whisky sous la complainte de Billie Holiday et son *Strange Fruit* ? Ce n'était pas comme s'il n'y avait pas déjà pensé, il avait préparé son départ, jusqu'à choisir la musique.

Dépité par lui-même, Simon secoua la tête et s'apprêtait à taper le mot de passe quand une sonnerie retentit.

Ce n'était pas l'interphone relié au hall du rez-de-chaussée mais celui de son propre palier. Donc probablement un des voisins.

— Merde, la musique…

Il pensait pourtant qu'ils n'étaient pas là.

Simon ouvrit la porte sans se méfier, prêt à se confondre en excuses pour avoir fait hurler le saxo d'Ornette, et demeura bouche bée lorsqu'il avisa un homme et une femme aux visages sévères, qui le fixaient avec intensité.

Ni leur look ni leur expression ne leur conféraient un air rassurant.

La femme brandit son portefeuille, qui s'ouvrit sur une carte avec une bande tricolore.

— Vous êtes de la police ? comprit Simon sans bien lire.

— Pas exactement, corrigea la femme d'une voix plus douce que son physique sec et autoritaire ne le laissait présager. Monsieur Privine, vous voulez bien nous accompagner ?

— C'est en lien avec... mon fils ? L'enquête sur sa mort ?

Les deux échangèrent un regard entendu, comme s'ils s'étaient attendus à cette question.

— Non. Pas vraiment, répliqua la femme.

Elle hésita sur la suite. L'homme à côté avança alors d'un pas et tendit la main vers Simon :

— Nous sommes de la DGSI. Le renseignement intérieur. Nous avons besoin de vous, Simon.

4.

Zoé se tenait debout dans la cuisine ouverte sur le salon et la véranda, mains sur les hanches, à fixer René qui dormait en ronflant comme une turbine.

— Et ça, tu crois que c'est grade 4 ?

Romy ne broncha pas, assise dans le canapé, le visage éclairé par l'écran de sa tablette. Mais Zoé pouvait voir à ses yeux fixes qu'elle ne lisait pas.

Elle vint s'asseoir à côté de sa fille.

— Michael Jackson a ressuscité, dit-elle sans obtenir plus de réaction. Bon, tu ne m'écoutes pas en fait.

— Si, maman, mais je ne sais même pas qui c'est ton Jackson.

— Même moi je le connais, enfin. Un chanteur !

— Du siècle dernier, OK.

Romy posa la tablette sur ses genoux et cracha ce qu'elle avait sur le cœur :

— C'est une hérésie de vivre à deux dans une si grande maison.

Allons bon. C'était nouveau ça. Zoé fit la moue pour réfléchir.

— Tu veux qu'on accueille une famille qui a perdu son logement ? C'est un peu tard, il aurait fallu se réveiller en avril quand il y avait de véritables besoins, mais je te rappelle qu'après avoir pesé le pour et le contre, on avait décidé que ce n'était peut-être pas l'idéal. Depuis, la plupart des personnes ont été relogées.

C'était vrai et le sujet avait agité plusieurs soirées, tiraillées qu'elles étaient entre ce qu'il fallait faire et leurs réticences. Romy craignait que la petite notoriété de sa romancière de mère ne soit qu'un nid à embrouilles avec des inconnus, et Zoé n'était pas convaincue que faire venir des personnes qui ne seraient peut-être pas d'une grande ouverture d'esprit ferait du bien à sa fille après tout ce qu'elle avait traversé. À force de ne pas réussir à trancher, l'hésitation l'avait emporté, non sans une profonde crise de culpabilité qui durait encore parfois.

Romy haussa les épaules.

— C'est pas ça, juste que… c'est une aberration écologique, quoi.

Zoé ouvrit la bouche sans qu'un son en sorte. Elle n'avait pas d'argument à opposer à ça. Elle baissa la tête.

Il y a différents types de silence dans les familles, mais celui qui suivit, d'une bonne minute (bien qu'au moins de dix en ressenti), était à ranger dans la catégorie « gros malaise ». Ce fut Romy qui le rompit la première, alors que Zoé s'apprêtait à capituler et à monter se coucher.

— Pardon, m'man. Je suis désolée.

Elle avait changé de ton. La douceur était revenue. Elle ajouta :

— Je sais que tu l'adores, notre baraque. C'est ton rêve de gamine.

Zoé secoua la tête et lui prit la main :

— Tu as probablement raison, puce, c'est une aberration.

Puce était le seul nom qui avait survécu à la transition du fils vers la fille. Le seul que Romy acceptait encore. Quand elle était petite, encore un garçon, Zoé l'appelait ainsi. Ça avait perduré un peu au début de l'adolescence, pour s'estomper petit à petit. Lorsque Romy avait effectué sa transition, Zoé avait été dépourvue les premiers mois, ne sachant plus comment elle devait la surnommer en dehors du nouveau prénom que sa fille s'était choisi, et puce lui était revenu spontanément, un soir où elle la consolait après une énième journée d'insultes. On disait que la société avait évolué sur la question, eh bien la famille Margot-Tallec pouvait témoigner qu'il y avait encore beaucoup, beaucoup trop à faire pour entrer dans le crâne de TOUT le monde qu'il existait des êtres humains qui n'étaient simplement pas nés dans le bon corps. Le progrès, c'était non seulement de pouvoir y remédier, mais aussi que tous le comprennent.

Chez les Margot-Tallec, il n'y avait jamais eu de débat. Un cheminement certes pas facile pour dire adieu au petit garçon que Zoé avait élevé et accueillir une fille qu'elle découvrait à l'âge de seize ans. Mais depuis toujours, ou presque, ils s'y étaient préparés, avec Erwan. Très jeune déjà, leur fils se démarquait des autres mecs par ses jeux, ses préférences. Et ça n'avait fait que s'accentuer. Son homosexualité ne faisait plus aucun doute avant même la préadolescence, et peu de temps après c'était lui-même qui avait formulé ce qu'il ressentait, avec ses mots. « Je ne suis pas dans la bonne personne, maman. » Zoé se souviendrait toute sa vie de ce jour, de son intonation. Le regard de son fils, plein de larmes, de dépit, malheureux dans cette prison d'hormones pas adaptées. Zoé s'était préparée à un combat avec Erwan, pour le convaincre, mais à sa grande surprise il avait accepté sans discussion. Il aimait son fils, il n'était pas aveugle à sa détresse et, ensemble, ils avaient entrepris de consulter pour savoir ce qu'il fallait faire à son âge. C'était là le seul sujet important de leur couple où Erwan et elle avaient été d'accord dès le début, sans jamais s'affronter. L'amour d'un enfant peut provoquer des miracles.

Bien sûr, il arrivait à Zoé d'éprouver du manque pour le petit gars qu'elle avait mis au monde et qu'elle ne reverrait plus jamais, mais sa fille était aussi une bénédiction, ce qu'elle avait de plus précieux, et Zoé était prête à tout pour elle.

Romy inclina sa tête sur l'épaule de sa mère. D'abord son absence, puis son humeur ronchonne, Zoé savait lire en elle. Elle demanda :

— Mauvaise journée ?
— Mouais.
— Des connards ?

En guise de réponse, Romy émit un gémissement affirmatif qui mit Zoé en colère. Comment était-ce encore possible ? Surtout maintenant que Romy était en tout point une femme, et belle avec ça ! Zoé mettait au défi la plupart des hommes de se douter que Romy était née garçon. Impossible ! Et puis merde, même s'ils le devinaient, qu'est-ce que ça pouvait bien leur faire ? En quoi ça la rendait moins féminine ?

— Ils nous bassinent sur Internet avec la chute de la démographie, mais pourquoi faut-il que ce soient les abrutis qui survivent ? fit-elle remarquer.

— T'inquiète, maman. J'ai le cuir épais.

— C'est ça qui me bouleverse, à vingt ans, tu ne devrais pas.

— À vingt ans je pourrais être mariée, avec un job et vivre ailleurs, je te rappelle.

Zoé tiqua.

— T'as quelqu'un ?

— Tssssssss.

Sifflement méprisant.

— Je sais pas, je demande, on ne sait jamais.

— Faudrait déjà qu'il soit sacrément tolérant.

Zoé lui embrassa les cheveux.

— Tu trouveras. Sois patiente.

Le silence qui suivit était tout autre que le précédent. Calme. Protecteur.

René le brisa d'un ronflement énorme.

— Grade 5, c'est clair, commenta Romy.

Elles rirent ensemble, puis la jeune femme demanda :

— Et toi, ta journée ? Tu as écrit ?

— Question suivante !

— T'y arrives pas ?

Zoé prit une longue inspiration pour peser ses mots.

— Ça vient mais c'est plat. Pas à la hauteur. J'ai l'impression que mes lecteurs et lectrices me jugent à chaque phrase. C'est horrible.

Romy lui fit une caresse de la main, dans le dos.

— Je crois qu'on a besoin de soutien psychologique, dit-elle. Mum, va chercher le blanc que j'aime bien, je m'occupe du reste.

Zoé s'exécuta, puis Romy proposa qu'elles jouent aux cartes ; ce qu'elles firent, en débouchant la bouteille de chablis et en écoutant de la vieille musique, Johnny Cash, Bob Dylan et Cat Stevens. Ça ne leur était plus arrivé depuis une éternité.

Ce soir-là, contre toute attente, elles se détendirent et passèrent un bon moment, plein de légèreté. Une douce complicité mère-fille.

Sans se douter un instant de ce qui allait tomber sur le monde.

5.

Le *Giant Seagull* était un cargo à l'ancienne.

Pas de propulsion au gaz naturel liquéfié à bord. Pas plus que d'hydrogène. Encore moins l'un de ces porte-containers modernes véliques qui fendaient l'océan, tractés par leurs immenses voiles qu'on apercevait à plus de vingt bornes sur une mer calme.

Non, le *Giant Seagull* faisait tourner ses hélices avec du bon vieux fuel lourd, mais soufré à seulement 0,5 % pour répondre aux normes. Eddy Bricknell ignorait de quelles normes il s'agissait, probablement un truc d'écolo pour faire plaisir aux bobos planqués bien au chaud chez eux, dans leurs baraques en bois, et à vrai dire il s'en contrefoutait. Lui, ce qui l'intéressait, c'était comment traverser l'océan en évitant les ouragans, en jouant avec les courants et les alizés (qui s'étaient intensifiés au fil des décennies, jusqu'à impacter les navires à propulsion), et ce, en consommant le moins de ce fichu carburant qui coûtait les yeux de la tête au groupe qui l'employait. Et si Eddy faisait bien son job, alors il recevait une prime. Et celle-ci pouvait s'avérer bien juteuse si son rafiot n'engloutissait pas tout le fuel à bord, substantielle économie pour les patrons qui s'empressaient de la convertir en engagement écologique dans leurs pubs bien hypocrites. La *volta do mar* n'avait plus de secret pour Eddy, même si le gros de son savoir-faire provenait de l'analyse des données météo.

La grosse prime juteuse était ce qui l'avait poussé à sortir des routes commerciales habituelles. Plus à son aise dans l'Atlantique nord, cette fois il devait remonter sa cargaison, essentiellement du soja, de Santos au Brésil jusqu'au port d'Algésiras en Espagne, alors il y allait un peu à la jugeote, au jour le jour, ce qui le mettait de méchante humeur. Son équipage le connaissait, et tous prenaient soin de l'éviter. Des Philippins, toujours eux, sur chaque navire où Eddy avait servi, c'étaient systématiquement des Philippins à la manœuvre, à croire que ce peuple était au mal de mer ce qu'étaient les Indiens d'Amérique au vertige. Il savait surtout qu'il ne pouvait plus formuler ce genre de réflexion à voix haute, c'était un préjugé raciste. Lui ne se considérait pas raciste pourtant. Et c'était vrai qu'on foutait des Philippins sur chaque fichu bateau de cette planète. Mais probablement parce qu'ils ne coûtaient pas cher, se plaignaient peu, et qu'on en trouvait à la pelle, de ces cathos dociles qui parlaient anglais – rien que des qualités.

Cela dit, servir sur l'océan, ce n'était pas à la portée de tout le monde, Eddy en était bien conscient. Il savait le prix à payer. Après son second mariage (second divorce aurait été plus adapté mais c'était un mot qu'Eddy haïssait, il l'estimait très grossier), il avait laissé tomber. Le contraste entre les deux mondes était trop violent. Patron ici, simple matelot à la maison. Il n'avait pas tenu la longueur. Un peu comme ses gosses d'ailleurs.

Il ne les voyait quasiment jamais. Des e-mails de temps à autre, et voilà. Fallait-il attendre mieux de leur part alors qu'il avait passé sa vie ici sur ces mers plutôt qu'à la maison ? C'était à peine s'ils ne lui disaient pas « monsieur » lorsqu'il les voyait enfin.

Non, sa vie, c'était ce paysage. Toujours le même. Jamais le même.

Eddy se tenait sur l'aileron de manœuvre à tribord de la timonerie. Il prenait les embruns en pleine face, et savourait. Au cœur des origines (car ne disait-on pas que c'était l'eau qui avait donné naissance à la vie sur la Terre ?), loin de tout, des hommes et de leur tumulte, il n'y avait que soi. Et ce qu'on y apportait. Eddy aimait cette idée d'être face à lui-même, sans fard. L'horizon n'avait pas de fin, ce qui ne mettait aucune limite au regard, donc à la pensée. Une âme libre de vagabonder dans la direction de son choix. Jusqu'à l'infini.

Il pouvait passer des heures ainsi, à se faire creuser les rides par les vents, à goûter le sel de l'écume qui l'arrosait en microgouttelettes, à cuire sous le soleil ou s'éroder sous la lune.

Pour un gars du Tennessee, on peut dire qu'il n'était pas prédestiné. Dans les bars des ports où ils discutaient entre marins, à se raconter leurs misérables existences, lorsqu'on lui demandait : « Et toi, t'as grandi sur quelle côte ? », il répondait inlassablement : « Sur la côte du Tennessee. » Les gars hochaient le nez et enchaînaient. Il n'y a aucune mer qui borde le Tennessee. Mais Eddy ne relevait pas. Il faisait comme les autres et relevait plutôt le coude, à destination du gosier. Plus jeune, c'étaient quelques verres et une fille. Mais avec l'âge, les verres le satisfaisaient bien assez. Dans la plupart des ports qu'ils fréquentaient, ça ne revenait pas moins cher, c'était juste moins fatigant.

Il chercha dans sa poche son paquet de pistaches. Elles avaient remplacé la cigarette électronique – Eddy n'avait pas une très bonne santé –, ce n'était pas encore idéal mais toujours mieux que de se remplir les poumons avec un tas de saloperies paraît-il moins toxiques que la cigarette, sauf qu'on finissait toujours par trouver des merdes dans leurs machins. Il prit une pistache entière dans la bouche. Il commençait par lécher le sel sur la coque (il avait manifestement une petite obsession avec le sel), puis la décortiquait avec la langue avant de cracher le reliquat. Ça l'occupait plus longtemps et évitait qu'il s'enfile le paquet en moins de deux.

L'horizon était d'un bleu pur. C'était ça la couleur du paradis, pensait Eddy, et pas un blanc sans intérêt. Le blanc, ça n'est pas une couleur, c'est juste une surface prête à être salie. Alors que ce bleu-là, il respirait la vie. C'était le ciel. C'était l'eau, la matrice de la vie.

Il se rendit compte qu'ils devaient être en train de franchir l'équateur en ce moment même. Pas de bizut à bord. Tant mieux. Il détestait le baptême de la ligne. Il trouvait ça grotesque. Mais c'était la tradition et à quoi bon vivre en société si on ne respectait même plus les traditions, pas vrai ?

Eddy Bricknell faillit bien mourir à cet instant. En s'étranglant avec la coque d'une pistache. Mais il toussa et l'expulsa presque aussitôt, et sans y prêter attention.

Ce qu'il venait de voir dans le ciel captivait ses sens. Il en lâcha son paquet de pistaches, qui roulèrent sur le sol du balcon où il se tenait.

— Nom de nom…, lâcha Eddy en se cramponnant au bastingage.

Est-ce qu'il faisait une crise cardiaque sans s'en rendre compte ? C'était ça la mort ? Sauf qu'il n'y avait pas de tunnel sombre. Rien que l'océan à perte de vue et cette… chose ?

Il avait une hallucination. Une de ces hallus de haute mer, ça arrivait parfois et…

Sauf qu'Amram et Ko se tenaient en bas sur la plage avant, figés eux aussi par la vision, la main sur le front pour le premier, le bras tendu vers le haut pour l'autre. Non, Eddy n'hallucinait pas. Il y avait vraiment quelque chose devant eux.

Leur navire maintenait son cap.

Personne ne fit rien pendant plus de dix minutes. Ils se contentèrent de contempler, fascinés, et d'essayer de comprendre. Tout l'équipage était monté sur le pont.

Ce fut Amram qui tomba à genoux le premier en se signant.

Eddy, lui, secoua la tête.

— Abruti, ça n'a rien à voir avec Dieu. Ça vient de beaucoup plus loin.

Le *Giant Seagull* fonçait à sa rencontre.

6.

Simon, qui était habitué à s'exprimer dans des amphithéâtres de plusieurs centaines de personnes, voire devant des caméras (ça lui était arrivé autrefois de servir « d'expert » en sociologie sur des plateaux de chaînes d'info), était intimidé comme un gamin le jour de sa première rentrée dans une nouvelle école.

Car cet établissement-là s'appelait l'Élysée, rien que ça.

Les fonctionnaires de la DGSI avaient été clairs : pour l'heure on ne faisait que le sonder, rien n'était encore acté. Ils avaient vérifié ses antécédents, lui avaient posé une myriade de questions, parfois intimes, pour le décortiquer, dans les moindres détails, avant de conclure qu'il était « clean ». Bon pour le service. La suite n'intéressait plus le renseignement intérieur, la suite était dans les mains du cabinet présidentiel. Rien que ça.

Du coup, il se sentait aussi anxieux que s'il passait un examen, ce qui ne lui était plus arrivé depuis une éternité. Bon élève studieux, il avait eu ses diplômes très jeune et, avec désormais quarante-cinq ans au compteur, il n'avait aucune raison de se soumettre à une étude des compétences exercées pendant presque la moitié de sa vie. Pour lui qui n'éprouvait plus grand-chose depuis six mois, c'était une surprise.

Il avait mis le temps du trajet pour comprendre. Ce n'était pas l'institution qui l'impressionnait. C'était sa propre haine. Et sa capacité à la restituer. C'était l'unique raison pour laquelle il avait accepté cette « convocation ». Dire aux représentants de l'État, quels qu'ils soient, tout le mal qu'il pensait d'eux. De leurs politiques stériles, sans aucune vision réelle, de leur égoïsme, de l'injustice du monde, de… Il avait tant de colère à la bouche qu'il craignait que les mots lui manquent. Il n'était pas dupe, ça ne servirait à rien, sinon à se convaincre qu'il aurait au moins fait ça, au nom de Pierre. Simon réalisait qu'il avait besoin d'être entendu. Et il *les* considérait comme responsables de la mort de son fils. Il cracherait ce qu'il avait sur la conscience, et plus rien ne le retiendrait alors dans ce monde.

On lui avait dit de se présenter sur le côté du Palais. Il déclina son identité lorsqu'il parvint au barrage dans la rue du Faubourg-Saint-Honoré, précisant qu'il avait rendez-vous. Le flic en poste s'éloigna de quelques mètres, parla dans son talkie, et lorsque la réponse tomba il fit signe à Simon d'approcher. C'était aussi simple que cela.

On lui indiqua la petite rue qui courait sur le côté, la rue de l'Élysée justement, et il vint s'adresser aux deux autres policiers en uniforme qui en gardaient l'entrée. De là, on l'emmena jusqu'à la porte cochère, assez discrète, sur le flanc du Palais, et après avoir présenté sa pièce d'identité, franchi un portique de sécurité, ce fut fait, il était au centre du pouvoir de son pays. Aussi rapidement que ça. Simon n'en revenait pas.

Il patienta une dizaine de minutes dans une pièce affichant un portrait de la présidente de la République et se planta devant elle. Classique. Sourire rassurant, coiffure parfaitement lisse, tailleur-pantalon sobre. Simon ne la portait pas dans son cœur, mais lui reconnaissait un talent unique pour les joutes oratoires, et il en fallait pour accéder à la fonction reine en étant une femme. Dans ce pays qui se disait en constante évolution, ouverture maximale vers l'égalité et l'inclusion, lorsqu'il fallait passer la barrière des urnes les vieux réflexes machistes revenaient à la charge. Elle était la première. Il en avait fallu du temps pour que ça arrive. Et elle avait été élue non pas parce qu'elle était une femme, mais bien à l'aune de ses compétences, du programme exposé et surtout de la foi du peuple en sa capacité à le faire appliquer. Pour la première fois, ce soir de second tour, Simon s'était dit que la France avait réellement évolué.

— Monsieur Privine, fit une voix dans son dos. Je suis Matéo Villon.

Matéo Villon avait la trentaine, costume impeccable, mais pas de cravate, comme c'était devenu courant parmi les politiques modernes. La cravate datait d'un autre âge pour la plupart d'entre eux. Barbe de cinq jours, cheveux faussement hirsutes (le mouvement figé par la cire témoignait du temps passé à donner cette illusion), l'homme tendait une main très blanche aux doigts fins et courts vers Simon, qui la serra.

— Pardon, j'étais…

Il désigna le portrait présidentiel.

— La présidente vous prie de l'excuser, elle ne pourra se joindre à nous, mais je suis un de ses conseillers en charge des questions de sécurité. Venez, suivez-moi. Première fois au Palais ?

Simon acquiesça pour la forme, sans trahir sa surprise. La présidente était prévue à l'ordre du jour ? s'étouffa-t-il intérieurement. La DGSI avait joué les mystérieuses, et Simon s'était imaginé diverses raisons à cette volonté de le rencontrer, mais aucune n'incluait la présidence. Il savait que l'Élysée prenait au sérieux les mouvements de pensée qui secouaient la société, les changements de mentalité, les inquiétudes nouvelles, les revendications d'une société encore plus ouverte. Des jeunes notamment, mais pas seulement. Il y avait eu de nombreuses ruptures dernièrement entre les générations, et le gouvernement se devait de comprendre ces fractures entre les strates de la société pour mieux continuer à les manipuler. En sociologue qui publiait, mais ne faisait pas de vagues, Simon s'estimait un candidat sérieux pour jouer les interfaces. Ils allaient lui proposer une mission de synthèse, de les aider à analyser ce mouvement, peut-être pour l'instrumentaliser par la suite. C'était ce qu'il présupposait. Et il comptait bien les envoyer paître, mais à sa manière. Et ses raisons allaient les crucifier. Il voulait les accabler. Qu'ils se sentent *vraiment* responsables pour la mort de Pierre…

À bien y réfléchir, le coup de la présidente n'était qu'une manœuvre, réalisa Simon, elle n'avait jamais été prévue, bien sûr que non ! Une remarque pour lui donner l'impression d'être important. Ce Matéo Villon était un vil stratège. Mais fallait-il s'en étonner ?

Ils sortirent sur le gravier de la grande cour.

Simon découvrait ce lieu qu'il avait tant de fois vu à la télévision.

— Impressionnant, n'est-ce pas ?

— Oui... enfin, je voyais ça plus... grand.

— Ça fait toujours ça. Venez, nous allons entrer par le vestibule d'honneur, nous avons une salle au premier.

Simon n'en ratait pas une miette. Il lui semblait qu'il pouvait à tout instant croiser un des « puissants » de ce monde, là, en chair et en os, face à lui, simple mortel, prof de socio, adepte du jogging et du jazz, profondément seul dans son trois-pièces d'Issy-les-Moulineaux et vivant aux portes de la mort. Et que ferait-il d'une pareille rencontre ? Aurait-il le pouvoir, par ses mots, de leur faire prendre conscience de leurs erreurs ? De leurs mensonges ? De l'état réel du monde à cause de ce qu'ils avaient fait ou n'avaient justement pas fait ? Tout ça n'avait aucun sens.

Des murs aux drapeaux, en passant par le tapis rouge encore présent sur le sol marbré, Simon enregistrait chaque détail comme s'il voulait en arracher des souvenirs. À peine entrés, ils croisèrent plusieurs personnes qui pressaient le pas, le nez sur leur dossier, et Simon perçut une certaine tension dans le Palais. Matéo le guida vers le grand escalier, qu'ils gravirent jusqu'à l'étage, où un concert de téléphones retentissait entre des dizaines de voix au débit de mitraillette. Là encore, plusieurs silhouettes passaient d'une porte à l'autre d'un pas alerte, mines graves, et l'impression qu'une chape de plomb recouvrait ces bureaux s'intensifia. Matéo referma la porte du salon dont les hautes fenêtres donnaient sur le jardin, et désigna un plateau sur lequel étaient disposés verres, bouteilles d'eaux plate et gazeuse et jus d'orange, et invita Simon à se servir, avant de s'asseoir en face, à la longue table qui occupait la moitié de la pièce.

Ainsi isolés, la ruche autour parut s'apaiser.

— Merci d'avoir accepté de venir. C'est important pour nous.

Attends, mon coco, que je te jette au visage le fiel que tu mérites. Mais vas-y, déroule-moi ton baratin... Simon n'était pas encore assez à l'aise pour attaquer, il préférait laisser venir, le temps de se familiariser.

Matéo Villon afficha une moue faussement inquiète :

— Pardonnez-moi, la situation ne me permet pas de perdre du temps en cirage de pompes et autres banalités habituelles. Je me dois d'aller droit au but. Vous devez vous demander ce que vous faites là, n'est-ce pas ?

Matéo ouvrit sa main en grand devant lui, tête penchée, grand prince. Il enchaîna :

— Laissez-moi vous éclairer. Vous êtes Simon Privine, sociologue, et vous avez écrit notamment sur la complémentarité de groupe, sur les critères de sélection qui apportent une dynamique positive ou négative à une collectivité.

— C'est grossièrement résumé, mais on s'en approche.

Quelqu'un passa juste derrière la porte du salon en criant : « Il me le faut pour ce soir ! Tu réalises l'urgence dans laquelle nous... » Matéo fit signe qu'il était désolé de cette interruption et poursuivit :

— Nous avons besoin de votre expertise. Voyez-vous, il s'est...

Son portable se mit à vibrer dans sa poche de veste. Il le fit taire d'un geste rapide.

— Comment avez-vous eu mon nom ? demanda Simon.

— Justement parce que nous avons besoin de quelqu'un qui soit un expert en complémentarité de groupe, en critères de sélection. Dans ce domaine, c'est vous qui faites autorité.

Son téléphone vibra à nouveau et cette fois il le sortit de sa veste pour le couper.

— Ça semble urgent, vous devriez répondre, ironisa Simon.

— Croyez-moi, l'urgence est permanente aujourd'hui.

Comme pour souligner son propos, quelqu'un passa en courant dans le couloir derrière leur porte, ce qui étonna Simon. L'Élysée semblait vraiment en pleine confusion et l'espace d'un instant il se demanda s'ils n'étaient pas en train de déclarer une guerre, ou quelque chose d'aussi dramatique.

— Mon ancien prof de Sciences Po ne tarit pas d'éloges à votre égard, ajouta Matéo. J'ai consulté votre profil internet et…

— Mon profil internet ?

— Oui, Wikipédia, Google, un peu de réseaux sociaux…

— On en est là ? À sélectionner dans l'urgence des spécialistes par leur fiche Wikipédia ?

Simon se demandait à quel moment ils allaient lui jouer la carte du « et nous avons appris que votre fils est mort à cause d'une tempête, donc vous serez super motivé pour nous aider à améliorer la situation globale de la France ». Si ce Matéo osait, Simon le passerait par la fenêtre, et ce n'était pas une métaphore.

— Mon ancien prof vous recommandait et j'ai une haute estime de son opinion. Validation du sérail universitaire en quelque sorte. La DGSI nous a donné le feu vert après une rapide enquête et vous voilà.

Simon soupira, abattu.

— C'est ça le gouvernement aujourd'hui ?

— Ne vous faites aucune illusion, ça fonctionne ainsi depuis longtemps, j'en ai peur.

Simon haussa les sourcils.

— Faut pas s'étonner de l'état du pays... et du monde, je...

Cette fois, c'étaient deux personnes qui s'engueulaient juste sur leur palier et qui interrompirent Simon.

— Mais qu'est-ce qui se passe ici à la fin ? s'agaça-t-il.

Matéo soupira, l'air grave. Il désigna la porte du pouce :

— C'est pour cette raison que vous êtes là. La situation est... grave.

Simon reprenait enfin un peu le contrôle, il avait été impressionné en arrivant, et il l'était encore un peu face à la puissance de l'histoire de ces lieux, de leur symbole, mais le jeune hâbleur ne lui faisait plus aucun effet, Simon sentait son assurance revenir, et avec elle le bouillonnement ardent qui l'avait poussé à accepter l'invitation.

— Oh, épargnez-moi les conneries autour de l'état du pays, du besoin de fraternité citoyenne, voulez-vous ? Je ne suis pas sensible à ces sermons, j'ai perdu foi en vous, en notre soi-disant République. Mon fils est mort de votre incapacité à prendre courageusement des mesures difficiles mais efficaces, parce que vous et vos prédécesseurs n'êtes que des carriéristes, et que rien dans vos actions n'est au service véritable de nos besoins !

Matéo Villon ne broncha pas. Il se contenta de répliquer :

— Simon, la France a besoin de vous.

L'injonction, aussi ridicule qu'inattendue, faillit faire exploser le sociologue. Mais il se retint. Il ne voulait pas perdre le contrôle. Il voulait pouvoir choisir ses mots, ne rien oublier, faire mal, que ce Matéo prenne pour les autres.

— Qu'est-ce qui n'est pas clair dans ce que je viens de vous dire ? Je ne suis pas au service de la France. Nos petits jeux de nations individualistes ont conduit la planète à la ruine, et mon fils est mort de nos comportements. De vos conneries de politiciens. Je ne sers que l'humanité, si tant est qu'il en reste...

Le conseiller présidentiel ouvrit la bouche mais Simon le fit taire d'un index impérieux :

— Attendez que je vous serve vos quatre vérités et vous verrez si vous avez encore besoin de moi !

Matéo accusa le coup, et pour la première fois un soupçon d'émotion non feinte fit briller son regard. Il acquiesça lentement.

— Je vois de la colère à mon égard, dit-il. Je ne suis pas aussi stupide que vous semblez le penser. Et même si cet endroit vous est aussi désagréable que j'en ai l'impression, laissez-moi vous expliquer la situation, accordez-moi ces quelques minutes, et ensuite vous pourrez me dire tout ce que vous avez sur le cœur.

Il s'interrompit, le temps que les nouvelles voix qui venaient d'émerger depuis le couloir s'estompent, et conclut :

— Nous ne venons pas vous proposer une mission, Simon, nous venons vous supplier de nous aider.

Cette fois, Simon sentit sa rage redescendre dans ses tripes. Il lisait un étrange mélange de sentiments sur le visage de Matéo Villon. De la confusion, du désarroi…
Et de la peur.

7.

Chaque trait donnait vie.
Une ligne de perspective, une courbe de matière, un dégradé d'ombre. Romy s'appliquait à respecter les proportions, mais surtout cherchait à insuffler le vrai dans son art.
Reproduire la réalité, ce n'était pas seulement trouver comment résumer le monde à coups de traits, ça c'était une vision théorique et structurée, il fallait aussi capturer ce qui, dans le sujet, lui donnait une âme, un ton. Réduire ce que Romy observait en une somme de savoir-faire techniques, à ça elle excellait, elle avait pris des cours de dessin depuis son enfance ou presque. Non, ce qu'elle s'acharnait à déchiffrer, c'était le langage de la vie sur l'inerte. Comment conserver le vivant dans ce qui ne l'est pas. Donner l'illusion. Parce que c'était le secret, il ne pouvait y avoir de formule magique pour fabriquer l'impossible, en revanche il y avait une sensibilité pour faire croire, et cette maîtrise, Romy peinait à l'atteindre.
Peut-être parce que j'y mets trop d'intellect – elle le savait, mais c'était plus facile à dire qu'à faire.

Lorsqu'on est une cérébrale, nuancer la rationalisation, voire la taire, pour s'abandonner à l'instinct ne s'apprenait pas, cela se ressentait. Et Romy se battait avec elle-même pour lâcher prise.

Assise dans le jardin, elle croquait, pour la énième fois, leur maison et son lac sur le côté. Elle ne devait pas avoir loin d'une centaine de tentatives dans un carton, à la différence que les anciennes versions montraient feu leur chêne au premier plan – qu'il repose en paix.

Avec le même constat. Belle reproduction. Aucune émotion.

Celle-ci prenait la même direction, Romy pouvait déjà le deviner. Et l'agacement montait.

Le dessin, c'était son repère. La constante dans sa trajectoire compliquée. Cette part-là d'elle n'avait jamais changé. Elle s'y était même accrochée lorsque tout chavirait autour d'elle. Devenir une femme lorsqu'on était né homme n'était pas le parcours du combattant. Non, concernant celui-ci, on pouvait se préparer, s'entraîner dur, et à force de volonté on pouvait enchaîner les épreuves pour le boucler, ce fichu parcours du combattant. Transitionner, personne n'était entraîné à ça. Parce que personne ne le voulait. Ce n'était pas une question de choix. C'était une nécessité. Pour corriger ce qui devait l'être. Enfin devenir celui ou celle qu'on avait toujours été *en* soi, qu'il ou elle puisse éclore, y compris aux yeux du monde.

Dans ce long processus, Romy s'estimait heureuse d'avoir pu compter sur le soutien de ses parents, depuis le premier jour. Ils l'avaient accompagnée à chaque étape. Face aux médecins, aux psys, et en particulier contre la violence qu'elle avait dû subir. Beaucoup ne la comprenaient pas. Pour certains, cela relevait même du caprice ! Autant dire à quelqu'un en pleine dépression : « Allez, fais un effort, plaque-toi un sourire sur la gueule et ça ira mieux. » Non, ça ne peut pas aller mieux lorsqu'on est dans le mauvais corps. Et au-delà même de l'organisme, dans le mauvais sexe, simplement. Tout en Romy était déjà Romy avant même qu'elle ne le devienne. Ce n'était pas un mal-être. C'était une aberration de sens. Littéralement une erreur initiale. Et Dieu merci il était désormais possible aux jeunes comme Romy de rétablir la vérité, l'ordre qui aurait naturellement dû être, mais non sans un enfer à traverser. Et rien que pour ça, personne ne pouvait prétendre qu'il s'agissait d'un caprice. Au moment de sa chirurgie, celle qui allait entériner le changement radical de sexe, le plus beau cadeau de ses dix-huit ans, une partie de la famille de ses parents pensait encore que sa « lubie » passerait avec l'âge, mais qu'il ne fallait surtout pas qu'elle se « mutile », parce qu'il n'y aurait plus de retour en arrière possible. Le terme même de « vaginoplastie » les terrifiait. On en était encore là. Romy avait tenu bon. Elle s'était transformée, jusqu'au bout. Personne n'aurait la force, l'acharnement, la motivation pour tenir cet interminable chemin de croix et de douleurs physiques qu'était la transition totale, s'il ne s'agissait pas d'un pur acte de survie – rien de moins. Romy était une femme. En tout point. Et elle l'avait mérité.

Au long de ces dix années chaotiques, le dessin avait été son refuge. Se concentrer pour oublier, créer pour se sentir ailleurs, éprouver une fierté pour quelque chose. Romy adorait ça. Depuis la préadolescence, elle s'était entourée d'œuvres graphiques qui la rassuraient, qui la transportaient. Elle collectionnait les vinyles, assez peu pour les écouter, essentiellement pour admirer leurs pochettes. Elle pouvait passer des heures à chiner chez les disquaires pour dénicher *la* couverture qui la remuerait. Le mur principal de sa chambre était un assemblage de ses plus belles pochettes, du sol au plafond. Beaucoup de hard rock. Ces groupes employaient souvent des artistes originaux pour leur créer une imagerie forte et leur variété plaisait à Romy. Iron Maiden bien sûr, avec le travail de Derek Riggs principalement, mais aussi Larry Carroll pour Slayer, Michael Whelan pour Sepultura et Obituary. Et puis au centre, il y avait l'album *Rising* de Rainbow avec sa pochette « iconique », comme il fallait dire. Ce poing rageur jaillissant de la tempête, serrant un magnifique arc-en-ciel. C'était Romy, ce dessin. Elle l'avait regardé jusqu'à s'en user les rétines, lorsque tout allait de travers. Elle *était* cette illustration.

Mais son chouchou était incontestablement Dan Seagrave pour son travail sur les albums d'Entombed, entre autres. Un virtuose du paysage de féerie noire, avec une multitude de détails dans lesquels Romy aimait se perdre longuement. Chaque pochette était une porte vers un ailleurs, souvent sinistre, ce qui en disait long sur l'adolescence qu'elle avait traversée.

Son mur de vinyles faisait face à ses affiches de Laurent Durieux, Dan Mumford, Nicolas Delort et François Baranger, ses idoles. Chacun son style, mais tous maîtres dans leur genre. Lorsque Romy entrait dans sa chambre, elle aimait cette impression d'être au centre d'un vortex d'univers parallèles, il lui suffisait de tourner la tête pour voyager instantanément à travers l'une de ces fenêtres et se projeter loin de la réalité.

Elle aurait adoré leur ressembler, mais Romy était parfaitement lucide. Elle n'avait pas cette étincelle pour rendre unique ce qu'elle créait. Elle ne produisait que des copies. Et il lui manquait cette finition qui distingue le dessin amateur du vrai travail, elle doutait de l'acquérir un jour. Le dessin ne pouvait être une voie pour gagner un salaire, seulement une passion, alors elle s'en parait comme d'un costume pour affronter le quotidien et en mettait partout.

De perspectives professionnelles, Romy manquait. Elle ignorait ce qu'elle voulait faire et le vivait comme une blessure permanente. Même si sa mère ne lui reprochait rien, la jeune fille sentait l'inquiétude, parfois une pointe de dépit, dans son regard. C'était aussi le cas de ceux qu'elle croisait et qui lui demandaient ce qu'elle faisait de sa vie.

Rien.

Ou plutôt tout.

Romy ne cherchait pas de job, elle avait le luxe de pouvoir vivre sans, grâce à sa mère, même si cela ne pourrait durer éternellement. Mais à vingt ans, elle ne voulait pas tout gâcher en se précipitant. Entrer dans le système pour le principe lui répugnait. Être un maillon docile de la productivité lui donnait envie de vomir. Le conformisme déjà, c'était au-delà de ses limites, mais l'obéissance aveugle… Bon sang ! L'idée d'accepter un boulot alimentaire la révoltait.

Pourtant, aurait-elle le choix ? Sans diplôme (son parcours scolaire avait été erratique, en grande partie à cause de sa transition et surtout des conséquences, ce qu'elle avait enduré dans les mots, les attitudes et les regards des autres élèves, parfois même des professeurs), sans vocation, sans talent distinctif, quel était son avenir dans le monde du travail sinon celui de se fondre dans la masse, se plier aux règles et devenir un engrenage parmi les autres ?

Rien que d'y penser lui tordait l'estomac.

En même temps, ça c'était le discours d'une gamine bourgeoise qui pouvait se le permettre, et ça aussi, ça la dégoûtait, mais d'elle-même cette fois. Romy était en paradoxe. En quête de réponses.

Si beaucoup lui reprochaient de rester oisive, Romy considérait au contraire qu'elle profitait de cette errance pour se construire. Elle passait des journées entières dans les musées, à se nourrir des tableaux, parfois des sculptures, ou au cinéma à boire les émotions qui filtraient de l'écran. Romy se cherchait à travers l'art des autres. Ce n'était pas rien faire, au contraire ! Elle voulait crier à ceux qui la jugeaient un peu rapidement que c'était ça vivre pour de vrai, décrypter ce qui fait l'essence de l'humanité à travers ce qui la singularise véritablement des autres espèces animales de la planète : faire de l'art. Donner du vrai à ressentir à travers ce qui ne l'est pas initialement. Fabriquer de l'émotion et la rendre perceptible.

C'était la clé de l'existence des femmes et des hommes qu'elle cherchait, y compris de la sienne. On ne pouvait pas lui reprocher de ne « rien faire ».

Son crayon s'enfonça trop profondément dans le papier et marqua une dissonance dans le reste des mouvements du lac. *Et merde !* Voilà ce qui se passait lorsqu'elle vagabondait dans les méandres de ses pensées et qu'elle s'énervait.

Cette tentative numéro cent et des poussières pouvait partir à la poubelle, c'était encore fichu.

Romy se redressa pour s'éloigner du chevalet posé dans le gazon.

À bien y regarder, ce qu'elle prenait pour une anomalie – et qui en était une puisqu'elle résultait d'un geste incontrôlé, se répéta-t-elle – donnait une touche artistique intéressante. Une perturbation dans la discipline.

Romy fronça les sourcils.

Le lâcher-prise. Voilà. Je fais une connerie et c'est mieux. Est-ce que ça signifiait que ce qu'elle sécurisait sonnait faux et qu'il fallait laisser ses débordements s'exprimer ?

Son téléphone vibra dans sa poche de gilet. C'était au moins la cinquième fois en une minute. Au début, elle n'y avait pas prêté attention, sa mère était dans la maison, probablement dans son bureau en train d'écrire – enfin, d'essayer –, et comme Romy n'avait pas vraiment pléthore de connaissances qui pouvaient vouloir la joindre à tout prix, elle ne s'en était pas inquiétée. C'était leur problème, avec sa mère, leur isolement. La bataille des dix dernières années, pour permettre à Romy de devenir qui elle devait être, les avait éloignées d'une grande partie de la famille, qui ne comprenait pas. Et puis elles s'entendaient tellement bien que mère et fille n'avaient pas enrichi leurs relations avec des gens de l'extérieur. Romy abandonnant l'école, sa mère son métier dans la production, elles s'étaient progressivement coupées des autres. Plus de collègues, de rencontres quotidiennes, mais une vie principalement à la maison, en recluses. On pouvait s'en attrister, mais dans les faits les deux femmes n'en éprouvaient que très peu de manque. Elles avaient un monde intérieur riche et s'entendaient à merveille. Pas vraiment l'idéal pour la suite, elles en étaient bien conscientes, mais Zoé craignait d'être regardée comme l'ex-autrice à succès, et Romy était terrifiée qu'on puisse cesser de l'apprécier dès l'instant où elle expliquerait sa transition. Alors elles ne prenaient aucun risque. C'était lâche, elles le savaient, mais pour l'heure cela leur convenait. Il y avait un moment pour tout, et celui de l'ouverture n'était pas encore venu.

Nouvelle vibration. Cette fois ça faisait beaucoup. Romy sortit son téléphone pour découvrir une kyrielle de notifications. Des news qui avaient popé sur l'écran. Elles s'accumulaient, comme pour souligner leur gravité.

La Maison Blanche programme une conférence de presse urgente, lut-elle. Qu'est-ce que ça voulait dire ? Les Américains pouvaient bien faire ce qu'ils voulaient, non ?

D'autres messages de même nature s'enchaînaient. *Rumeurs autour de la gravité de la conférence de presse américaine*, ou *Le président américain s'exprimera sur toutes les chaînes en même temps ce soir, aux États-Unis*. OK. Là, ça semblait sérieux. Une grade 4 s'apprêtait à les frapper ? Une 5 ? Non, quand même pas…

Les notifications suivantes hérissèrent le duvet sur la nuque de Romy.

Downing Street convoque la presse pour une « déclaration majeure » à 21 heures. Ou encore *Londres en alerte maximale, conférence de presse du Premier Ministre ce soir.*

Manifestement, les Américains et les Anglais étaient de mèche. Ce n'était pas une tempête donc, pas sur les deux continents en même temps.

Intriguée, Romy rangea son matériel de dessin dans ses étuis et l'emporta, avec son chevalet, dans la maison.

Zoé descendait les marches pendant que sa fille refermait la lourde porte.

— T'as entendu ? lui fit sa mère. Les Ricains et les Rosbeefs ?

— Oui. Chelou.

— Moscou et Pékin viennent d'annoncer la même chose ! Et apparemment ça bouge à Tokyo, alors qu'on est au beau milieu de la nuit pour eux. Ça craint.

— C'est quoi, tu penses ?

Zoé se contenta de hausser les épaules et alla dans le salon allumer la télévision sur une chaîne d'information continue. Elles tournaient toutes en boucle sur le sujet, alors Zoé s'arrêta sur l'une au hasard. Mère et fille se tenaient debout devant les images.

Soudain la coprésentatrice toucha son oreille pour bien signifier qu'elle recevait les dernières infos en direct dans l'oreillette, puis, d'un air aussi excité que solennel, elle s'exclama : « On nous signale à l'instant que l'Élysée vient de publier un communiqué pour annoncer l'imminence d'une déclaration de la présidente, ce soir, à 20 heures ! »

Romy sentit sa mère se raidir. Jamais, dans l'histoire du monde moderne, les plus grandes nations n'avaient eu à prendre la parole ensemble, de manière quasi synchronisée.

Cela ne pouvait augurer rien de bon.

Zoé enlaça sa fille par la taille et la serra contre elle. Elles étaient hypnotisées par l'écran. L'angoisse montait.

La présentatrice, elle, avait enfin choisi son camp. La gravité pouvait attendre, c'était clairement l'excitation qui prédominait, l'audimat allait être phénoménal.

8.

La présidente avait exigé un moment seule.

C'était rare. Encore plus que sa demande soit respectée, mais cette fois, personne n'entra la solliciter. Tous comprenaient l'importance, l'enjeu.

Ils sont tous morts de peur, oui.

Elle s'était isolée dans son bureau du rez-de-chaussée, dans l'aile est du Palais, la partie plus privée du couple présidentiel. Rien que le nom de « Palais » l'avait toujours agacée. Il n'y avait pas plus éloigné du peuple qu'un pouvoir siégeant dans un *palais*. Le terme renvoyait à l'aristocratie, à la royauté. C'était une erreur de base. Mais il y en avait tellement dans les institutions ! La présidente avait voulu s'y frotter, avant de réaliser qu'il y avait bien plus pressant à accomplir.

Une odeur entêtante flottait dans la pièce. *Diane et sa fichue obsession du lys.* Ça devenait pavlovien, dès qu'elle la respirait, la présidente avait l'estomac qui se retournait, Diane avait réussi, bravo ! Elle ne pouvait plus supporter ce parfum.

Elle se leva pour ouvrir en grand la fenêtre et aérer, et en profita pour rester debout un instant, à marcher lentement pour réfléchir.

La présidente ne voulait pas d'une attaque conventionnelle, non, pas des formules habituelles pour démarrer son allocution. Plutôt une entrée en matière brutale, qui annonce la couleur. Oui. C'était préférable.

Ce discours va rester dans les mémoires et les archives du pays pour au moins un siècle.

Si tant est qu'il reste encore un pays d'ici un siècle.

Est-ce qu'elle voulait qu'on se souvienne d'elle comme de la présidente qui malmenait ses concitoyens ? Celle qui ne prenait pas de précautions de langage ?

Elle soupira. Non. Certainement pas.

En même temps, si le discours avait été correctement écrit dès le début, elle n'aurait pas à se triturer les méninges de cette manière ! Comment est-ce qu'ils rédigeaient ses interventions au premier ? Avec une intelligence artificielle comme celles qui avaient envahi Internet depuis quelques années ? C'était ça les plumes de la présidence désormais ? Elle s'interrogeait parfois. Il y avait tout le temps quelque chose à redire, et pas pour pinailler, mais des erreurs grossières, des provocations, des approximations ; non, elle n'était pas contente de son équipe. Elle allait devoir prendre des mesures.

Je vais surtout avoir autre chose à faire de bien plus vital et préoccupant dans les prochains mois.

Elle commencerait finalement par une introduction douce, l'heure était trop grave pour l'agressivité, tant pis si c'était d'un classicisme éculé, après tout les Français aimaient leurs habitudes. Elle les aborderait en douceur, c'était décidé.

Ses mains étaient moites. Elle en avait pourtant fait des interventions filmées, elle était rodée en la matière. Certes, celle-ci n'aurait pas de différé, même léger, l'Élysée ne voulait pas risquer de laisser fuiter la nouvelle avant la diffusion, le secret d'État n'existait plus, c'était une illusion que de le croire. Non, il fallait du direct, pour être la première. C'était son devoir que d'avertir ses électeurs.

Mes concitoyens, se corrigea-t-elle immédiatement.

Il n'y avait qu'une infime poignée de collaborateurs qui étaient au courant. Et puis quelques militaires bien sûr, et des scientifiques. C'était déjà un miracle que rien ne soit sorti sur les réseaux sociaux. Improbable. Il fallait croire que la peur scellait plus facilement les bouches, et cette idée était effrayante pour une démocrate qui sentait bien que tout lui échappait depuis deux ans ; la noce n'avait duré que douze mois. La peur comme solution : quelle tentation !

Font chier, ces connards d'Américains ! Pourquoi est-ce que la Maison-Blanche avait décrété de tout balancer ? Sans concertation en plus !

Parce que le secret allait s'éventer chez eux, voilà pourquoi. Ils veulent garder le contrôle, comme toi tu le fais. Ils étaient parvenus à faire en sorte que l'équipage du *Giant Seagull* se taise jusqu'à présent, mais la fuite proviendrait de l'administration, c'était couru d'avance... Ils auraient au moins pu ouvrir la discussion, laisser le temps aux autres de se préparer. La présidente n'était pas dupe, elle savait qu'elle n'avait eu droit au coup de fil du vice-président américain qu'en troisième ou quatrième position, au mieux. Pas de négociation : « Nous prenons la parole ce soir pour révéler ce qui se passe », avait-il déclaré. Pas : « Nous devons le faire, qu'en pensez-vous ? » Ou à la rigueur : « Nous sommes désolés, nous voulons rester maîtres du timing, j'espère que vous comprendrez. » Rien de cette délicatesse. C'était eux d'abord, le reste, on s'en moque. Somme toute elle-même assez fidèle aux méthodes des Américains, devait-elle s'en étonner ?

Londres n'avait même pas eu la politesse de prévenir. Heureusement qu'on pouvait compter sur Berlin, là c'était le chancelier qui avait appelé, dix minutes après la Maison-Blanche, pour une concertation avec la présidente. Lui au moins était réglo. Un des rares.

À l'Élysée c'était déjà le branle-bas de combat. L'état-major se déchirait sur ce qu'il fallait faire et comment le faire. La présidente avait tranché.

Il était impensable que le peuple français l'apprenne de la bouche d'un homme d'État étranger. Elle prendrait la parole en même temps que les Américains.

On frappa à la porte. Pas deux coups comme le faisait Diane, mais trois coups secs, toc toc toc, quasi d'une traite. *Louis. C'est la nervosité de Louis, ça.*

Un grand brun d'à peine trente ans entra, rasé de près, en costume impeccable.

— Le direct dans moins d'une heure, on ne peut plus attendre, faut valider le texte, dit Louis en s'approchant de la présidente.

— Laisse-moi encore un quart d'heure.

— C'est chaud là, on va...

— Et c'est moi qui vais coller ma gueule devant la caméra. Un quart d'heure, Louis.

L'homme marqua son agacement mais la grossièreté de la présidente était trop rare pour ne pas l'aiguiller sur la nécessité d'obéir. Il céda d'un signe du menton et ressortit.

La présidente prit place derrière son bureau, s'empara de son stylo pour remettre certaines choses à son goût.

C'était le discours de sa vie, et pourtant elle n'avait pas le temps de le soigner.

Elle insulta encore, pour la forme, les Américains, et se concentra sur sa mission.

Vingt-cinq minutes plus tard, et après avoir renvoyé Louis puis Anissa sans ménagement, elle prit ses feuilles et se leva.

Son reflet dans le miroir attira son regard. Elle se vit telle qu'elle était vraiment. Du charisme, certainement. Une chevelure plate, elle s'y était faite depuis le temps, prunelles déterminées certes, et flamboyance du port, mais où étaient passées sa moue naturellement heureuse, sa fraîcheur, la douceur de son regard ? Bon sang, ce qu'elle avait pris cher depuis deux ans. Le pouvoir n'avait aucune pitié pour les hommes et certainement encore moins pour les femmes. À tout point de vue.

C'était donc ça l'image qu'elle léguerait d'elle à sa nation ? Une présidente épuisée, marquée par le stress ?

Tant pis. Maquillage, visage surexposé et filtre feraient l'affaire. Elle y gagnerait une meilleure mine et cinq ans au moins. Et puis quelle importance ? Y avait-il encore des cons dans ce pays pour juger un président sur son apparence plus que sur ses mots ? Si c'était une femme, oui, probablement. Hélas.

D'un geste, la présidente rejeta ces pensées parasites et s'approcha de la sortie. Ses mains collaient aux feuilles, elles allaient faire baver l'encre.

Elle s'immobilisa devant la porte, avala sa salive. Son cœur battait un peu plus vite qu'il aurait dû. *Ça va aller*.

Ses doigts se posèrent sur la poignée. Elle ne pouvait plus reculer.

— Puissent les Français me pardonner, murmura-t-elle.

Et elle sortit de la sphère privée. Elle appartenait à présent à son pays.

Il était temps de tout lui dire.

9.

Les rues ressemblaient à ce qu'elles avaient été lors du premier grand confinement de 2020, ou lorsqu'une tempête grade 3 ou plus était annoncée suffisamment à l'avance, sauf qu'il n'y avait pas de vent à cet instant.

Des feux aux carrefours passaient au vert sans qu'aucun véhicule ne circule ; les volets métalliques des magasins étaient descendus, leurs enseignes lumineuses éteintes pour une majorité, seuls persistaient quelques irréductibles de la pub à tout prix, et des oublis ; il demeurait de rares silhouettes dans les rues, et la plupart s'empressaient de rentrer chez elles, en retard pour assister à la prise de parole présidentielle ; même les sceptiques, les nonchalants qui s'affirmaient détachés de « ces salades », s'agglutinaient devant leur écran. Tous voulaient savoir. La nature exceptionnelle de l'intervention n'avait échappé à personne. Le pays était au ralenti, figé dans l'attente.

Chez les Margot, on ne dérogeait pas à l'exercice. Zoé et Romy étaient assises dans le canapé face à la télé, et même René daignait ne pas ronfler pour respecter le moment.

Le drapeau tricolore apparut pile à l'heure sur l'écran de télévision, sans *Marseillaise*, rien qu'un plan sur le tissu hissé au sommet de l'Élysée, dans la nuit, comme s'il s'agissait d'une vue en direct, et l'image enchaîna sur la présidente, assise derrière son bureau, l'air grave. Ce qui marqua le plus Zoé, ce furent ces longues secondes où elle n'ouvrit pas la bouche, les pupilles plantées dans la caméra, comme pour fixer chacun, pour signifier qu'elle était bien là, que la situation était grave, que ça n'était pas l'un de ces discours politiciens habituels.

« Françaises, Français, en concertation avec mes homologues étrangers, nous avons décidé que la vérité ne pouvait plus vous être cachée, même au nom de la sécurité collective. Votre État ne saurait vous tenir à distance, et la transparence a toujours été notre préoccupation principale. La vérité doit prévaloir. »

Zoé tiqua. Deux fois le mot « vérité » en introduction. La présidente avait-elle quelque chose à se faire pardonner à ce sujet ou préparait-elle son auditoire au pire, s'en excusant par avance ?

« Il s'est passé quelque chose. Une première dans l'histoire de l'humanité. Près de quatre-vingt-seize heures après son émergence, malgré nos efforts communs avec nos partenaires historiques, aucune réponse n'a pu être fournie, et c'est donc démunie, sans être en mesure de vous apporter les explications que nous espérions, que je m'adresse à vous ce soir pour vous communiquer les faits, et seulement les faits, de ce qui s'est produit, ainsi que les mesures qui vont être prises pour y faire face. »

Zoé saisit la main de sa fille. Elle n'aimait pas le ton. Encore moins qu'on tourne autour du pot aussi longtemps. Si la présidente s'embarrassait d'autant de précautions avant d'entrer dans le vif du sujet, c'est que c'était grave, et en cet instant, Zoé, comme la plupart des personnes qui assistaient à la retransmission, craignait la même chose : l'annonce d'une grade 5 en formation.

Un ouragan à la férocité sans précédent. Que la Terre n'avait jamais connu. Capable de raser une civilisation entière. Des cendres et de la poussière, voilà ce qui resterait de la France, voire de l'Europe. Du monde ? Était-ce possible qu'un tel ouragan soit si vaste ou si puissant qu'il tourbillonnerait encore et encore jusqu'à parcourir l'essentiel de la surface du globe ?

La présidente marqua une pause avant d'aborder le cœur du sujet.

« Il y a quatre jours donc, un navire a signalé la présence d'un objet volant non identifié dans le ciel, au milieu de l'océan Atlantique. Un avion de la marine américaine a pu confirmer sa présence, et notre armée s'en est assurée par elle-même, moins de douze heures après le signalement. » Nouvelle pause.

— C'est quoi ce délire ? fit Romy. Elle... elle est sérieuse, là ?

Zoé discerna un léger mouvement dans la gorge de la présidente : elle déglutissait. Ce n'était pas du bidon. Elle prenait très au sérieux ce qu'elle racontait.

« L'objet localisé est encore présent au-dessus de l'océan Atlantique et ne semble plus se déplacer. Au moment où je m'adresse à vous, nous ne sommes pas en mesure de définir la nature exacte de cet objet, ni même, d'ailleurs, de dire s'il s'agit bien de quelque chose de tangible, au sens concret du terme. Il pourrait s'agir d'un phénomène météorologique inédit, mais nous ne fermons aucune porte. »

— Non, mais on est vraiment en train de vivre ça ? réagit Romy.

— J'en ai bien l'impression.

— Ils sont là, quoi. Tu te rends compte ? Des extraterrestres, maman !

Romy semblait aussi excitée qu'inquiète.

— Attends, c'est pas ce qu'elle a dit.

— Un objet volant non identifié qui reste là ? Sérieux, tu crois que c'est quoi sinon ?

Zoé secoua la tête, incapable de répondre.

« ... en cours d'étude. J'aurais aimé pouvoir vous apporter des réponses, mais nous allons avoir besoin de temps pour cela. Les gouvernements du G20 et l'ONU sont en lien permanent pour coordonner nos actions. C'est un phénomène sans précédent dans l'histoire de l'humanité. Je vous demande de la patience. Je vous demande de la sérénité. Tant que nous n'aurons pas plus d'informations, aucune hypothèse ne doit être privilégiée, aucun courant de pensée ne saurait prédominer, et nous ne devons pas nous enfermer dans des conjectures qui ne reposent sur rien. Compte tenu de la situation exceptionnelle que nous rencontrons, et pour éviter les débordements de quelque nature que ce soit, j'ai décidé, en accord avec le gouvernement, de mettre notre pays en alerte, et les mêmes mesures de sécurité qui s'appliquent en cas d'ECO grade 2 sont décrétées, ainsi un couvre-feu sera établi à partir de 22 heures, et ce, à compter de ce soir, avec la tolérance qui... »

— Tsssssss... C'est abusé, ils s'imaginent qu'on va faire quoi ?

Zoé la fit taire d'un geste, pour écouter la suite.

« ... mesures qui seront levées le plus rapidement possible. Bien sûr, chaque découverte, chaque changement vous sera désormais communiqué dans les plus brefs délais afin que vous puissiez être tenus au courant de ce qui se passe. Il n'y aura pas de secrets, nous ne laisserons pas de place aux théories les plus absurdes, cet événement historique est bien trop sérieux pour que nous nous déchirions. » Encore une pause. Plus grave encore cette fois. Le regard de la présidente semblait ému.

« Nous vivons un moment qui fera date. L'humanité tout entière nous étudiera dans le futur, pour juger notre réponse, nos comportements. L'histoire nous regarde. Sachons nous montrer responsables et dignes de ce moment unique. Vous pouvez croire en ma détermination, je compte sur vous. Merci. Vive la République, vive la France. »

Retour sur l'écran avec le drapeau français. Tout en sobriété. Zoé coupa la télé. Elle avait la tête qui tournait, secouée par ce qu'elle était en train de réaliser.

Romy, elle, avait déjà digéré, elle était dans une sorte d'euphorie.

— Je vais pas dormir, annonça-t-elle, jusqu'à ce qu'on ait des images de l'ovni. Remets les chaînes d'info, Mum, ils vont forcément avoir des images de ce truc. Faut combien de temps pour aller au milieu de l'Atlantique avec des caméras ?

Romy avait relancé la télé depuis son téléphone portable. Elle zappait. Bien sûr, les chaînes d'info étaient en boucle sur l'allocution présidentielle, et les journalistes ou présentateurs étaient sous le choc. On pouvait le lire sur leurs visages malgré leurs efforts pour paraître décontractés et professionnels. Ils s'étaient préparés à tout. À absolument tout. Sauf à ça.

— Coupe, demanda Zoé, ça sert à rien.

Mais Romy était trop survoltée pour écouter, alors Zoé se servit de son portable à elle pour éteindre.

— Ils n'auront rien de plus à te montrer. Personne n'a su, n'a pu anticiper, sinon ça aurait fuité avant, et ça, que le gouvernement ait pris autant de précautions, c'est déjà en soi la preuve que c'est sérieux... Avant que tu aies des images, il va déjà falloir localiser la zone, et ensuite pouvoir y accéder. Tu imagines la taille de l'océan Atlantique ? Sans plus de précisions, c'est rechercher une feuille dans une forêt. Ça va prendre du temps.

— Genre, des jours ?

— J'en sais rien, je suppose, oui.

Romy mima une explosion autour de sa tête.

— Comment on va faire pendant ce temps ? demanda-t-elle.

— Réapprendre ce que nous avons perdu depuis un moment. La patience.

— Maman, fit Romy, dépitée, ça c'est vraiment une remarque de vieux.

Les deux femmes se turent, pensives. René se réveilla enfin, ignorant ce qui venait de se produire. Il les observa de son regard innocent, bâilla, puis laissa retomber sa tête sur le tapis ; trop d'effort.

— C'est ouf, lâcha enfin Romy. C'est complètement ouf. Des extraterrestres. Tu te rends compte ?

— Tu t'emballes, puce. La présidente a dit qu'ils ne savent pas ce que c'est, sans exclure un phénomène météo nouveau.

— Bien sûr. Parce qu'ils flippent. C'est le premier contact, maman. Avec une civilisation éloignée. J'y crois pas ! Et c'est nous, notre génération, qui va vivre ça !

Zoé fit la moue, pas convaincue.

— OK, Mum. Tu crois que c'est quoi alors ?

— Il y a tant de possibles...

— Nan, arrête les phrases toutes faites, mouille-toi ! Si c'est pas des extraterrestres, tu crois quoi ? Un ballon météo qu'ils ont pris pour autre chose ? Et dans deux jours on nous raconte que c'est une erreur ? Vraiment ?

— Une réaction terrestre par exemple.

— C'est quoi ça encore ?

— Après ce que l'humanité a fait à la Terre, la pollution, l'exploitation outrancière de ses ressources, le réchauffement climatique, eh bien... après les tempêtes qui nous tombent dessus régulièrement, la planète passe à l'étape suivante.

— Genre elle a décroché son téléphone pour nous parler maintenant ?

Romy se faisait moqueuse, elle ne croyait pas une seconde à cette hypothèse.

— J'en sais rien, moi, j'essaye de te montrer qu'il peut y avoir des tonnes d'explications autres que des aliens qui débarquent !

— Trouve mieux alors. C'est toi la romancière, t'as de l'imagination.

Sous le coup de l'énergie de la discussion, la jeune femme avait répliqué un peu sèchement ; elle s'en rendit compte et crispa le côté de sa bouche en signe de contrition. Zoé ne l'avait même pas relevé. Dans son élan, elle respira un grand coup, se mordilla l'intérieur de la lèvre puis déclara :

— Dieu. C'est Dieu qui vient s'adresser à l'humanité.

— Tu crois même pas en Dieu, maman !

— Et alors ? Depuis quand faut-il croire en quelque chose pour que ça existe ? Les convictions des uns ne sont pas la vérité de tous.

Romy ouvrit grand les yeux pour marquer son étonnement.

— Sérieusement ? Dieu ?

Romy était à deux doigts d'éclater de rire, pourtant une lointaine inquiétude la retenait. Il lui fallut plusieurs secondes avant de mettre le doigt sur la nature de ce qui la tracassait.

— T'as vu l'état du monde ? Ce qu'on en a fait ? Si c'est Dieu qui débarque, tu crois qu'il va penser quoi de nous ?

Zoé se mordilla à nouveau l'intérieur des lèvres le temps de réfléchir, puis répondit tout bas :

— Quoi que ce soit, peut-être que ça n'arrive pas maintenant par hasard.

Romy fixa sa mère, circonspecte. Elle n'était pas sûre que cette idée la rassurait.

10.

Le monde entier semblait s'être relégué dans une bulle attentiste.
La plupart poursuivaient le cours de leur existence comme à leur habitude ; toutefois la routine était mécanisée, l'esprit ailleurs. On ne pensait et ne parlait que de ça.
La chose dans le ciel au-dessus de l'Atlantique.
En dehors de sa nature même, les questions qui revenaient le plus étaient : À quoi ressemblait-elle ? Était-elle encore là ? Bougeait-elle ? Y avait-il eu un contact d'une manière ou d'une autre avec des êtres humains ?
Au milieu de la masse qui continuait à œuvrer pour que l'économie mondiale tourne encore (même si elle planait dans ses pensées) et protège les sociétés, il y eut un premier courant de personnes fascinées qui prirent leurs congés en urgence, ou carrément désertèrent leurs postes, pour se rendre totalement disponibles, au point que la plupart des entreprises durent adopter des mesures pour contrôler l'hémorragie. Parmi ceux qui s'étaient libérés des contraintes et ne voulaient rien rater, certains attendirent, fébriles,

la suite, rivés à leurs télé, smartphone et ordinateur, d'autres au contraire se jettèrent dans l'action, visitant leurs proches comme s'ils craignaient de mourir, tandis qu'une partie encore s'empressa de faire le voyage dont ils avaient toujours rêvé, d'acheter la voiture tant désirée ou à l'inverse de tout revendre. Les réactions étaient aussi singulières qu'imprévisibles pour une partie de la population.

Les magasins d'alimentation furent vidés en vingt-quatre heures, dans un mouvement de panique pire encore que ceux qu'on avait entraperçus à l'aube des grands confinements liés à la Covid. Le gouvernement fut contraint de prendre la parole le lendemain, dans la précipitation, pour tenter de rassurer, annoncer qu'il n'y aurait plus de pénurie si chacun se conduisait avec intelligence, mais des files d'attente immenses se constituèrent à l'entrée des points de vente, espérant en chaque ravitaillement.

Des survivalistes pronostiquèrent la fin des temps tant redoutée et commencèrent à se barricader dans leur bunker. Quelques épisodes de violences urbaines animèrent l'actualité, mais c'est l'impact sur les communautés religieuses qui fut le plus évident. Les lieux de culte se remplirent comme jamais. Des rassemblements sauvages noircirent de foule des places entières, des champs, des plages et des monuments. On parlait d'« avènement ». Les prises de vues depuis les hélicoptères montraient une ferveur spirituelle sans précédent depuis que l'humanité pouvait photographier ou filmer ses congénères. Les rives du Gange disparurent sous les millions d'hindous qui affluèrent au bord du fleuve sacré. La place Saint-Pierre au Vatican dut instaurer une rotation des visites pour permettre à tous de venir y prier. La Kaaba à La Mecque ressemblait à un œil tournoyant, encerclée de fidèles marchant autour, des hordes entières attendant patiemment à l'extérieur. Jérusalem ne savait plus où donner de la tête pour accueillir ses pèlerins. Il en allait de même à Lhassa et dans les églises, temples, mosquées... Les images du monde entier défilaient et témoignaient d'un regain phénoménal de piété.

Par ailleurs, l'autre divinité à laquelle se consacraient l'essentiel des gens était Internet. On scrutait le Web à chaque seconde, guettant la moindre nouvelle.

Tweets, posts, messages et autres réseaux de communion donnaient sans cesse naissance à une nouvelle rumeur qui se propageait comme une parole d'Évangile, pour n'engendrer que déception une fois sa nature révélée.

Des photos de l'objet non identifié fuitèrent sur le Net, toutes bien différentes, et firent le même effet que si Dieu en personne postait un selfie, avant qu'on comprenne qu'il s'agissait d'un canular.

Romy s'arrimait à son portable comme si sa vie en dépendait. Traquant la nouveauté, les commentaires, en vain. Les cernes sous ses yeux trahissaient son obsession, qui la poursuivait jusque très tard la nuit.

— Tu devrais t'imposer un horaire le soir pour couper ton téléphone, proposa Zoé le deuxième matin en constatant l'état zombifié de sa fille.

— Je peux pas m'endormir, je pense qu'à ça. Au moment où ça va tomber. Je veux pas le rater. C'est historique, Mum.

— Crois-moi, si t'es pas devant à l'instant où ça se produit, tu le verras un million de fois ensuite. Tu veux un truc pour dormir ? De la mélatonine ou un...

— Surtout pas ! Je veux le vivre en direct ! C'est une connexion globale avec l'humanité si on est tous devant au même moment !

Zoé n'insista pas, il y avait quelque chose d'irrationnel dans la réaction de sa fille.

De son côté, la romancière s'efforçait de prendre de la distance avec l'instant. Elle laissait les moyens de communication extérieurs à l'entrée de son bureau, au deuxième, et s'installait à son petit secrétaire en bois avec vue sur le lac en contrebas (alors qu'elle était supposée avoir vue sur son écran principalement) pour se concentrer sur son roman. S'il se passait quoi que ce soit, elle savait que Romy hurlerait dans la maison pour la faire descendre.

Écrire de la fiction semblait dérisoire en pareilles circonstances. D'ici quelques mois, y aurait-il encore une quelconque appétence pour une prose du quotidien ? Zoé savait qu'elle ne composait pas de la grande littérature, sa force, c'était d'établir un récit simple porté par des personnages forts, authentiques, quasi un prétexte pour philosopher sur nos petites existences, s'interroger sur nos manies, nos préoccupations, nos doutes et nos errances. Elle se plaisait dans ces questionnements, avec ses personnages qui étaient, d'une certaine manière, chacun un fragment d'elle, chaque roman étant composé d'un morcellement de sa propre pensée, qu'elle enrobait de légèreté, de réalisme, de douceur et d'amour. Elle pensait que ses livres faisaient du bien. Mais face à ce qui semblait être la plus grande découverte de l'humanité, que valaient ses petits divertissements ?

Ils valent déjà pour moi.

Et c'était vrai. Le temps de les penser, de les fabriquer, c'était une évasion agréable, un plaisir égoïste qui à lui seul méritait cet effort. Tant pis pour la suite.

Sauf que tu n'y arrives pas.

Elle se mettait trop de pression. C'était le paradoxe, encore plus évident désormais. L'envie d'écrire pour soi, et pourtant se paralyser à l'idée de ne pas être à la hauteur ensuite pour les autres.

La solution était peut-être de ne plus publier.

Et je paye comment les factures ? Elle avait une fille à charge, elle ne pouvait pas faire n'importe quoi.

Zoé s'agaçait de ne pas trouver de solution, et encore plus de ramener l'écriture à une question financière.

La seule bonne nouvelle, c'était que son éditeur ne lui faisait plus d'insistants appels du pied. Lui aussi devait s'inquiéter de la pertinence de sa position dans ce qu'allait être la société prochainement.

Puis, en effet, tout changea.

Du moins les premiers jours.

Le premier cliché officiel fut publié le lendemain par les Américains, trois jours après l'annonce initiale. Anglais, Français et les autres gouvernements suivirent dans la foulée, avec une certaine irritation palpable face à ce galop solitaire, un de plus, des Yankees qui dégainaient sans prévenir personne, pas même leurs alliés.

Le cliché montrait un soleil dans le ciel bleu.

Pas *notre* Soleil, mais une boule de lumière vive quelque part *avant* les nuages. Comme si une minuscule étoile était entrée dans notre atmosphère, calmement, et prenait la pose.

Cette photo marqua les premières déceptions. À l'observation, il n'y avait rien d'évident. Ni sur sa nature ni sur ses dimensions, encore moins sur ses *intentions* – ce que beaucoup espéraient connaître en premier lieu. Le monde entier l'avait attendue, crispé, et elle ne répondait quasiment à aucune question. Pire, elle en ajoutait. Était-ce en effet un phénomène naturel ? Ça y ressemblait. Se pouvait-il qu'un vaisseau extraterrestre adopte la forme d'une lumière ? La vie alien était-elle faite de photons, au final ? Aucun des experts qui se succédaient en continu, vingt-quatre heures sur vingt-quatre sur les plateaux télé, n'était d'accord. Il y en avait pour nourrir tous les goûts, toutes les croyances.

Cela devint rapidement la photo de la discorde. Même les journalistes haussaient le ton. Ils voulaient davantage de matière, avoir accès à la chose eux-mêmes. Et nul ne comprenait que les gouvernements retiennent autant l'information. On commençait à crier au complot, au déni de démocratie, et l'affaire devint politique lorsqu'on se mit à se déchirer dans les hémicycles.

Puis on accusa les Russes de vouloir fomenter une attaque d'un nouveau genre. Au moyen d'une arme que personne ne connaissait. Mais les Russes n'avaient pas les moyens financiers et technologiques pour ça. Alors on se tourna vers les Chinois, qui ne prirent même pas la peine de nier ces accusations stupides.

Après les armées, ce fut au tour des entreprises.

Des personnes d'habitude très sérieuses et respectables se mirent soudain à accuser Amazon, puis Google, SpaceX et d'autres multinationales surpuissantes d'être à l'origine de ce phénomène. Encore un moyen de contrôler l'humanité. Une pub géante ? Un outil technologique révolutionnaire pour asservir les consommateurs ? La nouvelle source d'énergie propre à laquelle nous allions devoir nous raccorder ? Tout y passait.

Il fallait un responsable. Pour encaisser la frustration mondiale.

Romy n'était pas en reste. Le midi du quatrième jour après l'annonce, Zoé descendit de son bureau – où les choses n'avançaient pas bien vite – et trouva sa fille debout sur le sofa du salon.

— Qu'est-ce que tu fabriques ?
— *Cogito*.
— Tu parles latin maintenant ?
— Je pensais que c'était de l'espagnol.
— Et tu penses debout sur le canap' donc.
— J'essaye de prendre de la hauteur.

Zoé haussa les sourcils.

— Okay.

Elle fila vers la cuisine pour mettre de l'eau à chauffer pour son thé.

Depuis le salon, Romy criait pour se faire entendre :

— Si c'est pas extraterrestre, pas un phénomène météo ou terrestre, même pas un dieu, pas plus qu'un complot industriel ni une arme étrangère, alors C'EST QUOI BORDEL ?

Zoé répondit pour elle-même, trop bas pour être entendue :

— Qu'est-ce que j'en sais moi ? Je suis romancière, pas experte en...
— MAMAN ! OH BORDEL ! MAMAN !

Zoé lâcha dans l'évier la bouilloire qu'elle remplissait d'eau et courut au salon, en panique.

— Quoi ? Qu'est-ce qu'il...

Romy brandissait son portable.

— Il y a une vidéo ! Elle est vraie apparemment !

Le cœur de Zoé battait à se rompre. Elle soupira, presque en colère.

— Tu m'as fait peur...

Romy tira sur le bras de sa mère pour la forcer à s'asseoir sur le canapé avec elle, et mit la vidéo en marche.

C'était filmé depuis le pont d'un navire, certainement un navire de guerre d'après la couleur du bastingage qui apparaissait brièvement. La vidéo tremblait légèrement et n'était pas de la plus grande netteté à cause de l'intensité lumineuse de l'objet qui flottait sous les nuages, au-dessus de l'océan. Faute d'échelle comparative, il était impossible d'estimer sa taille et à quelle hauteur il se trouvait mais il donnait l'impression d'être monumental. À bien y regarder, la chose n'avait rien d'un objet solide, plutôt une source de lumière vive et mouvante. Ce n'était pas inerte, tel un gigantesque projecteur. Et il semblait qu'elle tournait sur elle-même. Comme un minuscule soleil, en nettement moins puissant, qui se serait égaré dans notre air et semblerait attendre quoi faire. Dans un tremblement, le cadrage baissa un peu, révélant l'ombre d'autres navires de guerre au loin sur l'océan. La boule de lumière était cernée.

La vidéo ne durait qu'une vingtaine de secondes avant de se couper, on pouvait deviner qu'il s'agissait d'un instant volé, sans autorisation, et que son auteur craignait de se faire prendre. On ne pouvait entendre que le son du vent, le clapotis des vagues contre la coque et un léger bourdonnement grave qui devait provenir des machines mêmes du navire sur lequel se trouvait le cinéaste amateur.

Et c'était tout.

— Quoi ? Mais…

— Elle vient d'où ? demanda Zoé.

— Postée anonymement sur le Net.

— Bon. Au moins on sait à quoi ça ressemble vraiment.

Romy enrageait.

— C'est pas possible qu'ils ne nous disent rien de plus ! Quand est-ce qu'on saura ce que c'est ? Comment communiquer avec ? Ils peuvent pas nous tenir dans le flou éternellement, enfin !

— Je crois que personne ne sait, puce. Et plutôt que de dire n'importe quoi, les États attendent d'avoir au moins un début de réponse. Je ne doute pas un instant qu'ils aient déjà mobilisé les plus grands scientifiques de la planète et qu'ils multiplient toutes sortes de tests. Il faut juste accepter de patienter.

— Mais combien de temps ?!

Zoé haussa les épaules et retourna à sa bouilloire renversée.

— Que préfères-tu ? Avoir des infos immédiatement mais qui seront erronées à terme, de simples supputations aléatoires qu'il faudra par la suite démentir, ou juste te contenter de ce qu'ils considèrent comme sûr ?

Romy l'avait suivie dans la cuisine mitoyenne.

— Avec tous les moyens existant dans le monde, ils sont pas foutus de nous donner déjà quelques réponses ?

— Je ne crois pas que ce soit aussi simple. Tu te rends compte ? Chaque pays doit vouloir s'en approcher, les armées sont probablement en alerte, et elles se croisent en permanence juste en dessous de ce... cette chose. Les experts ne sont pas coordonnés, chaque nation travaille dans son coin, c'est...

— C'est débile, voilà ce que c'est ! Au XXIe siècle, alors qu'il se produit un truc aussi fou, on n'est toujours pas capables de se fédérer, de tous s'associer pour le bien de l'humanité ?

Zoé posa la bouilloire sur son support pour la mettre en marche.

— Non. L'humanité n'a jamais été véritablement soudée, tu sais. On fait semblant. On a mis en place la mondialisation de l'économie pour fabriquer une interdépendance, mais c'est juste un leurre, pour nous *obliger* à vivre ensemble, les faiblesses des uns deviennent les forces des autres et *vice versa*. Mais n'oublie pas que nos voisins et « alliés » d'aujourd'hui étaient nos pires ennemis et bourreaux hier. En vérité, chaque peuple préserve ses petits intérêts. L'humanité est égoïste, chérie.

Romy grogna pour manifester son mécontentement. Zoé poursuivit :

— Si nous ne l'étions pas, individuellement et collectivement, nous aurions réagi *véritablement* à la menace du réchauffement climatique lorsque c'était impératif. Au lieu de quoi nous avons dit : « Oui bien sûr, c'est vital ! », et concrètement qu'avons-nous fait ? Est-ce que les citoyens se sont massivement sentis investis d'une mission prioritaire pour sauver la planète ? L'avenir de nos enfants ? Non. Tout le monde s'est dit : « Oui, je suis inquiet, oui, je sens naître en moi une conscience écologique », mais qui a réellement transformé son mode de consommation en profondeur ? Au niveau individuel et au niveau national, ce que nous avons fait était d'ordre cosmétique. Révolutionner sa vie, peu ont eu le courage de le faire, pas la masse, ce n'étaient que de rares actions d'une poignée d'individus parmi des milliards d'habitants. Les gouvernements non plus n'ont rien fait. Nos vieux pays occidentaux donnaient des leçons aux nations émergentes qui répondaient que nous avions brûlé les ressources planétaires pour devenir ces nations riches, et que par conséquent elles avaient elles aussi le droit d'améliorer le niveau de vie de leurs habitants au lieu de subir des mesures restrictives. Nous avons refusé d'abandonner nos privilèges, et d'autres voulaient accéder aux mêmes, quoi qu'il en coûte. Chacun a regardé ses propres intérêts. Et nul ne peut prétendre qu'il ignorait quelles seraient les conséquences pour le lendemain. Nous le savons depuis longtemps.

Romy regardait sa mère avec une grimace de tristesse mâtinée de dépit.

Et Zoé conclut sa petite réflexion :

— C'est cet égoïsme qui nous a permis de survivre à travers les temps, tu sais. C'est cet individualisme qui a assuré notre pérennité dans la jungle de l'évolution.

Romy soupira :

— Ouais, ben c'est peut-être lui qui va provoquer notre perte !

Le téléphone de Romy était posé sur le plan de travail de la cuisine, toujours allumé sur l'image de cette boule de lumière dans le ciel terrestre.

Pendant un court instant, Zoé la vit et une pensée désagréable s'infiltra dans son esprit. Nous étions sur le point de détruire la Terre et voilà que cette chose apparaissait. Quoi qu'elle puisse représenter, allions-nous la détruire elle aussi par nos comportements ? Et quel serait le prix à payer cette fois ?

11.

La vieille dame était en colère dans le sas du supermarché.

— Mais puisque je vous dis que je n'ai pas de téléphone ! répétait-elle.

Le vigile à l'entrée levait les mains, paumes tournées vers le ciel :

— Et moi je vous explique qu'il faut l'application pour pouvoir entrer. C'est pour contrôler le nombre de passages, vous comprenez ? Pour éviter que certains fassent trop de stock et que nos rayons soient vides.

— Mais je veux juste faire mes courses ! Et j'ai pas votre fichu machin, là !

— Je suis désolé, madame, c'est pas moi qui fais les règles.

— Et je vais manger quoi alors ? Votre technologie idiote ?

Le vigile était penaud, à court d'arguments.

— Je ne sais pas... De toute façon, même si je vous laisse entrer, pour activer la caisse il faut scanner votre numéro personnel, qui est... ben, sur l'appli...

La vieille dame tapait nerveusement sur la barre du caddie qu'elle poussait, désemparée.

Zoé se pencha vers le vigile et montra son écran de téléphone, ouvert sur la page de l'appli :

— Je vais l'accompagner.

Le vigile se décontenança.

— Mais… c'est nominatif, si vous scannez pour elle, vous ne pourrez rien acheter pour vous.

— Pas grave, je peux tenir encore quelques jours, le temps que mon compte se renouvelle.

Le vigile fit la moue, puis scanna avec son appareil le numéro d'appli personnel de Zoé et leur fit signe d'entrer.

La vieille dame était ravie, même si sa colère sourdait encore dans sa voix éraillée :

— C'est très aimable à vous. Ils nous cassent les pieds avec leurs machins, là ! Nous pouvons faire caddie commun, et vous me rembourserez votre part.

— Avec les restrictions sur les produits de première nécessité, je ne suis pas sûre que nous pourrons tout prendre, mais ne vous inquiétez pas, ma fille reviendra.

La vieille dame lui tapota le bras en guise de remerciement.

Ce monde devient fou, songea Zoé.

Lorsqu'elle rentra à la maison, elle n'avait effectivement pu prendre qu'un strict minimum qu'elle rangea en un tour de main.

Romy était partie au cinéma, une première depuis une semaine. Elle ne décrochait pas de son téléphone, même si les nouvelles parvenaient au compte-gouttes. Quelques photos et une demi-douzaine de vidéos officielles qui ne montraient pas plus que ce qui était déjà paru.

Une vaste sphère de lumière dans le ciel au-dessus de l'océan.

On savait en revanche qu'elle faisait environ huit cents mètres de diamètre et stagnait à un kilomètre au-dessus du niveau de la mer. Elle tournait effectivement sur elle-même et ne semblait cependant pas dégager de chaleur.

C'était tout ce qui avait été annoncé jusqu'à présent.

Au grand désarroi de Romy, qui avait donc capitulé ce matin-là pour essayer de se changer les idées devant un film.

Elle rentra à l'heure du déjeuner.

— Alors ? fit sa mère.

— Il m'a fallu une heure pour décrocher avant d'entrer vraiment dans l'histoire, mais c'était pas mal. Sûrement bien mieux en réalité, si on se laisse porter.

— J'ai eu un petit souci au moment de faire les courses, du coup tu veux qu'on se fasse un resto ce midi ?

— OK.

Elles mirent vingt minutes à en trouver un qui ne soit ni fermé faute d'approvisionnement ou de personnel ni complet, et s'installèrent en terrasse, au bord de la Seine. Il faisait encore chaud pour une fin octobre, mais ce n'était plus surprenant, cela faisait près de dix ans que l'été glissait lentement sur l'automne, le dévorant petit à petit, s'étirant toujours davantage, effaçant progressivement la mi-saison.

Les filles avaient emmené René avec elles pour l'aérer, et il s'effondra aux pieds de Zoé dès qu'elles s'installèrent à leur table.

— Je crois que je veux devenir journaliste, annonça Romy à peine assise.

— Allons bon. D'accord. Et pourquoi ?

— Au fond, c'est ce que je suis. En mouvement, s'intéresser à tout, essayer d'en rendre compte au mieux, de faire bouger les lignes... Je vois bien que je supporte pas de rester là sans rien faire d'utile pour la planète. J'ai besoin d'idéaux à défendre.

— Journaliste écologique donc ?

— Journaliste. Avec une conscience écologique. C'est pas pareil. Reprendre des études me fera du bien. Et puis tu m'as appris à bien m'exprimer, à écrire correctement, je crois que j'ai du boulot, mais rien d'insurmontable.

— Très bien.

Zoé refusait de trop s'emballer pour sa fille, mais il lui plaisait de la voir choisir une voie ; même si sa vision semblait utopique, il était hors de question de la ralentir dans son ambition nouvelle, de briser ses espoirs. Tant que Romy essayait et faisait quelque chose, cela lui convenait. Zoé savait que la vie ferait le reste, du moment qu'on est en marche, on peut s'égarer, faire des détours, mais on parvient toujours quelque part, intérieurement.

— Ça fait longtemps que tu y penses ?

— Non. J'ai réalisé ce matin que je ne veux plus me plaindre de l'état du monde en restant les fesses posées dans mon coin sans rien faire.

— On va regarder les formations et...

Plusieurs téléphones portables se mirent à sonner en même temps sur la terrasse du restaurant, un bip, une sonnerie, une musique ou seulement une vibration. Romy et Zoé avaient laissé les leurs dans leurs sacs. C'était une tradition familiale, pas de smartphone au restaurant, c'était leur espace de discussion, sur lequel le monde extérieur n'avait pas le droit de venir empiéter le temps du repas.

Comprenant qu'il se passait quelque chose, surtout lorsqu'elle vit un homme lire son écran et aussitôt le brandir à la femme assise en face de lui, Romy dégaina le sien. Une notification avait effectivement popé en première page.

— Excuse, Mum, mais là, j'ai l'impression que c'est important.

Romy la lut et releva le menton vers sa mère :

— Ils annoncent la création d'une commission d'étude internationale. Une mission scientifique qui rassemble une sélection d'experts du monde entier qui vont être envoyés sur place dans les prochaines semaines.

— C'est pas trop tôt.

— Apparemment c'est piloté par l'ONU, les nations ont donné leur accord. Partage des connaissances, tout sera public.

— J'ai presque du mal à le croire.

— Tu vois, finalement le monde n'est pas aussi égoïste, on va y arriver.

Zoé ne releva pas. Son esprit imaginatif et sa nature peu confiante en l'humanité lui soufflaient que ça n'était qu'un prétexte pour rassurer la population et que la réalité était bien plus cynique. Qui faisait pression sur qui et en échange de quoi s'étaient-ils tous mis d'accord ?

En face, Romy était extatique :

— On va savoir, Mum !!

— T'emballe pas chérie, ça va encore prendre des mois, le temps de coordonner cette foire et de lancer des études, analyser les résultats…

— Peut-être que Sphère va communiquer avec nous d'ici là ?

— Sphère ? Elle a un nom maintenant ?

— Oui, sur les réseaux, les gens l'appellent comme ça.

— Et ils pensent qu'elle va nous... parler ?

— Certains l'affirment, oui. Et dans le fond, que ce soit la Terre, des extraterrestres, Dieu – n'importe lequel – ou je ne sais quoi, ce serait logique, non ? Les gens disent que si Sphère est apparue dans notre ciel, c'est pour une raison. Elle va finir par nous la dévoiler elle-même.

— De mieux en mieux...

— Arrête de faire ta blasée, maman. C'est un moment magique ! Faut kiffer un peu !

Zoé avisa René à ses pieds, qui dormait paisiblement. Lui n'en avait cure de l'émergence de Sphère ou de l'essence de cette chose, et Zoé se sentit un peu comme lui.

Je suis une vieille chienne somnolente qui n'en a rien à foutre du monde.

Elle pouffa.

— Qu'est-ce qui te fait rire ? questionna Romy.

— J'ai une épiphanie.

Zoé fit signe au serveur qui discutait avec un collègue, le nez sur leur téléphone, et elle lui commanda une bouteille d'eau et une bière.

— Boire un verre d'alcool ? C'est ça ton épiphanie ?

— Mais non...

Zoé attendit que le serveur s'éloigne :

— Je crois qu'il est temps que je me trouve un mec.

— Hein ? Qu'est-ce que tu racontes ? Là ? Comme ça ? Oh t'es chelou, Mum.

Romy secoua la tête, dépitée. Puis, après un silence, elle revint à la charge :

— Le monde est face à sa plus grande découverte et toi tu veux trouver le grand amour ? Il y a une causalité ?

Rapide, le serveur était déjà de retour. Il déposa les boissons sur la table. Zoé leva sa bière vers sa fille :

— Non, ma fille, juste boire et baiser.

La tête effarée de Romy fit éclater de rire Zoé, qui s'enfila une grande lampée de sa bière fraîche.

12.

Alexander avait consacré sa vie à ses convictions.
Tout, jusqu'à son identité. Plus rien n'était à lui. Plus rien n'était vrai. Sauf ses motivations.
Adolescent, il avait vu le monde devenir fou. Se liguer contre son peuple, se mêler de ce qui ne le regardait pas. Qu'auraient dit les Américains, lorsqu'ils avaient envahi le Texas et la Californie au milieu du XIXe siècle pour les voler au Mexique, si l'Europe avait débarqué pour leur faire la morale et soutenir militairement les Mexicains ? Et si l'Asie était venue empêcher la France de récupérer l'Alsace-Lorraine après la guerre ? Combien de pays modernes avaient reconquis ce qu'ils estimaient être une spoliation de leur héritage historique ?
Lorsqu'il s'agissait de la Russie, c'était bien sûr différent. Ces salopards d'Américains avaient réussi leur coup. La guerre froide était peut-être terminée depuis des lustres, mais les impérialistes yankees ne se privaient pas de continuer à imposer leur vision de ce qui était juste et vrai aux autres peuples, à commencer par malmener les Russes. Il ne fallait pas être naïf, c'étaient

encore les Américains qui menaient la danse, tant qu'ils ne bougeaient pas, le reste du monde se contentait de piailler et n'agissait pas. Si les États-Unis décidaient d'intervenir, alors tous emboîtaient le pas. Des lâches. Et des manipulateurs, voilà ce qu'étaient ces menteurs obèses – puissent-ils s'étouffer dans leur graisse et leurs armes !

Alexander les détestait. Et pourtant, il vivait au milieu d'eux. De leur sentiment de supériorité, de leur inculture crasse, de leurs manières insupportables. Aux premières loges pour assister à la lente déliquescence de leur nation. L'effondrement par la bêtise. Par l'autosatisfaction. Des gamins pourris gâtés à qui on avait fini par tout autoriser et qui s'empiffraient, n'apprenaient plus rien, ne s'imposaient aucun effort à l'égard des autres, surtout des étrangers, convaincus qu'ils étaient d'avoir raison à chaque fois. Et dans cette cour d'école en flammes, on avait lâché plus d'armes à feu qu'il n'y avait de mauvais élèves capricieux ! Bon courage pour la suite !

Pour Alexander, c'était un spectacle aussi désolant que parfois réjouissant. Lui, l'autorité et la discipline, il connaissait. Ils étaient son père et sa mère.

À la sortie de la guerre en Ukraine, Alexander avait intégré les Spetsnaz, les forces spéciales de l'armée, où il avait brillé par sa détermination et son sang-froid. De là, rejoindre le FSB, les services secrets russes nés des cendres du mythique KGB, avait presque été une évidence. La suite était plus complexe.

Alexander avait toujours été un passionné d'armes, déjà gamin il passait des heures à s'entraîner avec du matériel d'airsoft, ces répliques simulationnistes qui tirent des billes en plastique. Sauf que les équipements les plus pointus et fidèles n'étaient pas produits dans son pays, et les customiser, les améliorer jusqu'à l'excès n'était possible qu'en passant des nuits entières sur les forums de discussion des obsédés dans son genre. Et les meilleurs étaient en anglais. Alexander s'était mis à l'anglais rien que pour ça, et puis, plus tard, parce qu'il avait rencontré cette fille lors d'un voyage à Prague, son premier grand amour, une Néerlandaise : il avait dû pratiquer la langue de Shakespeare pendant cinq ans. Avant qu'ils se séparent, elle était trop « européenne » dans sa tête.

Du coup, lorsque le FSB avait testé son niveau d'anglais, la base était bonne. Alexander était un bosseur et un perfectionniste. Jusqu'à l'extrême. Et il avait l'oreille musicale. Il n'avait fallu que quatre années d'intense apprentissage pour parvenir à le faire parler sans accent. Bien sûr, il lui restait une légère intonation par moments, mais on pouvait faire passer ça pour du régionalisme, et son truc à lui, c'était de dire qu'il venait d'Hawaï. Bien qu'il ait grandi à Volgograd en Russie, ses grands-parents étaient d'origine kazakhe, et il en avait gardé des traits qui pouvaient le faire passer pour un Hawaïen, lequel aurait gardé une infime trace de créole hawaïen à l'oral. Le subterfuge fonctionnait à merveille.

Bien qu'il haïsse les Américains, Alexander n'avait d'autre choix que de vivre parmi eux. Il s'était même fait des amis, à la salle de sport et au stand de tir. Il baisait une Yankee de temps à autre – et devait bien avouer que ça l'excitait beaucoup de les prendre comme les chiennes qu'elles étaient. Bon, il lui arrivait de s'y perdre sur qui était vraiment américain et qui ne l'était que partiellement, avec ce brassage, ces sang-mêlé, ces immigrés de première ou énième génération, mais en définitive tous finissaient par entrer dans le moule, devenir aussi étroits d'esprit, adopter les mœurs, la mentalité et se comporter comme des abrutis. La médiocrité attire les hommes comme le pollen les abeilles. Et parmi ces rencontres, il n'y avait personne qu'Alexander aurait hésité une seconde à tuer d'une balle en pleine tête ou à étrangler, en le fixant dans les yeux s'il le fallait. Si l'ordre tombait.

Sauf que d'ordre, il n'en tombait pas souvent à vrai dire. Sa mission était de s'intégrer, se maintenir en condition et se tenir prêt. Il devait se fondre dans le paysage, dans la nation. Se fondre mais pas se diluer.

Alors il faisait de son mieux pour obéir, et à défaut d'avoir une mission plus précise il usait son temps et son corps à s'entraîner. Les Spetsnaz puis le FSB avaient fait de lui une machine de guerre, il était hors de question qu'il perde en efficacité.

Quand la sphère était apparue au-dessus de l'océan, Alexander avait fait comme tout le monde : il avait d'abord été abasourdi, s'était intéressé à l'actualité pour en savoir plus, avant de s'interroger sur une possible manipulation du gouvernement. Qu'est-ce qui prouvait que ces images étaient vraies ? Avec la technologie, il était largement possible de les créer et de raconter n'importe quoi, juste pour prendre le contrôle de la population. Il se souvint aussitôt de sa formation. Lorsqu'on cherche à faire un gros coup, on attire l'attention ailleurs avec quelque chose d'encore plus gros, mais bidon, pour pouvoir agir plus tranquillement dans son coin. Qu'est-ce que ça signifiait ? Que préparaient donc encore les Américains ?

Dans les semaines qui suivirent, il fut tenté de rentrer au pays, pour être prêt à le défendre si cela dégénérait, mais il se retint : il serait plus efficace ici, noyé dans l'anonymat, paré à frapper à tout moment sans qu'on se méfie de lui, sans qu'on puisse le voir venir.

Mais toujours aucun ordre. Cela faisait deux ans qu'il n'avait plus eu le moindre contact avec un membre des services secrets. Deux interminables années d'inutilité sous un nom dont il avait honte. Ici, il n'y avait plus d'Alexander. Il était Keanu Hale. Il abhorrait ce prénom hawaïen débile.

Keanu travaillait à la sécurité d'un night-club de Los Angeles. C'était pratique. D'abord parce qu'il avait le physique idéal, qui collait parfaitement au personnage, et puis parce que ça lui laissait du temps libre la journée. Keanu n'était pas un gros dormeur.

Il avait droit à trois pauses dans la nuit, et la plupart il les prenait au bar de la boîte pour profiter d'un verre et de la vue sur les filles. C'est ainsi qu'il fit la connaissance d'Ana. Une jolie brune qui dansait à s'en coller les cheveux sur le corps. Comme souvent, ça avait commencé par un contact visuel régulier. Les deux s'étaient aperçus, et les deux s'étaient toisés à répétition jusqu'à ce qu'Ana vienne commander son Coca juste à côté de Keanu.

— Celui-là est pour moi, avait-il dit.

Elle avait souri mais ne l'avait pas remercié. Juste regardé avec provocation tandis qu'elle buvait à la paille, à cinquante centimètres de lui. Puis elle était repartie danser et Keanu était remonté surveiller l'entrée, frustré et un peu agacé par cette aguicheuse – une bonne garce d'Américaine puritaine.

Mais Ana était encore là lorsqu'il était redescendu prendre son dernier break, et cette fois, c'était elle qui l'avait abordé.

— Je m'appelle Ana.

Deux heures plus tard, elle le suivait dans son petit appartement de Vermont Square et à peine la porte fermée, les rideaux tirés, elle se dégagea au moment où il voulut l'embrasser. Un index sur ses lèvres, elle posa son portable sur la table et mit en marche un enregistrement, en poussant le volume à fond. Au bout de quelques secondes, des sons de baisers résonnèrent depuis le haut-parleur.

Keanu était sur ses gardes, ça sentait mauvais tout ça, il était prêt à la frapper à la gorge et à lui briser la nuque, mais Ana l'entraîna un peu à l'écart et il se laissa faire pour mieux jauger la situation.

— Au cas où la pièce serait écoutée, chuchota-t-elle. Valim te salue.

Un courant piquant se diffusa le long de l'échine de Keanu. Valim Primakov était son officier traitant au FSB. Ana passa au russe, en prenant soin de toujours parler du bout des lèvres, presque contre son oreille :

— C'est l'heure. Keanu Hale doit disparaître.
— Je rentre ?
— Non. Tu deviens un autre.

Elle avait attendu que des gémissements de plus en plus forts sortent de son enregistrement, et lui avait murmuré la suite. Les instructions précises, qu'elle avait répétées pour s'assurer qu'il intégrait bien chaque ordre. Mais avec lui, il n'y avait pas besoin d'insister. Les mots s'imprimaient dans sa mémoire.

Puis elle avait sorti de son soutien-gorge un emballage de préservatif déjà ouvert et le lui avait tendu.

— Il y a mon ADN à l'extérieur. Jouis dedans et jette-le dans la poubelle, pas aux toilettes. Au cas où. S'ils font tes poubelles, ça fera le job.

— Je suis surveillé ?

— Je ne crois pas, mais ne prenons aucun risque.

— Dans ce cas, pourquoi simuler ? dit-il en posant sa main sur la hanche d'Ana.

Elle le repoussa avec l'assurance de celle qui sait répliquer *physiquement* et lui fit signe de s'asseoir sur le lit. Elle se posta de l'autre côté de la pièce et ils attendirent que l'enregistrement s'arrête. Ana indiqua à Alexander qu'il pouvait dormir, ce qu'il ne fit pas, et elle patienta une heure de plus avant de repartir, non sans avoir pris soin d'arranger ses vêtements comme si elle les avait remis à la va-vite.

Keanu devait s'évanouir dans la nature, donc. Alexander soupira. Il était frustré. Elle lui plaisait bien, cette Ana. Et depuis combien de temps n'avait-il pas goûté à une vraie fille de chez lui ?

Mais la perspective de ce qui l'attendait avait réveillé en lui le fauve qui somnolait depuis trop longtemps. Il avait du boulot. Trop excité pour fermer les yeux, il commença à réfléchir à la suite.

13.

Le bouleversement survint trois semaines après l'annonce présidentielle. Trois semaines pendant lesquelles on joua à diffuser au compte-gouttes les informations concernant la sphère dans le ciel de l'Atlantique, pour surtout ne rien en dire de plus. Toujours les mêmes données énoncées différemment. Les chaînes d'info s'arrachaient les cheveux à force de tourner à vide. Le dernier scandale provenait des États-Unis, où les journalistes de Fox News avaient affrété un navire pour se rendre dans la zone de la sphère – nul ne savait comment ils étaient parvenus à la localiser – et s'indignaient en hurlant à la conspiration et en exigeant la démission immédiate du gouvernement actuel de la Maison Blanche parce qu'on ne les avait pas laissés approcher. Le tout largement appuyé par les images prises depuis le pont de leur navire, qui montraient un croiseur de la Navy leur barrant le passage, un zodiac armé leur imposant de faire demi-tour. La caméra à un moment parvenait à capter, très loin sur l'horizon, un petit soleil flottant dans l'azur. Clairement pas notre Soleil, plutôt une pâle copie moins aveuglante. Rien de mieux. Et cela suffisait à subvertir l'Amérique, au point que la garde nationale avait dû être mobilisée dans plusieurs États pour garantir la sécurité face aux insurrectionnistes survoltés qui multipliaient les actions violentes et tentatives d'invasion dans les hauts lieux administratifs.

Trois semaines à ne parler que de ça. Partout. Dans les médias, les entreprises, dans la rue, au supermarché, dans chaque foyer, sur Internet…

Zoé parvenait à se tenir un peu à l'écart (même si Romy revenait quotidiennement à la charge pour ronchonner que ça n'avançait pas), non que ça ne l'intéresse pas, mais elle n'était pas dupe et savait que seule la patience apporterait des débuts de réponses. En revanche, à défaut de la fasciner, la sphère avait bel et bien eu un impact sur elle. Pas sur son travail de romancière, ça il ne fallait pas rêver, la pression de ne pas être à la hauteur demeurait la plus forte, mais sur ses désirs.

Elle n'avait plaisanté qu'à moitié ce jour-là au restaurant, lorsqu'elle avait affirmé à sa fille avoir une épiphanie. Sa distance avec cette histoire lui avait fait réaliser combien elle s'était sclérosée dans ses émotions, et elle avait eu le déclic.

Envie de vivre. De ressentir. À commencer par des sensations réelles.

Physiques.

Zoé n'avait plus eu de désir sexuel depuis… deux ou trois siècles ? C'était du moins son estimation. Et voilà que tout en elle se réveillait. Bon, ce n'était pas non plus une vague torride qui la submergeait, il ne fallait pas exagérer, mais avoir envie d'être désirée, touchée, envie de tendresse, d'échanges, c'était déjà un immense pas en avant vers la vie, vers les autres et vers elle-même, vers son intimité.

Ce mardi matin, elle s'était même trouvé un nouveau prétexte pour fuir son petit bureau du deuxième étage, n'importe quoi plutôt que d'écrire, et s'était enfermée pendant deux heures dans une boutique de lingerie à Saint-Germain-en-Laye, de l'autre côté de la Seine. Sa première réaction en se découvrant dans le miroir en petite tenue avait été de pouffer. Elle était ridicule.

Puis elle avait interrompu son gloussement, pris une profonde inspiration, et s'était à nouveau regardée. Elle s'était moquée d'elle-même par gêne, ce n'était pas bien. Et ce n'était pas juste. Pas juste pour son corps, qui méritait un peu plus de considération. Alors elle s'imposa du sérieux, de la bienveillance. Elle *s'autorisa* à envisager de se trouver sexy, voire belle.

Au second coup d'œil, la donne changea. Énormément. Certes, elle n'avait plus l'habitude de s'envisager ainsi, en culotte de dentelle noire, soutien-gorge partiellement transparent, légèrement provocant. Mais maintenant qu'elle ne se jugeait pas, ou plus trop, cela lui parut assez joli.

Elle était jolie.

Tout dans son corps ne lui plaisait pas, loin de là, mais ce n'était pas non plus la catastrophe. Sans chercher à se comparer avec ces filles sur Internet (retouchées ou avec vingt ans de moins, lui chuchota une petite voix jalouse), elle n'était pas à jeter à la poubelle. Elle pouvait plaire.

À vrai dire, elle commençait même à se plaire à elle-même.

Zoé s'accorda un sourire. Un sourire pour elle. Depuis quand datait le dernier ? Depuis quand ne s'était-elle pas regardée dans la glace pour constater qu'elle pouvait s'aimer physiquement ? Elle en eut des frissons.

Cette lingerie, cette brusque lubie de rencontrer un homme, n'était rien de moins qu'un biais pour se retrouver elle, harmoniser son esprit et son corps. Éprouver des sentiments positifs.

Zoé était revenue de Saint-Germain-en-Laye avec deux sacs, dont au moins la moitié du contenu lui semblait déjà beaucoup trop osé pour être porté un jour.

Il faudrait déjà trouver le prétexte pour cela...

En rentrant, Zoé était tombée sur Romy, allongée sur un transat dans le jardin, ses cahiers de dessin étalés dans l'herbe tout autour, comme des pétales. Elle lisait Albert Londres.

— T'as acheté quoi ? lui demanda sa fille.
— Rien.

Romy baissa la tête pour scruter sa mère par-dessus ses lunettes de soleil.

— Mum ? Je te connais. Tu caches quoi ?

Elle remarqua les sacs, lut le nom dessus, et bondit de son transat :

— Oh putain ! T'as acheté de la lingerie ! Sans déconner ? Mais qu'est-ce qui t'arrive ?

Romy fonça sur sa mère, ou plutôt sur le contenu des sacs que Zoé tentait vainement de lui soustraire.

En voyant une partie des achats, Romy éclata d'un rire bien appuyé.

— J'hallucine, hoqueta-t-elle.
— C'est bon, arrête.
— T'as déjà une target ?
— Une quoi ?
— Un mec en vue.
— Mais non...

Romy n'en revenait pas. Elle laissa sa mère se diriger vers la maison et s'écria juste avant qu'elle disparaisse :

— Je sais ce qu'est Sphère, Mum !

Zoé repassa une tête par l'embrasure, surprise.

— Il y a des nouvelles ?

— T'avais raison, c'est Dieu ! C'est un miracle ce qui t'arrive !

Zoé pesta contre sa fille et rentra.

En déposant ses sacs au pied des marches, elle se redressa et croisa les bras sous sa poitrine. Oui, il y avait du changement. Du moins dans l'intention, il fallait le reconnaître. Et oui, indirectement, c'était à cause de cette boule de lumière au-dessus de l'océan, du moins à cause du décalage entre la fascination qu'elle exerçait sur le monde et ce que Zoé ressentait, cette distance ; ça elle voulait bien l'admettre. Mais ça n'était pas un effet immédiat de la sphère sur elle. C'était surtout le bon moment dans sa vie. Son corps avait fait son deuil. C'était possible après tout...

En milieu d'après-midi, tandis que Zoé réfléchissait devant son ordinateur installé sur la table du salon et que Romy regardait une vidéo sur Internet *via* sa tablette, écouteurs vissés aux oreilles, le téléphone de la romancière sonna.

— Oui ? fit-elle en décrochant. Oui, c'est moi.

Zoé écouta attentivement et ses sourcils se froncèrent. Elle se redressa d'un coup, ce qui attira l'attention de sa fille, qui mit sa tablette sur pause.

— Euh... Je... un e-mail vous dites ? Attendez, je regarde. Oui, je viens de le recevoir.

Zoé ouvrit l'e-mail en question et écarquilla les yeux.

— C'est... officiel ? demanda-t-elle. Ah. Et, euh... comment ça, « confidentiel » ?

Romy retira ses écouteurs et vint s'accouder au-dessus du canapé où elle était assise pour interpeller sa mère en chuchotant – « Qui c'est ? » –, mais Zoé était trop absorbée par sa conversation pour la remarquer.

— Aujourd'hui ? Oui, je suis chez moi mais j'ai... Ah. À ce point ? Bon, d'accord. Je serai prête, oui.

Romy n'en pouvait plus de ne pas savoir. Elle avait rarement vu sa mère aussi décontenancée par un coup de fil.

— Combien de temps ? OK. Je dois prévoir une tenue particulière ? Entendu. Je... Oui, bien sûr. À tout à l'heure.

Elle finit par regarder son téléphone, elle-même surprise : on avait manifestement raccroché.

— Alors ? C'est qui pour te mettre dans un état pareil ? insista Romy.

Zoé avait du mal à réaliser, ses neurones tournaient à pleine vitesse, analysaient la conversation, elle cherchait à comprendre et resta muette.

— Maman ! Raconte !

Elle fixa sa fille, toujours aussi pensive, prit le temps de choisir ses mots et répondit le plus sérieusement du monde :

— C'était un conseiller du cabinet de la présidente de la République. Ils veulent me voir. C'est urgent. Une voiture vient me chercher dans une heure.

Cette fois, ce fut Romy qui demeura muette.

14.

Qu'est-ce qu'une romancière populaire avait à voir avec la présidence ?

Auteure à succès certes, mais même pas encore confirmée, et qui prenait clairement la direction de ne jamais l'être, vu le rythme auquel progressait son prochain roman. Dans son domaine, il y avait plus connu, et plus talentueux, aucun doute. Alors pourquoi elle ?

Zoé était confuse.

Le ton de la voix du conseiller, ce sentiment d'urgence, de sérieux. Alors même que la France, voire le monde, avait bien plus important à gérer avec l'apparition de la boule de lumière dans le ciel terrestre... En quoi Zoé Margot intéressait-elle ces gens ? Elle s'était repassé mentalement l'histoire de ses romans pour vérifier qu'elle n'avait rien écrit de désobligeant sur le gouvernement, mais ça n'était pas possible, elle ne parlait pas politique dans ses écrits. Si on devait lui taper sur les doigts, ça ne pouvait pas être à cause de ses livres. Alors quoi ?

Erwan ? Son ex-mari aurait-il fait quelque chose de malhonnête ? Mais quatre ans et demi avaient passé depuis son décès, ça semblait loin. Romy ? Non, sa fille était discrète et sage. Zoé retournait la question dans tous les sens et ne trouvait rien.

— Tu y vas comme ça ? fit Romy en la surprenant devant le miroir du dressing. En jeans et chemisier ?

— Il a dit que c'était informel, pas de photos, pas de protocole.

— Mets au moins un pantalon noir.

— Pas envie. Je ne veux pas me déguiser, là au moins c'est moi.

— C'est quand même *weird*. T'es sûre que c'est pas un pervers qui te tend un guet-apens ?!

— J'ai reçu un mail de l'Élysée pour confirmer. Et ils envoient une voiture avec chauffeur.

— Je suis pas rassurée. Peut-être que je devrais venir avec toi.

— Non, il a dit que c'était confidentiel.

— Bien sûr. Ça sent le coup tordu, Mum.

— Arrête, chérie, c'est pas le moment. Je suis assez stressée comme ça.

Un SMS d'un numéro inconnu l'informa que la voiture était arrivée.

— Ils sont là.

Romy fit une grimace contrariée.

— Si t'es pas là à minuit, j'appelle les secours. Je dis que c'est la présidente qui t'a enlevée. Ça se trouve, elle a flashé sur toi.

Zoé la gratifia d'un regard noir. Elle n'était pas d'humeur à plaisanter.

— Recule, lui ordonna sa fille pour la regarder en entier, des chaussures à la coiffure. T'es top, Mum.

Casual mais class. Très bien les cheveux attachés. Et ferme un bouton du décolleté, t'y vas pas pour pécho.

Trois minutes plus tard, le chauffeur en costume refermait la porte de la berline noire sous le regard inquiet de Romy qui restait sur le perron de la maison.

Les rues bourgeoises du Vésinet défilèrent, puis l'A86 qui s'insinuait entre les immeubles de verre et d'acier des entreprises de la banlieue ouest, l'interminable tunnel de l'A14 et ses embranchements sous la Défense telle une mine de gobelins, et Paris, *via* les beaux quartiers. Zoé descendait l'avenue des Champs-Élysées à l'arrière de la voiture aux vitres fumées et se sentait à distance du monde, dans cet habitacle feutré qui sentait le cuir et le désodorisant. Elle était mal à l'aise. Pas à sa place. Consciente déjà de vivre une existence plus que favorisée en exerçant une profession singulière, de gagner des sommes très confortables et de mener bon train dans un ghetto de riches, elle n'était toutefois pas à ce point détachée de ce qu'était le monde pour la plupart des gens, et circuler ainsi lui donnait l'impression de ne plus en faire partie du tout. Un privilège. Et elle détestait cette idée.

Ils quittèrent le bas des Champs et bientôt longèrent le palais de l'Élysée. Zoé n'en revenait toujours pas. Tout allait trop vite. C'était surréaliste. La voiture franchit les barrages de sécurité en un instant et entra dans la cour. Elle y était. Le cœur de Zoé battait plus fort. Elle souffla pour essayer de retrouver son calme et la porte s'ouvrit.

Saluts, visages sérieux, drapeaux tricolore et européen, décor chargé d'histoire, Zoé enchaînait sans bien se rendre compte, guidée, presque portée à travers les lieux, jusqu'à atterrir dans un salon privé où on lui indiqua une banquette pour patienter. Elle en avait presque la tête qui tournait.

On ne la fit pas attendre longtemps : un trentenaire au look faussement décontracté dans un costume sans cravate entra, regard transperçant, directif, suivi par un collègue, la dizaine du dessus. Celui-ci attira aussitôt l'attention de Zoé, il ne ressemblait pas à un politicien, contrairement au premier. Pantalon beige, chemise mal repassée, les manches retroussées, lunettes qui lui donnaient un air intello alors que son physique était plutôt celui d'un sportif. Les cheveux un peu trop longs et sa manière de ne pas la fixer dès qu'il était entré : il n'appartenait clairement pas à la cohorte présidentielle. Était-il lui aussi convoqué comme elle ?

— Merci d'être venue, démarra le plus jeune. Matéo Villon, je travaille au cabinet de la présidente.

Deux autres personnes entrèrent aussitôt : une brune du même âge, l'air évanescent dans une robe en mousseline imprimée de fleurs qui descendait jusqu'à toucher le sol, son visage contrastait avec le reste – dur, ancré dans le réel. Le quatrième avait presque la cinquantaine, et lui c'était une mousseline de cheveux blancs qu'il portait, visage tiré comme un morceau de viande séchée, des sillons plutôt que des rides encadraient sa bouche sans lèvres et ses yeux d'un bleu glacé. Matéo Villon les accueillit d'un geste de la main :

— Ah, et voici Anissa et Marick, des collaborateurs du cabinet. Vous devez vous demander ce que vous faites ici ?

— C'est le moins qu'on puisse dire, répondit Zoé un peu vite.

Elle se sentait intimidée par cette attention braquée sur elle, par l'endroit, les circonstances. Cela ne l'empêcha pas de noter qu'on ne lui avait toujours pas présenté le quadra qui se tenait en retrait. Ils semblaient même l'avoir déjà oublié.

— Asseyez-vous, insista Matéo en tirant une chaise en face de la banquette.

Tous en firent autant et il y eut un léger flottement étrange, comme s'il n'y avait pas de mots adaptés à ce qui devait suivre.

Matéo prit son élan, fit claquer sa bouche et se lança :

— Je ne vais pas tourner autour du pot, madame Margot.

— Zoé. Je préfère Zoé, ça me rend moins... vieille.

Elle sentit ses joues se colorer. *Non mais quelle dinde ! C'est ta repartie, ça ?*

— Très bien. Donc, Zoé, j'imagine bien sûr que vous avez suivi ce qui agite notre planète depuis trois bonnes semaines désormais ?

— La boule au-dessus de l'Atlantique ?

Vraiment ? Avec l'intonation d'une question ? Parce qu'il y a autre chose ailleurs ? Le monde entier scrute la migration sexuelle des escargots en Picardie ?

Villon ne sembla pas lui en tenir rigueur. *Poker face* ; s'il la trouvait débile, il ne laissait rien paraître, et il enchaîna :

— Sphère, oui. C'est le nom qui lui a été donné sur le réseau social X, et nous l'utilisons entre nous.

Ignorant là encore le quadra assis en retrait, Matéo alla chercher du soutien auprès de ses deux collaborateurs qui, courageux politiciens, le soutinrent effectivement, mais seulement d'un bref acquiescement pour qu'il poursuive. En d'autres termes, Zoé lut un « Démerde-toi, c'est TON job ».

— L'Unesco a décidé de coordonner une mission d'observation et d'analyse, expliqua Matéo, mission qui va rassembler près de cinq cents personnes, dont une majorité de scientifiques. Chaque pays doit fournir ses experts, qui travailleront ensemble. La France s'est vu attribuer vingt-deux places, dont treize pour nos chercheurs. Bon, je dis Unesco mais c'est bien l'ONU qui pilote.

Zoé ne voyait toujours pas ce qu'elle fichait là. Elle n'était rien de tout ça, pas même en littérature, qui était – de toute évidence – une compétence largement nécessaire pour étudier un phénomène nouveau et unique à l'échelle de l'histoire humaine.

Déstresse, l'ironie te va mal.

— C'est là que vous entrez en scène, déclara Anissa comme pour mieux la cueillir.

— Quoi, moi ? Il... il doit y avoir erreur sur la personne...

— Zoé Margot, autrice de deux romans publiés chez Albin Michel et vendus à plus de... (Marick et sa voix aussi aride que son physique lut ses notes pour se rafraîchir la mémoire.) Deux millions d'exemplaires dans le monde ? Bravo. Non, c'est bien de vous qu'il s'agit.

Matéo reprit la main :

— Les Nations unies se sont accordées sur la nécessité de constituer une équipe aussi large que possible. Et il a été demandé, notamment à notre pays, de fournir également des participants qui ne soient pas des scientifiques mais des personnalités reconnues pour penser différemment, pour porter sur la société et le monde un regard atypique. L'idée est qu'il ne faut rien exclure pour comprendre ce phénomène, des femmes et des hommes qui n'ont pas le cerveau formaté par les règles académiques par exemple seront un atout précieux.

— Mais… je…

Sans lui laisser le temps de trouver les mots, Matéo développa son argumentaire :

— Il y aura trois cent cinquante scientifiques pour faire le boulot attendu, eux auront la plus grosse part du travail, et ils seront au cœur de la structure d'étude, mais ça ne sert à rien d'en empiler davantage. En revanche, créer un laboratoire de pensée ouvert, où toutes les théories, même les plus folles, seront étudiées en parallèle, est intéressant. Romanciers, scénaristes, philosophes, théologiens, historiens, musiciens, il a été dressé une liste complète des besoins et chaque pays s'est vu confier un nombre de postes à pourvoir en ce sens. La France, respectée pour sa créativité, est celui qui a eu le plus gros quota.

— Il fallait bien qu'on nous reconnaisse quelque chose, lâcha Marick entre ses dents.

Zoé restait ahurie. Elle n'arrivait pas à admettre ce qu'ils lui racontaient. Ça n'avait aucune pertinence. En quoi ça pouvait bien la désigner ?

— Écoutez, je… Il doit y avoir…

— Vous l'avez déjà dit, la coupa Marick sans délicatesse.

Matéo enroba la suite d'un sourire qu'il essayait de rendre chaleureux mais que Zoé considéra comme carnassier et manipulateur :

— Nous vous avons sélectionnée pour faire partie de ce groupe atypique au regard de vos écrits, mada… Zoé.

— Vous devez vous tromper. Je suis Madame Tout-le-monde.

— On vous a choisie justement parce que vous ressemblez à n'importe quelle femme, et pourtant vous avez quelque chose d'autre.

— Ça, c'est très maladroit, souligna Zoé.

Matéo ne sembla pas réaliser la grossièreté de son raccourci, il était sur sa lancée :

— Les gens se reconnaissent instantanément dans vos ouvrages, vous pensez comme la plupart d'entre eux, mais ça n'est pas donné à tous de savoir le coucher sur le papier. Vous êtes capable de vous approprier le quotidien et la pensée de chacun en quelques mots, vous sentez la société dans ce qu'elle a de plus… basique, de plus brut. Vous êtes douée pour décrire les sentiments, les interactions émotionnelles.

— Je suis sûre qu'il doit y avoir des tonnes de romancières plus célèbres, plus expérimentées et plus légitimes… Pourquoi moi ? Les autres ont déjà refusé, c'est ça ?

Pour la première fois, le sourire de Matéo parut franc.

— Non, vous êtes la première. Enfin, pas la première personne du groupe que nous contactons, mais la première romancière, je peux vous l'assurer.

Zoé soupira, dépassée. Elle n'avait plus les mots.

— J'ai l'impression que vous m'attribuez une intelligence que je n'ai pas.

Anissa répliqua, froide :

— Ce n'est pas votre intelligence que nous venons chercher, mais votre capacité à discerner ce qui fait de nous ce que nous sommes, et comment nous interagissons. Votre esprit de synthèse des rapports humains.

Zoé avait envie de leur dire combien ils se trompaient, qu'elle serait incapable de les aider, qu'elle n'en avait pas le talent, mais ne savait pas par quoi commencer. Elle aperçut l'homme assis en retrait, celui qui n'avait pas dit un mot. Il avait les mâchoires serrées, sa jambe droite s'agitait nerveusement, manifestement il n'était pas très satisfait de la tournure des choses.

Zoé s'adressa à lui :

— Et vous, vous êtes qui ?

L'homme se raidit, surpris. Il ouvrit la bouche pour chercher ses mots, avant de répondre avec tant de désappointement que ça le rendit instantanément sympathique et fragile, donc normal.

— Moi ? Je… Je suis celui qui est responsable de votre présence ici, aujourd'hui. Et je suis… je suis désolé.

15.

Zoé avait envie de serrer cet homme dans ses bras.
On se calme. Réveiller ses sens, OK, brusquer le contact physique, non merci.
Sa douceur, son regard incertain, la façon qu'il avait de se mordiller le coin de la lèvre inférieure témoignaient du même malaise qu'éprouvait Zoé. Il arborait une sorte de masque qui couvrait ses émotions, comme si son âme était ailleurs, qu'il se protégeait. En dehors de cet aspect, leur ressemblance la rassurait. Enfin un interlocuteur au comportement d'être humain, où tout n'était pas calculé, contrôlé, des gestes à la parole, comme chez les trois autres.
Sauf qu'il vient de me dire que c'est à cause de lui que je suis là.
— Ah oui, intervint Matéo, je ne vous ai même pas présenté notre nouvelle recrue, Simon Privine. Simon est sociologue, spécialiste des dynamiques de groupe et des critères de sélection. Il nous aide à choisir les candidats, comme vous.
Simon baissa le menton, il semblait avoir honte d'être associé à Matéo et sa bande.

— Comme moi, répéta doucement Zoé.

— Oui, celles et ceux qui rejoindront Icon.

Le fameux Simon s'empressa de préciser de sa voix douce :

— C'est le nom du panel que nous vous proposons d'intégrer.

— Oui, approuva Matéo d'un air blasé, c'est encore un truc des Américains ça, *International Creative Output Newsgroup* ou quelque chose dans ce genre. Écoutez, nous mesurons combien ça doit vous paraître abstrait et…

— Je ne suis pas sûre, le coupa Zoé. Il y a encore deux heures j'étais chez moi, avec ma fille, à réfléchir à mon prochain chapitre, et me voilà à l'Élysée à entendre ce discours complètement… dingue. Je ne saisis ni la logique de faire appel à moi ni celle de votre commission… Icon.

— Que l'État puisse faire appel à des écrivains vous surprend ? intervint Anissa. Il y a pourtant déjà eu des précédents. Par exemple, l'armée française a engagé en 2019 des auteurs de science-fiction et des scénaristes pour créer la Red Team, qui avait pour objectif de penser les défis stratégiques de demain. L'armée leur demandait d'imaginer à quoi ressembleraient les conflits du futur, les moyens militaires et technologiques, le type d'agression, et ainsi de suite. À partir d'informations concrètes fournies par les états-majors, les scénaristes et romanciers brainstormaient ensemble, mêlant réalité et imagination, et proposaient des scénarios qui ont permis aux forces armées de mieux anticiper certains défis à venir. Les Américains ont fait la même chose avant cela, avec leur Sigma Forum, ainsi que les Britanniques et d'autres encore… C'est en réalité une pratique courante de demander aux artistes, aux concepteurs, qui n'ont pas la même vision que les autres, d'interpréter des données avec leur regard créatif, sans avoir à se brider, en s'autorisant les extrapolations, et les résultats sont souvent utiles, toujours surprenants. Ce n'est pas votre capacité d'analyse qui est attendue mais votre fertilité émotionnelle, entre autres, pour soumettre des hypothèses originales à un groupe de chercheurs dédiés, qui eux devront estimer leur plausibilité avant de les envoyer ou non vers le reste des équipes.

Matéo se joignit à la démonstration :

— Après tout, vous êtes des ingénieurs de la pensée, dont la seule limite est votre imagination. Vous aurez un rôle à jouer auprès de Sphère, j'en suis certain.

— Il y a des auteurs avec beaucoup plus d'imagination que moi.

Anissa répliqua immédiatement :

— Mais qui perdent de vue l'essentiel : les rapports humains. L'émotion. Vous êtes l'équilibre parfait entre création et réalisme. La première mission d'Icon sera de fournir des hypothèses originales pour comprendre ce qu'est Sphère, mais ça ne s'arrêtera pas là. Icon devra fournir des propositions sur comment interagir avec elle, si le contact devient possible. Vous serez amenée à trouver d'éventuelles solutions aux problèmes que mathématiques, physique, géologie ou linguistique ne résolvent pas avec leurs schémas respectifs.

Marick compléta :

— Des chercheurs ont expliqué que notre civilisation est enfermée dans ses codes et dans des moyens de communication limités par notre évolution, notre environnement, et qu'une rencontre avec une entité venue d'ailleurs serait problématique puisque nous pourrions ne penser qu'avec nos référents habituels. Des langages à notre image. Qui dit que la musique et les couleurs ne seraient pas la forme d'expression de cette entité ? Ou quelque chose qui y ressemblerait... Il faudra une cellule capable d'anticiper ces blocages, de proposer des solutions, et ce sera Icon.

— Une entité..., répéta Zoé, incrédule. Vous parlez de cette... Sphère comme si c'était une chose extraterrestre.

— Nous ne pouvons rien exclure, répondit Anissa. Qu'elle soit naturelle ou d'une autre planète ou dimension, tout est possible. C'est pour ça que nous devons mélanger divers types de penseurs pour cette mission. Se réduire aux disciplines scientifiques classiques serait une erreur. Icon sera là pour éviter cet écueil. Et, le moment venu, s'il faut envisager que les réponses trouvées soient complexes, ou problématiques pour le monde, vous serez sollicités pour réfléchir à la meilleure manière de les expliquer. Réfléchir sur la façon de rassurer les populations, rendre pédagogique la rationalisation de nos découvertes. Icon sera une sorte de couteau suisse, prêt à intervenir à différentes étapes pour combler les manques ou remplir les blancs avec des idées lorsque les équipes plus scientifiques seront bloquées, en tout cas dans leur démonstration. Vous avez totalement votre place dans cette cellule, vous cochez les cases qui se combinent parfaitement avec celles de nos autres recrues.

D'un coup d'œil vers Simon, Anissa vérifia qu'elle visait juste, confirmant par là même que c'était *son* idée à lui, sa synthèse de ce qu'était Zoé, donc sa faute si elle était là.

— Et vous parlez très bien l'anglais, critère obligatoire, précisa un Marick plongé dans ses notes.

Matéo se pencha sur sa chaise et joignit le bout de ses doigts pour parler :

— Zoé, tout vous tombe sur le nez brusquement, et je comprends votre désarroi. Vous allez rentrer chez vous, digérer ces informations et réfléchir. Reprendre confiance et *nous* faire confiance. Nous sommes le cabinet de la présidence, Zoé. Vous croyez vraiment que nous ferions n'importe quoi dans un moment aussi crucial de notre histoire ?

Zoé ne put s'empêcher de hausser les sourcils d'un air justement sceptique.

Matéo ne releva pas et désigna Simon derrière lui.

— Nous cherchions quelqu'un qui écrit, qui a l'habitude de créer des récits *ex nihilo*, ce dont nous aurons besoin là-bas. Et Simon a pensé à vous.

Zoé reporta son regard vers le coupable, qui se mordillait encore le coin de la lèvre. Elle l'aimait moins finalement. *Qu'est-ce qui t'a pris de voir tout ça en moi ?* L'avait-il seulement déjà lue ? Soudain, Zoé tilta sur les mots que venait de prononcer le conseiller politique.

— Vous avez dit « là-bas ». C'est-à-dire ?

Cette fois Matéo perdit de son assurance, jeta un œil vers ses collaborateurs, hésita puis répondit :

— Je ne peux pas encore entrer dans les détails, pas tant que nous n'avons pas votre accord définitif, mais disons qu'à l'heure où nous parlons, d'immenses plates-formes scientifiques sont tractées dans l'océan Atlantique pour être assemblées sous Sphère. C'est sur place que seront conduites les opérations.

— Dans l'Atlantique ? répéta Zoé, hébétée. Et... pour combien de temps ?

— Nous l'ignorons. Icon est mis sur pied pour six mois, renouvelables, et, bien sûr, tout dépendra de l'évolution de la situation.

— Six mois ? Non, je ne vais pas...

— Prenez un moment pour réfléchir, lui imposa Matéo fermement. Vous dormez dessus, et, tenez, voici ma carte, vous pouvez me joindre à tout moment, je répondrai à vos questions, ainsi qu'Anissa et Marick. Notre chauffeur va vous raccompagner.

Les deux autres lui tendirent à leur tour leur carte.

— Bien sûr, ça doit rester confidentiel. Vous ne pouvez en parler à personne, ajouta le trentenaire. Pas même à votre f...

Il se tourna vers Marick pour lui prendre ses notes.

— Ma fille ? Je partage tout avec elle.

— Pas cette fois. C'est secret Défense, déclara Marick avec le même ton désagréable dont il ne se départait pas. Vous seriez radiée du projet.

Matéo écarta les bras en signe d'excuse :

— Désolé, c'est une question de sécurité nationale. Bon, je crois que pour cette première approche nous avons survolé l'essentiel.

Ils se levèrent, les trois en même temps, laissant Zoé et Simon seuls assis.

Tandis que Matéo et Marick quittaient la pièce aussi rapidement que s'ils avaient encore dix autres candidats à convaincre, Anissa se pencha vers la romancière :

— La place sera prise par quelqu'un d'autre si vous refusez. Quelqu'un qui aura un profil similaire au vôtre, mais probablement pas aussi équilibré dans les critères que nous recherchons. Vous êtes notre premier choix. Donc la question n'est pas de savoir si vous vous estimez légitime, juste de savoir si vous ne le regretterez pas. Les enjeux nous dépassent, ils sont historiques. Pour l'humanité, Zoé. Et nous vous proposons d'y jouer un rôle. Les grandes histoires débutent par des gens normaux.

Anissa lui posa une main sur l'épaule pour bien appuyer l'argumentaire et sortit.

Simon était en face, gêné.

— Sérieusement ? lui fit Zoé.

Il hocha la tête.

— Donc c'est vous le coupable ?

— J'en ai bien peur.

Zoé était sous le choc. Elle observa la pièce sans réellement la voir, perdue dans ses pensées.

— Pourquoi moi ?

Simon émit un bref raclement de gorge en haussant les sourcils.

— Tout ce qu'ont dit Matéo et Anissa. Vos écrits. Votre sensibilité. Votre créativité dans le réel du quotidien. Vous incarnez un esprit très concret dans ce que nous sommes et ressentons. Les émotions. Les relations entre les gens. Les psychologues qui seront sur la station ont certes une connaissance de leur mécanique, mais pas votre imagination pour les développer dans tous les contextes possibles. Et personne ne sait encore de quoi nous aurons besoin pour comprendre cette... chose. Vous venez en complément.

— Ça sonne comme « roue de secours ».

— Soyons francs : Icon sera une base arrière. Au premier plan, ce seront les scientifiques, à eux le gros du boulot, Icon ne sera là que pour apporter des propositions différentes. L'avantage, c'est qu'il y aura moins de pression. Et puis…

Zoé devina qu'il sortait du cadre qui avait été défini avant la réunion, de ce qu'il fallait dire et de ce qu'il était préférable de lui cacher.

— Vous êtes connue, avoua Simon. Assez pour correspondre aux critères de l'Élysée, pas trop pour déranger. Vous ne clivez pas, on vous apprécie ou on ne vous connaît pas. C'est un profil rassurant pour eux.

Simon se leva et lui tendit la main pour l'inviter à faire de même, ce qui surprit Zoé. Une galanterie qu'elle n'attendait pas et qu'elle n'avait pas souvent rencontrée ces dernières années. Elle lui prit la main. Sa paume était chaude. Elle aima ce contact et la garda une seconde de trop, ce qui les mit tous les deux mal à l'aise.

Une fois sur le seuil, Zoé avisa le chauffeur qui l'attendait dans le couloir. Elle se retourna vers Simon.

— Vous m'avez mise dans une sacrée merde, Simon.

Il plissa les lèvres, pas fier. Puis ajouta :

— Je suis comme ce type à la NASA qui décrète qui partira dans l'espace, on l'adore ou on le déteste. J'essaye juste de faire de mon mieux.

À cet instant, il parut très triste.

16.

Romy avait la bouche entrouverte, un air à la fois béat et idiot, mais ses yeux crépitaient.

— C'est une blague ?

Zoé était accoudée au châlit dans sa chambre et Romy se tenait contre le chambranle. Il était une heure du matin. Romy était descendue pour boire un verre d'eau et s'était étonnée de la lumière encore allumée chez sa mère, qui normalement ne veillait pas aussi tard. Zoé avait tenu trente secondes avant de tout lui dire. Secret Défense ou pas, c'était sa fille, tant pis pour la confidentialité.

— Je préférerais.
— Mais c'est OUF !

Cette fois la jeune femme avait plaqué ses mains de chaque côté de son crâne.

— Ma mère va aller explorer Sphère ! déclara-t-elle, abasourdie.
— Non, je n'ai jamais dit que j'allais le faire.
— Tu peux pas refuser.
— Oh si je peux.
— Donne-moi une seule bonne raison !

— Je... Je ne peux pas laisser René ! À son âge...
— Maman ! Arrête. Tu sais très bien que je m'en occuperai.
— OK. Alors ça m'éloignerait de toi pendant au moins six mois.
— Mais on s'en fout ! Y a des priorités !
— TU es ma priorité.
— Hey, ça va, j'ai vingt ans, Mum. Et puis tu ne seras pas au couvent, il y aura forcément Internet, on se fera des visio.

Romy vint se mettre à genoux sur le lit, face à sa mère :

— La Terre entière va vouloir vivre ce que tu vas vivre. Même pas en rêve t'y vas pas.

Zoé plissa la bouche.

— Je ne me sentirais pas légitime. Je ne veux pas prendre la place de quelqu'un qui pourrait apporter une véritable contribution à la recherche.

— D'où tu cogites comme ça ? Les as du gouvernement t'ont choisie ! Tu crois qu'ils enverraient n'importe qui ?

— Vu leur niveau, franchement... Et puis... Je sais pas, je... Je ne le sens pas.

Romy hallucinait. Elle avait envie de secouer sa mère pour lui faire réaliser l'énormité de son refus.

Puis elle vit la fatigue dans son regard. Zoé était bouffée par cette annonce. Par le stress. Alors l'ardeur de Romy diminua d'un cran.

Elle s'avança et posa la main sur la cuisse de sa mère.

— C'est unique, dit-elle doucement. Celles et ceux qui vont y aller vont entrer dans l'histoire.

Zoé secoua la tête lentement.

— Je crois que je ne veux pas entrer dans l'histoire. C'est pas ce qui m'intéresse. J'ai touché du doigt un semblant de reconnaissance et de célébrité avec mon premier livre et... mon ego a aimé, mais le reste en moi a détesté ça. Je ne crois pas que mes failles personnelles relèvent d'un quelconque narcissisme, je n'ai pas besoin de ça pour être heureuse. Au contraire.

Zoé repassa derrière l'oreille de sa fille une mèche rebelle qui se torsadait sur sa joue.

— Tu sais, j'aspire à de la simplicité. Je veux que tu sois heureuse. T'accompagner dans ta... ta nouvelle vie.

— Tu l'as déjà fait. C'est terminé. Je veux dire, je suis une femme maintenant. Le reste... C'est juste à moi de la construire, ma vie. Pardon, Mum, mais... j'ai pas besoin de toi au quotidien pour ça. Enfin, tu vois ce que je veux dire.

Zoé approuva et caressa le bras de sa fille.

— Et moi je n'ai pas besoin de ce voyage pour m'accomplir.

Romy soupira, vaincue.

— Qu'est-ce que tu veux que je réponde à ça. T'as tué le game.

Elle se laissa tomber en arrière dans le lit en poussant un grognement de fausse colère.

— J'aurais pu être la fille de l'écrivaine qui va trouver comment parler à Sphère !

Zoé lui lança un oreiller pour la faire taire. Romy se redressa, soudain traversée par une question :

— T'es même pas curieuse de savoir ce que c'est ? De te retrouver en face ?

Zoé prit le temps d'y réfléchir.

— Si. Bien sûr. Mais pas au point de tout abandonner.

— T'es cryogénisée. En fait les extraterrestres sont déjà venus parmi nous et ils ont mis le cerveau de ma mère dans de la glace. Elle ressent plus rien.

— C'est pas vrai, regarde, j'ai acheté de la lingerie, je sors de ma torpeur.

— Ouais, enfin, à ton rythme... Ton premier rencard, il sera à la maison de retraite.

— Hey ! (Nouveau coup d'oreiller.)

Une autre idée fit tiquer Romy :

— Là-bas, tu pourrais t'en trouver un, de mec.

— Oh, arrête.

— Non c'est vrai ! Six mois isolés, les mecs seront avec toi comme des acheteurs compulsifs le premier matin des soldes !

— Très belle image, tu me donnes envie.

— Non, mais tu vois... Un beau chercheur, avec son air sérieux, mais un peu coquin dans la pénombre...

— Romy...

— Oh quoi ?! J'essaye !

Romy se leva, dépitée :

— Je le vois dans tes yeux, t'es déjà décidée. T'es relou ! Tu leur as dit ?

— Pas encore. Je vais le faire demain. Ça ne sert à rien de leur faire perdre du temps. Ils doivent en avoir dix comme moi pour me remplacer.

— Sauf que c'est à toi qu'ils l'ont proposé, pas aux dix autres.

Romy allait quitter la chambre, mais se retourna :

— Tu dois être la seule des milliards d'habitants de cette planète qui refuserait une occasion pareille.

Zoé l'interpella lorsqu'elle fut dans le couloir :

— Romy ! Tu ne le dis à personne surtout ! C'est secret.

— À qui tu veux que je le raconte ? J'ai justement personne dans ma vie !

Zoé s'enfonça dans le dernier traversin qui restait en place.

Elle se sentait soulagée. Sa décision était prise.

17.

Matéo Villon et le cabinet de la présidente avaient dû sentir la mauvaise nouvelle poindre, car ils ne se déplacèrent même pas et envoyèrent Simon, le sociologue, à la place.

Le rendez-vous avait été fixé dans le parc Monceau à Paris. C'était moins solennel.

Zoé trouva Simon assis sur un banc, en face du lac aux colonnades, occupé à lire un livre. Ses cheveux un peu trop longs lui donnaient un air de poète, particulièrement avec ses lunettes et sa chemise en lin mal ajustée sous son gilet. Elle s'approcha sans bruit et put lire le titre : *Courrier Sud*. Elle connaissait. Elle adorait Saint-Exupéry. Son sens de la formule, la musicalité de ses phrases.

— Il donne envie de voyager, dit-elle pour s'annoncer.

Simon sursauta, il mit une seconde avant de comprendre et de lui sourire.

— Moi, il me donne le bourdon, répondit-il. Cette époque de grandes conquêtes, où des hommes et des femmes pouvaient se lancer des défis fous et parcourir un territoire encore mal connu... Aujourd'hui, que reste-t-il pour ces esprits-là ? Internet ? Le multivers ? Mais *quid* du tangible ? Des peuples nouveaux ?

— Avec ce qui vient de débarquer dans notre atmosphère, je dirais qu'il y a de nouvelles perspectives qui s'ouvrent, non ?

Simon approuva et souligna qu'elle marquait un point en levant l'index. Il glissa sur le côté de son banc pour lui laisser une place.

— Enfin, j'imagine que c'est le cas pour celles et ceux qui partent là-bas, se corrigea-t-elle. Ce n'est pas trop dur pour vous ?

— De quoi ?

— Eh bien... de choisir qui fera partie de la mission, et de les regarder y aller tandis que vous resterez les pieds sur terre. Vous m'avez dit que c'était vous le chef de la NASA qui décide quel astronaute va aller dans l'espace, n'est-ce pas ?

— Ah, oui. La comparaison n'était peut-être pas la plus pertinente. Je... décide, mais je serai du voyage aussi.

— Vous ? Oh...

— Surtout, gardez-le pour vous. La bande que vous avez rencontrée n'apprécierait pas que je vous en dise autant. Ils sont obsédés par le secret.

Un silence s'installa. Zoé ne savait pas par quoi commencer. Puis, en même temps, ils dirent : « Vous avez réfléchi ? » et « J'ai réfléchi... ».

Toujours paré de son léger sourire amical, Simon l'invita à poursuivre d'un geste de la main.

— Je me lance, fit Zoé. Je suis... désolée, mais je ne peux pas accepter. Je ne suis pas la bonne personne pour vous.

Simon ne laissa paraître ni surprise ni déception.

— J'imagine que ça n'est pas ce que vous espériez, s'excusa Zoé, j'aurais préféré ne pas vous décevoir, mais ce n'est pas pour moi.

Simon fit un léger mouvement du menton comme pour acquiescer. Il encaissait, supposa Zoé.

Ils demeurèrent ainsi à regarder le parc devant eux. Les stigmates de la tempête d'avril attestaient encore de la violence de son passage. De nombreuses souches étêtées, des parterres de fleurs flambant neufs, et même les colonnades fraîchement réparées, comme en témoignaient les traces plus blanches dans la pierre et le mortier ajouté cet été pour souder les chapiteaux. Les finances manquant, il restait encore beaucoup d'aménagements à rebâtir, d'arbres à dégager ou à replanter.

— Il fait la température d'un mois de juillet, dit enfin Simon, et nous sommes en novembre.

— J'avoue que je ne fais plus attention.

C'était effectivement courant depuis plusieurs années.

Les yeux de Simon se promenaient un peu partout dans le parc, sur la végétation, sur les promeneurs.

— Vous sentez la fin de cycle approcher parfois ?

Zoé fronça les sourcils, pas sûre de comprendre.

— La fin proche de notre humanité, précisa Simon. Vous ne parlez jamais de ça dans vos romans et pourtant on y perçoit une telle véracité des rapports entre vos personnages, ce sentiment d'urgence à vivre pleinement chez certains, la résignation pour d'autres, et le nihilisme au milieu. Et malgré ça, c'est toujours positif, vous réussissez à ne jamais plomber le lecteur. Je me demandais si c'était le plus difficile à accomplir lorsque vous écrivez.

La question avait cueilli Zoé. Elle ne s'était jamais véritablement interrogée sur cet aspect-là, tout comme aucun journaliste n'avait jamais souligné ce trait chez ses héros.

— Non, à vrai dire, je ne l'ai jamais vu sous cet aspect. Ça me vient ainsi... c'est ma vision de ce que nous sommes.

— C'est ce que je présumais... Vous *sentez* les gens, la société. C'est instinctif chez vous.

— Vous le percevez comme ça, vous, que nous sommes en fin de cycle ?

Simon grimaça pour souligner son pessimisme.

— C'est déjà bien amorcé. Regardez les cicatrices dans ce parc. Elles datent d'il y a seulement six mois, et d'ici peu, d'autres, probablement plus profondes encore, viendront s'y ajouter. L'humanité ne s'est jamais si peu reproduite, l'infertilité gangrène nos peuples à cause de la sédentarité, de la malbouffe, des saloperies qu'on ingère depuis des décennies, et les jeunes ne veulent plus faire d'enfants face au peu de perspectives... Le monde va mal. La planète va mal. Nos sociétés vacillent de plus en plus. Et la plupart s'interrogent sur l'avenir. S'il y en a un.

Il marqua une pause pour sélectionner les bons mots, et ajouta :

— Beaucoup espèrent que des réponses se trouvent dans cette sphère au-dessus de l'Atlantique.

— Vous n'allez quand même pas me faire le coup de « avec vous nous aurions une chance » ?

Il pivota pour la fixer.

— Avec un maximum de compétences, et les plus variées possible, nous aurons une chance. Si tant est que cette sphère puisse nous apporter quoi que ce soit. Et là...

Zoé soupira. Elle ne s'était pas attendue à ce que lui, si doux en apparence, insiste. Elle pensait que ce serait une formalité. L'idée de devoir se justifier la mettait presque en colère.

— Vous allez trouver une autre romancière formidable, j'en suis sûre.

— Qui n'aura pas votre instinct. Votre sens des émotions. Votre capacité à les projeter dans un scénario de votre création.

— Simon, lâcha-t-elle, agacée, à quoi vous jouez ? Je vous ai dit que je ne m'y rendrai pas.

— Vous n'avez pas invoqué les bonnes raisons.

— Pardon ?

Cette fois, c'en était trop. De quel droit se permettait-il de lui dire ce qu'elle devait ressentir et comment le formuler ?

— Vous refusez parce que vous avez le syndrome de l'imposteur. Si je traduis vos mots, c'est ce que ça signifie. C'est peut-être vrai ici, je l'ignore, mais là-bas, sur la station, vous seriez exactement celle dont nous aurions besoin pour rendre Icon parfaitement complémentaire.

Zoé était sur le point de se lever et de partir mais il la retint avec ces mots :

— Vos livres se lisent facilement, mais je suis sûr qu'ils sont de plus en plus difficiles à écrire. Le succès vous interpelle, l'attente de vos lectrices et lecteurs pèse certainement sur votre liberté d'expression. Avant vous étiez seule avec vous-même pour rédiger, maintenant ils sont tous là, par-dessus votre épaule. Je me trompe ?

— Vous êtes psy en réalité, c'est ça ?

Simon ne souriait plus, mais il gardait une rondeur, une intelligence mélancolique qui teintait ses expressions jusque dans ses traits et lui conférait une inoffensive profondeur.

— Je vous ai lue, dans le détail, et... j'ai eu l'illusion, peut-être, de vous voir à travers les mots. Entre le premier et le deuxième roman, c'est palpable.

— Attendez le troisième, lâcha Zoé avec dépit.

Il l'étudiait avec sa bienveillance naturelle. Elle leva les yeux vers les siens et Simon souleva un coin de sa bouche en guise de réconfort.

— Et si partir loin vous aidait ? dit-il.

— Maintenant, vous me proposez de venir pour écrire mon roman ?

— Au-delà des motivations intellectuelles ou humanistes, nous avons tous une raison bien personnelle de partir là-bas. Pour écrire du neuf, il faut vivre du neuf, non ?

Zoé pouffa, moqueuse.

— Non, vraiment... merci d'avoir insisté mais c'est non.

Elle ne parvenait pourtant pas à clore la conversation et à le quitter. Il y eut un blanc et elle ajouta, amère :

— Vous êtes aussi pugnace avec chaque recrue ou j'ai un traitement de faveur ?

— Je suis payé pour vous donner l'impression que vous êtes la personne la plus importante du monde pour réussir cette mission, dit-il avec franchise.

— Pour un peu, j'y aurais presque cru, bravo.

— Si j'ai décidé de travailler avec ces gens, c'est que la cause dépasse nos rancœurs et nos petites personnes. C'est peut-être enfin l'occasion de faire la différence.

Au niveau... global. Au nom de l'humanité, au-delà des nations.

— Je me trompe ou vous parlez de vous ?

Simon se mordit l'intérieur des lèvres en réfléchissant, puis il se lança :

— Zoé. La vérité c'est que ni moi, ni l'Élysée, ni aucun comité d'où qu'il soit ne savons exactement ce qui nous attend, encore moins qui il faut emmener pour être efficaces sur place, mais nous faisons des paris. Je suis celui qui doit masquer que c'est du bricolage, et donner l'illusion que c'est parfaitement maîtrisé. Sauf que vous... Je crois sincèrement tout ce que j'ai dit à votre sujet. C'est... mon instinct.

Zoé secoua vivement la main puis se leva et lui fit face pour le saluer.

Simon grimaça, comme s'il luttait avec lui-même, et lança son dernier argument dans la bataille :

— J'avais prévenu la commission dès que votre nom est sorti.

— Que je refuserais ? Alors pourquoi m'avoir...

— Non. Que vous occuperiez deux places.

Zoé avait les yeux grands ouverts, attendant la suite.

— Je suis convaincu qu'il y a quand même une voix, au fond de votre être, qui voudrait venir, précisa Simon, mais que vous n'avez tellement pas confiance en vous que vous refusez de prendre le moindre risque.

— Je ne vois toujours pas le rapport avec les deux places.

— Et si nous proposions à votre fille de nous accompagner ?

Cette fois, Zoé écarquilla les yeux, médusée.

18.

Zoé avait d'abord refusé catégoriquement d'en écouter davantage.

Mais Simon avait cette façon de faire, douce et insidieuse, rien qu'avec ses mots savamment choisis et son air de chien battu, et sa pensée infusait en vous plus rapidement qu'un sachet de thé dans l'eau bouillante.

Zoé avait cédé, presque pour avoir la paix. Simon avait embrayé vers la rue pour héler un taxi – il ne voulait pas attendre, c'était maintenant.

Pendant le trajet, Zoé se répétait que c'était une connerie, que ça allait trop vite, qu'elle n'avait pas le temps de réfléchir, qu'il lui forçait la main. Lorsqu'ils entrèrent dans le jardin de la maison du Vésinet, il était trop tard.

Romy se décrocha presque la mâchoire en découvrant cet homme dans leur salon. Sans aucune discrétion elle le scanna des cheveux aux orteils, et le coup d'œil qu'elle adressa à sa mère dans la foulée était sans équivoque. *Belle prise, Mum !* Zoé enragea.

Simon entra directement dans le vif du sujet. Il n'avait pas terminé sa première phrase que Romy répliqua :

— Tsssssssss.

Sifflement d'incrédulité. Simon s'interrompit, décontenancé par sa réaction, puis s'inquiéta :

— J'ai été trop loin ?

— C'est ouf. Je fais mon sac maintenant. Bien sûr que je viens.

Le soulagement envahit Simon. Il bascula vers Zoé qui le reçut d'un :

— Vous êtes un enfoiré.

— Mum !

Zoé pivota vers sa fille :

— Ils passent par toi pour m'avoir ! Tu ne lui demandes même pas en quoi tu serais compétente là-bas ! Ils n'ont rien pour toi, c'est juste du...

Simon répondit aussitôt :

— Nous aurons besoin de quelqu'un pour gérer la communication vers les jeunes, notamment *via* les réseaux. Quelqu'un qui sait s'exprimer, écrire correctement, et qui n'a pas notre âge, sauf votre respect. La commission veut une experte en la matière, mais je peux les convaincre que Romy en sera capable et qu'elle est indispensable pour vous avoir. Et Romy dessine plutôt bien d'après ce que j'ai cru comprendre, ses croquis seront les bienvenus pour montrer autre chose que des vidéos d'une masse lumineuse qui ne change jamais.

— Comment vous savez qu'elle dessine ? Et qu'elle s'exprime bien ?

Simon afficha un masque contrit.

— J'ai lu un profil détaillé de votre famille. Je suis désolé. Le gouvernement ne peut pas se permettre de proposer un poste aussi stratégique sans avoir effectué une étude stricte et complète des candidats. La DGSI a enquêté sur vous deux.

— De mieux en mieux…, pesta Zoé.

Romy haussa le ton, à la grande surprise de sa mère qui ne s'y attendait pas :

— Maman, stop. C'est terminé. C'est trop gros là. Des filles ordinaires comme nous qui ont une chance de rejoindre un événement pareil ? On y va. Fin de la discussion.

Se tournant vers Simon, Romy garda sa voix déterminée :

— Par contre, c'est pas deux, mais trois places qu'il va nous falloir.

— Ah ça non, c'est imposs…

Romy recula pour désigner le golden retriever qui ronflait sur le tapis.

— René, c'est le ciment de notre famille. Si vous nous voulez, le chien vient. Non négociable.

19.

Les missions sur les territoires étrangers étaient normalement l'apanage du SVR, l'autre service secret russe, mais la loi avait finalement autorisé le FSB à intervenir, lorsqu'il s'agissait de terrorisme notamment, et dans un cadre très précis. Depuis, le FSB se servait de cette clause à toutes les sauces pour envoyer des équipes partout où il l'estimait nécessaire.

La clandestinité et les missions d'élimination ne faisaient bien sûr pas officiellement partie de cette projection de compétences en territoire étranger, et le SVR ne voyait pas d'un bon œil que l'autre service de renseignements national empiète sur ses prérogatives. Alexander le savait, le SVR avait des moyens humains et techniques importants aux États-Unis, mais si les choses tournaient mal, il ne faudrait pas compter sur celui-ci pour le tirer d'affaire. Quant au FSB, il nierait le connaître, le service ne pouvait se permettre vis-à-vis des États-Unis et même en interne de confirmer sa présence sur le sol des cow-boys. Alexander était seul.

Il arriva à San Diego dans une voiture de location prise avec le permis de Keanu Hale, alla louer un petit bateau à moteur à la marina en prenant soin qu'on remarque bien son matériel de pêche et la glacière pleine de bières, et passa la journée à effectivement pêcher au nord de la ville, en vidant ses bières pardessus bord. Lorsque la bouche du soleil se posa sur l'horizon, étalant sur le Pacifique le rouge vespéral de ses lèvres, Alexander mit le cap sur une petite zone rocheuse, la seule du secteur, et mit les gaz à fond.

Il sauta de l'embarcation juste avant l'impact qui souleva le navire, avec ses débris de coque qui volèrent, et le tout retomba dans l'eau pour couler presque immédiatement.

Ça, c'était fait. Si un jour quiconque s'intéressait à Keanu Hale, on en conclurait qu'il s'était noyé après s'être crashé contre les rochers, probablement en raison de sa trop grande consommation d'alcool, et que la mer n'avait pas rendu son cadavre. Classique mais efficace.

Alexander nagea pendant quarante-cinq minutes, dans un courant assez fort, pour rallier le rivage. Rien qu'il ne pût surmonter avec sa condition physique. Il trouva la Nissan là où Ana lui avait dit qu'elle serait. Les clés posées sur le pneu avant droit. Il se changea avec les vêtements qui l'attendaient dans le coffre.

La partie la plus délicate commençait.

Pendant quarante-huit heures, il serait un autre, sous une fausse identité. C'était là qu'il devait se montrer le plus prudent. La couverture était fragile.

Il dormit quelques heures dans un motel de La Jolla, et le matin il effectuait son repérage dans le quartier de Shelltown, derrière la base navale de San Diego, l'une des plus grosses de la Navy. C'était un coin très urbanisé, avec de petites maisons assez proches les unes des autres, ce qui n'arrangeait pas Alexander.

Il prit le temps de se faire une cartographie mentale des lieux, de l'ambiance, du type de personnes qui marchaient dans les rues, et rentra pour ne pas finir par attirer l'attention. Il passa le reste de la journée dans sa chambre à lire le dossier dissimulé dans la garniture de la portière conducteur. Tout ce qu'il avait besoin de savoir se trouvait dedans.

La cible vivait seule, et terminait son congé avant d'être mutée de l'autre côté du pays, sur la côte Est. L'homme passait le plus clair de son temps à la salle de sport, et à bien des égards ressemblait beaucoup à Alexander, non seulement physiquement, mais également dans sa routine quotidienne. Il aurait clairement pu être un de ces types avec lesquels il discutait à la muscu, et chez qui il lui était arrivé de faire un barbecue, pour se sociabiliser, ne pas paraître trop isolé et suspect.

La nuit même, vers 1 heure du matin, Alexander gara la Nissan à l'endroit convenu avec Ana et poursuivit les cinq kilomètres restants en jogging. Aux yeux des rares curieux, il passait pour un de ces sportifs décalés qui couraient au beau milieu de la nuit. Il y en avait. Il y avait de tout aux États-Unis.

Arrivé à Shelltown, un coin calme et silencieux, capuche relevée sur la tête, Alexander se faufila dans la contre-allée de service qui desservait l'arrière de la maison.

Toujours personne.

La cible avait une alarme mais le dossier stipulait qu'elle ne fonctionnait plus depuis longtemps, et deux essais avaient été opérés pour s'assurer qu'elle ne la mettait jamais la nuit. Alexander espérait qu'ils ne dataient pas de l'année dernière...

Il sortit de sa poche le double de la clé qui lui avait été fournie. Elle était rutilante et Alexander jura dans sa barbe. Ça signifiait qu'un gars était venu avant lui pour injecter une mousse dans la serrure, mousse souple qui avait durci au contact de l'air pour prendre l'empreinte intérieure, avant d'être délicatement retirée et ainsi servir à fabriquer une copie. Une fois sur deux, ces clés ne fonctionnaient pas ou très mal. Il n'avait pas envie de devoir trifouiller la serrure pendant dix minutes et risquer de réveiller le type à l'intérieur.

Mais contre toute attente, la clé remplit sa fonction parfaitement.

Le dossier était extrêmement détaillé. Alexander savait précisément où marcher pour éviter les lattes qui grinçaient sur le sol. Il ignorait comment le FSB avait obtenu ces informations, il avait fallu du temps sur place pour ça, et il repensa à Ana. Une fille comme elle pouvait tout obtenir, pour peu qu'elle soit prête à souiller son corps.

En moins d'une minute, il était dans la chambre, plus silencieux que la mort.

Alexander ne perdit pas un instant. Après s'être assuré que la cible était effectivement seule et assoupie, il enfonça son genou dans le dos de l'homme pour y peser de tout son poids et le piqua à la gorge avec le stylet qui lui avait été fourni dans la Nissan. Il injecta le poison dans le corps, son autre main sur le visage de l'homme pour l'empêcher de crier. Sa force physique et son savoir-faire ne laissèrent aucune chance au malheureux. Et tout alla très vite. Les convulsions, puis les spasmes, et le raidissement.

Terminé.

Alexander souffla par le nez. Presque déçu. C'était si facile.

Demain matin, une camionnette de livraison viendrait se garer dans l'allée et deux gars s'attelleraient à l'installation d'un nouveau congélateur avant de repartir avec l'ancien. Le cadavre à l'intérieur. Ce serait leur job à eux de le faire disparaître, et Alexander n'avait aucun doute, personne n'en retrouverait la moindre trace. Le FSB et le SVR aimaient bien signer leurs crimes lorsqu'il y avait moyen de le faire avec assez de subtilité pour que les services étrangers le comprennent sans preuves, mais cette fois il fallait œuvrer dans le secret absolu.

Personne ne devait savoir que l'homme était mort.

Alexander prenait sa place.

Demain encore, un autre gars viendrait sonner à la porte, ce coup-ci le « réparateur de l'alarme ». Une fois introduit, il finirait de préparer Alexander pour la suite de sa mission. Une retouche capillaire, ce serait tout ce qu'il lui ferait physiquement, la ressemblance était suffisante pour faire illusion. Bien sûr, quelqu'un ayant bien connu le mort ne se laisserait pas berner une seconde, mais là où Alexander allait, personne ne devait l'avoir rencontré auparavant. Il fallait seulement donner le change pour les comparaisons de documents d'identité, pour l'administration et la sécurité. La cible avait déjà passé les tests en amont. Le réparateur de l'alarme donnerait à Alexander les fausses empreintes digitales à se coller sur les doigts, une couche très fine, quasi indétectable à l'œil nu, au cas où il lui faudrait passer des portes à scanner d'empreintes ; il y en avait dans la place militaire où il devait se rendre avant le vrai départ.

Dans deux jours, Alexander s'envolerait pour la côte Est, Washington, filerait ensuite à la base navale de Norfolk, en Virginie, où il prendrait son nouveau poste.

Non seulement il était muté, mais si le renseignement russe avait bien fait son travail il partirait aussi pour l'Atlantique sud. Quelque part sous cette mystérieuse boule de lumière.

Alexander fit craquer ses phalanges.

Il se sentait fier.

Quelque chose de grand allait se jouer là-bas. Et c'était lui qu'on avait choisi pour l'accomplir.

Ils ne seraient pas déçus.

Alexander n'échouait jamais.

DEUXIÈME PARTIE

Confluence

1.

L'une était plus excitée que jamais, l'autre tournait en rond sous le stress.

Romy avait déjà sa valise prête, elle vérifiait sa boîte mail toutes les heures pour s'assurer qu'il n'y avait pas de nouvelles instructions, tandis que Zoé se morfondait sur cette folie. Comment en était-elle arrivée à céder ? Pire : à embarquer sa fille avec elle ? Elle en voulait terriblement à Simon. Elle saisissait maintenant pourquoi Villon et son équipe ne s'étaient pas déplacés ce jour-là, au parc Monceau. C'était un coup de Simon. Lui avait compris qu'ils n'avaient pas les bons codes, il savait en revanche qu'il pouvait parvenir à la faire basculer s'il était seul, avec sa méthode de gentil fourbe. Clairement, celui-là, sous ses airs de ne pas y toucher, n'était pas un allié. Zoé saurait s'en méfier.

Les deux femmes furent surprises par le manque de préparation. Elles s'étaient attendues à partir en formation dans un centre militaire ou spatial, un stage de mise en condition, sans bien savoir de quoi, et rien de cela ne se produisit. On leur envoya chez elles deux types pour signer des documents légaux, Matéo Villon appela pour témoigner son enthousiasme à l'idée de les savoir à bord, Anissa se chargea de leur expédier des e-mails pour bien préciser qu'elles ne devaient communiquer à personne leurs échanges ; pour qu'elles puissent préparer leurs bagages en conséquence, elle leur adressa une liste des fournitures qui leur seraient allouées sur place, pendant la durée de la mission. Suivirent des mails de précisions d'ordre pratique – passeports à scanner, visite médicale poussée à caler, poids maximal des bagages à respecter, demandes concernant le chien, puisque la délégation fournirait sa nourriture…

Les deux semaines qui suivirent ressemblèrent à un échange rébarbatif avec l'administration française, pas du tout à la préparation qu'elles imaginaient d'un événement aussi intense.

Les news concernant Sphère n'apportaient rien de neuf. De nouvelles images sortaient régulièrement, mais montraient toujours la même chose, et le monde s'impatientait. En la matière, Zoé et Romy ne recevaient pas plus d'exclusivités, aucun élément supplémentaire sur Sphère, ni précision, ni photo, rien. Une rumeur se propageait sur les réseaux, rapidement amplifiée par les médias, concernant des tensions militaires grandissantes aux abords de la boule de lumière, entre différentes marines et quelques aéronefs dans l'espace aérien. On ne déplorait aucun affrontement direct, mais il semblait que ça n'était pas passé loin à plusieurs reprises.

Puis vinrent les premières vidéos de la plate-forme tractée par un immense navire industriel. C'était un monstre d'acier dressé sur quatre piliers qui jaillissaient de l'eau, apparemment bâti sur des flotteurs colossaux invisibles sous l'écume. Plusieurs bâtiments se dressaient sur le socle principal, haut de quatre ou cinq étages, au milieu de tourelles, grues et pistes d'hélicoptère. Cela ressemblait à une plate-forme pétrolière, peut-être plus grosse ; et pour cause, expliqua-t-on par la suite, c'en était une qui venait d'être aménagée en urgence en station scientifique.

Il y eut un débat sur le nom qu'elle devait porter, initialement prévu pour être *Santa Maria* en hommage à la caraque amirale de Christophe Colomb, mais la connotation religieuse déplut fortement à de nombreuses communautés et l'idée fut abandonnée.

Elle fut finalement baptisée LUX 1. Parce qu'elle rassemblerait les lumières du monde pour répondre à celle dans le ciel.

Zoé s'inquiétait du manque d'informations et de suivi dont la commission faisait preuve à leur égard. Simon ne s'était plus manifesté depuis qu'il était venu les convaincre. *Nous persuader, oui !* Pour cette absence aussi, Zoé lui en voulait.

Elles ignoraient qui étaient les autres membres d'Icon. En fait, elles ne savaient pas grand-chose de plus que la plupart des gens devant Internet et leur télévision.

Un matin de la troisième semaine d'attente, Romy sauta dans la chambre de sa mère pour la réveiller :

— On a reçu un mail avec nos contrats de travail, Mum ! Je vais être payée ! T'entends ? Ils vont me filer du fric pour ce que je vais faire !!

— C'est… ça s'appelle un job, chérie, fit Zoé ensuquée, tu vas voir, c'est utile.

Romy ne releva pas l'ironie, elle sautait de joie dans la pièce.

Elle qui s'était cherché une place en elle-même, puis dans ce monde, voyait ce dernier enfin s'intéresser à elle. Comprenant cela, Zoé se redressa dans son lit et, pour la première fois depuis la trahison de Simon, vit du positif à cette histoire.

Puis le lendemain, un coup de téléphone leur annonça qu'elles étaient attendues à l'Élysée pour faire connaissance avec la présidente en personne, dans deux jours. Là, Romy se décomposa. Elles mirent une journée à s'en remettre. Tout autant à sélectionner leur tenue. Zoé se trouvait futile. De se sentir intimidée, d'accorder autant d'importance à son apparence, comme s'il s'agissait de masquer par son physique ses lacunes intellectuelles. Ça ne lui ressemblait pas.

La rencontre s'effectua dans un salon privé du Palais. Zoé n'en menait pas large. Elle avait les mains moites et les jambes en coton. Le cliché. Romy buvait du regard chaque détail, trop heureuse d'être invitée, elle avait même voulu embarquer René au titre de membre à part entière de la famille *et* de la mission, et Zoé avait dû faire preuve de fermeté pour qu'elle y renonce.

C'était une présentation en petit comité. Matéo Villon, ses deux collaborateurs Anissa et Marick bien sûr, ainsi que quelques personnes en costume que Zoé n'avait jamais vues auparavant. Ils étaient moins de vingt. Pas trace de Simon, bien sûr. Ce couard avait fait son job, maintenant il se planquait.

La présidente entra la dernière dans le salon, charismatique, fascinante, impossible de lui donner un âge, s'étonna Zoé. Elle fonça droit sur elle et Romy, Zoé en recula légèrement, impressionnée. Elles échangèrent des banalités où, bien entendu, Zoé se sentit un peu fade, pas à sa place. Mais la présidente savait y faire : compliment sur son premier livre – elle avoua n'avoir pas encore eu le temps de lire le second –, sur sa robe, et sur Romy qui était resplendissante. Elle ajouta même :

— Et j'ai entendu dire que vous aviez un chien qui viendra avec vous ? Vous auriez dû l'amener, j'ai dit que je voulais rencontrer *tous* les membres de notre délégation.

Romy ouvrit grand la bouche.

— Mum ! Je te l'avais dit ! fit-elle sans aucune retenue, ce qui amusa la présidente.

Puis une femme brune d'une cinquantaine d'années au moins, plus effacée, approcha. Zoé constata que c'était toujours ainsi, il fallait systématiquement qu'on estime l'âge d'une femme lorsqu'on la découvrait pour la première fois, et elle s'en voulut d'avoir elle-même ce réflexe dégradant, pourtant elle continua à la scruter. La femme en question était d'une minceur excessive, toutefois son chemisier noir orné de brillants était assez ample pour donner le change. Le temps lui avait cruellement marqué le contour des lèvres de son empreinte. Un fin trait noir soulignait ses yeux bleu vif, et lorsqu'elle décocha un rictus aussi amical que possible, Zoé la trouva très jolie. Ses rides réagirent comme autant de mains chaudes et rassurantes qui vous prenaient le visage pour vous écouter avec attention et sagesse.

— Voici Diane, annonça la présidente, ma compagne.

Se tournant vers Romy, elle lui adressa un clin d'œil et confia :

— Ce pays a encore des progrès à faire en matière de tolérance, mais il avance.

Manifestement, elle savait concernant Romy, qui lui répondit d'un sourire entendu mais gêné. Méfiante, Zoé y vit une explication de plus à leur sélection, elles plutôt que d'autres plus légitimes. Était-ce un outil de com de l'exécutif, que de pouvoir dire à un moment qu'ils avaient pensé à sélectionner dans leur délégation des membres de tous les horizons, y compris ayant transitionné ?

Ou bien elle soutient Romy parce qu'elle nous comprend et c'est de la bienveillance. Ou bien elle s'en fout et c'est moi qui suis juste parano.

La présidente fut happée par d'autres convives et s'écarta, laissant Diane avec elles.

— Pas trop stressées ?

— Si. D'être ici, avoua Zoé, plus que par la mission, je crois.

— Ça je vous comprends. Et encore, nous avons insisté pour qu'il n'y ait aucun ministre. Ces vampires auraient trouvé un moyen d'accaparer votre présence pour en tirer bénéfice.

Cette franchise faisait du bien, songea Zoé, elle rendait le couple présidentiel plus humain. *Sauf que c'est sûrement préparé.*

— Et... il y a les autres membres qui ont été sélectionnés avec nous, ce soir ? demanda-t-elle.

— Oui, un là-bas, celui que Matéo est en train de présenter à Pauline.

Entendre appeler la présidente par son prénom rassura Zoé, ça lui donnait de l'authenticité.

— Nous serons combien ?

— Cinq, fit une voix familière dans leur dos.

Zoé fut surprise de découvrir Simon, elle ne l'avait pas vu arriver. Pourtant il détonnait au milieu des tenues de soirée, avec son pantalon chino et sa chemise décontractée. Zoé remarqua que celle-ci aussi était mal repassée. C'était sa signature et apparemment il revendiquait de ne pas être dans les normes de l'Élysée.

— Cinq ? Seulement ? fit-elle.

— À intégrer Icon, oui. Mais ajoutez treize chercheurs, et une poignée de diplomates pour nous encadrer. Une bonne vingtaine en tout, pour ce qui concerne la France.

Cela rendait la pertinence de sa présence à elle encore plus douteuse, réalisa Zoé.

— Et vous allez communiquer nos noms publiquement ?

— La présidente le fera, lorsque ce sera le moment, précisa Diane.

— Je suppose qu'on ne peut pas rester anonyme ?

Diane lui répondit d'un sourire, le bleu de ses yeux sembla changer de texture, elle eut l'air amusée. Elle se contenta pour réponse d'un rire dignement étouffé en fond de gorge.

Dans un élan que Zoé estima parfaitement calculé, Romy accapara Diane et elles s'éloignèrent de quelques pas, la laissant seule face à Simon.

— Vous m'en voulez toujours ? demanda-t-il.

— Oui.

Il attrapa une coupe de champagne sur le plateau d'un serveur qui passait et trinqua avec Zoé.

— Puissiez-vous me pardonner un jour.

Elle leva un sourcil, sceptique.

— J'espère que vous avez la patience d'une momie.

Puis, avant qu'un malaise ait le temps de s'installer, on la happa avec Romy pour leur présenter Ethan

Gabriel, l'autre invité ce soir-là parmi les personnes sélectionnées pour rejoindre Icon. Un brun flamboyant, à la barbe taillée et huilée, les cheveux longs noués en catogan et rasés sur les côtés, au-dessus des oreilles. Tatouages jusque sur le cou, bagues en argent à presque chaque doigt. Veste de velours d'un violet sombre sur un tee-shirt tagué des mots « No Future » tombant sur un jeans noir. Entre Zoé et Romy pour l'âge.

— Ethan est compositeur, annonça Matéo Villon fièrement. C'est à lui qu'on doit la musique qui jalonne les couloirs du Louvre désormais. Il a fait des musiques de films aussi, et il enseigne au Conservatoire de Paris.

Zoé n'avait jamais entendu parler de lui. Ethan s'inclina pour saluer les deux femmes.

— Je suis l'imposteur de ce groupe, déclara-t-il.

Zoé eut envie de rire. S'ils étaient tous comme lui et elle, la France entière allait se ridiculiser et le peuple leur lancerait des cageots de fruits pourris le jour de leur départ !

Dans la voiture qui les ramenait chez elles, Romy demanda à sa mère :

— Alors, Simon ?

— Qu'est-ce que tu t'imagines ? Non. Absolument pas.

Romy se contenta de sourire dans le reflet de la vitre fumée.

— Tu le connais vraiment, cet Ethan ? fit sa mère pour changer de sujet. Quand tu lui as dit que tu avais écouté sa musique…

— Oui. C'est parfois un peu concept', mais j'aime bien. Tu vois, c'est pas non plus le musicien le plus célèbre du pays. Ils ne sont pas allés prendre les gens les plus connus ou les plus savants dans leur domaine, mais ceux qui ont une créativité qui répond à leurs critères.

— Pas sûr que ça rassure l'opinion publique quand ça deviendra officiel.

— *Chill*, Mum. T'as vraiment besoin de te détendre. Faut qu'on parte maintenant, ça dure depuis longtemps, tu cogites trop.

Zoé ne pouvait s'empêcher de repenser à la franchise de Simon lors de leur discussion au parc Monceau. Qu'à l'Élysée ils faisaient tous semblant d'être sûrs d'eux, d'afficher une conviction inébranlable dans leurs choix, mais qu'en réalité ils doutaient et donnaient le change en persuadant chacun qu'il était la personne indispensable au succès de cette mission. De l'improvisation totale face à un phénomène inattendu.

Romy avait raison, il était temps de partir, songea Zoé. Ne plus reculer. Assumer.

Le lendemain soir, la présidente prononça une allocution pour expliquer que la France envoyait une délégation sur LUX 1. Les noms seraient dévoilés prochainement, et elle fit la promesse que ce n'était plus qu'une question de temps avant que le mystère de la sphère soit levé.

Dix minutes après la fin de l'allocution, le portable de Zoé sonna. C'était Simon. Le cœur de Zoé se serra lorsqu'il déclara :

— Vous avez vingt-quatre heures pour faire vos adieux et fermer la maison. Nous partons à la première heure, jeudi matin.

2.

Les premiers vents froids venaient à peine d'arriver sur la France, début décembre. Il n'y avait quasiment pas eu de transition. Les demi-saisons s'étiolaient au fil des années.

Ce matin-là, sur le tarmac de l'aéroport Charles-de-Gaulle, Zoé remonta le col de sa veste pour se protéger le cou. Il était à peine 6 heures et le bus venait de les déposer au pied de l'avion. Un Airbus affrété rien que pour eux. Vol direct vers Cayenne, en Guyane. On prenait soin de rester en territoire français le plus possible, de toute évidence.

Elle et Romy avaient pu embrasser une dernière fois René avant que son caisson soit chargé en soute. On leur avait garanti que la soute en question était ventilée et chauffée pour la durée du voyage.

Quitter leur chien pour moins de dix heures leur prit plus de temps que pour saluer toutes les personnes qu'elles connaissaient au Vésinet et au-delà. Elles étaient autorisées à leur expliquer la raison de leur départ uniquement si elles transmettaient au préalable le nom des individus concernés à l'équipe de Matéo Villon : il envoyait alors un membre du cabinet leur faire signer un document engageant leur discrétion tant que le gouvernement ne décidait pas de communiquer. C'était une usine à gaz. Et comme ni Romy ni Zoé n'avaient de véritables amis, pas plus que de relations familiales (la plupart des membres de la famille s'étaient comportés comme des crétins lors des années de transition de Romy), le choix avait été rapide. Personne. Pas même l'éditeur de Zoé. Pour celui-ci, elle avait longuement hésité, c'était un type formidable qui ne méritait pas qu'on le tienne à distance, mais Zoé ne voulait pas avoir à expliquer, encore moins à se justifier alors qu'elle-même n'avait pas les arguments pour le faire. Il serait toujours temps d'envoyer un mail d'excuse une fois sur place. Le choc serait tel qu'elle imaginait qu'on lui pardonnerait bien volontiers.

Et puis elles auraient l'occasion de rentrer, brièvement. Une pause de sept à dix jours tous les deux mois. C'était un engagement écrit noir sur blanc dans leur contrat de travail. L'occasion de faire amende honorable en racontant ce qu'il y aurait à raconter.

Une nouvelle rafale glacée fit trembler Zoé dans la nuit de l'aéroport. Les lumières orangées, le bruit des réacteurs, l'abysse des ténèbres au-dessus, tout ressortait avec une aura étrange en cet instant. Elle s'apprêtait à quitter sa patrie pour un exil lointain. Avec un objectif fou. Qu'allaient-ils découvrir ? Qu'est-ce qui les attendait réellement là-bas ? C'était la première fois qu'elle cessait de questionner la pertinence de sa présence pour se projeter vraiment. La tête lui tourna un peu face à l'ampleur du défi, avec autre chose dans le fond de son être… Un crépitement lancinant, qui remontait le long de son système nerveux… Une pointe d'excitation.

Zoé guettait les autres visages, cherchait à en reconnaître. Ils ou elles avaient le nez dans leur sac, sur leur téléphone, un livre, ou semblaient peu réveillés. Rares étaient ceux qui parlaient entre eux, tout bas. Combien étaient-ils ? Pas loin d'une centaine, estima Zoé. Alors même qu'une vingtaine seulement devaient rejoindre LUX 1. Qui étaient les autres ? Outre les diplomates, elle devina une poignée de journalistes assurément triés sur le volet, qui relateraient ce voyage unique lorsque l'autorisation leur serait donnée. Des militaires également, en civil, mais leur carrure, leur attitude figée, aux aguets, les trahissaient. L'équipe de sécurité, supposa Zoé.

Elles étaient sur la passerelle lorsque Romy sortit enfin de la torpeur qui ne l'avait pas quittée depuis le réveil, deux heures plus tôt.

— Mais ils n'ont même pas annoncé nos noms ! dit-elle. Je veux dire : publiquement.

— Ce sera fait lorsque nous arriverons sur la plateforme, les informa une femme juste derrière, sur les marches. Ils ne voulaient pas prendre le risque qu'on nous retrouve, qu'on nous harcèle ou que ça crée des histoires. Ainsi, ça ne sera plus notre problème.

Elle leur tendit la main pour se présenter :

— Je m'appelle Triss. Équipe scientifique. Biologie.

Zoé en fit autant pour elle et sa fille. La femme avait de longues tresses qui lui tombaient jusque sous les seins, et un gros grain de beauté noir sur le coin de la lèvre supérieure. Elle devait approcher la cinquantaine.

— Triss, c'est pas mon vrai prénom. Je précise avant que vous demandiez. C'est Thérèse. Oui, je sais, j'ai pas une tête de Thérèse, mais c'est le prénom de ma mère et celui de ma grand-mère, une tradition familiale. Je suis de La Réunion. Je sais pas si ça a vraiment un lien à vrai dire. En tout cas, depuis petite, on me surnomme comme ça, pour me différencier.

Une bavarde donc. *Mais sympathique.* C'était déjà ça. Six mois en pleine mer, il allait falloir se faire des amis.

Ils décollèrent peu après. Romy dormait déjà.

La jeune femme rouvrit les yeux tandis qu'ils entamaient la phase de descente sur Cayenne. Un loir.

L'air de Guyane était lourd en cette matinée, il plombait les vêtements, chauffait les poumons. Le contraste avec le début d'hiver en France fut sévère.

René sauta sur les filles dès qu'il fut libéré de son caisson et gambada fièrement à leurs pieds dans le petit aéroport. On aurait dit qu'il savait qu'il était l'unique chien de l'expédition, et le portait sur le visage, gueule levée, regard sublime.

Des bus transportèrent les passagers vers Kourou en moins d'une heure trente et les débarquèrent au port de Pariacabo, où ils durent attendre une heure de plus, dans la chaleur et la moiteur tropicales. René tirait la langue, Zoé n'avait pas pensé à l'amener chez le toiletteur lui faire une coupe d'été. Elle le fit boire directement à la bouteille.

On les dirigea ensuite vers le quai principal où était amarrée une grosse frégate de la marine française. Des matelots attendaient au garde-à-vous en bas de la passerelle et le pacha veillait en haut pour les accueillir à bord.

Un navire de guerre, rien que ça. Zoé ne s'était pas attendue à ce niveau de sécurité, et cela lui fit prendre conscience des enjeux géopolitiques qui se tramaient derrière cette opération. Les nations devaient collaborer, mais chacune demeurait prudente et méfiante à l'égard des autres. Elles s'observeraient, guettant le moindre écart, tout signe d'une éventuelle trahison. Cette idée lui déplaisait fortement. Elle n'avait pas envie d'avoir à penser ainsi avec ses futurs collègues.

Zoé et Romy furent autorisées à déambuler sur le pont pendant l'appareillage, mais René demeura à l'intérieur, par sécurité. Jusqu'à présent, personne n'était venu les déranger, pas même les quelques journalistes – ceux-là ne s'intéressaient qu'aux chercheurs et Zoé avait le sentiment qu'ils ne les avaient pas identifiées, ni elle ni Romy, comme étant des membres actifs de la mission. En fait, ils n'avaient pas approché Ethan Gabriel non plus, et Zoé devina qu'on ne leur avait encore rien dit à propos d'Icon. C'était tant mieux, estima-t-elle.

La terre ocre et émeraude s'éloigna lentement, ourlée d'une eau limoneuse verdâtre, puis l'immensité bleue but tout horizon.

Le voyage vers LUX 1 allait prendre quatre jours et demi.

Les premières quarante-huit heures, les filles eurent du mal à s'acclimater. Il n'y avait que très peu de roulis ou de tangage à bord, seulement une infime mais permanente sensation de mouvement, accentuée par la fatigue de l'avion et du décalage horaire. C'était plus prononcé le soir dans leur couchette. Aucune ne fut malade, juste un peu de nausée. Le plus difficile était surtout de ne jamais voir l'extérieur. Les coursives de la frégate ne disposaient d'aucun hublot, elles étaient éclairées d'un blanc vif qui soulignait les tuyaux qui couraient un peu partout sur les côtés ou au plafond et les faisaient ressembler aux couloirs d'un sous-sol d'hôpital. Elles sentaient un mélange d'acier tiède, de graisse mécanique, de détergent, et une pointe d'embruns qui nécessitait quelques jours pour ne plus se remarquer. Lorsque la nuit venait, l'éclairage passait brusquement au rouge, jusqu'à l'aube, pour aider l'horloge biologique à ne pas perdre le rythme, à défaut de repères solaires. C'était assez anxiogène, estima Zoé. Romy, elle, se familiarisait avec tout, en véritable caméléon. En revanche, l'absence de wifi la rendait folle. Aucun moyen de savoir ce qui se racontait à l'extérieur, en France. Elle tournait en rond.

— Comment ils veulent que je fasse mon boulot si j'ai pas de réseau ? pestait-elle.

— Calme-toi, nous sommes en transit.

René n'était pas en reste. Lui avait un mal fou à faire ses besoins. On les envoyait le promener à l'avant, sous le pont principal, dans une sorte de hangar où se trouvaient d'immenses bobines automatisées qui servaient à enrouler d'interminables câbles que Zoé supposa être les amarres de proue et les ancres. René devait faire ici, parce qu'il y avait de larges trappes latérales ouvrant sur l'océan et des tuyaux pour nettoyer facilement. C'était austère, peu accommandant pour le chien, pas une parcelle de verdure, rien qui ressemblât de près ou de loin à un ersatz d'incitation à la vidange naturelle, mais Zoé aimait bien y venir, parce que c'était l'unique endroit où entrapercevoir l'extérieur et respirer de l'air frais.

Les machines ronronnaient en permanence. Un lancinant bourdonnement qui jamais ne s'estompait. Il fallait vivre avec. Agaçant au début, il devenait petit à petit une comptine presque rassurante. Le chant des hommes au milieu de nulle part.

Le second maître Yanis Belhal était en charge d'encadrer les deux femmes ainsi qu'Ethan Gabriel et cinq autres élus qui logeaient dans la même coursive. Il était leur guide, leur référent à bord pour la moindre question.

Le matin du troisième jour, il tomba sur Romy et sa mère qui discutaient au mess. Face à l'ennui manifeste de la jeune fille, il lui fit signe de l'accompagner et lui fit visiter la salle des machines. Pour une adepte d'urbex, ce nid de conduites, bombonnes, molettes et cadrans était fascinant. L'endroit était bien plus exigu que ce à quoi elle s'attendait. Un casque antibruit vissé sur les oreilles, elle obtint de pouvoir y rester la journée pour dessiner les lieux.

Zoé, de son côté, fit la rencontre de cinq autres personnes, deux militaires qui géraient la sécurité de la mission le temps du voyage, un « attaché diplomatique » (certainement un type du renseignement) et deux chercheuses qui rejoignaient l'équipe dite « scientifique » sur LUX 1. L'une était climatologue et l'autre linguiste, spécialiste des protolangages et de la conscience linguistique. Il y avait décidément de tout. Ils échangèrent sur divers sujets, mais principalement sur cette expérience folle qu'ils s'apprêtaient à vivre.

Porté par le murmure des moteurs et cadencé par l'alternance des lumières blanche et rouge, le temps se diluait de jour en jour. Et se contractait brusquement. Parfois les minutes semblaient suspendre leur course dans l'air, rendant une demi-journée interminable, parfois les heures se compressaient et s'envolaient, on levait la tête d'une lecture et c'était déjà le moment du dîner.

Zoé ne réalisa même pas qu'elles étaient au cinquième jour de navigation lorsque le second maître Belhal les fit monter sur le pont. C'était leur tour.

— Notre tour de quoi ? avait demandé Zoé, sans recevoir de réponse.

Le vent était tiède et délicat, chargé de sel. Le soleil caressa leur peau dès que Zoé et Romy posèrent le pied sur le balcon sous le poste de commandement. Elles respirèrent à pleins poumons cet oxygène vivifiant, burent la chaleur du jour. De simples choses qui leur avaient manqué.

L'océan et le ciel se partageaient à parts égales l'horizon, mais elles virent aussitôt les silhouettes noires en bordure de l'un et débordant sur l'autre.

Plusieurs dizaines de navires de guerre. Destroyers, croiseurs, ravitailleurs, et même au loin un immense porte-avions.

Zoé sentit la main de sa fille lui saisir le bras. De l'autre, elle pointait la direction vers laquelle leur frégate filait à bonne allure. Les doigts de Romy s'enfoncèrent dans sa chair.

Elle était là.

Plus grande qu'elle ne paraissait à la télévision ou sur Internet.

Flamboyante.

Sans que quiconque puisse affirmer si elle était venue de l'espace, des abysses, ou apparue subitement par la volonté divine.

Sphère.

Ils fonçaient à sa rencontre.

3.

L'humanité entière ne pensait qu'à elle. Ne parlait que d'elle.

Cette boule d'un blanc doré ne faisait que huit cents mètres de diamètre, elle flottait à un kilomètre de haut et brillait comme le nouvel an zéro de l'histoire terrestre.

Omniprésente dans les pensées, dans les rêves, jusque dans la réalité parallèle des réseaux sociaux et de l'Internet.

Et c'était sur les propres rétines de Zoé qu'elle s'imprimait en cet instant. Non par écran interposé, ni par la distance de l'information, de la captation numérique. Rien que par ses yeux. Ses sens à elle, et non le canal d'une machine.

Sphère était bien réelle. Impressionnante.

Elle rayonnait au-delà de ses dimensions, déjà inscrite dans l'inconscient collectif, déjà dans les âmes.

Zoé devait plisser les paupières pour parvenir à soutenir sa présence, et ne tenait pas longtemps avant de détourner le regard. Ce n'était pas un soleil, mais elle irradiait d'une énergie folle, presque plus pénétrante que sa lumière. Se pouvait-il qu'un astre ait une aura ?

Et si ça n'en est pas un ? Alors quoi ? Qui ?

Un frémissement gagnait la romancière. Le crépitement de la curiosité. Et pendant toute la durée de l'approche finale, elle cessa d'en vouloir à Simon de l'avoir convaincue de venir. Rien que de voir Sphère en vrai, elle ne regrettait plus cet interminable voyage.

Zoé réalisa que Romy lui avait saisi la main, mère et fille se tenaient dans le vent, face à cette étrange chose qui n'était encore qu'une brûlure du ciel.

Elles virent un navire de guerre démesuré à tribord, leur frégate le dépassait à bonne allure, et malgré son calme apparent, ses canons, tubes lance-missiles et batteries antiaériennes restaient menaçants. Il battait pavillon américain. Sur le coup, Zoé fut incapable de savoir pourquoi, mais quelque chose lui parut anormal et l'impression se répéta, plus loin, lorsqu'ils longèrent un autre bâtiment moins féroce, mais aussi dérangeant.

Ce fut Romy qui mit le doigt dessus.

— Regarde nos ombres, Mum.

Sur le sol de la passerelle, elles n'étaient plus deux, mais quatre. Zoé eut un mouvement d'appréhension en découvrant sa silhouette qui se déchirait en un double trouble, tordu. Une seconde ombre qui s'arrachait à la première, légèrement moins intense, de biais.

Romy avait le nez en l'air et guettait le Soleil, le vrai, celui de leur système naturel. Entre lui et Sphère, leurs corps se dédoublaient étrangement. C'était ça que Zoé avait vu sur la mer, le jeu d'ombres dédoublées de chaque canon du fuseau des destroyers. Une bataille entre deux soleils pour savoir lequel projetait la vraie.

C'est con ce que je pense, elles le sont toutes...

Pourtant quelque chose en elle lui murmurait que ça n'était pas exactement le cas. Le Soleil avait sa place là-haut, tandis que cette chose, elle, eh bien… elle n'était pas d'ici. Ce qu'elle renvoyait, projetait, éclairait, était différent. Zoé ne parvenait pas à se l'expliquer, c'était ainsi qu'elle le ressentait.

Sur le gaillard d'avant, elle remarqua que s'étaient amassés une trentaine d'individus, tous rivés à leur destination, hypnotisés par la même présence.

Faute de recevoir l'ordre de regagner leurs quartiers, Zoé et Romy demeurèrent à leur balcon, trop heureuses de pouvoir vivre au grand air. Et leur attention revenait sans cesse vers la lumière. L'une comme l'autre se sentaient tels des papillons de nuit s'approchant d'une lampe, et Zoé n'aima pas cette image, elle savait comment ça finissait.

LUX 1 ne se dévoila qu'au dernier moment, noyée par les reflets de Sphère sur l'océan, masquée par sa puissance aveuglante.

Les deux femmes virent ce qui allait être leur nid pendant plusieurs mois.

Pas une plate-forme, mais trois en réalité. Assemblées en un vaste triangle par des corridors d'acier, dressées en verticalité, larges et complexes, avec leurs interminables jambes grises qui jaillissaient de l'eau. Et surtout un socle, très haut, sur lequel étaient posés plusieurs bâtiments austères percés d'une multitude de fenêtres de toutes les tailles, des conduites partout, des escaliers, des paraboles, et ce qui devait être une piste d'hélicoptère qui ressemblait, vue du bas, à un plateau d'offrandes adressées à la chose formidable au-dessus.

Car LUX était installée juste sous Sphère. Parfaitement alignée.

Deux plates-formes se ressemblaient, tandis que la troisième était plus compacte, sans hébergement de vie apparent, plutôt garnie de citernes et de gros cubes gris ainsi que d'antennes.

La frégate se rapprocha en diminuant l'allure. Près du niveau de la mer, il y avait une passerelle arrimée à un des pieds, servant de débarcadère. Ce serait leur point d'entrée. Zoé eut une petite appréhension en notant que l'escalier grimpait à n'en plus finir, enfermé dans un grillage sur toute l'ascension, s'imaginant déjà suer et haleter avec ses bagages, prise de vertige, avant de remarquer la présence d'un monte-charge assez large pour accueillir une voiture, au moins.

Elle serra un peu plus fort la main de Romy.

— On y est, dit-elle.

Elle se rendit alors seulement compte que sa fille pleurait.

Les larmes d'une émotion trop grande. Romy comprenait leur privilège.

Elle ressentait les regards du monde sur ce lieu.

Et la responsabilité jointe à l'honneur qui leur était fait d'être les mandataires de l'humanité.

Mais ce n'était pas tout, devina Zoé. Il y avait quelque chose de plus instinctif. De moins intellectuel. Une réponse qui venait du cœur.

Elle comprit en voyant Romy basculer la tête en arrière pour fixer Sphère, au-dessus d'elles.

— Je m'appelle Romy, lui dit-elle. Je suis heureuse de te rencontrer.

4.

« *Welcome on board, I'm doctor Emmett Lloyd, and I'll be your guide...* »

Emmett Lloyd ressemblait à un grand-père rassurant. Un mètre quatre-vingt-quinze, fin comme une tige de maïs, les cheveux gris rabattus en arrière par de la cire jusqu'à la nuque, et d'imposantes lunettes carrées pour souligner son regard d'intello brillant. C'était lui qui avait accueilli le groupe de Zoé et Romy sur LUX 1.

À peine sortis du monte-charge, ils avaient été répartis en grappes de huit personnes, chacune confiée à un responsable. À partir de maintenant, tout se faisait en anglais, quasiment l'unique langue utilisée à bord.

— *I'm here...* pour vous expliquer un peu comment ça marche ici.

Emmett parlait vite, mais Romy et Zoé avaient le niveau. Leur cerveau n'avait plus besoin de traduire, il comprenait.

— Pas d'inquiétude, poursuivit Emmett, vos affaires sont étiquetées et elles seront acheminées dans vos cabines. Ça nous laisse le temps de faire une petite balade avant votre douche bien méritée. Vous êtes ici sur LUX 1, la plate-forme de vie. Les quartiers personnels de chacun, les espaces de détente et quelques bureaux administratifs qui n'ont pas trouvé de place ailleurs, c'est ce que vous découvrirez ici.

Zoé avisa les visages autour d'elle. Elle les avait croisés à bord de la frégate mais ne les connaissait pas encore, à l'exception d'Ethan Gabriel et son look de rocker hipster, et de Simon, un peu en retrait. Le sociologue affichait à nouveau ce masque impassible et distant. Elle profita de ce qu'il ne l'avait pas remarquée pour le scruter plus en détail. Sa nonchalance vestimentaire, sa posture de sportif, sa chevelure trop longue… Il dégageait quelque chose de profondément mélancolique que Zoé était peut-être la seule à discerner sous le masque. Était-ce là la fameuse motivation personnelle qu'il avait évoquée au parc Monceau ? Panser sa propre noirceur ? Il pivota et Zoé s'empressa de se tourner pour que leurs regards ne se croisent pas. Elle n'éprouvait pas de regret d'être venue, en cet instant, mais sa rancune à son égard, pour ce qu'elle considérait comme une forme de manipulation, était revenue.

Emmett leur fit signe de le suivre, et tous embrayèrent sur la large coursive à ciel ouvert qui s'enfonçait au centre de LUX 1, circulant entre deux bâtiments d'au moins quatre étages qui ressemblaient à d'énormes préfabriqués. Ce qui les attendait ensuite déstabilisa Zoé. Au centre de la plate-forme se dressait une forêt. L'allée entrait littéralement dans un espace végétalisé, où la frondaison des arbres se rejoignait au-dessus de leurs têtes, où le sol devenait de la terre, de la mousse et des massifs de fougères.

— Nous l'appelons « le parc », exposa fièrement Emmett, mille deux cents mètres carrés de respiration.

Zoé nota que tout respirait le neuf ; cependant, malgré des moyens exorbitants, la hâte pouvait se percevoir dans les détails, comme ce fin tuyau qui sourdait du terreau, percé, et qui créait une flaque entre les racines d'un arbuste.

— Le complexe est si grand que ça ? fit un homme qui ressemblait vaguement à Gandhi avec sa bouille ronde, sa moustache blanche et ses lunettes.

— Oh oui. Il y a trois niveaux sous nos semelles, essentiellement des parties techniques sans grand intérêt pour vous, et cinq au-dessus, plus les tours. Ces plates-formes étaient déjà parmi les plus colossales lorsqu'elles servaient dans le golfe du Mexique, lors de leur vie précédente, et désormais leur assemblage est la structure flottante la plus grosse au monde. Tout a été refait, un peu dans la précipitation, je vous l'accorde, mais ça devrait nous convenir. Rassurez-vous, ça ne bouge pas, personne ne sera malade.

De fait, Zoé constata qu'elle ne percevait aucun mouvement depuis qu'elles étaient montées à bord. René s'échappa des pieds de ses maîtresses et s'avança parmi les troncs, il en renifla plusieurs et leva la patte pour uriner dessus. Ses yeux exprimaient tant de joie, ses babines retroussées tant de plaisir d'enfin retrouver un peu de vert, que l'assemblée se mit à rire.

— Eh bien…, fit Emmett, nous n'avions pas envisagé cet usage mais après tout, c'est le cycle de la vie, non ?

Il se remit en marche, les entraînant dans l'un des quatre chemins qui se dessinaient très clairement dans le petit bois, et désigna une structure massive à travers le feuillage :

— Il y a trois bâtiments sur LUX 1. Votre groupe loge dans le numéro 2, nous leur avons donné des petits sobriquets : vous dormirez chez Darwin. J'espère que ça vous conviendra. Ce parc est au milieu de LUX 1, donc vous ne pouvez pas le manquer, il sera votre point de repère.

Il désigna un chêne, assez solide et grand pour avoir au moins l'âge du docteur Lloyd.

— Lui, c'est Yggdrasil, au cœur du cœur.

— Il a survécu à sa transplantation ici ? s'étonna une femme en retrait.

— Nous avons fait de notre mieux, répliqua Emmett d'un air triomphant.

— C'est vous qui avez géré tout ça ?

— Nous sommes une douzaine. Je fais partie des heureux élus à rester et à veiller sur la structure, entre autres. Je suis surtout coordinateur des missions, cela signifie que vous me verrez toutes et tous régulièrement pour faire le lien entre les travaux des groupes. Mais chaque chose en son temps, venez.

Emmett fit un tour rapide de LUX 1, leur montra les trois immeubles d'habitation, désigna la piste d'hélicoptère en hauteur et expliqua que celle-ci n'en était pas une mais que ce serait la surprise pour le jour où ils y mettraient les pieds.

Pendant la visite, chacun ne pouvait s'empêcher de lever le nez vers Sphère qui brillait au-dessus d'eux, parfaitement dans l'axe. Leur soleil personnel. Puissant mais pas étourdissant. Ardent mais pas incendiaire. Sphère était une présence qu'il était difficile d'oublier, ensorcelante. Zoé et Romy la contemplaient régulièrement comme pour se faire une piqûre de rappel ; non elles ne rêvaient pas, non seulement cette chose était bien réelle, mais les deux femmes étaient bien présentes face à elle.

Emmett résuma ce qu'il fallait retenir une fois revenu près du monte-charge.

— Le gros bébé tout en longueur derrière moi, c'est Darwin, votre maison. En face, le joufflu qui monte haut, c'est Marie-Curie. Des chambres uniquement. Et de l'autre côté du parc, l'énorme bestiau, c'est Rosalind-Franklin, avec la zone de détente en plus des appartements et bureaux. Rien de bien compliqué. Ici on est sympas, on s'appelle par nos prénoms, donc si on vous donne rendez-vous chez Marie ou Rosalind, vous saurez où aller !

— Et les autres plates-formes ? interrogea Ethan Gabriel en lissant sa barbe.

— LUX 2 abrite les laboratoires. C'est là que nous travaillerons. Quant à LUX 3, c'est la logistique, vous n'aurez pas besoin de vous y rendre. Chacune est reliée aux autres par deux passerelles. Ah oui, les accès...

Emmett leur fit signe de le suivre jusqu'à une des portes d'entrée de Darwin et leva le badge qui pendait à son cou :

— Vous allez tous recevoir ce sésame. Ce sera votre clé, votre carte de crédit, votre pièce d'identité et de Sécu, bref, votre âme. Ne la perdez pas ou vous ne serez plus personne ! Pire, vous serez obligés de passer le restant de votre existence à sonner et à attendre. Bref, dans les limbes.

Il désigna un interphone sur le rebord :

— Et n'en doutez pas, j'en ai fait l'expérience, c'est à croire qu'il n'y a jamais personne à l'autre bout du fil !

Puis il bipa son badge contre la cellule à hauteur de cœur sur la lourde porte, qui s'ouvrit dans un claquement magnétique.

Romy et Zoé se regardèrent, surprises.

— C'est militaire ici, grogna la jeune femme.

On passa aux formalités administratives en leur donnant effectivement leur badge, à porter sur soi en permanence pour accéder à toutes les installations. À Ethan Gabriel qui commençait à s'indigner d'être « fliqué en permanence », on rétorqua que c'était une mesure de sécurité, il y avait des matériaux dangereux à bord dont il fallait protéger l'accès. Et l'intimité de chacun était également garantie par la carte, puisqu'elle servait d'accès à leur chambre. Le barbu ne sembla pas convaincu et Romy lui adressa un clin d'œil complice, elle non plus n'aimait pas ce principe.

Emmett leur montra le mess de Darwin, chacun des trois bâtiments de LUX 1 en avait un et les membres des équipes étaient bien entendu libres de prendre leurs repas où bon leur semblait. Le mess traversait Darwin de part en part et une baie vitrée occupait chacun des murs extérieurs, l'un donnant sur le parc au nord, l'autre sur l'océan au sud. L'endroit était moderne, en bois et coussins, chaleureux.

Puis ce fut au tour des installations sportives, et l'inauguration de la Fosse, spécificité de Darwin, tout un espace, au premier sous-sol, aménagé pour recréer l'ambiance d'un bar américain, avec billard, néons et tout le décorum attendu.

— Je crois que je vais me plaire ici, annonça Romy à sa mère.

Et enfin, leurs habitations. Zoé et Romy disposaient chacune de son chez-soi, au quatrième et dernier étage de Darwin. Zoé s'était attendue au pire et fut agréablement détrompée. C'était certes petit, à peine une table avec tabouret, un petit bureau, une salle de douche et une couchette, mais confortablement aménagé, là encore tout en boiseries, lumières indirectes, lin pour les abat-jours des appliques, la tête de lit et le rideau devant la fenêtre, laquelle avait des dimensions tout à fait correctes, loin d'un hublot étriqué. Réagissant à la taille de sa chambre, Zoé désigna René à sa fille :

— C'est toi qui dors avec lui.
— Mum, c'est une turbine la nuit.
— TU as voulu l'amener.
— Une nuit sur deux alors.
— Trois sur quatre.
— OK, soupira Romy devant le regard intrigué de René qui comprenait qu'il était l'enjeu d'un débat crucial. Allez viens, patate, tu vas m'aider à défaire mes sacs.

L'après-midi touchait à sa fin, Emmett les avait prévenus que leur première journée démarrerait le lendemain, à 8 h 30 devant le mess, et Zoé voulait tout installer avant de prendre une douche chaude et de dormir tout son saoul. Elle se sentait saturée d'informations et avait besoin de déconnecter.

Dehors, par la fenêtre, elle pouvait deviner que la lumière du jour avait légèrement décliné. Pourtant, un halo blanc tombait du ciel au-dessus de LUX 1. Zoé réalisa alors qu'elle ne s'était jamais interrogée sur ce qui se passait la nuit avec Sphère. Est-ce qu'elle brûlait toujours avec la même flamboyance ou donnait-elle des signes d'altération ? En d'autres termes, y avait-il en elle une forme de cycle ?

— Tu vas pas tarder à le découvrir par toi-même, dit Zoé à voix haute.

Il y avait tant de questions qui se posaient, maintenant qu'elle était là.

Elle attendait des réponses.

5.

Romy avait mis moins de vingt minutes pour trouver un escalier de service extérieur, sur la face ouest de Darwin. Accès de secours que, de toute évidence, personne n'employait. Elle s'assit sur les marches.

Tout comme sa mère, trop de mots, d'images et de sensations se bousculaient dans son esprit, mais contrairement à elle, Romy avait refusé d'aller se coucher après le rapide dîner qu'elles avaient partagé au mess. Romy avait promené René dans le parc, et après l'avoir ramené dans sa chambre elle s'était mise en quête d'un bon spot.

Celui-ci était parfait.

Parfait pour observer cette nuit impossible.

L'espace couvait la Terre de son obscurité percée de minuscules étoiles, et pourtant les trois LUX restaient nimbées d'une puissante lumière céleste. Même une immense Lune chaude collée à la troposphère n'aurait pas donné cet effet, c'était bien plus *vivant*. La Lune réfléchissait le Soleil, c'était lui qui lui donnait son éclat, alors que Sphère *projetait* sa propre force ; active, elle était sa source étincelante, pas un miroir.

Sphère était aussi éclatante qu'en plein jour, un titanesque projecteur braqué sur eux, répandant sa clarté sur des dizaines, probablement des centaines de kilomètres, et pourtant elle n'était rien face à la certitude glacée du cosmos qui enrobait la face du monde en cette heure. Une impériosité originelle qui ne se révélait que du crépuscule à l'aube, mais ne souffrait aucune contradiction, pas même celle d'une chose dont nul ne pouvait expliquer ce qu'elle était.

L'opposition entre le fond obscur, l'horizon noir, et ce minuscule soleil était unique, et créait un contraste saisissant, où chaque parcelle qui n'était pas accessible au rayonnement de Sphère se retrouvait plongée dans la pénombre absolue, comme otage d'une bataille silencieuse entre les ténèbres naturelles et cette présence. Un contraste qui teintait le regard d'un voile presque argenté.

Romy en était bouche bée. Elle aurait été incapable de dessiner cette lumière si singulière, et considéra qu'il faudrait lui donner un nom parce qu'elle n'existait pas jusqu'à maintenant. Ce n'était pas un clair-obscur et ses nuances, c'était un noir de blanc intense ou plutôt un... Voilà. C'était ainsi qu'elle l'appellerait. Des particules de *blanc de noir*.

Elle essaya de prendre quelques photos avec son téléphone portable, mais cela ne rendait rien. De toute façon, elle n'avait aucun réseau et aucun accès au wifi pour l'heure. Pas tant qu'elle n'aurait pas été briefée dans le détail sur ce qu'on attendait d'elle, et à la manière dont le docteur Emmett Lloyd avait évoqué le sujet, elle s'attendait à ce que ces gars soient de véritables *control freaks* et qu'elle ne puisse rien faire sans leur aval. Certainement pas poster des photos prises à l'arrache dans un recoin le soir.

Les lueurs des navires de guerre qui encerclaient LUX brillaient timidement au loin, étouffées par celle de Sphère.

Combien y en avait-il ? Beaucoup. Tout autour. Sur plusieurs rangs. Il ne fallait surtout pas que l'un d'eux se mette à éternuer et presse la gâchette, car s'ils répondaient tous, l'océan par ici se transformerait en une bouilloire instantanément. DING ! Merci, vous êtes cuits.

Romy trouva l'image effrayante et préféra reporter son attention sur la station elle-même.

Elle glissa sur le bout de sa marche et pencha la tête entre deux barreaux de la rambarde pour discerner l'esplanade qui séparait Darwin et Marie-Curie, en face. De grands rectangles de grilles où circuler, parmi les tuyaux et les marches. Des escaliers, il y en avait partout, à croire qu'il avait été impossible de tout bâtir sur une surface plane ! Rien de bien passionnant. Et personne en vue. Ils dormaient tous à l'heure des poules ici, ou c'était juste que nul ne sortait ?

Puis du coin de l'œil, Romy aperçut un mouvement plus bas, quelque part au bord de la plate-forme, sur ce qui devait être le balcon d'un des sous-sols. Une silhouette qui se tenait debout face à la vue, trente mètres sous Romy. Impossible de distinguer à quoi il ou elle ressemblait : malgré le projecteur de Sphère braqué sur eux, la silhouette bénéficiait de l'ombre de l'angle de Darwin et était plongée dans le noir. Ça n'était qu'une forme humaine dans de l'acier, lequel dominait le mouvement quasi imperceptible de l'océan tout en bas.

La personne finit par reculer et disparut dans les entrailles de LUX 1.

Cet endroit devait être une mine de paysages industriels atypiques. Romy soupira, frustrée de ne pas en voir davantage. Mais déjà, elle savait où elle avait envie d'aller traîner ses baskets un de ces jours.

Elle était heureuse d'être ici. Elle se sentait à sa place.

6.

Icon avait en réalité son QG au sein même de Rosalind-Franklin, sur LUX 1, et non parmi le labyrinthe de LUX 2 qui abritait les laboratoires, l'essentiel des bureaux et toutes les infrastructures d'observation scientifique.

Icon gravitait tout d'abord autour d'une salle commune circulaire, équipée pour recevoir une cinquantaine de personnes assises face à face, écrans géants sur les murs et micro à chaque poste. C'était là que s'étaient retrouvés les membres sélectionnés, soit une petite vingtaine issus de douze nationalités différentes. Emmett Lloyd, le vieux géant, devait s'adresser à eux pour expliquer ce qui était attendu. On venait de leur faire un rapide brief informel au petit déj', et lui comptait entrer dans le vif du sujet.

Dans un premier temps, ils allaient être mis au courant de ce que chaque pays avait bien voulu fournir comme données concernant Sphère, les observations initiales, *via* satellites notamment. LUX était pourtant opérationnelle depuis six jours, des chercheurs déjà à bord, mais aucun n'avait eu l'autorisation de démarrer.

Il fallait le feu vert de l'ONU et, pour cela, que chaque nation soit installée et assurée que l'information circulerait en toute transparence. La méfiance était telle que personne ne voulait laisser les autres commencer sans être présent. C'était ce qui avait permis à la station d'exister, ce serait également sa faiblesse.

Partant de ces données brutes, faute de mieux, Icon devrait constituer des cellules de réflexion qui allaient travailler sur toutes les hypothèses possibles, envisager des approches différentes et non conventionnelles pour interpréter les résultats. L'ensemble d'Icon les soumettrait à un collège d'experts qui retiendrait les plus pertinentes et les soumettrait aux chercheurs sur LUX 2. L'idée était de tout s'autoriser, tout tenter, même l'impensable. Nul ne pouvait affirmer ce qu'était Sphère, et s'il fallait sortir du cadre pour en percer les mystères, on attendait d'Icon qu'il propose des solutions au moins novatrices, sinon carrément folles.

Bien sûr, pendant ce temps, LUX effectuerait son travail avec près de trois cent cinquante savantes et savants selon les règles de l'art de leurs disciplines respectives. Un comité scientifique chapeauterait l'ensemble, synthétiserait les résultats, pour organiser, garder une vision d'ensemble et rendre compte à l'ONU *via* son siège, à New York.

Tout le personnel d'Icon était rassemblé dans la grande salle ronde et attendait qu'Emmett Lloyd ait terminé de régler son micro.

Zoé reconnut Ethan Gabriel, mais elle nota aussi la présence de Matéo Villon à l'écart.

Puis Simon, assis un peu plus loin à sa droite. Leurs regards se croisèrent et il lui adressa un sourire auquel

Zoé ne répondit pas. Pas d'humeur. Et puis elle n'était pas au clair avec lui. Pas encore. Simon la désarçonna en prenant sa tablette pour la tourner dans sa direction. Zoé y vit un smiley qui occupait tout l'écran, un smiley avec les coins de la bouche vers le bas, vaguement maussade. Simon pointa son doigt vers Zoé puis vers la tablette et l'interrogea du menton.

Zoé s'empara de sa propre tablette et afficha un smiley en colère qu'elle lui adressa. C'était un peu excessif, mais elle était prise de court et ne voulait pas qu'il s'imagine que tout était pardonné si simplement.

Le raclement de gorge amplifié d'Emmett indiqua à tout le monde qu'il était prêt et la petite assemblée se redressa, attentive.

— Comme je vous l'indiquais, je vais vous dresser un topo rapide de ce que nous savons. Tout est détaillé, si tant est qu'on puisse parler de détails, dans le document qui va vous être remis dans un instant. Bien. Déjà, vous connaissez les faits. Sphère mesure huit cents mètres de diamètre et son point le plus bas flotte à un kilomètre au-dessus de la surface de l'eau. Soit peu ou prou neuf cents mètres juste là.

Emmett pointa son index vers le plafond.

Au centre de la pièce, le géant prit le temps de pivoter sur lui-même pour embrasser l'ensemble des participants de son regard malin à travers ses imposantes lunettes. Il arborait le rictus hautain mais sans méchanceté de celui qui sait et s'apprête à dévoiler sa science.

— Il n'y a aucune image-satellite de l'arrivée de Sphère, démarra-t-il. En tout cas, si les renseignements militaires en ont, ils ne nous donnent rien, mais *a priori* nous avons toutes les raisons de les croire.

Des documents ont été fournis par la NSA[1], le NRO[2] et la NASA sur toutes les entrées dans l'atmosphère connues durant les jours et semaines précédant la découverte de Sphère : nada, que dalle. Idem du côté de l'Agence spatiale européenne ou de nos amis chinois. Sphère a été signalée pour la première fois le 16 octobre dernier par un cargo qui avait dévié des routes commerciales classiques. Les agences sont remontées dans leurs enregistrements pour vérifier ce qu'elles avaient dans ce secteur et le NRO a donné des images assez larges de la zone, qui dataient de six jours auparavant : il n'y avait aucune trace de notre chère bouboule. Si cet engin est venu de l'espace, personne ne sait comment ni quand.

— Nous avons des relevés sismiques qui sont proches ? demanda une voix quelque part.

Emmett ne prit pas la peine de chercher d'où ça venait et répondit :

— Bien sûr, pas sur cette zone très précisément, mais pas non plus très éloignés. Car, et c'est un sujet que nous n'avons pas abordé publiquement pour éviter de dévoiler notre position, vous n'êtes pas tout à fait n'importe où dans l'océan Atlantique.

Murmures de circonspection. Emmett laissa passer son petit effet et reprit la parole :

— Nous sommes pile sur la ligne de l'équateur. À équidistance des pôles. Pas à un degré nord ou sud,

---

1. Agence de renseignements américaine spécialisée dans l'information électromagnétique et numérique.

2. Autre agence américaine, spécialisée dans l'usage et le traitement d'informations depuis des satellites espions.

juste dessus. Et savez-vous ce qu'il y a sous nos pieds à cinq mille mètres de profondeur ?

— La dorsale médio-atlantique ? fit le voisin de Zoé, un type assez jeune, plus large que haut, cheveux bouclés et culs de bouteilles sur le nez.

Icon rassemblait peut-être des penseurs de l'extrême et des créatifs, mais de toute évidence, il y avait une certaine culture scientifique également.

— Exactement, approuva Emmett Lloyd en hochant vivement la tête. Nous sommes au-dessus du point de divergence entre la plaque sud-américaine et la plaque africaine, cette force brute qui jaillit des profondeurs et qui agrandit l'océan Atlantique d'environ deux ou trois centimètres chaque année. La dorsale dans son ensemble court quasi du sud du cercle polaire arctique à l'Antarctique, soit vingt mille kilomètres de long.

Zoé n'était pas à son aise avec ces notions de géologie et, se moquant de ce qu'on pourrait penser d'elle, se pencha vers son voisin de droite, manifestement éclairé sur la question, et lui demanda tout bas :

— C'est la tectonique des plaques, c'est ça ? J'ai jamais été sûre de piger.

— Oui. En gros, la surface de notre planète repose sur un assemblage de très grosses pièces mobiles, comme des morceaux de puzzle emboîtés qui bougeraient sur eux-mêmes à cause de la chaleur et des tensions dans les profondeurs. Il y a des endroits où ça veut sortir, formant des lignes qui poussent certaines plaques dans une direction, et donc à l'opposé d'autres plaques se rentrent dedans, donnant naissance à des volcans, des montagnes, des rifts... Et quand ces plaques bougent brutalement, des séismes.

— La dorsale machin-atlantique où nous sommes, c'est un peu comme la faille de San Andreas en Californie, un déclencheur de tremblements de terre ?

— Non, San Andreas c'est plusieurs plaques qui se frottent en sens opposés, c'est pour ça que ça bouge. Ici, elles s'éloignent l'une de l'autre, donc c'est plus calme.

— Du coup il y a... une sorte de trou qui se creuse dans la mer ?

— Plutôt de la matière qui ressort et qui pousse de part et d'autre. Comme deux tapis roulants verticaux, collés l'un à l'autre, et qui remontent ensemble avant de partir chacun dans sa direction. Sous nos pieds, il y a des montagnes sous-marines.

L'image était plus claire pour Zoé.

Elle remarqua que beaucoup de regards se croisaient, et on commentait en comprenant que Sphère n'était pas arrivée n'importe où. Zéro degré de latitude, et parfaitement alignée sur l'un des points de force les plus puissants de la planète. Cela traduisait une intentionnalité. Sphère avait visé. Bye-bye, la cause naturelle.

Sauf si c'est justement une émanation de la planète. J'ignore comment, mais s'il fallait que quelque chose sorte de la croûte terrestre, ne serait-ce pas logique que ça émerge pile à mi-distance des pôles et par là où deux plaques cherchent à se séparer ? S'il y a une faille, de la matière qui sort, alors... pourquoi pas ça ?

C'était bancal, mais pour l'heure Zoé refusait de se brider. C'était le but après tout.

— Vous le savez peut-être, reprit Emmett pour calmer les débats, cette dernière décennie, pour prévenir au mieux les risques sismiques et les tsunamis qui ne cessent de frapper, différentes opérations de surveillance ont été réparties aux quatre coins du monde. Il s'avère que notre dorsale médio-atlantique est justement sous monitoring. Des balises sismiques placées le long de notre crête à différents points enregistrent le moindre mouvement. Et il s'avère qu'il y en a une grappe, à moins de cinq cents kilomètres d'ici, ce qui, à l'échelle géologique, n'est pas trop loin pour capter d'éventuels mouvements. Je vais vous décevoir : rien d'atypique n'est ressorti. Pas de déplacements accélérés au cours des six derniers mois, aucun incident majeur, et si on recule de dix-huit mois, c'est à peine plus agité, ici les plaques ne s'affrontent pas, elles se séparent, donc peu d'accumulation de tension. Si quelque chose a jailli, ça n'est pas d'ici. Les balises l'auraient capté.

Au temps pour moi et mon image d'une planète qui rejette Sphère de ses entrailles.

— Si c'est pas de l'espace ni des profondeurs, fit un homme dans l'assemblée, alors il reste l'air. Il y a eu une étude des déplacements aériens ?

Pour le coup, Zoé trouva la remarque assez peu pertinente. Si Sphère était apparue dans l'air, c'était forcément qu'elle était auparavant entrée dans notre atmosphère, ce qui n'était pas le cas, donc pourquoi insister ?

— La zone n'est commercialement pas exploitée à basse et moyenne altitude, informa Emmett. Les longs-courriers n'ont rien remarqué, mais ils circulent à plus de dix kilomètres de haut. Rien sur aucun radar, pas même ceux des marines de l'Atlantique sud. Apparemment, un sous-marin britannique aurait circulé tout près du secteur peu avant le 16 octobre, lui n'a rien enregistré non plus, mais il n'était pas en surface. Non, je vais aller droit au but : nous ne disposons d'aucun outil qui aurait capté l'émergence de Sphère. Nous ne savons pas précisément à quelle date elle est apparue, seulement qu'elle n'a pas bougé depuis le 16 octobre.

Zoé réalisa que c'était elle l'idiote. La question *était* pertinente. Sphère avait pu décoller de la surface même de la Terre ! Sauf que là encore, rien.

— On sait de quoi elle est constituée ? s'enquit l'homme qui ressemblait à Gandhi.

— Pas encore. Les examens vont démarrer depuis LUX 2 dans les prochains jours.

— Mais maintenant que nous la voyons, les satellites n'ont pas fourni des données sur sa composition ?

— Non, ceux des agences spatiales sont braqués à l'opposé, vers l'espace, pas vers notre planète, et ne sont pas adaptés à l'observation de proximité. Quant aux agences de renseignements, malgré leurs équipements de pointe, elles n'ont rien fourni, soit parce qu'elles n'ont rien, soit parce qu'elles continuent de privilégier le secret et ne veulent rien dévoiler de leurs capacités, soit parce qu'elles en sont incapables. Pardon si je froisse des ego patriotiques, mais il faut se dire la vérité. Toutes nos nations collaborent dans la limite du secret Défense.

Ethan Gabriel leva la main et prit la parole d'une voix de baryton et dans un anglais parfait :

— Est-ce que Sphère émet des sons ?

— Pas clairement audibles en tout cas, fit le docteur Emmett. Mais là encore, une étude acoustique va être réalisée dès que tout le monde sera en place. Une feuille de route est en cours d'élaboration pour les prochaines semaines, certaines disciplines ayant des contraintes particulières, pas toujours compatibles avec d'autres, nous sommes en train d'organiser tout cela. Tous veulent être prioritaires, comprenez que ça va demander un peu de doigté. Les résultats vous seront transmis au fur et à mesure, il faut patienter. D'ici là, cela ne vous empêchera pas de cogiter à quelques propositions, j'en suis sûr.

— Vous attendez nos premières productions dans quel délai ? s'inquiéta une femme quelque part.

Le docteur Emmett Lloyd retira ses lunettes pour les nettoyer soigneusement avec sa chemise et répondit :

— Prenez d'abord le temps d'absorber les informations, il y en a peu pour l'heure mais ça viendra. Vous n'êtes pas là pour pondre de la copie, mais proposer des approches innovantes, donc soyez observateurs, patients, et ensuite dissertez entre vous, pour arriver à une ou des idées fortes. Vous n'êtes pas à l'usine, nous ne cherchons pas la productivité, seulement la réactivité. Le comité exécutif n'exige aucun rendement.

Le silence était retombé dans le petit hémicycle. Emmett Lloyd les scruta toutes et tous, amusé.

— Notre tâche est la plus sérieuse qui soit, au nom de notre espèce et de l'Histoire. C'est pour ça qu'il faut la mener avec le plaisir qu'aurait un enfant à jouer. Restez ce que vous êtes. Individuellement : des êtres uniques. Et collectivement : des humains.

Il les gratifia d'un large sourire malin. Puis s'écarta pour laisser place à une brune dont les longs cheveux étaient parsemés de mèches argentées lui conférant un air à la fois sage et rock. Elle portait une blouse blanche ouverte sur un sari.

— Je suis la professeure Itishree Kapoor, je serai votre autre référent avec le docteur Lloyd. Nous avons préconstitué des groupes de travail auxquels vous serez affectés. C'est une base, rien n'est figé, vous pouvez nous soumettre des demandes d'affectations différentes, bien sûr.

Itishree distribua à chacun une synthèse de ce qu'avait énoncé Emmett, et un document qui expliquait comment les cellules d'Icon avaient été formées. Quatre en tout. Cinq membres en moyenne par cellule.

— Nous sommes ensemble, fit le gars à sa droite, celui qui avait expliqué à Zoé la tectonique des plaques.

Elle se trouvait dans la cellule 3, mais ne connaissait aucun des autres noms.

— Comment vous savez qui je suis ? s'étonna-t-elle.

Le type leva son propre badge qui remontait haut sur son ventre généreux. À côté de sa photo d'identité apparaissait un nom en gros : Ronald P. McDonald.

— J'ai lu votre nom en arrivant. J'ai une bonne mémoire. Je vous préviens, si vous faites une blague sur le mien et mon physique, je me vexerai. Je préfère être direct afin que nos relations soient bonnes. Appelez-moi Ronnie.

Zoé apprécia la franchise. Lui, continua sur sa lancée :

— Je suis scénariste et comédien. Mon truc c'est plutôt la science-fiction ou les séries d'anticipation, j'aime baser mon travail sur des prémices très documentées, voire scientifiques. C'est certainement la raison de ma présence. J'ai vu que dans notre groupe il y a Belle Simmons. Ça va pas être possible. C'est une artiste plasticienne, entre autres ; je la connais. Outre que je n'assume pas de figurer à côté d'une fille qui s'appelle Belle, c'est une facho MAGA aux idées arrêtées. Elle ne devrait pas être à bord.

— J'imagine qu'elle doit avoir un apport créatif important pour avoir été sélectionnée…

— C'est une conne, croyez-moi. Vous avez une idée pour qu'on la remplace ? Quelqu'un que vous connaissez ?

Zoé devinait qu'il était inutile de vouloir le modérer, Ronnie était déterminé et cela ne laissait pas présager du meilleur quant à sa capacité à transiger. Zoé regarda l'assemblée qui bavardait en découvrant qui serait avec qui, et tomba sur Ethan Gabriel, seul, plongé dans sa lecture.

— Je crois, oui.

7.

L'atrium au centre de Rosalind-Franklin accueillait un jardin japonais où se mêlaient avec une minutie calculée des dalles de pierre qui servaient de chemin parmi les gravillons et la mousse, des bonsaïs géants de presque deux mètres et de gros rochers blancs, autour desquels serpentaient les minuscules rus du bassin où nageaient des carpes koï. Au-dessus, les quatre étages du plus gros des bâtiments de LUX 1 s'empilaient *via* des balcons jusqu'au dôme de verre qu'arrosaient copieusement Sphère et sa lumière dorée.

La boule brillait sagement, comme une pierre précieuse au noyau étincelant.

Romy était assise sur un des bancs dans le jardin lorsque le vieux Français en costume, celui qui était tout sec, en nerfs et en rides, à peine coiffé de sa mousseline de cheveux blancs, s'approcha.

C'est quoi déjà son nom ? Il causait peu, suivait tout le temps Matéo Villon, mais on pouvait remarquer ses yeux de fouine qui ne rataient rien de tout ce qui se racontait ou se faisait dans le périmètre du conseiller présidentiel. *Marick !*

— Pardon pour le retard, commença-t-il, je récupérais les dernières consignes. C'est moi qui vais vous prendre en charge.

— Ah, fit Romy sans enthousiasme.

— Un problème ?

— Bah. Non.

— C'est quoi cette tête ?

— C'est que… vous êtes pas le plus marrant de la bande.

La réplique était tellement culottée et inattendue qu'elle parvint à arracher un semblant de sourire à l'homme plus ridé qu'une momie.

— Faudra t'y faire. Viens, je vais te montrer nos bureaux.

Il l'entraîna vers les ascenseurs sans un mot. Romy comprit que ce serait à elle d'animer la conversation si elle voulait qu'il y en ait une.

— J'ai aperçu votre boss, Matéo. Vous êtes combien de politiciens à bord ?

— Juste lui et moi. Et nous préférons « diplomates ». Si ça merde, tu seras bien contente de nous avoir, crois-moi.

— Y a aucune raison d'être pessimiste.

Elle ignorait pourquoi mais elle n'aimait pas les silences en sa compagnie, l'homme la mettait mal à l'aise. Comme il ne répondait rien, Romy tenta une autre banalité, pour meubler :

— Il a de la gueule, l'atrium, on dirait le siège d'une multinationale, pas une plate-forme maritime.

— Tu sens l'odeur ? Ça pue le neuf. Ils ont tout fait en urgence. Quelques semaines à peine pour démonter les préfabriqués d'origine et les remplacer par cette folie. C'est dingue ce qu'on peut obtenir quand on crache les milliards. Et dire qu'il y a encore trois mois, toutes ces nations pleuraient qu'elles étaient fauchées !

— L'enjeu exige de faire un effort, il me semble.

— Le souhaiter c'est une chose, le faire c'en est une autre quand les caisses sont vides. Demande aux familles qui galèrent pour boucler leurs fins de mois.

Romy haussa les épaules.

— Comme quoi, les gouvernements, quand ils veulent... Ils ont réussi, non ?

Marick se fendit d'un rictus amer.

— Ça s'appelle de la dette, ma chère. C'est ce que les vieilles nations du monde produisent le mieux désormais. De la dette sur de la dette.

L'ascenseur s'ouvrit et ils entrèrent. Il pressa le bouton 3.

— Si les banques prêtent, c'est qu'on est solvables, non ?

— Ce sont les pays qu'on appelait « émergents » qui prêtent. On devrait dire « néo-dominants » si on était honnêtes. Pays du Golfe, Chine et compagnie. Et qui n'ont plus le choix surtout. À force de nous filer du pognon et de voir qu'on avait du mal à rembourser, ils ont été obligés de nous en prêter encore, pour ne pas risquer notre ruine totale et qu'on ne puisse plus rien rembourser.

— On les rembourse avec des nouveaux prêts qu'ils nous font ?

— En grande partie oui. Au point d'avoir mis en péril leur propre économie si on devait disparaître.

— Mais... c'est débile. À terme, avec les taux d'intérêt, ça signifie que si notre croissance s'arrête, on sera incapables de payer. Ça nous oblige à toujours plus, ou tout le monde explosera en vol.

Marick lui adressa un clin d'œil cynique.

— T'as tout pigé. Nos nations occidentales sont sous respirateur artificiel, et nos créanciers le seront s'ils arrêtent de nous alimenter avec leurs propres ressources. Bienvenue dans le XXIe siècle, mademoiselle.

DING ! Ils étaient arrivés. Marick désigna le couloir de droite et Romy s'y engagea.

— Mais si nous ne payons plus un jour, il va se passer quoi concrètement ?

— Nos pays deviendront le tiers-monde. Toi et tes gosses, vous bosserez dans des usines dégueulasses pour fabriquer les godasses de ces gens à qui on a emprunté notre train de vie excessif depuis soixante-dix ans.

— En gros, c'est notre génération et les suivantes qui vont prendre pour vos conneries du passé... Sympas, les gars.

— Tu oublies que tu as bénéficié de la dette de tes parents et grands-parents et arrière-grands-parents. Tu n'aurais pas eu l'éducation que tu as reçue sans ça, tu n'aurais pas eu les soins médicaux, la sécurité aussi... S'il n'y avait pas eu ce surendettement, le pays se serait effondré il y a longtemps et tu vivrais dans les décombres d'une gloire passée probablement annexée par une nation puissante. Nous serions forcés, pour survivre, de faire ce que nous imposions aux Africains autrefois, aux gamins dans les usines en Inde ou ailleurs... Tu n'as rien demandé, mais tu es bien contente d'avoir eu cette enfance, dans un système *en apparence* serein et profitable pour ta petite personne.

Romy sentit qu'ils allaient dans une direction qui ne lui plaisait pas du tout, mais elle ne voulait pas commencer sa relation professionnelle avec Marick en le traitant de vieux con. Alors elle opta pour l'esquive :

— OK, et si on se rebelle contre les créanciers de notre dette ?

— À la place de l'usine, t'auras la guerre. Et ils sont dix fois plus nombreux que nous.

— Quand je disais que vous étiez pas le plus marrant...

— C'est la vérité qu'on n'ose pas raconter à nos peuples, c'est tout. Mais si tu préfères, je te baratine, comme tout le monde.

Il s'était arrêté devant une porte affichant une plaque « MEDIA OFFICE ».

— En attendant d'aller au front, voici ton nouveau chez-toi, annonça-t-il en entrant. Je te fais la visite.

Le département Média était constitué de cinq petits bureaux, d'une salle de réunion et d'un studio de tournage accolé à une minuscule régie technique. Une dizaine de personnes les saluèrent pendant le rapide tour.

— Nous sommes deux fois trop nombreux pour le job, mais personne n'a voulu lâcher pour laisser la fonction à seulement quatre ou cinq pays. Ils savent tous que l'information c'est le pouvoir.

Marick prépara deux cafés, sans demander à Romy ce qu'elle buvait, et il l'entraîna dans la salle de réunion dont les fenêtres donnaient sur le parc central de LUX 1 en contrebas. Il lui déposa un café sur la table, juste à côté d'un téléphone et d'un ordinateur portable, et exposa :

— Voici tes instruments de travail. Ton boulot est simple : tu dois faire piger aux jeunes ce qu'on fait ici. Rendre notre mission compréhensible, de façon didactique et fun. Tu filmes ce que tu veux, tu fais les commentaires que tu veux, faut juste que ça parle aux jeunes. C'est ta cible. Nous on gère les médias tradi et les politiques. Toi tu te focalises sur la faune de ton âge et les ados *via* les réseaux sociaux, on sait que beaucoup d'entre eux passent par ça. T'as quel âge ?

— Vingt.

— Parfait, tu connais encore les codes des plus jeunes.

— Je peux vraiment faire comme je veux ?

Romy sentait l'excitation monter. Elle adorait cette autonomie. Elle tira une chaise pour s'y asseoir.

— Yep.

— Et il a du réseau ce téléphone au moins ? Parce que le mien, c'est mort.

— On s'occupera du réseau.

— Bah, comment je fais pour poster si j'ai pas de…

— Tu fabriques ton contenu et tu nous le transmets pour qu'on le poste.

Romy déchauffa d'un coup.

— Wow. Ça veut dire quoi ? Que vous allez filtrer ? Choisir ce que vous publiez ou non dans ce que je fabrique ?

Marick se posta devant une fenêtre et montra les installations au-dehors.

— Tu vois tout ce bordel ? Ces milliards de dollars que ça coûte ? Et surtout, les milliards d'yeux qui nous scrutent, avec de l'espoir, des attentes, de la jalousie ou de la peur ? Tu imagines l'impact sur tout ça si un de tes messages est maladroit ? S'il est mal formulé ou qu'un chercheur que tu as interviewé s'emballe et balance ce qu'il attend ou ce qu'il rêve plutôt que ce qu'il a vraiment trouvé jusqu'à présent ?

Les yeux de Marick revinrent sur la jeune femme. Ils étaient petits et froids, comme si toute émotion s'était dissipée en lui depuis très longtemps.

— On ne peut pas se permettre ce genre d'erreur, dit-il.

— Mais ce que les jeunes attendent, c'est de la spontanéité, et surtout la vérité, sans les prendre pour des…

— Qu'ils restent sur X, TikTok, Insta et autres merdes parallèles à la vraie vie s'ils refusent d'intégrer que la réalité est plus subtile que ça, et qu'elle a parfois besoin de nuances.

— Ah ouais, en effet, c'est mieux que ça ne soit pas vous qui gériez la com vers les jeunes…

— Hey, je te rappelle qu'on nous a imposé de te faire une place, OK ? Alors sois un peu plus respectueuse.

Romy encaissa sans broncher. Elle comptait bien lui prouver que non seulement elle serait compétente, mais aussi tellement investie qu'il finirait par lui offrir des excuses. *Au moins de la reconnaissance*, corrigea-t-elle.

— On est au cœur de la géopolitique mondiale, reprit Marick d'un ton plus posé. Romy, beaucoup, beaucoup de susceptibilités sont à ménager ici. Tu sais ce que ça signifie en clair ?

— Allez-y, illuminez-moi.

— On est sous la chose qui attire le plus d'attention dans l'histoire de l'humanité, attention et convoitise. Et pour parvenir à rassembler la plupart des pays sur ces plates-formes, et faire en sorte qu'ils s'entendent sans se trahir, c'est de la dentelle diplomatique permanente. Par peur des autres, parce que personne ne se fait véritablement confiance, ils sont tous paranos, et la plupart pensent que celui qui tirera le premier remportera la mise alors que les autres se feront baiser. Tu saisis ?

Il s'était rapproché imperceptiblement de Romy et se tenait juste au-dessus d'elle à présent.

— Nous sommes dix paranos couverts d'essence avec une allumette à la main, et il faut espérer que personne ne craquera la sienne. Alors oui, toute la com passe par ce bureau pour être inspectée et doublement validée avant publication. Parce que tes posts, ils peuvent se transformer en briquets à tout instant. Clair ?

Romy soupira. Elle comprenait le message et, à vrai dire, elle le trouvait même sensé, mais c'était la manière qui l'irritait. Elle n'aimait pas ce Marick. Il manquait de sensibilité pour un type qui professait la troisième guerre mondiale si on venait à en manquer. Mais n'était-ce pas le propre des dirigeants modernes que de manquer de tout ce qu'ils estimaient nécessaire pour empêcher le pire ?

Elle hocha la tête.

Romy avait déambulé sur le pont principal de LUX 1 pendant une heure, pour se familiariser avec son espace. Une part d'elle ne tenait plus en place et réclamait qu'elle fonce tout voir, le plus vite possible, y compris et surtout les infrastructures de LUX 2, mais elle tenait bon. Il fallait procéder avec discipline. D'abord bien connaître son environnement direct, il serait sa base. Puis elle élargirait le cercle pour progresser de plus en plus loin.

Elle était passée par sa chambre récupérer René, qui était ravi de cette balade improvisée, reniflait un peu partout, probablement surpris du manque d'odeurs de ses congénères, mais il suivait avec enthousiasme.

LUX 1 était somme toute facile à comprendre. Le parc au centre, Rosalind, le plus gros des immeubles, à l'est – il occupait à lui seul un tiers de la surface –, tandis que Marie et Darwin se faisaient face à l'ouest, principalement pour servir d'habitations. Restait l'héliport en hauteur, dont la piste, invisible d'en bas, les dominait de plus de quarante mètres. Emmett Lloyd avait dit qu'il leur laissait la surprise de découvrir ce dont il s'agissait.

Romy hésita. L'ascension devait se faire *via* un monte-charge, mais elle était tentée de trouver des marches pour s'imposer un peu d'exercice, cela faisait une semaine qu'elle n'en faisait plus, elle se ramollissait et cette idée la terrorisait. René la regardait avec bienveillance, toute langue dehors. L'escalier n'était pas une bonne idée pour lui, il fallait ménager ses vieilles articulations.

— Tant pis, j'irai voir plus tard. Et si au lieu de monter, on descendait, t'en dis quoi ?

Le chien rentra sa langue, pencha la tête. Trop de mots, il était paumé. Romy pouffa.

— Allez viens, Einstein.

Romy se souvenait de cette silhouette aperçue hier soir sur un balcon du premier sous-sol. Elle avait envie de s'y rendre. Depuis l'intérieur de Darwin on pouvait accéder au premier sous-sol où se trouvait la Fosse, le bar américain, mais est-ce que ça communiquait avec le reste des installations extérieures ? Elle préférait un accès direct, et justement elle était passée une demi-heure plus tôt devant une rampe qui s'enfonçait vers le bas. Elle la retrouva, sur le côté de Marie-Curie. Des marches en acier menaient à des coursives métalliques qui s'entremêlaient sous le niveau principal. Elle observa la réaction de René.

— Tu te sens d'y aller avec moi ?

Intrigué, le chien dévalait déjà les marches. En bas, Romy trouva ce à quoi elle s'attendait : un dédale technique qui donnait sur des molettes, vannes et cadrans de toutes tailles. Une sorte de vide sanitaire géant pour faire vivre LUX 1. Certaines coursives filaient en plein air, d'autres ressemblaient à des tunnels, et toutes desservaient des locaux parfois étroits, parfois grands comme des hangars, c'était un labyrinthe, mais Romy avait le sens de l'orientation et ne restait jamais perdue bien longtemps. À plusieurs reprises, la jeune femme remarqua d'autres passerelles grillagées en dessous, un deuxième sous-sol.

Lorsque la paroi s'effaçait et que le couloir devenait une simple nacelle exposée aux vents, Romy s'arrêtait pour observer la vue. Une mer saphir, aux profondeurs insondables à l'œil nu. La houle était faible et constante. Les pieds de LUX, énormes, s'y enfouissaient, et Romy se demanda comment tout ça pouvait tenir debout. LUX semblait défier les lois de la gravité avec une stabilité surprenante. Les flotteurs devaient être gigantesques dans cette eau rendue opaque par l'ombre de la plateforme.

René, lui, avait la truffe en l'air, savourant la brise tiède. Il faisait plus que doux. Un simple tee-shirt suffisait en journée. Les après-midi de canicule, l'idée de piquer une tête devait être tentante, même si se baigner à côté des grosses jambes grises de LUX devait avoir un côté un peu flippant, songea Romy. C'était toutefois une expérience qu'elle devrait tenter un de ces jours.

Elle se remit en marche, en quête de son balcon. Ce n'était pas très difficile, il était dans l'axe de la façade ouest de Darwin, là où se trouvait sa chambre. Elle ne devait plus être loin lorsqu'elle tomba sur une porte magnétique fermée. Elle posa son badge contre le lecteur et la lumière s'alluma, non pas en vert, mais en rouge. Étonnée, Romy insista, pour le même résultat.

— Tsssssssssssss.

Sifflement surpris.

Il y avait donc des zones à accès restreint à bord. Pour un lieu de recherche international, à vocation pacifique, elle trouvait cela intrigant, voire un peu suspect.

— Qu'est-ce qu'ils cachent d'après toi ? demanda-t-elle à René.

La voix de la raison lui murmura que ça devait juste être la partie technique sensible, réglementée pour éviter tout accident. Une autre voix, plus cynique, envisagea qu'il n'y ait peut-être pas un seul et unique niveau de connaissance et de démocratie en ces lieux. Certaines personnes en savaient plus que la majorité et décrétaient qui avait le droit à la vérité, et d'y accéder.

Et tu crois quoi ? Qu'est-ce qu'ils vont cacher à bord d'un vaste laboratoire qui a vocation à percer le secret du plus grand mystère de l'histoire de l'humanité ?

Romy mémorisa l'endroit. En fidèle adepte de l'exploration urbaine, curieuse comme une pie – « *Une vilaine pie* », dirait ma mère – et incapable d'obéir à des restrictions qu'elle trouvait iniques, elle n'en resterait pas là.

Elle pointa le doigt vers René :

— Toi tu dis rien à personne. Mais on reviendra. Faut juste trouver comment on entre.

8.

La cellule 3 d'Icon n'avait pas encore effectué sa première session d'échanges qu'elle promettait déjà d'être explosive.

Ethan Gabriel avait immédiatement accepté la proposition de Zoé de les rejoindre. Il quittait son groupe sans regret, n'y connaissant aucun membre, et appréciait d'avoir une tête un tant soit peu familière à ses côtés, française de surcroît.

Sauf que la professeure Itishree Kapoor avait décidé de ne pas extraire Belle Simmons de la cellule 3, considérant qu'il était intéressant de conserver une créatrice qui avait l'habitude de concevoir avec du tangible, de la matière, là où le reste de la cellule rassemblait des penseurs. Ronnie avait serré les dents et ronchonné dans sa barbe en promettant tout bas l'enfer sur terre dès que Belle ouvrirait la bouche.

Le reste de la cellule incluait un philosophe coréen et un architecte danois, ce qui avait surpris Zoé, pour qui l'architecture était justement un parfait compromis entre l'imagination et le concret de la matière.

Après quoi ils avaient visité les installations, en particulier ce qui allait devenir l'espace de travail de chaque cellule, de grands rectangles remplis de tous les accessoires nécessaires : ordinateurs, tableaux à craie, mur de panneaux de liège pour placarder leurs idées, instruments de musique, feuilles, crayons, et même de grandes quantités de briques qui pouvaient s'emboîter à loisir. Zoé trouvait tout cela un peu infantilisant, mais après tout il en fallait pour toutes les formes d'expression…

En fin de journée, fatiguée, elle déclina l'offre d'un premier dîner tous ensemble, ils auraient bien assez le temps, et préféra rentrer à Darwin pour rejoindre le mess qu'elle connaissait. Elle avait envie de retrouver sa fille surtout. Après une journée pareille, et sans aucun moyen de communication pour maintenir le lien, elle se sentait stressée et réalisa surtout combien les smartphones les tenaient dans une dépendance de communication affligeante.

Romy n'était pas là parmi la vingtaine de visages qui occupaient les tables. Il fallait qu'elles s'imposent un rituel, une heure et un lieu où se retrouver.

Zoé décida de se prendre un plateau, sélectionna sa nourriture devant l'espace cuisine, bipa son badge pour valider le repas, et alla s'asseoir du côté de la baie vitrée qui donnait au nord, sur l'esplanade entre Darwin et Marie-Curie, le parc sur la droite. Ainsi, elle pouvait guetter sa fille.

Matéo Villon débarqua dans le mess, volubile, accompagné par Simon qui, lui, remarqua Zoé et lui adressa un signe de tête amical auquel elle ne répondit toujours pas. *Si tu crois que tu vas t'en tirer aussi facilement, mon coco !*

Après une heure, Zoé préféra remonter dans sa chambre. Elle toqua à la porte d'en face, au cas où... Et Romy ouvrit.

— Je t'attendais au mess.

— Désolée, j'étais claquée, j'ai préféré prendre à emporter et manger dans ma cabine, surtout qu'il fallait que je monte sa nourriture à René.

Le golden ronflait au pied du lit, sa gamelle vide.

— Viens avec moi, hier j'ai eu la flemme, je n'ai pas encore défait ma seconde valise.

Les deux femmes passèrent dans l'autre appartement et Romy s'installa à la petite table pendant que sa mère posait un gros sac sur le lit et l'ouvrait pour ranger le linge dans les placards.

— T'as des collègues sympas ? s'enquit la fille.

— Je te dirai ça d'ici quelques jours, là c'était très superficiel. Et toi ? Tu as récupéré l'accès à Internet que tu voulais tant ?

De dépit, Romy fit cogner l'arrière de son crâne contre la paroi.

— Arrête, Mum. C'est des *control freaks*. Je dois tout faire valider et c'est eux qui mettent ce qu'ils veulent en ligne. Je suis dégoûtée.

Romy hésitait, le fond de sa pensée pas encore exprimé, mais sa méfiance l'en empêchait. Soudain, elle se releva et entreprit de regarder chaque lampe, d'inspecter les prises, et même la grille de ventilation.

— Qu'est-ce que tu fabriques ? s'inquiéta Zoé.

Romy posa son index sur ses lèvres pour intimer à sa mère de se taire.

— C'est une blague ? insista celle-ci.

Ne trouvant rien, Romy capitula, mais vint se mettre juste à côté de Zoé pour lui parler à voix basse :

— J'ai découvert qu'il y a des zones entières qui sont interdites, nos badges n'y donnent pas accès.

— Et alors ?

— Qu'est-ce qu'on nous cache ?

— Rien, c'est juste par sécurité.

— Qu'est-ce que tu en sais ?

— Mais enfin, que veux-tu qu'ils fassent dans notre dos ?

— Moins fort, Mum ! Je sais pas, j'ai retourné le truc dans tous les sens et... Je me demande si tout ça ne serait pas une vaste expérience. Pour étudier nos comportements. Notre capacité à travailler tous ensemble.

Zoé afficha un air incrédule.

— Et Sphère serait juste un prétexte ? Des milliards de dollars pour fabriquer un machin qui ne sert à rien, juste pour examiner cinq cents personnes sur une plateforme ? Et puis quoi encore ?

— Alors pourquoi ils gardent des zones secrètes ?

— Les accès sont dissimulés ?

— Non, mais verrouillés.

— Alors c'est pas un secret, juste une sécurité. Puce, réfléchis deux secondes : il y a tous les pays du monde ou pas loin qui sont ici. Un potentiel nid à embrouilles. Tu ne crois pas qu'il est plus prudent de restreindre l'accès de certaines parties sensibles, je ne sais pas moi, le contrôle de l'électricité par exemple, ou l'accès à l'eau potable. Se préserver d'un fanatique qui aurait réussi à intégrer la mission. Ou d'un espion malveillant...

Romy s'était un peu calmée. Les mots de sa mère faisaient sens. Ils ne suffisaient pas à éteindre sa curiosité, mais au moins ils apaisaient ses soupçons.

— Qu'est-ce que c'est que ça ? s'écria alors Zoé.

Elle venait d'extraire une pochette de sa valise, contenant la lingerie sexy qu'elle avait achetée à Saint-Germain-en-Laye le mois dernier.

— C'est toi qui as mis ça dans ma valise ?
— Au cas où...
— Puce, même pas en rêve. Ce n'est pas l'endroit pour ça.
— C'est *exactement* l'endroit pour ça. Loin du monde. Réveille ton corps, Mum.

Zoé manqua lui répliquer que c'était elle la jeune, celle qui devait en profiter, mais se ravisa aussitôt. Elle savait les difficultés de sa fille à ce sujet. Cela fendait son cœur de maman.

— T'as fait la maligne, mais maintenant qu'il faut être dans l'action, tu te planques, insista Romy, provocatrice. Je vais pas te lâcher et...

Zoé étouffa la suite en posant la pochette sur la bouche de sa fille.

— Tais-toi.

Elles finirent de tout ranger. Par la fenêtre, le jour avait décru, et si l'horizon rougeoyait, juste au-dessus de LUX, une lumière blanche et dorée maintenait la station dans une clarté entre deux mondes. Plus assez intense pour être celle du jour, certainement trop vive pour tolérer la nuit.

En la repérant, Zoé s'était immobilisée.

— Je ne crois pas que ce soit terrestre, dit-elle en fixant l'extérieur.

— Tu penses à quoi ? Une entité qui viendrait de l'espace ?

— Je ne sais pas. Mais c'est venu jusqu'à nous et... elle attend. Et si elle a fait tout ça, c'est bien qu'elle veut quelque chose, non ?

— Communiquer ?

— Je le pense, oui. Reste à trouver comment.

— Et avec qui, ajouta Romy, ce qui attira le regard de sa mère. Ben oui, c'est pas parce qu'elle se pointe sur Terre que c'est avec les humains qu'elle s'identifie. Il y a d'autres espèces de vie. Ou même le climat. La planète elle-même. L'énergie qui s'en dégage, je sais pas moi...

Zoé acquiesça.

— Tu as raison. Nous ne sommes peut-être pas ce qui l'intéresse. Mais quoi qu'il en soit, il faut que nous trouvions comment interagir avec elle. Savoir ce qu'elle veut. Elle n'est pas là sans intention. C'est l'un des thèmes sur lesquels nous devons plancher avec ma cellule.

— Et si ça n'était pas amical ? osa Romy.

— Non, arrête. Je préfère ne pas...

— Mais c'est une hypothèse. On est tous là pleins d'espoir, alors que rien ne nous garantit que ce soit une chose bienveillante. Mum, quand on est arrivées ici, tu ne t'es pas dit qu'il y avait vraiment beaucoup trop de navires de guerre ?

— Chaque pays veut être militairement présent.

— Même. Ils pourraient se mettre d'accord pour se relayer. Je crois plutôt que nos armées sont bien conscientes de ce qu'on vient de se raconter. Elles sont là pour restreindre l'accès à la zone, mais surtout pour...

Romy eut du mal à formuler sa pensée, comme si ce qu'elle impliquait était profondément dérangeant.

— Et si ce n'était pas la zone que l'armée défend, finit-elle par dire, mais nous ?

Zoé se raidit entièrement. Elle pivota vers la fenêtre et devina les ombres chinoises de tous les bateaux militaires qui croisaient autour d'eux, au loin, dans l'horizon qui s'embrasait avant la nuit.

Elle frissonna.

9.

Tout se passait parfaitement bien.

De l'embarquement à Norfolk jusqu'à son arrivée sur LUX, Alexander avait passé chaque contrôle sans le moindre incident. Il faisait parfaitement illusion dans la peau de cet Américain auquel il ressemblait, et les fausses empreintes n'avaient été utiles qu'une seule fois, sur la base navale, avant de partir. Le plus difficile était fait. Ensuite il avait intégré son poste ici même, et à présent il ne risquait plus rien de l'armée américaine. Ici, on lui fichait une paix royale et il s'était fondu dans le personnel. Tant qu'il accomplissait ses tâches quotidiennes, personne ne s'intéresserait à lui. Il pouvait se consacrer à sa véritable mission.

Au milieu de la passerelle qui filait sous le pont principal de LUX 1, Alexander croisa un technicien reconnaissable à sa blouse orange, le salua et poursuivit jusqu'à atteindre la porte magnétique fermée. Jusqu'à présent, il s'était contenté de faire son travail officiel. Il était arrivé parmi les premiers, cinq jours auparavant, et avait pris ses marques. Maintenant, il devait sortir de sa zone de confort et sonder ce qui fonctionnait et ce qui pourrait poser problème.

Il s'assura qu'il n'y avait personne d'autre sur la passerelle, puis passa son badge sur le lecteur. Le voyant devint vert, et le battant se déverrouilla. Parfait. On ne lui avait donc pas fourni du mauvais matériel. Son badge lui donnerait accès absolument partout. Ce serait précieux le moment voulu.

Il entra dans la longue pièce garnie de vannes et de manomètres. De la condensation tombait des canalisations du plafond et remplissait la pièce d'une vapeur digne des films d'horreur. La luminosité était assez faible, seulement produite par des néons un peu trop espacés. Cet endroit n'avait, de toute évidence, pas été arrangé en urgence comme le reste des installations. Ici, aucun des chercheurs des étages du dessus n'était supposé descendre, alors on avait conservé la rusticité d'origine. L'envers du décor rutilant était nettement moins attrayant. La bonne nouvelle pour Alexander, c'était l'absence de caméras de surveillance. Les débats à l'ONU sur la sécurité des plates-formes avaient été houleux, et la pose de caméras n'avait été ratifiée qu'à condition qu'elle soit point par point validée par l'ensemble des membres et réduite au strict minimum, soit essentiellement dans les laboratoires les plus sensibles en matériel. De toute manière, la moiteur de l'environnement aurait rendu les appareils sensibles à la panne. Dans un cas comme dans l'autre, Alexander s'en sortait bien.

Il remonta la salle jusqu'à un couloir qui filait sur dix mètres, à gauche. En dehors du sifflement des tuyaux, il n'entendait personne. Alexander était armé, et son corps était en soi un outil létal, mais il préférait ne pas commencer aussi brutalement. Il devait rester discret, surtout ne pas faire pleuvoir les cadavres, même si s'en débarrasser ne serait pas compliqué, le cas échéant. Il suffirait de les balancer par-dessus le bastingage et l'océan les avalerait pour toujours. De la nourriture pour poissons.

Non, s'il était surpris ici, il savait quoi dire pour qu'on lui fiche la paix, même s'il préférait ne croiser aucun témoin. C'était la répétition qui pourrait déclencher la méfiance, et il aurait à revenir très souvent.

Alexander parvint au point de rendez-vous, un réduit où il faisait très chaud et humide. En hauteur, au-dessus de l'extincteur, il repéra la boîte qui contenait le disjoncteur local, comme on le lui avait indiqué. Il souleva le couvercle et tira sur le coffret entier pour mettre le dispositif électrique à nu. Un petit tube en plastique noir était glissé à l'intérieur. Alexander l'ouvrit, déroula le bout de papier et lut en anglais :

JE SUIS À BORD. PROCHAIN POINT DANS 3 JOURS.

Bien. Il n'était donc plus seul. L'opération pouvait commencer.

Il avait son autonomie, mais l'autre serait le principal moteur de ses actions. Selon les informations qui seraient reportées ici, dans ce tube en plastique, Alexander agirait. En attendant, il garderait l'œil. Il ne devait pas être le seul espion dans son genre, des Américains, des Chinois ou des Anglais devaient rôder, sinon au moins des responsables de sécurité. Il serait vital de les identifier pour les neutraliser en temps et en heure. L'autre pourrait l'aider dans cette tâche, lui fournir des noms.

Alexander fit le chemin inverse et ressortit de la zone sécurisée. Il marcha jusque sous un escalier de service, où il entendit un cliquetis étrange, et se coula dans l'ombre d'un renfoncement. Le cliquetis s'arrêta en haut de l'escalier et se mit à renifler plusieurs fois. Un chien. Une saleté de chien. Ce n'était pas du tout prévu, ça ! Depuis quand la sécurité disposait de clébards ? Pourquoi il n'en avait pas vu un seul jusqu'à présent ?

Risquant un coup d'œil, Alexander distingua la gueule d'un golden retriever et soupira. Bien sûr ! C'était celui de la fille, qu'il avait aperçu la veille déjà, il aurait dû deviner. Qu'est-ce qu'elle fichait, celle-là ?

Il attendit que la fille et le chien s'éloignent et sortit de l'ombre.

Et si ces deux-là le gênaient, Alexander s'en occuperait. Ce serait vite réglé. Le chien en premier. Mais si la fille insistait, il n'aurait aucun état d'âme à la balancer par-dessus la rambarde, dans les eaux sombres juste sous la plate-forme. Un accident était si vite arrivé dans un lieu pareil…

Alexander réalisa qu'il serrait le poing et que son autre main était prête à saisir son arme. Son corps réagissait avant sa tête. L'entraînement. Pas la bonne approche ici. Non, non, il devait adopter un tout autre comportement. Se montrer plus malin que ça. La violence serait son dernier rempart. Avec ces gens, tous ces étrangers à bord, il fallait au contraire se montrer fourbe, exactement comme ils l'étaient tous.

Alexander inspira un grand coup. Il allait reconsidérer ce qu'il dégageait. Il se força à montrer un visage amical dans la pénombre. Il savait faire, il avait eu des années d'entraînement sur le territoire américain, patrie des hypocrites.

Dans l'ombre, il souriait comme un ange.

Mais ses yeux étaient encore, à cet instant, ceux d'un prédateur.

Noirs et sans vie.

10.

L'ensemble des délégations finit d'arriver dans les trois jours suivant celle de Zoé et Romy. Il en fallut deux de plus pour que toutes et tous prennent leurs marques et que les vrais travaux soient autorisés.

Zoé et sa fille usèrent de ce temps pour découvrir la salle de projection, un vaste cinéma, l'espace Pixel et ses tables de jeux et bornes d'arcade, les différentes salles de sport et les promenades sur le pont principal.

Le mercredi 12 décembre sonna l'heure de la première vraie réunion d'Icon.

Zoé entra la première à 8 h 30, sa Thermos de thé à la main, et s'installa à la table ronde qui occupait le centre de la salle 3 du département Icon, celle de leur cellule de recherche.

Niels Holbeck, l'architecte danois, débarqua dans la foulée. Chauve bien que n'ayant pas plus de quarante ans, estima Zoé, son air jovial donnait envie de lui parler. Sa chemise *slim* soulignait la finesse des muscles de ses pectoraux. Longiligne, il avait le physique d'un coureur de fond avec ses membres interminables.

Ils se présentèrent, s'étant à peine croisés le jour de l'introduction. En annonçant qu'elle était romancière, Zoé sentit son regard tomber. Elle n'assumait pas.

— Moi, je suis concepteur ludique, affirma Niels.

— J'avais lu « architecte ».

— Oui, il faut croire que c'était plus glorieux que mon véritable titre. À vrai dire, je ne sais pas pour vous, mais moi je me demande un peu ce que je fous là !

Zoé leva les yeux au ciel :

— Ah, si vous saviez !

— Je fabrique des plans pour LEGO. Beaucoup de maisons, mais pas seulement.

— C'est ça, concepteur ludique ? Je comprends mieux la confusion avec l'architecture maintenant…

— Je passe mes journées à réfléchir sur quoi créer, et à trouver le moyen le plus agréable pour bâtir mes créations. Et le Danemark étant la patrie de LEGO, je suppose que la commission n'est pas allée chercher bien loin, ou c'est mon gouvernement qui voulait exporter ce qu'il a de meilleur ! Hâte de croiser un Suédois qui bosse pour Ikea ou un Américain de chez McDo !

— Justement, sujet sensible, pas de plaisanteries, prévint Zoé en voyant Ronnie entrer. Je vous expliquerai.

Ronnie avait chaussé des baskets confortables mais laides sous son pantalon en toile stretch, et un polo siglé ROT LAUREN (« pourri Lauren »). Il avait la démarche traînante du type qui n'est pas très motivé. Ethan Gabriel débarqua en même temps, l'exact opposé : dynamique et l'air aimable. Un tee-shirt SEX PISTOLS violet sous un gilet en cuir noir, des chaînes par-dessus. Ses bagues réfléchissaient la lumière des plafonniers tandis qu'il lissait sa barbe fraîchement huilée.

— Il n'en manque que deux et on se lance ? fit Niels.
— Disons un, répliqua Ronnie. L'autre ne fera que retarder notre pensée.

Ça commence bien.

Kim Hae-il arriva au pas de course dans son costume de lin noir sur un tee-shirt blanc impeccable. Il avait l'énergie d'un jeune homme de vingt-cinq ans alors qu'il en avait largement plus du double.

Tous prirent place autour de la table et, une fois les banalités d'usage évacuées, ils entrèrent dans le vif du sujet. Icon leur avait fourni une liste de questions auxquelles réfléchir en priorité pour proposer leur vision, suggérer des concepts. Les premières étaient simples et sans fin, comme : « Que pourrait être Sphère ? », ou « Pour chaque hypothèse que vous ferez sur la nature de Sphère, envisagez à quoi nous devons nous attendre/Quelle devrait être notre réaction/Comment informer au mieux la population (explorez différents types de communication à son égard, les erreurs à ne pas commettre)... » Et cela continuait sur plusieurs pages. Avec de l'imagination, littéralement de quoi occuper la cellule 3 pendant des semaines de discussions et de rédaction.

Zoé constata qu'en l'absence de Belle Simmons, elle était l'unique femme ; cela ne la dérangeait pas. Elle appréciait la parité, mais n'en faisait pas une exigence tant que la minorité n'était pas systématiquement féminine, et elle avait remarqué que d'autres cellules étaient à l'inverse de la sienne bien plus féminines que masculines. Il fallait de tout pour obtenir de tout, songea-t-elle.

N'ayant aucune méthodologie, ne sachant pas vraiment comment parvenir à un résultat probant, pendant deux heures ils proposèrent un peu n'importe quoi, divaguant sur des idées folles qui agaçaient clairement Ronnie. Il était évident que cela n'avait ni queue ni tête et qu'il leur faudrait un tant soit peu de rigueur ; alors Ronnie proposa qu'on fasse un tour de table pour que chacun puisse exprimer ce qu'il pensait de Sphère en réalité, sa conviction, si exotique soit-elle.

— Je vous rappelle que la raison d'être d'Icon, c'est de penser en grand, en large, dit-il.

— Sans s'emmerder avec la véracité, la probabilité, la faisabilité, on balance tout ce qu'on peut et on fait le tri ensuite, compléta Niels sous le regard dubitatif de l'Américain.

Niels entama donc l'exposé. Il pensait qu'il s'agissait d'un véhicule, mais ignorait pour transporter quoi. D'après lui, Sphère ne pouvait venir que d'une autre civilisation, lointaine, quelque part dans l'espace. C'était pour ça qu'aucun radar humain n'avait pu détecter son approche.

Ethan n'avait aucun présupposé, il passa son tour malgré l'insistance de Ronnie, qui ne le lâcha qu'au bout de dix minutes et parce que les autres vinrent en renfort. L'Américain ne céda qu'avec la promesse qu'Ethan reviendrait dans la boucle pour se livrer, car selon lui il était impensable qu'on n'ait aucune conviction sur un sujet aussi important.

Hae-il, lui, se demandait si Sphère n'était pas une matérialisation spirituelle. Sa forme, sa luminosité, et surtout la fascination du monde entier confirmaient qu'elle était bien plus qu'un objet matériel, elle rassemblait les curiosités, les espoirs. Il y avait quelque chose de supérieur dans cette chose. Non, pas divin, répondit-il lorsque Niels le lui demanda, plutôt une énergie. Peut-être provenant des hommes pour les hommes. *Issue de l'au-delà* ? tenta Ethan, et Hae-il haussa les épaules. Peut-être. Cela restait encore confus.

Zoé sentait venir son tour, et stressait. Elle n'avait aucun argument pour étayer son impression qu'il s'agissait d'une entité à part entière, et que si Sphère stagnait là, c'était qu'elle attendait de pouvoir échanger avec quelqu'un ou quelque chose qui ne se manifestait pas. *Pas encore.*

Zoé n'avait pas l'impression que Ronnie était assez subtil pour remarquer son anxiété, et certainement pas assez galant pour intervenir ; pourtant il prit la parole, alors que dans l'ordre logique du tour de table cela aurait dû être celui de la romancière.

— Pour moi, ça pourrait être une émanation de Théia.

— Théia ? répéta Niels.

Zoé fut soulagée de ne pas être la seule à ignorer de qui il s'agissait. Une figure de la mythologie grecque ? Le nom y ressemblait...

— Oui, Théia, insista Ronnie comme si c'était une évidence. Non ? Ah. OK. Je vois. Bon, pour la faire simple : Théia était une protoplanète il y a 4 à 5 milliards d'années, pas plus grosse que Mars, qui tournait dans notre système en même temps que la Terre, comme une sœur jumelle. Sauf qu'à l'échelle cosmique, tu ne peux pas avoir deux planètes sur la même orbite, ça finit toujours tragiquement. Et donc Théia est un impacteur.

Zoé ne connaissait pas ce terme, mais elle ne l'aimait pas.

— Elle est venue s'encastrer dans notre bonne vieille Terre, développa Ronnie. La collision, d'une violence qu'on ne peut même pas imaginer, a expulsé quantité de matière dans l'espace, mélange de notre planète et de Théia. Cette matière, avec le temps, s'est agglomérée sous l'effet de la gravitation, et... ta-dam ! C'est comme ça que notre Lune est née.

— La Lune est un assemblage de matière de la Terre et d'une... protoplanète ? s'étonna Zoé, qui ne s'était jamais intéressée à cette question.

— Oui, d'ailleurs vous y retrouvez des matériaux similaires. L'impacteur aurait pu détruire notre futur foyer, et disons que pendant quelques millions d'années ça n'a pas été un endroit où il faisait bon vivre, mais en définitive, ça l'a plutôt bien servi. Le choc aurait dévié la Terre de son axe, d'où les 23,5 degrés d'inclinaison que nous observons aujourd'hui. Sans ce basculement, nous n'aurions pas de saisons. Et sans saisons, pas la même variété de cultures par exemple. Bref, pas d'humanité, en tout cas pas celle que nous sommes. Ah, et certains pensent que c'est Théia qui a apporté l'eau sur notre planète. Sujet à discussion.

— Mais en quoi, selon vous, Sphère serait une émanation de cet impacteur ? demanda Hae-il.

— Si Théia était la jumelle de la Terre, et qu'on part du principe qu'il existe des énergies qui nous dépassent, quelles qu'elles soient, même si on ne peut encore pas les expliquer, comme l'âme, alors ne pourrait-il y avoir la même chose à l'échelle cosmique ? Nous parlons toujours de l'âme des êtres vivants, c'est à notre échelle individuelle et autocentrée. Pourquoi n'y aurait-il pas la même configuration au niveau du macro, de l'infiniment grand ? En fin de compte, tout se recycle dans le cosmos, tout est semblable, ce n'est qu'une question de taille ! Les électrons qui gravitent autour des noyaux atomiques comme les planètes autour d'étoiles...

— Et donc, Sphère serait une sorte de... fantôme ? déduisit Ethan.

— Une projection astrale, une incarnation énergétique, oui, j'ignore encore le détail. Chaque chose aurait son âme. Celle-ci est celle d'une protoplanète qui s'est détruite ici même il y a environ 4 ou 5 milliards d'années. Et elle a pris forme devant nous.

Silence. Tous l'observaient.

— Ça va pas être simple à faire vérifier par les équipes scientifiques, rapporta Niels. Si on ne propose pas des concepts plus... tenus, on ne servira à rien.

— Hey, pas de jugement, s'empressa de réclamer Ronnie. On a dit qu'on se lâchait, et qu'on est libres de notre pensée.

— Exactement, approuva Hae-il.

— Lorsque celle-ci n'est pas totalement débile ! clama une voix féminine à l'entrée. Et qu'elle ne transforme pas des hypothèses en certitudes.

Belle Simmons tenait un verre d'un jus rouge dans une main, et une vaporette dans l'autre. Ses longs cheveux blonds parfaitement lissés d'un côté de son crâne dévoilaient de l'autre une oreille percée d'une multitude d'anneaux. Elle avait des yeux globuleux, une bouche beaucoup trop pulpeuse et des arcades sourcilières saillantes. Pas à proprement parler un canon de beauté moderne. Mais elle avait du chien. Un aplomb séduisant pour son âge, moins de trente ans. Provocateur.

Le rouge à lèvres carmin est peut-être excessif ici, dans ces circonstances, ne put s'empêcher de juger Zoé.

— Mon avis n'est pas débile, contra aussitôt Ronnie, et j'ai le droit de l'exprimer.

— Pure perte de temps.

Belle vint prendre place parmi eux en crachant un panache de fumée âcre.

— Très bien, alors vas-y toi, illumine-nous de ton savoir, rétorqua Ronnie. Qu'est-ce que c'est pour toi ?

— Il suffit d'ouvrir les yeux pour le savoir. Et tous les examens que vous ferez ne serviront à rien. La réponse n'est pas dans le ciel, mais parmi nous.

— En quoi est-ce parmi nous ? interrogea Hae-il.

— C'est écrit depuis des millénaires ce que c'est, enfin ! Il suffit de savoir lire !

— Je suis largué, avoua Niels.

Belle lâcha un râle exaspéré.

— La Bible est votre réponse, déclara-t-elle. Jean l'a dit : « Dieu est lumière. » Matthieu également : « Que, de la même manière, votre lumière brille devant les hommes afin qu'ils voient votre belle manière d'agir et qu'ainsi ils célèbrent la gloire de votre Père céleste. » Il y a quantité d'occurrences qui associent la lumière à Dieu. Lorsque Dieu s'adresse à Moïse, il le fait par l'entremise d'un buisson ardent. Et ainsi de suite…

Ethan Gabriel fit sonner ses bagues entre elles en les cognant d'un air amusé.

— Ce qui est au-dessus de nos têtes, pour vous, c'est Dieu ? résuma-t-il.

— Pas pour moi. Pour nous tous.

Ronnie s'enfonça dans son fauteuil en soupirant. Il eut un regard blasé pour Zoé, un regard qui disait clairement : « Je vous avais prévenue. » Zoé n'en revenait pas. Et dire que c'était elle qui avait soutenu la même possibilité à sa fille deux mois plus tôt. *Sauf que c'était une idée parmi d'autres...* Elle n'y avait pas réellement cru.

— Si c'est une telle évidence, pourquoi sommes-nous là alors ? demanda Hae-il.

Belle plissa les lèvres, ce qui lui donna un air encore plus acariâtre.

— Nous sommes en mission, mon cher.
— Pour ?
— Ouvrir les yeux du monde entier. Et prier.

Zoé se raidit sur son siège. Il ne manquait plus que ça. Une fanatique.

11.

La serviette autour du cou, Simon remontait le couloir de Darwin, au troisième étage. Il venait d'avaler ses dix kilomètres en quarante-cinq minutes, et la sueur coulait encore au bout de ses mèches trop longues. D'ici quatre à cinq semaines, il connaîtrait le tapis de course par cœur. Son amorti, l'imperfection de la bande qui se déroulait sous ses pas, le son de ses moteurs. Il serait bien d'alterner avec des tours de LUX 1, même si ça deviendrait vite monotone.

Il entra dans sa chambre et s'aspergea le visage d'eau froide, il fallait attendre un peu que sa température redescende avant de prendre une douche, il allait transpirer pendant encore un bon quart d'heure.

Il attrapa son iPad, sur lequel il avait pris soin d'enregistrer ses albums préférés, sélectionna Ibrahim Maalouf et lança la lecture *via* l'enceinte Marshall connectée en Bluetooth. Ça n'avait pas la chaleur de ses vinyles, mais c'était mieux que rien. Vivre sans musique aurait été horrible.

C'était comme vivre sans livres.

Et à ce sujet, il se sentait bien dépourvu loin de son appartement rempli d'ouvrages. Simon avait été à la limite du poids maximal autorisé sur la station parce qu'il avait emporté une pleine valise de livres, qui étaient à présent répartis sur les quelques étagères de sa cabine. Il ne tiendrait pas longtemps avec ces provisions mais comptait beaucoup sur l'échange. À condition de trouver des lecteurs vintage comme lui. Non seulement les lecteurs se faisaient de plus en plus rares, mais la plupart utilisaient désormais des liseuses électroniques, ce que Simon détestait. Il avait besoin de tangible. Encre et papier. L'odeur du neuf ou de la poussière, la fine aspérité du grain des pages… le parfum de la colle. Les mots ne s'inscrivaient véritablement en lui que parce qu'ils existaient, là, pour de vrai, sous ses yeux, au point qu'il pouvait les toucher. Le numérique le traversait et il n'en gardait rien.

Parce que tu es un vieux con qui ne fait pas l'effort de s'adapter.

Ce n'était pas faux. Et alors ? Il aimait son petit plaisir matérialiste.

La trompette d'Ibrahim Maalouf créait une présence dans la pièce. Elle était là, une personnalité à part entière, et en cet instant elle vibrait d'une joie contenue, on devinait la puissance possible, la profonde mélancolie aussi qui pouvait s'exprimer à tout moment, mue par le souffle même de la vie, celui de Maalouf, qui s'infusait dans le cuivre. L'équation impossible enfin transformée par le pouvoir de la musique, de l'ivresse créative. Ils n'étaient pas l'homme et l'instrument fondus dans les notes, car ni l'un ni l'autre ne s'effaçaient, bien au contraire, on percevait l'un et l'autre, la personnalité unique de chacun, que ce soit l'émotion de l'homme ou la voix de l'instrument ; et au milieu de ce qu'ils produisaient, dans ces brefs instants d'osmose émergeait une troisième entité. La musique. Sensible et authentique. Réelle. Momentanément vivante. 1 + 1 = 3.

Simon se servit un grand verre d'eau dans le minuscule évier et en but la moitié. Il s'accota à un des murs pour réfléchir. Il était dans la cellule 1 d'Icon. Après avoir fixé un cadre d'hypothèses, chaque membre avait décidé de repartir dans son coin pour y réfléchir avant de brainstormer ensemble cet après-midi. En tant que sociologue, il avait pour mission de présenter sa vision de l'impact sur la société des différents types d'annonces à envisager pour définir Sphère. S'il s'agissait d'extraterrestres, d'une force naturelle climatique nouvelle ou de Dieu ; comment, selon lui, réagirait le monde. La mission était complexe, et Simon n'était pas sûr de pouvoir synthétiser sa pensée, ni d'avoir une connaissance assez pointue pour être pertinent. Mais il avait envie de s'essayer à l'exercice. Formuler des hypothèses déductives basées sur son expertise, juste des projections, des suppositions cohérentes. Intuitives. C'était léger d'un point de vue académique, mais stimulant intellectuellement.

Son enthousiasme se dissipa instantanément.

Son regard venait de glisser sur la photo de Pierre qu'il avait posée sur une tablette du mur. Et bien sûr, la trompette choisit cet instant pour vriller vers l'émotion. Le jeune homme plein de vie fixait son père. Le cœur de Simon se recroquevilla et il ferma les yeux.

Qu'est-ce qui lui avait pris de dire oui ? D'idéologiser toute cette entreprise, de l'instrumentaliser…

Simon secoua la tête. *J'en ai besoin. Je dois agir. Je ne peux pas rester là à attendre, les bras ballants...* Non, il n'avait pas cédé aux politiciens, il avait saisi ce qui était peut-être son unique chance de faire une différence. Au moins essayer. À sa modeste mesure. Sinon, à quoi bon continuer ?

Serais-je encore vivant si je n'étais pas venu ?

Ici, au moins, il était bousculé, par ses propres attentes, par ses choix qu'il fallait à présent assumer. Même émotionnellement, il se sentait différent. Son être travaillait. Pas seulement ses utopiques convictions, mais son ressenti. Il y avait encore de la vie en lui. Plus que ce qu'il avait soupçonné.

On frappa à la porte. Simon n'attendait personne. Il s'épongea le front une nouvelle fois et ouvrit.

Matéo Villon le salua et s'imposa pour entrer.

— Faites comme chez vous..., lâcha Simon, contraint.

— Je fais vite, je suis speed. Tout va bien ? Votre groupe de travail est intéressant ?

Simon afficha une expression pensive. Il n'en savait encore rien, il faudrait un peu d'expérience pour se prononcer, et à vrai dire il n'était pas d'humeur à discuter de ça.

— Très bien, enchaîna Matéo sans attendre de réponse. Je viens d'avoir l'Élysée, les tensions avec les Russes sont montées d'un cran. Ils prennent très mal le fait de ne pas être invités à bord.

— Je peux le comprendre. La plupart des nations sont présentes et pas eux...

— C'était trop risqué avec l'instabilité politique actuelle qui règne à l'intérieur de leurs frontières et leur agressivité permanente.

Matéo se servit à son tour un verre d'eau dans l'évier, but une gorgée et ajouta :

— Sauf qu'ils viennent de s'allier aux Indiens, qui sont également outrés.

— Là encore...

— Oui, mais quand on a besoin du fric et des compétences humaines des Chinois, on fait avec leurs exigences. Et ils ont mis un veto sur la présence de l'Inde sur la plate-forme.

— Les deux pays les plus peuplés du monde sont en plein affrontement stratégique pour garantir la pérennité de l'alimentation de leur population, mais qu'est-ce qui pourrait aller de travers, je me le demande ?

— Simon, en politique, on garde l'ironie pour l'opposition. Nous sommes entre nous là. Bref, c'est la merde, Moscou et New Delhi sont en train de coller une pression maximale à l'ONU. Ça va avoir des conséquences. Les agissements des Russes leur ont coûté d'être mis au ban du Conseil de sécurité, mais ils se servent de leur exclusion de LUX pour justifier d'être réintégrés de toute urgence. Les Américains s'y opposent farouchement. Il faut s'attendre à ce que le ton monte.

— D'un point de vue égalitaire et humaniste, je trouve leur colère normale et...

Matéo ne l'écoutait pas. Il n'était pas venu discuter, juste partager son stress, étrange manœuvre égoïste pour espérer s'en délester d'une partie.

— Écoutez, gardez ça pour vous, OK ? fit-il d'un air conspirateur. La flotte russe du Nord a quitté Severomorsk, Poliarny et Vidiaïevo pour prendre la direction de l'ouest. Il est clair qu'ils font route vers ici. La marine indienne, qui est la quatrième du monde en effectif, vient de se mettre en alerte. Dans une semaine, ce secteur va être plus chargé d'électricité qu'un transformateur en sortie de centrale nucléaire. Vous voyez où je veux en venir ?

Non, Simon avait du mal à suivre. Matéo n'était tout de même pas en train d'envisager un affrontement en plein océan Atlantique ?

Celui-ci baissa d'un ton et se pencha vers lui :

— J'ai eu confirmation que s'il faut évacuer, en tant que membre honoraire de notre cabinet, vous seriez dans le premier canot avec Marick et moi. Un groupe de commandos de marine est en alerte pour se mettre à l'eau depuis un de nos navires et ils peuvent être là en moins de deux heures.

— Mais... vous êtes sérieux ?

Matéo lui attrapa le bras avec une force qui témoignait de son stress.

— Simon, vous comprenez ce que je vous dis ? Si ça dégénère, il faudra procéder par priorités. Et il n'y aura pas de place pour tout le monde dans le rush. Donc, quoi que vous fassiez, assurez-vous de toujours garder contact avec moi.

Matéo reposa maladroitement son verre, qui se renversa dans l'évier sans qu'il le remarque. Il était d'une nervosité exceptionnelle.

— Tous les chercheurs ici s'imaginent qu'on est en train de sauver le monde, exposa-t-il d'une voix sifflante, que c'est *peace and love* et qu'ils vont marquer l'Histoire. Mais je vais vous dire : ils n'imaginent pas *à quel point* ils ont l'avenir du monde entre les mains. À très court terme, Simon. Ce qui se joue sur ces plates-formes n'est rien de moins que la survie de notre espèce. Tous les regards sont braqués sur nous. Et au moindre faux pas...

Matéo mima une explosion avec ses mains et sa bouche.

Simon était livide.

12.

Dans la salle de travail de la cellule 3 d'Icon, Belle Simmons venait de faire un cours didactique de théologie basique pour démontrer que sa conviction ne pouvait souffrir d'autre hypothèse.

Sphère était Dieu.

— Écoutez, puisque c'est si simple, je propose que nous rentrions tous chez nous, conclut Ronnie.

— Faute d'arguments solides, vous ne savez que manier l'ironie, répliqua Belle, sèche. C'est toujours la même chose avec vous, les...

— Les quoi ? Vas-y, crache-le !

— Les gros !

— Ah, on y est ! Pure grossophobie ! Fanatique religieuse *et* esthétique.

— Votre physique témoigne de votre déséquilibre mental. Si vous pensiez correctement, vous n'auriez pas besoin de vous remplir de nourriture pour vous ancrer dans la réalité.

— Et psychologue de bas étage avec ça. Encore mieux !

Ronnie se pencha vers les autres :

— On va devoir supporter ça encore longtemps ? Je croyais que le critère essentiel pour intégrer Icon, c'était l'ouverture d'esprit !

— Arrêtez de vous…, tenta Niels.

— Non, c'est l'intelligence de voir la vérité lorsqu'elle est évidente, rétorqua Belle. Ce dont vous êtes manifestement…

— STOP !

Hae-il avait haussé le ton et son aura s'était déployée comme une onde de choc. Tous le fixaient. Ses yeux les traversaient de sa sérénité impérieuse. Il attendit que retombe la pression et ajouta, plus posément :

— Nous ne sommes pas là pour fournir des hypothèses qui sont déjà débattues entre experts compétents, et je suis certain que le Vatican et bien d'autres sont sur ce sujet depuis l'apparition de la lumière dans le ciel. Notre mission, c'est d'inventer ce qui n'est ni évident pour beaucoup ni concevable par un cerveau unique, aussi productif soit-il.

Belle insista :

— Mais lorsque c'est une évidence, nous…

— Alors quittez cette plate-forme et entrez dans un couvent ! trancha Hae-il. Si vous restez, c'est pour accepter de débattre, y compris des propositions des autres, et de les enrichir de vos suggestions qui ne tourneront pas en boucle sur le même sujet.

Belle serra les mâchoires mais ne se leva pas, se contentant de fermer les bras sur sa poitrine et de ne les décroiser que pour tirer sur sa vaporette.

Un silence malaisant plombait l'ambiance. Zoé tenta timidement une approche pour le rompre :

— Nous n'avons pas trop abordé le sujet du réchauffement climatique et d'un lien plausible avec Sphère...

— Ronnie est un *clicy*, balança Belle.

Zoé connaissait l'expression. Un climatocynique. Un mouvement né à la fin des années 2020, qui considérait le réchauffement climatique et tous les bouleversements dramatiques qui en découlaient comme une aubaine.

— Tu ne crois pas au réchauffem..., commença Ethan, surpris.

— Si, j'y crois, bondit Ronnie, bien sûr, on ne peut le nier. Je pense juste que c'est une chance.

— Une chance ? répéta le musicien, halluciné.

Ronnie soupira, fatigué. Mais se justifia :

— Je te la fais courte : le monde est devenu trop oisif. La vie courante trop facile, on a le temps. Le temps des loisirs, de l'ennui, de la paresse qui donne la flemme. Et avec cette cohorte est arrivé le mécontentement permanent. L'indolence mâtinée d'inaction est la recette de la rancœur, de la jalousie, de la bêtise et donc du chaos. Couplée à un niveau de culture générale de plus en plus bas, donc à un manque de repères, de discernement, cela a fait le jeu des extrêmes politiques. Le racisme ethnique (ces méchants immigrés qui volent nos valeurs communes) ou le racisme social (ces méchants riches qui volent nos richesses communes) ont poussé le peuple qui s'emmerde et qui est en colère, qui hait par manque d'analyse, qui a peur par ignorance, vers le conflit. La destruction progressive de la société, son implosion plausible.

— Qui tu es pour remettre en question la légitimité de la colère du peuple ? s'interposa Belle une fois de plus.

— Je dis juste qu'on réagit en fonction de la société qu'on s'est fabriquée. Pendant des milliers d'années les gens devaient se lever pour survivre. Nous, on se lève pour exiger. Tu vois ? Nous sommes passés d'une société de préservation à une société de consommation, pour devenir une société de consolations.

Belle allait répliquer mais Ethan lui coupa l'herbe sous le pied :

— Je ne vois pas le rapport avec le climat.

— Les bouleversements climatiques sont un tel enjeu de survie qu'ils vont monopoliser l'attention des nouvelles générations, expliqua Ronnie, requérir un effort commun si colossal qu'il va falloir se rassembler, bosser, chercher des solutions, se remettre en question de fond en comble. L'humanité ne va pas avoir d'autre choix que de revoir son modèle actuel, oisif, et de retourner à un fonctionnement plus individualisé, où chacun doit contribuer à sa propre survie, sans attendre que les machines ou les autres, de l'autre côté du globe, fassent le taf qu'on importera. En ce sens, oui, je considère le réchauffement climatique comme une chance, parce qu'il va nous contraindre positivement à cesser de nous regarder le nombril, à nous empêcher de sombrer dans la guerre civile, ou mondiale, d'ailleurs.

— À aucun moment, il ne s'inclut dans l'équation de la solution, fit remarquer Belle. C'est aux jeunes de faire le boulot, vous avez vu ? Ce gros…

— Belle ! la coupa Zoé, fatiguée de les voir tourner en rond. Et si nous revenions à une hypothèse de travail plus... concrète ?

— Moi, j'ai trouvé celle de Ronnie intrigante, dit Niels. La toute première. Je n'ai pas tout pigé, mais ça donne envie de pousser. Nous pourrions commencer par celle-là, la triturer dans tous les sens, essayer de l'étoffer, et si elle tient toujours la route après chacune de nos contradictions, nous la rédigerons. Qu'en pensez-vous ?

Ethan hocha la tête, et Zoé, en guise d'assentiment, demanda :

— Sphère serait donc le... l'âme de Théia, c'est ça ?

Ronnie, encore lui, leva une paume vers le plafond.

— En tout cas une projection de son cœur, de son énergie, appelez ça comme vous voulez.

Zoé se fit l'avocat du diable :

— Ne sommes-nous pas supposés fournir des hypothèses que les scientifiques pourront étudier ensuite avec leur matériel ? L'âme d'une planète disparue, c'est un peu vague, non ?

— Tout n'est peut-être pas mesurable avec des instruments ou par le biais de la science, du moins au niveau que nous maîtrisons, rappela Ronnie, mais nous devons proposer. Au comité, par la suite, d'estimer ce qui est pertinent comme piste de travail.

— Pourquoi Théia plus qu'autre chose ? fit Hae-il. Vous pourriez proposer l'âme de Gaïa, la Terre.

— C'est vrai... et c'est une piste à creuser. Théia parce qu'elle est aujourd'hui morcelée entre ici et la Lune. Vous vous rappelez ? C'est le mélange de notre planète et de l'impacteur qui l'a constituée. Alors elle prend la forme d'un corps cosmique, sphérique, comme une planète ou un soleil, et se projette dans notre ciel, tel un message symbolique.

Ronnie perçut qu'il perdait son auditoire. Sa théorie était trop floue, pas assez étayée, il lui manquait au moins quelques éléments plus évidents pour tenir. Alors il embraya sur celle émise par le Coréen :

— Et si c'était Gaïa ?

— Notre position géographique est intéressante, rappela Zoé. Pile sur l'équateur, donc au centre, et si quelque chose devait ressortir d'une sphère ellipsoïdale comme la Terre, ça se ferait par le point le plus éloigné du centre, comme une bulle qui remonte à la surface, *a priori* le pôle arctique si on considère que c'est un « haut » valable, mais je me disais qu'avec la force centrifuge de la rotation, ce pourrait également être ici, sur la ligne de l'équateur.

— C'est surtout que le point le plus éloigné du centre n'est pas aux pôles, ils sont aplatis ! C'est justement sur l'équateur, corrigea Ronnie.

— Et la dorsale sous nos pieds est une porte de sortie des entrailles terrestres, rappela Niels en approuvant vivement.

— Oui, dit Zoé, la conjonction des deux paramètres semble trop précise pour être un hasard.

Ronnie frottait ses paumes l'une contre l'autre pour réfléchir, et Belle le regardait faire avec un agacement évident.

— Projection de Gaïa, énonça-t-il d'un air absorbé. Dans quel but ? Quel est le déclencheur ?

— Nous, proposa Zoé. La pollution qui ravage notre écosystème, l'épuisement des ressources naturelles, l'exploitation outrancière des sols... Nous ferions un excellent détonateur.

— Et le but serait de... quoi ? Nous avertir ? envisagea Hae-il.

Ethan, qui avait peu parlé jusqu'à présent, exposa un autre point de vue :

— Ou de venir nous taper sur les doigts. Est-ce qu'un écosystème peut provoquer une rébellion contre son espèce dominante ?

Ronnie souffla un long filet d'air. Un voile d'inquiétude s'installait sur son visage.

— Oui. C'est déjà arrivé, déclara-t-il. Le Dévonien, le Permien ou le Crétacé pour ne citer qu'eux. Des disparitions massives, jusqu'à quatre-vingt-quinze pour cent des espèces vivantes. Parfois ça a été beaucoup plus ciblé, comme l'Ordovicien qui a essentiellement frappé la vie dans les océans. La cause de ces événements n'est que supputations aujourd'hui encore, météorite dans un cas au moins, soudaine période glaciaire pour d'autres, éruptions massives avec réchauffement climatique fatal ailleurs...

— Mais rien n'empêche d'imaginer que la cause réelle soit une action... *voulue*, prononça Ethan. Que Gaïa, l'esprit de la Terre, en soit l'auteure. À chaque fois il y a eu régulation ?

— Impossible de savoir, avoua Ronnie, mais d'après ce que j'ai lu, certains scientifiques pensent que ça a été le cas pour le Dévonien, surpopulation des végétaux qui étouffaient la planète. Possible pour les autres.

— Le Déluge, c'était Dieu, pas la planète, lança Belle sans que personne réagisse.

Un silence s'installa. Puis Zoé, dont l'esprit tournait à plein régime, posa les coudes sur la table et formula à voix haute ce qu'ils pensaient tous :

— Sphère serait le point de départ d'une nouvelle extinction massive et intentionnelle ?

Ronnie acquiesça.

— Oui. La nôtre.

13.

Marick se massait les tempes.
Dans un des bureaux de l'espace Média, face à l'écran d'ordinateur qui venait de diffuser la dernière vidéo proposée par Romy, il paraissait plus que sceptique.

— C'est vraiment un débat nécessaire ? demanda-t-il, dépassé.

— Vous m'avez demandé de gérer la com qui intéresse les jeunes, alors oui, savoir s'il faut genrer Sphère est important pour nous. Les anglophones, qui pourraient utiliser un pronom neutre, préfèrent « elle ». Les Allemands aussi. Tout le monde quasiment en parle au féminin. Ça raconte quelque chose de notre perception de ce qu'elle est, de nos envies, espoirs, de notre intention aussi, et de nos réflexes culturels.

— Je ne crois pas que ce soit très pertinent pour le travail que nous effectu...

— Faites-moi confiance un peu. Vous proposez des axes de com très marketés, tout en contrôle, et ça pue. Voilà la vérité. Moi je vais justement là où vous n'êtes pas, et ça plaît, et pas uniquement aux jeunes, faut arrêter de nous mettre dans des boîtes avec des idées préconçues. Je passe mes soirées à lire les commentaires, je vois les réactions, et pardon de le dire mais elles sont beaucoup plus positives que celles autour de votre communication officielle !

Cela faisait une semaine à présent que Romy s'exerçait à faire son nouveau job. Réfléchir à un sujet, trouver l'angle, le filmer, le monter et le soumettre à autorisation de publication. Elle ponctuait cela de quelques dessins qu'elle osait mettre en pastilles, pour témoigner autrement de la vie à bord, et c'était la partie la plus personnelle, prendre assez confiance en son art pour oser l'afficher.

Après s'être fait censurer à plusieurs reprises, elle commençait à gagner en confiance. Elle ne voulait plus céder sans raison valable. Elle agrippait littéralement Marick de ses grands yeux verts, ne le lâchait pas.

— Bon. OK, capitula-t-il.

Romy serra le poing, victorieuse.

Elle s'était beaucoup investie dans son rôle, et elle ne dormait pas beaucoup, passant la plupart de ses nuits sur l'écran de son téléphone à lire tout ce qui se disait sur les vidéos qu'elle postait, notamment. Elle avait enfin accès au wifi, et avait dû signer un règlement très strict en échange. Interdiction absolue de poster sans autorisation, même des messages personnels. Interdiction également de raconter quoi que ce soit à qui que ce soit par e-mail, sur un forum ou ailleurs. Rien ne pouvait sortir de LUX sans être d'abord accepté par le comité. Digne d'une prison.

Mais pour le reste, la jeune femme se familiarisait de plus en plus avec son environnement. Séance de sport quotidienne, promenade dans les bureaux pour sonder l'atmosphère du jour, trouver un sujet, et ensuite l'après-midi pour la conception vidéo et enfin le montage. Parfois il lui fallait deux jours pour en terminer une, d'autres fois c'était beaucoup plus rapide.

— Ça fait douze jours que nous sommes là, dit Marick. Vous n'avez pas encore visité LUX 2 ?

— Non, je voulais déjà faire le tour de ce qu'on a ici, et puis… j'avoue ne pas savoir par quoi commencer, ça a l'air immense.

Marick lui fit signe de le suivre, ils traversèrent le couloir vers un bureau en face, un secrétariat où œuvraient un homme et une femme qui semblaient débordés.

— Donne-moi ton badge, commanda Marick à Romy avant de le tendre à l'employée. Vous pourriez me le passer en accréditation bleue ? Temporaire.

La femme acquiesça et mit le badge sur une plaque magnétique avant de regarder l'écran d'ordinateur sur lequel s'affichèrent toutes les données contenues dans la petite carte de plastique. Romy reconnut sa photo d'identité.

— C'est quoi « accréditation bleue » ? demanda-t-elle.

— À la base, tout le monde est au niveau blanc. C'est ce qui permet d'aller dans les installations de vie essentiellement, et les bureaux ou salles de travail. Bleu, c'est ton sésame pour accéder aux laboratoires plus sensibles.

— Trop cool. Je peux aller partout ?

— T'emballe pas, c'est provisoire, juste pour aujourd'hui.

— Pourquoi vous verrouillez comme ça ? Genre, il y a des secrets à cacher ?

— Non. C'est par sécurité. Tout le monde n'a pas besoin d'avoir accès aux citernes de gaz par exemple, ou aux réserves de produits chimiques dangereux mais nécessaires à certains labos.

— OK. J'aime pas l'idée, mais je comprends. Donc on est divisés en deux groupes. Les lambda et les boss.

— C'est pas une question de hiérarchie. Il y a des responsables qui restent blancs tandis que certains techniciens peuvent aller partout, juste parce que c'est leur job. Toi, c'est pas le tien.

La femme tendit le badge de Romy, que Marick récupéra.

— Et vous ? fit la jeune femme. Vous êtes bleu ?

— Mieux que ça. Je suis noir. Accès total et permanent, répliqua-t-il en lui rendant son badge.

Romy était à la fois fascinée et en colère.

Son niveau de sécurité bleu la rendait fière, non sans une once de puérilité dont elle était totalement consciente. Mais le principe d'une ségrégation par compétences la dérangeait. Elle avait fantasmé un monde de liberté et de cohésion entre peuples sur LUX, et réalisait un peu plus chaque jour que ce n'était pas du tout le cas.

Cependant ses émotions négatives s'envolèrent dès qu'ils s'engagèrent sur une des deux passerelles qui reliaient LUX 1 à LUX 2. Face à eux se dressait un monstre de tôle, de verre et de coursives semi-ouvertes. Deux énormes bâtiments plus imposants encore que celui de Rosalind-Franklin sur LUX 1, une tour qui s'élançait vers Sphère – coiffée d'une coupole entrouverte sur ce que Romy devina être des télescopes –, une piste d'hélicoptère et même une longue serre dressée sur la longueur d'un toit. LUX 2 ressemblait à un vaisseau spatial.

— Trois cent cinquante chercheurs s'escriment ici quotidiennement, en alternance, puisqu'il y a des groupes qui prennent le relais la nuit, expliqua Marick d'une voix forte pour porter à travers le vent qui soufflait aujourd'hui. LUX 1 sert à vivre, LUX 2 à bosser.

— Sympa pour ma mère et les gens d'Icon.

— Bien sûr, il y a des exceptions.

Ils pénétrèrent dans la plate-forme de recherche par le premier sous-sol. Marick l'entraîna dans un dédale de couloirs blancs, dont certains s'ouvraient par moments sur des salles de recherche isolées par des baies vitrées, et pendant trois heures ils visitèrent les différents étages et départements : géologie, climatologie, biologie, linguistique, mécanique, mathématiques, pilotage des drones ; il y en avait tant que Romy n'en retint pas la moitié.

— Je vais avoir besoin de revenir régulièrement, dit-elle. Pour parler de tout ça, il faut le montrer, l'expliquer...

— Ton badge habituel te donne l'accès ici, tu ne pourras pas entrer dans certains labos, mais lorsque tu en auras besoin, on te refera passer au niveau bleu, il suffira de me demander.

— Comme un gentil chien-chien discipliné ?

— Pardon ?

— Nan, rien...

Ce qui frappa Romy fut le sérieux qui régnait dans les lieux. Chacun à sa place, concentré, penché sur des paillasses, des écrans d'ordinateurs, des impressions de diagrammes... Romy s'immobilisait régulièrement devant une vitre et contemplait ce qui se tramait de l'autre côté. On travaillait sur les couleurs, sur des graphiques représentant des ondes, et si elle n'avait aucune idée de ce à quoi ça pouvait servir, elle trouvait ce ballet hypnotisant. Le royaume de l'immaculé. Tout y était blanc. Du sol au plafond en passant par la plupart des tenues des gens qu'elle croisait. *Comme l'antichambre froide d'un paradis espéré*, se dit-elle. Est-ce que c'était ça, Sphère ? La porte vers la pureté ?

Ils montèrent même au sommet de la tour, dans l'observatoire, où tout le monde arborait des lunettes de protection pour étudier Sphère.

Romy devait afficher un air inquiet car une des femmes en blouse blanche s'affairant derrière une console lui déclara :

— Tu ne crains rien. Les lunettes, c'est pour l'intensité lumineuse, à force elle fatigue. On a mesuré les UV, elle n'en émet pas. Ni UVA, ni UVB ou UVC.

— C'est quoi la source de son rayonnement, alors ? Elle... brûle ?

La femme secoua la tête, jeta un coup d'œil à Marick et hésita.

— Non, dit-elle enfin. Nous sommes en train de préparer notre premier rapport mais... Disons que c'est un début de réponse.

— Et donc ? s'impatienta Romy qui trépignait à l'idée d'enfin apprendre du concret sur Sphère.

— Je ne peux encore rien te dire.

— Quoi ? Mais c'est injuste ! Je croyais qu'on partageait toutes les découvertes ?

Marick leva les mains pour la calmer :

— C'est le cas, mais chaque département doit d'abord valider ses avancées avant de publier à tous vents. Imagine qu'on aille trop vite, ou que, faute de contrôle, on émette des approximations lourdes de conséquences ? Le process est clair pour tous : étude, analyse, vérification et partage. Même moi, j'ignore ce qu'ils savent ici !

Romy maugréa pour la forme.

Lorsqu'ils regagnèrent LUX 1, la jeune femme avait la tête saturée. Elle avait vraiment l'impression d'avoir passé un moment à bord d'un vaisseau du futur. Elle devait digérer tout ça avant de savoir quoi en faire et comment le traiter pour ses vidéos. Marick lui rappela qu'ils étaient là pour un moment, qu'elle aurait le temps d'y aller progressivement, et il l'incita à ne pas se précipiter.

Elle marchait seule à travers le parc, croisant Yggdrasil le chêne, qu'elle caressa au passage, et se dirigeait vers Darwin dans l'intention d'aller récupérer René pour le promener, lorsqu'elle vit le badge qui pendait à son cou.

Marick avait dit qu'elle était accréditée bleu pour la journée. *Et la journée se termine quand techniquement ?*

Elle pivota en direction de la rampe qui s'enfonçait dans le premier sous-sol. Un voyant rouge s'alluma dans son esprit. *Mauvaise idée.*

Pourtant, c'était l'occasion ou jamais.

14.

Son cœur battait fort sous son sein.
Romy retira son badge du lecteur de la porte, et la diode s'alluma.
Vert.
Déclic magnétique et le battant s'entrouvrit. *Yes !*
Ce même accès qui lui avait été refusé la dernière fois.
Elle se trouvait dans le sous-sol de LUX 1 et mourait de curiosité d'aller découvrir ce qui se tramait dans la zone restreinte. Cette fois, elle avait préféré ne pas entraîner René avec elle dans ses conneries. Le chien n'avait rien demandé et elle préférait rester le plus discrète possible.
Après s'être assurée qu'il n'y avait personne alentour, elle ouvrit la porte et se glissa dans une vaste pièce technique. Des conduites de toutes tailles la traversaient, certaines plus larges que Romy elle-même, d'autres très fines. Manivelles, cadrans chiffrés, molettes de régulation, tout un bazar dont l'utilité échappait à Romy s'étirait dans la moiteur ambiante. Une vapeur de condensation s'évadait de certaines conduites. *Glauque.*

Le décor ressemblait à celui d'un de ces vieux films dont sa mère raffolait et qu'elle lui avait imposé... *Alien !*

Elle l'avait voulu, ce n'était pas pour faire demi-tour maintenant. Et puis, Romy était accoutumée à ce genre d'atmosphère avec l'urbex. Elle n'y était pas à l'aise, mais lui trouvait justement une saveur bien particulière. Le picotement du malaise. Ce n'était pas tout à fait de la peur, juste un cran en dessous, assez pour se sentir vivre, non pour perdre ses moyens et sa détermination.

S'il y a des caméras, je fais comment ?

Elle décida de se la jouer « dans son élément ». Démarche normale, comme s'il était naturel qu'elle soit là, qu'elle y était légitime, et remonta l'allée centrale en direction des couloirs qui en partaient, tout au bout. Le danger, c'était de tomber sur un garde en patrouille. Il y en avait peu sur la station, on les reconnaissait à leur uniforme kaki, ils servaient juste à s'assurer que tout allait bien, mais leur froideur martiale faisait flipper Romy. Non, elle ne voulait surtout pas en croiser un ici.

Pour l'heure, ce n'était rien d'autre que ce qu'on lui avait dit, des locaux de distribution de gaz, d'eau et d'électricité, le cœur de fonctionnement de la station, et par conséquent il n'était pas illogique d'en réduire l'accès, au moins pour éviter les accidents. Romy était presque déçue.

Par prudence, elle préféra se dénouer les cheveux – qu'elle portait en queue-de-cheval –, afin qu'ils dissimulent mieux son visage. Elle se méfiait toujours d'éventuelles caméras.

Le bruit de ses semelles sur les plaques grillagées du sol était absorbé par celui des pompes qui faisaient circuler divers liquides, c'était parfait ainsi.

Elle gagna le fond de la pièce et hésita sur le couloir à emprunter. Si son sens de l'orientation ne la trahissait pas, et il était naturellement bon, l'un allait au cœur de la plate-forme, quelque part sous le parc, un autre filait tout droit et pouvait mener à la seconde passerelle qui rejoignait LUX 2, et le dernier faisait un coude plutôt dans la direction du balcon que Romy voyait depuis la fenêtre de sa chambre, à l'ouest. Ce fut celui qu'elle choisit.

Quelques mètres, un virage, puis encore une ligne droite et plusieurs marches qui descendaient d'un mètre vers des salles de contrôle remplies d'armoires techniques. Romy gardait le cap à l'ouest. Elle hésitait à une nouvelle bifurcation lorsqu'un son la fit se raidir. Le frottement du tissu au niveau des jambes de quelqu'un qui marchait vite. Qui filait droit sur elle.

Romy profita de la cavité la plus proche, où se dressait une canalisation, et se plaqua dedans dans l'espoir d'être partiellement masquée par la pénombre.

Le frottement s'arrêta. L'individu était au niveau du réduit que la jeune femme venait de dépasser. Avait-il un doute ? L'avait-il vue se cacher ? Cette fois le cœur de Romy battait vraiment vite. Tellement qu'il lui paraissait résonner dans tout le couloir. On allait l'entendre.

Un raclement synthétique attira son attention. La personne faisait quelque chose. *Si je veux en avoir le cœur net, c'est maintenant...* C'était possiblement une grosse erreur, mais Romy ne parvint pas à s'en empêcher, et elle inclina la tête pour regarder.

Une ombre, presque indiscernable dans le manque de lumière, était face au mur et trifouillait un boîtier au-dessus de ce qui ressemblait à un extincteur. Elle déroulait un fin morceau de papier entre ses doigts. Romy n'aurait pu l'expliquer, mais tout dans l'attitude de la silhouette lui laissait à penser que cette personne était comme elle-même : pas supposée être ici. *Qu'est-ce que tu fabriques, toi ?* Elle voulut se pencher encore un peu et manqua basculer en avant, se rattrapa *in extremis* à une grille, ce qui fit tinter un de ses bracelets contre le métal. D'un coup de hanche, Romy se renfonça dans sa cavité. *Merde, merde, merde !* L'autre l'avait-il entendue ?

Romy ne savait quoi faire. Partir en courant et espérer le semer dans le dédale ? Sauf qu'elle ne connaissait rien ici, c'était un coup à se retrouver dans un cul-de-sac et se piéger toute seule ! Mais attendre sagement, elle ne le sentait pas. L'attitude de cet inconnu était bizarre. *Je dois me tirer.*

Romy se risqua à jeter un nouveau coup d'œil. Personne. La silhouette n'était plus visible en tout cas. *OK, c'est maintenant !*

Le plus délicatement possible, elle parvint à s'extraire de sa cachette et s'éloigna à grandes enjambées, aussi silencieuses qu'elle le pouvait.

Elle ne le vit même pas approcher, pas plus qu'elle ne l'entendit.

Dans le coude suivant, elle percuta de plein fouet un homme et poussa un cri apeuré.

En face, le type parut aussi surpris qu'elle et se raccrocha au mur pour ne pas trébucher. Il reprit ses esprits et lui tendit la main :

— Ça va ? Vous ne vous êtes pas fait mal ? Je vous ai pas entendue venir, je suis désolé.

— Non, c'est moi... Je... J'étais pressée.

Romy se secoua pour se remettre. Elle se rendit compte qu'il était vraiment inquiet de lui avoir fait mal. Il l'examinait, gêné.

— Je vais bien, insista-t-elle.
— OK. J'étais dans mes pensées... c'est ma faute.
— Américain ?

L'homme approuva.

— Votre accent, dit Romy. Je suis...
— Française. Ça s'entend aussi.

Il lui sourit, un peu maladroitement, ce qui acheva de faire redescendre la pression de Romy. Il avait le teint hâlé. Peut-être des origines mexicaines, supposa-t-elle. Beau mec. Clairement. Environ dix ans de plus que Romy. Elle ne put s'empêcher de baisser le regard sur ses épaules solides, ses bras sculptés et ses pectoraux qui formaient une fine ligne sous son tee-shirt blanc. Ce n'était ni le lieu ni le moment, pourtant elle ne pouvait nier qu'elle lui trouvait un charme fou.

— Si vous êtes pressée, je veux pas vous mettre en retard..., dit-il.
— Press... ah, oui, enfin, non, pas tant que ça. J'avais la tête ailleurs surtout.

L'homme eut terriblement de mal à cacher qu'il scannait rapidement Romy, exactement comme elle venait de le faire, et il se passa la main dans les cheveux, un peu gauche. Il y eut un blanc assez long durant lequel aucun n'osa partir, ne sachant comment conclure cette confrontation.

— Je vais... par là, dit-il.
— Euh. Moi aussi.

Il hésitait à avancer, mais se lança comme elle n'en faisait rien. Ils marchèrent sur plusieurs mètres et ralentirent à la bifurcation suivante.

— Vous allez prendre l'air sur la terrasse ? demanda-t-il en montrant la direction vers laquelle il avançait.

— La terrasse ? Euh... Non. Je ne connais pas.

— Alors faudra que vous alliez voir un jour, c'est le meilleur endroit de toute la station.

— Ah. Je note.

Il était sur le point de partir, ne sachant pas comment lui dire au revoir, et finalement il osa :

— Je peux vous montrer si vous voulez ?

Il ne perdait pas de temps, celui-là. Romy se dit aussitôt que ça n'était pas une bonne idée. Sa bouche répondit toutefois :

— OK. Bonne idée.

Elle se trouvait inconsciente d'accepter alors même qu'elle venait de surprendre un autre individu en train de... *De quoi en fait ? Ça se trouve, je me fais un film et le type était juste en train de réparer...*

Le garçon l'invita à le suivre et se lança dans le couloir. Romy lui emboîta le pas. C'était plus fort qu'elle. Pour une fois qu'un type mignon lui proposait de bavarder... Depuis combien de temps ça ne lui était pas arrivé ? Combien de fois l'avait-elle rêvé ? *Te fais pas de films non plus...*

— Je vous ai jamais vue, dit l'homme. Vous bossez où ?

— Euh, moi ? Je suis au service com.

— Vous descendez souvent dans la zone technique pour faire de la com ?

— Non, je... là je cherche des sujets originaux.

Il acquiesça, étonné, avant de tourner et de parvenir au balcon que Romy pouvait voir de sa cabine. Était-ce lui la silhouette qui venait là de temps en temps le soir ?

La vue était sublime sur l'Atlantique, mer et ciel presque confondus sous un soleil de fin d'après-midi qui vibrait dans les mêmes tons que Sphère au-dessus.

— Au fait, je m'appelle Axel.

Pas très mexicain comme nom. Romy s'en voulut aussitôt de tomber dans le cliché racisé.

— Romy. Et toi, tu bosses où ?

— Moi je suis aux cuisines. Pardon pour... l'odeur, dit-il en tirant sur son tee-shirt.

— Les cuisines sont au sous-sol ?

— Oui, un peu plus loin, avec les réserves de nourriture.

Axel sortit de sa poche de jeans un paquet de cigarettes et en proposa une à Romy, qui refusa. Il s'en alluma une et la secoua devant eux :

— Tu dis rien, hein ? Je me ferais virer direct. C'est interdit à bord.

— Si la cuisine est bonne dans les prochains jours, tu as ma parole.

Axel pouffa. Même sa façon de rire était mignonne. *C'est pas le moment, bordel...*

— Tu viens souvent ici ?

— C'est le seul endroit où je peux... (Il désigna sa clope.) Et puis la vue...

— C'est beau, c'est vrai.

L'azur moutonnait avec la petite houle du jour. Les navires de guerre tournaient lentement tout autour, à un kilomètre pour les plus proches. Romy et Axel étaient en hauteur, et la passerelle qui les accueillait était suspendue au-dessus du vide, ajoutant une légère impression de vertige pour Romy. Mais était-ce bien ça qui lui tournait la tête ? Elle préféra ne pas insister sur la question et demanda :

— Comment on se retrouve à faire la cuisine sur LUX ?

Il haussa les épaules, pas sûr lui-même de la réponse.

— J'ai fait le cuisinier pendant quelques années dans la marine marchande avant d'intégrer une grosse boîte de préparation de repas, et quand j'ai su qu'ils recrutaient pour venir ici, j'ai postulé. Mon expérience en mer et dans une grande entreprise a joué en ma faveur, je suppose. Six entretiens pour avoir le job. Tu imagines ? Juste pour ça. Je préfère même pas savoir comment ils ont choisi les gens là-haut, comme toi.

— Oh… tu serais surpris. C'est amusant ça, la marine marchande. Tu étais jeune quand t'as commencé ?

— Dix-neuf.

— Waouh. Tu voulais voyager ?

— Dans la cuisine d'un cargo, tu fais pas trop le touriste, non ! rigola-t-il. Je voulais surtout me tirer loin de chez moi.

— Oh. Désolée.

— Pas de problème. C'est du passé. Mais c'était cool, je veux dire, la marine. J'ai quand même vu pas mal de choses, dans les ports en particulier. Des trucs de fou parfois. Ça m'a fait du bien. J'étais jamais sorti de ma banlieue avant ça. Le choc.

Il affichait une mine radieuse à l'évocation de ses souvenirs. Après une très courte introspection, il ajouta :

— Bon, pour se poser et avoir une relation stable, c'était mort, mais au moins j'ai appris qui j'étais, ce que je voulais et ce que je refusais.

— T'as toujours voulu être cuisinier ?

— Éplucher des légumes, retourner des steaks et réchauffer les bacs de sauce, tu veux dire ? Depuis ma naissance.

— OK, pardon. Je pensais que…

— T'inquiète. Non, j'aime bien les odeurs, manipuler les produits, mais ça n'a jamais été une passion. C'est juste un job alimentaire qui dure… si je peux dire. Faut bien bouffer, non ?

Il se moqua de sa propre ironie en gloussant.

— Je comprends. C'est quoi ton truc alors ?

— Dis donc, en vrai, t'es psy ou flic ?

— Curieuse en fait. Maladivement.

La réponse fit sourire Axel.

— Mon truc ? répéta-t-il, amusé. Je vois. Tu en as un, toi, de truc ?

— Le dessin.

— Pas mal. Tu me montres ?

— J'ai rien sur moi. C'est mieux, crois-moi, ça pique les yeux. Et toi alors ?

— Je te le dis si tu promets de me montrer un de tes dessins un jour.

— Deal. Alors ?

— Moi, c'est la musique.

— Tu en fais ?

Axel haussa les épaules et fixa l'horizon.

— Je chante.

— Génial. Vas-y !
— Quoi, ici ? Nan... ça pique les oreilles, dit-il en lui adressant un clin d'œil taquin.
— Allez !

Il tira une longue taffe sur sa cigarette et fit « non » de l'index.

— Si c'est ton truc, tu dois le faire ! insista Romy. Faut que je te supplie ?
— Tu vas te moquer.
— Tu me connais pas. Et puis quoi ? Au pire tu pourras cracher dans mon assiette si tu me vois au mess !

Axel rit à nouveau et soupira, vaincu. Peut-être un peu fier aussi. Il scruta sa cigarette avec une pointe de regret et la jeta dans le vide.

Il se racla la gorge, ferma les yeux et leva le menton.
« *It's a little bit funny... this feelin' inside...* »
Romy reconnut aussitôt. Elton John, *Your Song*.
« *I'm not one of those who can easily hide...* »
Sa voix avait ce qu'il fallait de grave pour ronronner agréablement dans l'air, et était juste assez rauque pour que ça lui donne une couleur originale. Romy avait envie de pouffer. Il y avait une once de folie dans cette situation. Un quart d'heure plus tôt elle était prise d'une frayeur idiote, à s'inventer des histoires ridicules, et à présent elle écoutait un inconnu plutôt très cool lui fredonner une chanson face à un paysage de rêve. Romy était loin de sa chambre du Vésinet à présent. Très loin. Et pas seulement physiquement. Elle ne se demandait plus ce qu'elle fichait là et décida de vivre le moment pleinement, sans plus se poser de questions, sans jugement, juste du plaisir. Elle buvait la sincérité

de l'homme, son émotion à chanter dans le vent, face à l'océan, sous une lumière pure dont ils ne savaient encore rien, et qui pouvait être tout.

Il est beau ce con, dans le jour baissant.

C'était comme s'il avait oublié sa présence, il était dans sa chanson. *A capella.*

Romy s'accrocha à la rambarde.

Merde. Je vais tomber amoureuse.

C'était excessif, très exagéré.

Mais peut-être pas totalement faux.

15.

Huit jours que la cellule 3 d'Icon débattait de l'hypothèse que Sphère puisse être l'outil naturel de la Terre pour enclencher ce qui serait la sixième extinction. Ils avaient approfondi le sujet, s'étaient documentés pendant des heures sur tout ce qui touchait de près ou de loin à Gaïa, à la destruction massive d'espèces, et ils étaient sur le point de passer à la synthèse pour rédiger ce qui serait leur première proposition.

— On appelle notre document « La Sixième Extinction » ? proposa Ethan Gabriel ce matin-là.

— À vrai dire, ce serait la septième, corrigea Ronnie.

— Je croyais qu'on en avait retenu cinq, le « Big Five » des destructions quasi totales de la vie terrestre.

— C'est vrai, approuva Ronnie, mais nous sommes en plein dans l'extinction de l'Holocène, il faut en tenir compte.

— Et c'est maintenant que tu nous la sors, celle-là ? s'agaça Zoé.

— C'est quoi l'Holocène ? demanda Belle, qui contre toute attente, à défaut d'être particulièrement participative, n'était plus dans l'opposition constante de tout rapporter à son obsession religieuse.

Zoé se méfiait d'elle, elle était passée trop vite du fanatisme aveugle à la concession passive pour que ce soit sincère.

— L'Holocène est la période géologique dans laquelle nous sommes depuis douze mille ans, expliqua Hae-il qui semblait être un puits de connaissances. C'est notre ère, si vous préférez.

Ronnie reprit la main :

— De plus en plus de scientifiques affirment qu'une nouvelle extinction massive a été amorcée par la main de l'homme. Déforestation, morcellement et destruction des territoires, chasse et braconnage, pollution, bouleversements climatiques, mutation des écosystèmes par introduction, volontaire ou non, d'espèces invasives qui ravagent tout, et ainsi de suite, la liste est inépuisable. En gros, depuis que nous sommes là, et en particulier que nous dominons la chaîne alimentaire, nous foutons le bordel. La conséquence, c'est qu'à ce rythme, qui ne cesse d'être exponentiel depuis l'industrialisation, nous aurons bientôt fait disparaître plus de soixante-quinze pour cent des animaux et plantes qui existaient lorsque nous sommes apparus. Et le chiffre sera largement dépassé à terme si rien n'est fait pour y remédier, bien entendu.

— C'est joyeux, gémit Zoé.

Même si Ronnie avait le don de lui plomber le moral, la romancière prenait plaisir à ces journées d'échanges. La stimulation intellectuelle qui en découlait lui faisait du bien. Le rythme également : se retrouver ici chaque jour, les repas avec sa fille, le soir – elle était incapable de sortir ensuite, elle piquait du nez après avoir lu quelques pages d'un roman. Elle ignorait si son avis était toujours pertinent, mais osait le donner, rebondir sur les idées des autres, apporter sa sensibilité. Ce n'était pas du tout son sujet, elle était même loin de son domaine de compétence, et pourtant elle ne se sentait pas larguée. Cela lui faisait du bien. À son ego, à sa personne. À sa créativité même. Elle n'était pas capable d'écrire à côté, pas le temps ni l'énergie, mais percevait le frisson de l'envie qui lui titillait les tripes, et plus probablement le fond de la pensée. Les différences la nourrissaient.

Simon avait eu raison en fin de compte. Cela l'énervait de devoir l'admettre. Une phrase qu'il avait dite, le jour de leur rencontre, résonnait encore en elle. « Pour écrire du neuf, il faut vivre du neuf, non ? »

Ronnie, imperturbable, poursuivait son exposé :

— Elle n'est pas encore effective, mais l'extinction de masse de l'Holocène, extinction dont l'homme est à l'origine, est très largement entamée et sera bientôt concrète. Ce sera la sixième. Donc, *a priori*, si Sphère est un moyen de défense de la planète pour autoréguler son biotope lorsqu'il dérape et met en danger l'intégrité de tout l'ensemble, elle provoquera la septième extinction, la nôtre.

— Sphère est là, maintenant, au-dessus de nos têtes, rappela le philosophe coréen. Si c'est une menace imminente, elle aura agi avant que nous terminions notre sale boulot. Donc, restons sur « Sixième Extinction ».

Zoé approuva. C'était le genre de débat qui les animait et elle trouvait ça galvanisant, même si, en définitive, c'était peut-être complètement vain.

Ronnie, qui avait largement pris les rênes de cette hypothèse depuis le début, entérina le choix sans grande conviction. Lui aussi avait appris rapidement à modérer ses élans parfois brutaux de certitudes. En constatant que tout le monde l'écoutait et ne cherchait pas nécessairement le conflit, ni à lui démontrer qu'il avait tort, il avait été apaisé.

Jusqu'à présent, tout se passait bien dans le groupe, et Zoé en était la première surprise après les présentations un peu houleuses. Elle avisa la chaise de Niels Holbeck, vide.

— Il ne revient pas ? demanda-t-elle.

— Il devait voir quelqu'un, répondit Ethan.

Le compositeur, c'était son allié, estimait Zoé. Parce qu'ils étaient français tous deux ? L'argument, trop chauvin, ne suffisait pas. Plutôt parce qu'il était sensible, attentif. Ethan écoutait énormément. Il intervenait peu, mais toujours à propos. Zoé l'aimait beaucoup, même s'ils semblaient très éloignés dans leurs goûts musicaux. Elle déjeunait souvent avec lui, et il tentait de l'initier à ses vieux groupes de rock et punk, beaucoup trop violents pour elle.

— On ouvre notre exposé sur : Sphère est possiblement un avertissement, résuma Hae-il. Cela suppose un comportement réflexif, donc une intentionnalité. Volet 1, Gaïa entité. Bla-bla-bla, tout ce qu'on s'est déjà raconté.

— Ensuite, hypothèse 2, poursuivit Ronnie, aucun système conscient, Sphère est juste une réaction. Elle s'est déclenchée en réponse au comportement humain…

— Elle pourrait être la réponse de la Terre à l'extinction de l'Holocène, compléta Hae-il.

Ronnie, qui manifestement tenait à inclure cette nouvelle notion, approuva vivement la proposition et se chargea de la suite :

— Volet 2 : Sphère est une protection du biotope global, elle répond à une agression par un rééquilibrage. En d'autres termes : elle va nous foutre sur la gueule pour calmer nos ardeurs et nous remettre à notre place.

— La question finale, enchaîna Zoé qui s'impliquait, est de savoir si nous pouvons l'en empêcher, s'il y a une réponse attendue de notre part, ou s'il faut dépasser *Alma mater*.

— Et nous prendre pour Dieu, lâcha Belle en crachant un nuage de fumée prélevé sur la vaporette qu'elle ne lâchait jamais.

Tous les regards pivotèrent vers elle, et Belle détailla sa pensée :

— Oui, à partir du moment où nous affirmons que notre propre planète se manifeste pour nous détruire parce que nous l'agressons, et que nous envisageons de l'attaquer en retour pour l'en empêcher, alors nous avons dépassé notre condition. La transgression ultime. L'enfant qui retient la main de sa mère pour lui-même frapper cette dernière.

— En agissant ainsi, l'homme aura effectivement dépassé sa condition animale, déclara Hae-il. Enfant de la Terre, il cesse de lui obéir et se rebelle. Il est devenu adulte.

— C'est une formulation plus conciliante envers notre attitude réelle, contra Belle, mais oui, vous pouvez le dire ainsi aussi.

— Nous n'avons pas encore planché sur le moment où ça va démarrer, rappela Zoé. Sphère est là depuis deux mois et s'il n'y a eu aucun changement, c'est qu'il faut des conditions précises ou un moment particulier qui n'est pas encore venu pour initier son action. J'aimais bien votre piste, Hae-il.

— Un déclenchement lié à un phénomène naturel ? Oui, ça paraîtrait cohérent, approuva le Coréen. Équinoxe ou solstice par exemple.

— Nous sommes sur l'équateur, rappela Ethan, ça veut dire que ça serait sans effet pour nous.

— Pour nous, mais ça ne change rien pour la planète, par exemple solstice d'hiver sur un hémisphère, d'été sur l'autre. Position du Soleil à son apogée méridional ou septentrional de toute l'année. C'est un événement annuel important, et dans beaucoup de mythologies, rituels ou traditions, les solstices, voire les équinoxes, sont primordiaux.

— J'espère que ce sera pas le cas pour Sphère ! fit Ronnie, le nez sur sa tablette. Vous avez vu quand tombe le solstice cette année ? Demain !

Un silence s'abattit sur la salle. Tous réalisaient ce que ça impliquait. Ils savaient que leur travail relevait de l'élucubration, qu'il était tiré par les cheveux, la probabilité pour qu'une partie soit pertinente était infime, mais c'était précisément ce qui était attendu d'eux : creuser des sillons improbables pour les autres. Pourtant, ils baignaient dedans depuis huit jours, et une partie du job consistait à se laisser gagner par la théorie, à tout faire pour y croire, pour pouvoir la fouiller de fond en comble, en tirer tout ce qu'il était possible et voir, au final, si ça pouvait être soumis à d'autres qu'eux, y compris les scientifiques sur LUX 2. Et Zoé commençait à réellement y croire, à cette histoire de Gaïa. Au moins à l'envisager.

Le timing tombait mal. *Ou plutôt il tombe très bien. Sphère est apparue il y a deux mois, elle s'est mise en place, se prépare ou rassemble ses forces, et lorsque la nuit est la plus longue sur un hémisphère et la plus courte sur l'autre, elle s'active.*

Elle en eut des frissons : ils étaient juste en dessous.

— J'espère qu'on s'est emballés, dit-elle tout haut.

Niels entra dans la pièce à ce moment. Il avait l'air dépité.

— Sphère n'est ni organique ni géologique, annonça-t-il.

— Quoi ? fit Ronnie. D'où tu sors ça ?

— C'est pas encore publié, mais ils ont découvert que c'est un objet construit.

Zoé et Ethan échangèrent un regard stupéfait.

— Tu veux dire que…, commença Ronnie. Alors c'est officiel ? C'est un ovni ?

16.

Niels s'approcha du groupe en hochant la tête.

— Ils ont détecté une couche extérieure, la matière est un alliage, je crois, c'est à approfondir, mais dessus est posée la source de la lumière. Pour l'heure, ils parlent de panneaux lumineux.

— Comme des écrans de leds ? s'étonna Ronnie. De cette taille-là ?

— J'imagine, je n'ai pas eu le détail.

— Comment vous savez ça ? demanda Hae-il. Nous n'avons reçu aucun communiqué.

— J'ai mes sources, croyez-moi, c'est fiable. L'annonce ne va pas tarder, ils la rédigent.

Ronnie s'affala sur la table, la tête entre les bras :

— Huit jours de boulot pour rien.

— Franchement, vu notre dernière supposition, je suis plutôt rassurée qu'on ait tort, lança Zoé.

— Un putain d'ovni…, répéta Ronnie, sous le choc. Tout ça pour ça.

— Ce n'est pas parce que c'est technologique que c'est forcément extraterrestre, fit remarquer Hae-il.

— Je vois mal les Chinetoques fabriquer ce truc dans leur coin pour nous laisser ensuite jouer aux devinettes pendant des mois. Quel intérêt ?

— Faites attention aux mots que vous employez, Ronnie, s'énerva Zoé.

Ce n'était pas la première fois qu'il avait ce comportement et elle commençait à le trouver un peu trop à son aise dans la provocation et l'insulte gratuites.

Il leva la main pour signifier que ça n'avait pas d'importance, ce qui agaça encore plus la romancière.

— Hae-il a raison, intervint Belle. Même derrière la science peut se cacher une main plus grande encore que celle qu'on croit observer.

— OK, on a pigé, fit Ronnie, vous n'êtes pas subtile, miss Simmons.

— Vous pensez à quoi ? demanda Ethan en se tournant vers le philosophe.

— Je l'ignore encore. Mais, à ma manière, je me range à l'avis de Ronnie. Aucun pays n'a la technologie et l'argent pour faire ça.

— Une entreprise, proposa Ethan. Les empires type Google, Amazon et consorts. Eux, ils pourraient.

Hae-il dodelina de la tête, sceptique :

— Ils ont, par définition, une logique économique. Il faudrait qu'ils dépensent l'intégralité de leur fortune et même plus encore pour parvenir à fabriquer un objet céleste de presque un kilomètre de diamètre capable de se maintenir en l'air, sans qu'on sache par quel moyen d'ailleurs. Tout ça dans quel but ? Il n'y a commercialement parlant aucune évidence. Et même si certaines de ces entreprises sont dirigées par des mégalos bien allumés, j'ai peine à concevoir une vision idéologique.

Il n'y a rien qui aille en ce sens. Non, je ne sais pas, mais nous sommes là pour trouver, n'est-ce pas ?

Hae-il avait raison, considéra Zoé. Ils étaient là pour ça. Formuler de nouvelles hypothèses. Mais ils allaient avoir besoin de davantage d'informations s'ils ne voulaient pas partir dans une nouvelle direction fantasque.

Elle examina les visages pensifs autour d'elle. Ronnie, le génie cultivé dont le cerveau tournait à deux cents à l'heure, mais avec zéro empathie derrière. Un cliché, d'une certaine manière. Il était tellement peu tourné vers les autres qu'elle le soupçonnait d'avoir une petite couleur autistique qui expliquerait qu'il soit à ce point capable de tout retenir en restant centré sur lui-même. Belle était là pour la spiritualité, supposa Zoé. Mais pour l'heure cette dernière ne voyait en elle que la fanatique aveugle, rien de la plasticienne, de son rapport à la matière, à la forme, l'œuvre ou l'art ; tout ça paraissait bien loin. Hae-il était le pondéré sceptique, acceptant tout le monde avec ses différences. Il aimait créer des ponts entre les berges parfois les plus éloignées. Un agrégateur. Très utile. Ethan, c'était l'observateur, le contradicteur placide, testant les hypothèses de chacun. Parce qu'il n'en avait pas lui-même ?

Restaient Niels et elle-même. Les deux qui se demandaient quelle était leur valeur ajoutée. *La normalité. La sensibilité.*

En définitive, ils formaient un groupe hétéroclite, monté pour s'affronter, et au bout du compte dégager des consensus éprouvés, solides. Ils n'avaient pas été réunis par hasard.

L'enceinte dans le plafond grésilla et la voix d'Itishree Kapoor leur annonça qu'une réunion de l'ensemble d'Icon était programmée pour l'après-midi.

— On va être fixés, déclara Ronnie. Cent dollars que c'est un ovni. Qui prend le pari ?

La salle circulaire accueillait les quatre cellules d'Icon. Emmett Lloyd et Itishree Kapoor se tenaient debout, au centre. Lui arborait toujours ses grosses lunettes carrées et elle sa blouse sur un sari d'une couleur différente chaque jour.

Dans l'assemblée, Zoé aperçut Matéo Villon, le conseiller de l'Élysée ; s'il était là, cela signifiait que ce qui allait être dit était important, il ne se déplaçait pas pour rien.

Un peu plus loin sur sa gauche, Zoé vit Simon. Ils se fixèrent un bref instant, et cette fois elle décida de le saluer d'un mouvement de tête auquel il répondit avec un sourire franc. Ce type était désarmant de simplicité. Elle l'avait snobé à outrance depuis leur arrivée mais il ne lui en tenait pas rigueur. Zoé ignorait si elle lui avait pardonné, si elle était passée à autre chose, mais elle avait eu envie de rondeur, d'arrêter les conflits stériles, et avait obéi à son instinct.

Lorsque le silence se fit, Emmett prit la parole en premier. La lumière diminua et un projecteur afficha une image de Sphère sur l'écran blanc qui venait de descendre sur un pan de mur.

— La frustration est grande pour tout le monde, mais voici enfin les premières constatations qui ont été effectuées sur notre « amie ».

Il avait marqué une très courte hésitation avant d'utiliser le nom, puis déroula la suite :

— Tous les détails sont dans le document que nous allons vous remettre, mais laissez-moi vous faire une brève synthèse. Pour commencer, Sphère tourne sur elle-même, parfaitement alignée sur son axe. Sa vitesse est d'une rotation par heure. Très exactement. Parfaitement synchronisée avec notre découpage du temps donc.

— Ça plaide pour une origine locale, chuchota Niels.

— Au contraire, c'est un signe d'adaptation, fit Ronnie, *ils* veulent nous montrer qu'*ils* savent comment nous fonctionnons.

— Qui ça, « ils » ? Tu veux dire tes extraterrestres ? se moqua Niels. Personne n'a pris ton pari, tu peux arrêter.

Belle Simmons soupira bruyamment.

Emmett Lloyd s'était interrompu pour guetter son auditoire, on pouvait deviner qu'il préparait l'effet d'annonce.

— Sphère a une surface artificielle, dit-il, déclenchant aussitôt une réaction bruyante du public. Sa densité nous permet d'affirmer, sans doute possible, qu'elle est dure, solide. Probablement un alliage, mais pour l'heure nous ne parvenons pas à définir lequel.

Il hésita à nouveau avant d'ajouter :

— Si tant est que nous le connaissions.

Un nouveau cliché apparut sur l'écran. Cette fois un dessin de Sphère, un second cercle beaucoup plus ténu tracé tout autour du premier, comme s'il s'agissait de sa propre atmosphère. Itishree enchaîna :

— Nous avons détecté deux couches de surface jusqu'à présent. Celle, plus dense, qui ressemble à l'enveloppe, que nous appelons l'écorce, et, posée dessus, une autre très fine, qui est celle qui émet la lumière que la sphère projette. Aucune jonction de ce que nous avons pensé être des panneaux n'a été détectée, ce qui laisserait supposer que la surface est une unique et gigantesque membrane lumineuse.

— Sur une sphère de huit cents mètres de diamètre ? fit quelqu'un, incrédule.

— Nous allons procéder à des analyses plus détaillées pour vérifier s'il n'y a pas des jointures nanoscopiques. Tout est possible.

Un murmure s'éleva alors dans la salle, chacun y allant de son commentaire surpris. Sphère était le fruit d'une technologie. Ce que ça signifiait était énorme. Emmett Lloyd appela au silence en levant les bras.

— S'il vous plaît. Merci. S'il y a bien une enveloppe, double, nous avons également détecté un noyau. Nous ne parvenons pas à voir à l'intérieur, aucun appareil jusqu'à présent n'a pu sonder au-delà de l'écorce. Toutefois, nous avons pu *entendre* quelque chose.

Nouveau murmure général.

— S'il vous plaît, s'il vous plaît ! répéta Emmett afin de poursuivre. Quand je dis « entendre », c'est que nous avons détecté une vibration interne. Un son à l'intensité très faible, indétectable par l'oreille humaine depuis la plate-forme, mais un son particulier.

Emmett et Itishree échangèrent un air complice et pour autant dépassé.

— Sphère émet une oscillation, expliqua la scientifique. Pas n'importe laquelle. Nous captons une onde continue et stable. Elle vibre sur la même fréquence et n'en sort jamais : 432 hertz très exactement.

Ethan Gabriel, qui était assis à côté de Zoé, en fit tomber son stylo. Elle le ramassa pour le lui rendre et vit que le compositeur était abasourdi par la nouvelle.

— C'est un problème ? demanda-t-elle.

— C'est la fréquence de l'harmonie absolue, dit-il, bouche bée.

17.

Ethan Gabriel avait digéré sa stupeur.

Il était installé à une table du mess de Darwin, sous la baie vitrée qui donnait du côté de l'océan, avec Romy en face de lui. Zoé l'avait invité à partager le dîner avec elles.

— Je pige que dalle à cette histoire de fréquence, avoua Romy devant sa salade de quinoa à peine entamée.

Ethan posa ses couverts pour réfléchir à la meilleure approche pédagogique.

— Tout ou presque dans le monde est une question d'ondes, dit-il. Le son que tu entends, ce sont des ondes acoustiques qui se propagent. Prenons ma voix, elle pousse de l'air selon les vibrations précises que mes cordes vocales provoquent, avec la puissance de mes poumons. En gros, ce sont des particules – tu vois les atomes ? – qui se mettent à vibrer d'une manière bien particulière et cette onde se propage entre moi et toi, jusqu'à tes oreilles. Là tes tympans reçoivent l'onde des vibrations et ils traduisent ça, grâce à ton cerveau, en sons que nous avons appris à rendre intelligibles selon nos codes communs : notre langage par exemple. Mais tout part de vibrations. Les hertz, c'est le nombre de vibrations par seconde pour chaque son.

— Donc ce que j'entends, ce sont des ondes, comprit Romy.

— Oui, des ondes sonores, donc mécaniques. L'univers entier est constitué d'ondes en réalité, de différents types, mais ça n'est pas le sujet.

Zoé écoutait en regardant par la baie vitrée. Le jour déclinait très rapidement sur l'équateur, le crépuscule était bref, presque aussi instantané que s'il était relié à un interrupteur. Mais Sphère veillait sur eux, au-dessus, avec son œil intense d'un blanc doré qui prenait la relève pour la nuit. Cette luminosité particulière était en train de se révéler à mesure que l'astre solaire s'enfonçait loin d'eux, hors du champ de vision de la baie.

— Donc, c'est quoi cette histoire de fréquence d'harmonie absolue ? insista Romy.

— J'y viens, dit Ethan. Maintenant que tu sais que tout est ondes ou presque, à commencer par les sons, as-tu déjà remarqué ce que les musiciens d'un groupe ou d'un orchestre font avant de jouer ?

— Ils s'accordent.

— Oui, mais pour s'accorder ensemble il faut avoir une note de référence. Prenons une guitare : je peux avoir chaque note plus ou moins grave ; si je tends ma corde plus ou moins, ça ne va pas être le même son, pourtant je peux m'arrêter sur un *do*, accorder mes cordes entre elles, qu'elles sonnent juste, mais pas du tout comme celles de la guitare de mon voisin si son *do* de référence est quelques commas plus haut ou plus bas que moi. Comment je sais que mes cordes sont tendues exactement comme celles de l'autre guitare ? Il faut bien une référence commune, non ? C'est ici qu'intervient une norme qui est la même partout dans le monde, la note *la*, qui résonne à 440 hertz, soit 440 vibrations par seconde. Moins de vibrations et ce sera plus grave, inversement, je peux avoir un *la* à 466 hertz, et alors il sera un peu plus aigu, ce sera même un *la* dièse.

— Tous les instruments du monde sont réglés à 440 hertz ?

— De base, oui. C'est la norme ISO de référence qui sert partout pour s'assurer que les instruments peuvent jouer tous ensemble, partout dans le monde.

— Mais Sphère n'est pas à 440 hertz...

— J'y viens. Cette norme a été instituée en 1939, avant c'en était une autre. Autant te dire que 1939, ça a donné pas mal de théories plus ou moins fumeuses sur l'influence des nazis et leur volonté de contrôler les foules par la musique. Bien sûr, c'est bidon. Mais donc, en 1939, on décide de changer et de passer tous en *la* 440 hertz. Il a fallu quelques années pour entériner ça, je te passe les détails.

— Avant c'était à 432, c'est ça ?

— Exactement. La raison du changement est certainement une histoire politique, de lobbys d'intellos contre d'autres, et une volonté de changer pour changer, mais qui ne repose en réalité sur aucune donnée scientifique ou musicale réelle. Sauf que le 432 hertz est une espèce de vieux mythe. C'est Verdi qui l'avait imposé en son temps, bien sûr on ne parlait pas en hertz à l'époque, mais le diapason de référence était sur ce que nous appelons aujourd'hui du 432 hertz.

Depuis, tout un tas de penseurs farfelus, de mystiques, d'ésotéristes et de gens parfois très sérieux ont défendu l'idée que le 432 hertz est la fréquence de l'harmonie absolue. Ce serait celle où les deux hémisphères de notre cerveau peuvent être parfaitement synchronisés par le son, la fréquence du bourdonnement de la Terre, du cosmos... Pour des mathématiciens excentriques, ce serait un nombre parfait, qu'on retrouve au cœur de tout depuis Pythagore lui-même. Si on fait osciller de l'eau à 432 hertz, elle cristallise sous des formes géométriques magnifiques et parfaitement organisées, et j'avoue que c'est sublime, alors que la même expérience à 440 hertz donne des résultats anarchiques ; et sous prétexte que ça fonctionne avec l'eau, source de la vie, tous les adeptes de bizarreries s'y sont engouffrés. Il y a encore beaucoup d'exemples. Bref, si tu tapes « 432 hertz » et « fréquence » sur Internet, tu vas tomber sur toutes les propositions les plus fantasques pour expliquer que c'est la perfection harmonique.

— Et c'est pas vrai ?

— En tout cas, ce n'est absolument pas prouvé.

— Et le truc de l'eau qui cristallise en motifs, ça n'authentifie rien ?

— Si tu conduis mille expériences et qu'une donne un résultat, est-ce que c'est une preuve ou juste la probabilité de tomber sur quelque chose au hasard parmi mille ?

— Statistiquement c'est une coïncidence, mais ça n'interdit pas que ce soit vrai non plus.

Zoé, restée en retrait, avait déjà eu cette discussion plus tôt dans la journée. Elle intervint :

— Mais Sphère pulse à 432 hertz. Et ça, c'est une réalité.

Ethan acquiesça.

— En tout cas il y a quelque chose qui vibre à cette intensité. Et c'est constant.

— Pourquoi on l'entend pas alors ? s'enquit Romy.

— Parce qu'une fréquence a une intensité. Plus elle est faible, moins tu peux l'entendre, et plus elle est forte… L'intensité des 432 hertz de Sphère doit être faible. Inaudible d'ici.

— On en tire quoi comme conclusion ? voulut savoir la jeune femme.

Le musicien secoua la tête.

— Je l'ignore. Mais là où je te rejoins, Zoé, c'est que c'est trop symbolique pour être le fruit de la chance, je n'y crois pas une seconde.

Zoé eut soudain une idée :

— Ça pourrait être un canal sur lequel s'aligner pour entamer une discussion ? Comme dans ce vieux film, *Rencontres du troisième type,* où ils parlent avec des extraterrestres *via* de la musique.

— Attention, là tu entres dans un autre type d'ondes. Le son, c'est une pression mécanique, donc des ondes acoustiques, alors qu'émettre un signal radio passe par des ondes électromagnétiques.

— La différence ? demanda Zoé.

— Je ne suis pas expert du sujet, alors j'espère ne pas dire de conneries, mais les ondes électromagnétiques sont la propagation d'un champ électrique et d'un champ magnétique. On les calcule aussi en hertz, le nombre d'oscillations par seconde, et à maints égards c'est un phénomène très semblable au son, mais ça reste un autre type d'ondes. Je vous l'ai dit : tout ou presque dans l'univers est une question d'ondes, mais elles sont différentes. Cela dit, puisqu'on calcule aussi les ondes électromagnétiques en hertz, un signal à 432 hertz est possible. C'est de l'UBF – l'ultra basse fréquence en radiofréquences. J'avoue ne pas y connaître grand-chose, il faudrait en parler avec les bonnes personnes, mais c'est peut-être une piste pour instaurer un dialogue.

— Genre… on va lui parler ? fit Romy.

Ethan fit une grimace qui signifiait qu'il ne savait pas.

— Cela dit, je sais que des UBF ont parfois été détectées par des stations de surveillance avant de gros séismes ; si on revient à un rapport entre Sphère et la Terre, il pourrait y avoir un lien.

— Émises par qui ? s'étonna Zoé.

— Je ne sais pas. Un phénomène naturel probablement. Peut-être le son provoqué en interne par des chocs sismiques de très basses profondeurs, une sorte de grondement des entrailles…

— Et que Sphère émette le même son ne vous fait pas flipper ? remarqua Romy. Genre, elle prépare un truc ou cherche à nous prévenir ?

Mère et fille se regardèrent. Zoé prit la main de sa fille. Elle avait besoin de la toucher. Plus ils avançaient dans l'étude de Sphère, plus cela devenait nébuleux. Zoé fut alors traversée par un doute désagréable. Elle n'était plus sûre que les réponses qui seraient au bout puissent leur plaire.

18.

Le solstice arriva.
Le monde ne vacilla pas. Pas plus que Sphère. Ce soir-là, Zoé eut du mal à s'endormir. Elle avait même exigé un long câlin de sa fille, elle voulait la respirer, comme si au fond d'elle subsistait un infime soupçon que la fin puisse arriver dans les prochaines heures. Elle se réveilla soulagée et, sous sa douche, se trouva assez ridicule d'avoir pu finir par croire en leur théorie folle. Mais n'était-ce pas le but de la création ? Un processus nécessaire pour lui donner ce qu'il fallait de véracité afin qu'elle puisse exister dans les yeux d'autrui ? C'était ce que Zoé faisait lorsqu'elle écrivait, après tout. Elle croyait en ses personnages, une fois bien lancée dans l'écriture d'un roman, ils finissaient par devenir réels, à ses côtés. Des compagnons qu'elle était heureuse de retrouver le matin, des êtres avec leur personnalité, certains qu'elle se prenait à aimer sincèrement, d'autres à haïr, le tout dans un chaudron de fierté, ils restaient tous ses enfants. Et les quitter était une déchirure. Lorsque approchait la fin d'un livre, elle sentait qu'ils allaient bientôt se détacher

d'elle pour toujours, ils cesseraient de lui appartenir, elle n'aurait plus aucun pouvoir sur eux, aucune relation avec eux, ils seraient enfin autonomes, s'évanouiraient là au-dehors et vivraient leur existence loin du regard de Zoé, avec ses lectrices et lecteurs. Oui, il faut se convaincre que ce qu'on invente est vrai pour que cela puisse exister, sans coutures, sans artifices, et prenne un jour son envol vers les autres sans qu'on ait besoin d'être sans cesse derrière à agiter ses mécaniques dépendantes.

Est-ce qu'elle pensait véritablement que Sphère représentait un danger ? Si c'était le cas, alors que fichait-elle encore sur cette plate-forme avec sa fille ?

Romy, de son côté, passait son temps entre LUX 1 et LUX 2, à filmer, prendre des photos ou croquer des vues au gré de son inspiration. Elle avait vite compris ce que Marick et Matéo ne voulaient pas sur les réseaux, et perdait ainsi moins de temps en proposant du contenu qui n'était plus censuré. En évitant les sujets polémiques, les gros plans sur des équipements techniques jugés sensibles, les interviews où les gens sortaient trop du cadre, Romy pouvait à présent poster à peu près tout ce qu'elle montait. Elle n'avait pas l'impression de se compromettre parce qu'elle conservait sa liberté dans le choix de ses sujets, et qu'elle s'était approprié le format pour qu'il lui ressemble.

Elle diffusait de l'information sur les travaux en cours, rendait compte de l'organisation, faisait visiter les plates-formes, témoignait qu'on ne chômait pas, le tout ponctué de prises de vues de Sphère (qui étaient toujours identiques si elle ne prenait pas soin de changer de cadre, de montrer au premier plan les différentes installations), ça c'était la partie institutionnelle. Ensuite, il y avait son ton. Romy avait décidé de se mouiller. Elle mettait beaucoup de voix off car elle ne voulait pas se montrer, mais y allait de ses commentaires, ironiques, drôles ou pédagogiques. Elle ne cherchait pas à se faire passer pour une autre, elle était une fille de vingt ans au milieu de cet endroit hors normes et l'assumait, avec sa candeur, sa spontanéité et sa modernité. Elle postait alternativement en français et en anglais, se servant de ses dessins pour faire ses vignettes, et petit à petit les vidéos dépassèrent le cadre franco-français. À sa grande stupeur, et pour le plus grand bien de son orgueil fragile, venait même de se créer un hashtag qui circulait un peu partout sur elle : #RomyFromTheRig[1].

Mais ce qui lui trottait vraiment dans la tête depuis trois jours, c'était sa rencontre avec Axel. Le beau chanteur dans le vent. C'était pathétique de clichés mais elle ne parvenait pas à oublier ce moment hors du temps. Cette rencontre inattendue dans les couloirs sordides des sous-sols, cette voix... Romy ne l'avait pas revu depuis. Elle prenait tous ses repas au mess de Darwin, guettant derrière les présentoirs de nourriture une occasion de l'apercevoir, en vain. Il travaillait aux cuisines, deux niveaux en dessous, ici ce n'était que la distribution. Le badge de Romy était redevenu blanc et elle ne pouvait plus accéder au balcon qu'elle scrutait chaque soir, parfois jusque

---

1. Romy de la plate-forme.

tard dans la nuit, pour y discerner une présence, là encore sans succès.

Le souvenir des sous-sols la renvoyait aussi à cette silhouette qu'elle avait surprise dans le réduit. Oui, la logique voulait que ce soit un technicien qui venait réparer un circuit ou une vanne. Pourtant, son attitude affirmait le contraire, l'instinct de Romy le lui criait par tous les angles de sa mémoire. La forme était penchée sur l'objet de son attention, elle vérifiait à droite et à gauche que personne n'approchait, elle avait disparu brusquement lorsque Romy avait fait du bruit : le comportement de quelqu'un qui ne veut pas être vu là... Il ou elle cachait quelque chose. *OK, et donc je fais quoi ? Je ne vais pas débarquer dans le bureau de Marick pour lui annoncer que j'ai profité d'un badge provisoire pour me faufiler là où je n'ai pas le droit d'aller et que j'y ai vu une forme que j'ai trouvée chelou mais qui était sûrement un réparateur ou ce genre...*

Non, ce n'était pas une option. De toute façon, elle ne pouvait pas y retourner, donc ça réglait le problème. Elle devait passer à autre chose.

Sauf qu'elle n'y parvenait pas.

Entre ça et cette histoire de fréquence à la fois parfaite et en même temps inquiétante qui provenait de Sphère, Romy était loin d'être sereine.

— Dis donc, t'es dans la lune en ce moment.

Romy cilla. Sa mère avait raison.

— C'est rien.

— Une contrariété ?

— Non, non...

Elles marchaient dans ce que Romy surnommait le *blanc de noir* que projetait Sphère sur la plate-forme la nuit, cette luminosité si particulière tout en contrastes profonds. Les deux femmes avaient décidé de prendre l'air ensemble et de promener René, qui gambadait quelques mètres devant.

Zoé se posta devant sa fille.

— Alerte. Je connais ce « non-non », c'est celui du baratin.

Quelle plaie c'était d'avoir une mère qui vous connaissait si bien, ragea Romy, sachant qu'elle était à présent coincée. Elle devait lui donner un os à ronger si elle voulait avoir la paix.

— C'est ce qu'a raconté Ethan à propos de la fréquence de Sphère, c'est ça ? Cette histoire du même son entendu avant les tremblements de terre...

— Non, t'inquiète.

— Ça se passe mal au boulot ? voulut savoir Zoé.

— Non, au contraire, c'est top. Je pensais pas mais... c'est cool.

— Alors ? Quelqu'un t'emmerde, c'est ça ?

— Mum, arrête, non.

Un os à ronger ou ça va être comme ça jusqu'à la fin de la semaine.

— Okay... J'ai croisé un garçon, lâcha-t-elle.

À l'instant où les mots passèrent ses lèvres, elle se dit que ça n'était pas le bon os. Elle crut même voir les fameuses ondes dont avait parlé Ethan s'envoler depuis sa bouche vers sa mère, et pendant une fraction de seconde elle voulut les rattraper dans l'air.

L'impact fut immédiat sur le visage de Zoé. Illumination totale. Blanc de blanc.

— Un mec ? Mais super ! Raconte !

Et voilà... Elle s'était piégée toute seule. Elle n'avait plus le choix.

— Non mais c'est rien. Juste on s'est parlé, c'est tout. Et une seule fois en plus.

— Oh merde. Je le vois dans tes yeux. Tu le kiffes.

— Mum...

— Mais c'est formidable, puce, au contraire ! C'est qui ? Il est où ? Il fait quoi ? Il ressemble à quoi ? T'as une photo ?

— Je t'en supplie, pas d'interrogatoire.

— Dis-moi au moins comment tu l'as rencontré.

Romy avisa René qui profitait de sa sortie en reniflant les plantes à l'entrée du parc, lui au moins passait un bon moment. Elle n'avait plus le choix de toute façon.

— Par hasard, dans le coin. Il fumait une clope, on a discuté, et voilà.

— C'est un chercheur ?

— À sa manière. Si on considère que trifouiller dans les congélateurs, c'est de la recherche. Il est cuisinier.

— Ah, OK.

Romy connaissait sa mère par cœur et pouvait reconstituer l'exact cheminement de sa pensée en temps réel : de l'excitation réjouie pour sa fille aux plus grands espoirs, avant la déception – forcément, tomber sur un cuistot quand on est entourées de bac + 10, c'est pas de bol –, puis s'en vouloir instantanément de ce dénigrement social injuste, parce que après tout ce qui compte, c'est que sa fille se trouve un mec, et cuisinier c'est un super job bien concret, point final. Tellement prévisible.

— Non, je ne me suis pas dit que cuisinier est moins bien que chercheur, répondit Zoé, qui manifestement connaissait tout autant l'exact cheminement de la pensée de sa fille. Je trouve même que c'est un super job, si tu veux savoir.

Romy ne put s'empêcher de rire.

— On est deux bécasses, finit-elle par ricaner.

René venait de trouver une balle de tennis et s'amusait à la mordiller. Qu'est-ce qu'une balle de tennis faisait ici ? s'étonna Romy.

— Son nom ?

— Axel.

— Joli. Bon, et vous vous voyez souvent avec *Axel* ?

Elle avait surarticulé le prénom, pleine de sous-entendus graveleux.

— Non. Pas revu depuis.

— Quoi ? Mais non, c'est pas possible, enfin ! Fonce en cuisine maintenant ! À cette heure il n'y aura plus personne, et s'il est là, faites l'amour comme des bêtes sur ces grandes tables en inox qui doivent être très froides et inconfortables, mais on s'en fout, on veut que ça vive, que ça improvise et que ça pétille, nous les femmes !

Romy rit à nouveau.

— T'es pas nette, Mum. Et puis tu la ramènes mais bon... Grande gueule, va.

Romy avait fait mouche, elle vit sa mère se renfrogner brièvement avant de brusquement brandir un index entre elles, d'un air illuminé :

— J'ai de la lingerie à te prêter.

Cette fois Romy la poussa pour se libérer le passage. C'en était trop.

Cependant, une graine était plantée. Et une idée avait germé. Et ça n'avait absolument rien à voir avec de la lingerie.

Le lendemain, Romy profita de l'heure du déjeuner, que Marick prenait au mess de Rosalind, pour entrer dans le bureau d'en face, le secrétariat logistique. Du couple qui était tout le temps débordé, il n'y avait que l'homme aujourd'hui, et Romy supposa que c'était la pause déj' pour la femme.

— Oui, c'est pour quoi ? demanda le barbu coiffé d'une raie impeccable.

— Euh... Je dois faire un reportage dans les labos de LUX 2, du coup faudrait passer mon badge en niveau bleu pour la journée.

— C'est validé par un responsable ?

— Oui, bien sûr, mentit Romy avec un aplomb total.

— Si j'ai pas le responsable en face ou une note par mail, je ne peux pas faire l'*upgrade*.

— Ah, bon... Je vais lui demander alors.

Romy ressortit, agacée. Elle avait tenté le coup. Mais elle n'était pas du genre à en rester là. Non seulement pirater l'ordinateur de Marick n'était pas dans ses cordes, mais cela laisserait aussi une trace numérique de son forfait, elle ne pouvait prendre ce risque. Alors elle s'installa sur une chaise, à l'entrée des locaux Média, et laissa la porte entrouverte pour guetter ce qui se passait dans le couloir.

Un quart d'heure plus tard, l'homme sortit et s'éloigna d'un pas vif en direction des ascenseurs. *Il va manger à son tour.* Et Romy ne l'avait pas vu fermer la porte à clé. Ce n'était pas un accès à badger, il y avait une bonne vieille serrure classique et le type devait avoir la flemme de verrouiller à chaque fois. C'était sa chance. Mais elle devait faire vite. La femme ou Marick pouvaient remonter à tout instant.

Romy s'introduisit dans le secrétariat et passa de l'autre côté du comptoir d'accueil, devant l'ordinateur relié au lecteur de badge. Elle secoua la souris pour sortir l'écran de son mode veille.

Il lui demanda un mot de passe.

— Merde !

Ça, c'était la tuile. Elle n'y connaissait rien en informatique, en tout cas pas assez pour craquer un mot de passe. C'était plié. Tout ça pour rien.

Un post-it scotché sur le rebord du comptoir au-dessus de l'ordinateur attira son regard, il indiquait « SeC-77 #7 ».

— Ça peut pas être aussi simple…, murmura-t-elle.

Elle tapa ce qui était indiqué et l'ordinateur s'alluma entièrement. *Bonjour la sécurité, les gars.* Tant mieux pour elle.

Romy devait faire vite, si quelqu'un la surprenait là, elle risquait de se faire virer direct. Elle posa son badge sur le lecteur et cliqua sur l'icône qui ressemblait à un logiciel austère. Toutes ses données s'affichèrent devant elle. *Bam !*

Quelqu'un passa dans le couloir et Romy se raidit, prête à être démasquée. Les pas s'éloignèrent. Elle souffla.

Sur l'ordinateur, en gros en haut à droite, se trouvait l'intitulé « NIVEAU D'ACCRÉDITATION ». La case « BLANC » était cochée. Romy cliqua sur « NOIR » puis « PERMANENT » et c'était fait. D'une simplicité enfantine.

Elle valida, coupa l'écran et récupéra son badge.

Maintenant, elle pouvait retourner dans les sous-sols de la station.

Et ce n'était pas uniquement pour Axel.

Romy voulait aller au bout de son instinct, juste pour être sûre qu'elle se trompait.

19.

La Fosse était une copie de bar à l'américaine. Néons multicolores entre pubs vintage sur des lambris d'un bordeaux presque noir. Long bar festonné de ses hauts tabourets, le tout encadré de box aux banquettes de skaï.

Lorsque Zoé entra, Taylor Swift couvrait les voix de la grosse trentaine de personnes qui discutaient, une bière à la main.

C'était Romy qui l'avait poussée à descendre. Elle avait tellement insisté que Zoé avait cédé. Depuis presque trois semaines qu'elles étaient sur LUX, Zoé n'était jamais venue ici, assez peu inspirée par l'ambiance Yankees imbibés d'alcool.

— Mais non, Mum, tu vas voir, c'est pas du tout la population ! s'était moquée sa fille. En plus j'en remonte et il y a quasi toute la délégation française, en tout cas les sympas, et j'ai vu une partie de ta cellule, c'est l'occasion de partager un bon moment, allez ! Va bosser tes talents sociaux un peu ! Et tâche d'être cool, ça fait tellement longtemps que t'es pas sortie !

Que pouvait-elle répondre à ça ? Donner à sa fille l'exemple d'une mère recluse qui se satisfait d'une vie monacale avec ses livres et son vieux chien ? Zoé avait cédé, et Romy l'avait pratiquement forcée à mettre autre chose qu'un jeans et un chemisier austère. Elle avait même sorti la lingerie fine achetée avant de partir, mais là Zoé s'était rebellée, et puis quoi encore ? S'écrire « CÉLIB » au rouge à lèvres sur le front ?

Bien sûr, Romy n'était pas descendue avec elle, et Zoé déambulait toute seule sous les néons, à la recherche de visages connus.

Dans le fond, elle ne pouvait s'empêcher de repenser à ce que sa fille lui avait dit la veille. Romy avait raison, elle était une grande gueule. Avec ses allusions salaces, et à s'acheter de la dentelle sexy pour ne jamais rien en faire. Qu'est-ce que ça racontait d'elle ? Qu'elle s'ouvrait, doucement, mais éventuellement à ce que peut-être... *Trop d'adverbes !* Que de précautions pour protéger son petit cœur fragile... Sauf qu'il ne s'agissait pas de son cœur, là, mais de son cul. *Oui, bon, la vulgarité ne va pas aider. Quoique...*

Zoé circula parmi les petites grappes qui s'étaient formées, ceux qui buvaient en jouant aux fléchettes, ceux autour du billard, ceux dans les box... Aucune trace des Français ou de la cellule 3 d'Icon. Ils étaient déjà repartis ?

Soudain Zoé comprit le stratagème de Romy en voyant Simon, seul au bar avec sa bière, le nez dans un livre. *La peste. Elle se venge.*

Bien sûr, il dut sentir l'attention sur lui, et il releva le museau pour tomber sur elle.

— Salut, lut-elle sur ses lèvres à travers la musique.

Zoé lui adressa un signe amical. Elle n'avait plus le choix, ç'aurait été grossier de l'ignorer. Elle s'approcha.

— Bonsoir. Je ne voulais pas vous déranger..., dit-elle.
— Non, pas du tout. Euh... Vous voulez vous joindre à moi ?
Fichu pour fichu... Zoé tira le tabouret d'à côté pour le rapprocher. La musique était forte et elle n'avait pas envie de hurler pour se faire comprendre. Elle commanda une Corona, cela faisait une éternité qu'elle n'en avait plus bu.
— Lecteur ? dit-elle en désignant le livre devant Simon.
— Oh, oui. Trop même. Je ne fais que ça, lire.
Il exhiba *Le Comte de Monte-Cristo* de Dumas.
— Je relis mes classiques en ce moment, annonça-t-il.
— J'adore Dumas. Vous me le prêterez lorsque vous l'aurez terminé ?
— Qu'est-ce que vous me donnerez en échange ?
Zoé le fixa, l'œil brillant.
— Oh, non, pardon, s'empressa-t-il de bafouiller, je parlais de livres bien sûr. Je ne me serais pas permis !
Elle fit tinter sa bouteille contre la sienne, se gardant de le rassurer. Elle aimait l'idée de le voir ramer pour se rattraper. Il lui devait bien ça.
Diable, que le goût de la bière fraîche était bon.
— Je suis pardonné ? demanda-t-il après un moment.
Le ton était plus assuré. Il faisait allusion à leur rencontre, comment il avait embarqué Zoé là-dedans, aucun doute.
— Je ne suis plus en colère en tout cas.
— Je n'ai jamais voulu vous causer du tort. Et je reste convaincu que cette expérience vous sera profitable.

— Si on rentre vivants.

— Ne dites pas ça, nous sommes en sécurité ici.

Zoé désigna le plafond :

— Vous pouvez m'assurer que Sphère est absolument inoffensive ?

Il ouvrit la bouche pour répondre mais aucun mot ne sortit. Il se ravisa et acquiesça. Elle marquait un point.

— Nous l'espérons tous en tout cas. Comment se passent vos journées dans la cellule 3 ? Vous vous sentez enfin légitime ?

— Il m'a fallu prendre ma place, mais oui, je rebondis sur les propositions de chacun, j'apporte les miennes. Je crois que ma voix n'est pas inutile.

— Tant mieux. Et j'ai l'impression que c'est aussi le cas de Romy, je la vois régulièrement un peu partout et le succès de ses publications sur le Net est impressionnant, j'ai l'impression qu'elle a plus que trouvé ses marques.

— Oui, rien que pour ça... OK, vous rêvez de l'entendre alors écoutez bien car ça n'arrivera qu'une fois : merci.

Il leva la main pour l'arrêter.

— Zoé, je vous propose un marché : on oublie tout ça, et à partir de maintenant on est simplement deux Français qui adorent lire et qui se rencontrent dans ce bar pour la première fois. Deal ?

Il lui tendit la main. Elle le jaugea puis la serra.

— Zoé Margot, enchantée.

— J'adore vos romans. C'est un honneur de vous rencontrer.

— N'en faites pas trop quand même.

Il eut un de ses rictus que Zoé trouvait agréables, pleins de charme.

— Et vous ? La cellule 1, vous produisez quelque chose ?

Simon haussa les sourcils.

— Nous essayons. Je rédige des pages et des pages sur ce que pourrait être la réaction des gens en fonction des annonces que nous leur ferions.

— Si Sphère est un vaisseau alien ou si c'est l'œil de Dieu apparu sur Terre ?

— C'est ça. Je ne fais que des suppositions, me basant sur des théories existantes, sur des études ou des schémas de comportements de masse, bref, je brasse beaucoup de vent.

— Mais ça va intéresser l'Élysée pour adapter sa com.

— J'aime à croire que ce sera plus utile.

Il porta sa bière à ses lèvres et Zoé se surprit à le regarder boire. *C'est bon, j'ai le droit, je ne fais rien de mal.*

— Vous allez y rester ? demanda-t-elle. Je veux dire : au cabinet de la présidente. Quand nous rentrerons.

— Non.

La réponse avait fusé. Tranchante.

— Ils sont aussi coincés en vrai qu'ils en ont l'air, Matéo et Marick ?

Il ricana nerveusement.

— À un point que vous n'imaginez pas.

Zoé crut lire un bref instant un soupçon d'inquiétude sur ses traits mais elle n'osa pas insister. Ce n'était pas approprié. Elle recommanda deux autres bières. Parler leur donnait soif.

— Doucement, cow-girl, je suis un intello, je vous rappelle, pas du tout étanche à ces choses.

— Et moi, la dernière fois que j'ai bu, l'homme n'avait pas encore marché sur la Lune !

Ils trinquèrent et se mirent à se parler de leur vie. Zoé raconta, sans filtre, la mort de son mari alors qu'ils étaient sur le point de divorcer. Simon, comment la mère de son fils les avait abandonnés du jour au lendemain.

— Il fait quoi dans la vie, votre fils ?

Simon grimaça, puis s'enfila toute sa bière d'une traite.

— Question suivante !

Zoé réalisait peu à peu qu'elle passait un excellent moment. Dans un cadre différent, dans une ambiance plus festive, l'alcool l'aidait à mettre de la distance avec ses préoccupations, même minimes. Romy avait raison, elle devait sortir plus souvent. Renouer avec son appétence de légèreté, se divertir, même simplement. Les bouteilles se succédaient, et plus ils buvaient, plus la familiarité s'installait. Il était déjà tard, le bar s'était pratiquement vidé, la musique était plus douce, LeAnn Rimes chantait *How Do I Live* dans le fond. Zoé et Simon riaient, très proches l'un de l'autre, comparant leurs goûts littéraires et leurs vies amoureuses désastreuses.

Soudain, alors que Simon se tenait au-dessus du bar, pensif, Zoé sentit son parfum un peu musqué. Sa peau paraissait chaude, ses lèvres semblaient tendres, ses mains, rassurantes. Elle lui attrapa délicatement le menton et le tourna vers elle.

— Embrasse-moi, lui chuchota-t-elle.

L'alcool lui tournait la tête, Zoé savait au fond d'elle qu'elle allait le regretter, mais en cet instant elle s'en moquait. Elle voulait ressentir à nouveau ce que ça faisait que d'avoir un corps, éprouver le partage, qu'on la touche. Elle ne voulait plus de cette solitude, en tout cas pas pour cette nuit.

Elle n'avait plus fait l'amour depuis des millénaires. Mais, à ce qu'elle avait compris, Simon non plus, alors il ne fallait pas s'attendre à un rodéo fabuleux. Tant pis. Elle prendrait ce qu'elle pourrait. Et puis… ils avaient du temps avant l'aube, non ?

Demain ils retourneraient à leurs cellules respectives et feraient comme si de rien n'était. Zoé n'avait absolument pas envie d'une histoire sérieuse, pas ici, pas avec lui. Romy ne devrait rien savoir.

Cette idée la rendit encore plus folle. Profiter de l'instant présent. Une passion fulgurante, sans lendemain.

Ils rirent beaucoup trop fort dans le couloir du quatrième étage. Et lorsqu'ils furent devant la porte de Romy, Zoé intima à Simon de ne surtout pas faire de bruit.

— Si ma fille nous entend, je suis morte !

Elle réalisa à ces mots qu'elle inversait les rôles mais s'en fichait. Elle poussa Simon dans sa cabine et celui-ci manqua s'effondrer en trébuchant sur René qui dormait derrière la porte. *Oh non, pas le chien ! Pas ce soir !*

Désemparée, Zoé attrapa sa gamelle d'eau et la déposa dans la petite salle de bains, puis elle trouva un paquet de minisaucissons qu'elle conservait pour les fringales nocturnes et le déversa devant la douche avant de pousser René dans la pièce. *Ce soir, tout le monde s'éclate !* Et elle ferma la porte.

Simon était assis sur le lit et l'attendait. Zoé coupa la lumière, ne laissant que celle de Sphère qui filtrait à travers les doubles rideaux de la fenêtre. Une pénombre agréable. Zoé s'approcha de lui et il posa les mains sur ses hanches, puis sur ses fesses. Bon sang, que ça lui avait manqué ! Son cœur s'accélérait, son souffle aussi. Un cocktail d'hormones infusait dans son sang alcoolisé. Zoé était bien. Elle voulait que ça continue pendant des heures.

Ils s'embrassèrent, et elle se retint de lui mordre la langue. Elle avait envie de l'engloutir. Elle se colla à lui, enfonça ses mains dans ses cheveux et sentit son bassin onduler.

Simon la bascula sur le lit et sa main chaude s'insinua sous le top en satin jusqu'à son sein, qu'elle recouvrit. Tout le corps de Zoé se réveillait, en ébullition. Oui, elle voulait que cette nuit soit sans fin.

Elle ne put se retenir cette fois, et elle fit sauter les boutons de la chemise de Simon pour sentir son torse contre sa peau.

Elle devina son cœur à lui, qui battait au moins aussi vite que le sien.

Ils s'entremêlèrent. Se goûtèrent.

Lorsqu'il fut en elle, Zoé cessa de réfléchir et s'abandonna à ses sensations.

Dehors, Sphère brillait, imperturbable.

20.

Tous les signaux étaient au vert.

Romy avait expédié sa mère au bar pour la soirée, René était casé pour la nuit au cas où, et son badge fraîchement upgradé niveau noir lui garantissait de pouvoir mettre son stratagème à exécution.

La porte du sous-sol dans la zone restreinte venait de s'ouvrir comme par magie. *Avec l'aide d'une petite truanderie quand même*, corrigea Romy en s'introduisant dans le complexe. Il ne lui manquait que les plans, c'était la seule approximation, faute de savoir où et comment les récupérer. *Peut-être plus tard.* En attendant, elle improviserait. Elle savait déjà par où commencer.

Cette vision d'une silhouette qui manigançait quelque chose la hantait et elle devait s'en débarrasser. Pour ça – Romy avait retourné le problème sous tous les angles –, elle n'avait qu'une solution.

Son premier passage par là lui avait appris qu'il n'y avait aucune caméra, c'était déjà ça, ce qui ne signifiait pas qu'elle était en sécurité. Elle ne devait pas croiser qui que ce soit, tous n'auraient pas la bienveillance et la gentillesse d'Axel à son égard. *Ni son physique...*

Romy marchait prudemment, elle écoutait attentivement, même s'il était difficile de percevoir le son d'un pas sous le bruit des pompes. Elle n'hésitait pas à prendre son temps, surtout lorsqu'elle parvenait à un croisement, pour s'assurer que personne n'approchait, et elle parvint à rejoindre le réduit qui l'intéressait sans croiser âme qui vive. Non seulement c'était une zone technique restreinte, elle doutait qu'on s'y bouscule naturellement, mais en plus il était 22 heures passées, aucune raison de travailler ici aussi tard, à moins d'une panne. *Ou d'être un garde en patrouille.*

Elle redoubla de vigilance à cette idée.

OK, j'y suis. Elle fit appel à sa mémoire pour se représenter la position exacte qu'avait la silhouette au moment où elle-même s'était penchée pour l'apercevoir. *C'était ici à peu près.* Romy avait reconnu l'extincteur. Qu'avait fait la personne ensuite ? *Elle était penchée dessus et... non, au-dessus !* C'était ça. La silhouette s'affairait sur ce boîtier qui ressemblait à un disjoncteur. Il était en position *on*, donc elle devait prendre soin de ne pas le couper, surtout si ça déclenchait une alarme quelque part. Romy inspecta l'objet sans rien remarquer de particulier. Il faisait sombre, le néon le plus proche était au moins à quatre ou cinq mètres, alors elle vérifia une fois de plus qu'il n'y avait personne alentour et alluma la lumière de son téléphone. Rien de visible non plus ainsi.

Qu'est-ce que tu fabriques ? Romy ne trouvait rien. Elle s'était fait tout un film, en vain. C'était juste un technicien qui était venu remettre le disjoncteur en marche. Maintenant qu'elle y repensait, il y avait effectivement eu un bruit. Pourtant le filou avait détalé dès qu'il l'avait entendue déraper, comme s'il ne voulait pas se faire prendre…

Romy soupira, déçue que l'aventure s'arrête ainsi, mais tout de même rassurée. Elle s'apprêtait à éteindre sa lampe et à repartir lorsqu'elle releva la tête, saisie par un flash.

Ce n'était pas un bruit sec. Mais un raclement. De plastique qui… grinçait ? couinait ?

Romy s'approcha encore du petit disjoncteur et ouvrit le couvercle. Rien de spécial. *Non, c'était plus… lent.* Comme si la personne avait tiré sur le boîtier entier pour le séparer du mur. Romy cala son téléphone entre son oreille et son épaule et s'efforça d'accrocher le fond du boîtier avec ses ongles. Elle venait juste de se les vernir, elle allait tout flinguer. *Tant pis*. Le vernis sauta sur l'annulaire mais elle parvint à créer une fente, puis elle n'eut plus qu'à tirer délicatement vers elle pour désolidariser le boîtier de sa structure dans le mur. Le disjoncteur et ses fils électriques étaient à nu.

Romy repéra immédiatement le minuscule tube noir en plastique qui était posé dedans, inutile d'être électricienne pour comprendre qu'il n'avait rien à faire là.

— Qu'est-ce que c'est…, fit-elle tout bas en comprenant qu'il se dévissait.

Il était vide. Mais sa fonction était assez évidente. Romy avait vu la silhouette dérouler un fin papier entre ses doigts. *Un message !* Elle venait de découvrir comment deux personnes communiquaient en toute discrétion, et compte tenu de la méthode, ça ne pouvait pas être innocent. *Oh putain…* Cette fois, c'était chaud. Très, très chaud.

Romy se mordit la lèvre. À qui fallait-il tout balancer ? Certainement pas à sa mère, qui allait lui faire une crise sur les risques qu'elle avait pris, sur le fait qu'elle lui avait menti et qu'elle se mêlait de ce qui ne la regardait pas. *Non, désolée, Mum.* Marick non plus – impossible sans lui avouer qu'elle avait piraté l'ordinateur du secrétariat pour se faire un badge de niveau noir. Sans compter la fois précédente où elle était descendue ici avec son accréditation pour la journée.

Et puis au final, qu'allait-elle révéler ? Qu'elle avait trouvé la preuve que deux personnes s'échangeaient des notes. Et alors ?

Les mecs planquent leur com dans un disjoncteur d'une zone restreinte quand même !

Ça ne suffisait pas pour trahir toutes ses petites combines. Et puis si elle le racontait, on lui retirerait son accès ; peut-être même que Marick la virerait. Non, c'était décidé, elle garderait ça pour elle. Sauf si elle trouvait plus grave.

Romy approuva dans la pénombre. Elle devait revenir ici. Régulièrement. Juste pour *checker* si un message était glissé dans le tube. Avec un peu de chance, elle le découvrirait avant le destinataire. Il suffirait de le lire et elle saurait quoi faire, qui prévenir, si ça en valait la peine. *Ça c'est un plan qui marche.*

Elle expira, satisfaite. Non seulement elle avait répondu à sa petite obsession du moment, mais en plus elle repartait avec un objectif excitant. Elle ignorait à quoi s'attendre, mais pressentait que ce serait intéressant. Qui pouvait se livrer à ce genre d'activité ? Y avait-il un journaliste infiltré qui se faisait fournir des infos de première main ?

Si elle redoutait de se faire prendre parce qu'elle ne voulait pas être humiliée, et surtout pas que sa mère et elle puissent se faire renvoyer à cause de sa curiosité maladive, Romy n'envisageait pas un instant qu'elle pût être en danger. C'était presque un jeu pour elle. Jouer à se faire vaguement peur, à croire à un espion – une vision quasi romantique ou télévisuelle du personnage – ou à une taupe journaliste.

Maintenant que j'ai atteint mon premier objectif, place au second. Et celui-ci était au moins aussi enthousiasmant : trouver les cuisines.

Romy était descendue pour ça aussi. Pour ça surtout ?

Elle déambula quinze minutes avant de se rendre compte qu'elle faisait fausse route. Elle venait de parvenir à une succession de petites salles étranges, garnies de nombreux tuyaux souples qui pendaient du plafond, et elle comprit qu'elle était sous le parc en parvenant à celle qui se trouvait au milieu : un treillis de racines sortait d'un grillage pour plonger dans un bac d'eau laiteuse de la taille d'un jacuzzi. Des bombonnes d'engrais et de stimulants s'y raccordaient. Le bout des racines d'Yggdrasil traversait la terre dans laquelle il était planté, elles devaient se frayer un chemin dans une membrane avant de franchir cette grille. Voilà comment on parvenait à faire vivre un chêne centenaire au milieu d'une plate-forme dans l'océan. *Captivant. Mais ça ne m'aide pas vraiment...*

Un escalier en spirale remontait vers une trappe. Il y avait donc un accès dissimulé quelque part dans le parc. Ça, en revanche, c'était bon à savoir.

Romy revint sur ses pas et emprunta l'autre tunnel, celui qui filait vers l'est et ensuite au nord. Elle dépassa plusieurs pièces techniques sans intérêt, et s'immobilisa face à une porte à volant, typique de celles qu'on trouvait dans les sous-marins. Cela lui parut bizarre, mais après l'avoir sondée et s'être assurée qu'il n'y avait ni lecteur de badge ni caméra, elle tourna le volant d'un quart de tour et le sas s'ouvrit.

L'odeur de la graisse de cuisine lui révéla aussitôt qu'elle y était enfin. Toutefois, le sas donnait sur un monte-charge assez large. Romy tilta : il servait à monter les caisses de nourriture ! Il devait descendre jusqu'au pied de LUX 1, d'où les navires de ravitaillement pouvaient le remplir avant qu'il soit remonté. En face, le couloir était plus pimpant, mieux éclairé aussi. Romy pouvait entendre de l'activité humaine au-delà. Elle s'avança, prudente mais déterminée. Le corridor desservait deux chambres froides et deux immenses réserves alimentaires, puis il s'ouvrait sur les cuisines. De type industriel, longues, tout en carrelage et inox. Un mélange d'odeur de graillon et de produit de nettoyage flottait dans l'air et Romy vit que le coup de feu était terminé puisqu'il ne restait que cinq personnes qui nettoyaient à grande eau le sol et les plans de travail. Sans perdre de son aplomb, elle entra et s'adressa à la première, un garçon de son âge qui devait être chinois.

— Tu connais Axel ? Il est là ?

Le garçon, surpris, recula avant de secouer la tête. Romy interpella une fille un peu plus loin :

— Je cherche Axel, tu l'as vu ?

La fille eut une réaction similaire, mais répondit :

— Y a pas d'Axel ici.

Cette fois, ce fut au tour de Romy d'être surprise. Comment ça, pas d'Axel ? Elle ne l'avait pas rêvé tout de même !

Sans se démonter, la jeune femme traversa tout l'espace pour interroger les deux suivants, pour le même résultat.

— Tu es sûre qu'il n'y a pas d'Axel qui bosse ici ? insista-t-elle auprès d'une femme ronde, aux cheveux engloutis par une horrible charlotte bleue.

— Je connais tout le monde, oui, je suis sûre.

Alors là, Romy n'en revenait pas.

— Hey ! Qui t'es, toi ? s'exclama une voix peu aimable dans son dos.

À l'autre bout de la cuisine, venant des réserves, se tenait un homme aux larges épaules, en tenue de chef, au regard aussi sévère qu'un gardien de prison mal luné. Ça, ce n'était pas bon.

Romy détourna aussitôt le regard et fit comme si elle n'avait rien entendu. Elle inspecta le matériel qui pendait aux crédences, comme si c'était son rôle.

— J'ai dit : qu'est-ce que tu fiches là ?!

Romy remarqua la porte sur sa droite et la poussa aussitôt ; à peine le seuil franchi, elle se mit à courir dans le couloir, grimpa les marches comme un soldat à l'entraînement, avala deux niveaux et déboucha dans le mess de Darwin, dont les lumières se tamisaient pour la nuit.

Cinq secondes plus tard, elle était dans l'ascenseur pour le quatrième, sans personne sur les talons.

Restait le plus important : pourquoi Axel lui avait-il menti ?

21.

Sphère était donc un objet technologique. Une construction. C'était la conclusion à laquelle tout le monde parvenait depuis l'annonce qu'on était en présence d'une écorce constituée d'un alliage encore non identifié et d'une membrane lumineuse par-dessus. Le tout accompagné d'un son intérieur qui vibrait à 432 hertz précisément.

Les répercussions étaient énormes. À l'extérieur tout d'abord, car la nouvelle était sortie et les télévisions du monde entier tournaient en boucle sur le sujet. Sur toutes les hypothèses qui en découlaient, dont celle qui revenait en permanence : Sphère provenait d'un autre monde.

Romy avait montré à sa mère les images de rassemblements un peu partout, sur les Champs-Élysées à Paris, au Vieux-Port de Marseille, place de la Victoire à Bordeaux ou place des Terreaux à Lyon, il y en avait partout. Des individus de tout âge qui s'étaient amassés pour célébrer l'arrivée d'extraterrestres sur Terre, avec des pancartes « Bienvenue » ou des bouteilles d'alcool pour fêter ça. Et les mêmes scènes se produisaient à New York, Madrid, Tokyo, Lagos ou Sydney. L'humanité entière levait les bras vers les cieux.

Rome, Rio de Janeiro et Mexico étaient au centre d'un autre type de démonstration. Religieuse cette fois. On priait. Cette chose dans le ciel, le Saint-Esprit, ou Dieu, ou quoi qu'elle soit.

Il y avait une confusion évidente, et la situation contribuait à ne rien simplifier. Car personne ne prenait de position officielle, il était encore trop tôt.

La pression qui en découlait était palpable sur LUX, où tous œuvraient au mieux pour avancer vers un début d'explication concrète.

Même à Icon, qui n'avait pas été sollicité particulièrement jusqu'à présent, on sentait qu'il était important d'avancer. De fournir des scénarios plausibles qui, s'ils n'étaient pas tous jugés assez pertinents par les ingénieurs pour être étudiés, serviraient au moins à la com de LUX.

— L'aspect technologique écarte *de facto* l'hypothèse divine, trancha Ronnie, non sans une provocation évidente à l'intention de Belle Simmons, qui réagit au quart de tour.

— En quoi ? s'indigna-t-elle. Parce que vous pensez que Dieu ne serait pas capable de construire Sphère ? Dois-je vous rappeler le concept même de Dieu omnipotent ? « Je suis le Dieu tout-puissant », a-t-il annoncé à Abraham.

— Franchement, s'il devait se manifester, et pour ça faudrait déjà qu'il existe, continua Ronnie sur le même ton, d'où il aurait besoin d'un vaisseau ? Il prendrait sa grosse voix de mec bien burné et il ordonnerait qu'on lui obéisse sous peine de provoquer un nouveau déluge !

Belle secoua la tête. Elle n'était pas loin d'en venir aux mains, Zoé pouvait le sentir et décida d'intervenir :

— Je ne suis pas croyante, en revanche je pense prématuré d'écarter le divin à cause d'un aspect en apparence technologique, d'autant plus que cela semble très avancé, voire carrément au-delà de nos concepts et capacités. La représentation que nous avons de Dieu l'associe à une sorte de pouvoir antique, et donc non technologique, reposant sur une imagerie qui n'a jamais évolué avec le temps, parce que sa mythologie s'est faite à une époque où cette technologie n'existait pas, donc, elle n'a pas été abordée dans les Écritures. Ça ne l'exclut pas pour autant.

— Bien sûr que si ! Ça prouve que c'est des conneries.

Et Ronnie en rajouta une couche.

— Si ça avait été vrai, ils auraient écrit, il y a deux mille ans : « Dieu s'adressa à Abraham *via* Bluetooth » ! Ils auraient su !

— Qui vous dit que ce n'est pas ce que signifie « omnipotence » ? Et si Dieu était la synergie parfaite du naturel et du technologique ? Cela expliquerait beaucoup de choses concernant Sphère.

Zoé venait de perdre Ronnie, mais Belle la regardait d'un œil neuf. Au moins elle se l'était mise dans la poche pour un moment, même si elle-même ne croyait pas vraiment à ce qu'elle venait de dire. La romancière prenait ses aises dans la médiation de leurs séances, et supputait que c'était un point pour lequel elle avait été recrutée, alors elle ne se privait plus.

— C'est de la connerie, s'énerva Ronnie.
— Vous insultez Dieu, répliqua Belle.

— Lequel ? Celui des chrétiens ou celui des musulmans ? À moins que ce soit *un* des dieux de l'hindouisme ! Ou les kami du shintoïsme japonais ! Faudrait déjà vous mettre d'accord entre vous sur le vrai dieu qui a créé le monde !

— Espèce d'enfoir...

— STOP ! s'écria Zoé, à bout.

Elle n'en pouvait plus de devoir systématiquement les séparer. Elle prit le temps de les crucifier de ses prunelles embrasées avant d'ajouter posément mais fermement :

— Vous n'êtes donc pas capables de débattre, d'écouter les avis divergents, de faire preuve de modération, de compréhension ? C'est ça Icon pour vous ? Une course à qui insistera le plus sur ses arguments sans rien vouloir savoir de nouveau ? Vous êtes le reflet de ce qui se fait de pire au monde en ce moment. Un champ de foire où des sourds n'ont pour intention que d'entendre leur propre voix. Où est le forum ancien, l'agora où on pouvait échanger, avec l'intention non pas de convaincre à tout prix, ni de rentrer se coucher orgueilleux d'avoir fait preuve de prosélytisme, mais au contraire de s'enrichir de toutes les différences des autres ?

Hae-il applaudit, placide.

— Zoé a raison, dit-il. Depuis que nous sommes arrivés, nous sommes tous d'accord pour nous plaindre que le monde de dehors est en train de se scléroser intellectuellement, que la nuance disparaît. Trop de personnes ne veulent plus du débat, elles veulent avoir raison et trouver des gens qui pensent comme elles, ou mettre leurs opposants sous l'étiquette « ennemis ».

— La faute aux réseaux sociaux, lâcha Ronnie, ça donne de la visibilité à tous les connards qui n'ont pas de cerveau.

L'Américain remarqua les regards courroucés de Zoé et de Hae-il et s'excusa d'un geste.

— Ne tombons pas dans le piège de la facilité, ajouta le Coréen. Notre devoir est de montrer l'exemple. Si nous n'y parvenons pas ici, quel message envoyons-nous pour l'avenir de l'humanité ?

— OK. Démocratie. Faisons un vote pour sonder la table, déclara Ronnie. Qui pense que Sphère est extraterrestre ?

Il leva la main. Niels également. Ethan hésita mais s'abstint, tout comme Hae-il, Belle et Zoé.

— Quatre contre deux, triompha Belle.

— Je ne penche pas davantage pour le divin, s'expliqua le philosophe coréen. Je suis agnostique pour l'instant. J'ai besoin d'explorer toutes les pistes.

— Non, c'est trop facile, s'emporta Ronnie. Mouillez-vous un peu ! Enfin, une écorce en alliage inconnu, une membrane lumineuse, elle flotte sans moteur, c'est pas rien ! Et puis l'équation de Drake !

— L'équation de Drake ? fit Ethan.

— Oui, $N = R^* \times f_p \times n_e \times f_l \times f_i \times f_c \times L$. C'est une formule pour estimer le chiffre potentiel de civilisations extraterrestres dans notre galaxie avec lesquelles nous pourrions entrer en contact. En gros, tu prends en compte un maximum de paramètres concrets, nombre d'étoiles, de planètes, espérance du nombre de planètes possiblement adaptées pour abriter la vie en orbite autour d'une étoile, durée de vie moyenne d'une civilisation en années, et ainsi de suite. Ça te donne la probabilité qu'on croise E.T. prochainement.

— Y a vraiment des mecs qui ont calculé ça ? s'étonna Zoé.

— Oui, et on va faire très simple, sans équation, ajouta Ronnie. Sur les centaines de millions d'étoiles et de planètes rien que dans notre galaxie, d'un point de vue statistique, vous croyez que nous serions la seule et unique à abriter une vie intelligente ? On ne parle pas de cinq ou dix mille planètes, non, ce qui serait déjà pas mal ; pas plus que de trois ou quatre cent mille, ce qui serait beaucoup. Même pas de dix millions, non, non, mais de *centaines* de millions !

Niels se racla la gorge, embêté.

— En fait, la dernière estimation fait état de bien plus. De centaines de milliards d'étoiles, et donc avec des planètes qui gravitent autour, dit-il. Je le sais, j'ai justement *checké* hier soir pour savoir.

Ronnie tendit la main vers lui.

— Des centaines de *milliards* ! s'écria-t-il. Et juste *une seule* putain de Terre comme nous ? Voyons ! C'est STA-TIS-TIQUE ! Nous ne sommes pas seuls. À vrai dire, nous sommes même certainement très nombreux.

— Mais éloignés de distances si fabuleuses que ça revient au même, fit Hae-il.

Niels ajouta :

— C'est vrai que si on compare une fourmi perdue sur une île minuscule au cœur de l'océan Pacifique, la chance pour qu'elle croise un jour une fourmi à l'opposé, dans l'Atlantique, est infime. Et mon échelle est encore beaucoup trop petite pour être comparable à celle de l'Univers.

Ronnie s'empressa de répondre :

— Sauf si ta fourmi grimpe sans s'en rendre compte sur le pied d'un homme qui monte dans son avion et qui atterrit à côté de ton autre fourmi dix heures plus tard. Tout est une question de niveau d'intelligence, de science !

— Et si à la place de ton pied on a la main de Dieu qui ramasse la fourmi pour la poser près de l'autre, la théorie fonctionne encore, ajouta Belle.

Ronnie se mordit l'intérieur des lèvres mais ne contre-attaqua pas.

— En tout cas, tout ça ne signifie pas obligatoirement que Sphère vient de l'espace, résuma Zoé.

La discussion se prolongea, s'étirant dans tous les sens, sans cohérence, mais au moins ils pouvaient enfin débattre sans s'écharper. Ils s'écoutaient, nourrissaient les propos des uns et des autres, creusaient les failles mises au jour. Il fallait surveiller Ronnie et Belle qui se cherchaient, mais aucun ne déclencha de nouvelles hostilités. Zoé ne visait aucun consensus, souhaitait uniquement que les arguments pour chaque conviction soient exposés et débattus, et elle espérait qu'ils gagneraient ainsi du temps pour la suite, même si elle ignorait en quoi celle-ci consisterait. Ils manquaient de données pour être plus précis. Il fallait attendre que LUX 2 les alimente. Que pouvait signifier ce noyau produisant un son de 432 hertz ? Rien que ça, c'était en soi un sujet à explorer, songea-t-elle. Qu'y avait-il *dans* Sphère, au-delà de la pulsation de « l'harmonie absolue » ?

Ils bavardèrent longuement, plus respectueux, avant de se séparer pour le dîner.

Romy n'était pas au mess de Darwin. C'était pourtant leur point de rendez-vous quotidien et Zoé s'en inquiéta. Sa fille ne ratait jamais ce moment. Elle hésita à appeler le bureau Média, il y avait des téléphones un peu partout pour communiquer à bord, mais estima qu'elle stressait un peu vite. Que pouvait-il arriver à sa fille ? Elle devait juste être débordée et finissait une tâche pour Marick. Elle la rejoindrait probablement plus tard. Zoé décida de ne pas adopter le comportement de la mère poule, et prit sur elle.

Lorsqu'elle aperçut Simon, assis dans un coin, en train de dîner seul, toujours un livre à la main, elle emporta son plateau et vint s'asseoir en face de lui. Le souvenir de leur nuit torride lui donna des frissons dans le bas du ventre. Elle avait adoré ce moment. Une parenthèse égoïste où elle n'avait pensé qu'à elle, à son plaisir, sans avoir le reste de son existence et sa charge mentale en toile de fond permanente. Elle s'était juré que ce ne serait qu'un coup d'un soir, mais discuter était autorisé.

— Toujours à lire ?

— On peut difficilement faire mieux qu'Edmond Dantès pour compagnie au dîner. Enfin, jusqu'à ce que tu arrives, bien sûr.

— Vil flatteur.

Le silence qui suivit marquait ce malaise des amants d'un jour qui se retrouvent sans connaître l'attente de l'autre, ignorant ce qu'ils peuvent dire sans le vexer ou l'effrayer.

— Tu veux aller au ciné ce soir ? proposa Simon, qui osa enfin se lancer. Je crois qu'ils projettent une comédie musicale...

Zoé aperçut enfin sa fille qui entrait, une pochette cartonnée à la main, ce qui confirmait qu'elle sortait du boulot, et cela acheva de la rassurer. À présent le cœur plus léger, Zoé fut prise d'un élan de sincérité absolue. Elle ne voulait plus faire semblant, pas là, mais penser une fois encore à elle. Sans barrière. Sans *a priori*. Sans conséquences. Elle se reconnectait à peine à son corps, mais elle ne pouvait nier que la chaleur de Simon avait réveillé du désir. Pendant toutes ces années, elle s'était convaincue que la tendresse ne lui manquait guère. La vérité se dessinait désormais : elle s'était amputée d'une partie d'elle-même, de son rapport au monde par les sens.

— Non, je préférerais aller dans ta chambre, dit-elle en le transperçant des yeux.

Romy croisa à peine sa mère, qui semblait pressée. Celle-ci lui dit qu'elle avait déjà dîné et qu'elle allait se faire un film à l'espace de projection avant de se coucher tôt, et elle fila. Elle semblait bien speed, et très enjouée à la simple perspective de voir un film. Peu importe, Romy n'était pas très concentrée sur les états d'âme de Zoé. Elle avait eu une journée chargée, mais qui s'était conclue mieux qu'elle n'avait débuté.

L'épisode de la cuisine, la veille, l'avait passablement perturbée. Ne pas revoir Axel était une chose. Qu'il l'ait baratinée une autre, et cela ne lui plaisait pas du tout. Sa matinée entière avait été gâchée par cette contrariété. Au point qu'elle avait perdu tout discernement lorsque Marick avait débarqué pour lui proposer de faire ses vidéos face caméra désormais. Il trouvait dommage de ne pas profiter de son aisance à incarner son propos. Il était convaincu que ça donnerait une portée supplémentaire à son travail, qu'elle était faite pour ça, et il tourna autour sans aller jusqu'à lui dire que son physique serait un atout supplémentaire. En d'autres circonstances, Romy aurait tenu tête, mais là, son esprit était ailleurs, alors elle s'était laissé étourdir par les louanges.

Et puis, #RomyFromTheRig faisait un tel buzz qu'il y avait une frustration à ne pas se montrer. À se cacher. Alors elle avait accepté. Une première vidéo, très courte. L'éclairage n'était pas parfait, le maquillage trop léger, elle luisait un peu, mais elle s'était trouvée assez jolie, et très télégénique.

À peine la vidéo montée par Romy, Marick s'en était emparé pour la poster.

Et c'était dans ce moment de flottement où les équipes avaient quitté le bureau Média qu'une idée lui était venue. Pour préparer leur communication, ils disposaient d'un grand nombre de documents concernant la plate-forme dans son ensemble.

Et cela incluait la liste du personnel.

Comment n'y avait-elle pas pensé plus tôt ?

Romy s'était ruée dessus, l'avait photocopiée. Elle s'attabla au mess avec une pochette de quinze pages où chaque membre de LUX 1 et 2 était répertorié par ordre alphabétique de nom de famille. Nationalité et affectation étaient stipulées pour chacun.

Romy sortit de sa poche un marqueur qu'elle avait emprunté au bureau et s'empressa de passer les noms en revue.

Il ne devait pas y avoir cinquante Axel à bord, si ?

22.

Le cylindre noir était encore vide.
Romy émit un grognement de frustration. Tant pis. Elle reviendrait demain. *Sauf qu'à force de faire des allers-retours dans le sous-sol, je vais finir par tomber sur quelqu'un.* Elle devait se trouver une excuse valable. Une idée lui vint et elle la rangea dans un coin de sa tête pour plus tard.

Avant cela, elle devait passer par les arrière-cuisines.

LUX était si vaste que préparer les trois repas quotidiens de plus de cinq cents personnes nécessitait une organisation militaire et des infrastructures adaptées.

Axel Fergusson Jr travaillait aux arrière-cuisines qui, après vérification, étaient une partie détachée des cuisines, avec une équipe dédiée, où le travail préparatoire était effectué – décongeler les aliments, éplucher, couper les légumes, la viande –, puis la plonge... Romy s'était renseignée, elle était désormais incollable sur le sujet. À en croire le registre du personnel, Axel était commis là-bas.

Elle voulait s'épargner la même mésaventure que la fois précédente et préféra remonter à la surface pour faire le tour depuis le bâtiment Darwin directement. Après tout, elle avait un badge niveau noir, elle pouvait emprunter n'importe quel accès. Elle prit soin de ne pas y aller avant le déjeuner, ni pendant, mais après, dans l'espoir que les cuisines se seraient vidées et qu'il ne resterait que les employés chargés de l'entretien et de la vaisselle.

Romy parvint assez facilement à son objectif, les arrière-cuisines communiquaient avec la longue pièce par où elle était venue, et comme elle l'avait anticipé, il ne restait plus grand monde. Oui, Axel bossait là. Ô joie ! Mais pas aujourd'hui, c'était son jour de repos. Ô déception. Romy enragea. Ça commençait à ressembler à une tragédie shakespearienne, son histoire. *Ou plutôt à un vaudeville grotesque...* Elle ne voulait pas aller jusqu'à jouer la *weirdo* qui le traquait jusqu'à ses appartements, pourtant elle hésita. *En même temps, je l'ai pourchassé jusqu'à son lieu de travail...* La jeune femme capitula, elle ne frapperait pas à sa porte, c'était *too much*, trop intime. Tant pis, elle reviendrait.

Le cœur serré, elle rentra au bureau Média où elle tenta de convaincre Marick qu'elle devait faire un reportage sur les entrailles de la station. Comment tout ce petit monde vivait, mangeait, se lavait... Son sésame pour circuler librement dans les sous-sols. Marick trouva la proposition intéressante mais ce n'était pas le bon timing. L'opinion publique s'impatientait, les gens ne comprenaient pas que ça prenne si longtemps pour leur fournir si peu d'informations. Avec le niveau scientifique actuel, il semblait impensable qu'on ne puisse pas déjà exposer tous les secrets de Sphère. Les gouvernements s'escrimaient vainement à expliquer qu'il fallait procéder par étapes, ne surtout pas risquer de commettre une erreur aux conséquences dramatiques… Qu'arriverait-il si on détruisait Sphère par nos analyses invasives ? Romy avait vu l'allocution du Premier ministre britannique le matin même, lors de laquelle il avait cité une référence qui parlait encore à beaucoup de gens en expliquant qu'Howard Carter avait certes découvert la momie de Toutânkhamon en 1922, mais qu'il avait mis presque trois ans avant de pouvoir retirer le fameux masque d'or et dévoiler au monde entier le visage du pharaon. Précaution largement nécessaire, faute de quoi tout aurait été détruit car les produits utilisés lors de la momification avaient imbibé les bandelettes et le corps, jusqu'à tout fusionner avec le masque. Un interminable et très minutieux ouvrage de nettoyage avait été indispensable pour sauver l'ensemble. Si Carter avait cédé aux demandes multiples qui exigeaient qu'on livre sans attendre le vrai visage du pharaon au regard des appareils photo, tout aurait été perdu dès les premières semaines.

En somme, il fallait être patient.

Et pour faire attendre le bon peuple, il fallait le nourrir d'images hypnotisantes. Les sous-sols de LUX n'en faisaient pas partie selon Marick.

Raté. Romy allait devoir continuer sans filet de secours. Ne pas se faire prendre.

Le lendemain, on fêtait Noël. Zoé et Romy se retrouvèrent le soir, assises sur un banc à l'entrée du parc, à trinquer avec leurs coupes de champagne. Romy avait commencé par refuser, elle trouvait cela déplacé, trimballer ces bouteilles à travers la moitié de l'océan, quel gâchis écologique ridicule, mais sa mère insista, les bouteilles étaient là, il était encore plus idiot d'avoir laissé une telle empreinte carbone pour ne même pas en profiter.

Zoé était différente depuis quelques jours. Plus légère, plus… *Heureuse. Ma mère a enfin trouvé sa place ici. Elle se sent bien, je le vois.*

Romy était elle-même trop obnubilée par ses propres obsessions pour voir l'évidence. Ce qui aurait dû l'alerter, c'était que Zoé ne lui parle plus d'Axel. Et sa mère n'était pas du genre à laisser tomber un sujet pareil. Romy mit cela sur le compte d'une évolution : Zoé savait la question sensible et se refusait à lui imposer la moindre pression, elle comptait sur Romy pour venir se confier s'il y avait du nouveau. La jeune femme ne se douta pas un instant que c'était aussi parce que Zoé craignait que, en miroir, Romy ne lui pose des questions embarrassantes.

Les deux femmes se souhaitèrent un joyeux Noël tout en scrutant Sphère qui brillait fort dans la nuit et en se demandant ce qu'elle leur réservait comme surprise.

Comme elle s'était juré de le faire quotidiennement, Romy s'infiltra dans le sous-sol le jour suivant et vérifia le cylindre noir. Vide.

Puis le suivant. Elle y retournerait jusqu'à ce qu'il disparaisse ou qu'on lui tombe dessus.

Cette fois, son cœur tressauta dans sa poitrine lorsqu'elle l'attrapa et devina un infime mouvement à l'intérieur.

Elle s'assura une fois de plus qu'il n'y avait personne dans les parages, puis le dévissa.

Un bout de papier y était, enroulé sur lui-même.

Un message.

23.

Ils ne se quittaient plus.
Zoé donnait même rendez-vous à Simon aux toilettes d'Icon pour lui voler un baiser, une caresse. Ça virait à l'obsession.
Une entité potentiellement extraterrestre lévitait au-dessus d'eux, et leur principale occupation était charnelle. Zoé n'en revenait pas elle-même de cette trivialité animale. Sauf qu'ils restaient des êtres humains. Depuis des semaines, tous s'employaient à donner le meilleur d'eux-mêmes pour percer les secrets de Sphère, mais il était impossible de taire leurs émotions. Ils n'étaient justement pas des machines. Et puis, avec Simon, ça ne devait être que la glissade spontanée d'un instant. Ça aurait dû.
Est-ce qu'on peut considérer que, comme Sphère empêche la nuit de tomber vraiment, le coup d'un soir peut s'éterniser ?
Zoé et Simon ressemblaient à des gamins découvrant l'amour. Ils partageaient leurs corps à la moindre occasion, comme s'il fallait rattraper tout ce temps perdu, s'embrassaient plusieurs fois avant de se séparer et

Zoé se mettait un peu du parfum de Simon sur l'intérieur du poignet pour se donner l'illusion de sa présence lorsqu'il n'était pas auprès d'elle. Les locaux d'Icon étaient leur sanctuaire. Là, personne ne s'intéressait à leur idylle, et ils n'avaient pas à se cacher. Dès qu'ils sortaient, tout se complexifiait car Zoé ne parvenait pas à dire la vérité à sa fille. Elle se trouvait sotte de réagir ainsi, et ne savait même pas ce qu'elle craignait, sinon que c'était étourdissant et qu'elle avait peur de paraître mièvre aux yeux de Romy.

Car Romy était une fille particulière. Quoi qu'elle en dise, son passé n'était pas neutre, et cela rendait sa vie sentimentale beaucoup plus compliquée que pour une autre. Trouver le bon partenaire, capable de comprendre, d'accepter, n'était pas une mince affaire. Zoé ne voulait pas afficher son bonheur devant sa fille pour ne pas la blesser. Il n'y avait aucune compétition entre elles, ça n'avait jamais été le cas, toutefois Zoé voulait veiller à ne rien faire qui puisse les mettre en opposition.

Et en même temps, quel pied c'était que de se sentir vivre à nouveau, entièrement, pas seulement dans l'intention, dans les projections, le conditionnel – non, rien que du réel, maintenant.

Simon était délicat. Gentil. Un intellectuel comme elle, mais pas un manche non plus, loin du cliché. Lorsqu'elle pensait à lui, c'était l'ivresse de l'extase et de l'insouciance retrouvées qui l'émouvait. Et elle voyait bien qu'en Simon également se jouait quelque chose. Une pulsion de vie. Elle captait chez lui d'infimes réactions qui racontaient son propre étonnement.

Pourtant, au-delà des caresses, de sa simple présence, Zoé ne pouvait nier qu'il y avait bien quelques tourbillons dans sa poitrine, et elle s'était plusieurs fois surprise à s'interroger sur l'hypothétique avenir de cette relation, ce qu'elle balayait aussitôt. Elle n'était pas amoureuse. De la sensation, peut-être, de l'homme, non. Pas encore. *Pas encore est déjà un prémice d'aveux.* Elle l'aimait bien, ce n'était pas pareil. Et surtout elle n'avait pas *l'intention* de tomber amoureuse. Vraiment pas. De toute manière, il ne correspondait pas à ses critères.

Ah, parce que j'en ai à présent ? C'était nouveau, ça aussi.

Elle regarda sa montre. 16 heures. Elle allait bientôt retrouver Simon. Elle traînerait avec lui pendant une heure dans les locaux d'Icon. Puis retrouverait Romy pour dîner tôt avant de ressortir avec René, et elle irait voir son mec au parc. Son mec. Elle aimait bien dire ça. Le penser. L'idée d'être deux face à l'existence. Tellement plus rassurant.

René servait souvent de prétexte, et Zoé n'avait jamais autant proposé de le promener. À ce rythme-là, pépère allait perdre dix kilos, enfin peut-être pas vu tout ce qu'ils lui filaient à manger pour avoir la paix...

— Zoé, tu en penses quoi ? demanda Ethan.

Elle n'y était pas du tout. Depuis la veille, ils discutaient autour de la fréquence qu'émettait Sphère, les fameux 432 hertz, et tentaient d'explorer toutes les pistes que cela leur inspirait, dans l'idée de soumettre au comité un document qui rassemblerait les propositions les plus solides. L'ONU voulait publier du contenu en urgence pour montrer qu'ils avançaient, calmer un peu les impatiences, et, à défaut d'avoir des données scientifiques qu'on n'obtenait que sur du temps long, l'organisation comptait prouver qu'elle travaillait et envisageait absolument tous les scénarios possibles, que personne n'était dépassé, tout était sous contrôle. Bref, de la communication.

Zoé avait décroché de la conversation depuis au moins dix minutes.

— Pardon, j'étais ailleurs.

Elle décida de remobiliser toutes ses facultés. Sa bluette était acceptable si elle n'entravait en rien sa concentration. *Elle la nourrit...* Stop !

— Et si Sphère pulsait sur la fréquence de l'amour ? proposa Belle en toisant Zoé qui sentit le rouge lui monter aux joues. C'est envisageable, ça ? Que les fréquences puissent avoir un impact sur nos comportements ? Nos émotions ?

Ethan, qui en sa qualité de musicien savant faisait office d'expert improvisé sur la question de la fréquence, secoua la tête.

— On entre dans le domaine de la science-fiction, là, dit-il. Mais après tout, pourquoi pas ? Si l'eau se cristallise magnifiquement et selon des motifs parfaits en vibrant à 432 hertz, on peut imaginer une fréquence qui exercerait une influence sur notre biologie, mais ce n'est pas du tout prouvé !

— Nous sommes composés à soixante-cinq pour cent d'eau après tout, rappela Hae-il.

Zoé y croyait moyennement. Elle n'était pas sous l'influence de Sphère. Son comportement était le produit d'une évolution personnelle entamée depuis plusieurs mois. Il ne fallait pas confondre synchronicité et coïncidence banale, en gros ne voir que ce qui nous arrangeait pour en tirer des signes.

— Bon, les cocos, c'est joli vos circonvolutions romantiques, intervint Ronnie, toujours pragmatique, mais ce qui a été *entendu* dans Sphère, c'est une *vibration*. Donc un mouvement mécanique. Qu'il soit continu et constant, à 432 hertz, c'est intéressant. Calibré volontairement là-dessus pour fabriquer un message ou un moyen de communiquer ? Sauf que ça peut aussi être le résultat d'une action interne, comme un *moteur*. On n'a pas abordé cette question, pourtant fondamentale ! On se demande comment elle tient en l'air depuis tout ce temps, voilà possiblement un élément de réponse, non ?

Tous embrayèrent sur le sujet, même Zoé qui fit un effort pour se concentrer.

Plus tard, elle repassa par sa chambre avant d'aller dîner et trouva un mot de Romy glissé sous sa porte. « Mange sans moi, j'ai du taf ce soir. Biz. » Zoé avisa René qui la regardait devant la salle de bains.

— Non mon vieux, tu ne vas pas te faire encore un festin dans la douche.

Puis elle se ravisa et prit sa laisse.

Elle retrouva Simon et ils dînèrent au lit, dans sa cabine.

René finissait les restes, l'air satisfait.

Ils venaient de faire l'amour lorsque Simon se leva pour servir un verre d'eau à Zoé tout en buvant le sien, ce qu'il faisait souvent. Elle se surprit à aimer ce début de routine entre eux.

Le téléphone de la chambre sonna. Elles en étaient toutes pourvues ; faute de réseau pour les portables, en dehors du wifi distribué aux personnes habilitées il fallait passer par ce système à l'ancienne.

Simon décrocha et écouta.

Puis il lâcha son verre qui se brisa à ses pieds.

Le combiné lui avait également glissé des mains. Il tremblait.

24.

Seul l'héliport installé sur LUX 2 était fonctionnel. La piste posée au sommet d'une tour tubulaire rouge et blanche qui dominait LUX 1 ne pouvait plus accueillir de vols.

C'était en réalité un court de tennis.

Romy venait de le découvrir. À son grand désarroi. Les hommes fabriquaient le *nec plus ultra* de la recherche internationale au milieu de l'Atlantique, et à quoi ils pensaient au moment de donner une seconde vie à une piste d'hélicoptère ? À un vulgaire terrain de tennis. Dressé à cent mètres au-dessus de la surface de l'eau, bordé de filets interminables pour empêcher la plupart des balles de finir sur la plate-forme, voire dans l'océan. C'était à désespérer : encore un coup des vieux bobos archaïques qu'on avait laissés à la manœuvre.

Passé la stupeur initiale, et la colère – Romy avait autre chose de plus important en tête –, elle en avait fait le tour, focalisée sur son objectif : trouver une cachette.

Le message qu'elle avait intercepté, et bien sûr remis en place aussitôt, était rédigé en anglais, et aussi laconique que mystérieux.

Urgent. Brief nécessaire. Rdv héliport lux 1, ce soir après coucher soleil.

Et c'était tout.

Romy avait tourné les phrases encore et encore, dans tous les sens, pour envisager tout ce qu'elles pouvaient raconter. Elle avait hésité des heures à en parler à Marick mais craignait sa réaction. Romy n'avait plus aucun doute : elle était témoin d'une manigance. Mais jusqu'où cela allait-il ? Était-ce un jeu ? Ou une taupe infiltrée, probablement un ou une journaliste, ou alors un… espion ? Romy n'arrivait pas à se décider, elle avait peur de se ridiculiser en se fiant à des délires paranoïaques. Elle entendait d'ici les reproches : trop accro à Internet, aux séries, adepte de la théorie de la conspiration. Avec pour conséquence de tout perdre. Bye-bye #RomyFromTheRig, bye-bye la plate-forme. Et sa mère dégagée dans la foulée alors même qu'elle commençait enfin à s'épanouir…

Non, Romy avait fini par ranger ses doutes au placard et s'était décidée à mener l'enquête seule. Juste pour vérifier. Pour savoir. Si ce n'était qu'une lubie de sa part, elle serait bien heureuse de ne pas s'être couverte de honte ni d'avoir dévoilé son petit stratagème pour se balader partout.

Si c'était grave… Il serait toujours temps de dire la vérité.

Le ciel s'était couvert, et pour la première fois Romy lui vit des teintes grises, avec un plafond de nuages assez bas, à peine au-dessus de Sphère. Le vent également s'était réveillé. *C'est le bon jour !* ironisa-t-elle. *Pile quand je décide de monter attendre tout là-haut.*

Romy avait pensé à prendre un sweat – elle savait qu'une fois la nuit tombée il ferait plus frais –, mais pas un imperméable. Tant pis.

Le terrain de tennis n'offrait aucun abri discret, tout était ouvert, impossible de se cacher là. Heureusement, de l'ancien héliport demeurait la structure sous la piste : un préfabriqué d'où partaient deux passerelles suspendues au-dessus du vide, pour rejoindre ce qui devait être les anciens réservoirs de kérosène, à l'autre bout, et un second préfabriqué qui servait de réserve. Une fois le monte-charge emprunté, ou les escaliers par lesquels Romy était venue, la logique voulait qu'on grimpe directement sur le court. Sauf que d'ici, on n'était pas des plus discrets. La vue était splendide au-dessus de tout LUX 1, mais les tours et l'observatoire de LUX 2 dépassaient et donnaient sur le tennis. N'importe qui là-bas pouvait voir ceux qui se tenaient ici en plein air. Et avec Sphère, même en pleine nuit on devait être visibles comme une mouche dans un bol de lait. Non, la logique pour quelqu'un qui souhaitait passer inaperçu voulait qu'on reste sous l'ancienne piste d'hélico. Le premier préfabriqué pouvait servir de vestiaire provisoire, pas une bonne idée. En revanche, la réserve...

Romy hocha la tête. C'était évident. Pour être peinarde, c'était là-bas, cachée, à l'abri du vent, des éventuels sportifs de passage. De toute manière, elle devait faire un choix. Elle marcha sur la passerelle métallique qui tintait sous ses pas et inspecta l'intérieur. Impossible de s'y planquer, il n'y avait plus rien. Cependant, derrière, la jeune fille remarqua un étroit balcon largement masqué par des panneaux verticaux. Elle s'y faufila. C'était plutôt confortable, relativement protégé, et il était impossible de la voir à moins de se pencher. Et surtout, en tirant sur la fenêtre coulissante de la réserve, elle pourrait entendre ce qui se dirait à l'intérieur s'ils venaient jusque-là. Encore plus pratique : elle avait vue sur le monte-charge et l'escalier. Rien ne pouvait lui échapper.

À présent, il ne lui restait plus qu'à attendre.

Par précaution, elle coupa son téléphone. Elle ne captait pas le wifi d'ici, mais le signal pouvait être capricieux, et si jamais il réapparaissait et qu'une notification bipait au moment fatidique, ce serait la catastrophe.

Elle était bien dans son nid d'aigle, à guetter. Elle savoura le rapide coucher de soleil sur la crête des navires de guerre qui tournaient tout autour d'eux. Romy plissa les yeux, intriguée. Ils ne bougeaient pas comme d'habitude. Habituellement en cercles concentriques autour de LUX, cette fois la flotte militaire tout entière se dispersait. Ou plutôt... *Ils s'éloignent les uns des autres.* Qu'est-ce que ça signifiait ? Ils avaient reçu des ordres ? La pression politique diminuait et ils devaient laisser respirer la plate-forme ? Ou c'était pour envoyer un message positif à la communauté internationale ? On se fait confiance à présent ? *Ne rêve pas.* L'autre possibilité était peut-être en rapport avec Sphère. Ils ne voulaient plus lui imposer cette menace permanente ?

Romy décida de ne pas s'obstiner, elle aurait sa réponse en redescendant, ou au pire le lendemain matin au bureau Média.

Le vent s'intensifia. La fraîcheur se fit plus mordante que les autres soirs. Et Romy attendit. Pleine d'espoir.

Qui seraient-ils ? Les reconnaîtrait-elle seulement ? Au pire, elle prendrait une photo avec son smartphone. Oui, c'était une bonne idée ça. Des preuves.

Un flash blanc attira son attention dans le champ périphérique de sa vision, loin sur l'horizon. Était-ce un effet d'optique dû à Sphère ?

25.

Zoé avait aidé Simon à s'asseoir sur le lit et lui passait la main dans les cheveux.

— Qui était-ce ? Qu'est-ce qu'il y a ?

Le sociologue se massa le visage pour reprendre ses esprits.

— Une voix enregistrée, dit-il enfin. Le bureau de la sécurité. Il annonce une tempête imminente, tout e monde doit rester à l'intérieur, plus de circulation à l'extérieur.

— Une tempête ? Ici ?

Depuis qu'ils étaient sur la station, Zoé n'avait pas imaginé une seconde qu'ils pourraient être menacés. Loin de la France, loin des continents, elle se pensait naïvement à l'abri, ce qui était idiot. Le monde entier était frappé régulièrement, l'Atlantique n'avait pas de raison d'y échapper.

— Et... la plate-forme peut tenir ?

— Je ne sais pas.

Zoé réfléchissait à toute vitesse. Notamment à sa fille. Elle attrapa sa jupe et son bustier pour se rhabiller.

— Je vais à la pêche aux infos.

Simon ne bougeait pas. Il semblait ailleurs. La peau sous son œil droit tremblait nerveusement.

— Ça va ? fit Zoé en pressentant que ça n'était pas seulement la peur.

Simon respirait par la bouche. Il y avait autre chose.

— Hey. Parle-moi, insista-t-elle. Qu'est-ce qui se passe ? C'est l'annonce de la tempête, c'est ça ?

— Je… Je suis désolé. On… oui, on va chercher ta fille.

— Simon. Explique-moi. Je vois qu'il y a un problème.

Il avait du mal à relever la tête. Zoé prit sa main dans les siennes et y déposa un baiser. Elle s'était accroupie devant lui. Simon souffla et hocha le menton lentement. Il retrouvait progressivement le contrôle.

— Pardon, dit-il tout bas.

— Non, il n'y a pas besoin. Mais dis-moi.

Il renifla et s'humecta les lèvres en observant la pièce autour, comme s'il ne se souvenait pas où il était.

Zoé marchait sur des œufs, mais elle ne voulait pas qu'il en reste là. Alors elle osa :

— C'est en lien avec ton fils, n'est-ce pas ?

Il parut très surpris et la dévisagea. Zoé se fit le plus tendre possible :

— Tu esquives tout le temps le sujet. Je vois bien que tu n'as aucune liaison avec l'extérieur. Alors… je m'imagine des choses.

— J'aurais dû me douter. En recrutant un as de l'empathie… Oui. Tu as raison, c'est… Pierre.

Il se leva pour attraper un cadre sur l'étagère et retourna sur le lit pour montrer la photo à Zoé.

Un garçon de l'âge de Romy. Il avait les yeux de son père. Les mêmes cheveux trop longs aussi.

— Il a été tué par la tempête, la dernière de grade 4, en avril.

Zoé vint s'asseoir à côté de lui et lui serra la main.

— Je suis désolée.

— Je... je ne réagis pas très bien aux tempêtes depuis.

— Je comprends. Tu n'as pas à te justifier.

Une bourrasque frappa la fenêtre et le fit sursauter. Il avait repris le masque de sociologue que Zoé lui avait connu à leurs premières rencontres. Un air doux mais détaché du monde, l'âme ailleurs. Depuis qu'ils se fréquentaient plus charnellement, il l'arborait de moins en moins.

Zoé fut prise d'une bouffée d'amour, d'un instinct protecteur, et faillit l'envelopper contre elle pour le rassurer, et probablement se rassurer elle aussi. Eux, les deux cabossés de la vie – car même si Zoé n'évoquait que très rarement la mort de son presque ex-mari, le drame trottait toujours non loin du quotidien. Pourtant, elle ne fit rien, pas assez sûre de sa légitimité, des circonstances.

Dehors l'océan commençait à se soulever dans la nuit éclairée par Sphère.

Le téléphone sonna de nouveau et cette fois Zoé décrocha.

— Qu'est-ce que vous foutez dans..., commença Matéo Villon. Laissez tomber. Vous êtes avec Simon ? Très bien. Écoutez, on vient d'avoir un rapport météo détaillé. Ça va sacrément secouer.

Zoé blêmit et se tourna pour que Simon ne la voie pas.

— Vous avez le détail de... (elle se tourna et murmura :) sa force ?

Matéo hésita.

— Grade 3. Minimum.

Zoé encaissa.

— LUX peut tenir ?

— Vaudrait mieux, oui. Bon, je voulais juste vous prévenir. On fera un point dans la nuit avec Marick, on appelle toute la délégation française. Surtout restez à l'intérieur, compris ?

Il raccrocha. Derrière, Simon avait pris sur lui et enfilait sa chemise de lin sur son pantalon.

— Trouvons Romy, dit-il. Cette nuit, nous serons mieux à trois.

Zoé se laissa entraîner. Elle était touchée par cet instant d'intimité profonde, mais également inquiète pour sa fille. Elle voulait juste s'assurer que tout allait bien et qu'elle était dans sa cabine.

Pour le reste, ils n'y pouvaient rien. Sauf espérer que les trois plates-formes reliées entre elles seraient en mesure d'encaisser une tempête de cette rage.

— On commence par sa chambre, dit Simon. À cette heure, elle devrait y être, non ?

26.

La lumière et les ténèbres tournoyaient en rugissant, dans un affrontement titanesque. Un cyclone de nuages poisseux qui se déchiquetaient en entrant dans l'œil de Sphère.

Tout avait commencé avec le vent. Un sifflement agressif qui avait inquiété Romy, tapie sur l'étroit balcon derrière le préfabriqué, au sommet de la tour rouge et noir. Elle avait refusé de céder à la panique, n'écoutant pas son instinct qui lui répétait que ce n'était pas bon, qu'elle ne devait pas rester là-haut.

Avec la nuit tombée, elle n'avait pas vu le mur approcher. Un rideau noir qui avalait les navires de la marine sans ralentir. L'océan s'était soulevé, la plateforme avait tangué un peu, ce qui n'arrivait jamais, et Romy eut l'impression que la plus grande vague du monde s'abattait sur elle. Assez haute pour venir cracher ses embruns à cent mètres d'altitude, couvrir la jeune femme de ses postillons énormes. À ce moment, Romy avait compris qu'elle ne devait pas rester. Elle s'était relevée, effrayée.

Le vent l'avait giflée pour la rasseoir. Une claque violente qui manqua presque la faire basculer par-dessus la rambarde du balcon et lui arracha son téléphone des doigts. L'appareil s'envola dans le vide puis disparut entre les tubes de la tour comme s'il tombait dans les abysses du monde.

Romy s'était recroquevillée derrière les plaques de tôle qui fermaient le fond du balcon. Elle n'avait plus du tout envie de surveiller les escaliers, personne ne viendrait ce soir, et une voix méchante lui murmura intérieurement que nul ne descendrait non plus. Jamais.

Le vent hurlait. C'était lui, la voix. Féroce et avide de s'engouffrer partout, dans le moindre interstice de vie pour l'arracher, la fracasser et l'emporter dans l'obscurité.

Le mur de la tempête se referma sur la plate-forme et Romy perçut sa masse froide tout autour d'elle ; s'attendant à se faire écraser, elle serra ses genoux contre elle et se crispa avant le choc. Qui ne vint pas.

Les tentacules de brume s'enroulaient tout autour de LUX, comme pris dans une centrifugeuse devenue folle. Mais une force centrale les empêchait de saisir la plate-forme. Une lumière vive et dorée brillait au-dessus de Romy.

Sphère protégeait la station.

Une bataille colossale se livrait sous ses yeux ébahis. La tempête cherchait à avaler cet obstacle sur son chemin, cela semblait devenu une affaire personnelle, et Sphère rayonnait pour dresser un bouclier invisible au-dessus de ce nid d'êtres humains. Rien n'était joué : par moments la tempête parvenait à glisser l'un de ses bras fougueux au travers et il claquait contre le sol en acier ou sur les bâtiments qui grondaient, tentait de saisir quelque chose pour se l'approprier, et Romy entendait des morceaux de LUX se déchirer, s'entrechoquer et siffler en filant dans le ciel enragé. Une des plaques, qui lui offrait un abri tout relatif, se mit à vibrer, de plus en plus fort. Romy faillit tendre les mains pour la retenir mais se ravisa au moment où elle disparut dans le maelström. Si elle s'y était cramponnée, elle aurait été aspirée au passage.

Romy était trempée, affaiblie par les rafales interminables, les yeux lui piquaient sans qu'elle sache s'il s'agissait de débris ou de ses larmes. Des éclairs crépitaient dans le ventre du cyclone qui roulait autour d'eux. *Je t'en supplie*, fit-elle en s'adressant à la boule de lumière vive au-dessus d'eux. *Je t'en supplie*...

Toute la tour de l'ancien héliport grondait et bougeait dans la furie générale. Romy n'était pas sûre qu'elle puisse tenir beaucoup plus longtemps.

Le son était à devenir folle, le hurlement de la tempête ressemblait à celui d'une bête affamée qui lutte pour son repas. Une bête de la taille d'une ville.

Romy avait les doigts enfoncés dans la grille sous ses jambes, les articulations blanchies, et des crampes lui venaient. Elle se rendit compte qu'elle criait. Aussi fort qu'elle le pouvait. Aussi fort qu'elle voulait résister. Aussi fort qu'elle avait peur. Elle criait comme une bête elle aussi et répondait à la nuit par son appétit de vie.

Dans cet affrontement formidable, Romy n'était pas taillée pour remporter la victoire. Malgré toute sa volonté, malgré la lumière magnifique qui semblait les protéger, elle n'était qu'une cosse de peau sur de la chair tendre et du sang volatil.

Le vent lui tourbillonnait autour, il ressemblait à un vautour attendant son heure. Et avec la nature, la loi du plus fort prévalait.

Alors la tempête gagna.

27.

Zoé allait vomir tellement l'émotion était forte.
Ne pas savoir où se trouvait sa fille, alors qu'à l'extérieur c'était le chaos, était insupportable. Elle avait fouillé tout Darwin, sans que personne sache où elle était. Pis, nul ne l'avait vue depuis plusieurs heures. Même Marick, lorsqu'il vint les rejoindre, ne put dire où elle était partie. Elle avait travaillé dans la régie du bureau Média, et c'était la dernière fois qu'il l'avait vue.

— Je dois y aller, dit Zoé avec la détermination d'une mère pour sa fille.

— On ne peut pas sortir, répondit Simon.

Marick fit signe que c'était pourtant possible.

— Je vais faire venir la sécurité, ils vous accompagneront par les sous-sols jusqu'à Rosalind. Moi je vais aller à Marie-Curie vérifier, des fois qu'elle se serait réfugiée avec un ami là-bas. Elle ne répond pas aux messages *via* le wifi ?

— Non, gémit Zoé.

Le vent souffla contre les portes du hall, cherchant à les enfoncer, et tous reculèrent par prudence.

Les téléphones internes fonctionnaient encore, l'attaché diplomatique appela et deux gardes arrivèrent rapidement, dans leurs uniformes kaki. Ils étaient les seuls à être armés à bord, un écusson de l'ONU cousu sur le bras droit et un de leur pays d'origine sur le gauche. Marick donna ses consignes et ils descendirent au sous-sol de Darwin où ils se séparèrent. Un garde guida Zoé et Simon à travers un labyrinthe de coursives techniques sinistres, se servant de son badge pour franchir les portes sécurisées. En cinq minutes, ils étaient sous Rosalind.

Simon saisit Zoé par les épaules.

— Il n'y a plus de zones restreintes si tu remontes. Tu crois que tu peux rejoindre le bureau Média toute seule ?

— Pourquoi, où veux-tu aller ?

Un ronflement fit trembler les parois pendant une dizaine de secondes. C'était la furie dehors. Simon rentra la tête dans les épaules.

— Romy traînait pas mal du côté de LUX 2 ces derniers jours, dit-il, peut-être qu'elle a fait du zèle et est restée plus longtemps que prévu. Il y a une passerelle couverte qui permet d'y accéder.

— Elle peut se décrocher à tout moment, monsieur, fit le garde.

— Je suis prêt à prendre le risque. Mais si vous ne venez pas avec moi, je vais avoir besoin de votre badge.

Le garde se raidit en défiant Simon du regard.

— Je viens, conclut-il.

Simon déposa un baiser furtif sur la main de Zoé et lui désigna les escaliers tandis qu'il s'éloignait :

— Tu montes et tu *checkes*. Si elle n'y est pas, reste et attends mon coup de fil.

Simon et le garde se tenaient à l'entrée de la passerelle qui courait sur trente mètres pour relier LUX 1 et LUX 2. Elle tressautait et grinçait tandis qu'un horrible ronronnement tournait autour d'eux.

— Vous êtes sûr de vous ? fit le garde.

— J'ai perdu mon fils dans une telle saloperie. Je ne laisserai pas cette fille seule, où qu'elle soit.

Simon s'élança le premier sur le sol métallique. Cette passerelle-ci était fermée, mais quelques gouttes parvenaient à s'infiltrer par le plafond. Elle gigotait plus qu'un manège de fête foraine et Simon s'arrima à la rampe qui filait tout du long. À mi-chemin, il put sentir les mouvements de la structure. Elle se soulevait et s'abaissait dans la tempête. De combien était donc sa résistance ? Son alliage était-il souple ? Après tout, les ailes des avions avaient la capacité de se soulever de plusieurs mètres pour absorber les turbulences, tenta de se rassurer Simon tout en s'efforçant de ne pas tomber. Derrière, le garde était livide.

Simon continua d'avancer, attentif aux bruits autour d'eux, et il y en avait beaucoup. Il accéléra sur la fin. Une fois de l'autre côté, il reprit son souffle.

— Faudra faire le chemin retour, rappela le garde, qui masquait mal son ressentiment à l'égard du sociologue qui l'avait entraîné là.

— Une chose après l'autre.

Maintenant, il fallait localiser Romy si elle était dans ce secteur.

— On procède par étage, dit-il. Venez.

LUX 2 avait été mise en alerte et évacuée. Il n'y avait plus personne. Seules les veilleuses des accès et des zones de déambulation étaient allumées, le reste demeurait plongé dans le noir. Simon et son garde marchaient à toute vitesse, criant le nom de la jeune femme, sillonnant couloir après couloir, le garde éclairant par les vitres l'intérieur des laboratoires qu'ils croisaient, mais ils ne détectaient aucune présence.

Pendant plus de trois heures, ils sondèrent les bâtiments les uns après les autres, au pas de course, s'époumonant pour appeler Romy à travers le bruit de fond qui grondait contre les murs.

Simon perdait espoir qu'elle soit ici. Il avait appelé Zoé au bureau Média, qui n'avait pas eu plus de résultat.

— Je vais inspecter Rosalind, annonça-t-elle.

— Sois prudente. On continue ici. Zoé, on va la retrouver.

Simon fonçait à travers les installations en se demandant pourquoi il s'était senti obligé de faire cette promesse. N'était-il pas bien placé pour savoir que l'homme n'avait aucun pouvoir face à la nature ? Celui-ci l'avait cru, il avait pensé la dompter, s'était envisagé supérieur, intouchable, avec son industrialisation, avec ses machines, sa science. Mais à quoi est-ce que tout ça lui servait à présent que le monde était aux abois ? Que la Terre tremblait partout ? Que son souffle rageur ravageait ses villes ? Que les tsunamis noyaient ses côtes ?

Simon plus que quiconque savait qu'il ne fallait pas se montrer prétentieux face à la nature. Pierre l'avait été, et il en était mort.

Ils parvinrent au dernier étage du bâtiment Jonas-Salk. C'était un lieu particulier pour Simon, et il n'arrêtait pas d'y penser depuis qu'ils l'exploraient. D'abord parce que lui-même était un grand admirateur de Jonas Salk. Mais qui connaissait encore son nom ? Les gamins du monde entier savaient qui étaient Elon Musk ou Mark Zuckerberg ; on dressait des statues de footballeurs ou de chanteurs, mais y en avait-il ne serait-ce qu'une seule de Jonas Salk dans chaque pays ? Salk était l'inventeur du vaccin contre la poliomyélite, cette maladie infectieuse parmi les plus meurtrières qui ravagea l'humanité pendant la première moitié du XXe siècle notamment et toucha principalement les enfants. Salk inventa le vaccin mais surtout décida de ne pas le breveter pour le laisser accessible à tous et ainsi sauver un maximum de vies. Le vaccin aurait pu lui rapporter sept milliards de dollars. Il les refusa et répondit : « Le brevet appartient au peuple. Pourrait-on breveter le Soleil ? » Pour Simon, il n'y avait pas meilleur héros à ériger en exemple. Jonas Salk était pourtant un nom quasi anonyme. Aujourd'hui, on glorifiait les milliardaires. Ce monde devenait fou.

La seconde raison pour laquelle ce bâtiment ne lui était pas inconnu, c'était qu'il avait entendu Matéo et Marick le mentionner à plusieurs reprises, toujours discrètement. Plus étonnant encore, récemment, en entrant dans le bureau de Matéo, Simon l'avait surpris en train de cacher un dossier. Le sociologue n'avait pas pu lire le nom écrit dessus mais il avait eu le temps de voir la grosse étiquette « Jonas-Salk – Lab 6 – #33 ». Et il lui avait semblé apercevoir un bandeau rouge de type CONFIDENTIEL, sans en être totalement sûr.

Ces deux-là cachaient quelque chose. Ce n'était pas de son ressort, et Simon n'avait pas cherché à en savoir davantage. Mais en passant devant le laboratoire 6, son ventre se serra. L'occasion était trop belle. Simon se frotta les mains nerveusement, puis il interpella le garde devant :

— Romy venait à cet étage ces derniers jours. Les labos sont grands, elle ne nous entendra pas si on l'appelle, surtout avec les sas. Je voudrais aller jeter un coup d'œil.

La garde hésita, mais il n'avait aucune raison de se méfier, après tout Marick en personne lui avait ordonné de leur ouvrir toutes les portes. Il badgea et le sas s'ouvrit.

— Gagnons du temps, je fais celui-ci, faites l'autre en face.

Là encore le garde prit une seconde pour réfléchir et acquiesça avant de filer. Simon était à l'intérieur, et seul.

— Romy ? Romy ?

Il ne croyait pas une seconde qu'elle se trouvait ici. À vrai dire il commençait à se convaincre qu'elle n'était pas sur LUX 2, leur expédition n'avait servi à rien, mais il voulait donner le change. *Peut-être pas si inutile que ça*, se dit-il en approchant des ordinateurs qui étaient en veille.

À quoi servait le labo 6 au juste ? Il y avait principalement du matériel informatique et quelques appareils technologiques dont il était incapable d'envisager la fonction. Son impression était qu'on y étudiait des données collectées ailleurs.

Simon vérifia d'un regard vers la baie vitrée que le garde n'était pas de retour dans le couloir et tapota sur un des claviers, qui réveilla l'ordinateur. Aucun mot de passe demandé. La sécurité ici, c'était le sas, ils étaient plusieurs à se partager les ordinateurs et n'avaient aucune raison de les protéger entre eux, perte de temps.

Simon examina brièvement le bureau numérique. Des dossiers avec des noms compliqués un peu partout. Il ouvrit la fenêtre de recherche et tapa « #33 ».

Le dossier 33 apparut sous ses yeux.

Le couloir était toujours vide. Il double-cliqua sur l'icône, qui lui donna le choix entre une demi-douzaine de documents. *Merde, qu'est-ce que c'est que ces machins ?* Il repéra un doc Word, ça il connaissait, et le lança.

Personne dans le couloir. Simon prenait des risques, et pour quoi ? Des messes basses entre politiciens ? Une pochette douteuse rangée à la hâte ?

Le Word faisait dix pages qu'il fit défiler juste pour en avoir un aperçu. Cela concernait Sphère. Des chiffres, des lettres, des diagrammes. Des ondes. Rien dont il ait entendu parler jusqu'à présent, et c'était déjà une information intéressante. Pourquoi est-ce qu'une équipe conservait des données pour elle ? Il voulait lire dans le détail mais n'en avait pas le temps. Pas maintenant. Il cliqua aussitôt sur « Imprimer ».

La lampe du garde réapparut en face, près de la sortie du labo opposé. *Vite, magne-toi.*

Les feuilles sortaient de l'imprimante. Il attrapa la dernière et les enfourna, toutes chaudes, sous sa chemise au moment où le garde se penchait contre la baie vitrée pour voir ce qu'il fabriquait.

Simon fit signe qu'il n'avait rien trouvé.

Mais il n'en était pas si sûr.

28.

L'océan était gris et blanc, le ciel cendré.

Dehors, entre les bâtiments de LUX 1, le sol ressemblait à un terrain de guerre, jonché de fragments de tout ce que la tempête avait pu arracher dans la nuit, tessons, barres de fer désormais plantées dans les murs et mottes végétales. Le parc était en partie ravagé, mais étrangement, nettement moins que le reste, ce que personne ne s'expliquait.

Il restait une traîne de vent tiède comme ultime souffle de la tempête.

Zoé n'avait pas dormi. Elle et Simon s'étaient retrouvés avant l'aube et ils marchaient, désemparés, sur l'esplanade, à la recherche de la moindre trace, lorsque Romy apparut au loin.

Elle titubait, hagarde, blanche comme un spectre, du sang entre les doigts, et revenait de la tour de l'héliport.

Zoé se mit à courir vers sa fille, qu'elle étouffa en la prenant contre elle.

— Tu étais où ? demanda-t-elle, en larmes.
— J'étais… là-haut, répondit Romy du bout des lèvres. C'est elle, maman. C'est Sphère qui m'a protégée.

Simon les rejoignit et enveloppa la petite famille à son tour. Ils restèrent ainsi longuement.

— Mais qu'est-ce qui t'a pris d'aller là-haut ?
Zoé criait dans sa chambre.
— Je voulais faire… un reportage ! J'ai pas entendu l'alerte, c'est tout. Tu crois que j'ai fait exprès, Mum ? J'ai eu la peur de ma vie !
Zoé se rendit compte qu'elles étaient toutes deux sur les nerfs. Elle prit sa fille contre elle et changea de ton :
— Moi aussi, puce, moi aussi.
Elles se firent un long câlin.
— Tout à l'heure, tu as dit que c'est *elle* qui t'a sauvée. Ça veut dire quoi ?
Romy se recula.
— Tu vas me prendre pour une folle.
— C'est déjà le cas depuis longtemps. Dis-moi.
Romy mit plusieurs secondes à se décider. Puis elle se lança :
— Quand la tempête a frappé la plate-forme, j'ai cru qu'elle allait nous avaler, nous renverser, et puis… j'ai vu la lumière l'en empêcher.
Zoé grimaça.
— Tu vois, tu me crois pas.
— Si, je demande que ça, mais là je… je pige pas. La lumière a agi contre la tempête ?
— Pas directement, mais c'était comme si elle formait une sorte d'écran autour de nous. Pas parfaitement étanche, plutôt comme si… elle et la tempête s'affrontaient.

— Tu es sûre de ce que tu as vu ?
— Je te le dis, Mum.
— OK. Je te crois. C'est bizarre, mais je te crois.

Elles avaient eu si peur que Zoé éprouva le besoin de reprendre sa fille dans ses bras. Celle-ci se laissa faire mais gémit. Elle avait mal un peu partout.

— Tu vas aller à l'infirmerie tout de suite, dit sa mère.
— Pas bes...
— C'est un ordre total, absolu et tyrannique.
— OK.

Puis Romy avoua :
— En plus j'ai perdu mon tel.

Zoé pouffa devant la futilité de l'information après la nuit qu'elles avaient passée.

— Ils te le remplaceront. Bon. Je t'interdis de me refaire une frayeur pareille, pigé ?
— T'inquiète, je suis vaccinée.

Zoé n'aima pas la petite lueur qu'elle capta dans l'œil de sa fille. Son instinct de mère lui disait que sa dernière phrase n'était pas tout à fait sincère...

Romy eut droit à un check-up complet.

Elle avait perdu connaissance, souffrait d'une légère hypothermie et de déshydratation, avait quelques ecchymoses – elle s'était écorché les mains à force de s'agripper –, mais rien de grave.

La blessure la plus violente était psychologique. Elle s'était vue mourir. Elle s'était même crue morte à son réveil, ankylosée, froide, ne sachant plus où elle était avant que la mémoire lui revienne. La tempête avait certes gagné sur elle, Romy s'était évanouie, mais pas contre Sphère. LUX était encore debout dans l'océan, et Romy n'avait aucun doute sur ce qui l'avait permis.

Sa perception de Sphère n'était plus tout à fait la même après cela. Depuis le début, elle la considérait comme une entité positive. Elle ignorait de quoi il s'agissait, elle suivait les théories d'Icon à travers ce que lui racontait sa mère chaque soir, mais elle refusait de trancher et de s'enfermer dans un avis définitif. Sphère était juste bienveillante, c'était la seule croyance à laquelle elle voulait adhérer.

À présent, c'était une certitude.

Sphère les avait protégés, elle l'avait vu. Et il fallait la protéger en retour.

Personne n'était venu sur le terrain de tennis hier, parce que c'était impossible. Mais le rendez-vous aurait lieu. *Sauf que vu l'état de la tour...* il semblait peu probable que ce soit là-haut. Il y aurait un nouvel échange de messages. Romy devait y retourner. Il était inconcevable d'abandonner. Rien n'avait changé dans sa détermination.

— Vous restez ici en observation quarante-huit heures, l'informa le médecin.

— Je vais bien, c'est pas néces...

— Oui, elles disent ça et puis elles font un malaise sous leur douche et se brisent le nez ou se font un trauma crânien. Non merci. Deux jours de repos, vous n'allez pas vous en plaindre. Allez, prenez ces cachets.

Le médecin ouvrit la porte pour sortir et faillit se cogner dans le garçon qui se tenait sur le seuil. Lorsque

ce dernier entra, Romy manqua s'étrangler avec son cachet.
 Axel.

29.

Le géant aux cheveux gris planta ses dents dans le hamburger et en fit disparaître un quart d'une seule bouchée.

C'était Emmett Lloyd qui avait proposé à Zoé de déjeuner avec lui au mess de Rosalind, pour changer. Il l'étudiait par-dessus ses grosses lunettes carrées.

— Ronnie m'a dit que les pages rédigées par votre cellule sur « Sphère entité protectrice » seraient votre suggestion, dit-il en terminant de mâcher.

Zoé comprit que l'invitation n'était pas gratuite.

— Une idée de ma fille, à vrai dire.

Emmett acquiesça, apparemment intéressé.

— Vous savez qu'une équipe à LUX 2 travaille justement sur ce thème ? Synchronicité. Oh, c'est très récent, ils démarrent seulement. À cause de la tempête que nous venons de vivre, bien sûr.

— Ah oui ? fit Zoé, intriguée.

Emmett se nettoya les gencives avec la langue tout en réfléchissant.

— Figurez-vous que les choses ne se sont pas tout à fait passées comme elles auraient dû, révéla-t-il une fois décidé sur ce qu'il allait dire et comment. Nous avons eu beaucoup de chance.

Zoé fronça les sourcils.

— Ou nous avons été aidés, ajouta le docteur en ingénierie des structures.

— Comment ça ?

— Saviez-vous que trois navires ont coulé autour de nous cette nuit-là ? Et deux ont été évacués hier, par précaution.

— Je l'ai appris, oui. C'est terrible.

— Je ne connais pas le bilan, les armées communiquent à leur rythme ces choses-là, mais c'est un désastre. Cela dit… Nous aurions pu en faire partie.

Zoé ne voyait pas où il voulait en venir précisément. Emmett enchaîna :

— Les données météo et les images-satellites ont montré que la tempête grossissait au fur et à mesure qu'elle s'approchait de nous. Nous n'avons pas pu l'anticiper assez tôt, elle s'est formée très vite, mais a également gagné en puissance rapidement. Lorsqu'il a été évident qu'une perturbation atmosphérique sévère se dirigeait sur nous, elle était de type ECO grade 2. Deux heures plus tard, elle nous impactait avec la force d'une grade 4. Un monstre.

— Ouch. Je… je n'avais pas réalisé.

Elle repensait à Romy qui avait subi ça depuis le sommet de la tour.

— Parce que, honnêtement, ce n'est pas ce que nous avons vécu. Grade 4, nous aurions dû souffrir bien plus. Des bâtiments auraient dû être détruits, peut-être toute la station. Des blessés. Des morts.

Il avait reposé son hamburger et affichait un air grave.

— Elle s'est brutalement adoucie en nous frappant, Zoé. Étrange, n'est-ce pas ? Les images-satellites sont surprenantes. Nous étions au cœur de l'enfer et il s'est dissipé presque instantanément. La tempête nous a traversés et s'est effondrée sur elle-même. Cent kilomètres plus au nord, elle avait disparu. Juste le temps d'être emportée par son élan et… terminé.

Cela donnait une caisse de résonance énorme à ce qu'avait ressenti Romy. Zoé, la gorge nouée, ne put que dire :

— Vraiment ?

— Nous nous demandons à présent à quel point Sphère a eu une influence sur ce phénomène. D'où l'intérêt que nous portons à votre idée. Continuez dans cette voie, faites parler chaque membre de votre cellule sur cette notion de protection. Pourquoi Sphère ferait ça ? Énumérez-moi toutes les versions de ce que Sphère pourrait être au regard de cette interaction, nous voulons lire vos conclusions. L'équipe de LUX 2 étudie les données scientifiques ; vous, faites parler votre imagination pour nous proposer des interprétations. Je dois m'entretenir avec le comité exécutif demain. L'ONU veut être transparente sur cette question, qui va changer beaucoup de perceptions.

— Bien, monsieur.

— Ah, non, moi c'est Emmett.

Il reprit son hamburger mais fixa Zoé plutôt que de mordre dedans.

— Vous avez votre petite intuition personnelle, n'est-ce pas ? Ronnie me dit que vous n'arrêtez pas de cogiter, vous animez le débat mais ne vous mouillez pas avec votre interprétation. J'ai peine à croire que vous n'en ayez aucune.

Zoé nota que Ronnie était un vrai mouchard.

— Ça ne fait que deux jours que la tempête est passée. Je préfère aller au bout de celles des autres pour ne pas les influencer, ensuite je donnerai mon avis.

— Savez-vous où nous sommes ?

— Comment ça ? Ici ? Dans le bâtiment Rosalind-Franklin.

— Mais savez-vous *qui* est Rosalind Franklin ?

— Une scientifique, je crois...

Zoé se sentit bête. Elle n'était même pas allée chercher cette info, ne serait-ce que par simple curiosité. Elle entrait dans ce lieu chaque matin et n'avait pas pris trois minutes pour aller sur Internet taper son nom. Juste par désir de se cultiver.

— C'est elle qui a découvert la structure hélicoïdale de l'ADN. Une percée majeure dans la compréhension de la vie.

— Je croyais que c'étaient deux hommes... Watson et... je ne sais plus.

Zoé avait lu un livre entier sur le sujet pour se documenter au moment d'écrire son second roman.

— Watson et Crick. L'Histoire a retenu leurs noms, en effet, parce qu'ils se sont affirmés, alors qu'ils ont accaparé une partie des résultats des recherches de Rosalind Franklin. Comme c'était une femme... on a plutôt mis les deux hommes sur le devant de la scène. Mais c'est elle qui est à l'origine de la découverte.

— C'est odieux. Mais pourquoi vous me dites ça ?

— Voyez-vous, ici, nous avons à cœur de ne pas oublier les individus qui ont vraiment fait avancer l'humanité, même lorsque l'Histoire, qui est injuste, les a laissés dans l'ombre. Mais nous sommes une exception. Imposez-vous, Zoé. Faites confiance à votre intuition. Personne n'est sur cette plate-forme par hasard.

Zoé hocha la tête, en bonne élève.

— Je prends le point.

— Et donc ? Votre théorie à vous sur Sphère ?

Emmett la toisait avec l'air de celui qui n'entend pas se voir opposer de refus. Zoé capitula :

— Tout le monde envisage que Sphère nous ait protégés, c'est vrai. Par bienveillance naturelle, parce qu'elle est programmée pour ça, parce que c'est l'œil de Dieu, parce qu'elle n'a pas fini sa mission, quelle qu'elle soit, parce que...

— *Votre* avis, insista Emmett de son index impérieux.

Zoé triturait ses couverts nerveusement et décida qu'elle ne pouvait plus reculer, tant pis si elle était ridicule :

— Je me demande si Sphère ne s'est pas juste protégée *elle*, et nous en avons bénéficié au passage, mais sans que ça ait jamais été son intention. Si tant est qu'elle en ait une.

Emmett souriait. Il plissa la bouche, satisfait, et mordit dans son hamburger.

30.

Deux jours sans poster, c'était comme deux jours sans se nourrir. Sa communauté aussi maigrissait, perdait en dynamisme. Romy devait absolument se remettre au travail.

Marick l'avait appelée pour prendre de ses nouvelles et lui avait fait porter un nouveau téléphone. À lui également elle avait baratiné qu'elle faisait un reportage sur le court de tennis lorsque la tempête l'avait surprise, et c'était passé crème.

Romy attendait le médecin qui devait l'autoriser à sortir. Elle n'en pouvait plus. Deux jours cloîtrée dans sa chambre à l'infirmerie l'avaient mise sur les nerfs, et ce n'étaient pas ses carnets de croquis apportés par sa mère qui avaient changé quoi que ce soit.

De ce côté-là, elle ne pouvait rien reprocher à Zoé. Pas après la surprise qu'elle lui avait préparée. Retrouver Axel dans tout le personnel et le lui envoyer, là, c'était grandiose. Gonflé mais grandiose.

Le garçon avait été parfait, presque trop. D'abord parce qu'il était monté avec une glacière pleine de nourriture pour s'assurer que Romy ne manquerait de rien

– l'infirmerie avait un régime spécial peu appétissant. Ensuite parce qu'il avait été prévenant, sans la brusquer de mille questions, et qu'il avait joué le jeu de juste discuter, de l'existence, de leurs parcours... et lorsque Romy restait discrète sur sa propre vie, il n'insistait pas. Elle était bien incapable de tout lui dire de son passé. Pas comme ça. Il était devenu trop important pour elle, même en si peu de temps, pour qu'elle le fasse fuir comme tous les autres. Elle voulait en profiter encore un tout petit peu.

La porte s'ouvrit.

— Ah, docteur, c'est bon, je peux me...

Axel passa une tête.

— Je peux ?

Il avait décidément le don pour systématiquement apparaître lorsqu'on ne s'y attendait pas.

Axel, sculpté par un polo repassé de frais, sentait le parfum. Il tenait une boîte qu'il ouvrit devant Romy. Elle contenait une rose en pâte à sucre.

— Pour fêter ta sortie.

— C'est toi qui l'as faite ?

— Ça se voit, non ?

Ils rirent. La fleur était effectivement assez moche et s'effondrait sur elle-même.

— C'était ça ou une chanson. J'ai eu pitié de tes oreilles.

Axel se posta devant la fenêtre, d'où il jeta un œil dehors. Les dégâts de la tempête déjà effacés en grande partie. Le ciel redevenu bleu.

— C'est gentil de passer, dit Romy.

— Je me suis dit que je pourrais porter ton sac et t'aider à retourner à ta cabine.

— Hey, je suis pas grabataire non plus.

Elle souleva son tee-shirt pour exhiber son flanc droit tout bleu :

— Je suis juste passée sous un cyclone.

— Oh merde. Comment c'est arrivé ?

— Une plaque derrière laquelle j'étais réfugiée qui s'est abattue sur moi. Pas grave, mais ça fait mal.

Elle remarqua qu'Axel ne détachait pas les yeux de son flanc. Elle avait monté le tee-shirt un peu trop haut, et le rabaissa. Elle n'avait plus aucun doute à présent. Elle lui plaisait. Ça transpirait dans son regard, dans ses attentions. Dans le parfum qu'il venait de mettre – un peu trop. Romy le trouvait touchant. Et elle ne pouvait pas dire que ce n'était pas réciproque. Ses petites bouclettes noires, sa peau caramel, sa mâchoire carrée, son sourire qui ressemblait à la tentation… La jeune femme était sous le charme.

— Pourquoi t'es si attentionné avec moi ? demanda-t-elle soudain.

— Euh… C'est un reproche ?

— Non. C'est que… J'ai pas l'habitude.

Il haussa les épaules.

— J'en ai besoin.

— Toi ? Tu as *besoin* d'être galant et sympa ? C'est une drôle de réponse.

Axel plissa le nez.

— Tu vas encore jouer à la psy pour me soutirer des infos sur ma vie ?

— Elle m'intéresse, ta vie.

— Alors disons que j'ai une boussole morale très sensible. C'est valide comme explication ?

— Si tu détailles. Là je pige pas.

Axel se frotta le crâne nerveusement, pas à son aise, mais lâcha prise :

— Quand j'ai un doute sur le comportement à avoir, je m'interroge sur ce qu'aurait fait mon père, et j'applique le contraire.

Romy fit la moue.

— Pardon. Je pensais pas... Ma curiosité était déplacée.

— Non, non, t'en fais pas. J'ai rien à cacher.

Cette fois, c'était évident pour Romy :

— D'où le besoin de te tirer de la maison, la marine marchande, tout ça...

Il acquiesça et un silence tomba entre eux. Il le brisa en premier :

— Si j'en fais trop avec mes... attentions, faut me le dire. J'essaye juste de... je sais pas, d'être un mec exemplaire.

— Non, j'adore. C'est ma question qui était débile.

Il haussa à nouveau les épaules :

— C'est bizarre comme on se sent parfois coupable des agissements de ses parents alors qu'on n'y est pour rien, non ? Mon père était un enfoiré, il tapait sur ma mère. J'ai juré que je serais tout l'inverse. Quitte à être... mièvre.

Il se pencha devant elle pour attraper son sac.

— Laisse-moi au moins prendre ça.

En se redressant, ils se frôlèrent. Hésitèrent. Il suffisait que Romy entrouvre les lèvres pour lui donner l'autorisation. Leurs regards brûlaient. Il faisait une température irrespirable dans la pièce.

Pourtant elle n'en fit rien. Elle en était incapable. Et au fond d'elle, elle priait pour qu'il ne le fasse pas non plus. Ce n'était pas juste. Ce n'était pas honnête non plus. Elle n'avait pas tout dit.

Romy fit un pas en arrière et lui offrit un sourire gêné.

Le médecin entra à ce moment-là et la libéra de ce cruel dilemme.

Le cylindre noir était encore là, posé à l'intérieur du boîtier du disjoncteur. Vide cette fois. C'était décevant, toutefois cela signifiait qu'on était venu depuis le dernier passage de Romy. Donc la communication était encore ouverte. S'étaient-« ils » vus pendant les deux jours où elle était à l'infirmerie ? C'était à craindre.

Romy replaça tout le dispositif comme il était, s'attelant à ne surtout pas trahir son passage.

Elle allait revenir. Tous les jours. Cela avait fonctionné une première fois, il n'y avait aucune raison que ça ne se reproduise pas.

La dernière fois tu as failli crever là-haut sur cette tour...

Ce n'était pas la faute de celui ou celle qui laissait les messages, c'était la faute à pas de chance. Mais Romy restait confiante.

Sphère la protégeait.

Lorsqu'elle regagna le pont principal de LUX 1, elle remarqua que la flotte militaire avait repris ses positions initiales. Une douzaine de marines de pays différents qui se croisaient, tous canons dehors, dans un ballet méticuleusement orchestré pour que chacun ait sa place, et surtout qu'il la tienne.

En cet instant, Romy fut bien incapable de se l'expliquer, mais elle eut l'impression que le temps leur était compté. Un tic-tac dangereux. Dont nul ne pouvait mesurer les conséquences.

31.

Elle avait le trac.

Zoé frappa à la porte de Romy qui lui cria d'entrer à travers le battant. Zoé avait obtenu d'avoir accès grâce à son badge à leurs deux cabines, privilège des rares familles à bord. Elle trouva Romy étendue sur son lit, l'ordinateur sur les cuisses. René, qui dormait de tout son long au milieu de la pièce, releva la gueule, dérangé.

— Je lis les commentaires sous les vidéos que j'ai faites hier aprèm et ce matin, c'est ouf, il y en a des centaines. Les gens adorent.

— Plus que les précédentes ?

Romy était tout excitée, et gênée en même temps.

— Ils adorent me voir. C'est chelou, non ?

— Non, tu es pertinente et, accessoirement, sublime.

René s'était péniblement relevé pour venir saluer son autre maîtresse. Zoé le caressa et se pencha pour lui embrasser la truffe.

— Je voulais pas me montrer au début, avoua Romy, mais Marick m'a convaincue...

— Pour une fois que ce serpent est digne de confiance... Il est venu te voir à l'infirmerie au moins ?

— Il a fait porter un mot, c'est mieux que rien, de sa part et de celle de Matéo Villon.

Villon. Il était encore là, celui-là ? On ne le voyait plus beaucoup, trop occupé qu'il était à fréquenter l'équipe dirigeante de LUX. Ici aussi, il semblait y avoir plusieurs classes, et elles se mélangeaient peu. Zoé se reprit, elle n'était pas là pour traînasser :

— Dis, tu veux bien venir un instant dans ma cabine ?

Romy flaira le mauvais coup et repoussa son ordinateur sur le lit.

— Tu me prépares quoi ? C'est pas mon anniversaire…

— Non, c'est rien, juste… Je veux te… Bon, viens !

Elles traversèrent le couloir et Zoé serra les dents, craignant la réaction de sa fille lorsqu'elle désigna Simon attablé dans sa cabine.

— Voilà, dit-elle, je voulais que nous ayons une petite conversation pour…

— Me dire que vous deux, vous… Cool. C'est pas trop tôt. Autre chose ?

— Euh… non.

— Trop de commentaires à lire, j'y retourne.

Romy déposa une bise sur la joue de sa mère et reprit la direction de sa cabine en face.

— Ah, et, merci Simon ! s'écria-t-elle. De la… décoincer, quoi !

Romy referma la porte.

— Bon, fit Zoé. Elle l'a plutôt bien pris. Je crois que j'ai joué finement en lui trouvant son Axel. Pourvu que ça marche entre eux.

Simon n'était pas inquiet, lui, toujours placide. Il invita Zoé à prendre place en face de lui.

— Puisqu'on en est aux confidences...

— Oh merde. Tu as quelqu'un en France en fait ? C'est ça ?

Il répondit d'un sourire pour la politesse mais Zoé comprit que c'était plus grave. L'heure n'était pas à la légèreté et cela l'inquiéta plus encore.

Il posa sur la table une liasse de feuilles.

— Qu'est-ce que c'est ? interrogea Zoé.

— Le cœur de Sphère qui bat.

Zoé s'empara des feuilles, qu'elle commença à parcourir.

— Ça vient d'être publié ?

— Non. Et ce sont pourtant des données connues depuis une dizaine de jours.

Zoé releva le nez vers lui.

— Comment ça ? Tu veux dire...

— Oui, c'est confidentiel. Un petit secret bien gardé apparemment. J'ai surpris Matéo et Marick en train d'en parler. Ça vient du labo 6 et j'ai vérifié dans l'historique de tous les travaux conduits jusqu'à présent : tu sais quel est le seul labo qui ne sort rien, aucune étude ? Le 6. Comme s'il n'existait pas.

— Il doit y avoir une erreur...

— Non. Tout est archivé, nous devons rendre des comptes sur absolument tout, puisque c'est l'argent de l'ONU, et nous soumettre aux contrôles éventuels. Mais le laboratoire 6 ne fournit rien. Comme s'il n'était pas ouvert. Et tu veux la meilleure ? Il n'y a personne qui y bosse officiellement. C'est un *back-up*, en cas de problème. Je viens de passer les deux derniers jours à tout éplucher. Je crois que les personnes qui sont affectées au lab 6 sont, dans les registres du personnel, réparties dans d'autres équipes, un leurre, mais il me faudrait les identifier pour m'en assurer.

Il laissa à Zoé le temps d'encaisser et conclut :

— C'est un laboratoire fantôme.

— Et les autres scientifiques, ils n'ont rien vu ?

— Tu es allée, toi, lire les registres du personnel pour vérifier si tous les noms écrits dedans sont bien dans ta cellule d'Icon ? Personne ne le fait. Nous n'avons aucune raison de nous méfier.

Zoé avait la main devant la bouche, estomaquée.

— Comment tu es entré en possession de ces documents ? voulut-elle savoir.

— J'ai fouillé le labo après avoir entendu nos deux diplomates faire des messes basses.

Zoé n'en revenait pas. Elle leva une feuille :

— Et ça raconte quoi ?

— Ils ont trouvé d'autres fréquences que la 432 hertz, mais en l'état c'est confus. Je crois qu'elles sont masquées dessous, ils font allusion au cœur de Sphère qui battrait mais c'est allégorique, c'est bourré de graphiques… J'ai jamais été doué en physique. Je ne sais pas ce qu'ils veulent en faire. J'étais surtout focalisé sur ce labo à vrai dire, faute d'y piger quelque chose.

— Ethan pourrait nous aider.

Simon se crispa.

— Zoé, c'est sensible. Nous ne sommes pas censés être au courant.

— Qui l'est ?

— Matéo et Marick déjà. Et je suppose qu'ils ne sont pas les seuls. Peut-être tous les cadres dirigeants, peut-être seulement une équipe restreinte, peut-être uniquement des Français, je n'en sais rien !

— Emmett Lloyd ?

— Aucune idée ! répondit Simon, désemparé.

— Quel intérêt de nous cacher ces découvertes ?

Simon fit signe qu'il n'en savait pas plus et Zoé prit les feuilles en se levant brusquement.

— Qu'est-ce que tu fais ? s'alarma-t-il.

— Je vais confronter Matéo. J'ai besoin de...

Simon l'attrapa par le poignet.

— Non ! Surtout pas ! Imagine que ce soit top secret, qu'ils soient prêts à... au pire, pour protéger ce qu'ils savent !

Zoé se dégagea. Elle le regardait avec horreur.

— On parle de notre gouvernement, là, dit-elle, effarée.

— Je sais. Ils prennent beaucoup de risques en dissimulant tout ça au monde. Ce n'est pas pour rien, et qui peut dire à quel point ils veulent préserver leurs cachotteries ?

— Tu crois que la présidente est au courant ?

Simon haussa les épaules.

— Matéo et Marick bossent directement pour elle.

— Merde.

Zoé s'adossa au mur et fixa le plafond pour réfléchir. Elle feuilleta de nouveau les documents.

— Il faut qu'on sache ce que ça signifie. Si c'est dangereux, je veux le savoir. J'ai ma fille à bord.

Simon poussa un long soupir.

Il acquiesça.

— Mais n'affronte pas Matéo et Marick frontalement.

Zoé déverrouilla sa cabine, sortit et déclara depuis le couloir :

— Je vais d'abord essayer de comprendre ce que racontent ces pages. Toi, creuse la piste du labo 6. Qu'on sache ce qu'ils y font réellement.

Par la porte restée ouverte, Simon vit Zoé s'éloigner. Elle ne lui avait pas vraiment laissé le choix.

32.

À l'unanimité, les personnels de LUX décrétèrent de se passer de fête pour le 31 décembre. La tempête avait emporté trois cent quarante-six hommes et femmes sur les navires qui assuraient la sécurité autour de la plate-forme. Au lieu du réveillon, ils annoncèrent une cérémonie du souvenir le 1er janvier en hommage à toutes celles et tous ceux qui avaient perdu la vie au cours de l'année à cause des conditions climatiques.

Axel avait tout de même proposé à Romy de le retrouver ce soir-là, après le service, vers 23 heures, pour qu'ils disent adieu ensemble à cette folle année, avec la bénédiction de Sphère. Rendez-vous était donné sur « leur » balcon au sous-sol. Axel avait un badge bleu, pour accéder aux cuisines notamment, et il pouvait venir jusque-là sans problème.

Romy marchait dans les coursives techniques enfumées, au milieu des conduites et des pompes qui glougloutaient. Combien de fois était-elle venue ici ? Et pour quel résultat ? Un message, une fois, et qui avait failli lui coûter la vie, indirectement…

Elle profitait de devoir descendre pour vérifier si le cylindre était toujours vide. Elle contrôlait quotidiennement désormais.

Romy prenait soin de ne pas toucher les parois graisseuses, elle avait mis sa plus belle robe, blanc évanescent, décolletée et au dos ouvert. Elle l'adorait. On ne pouvait pas faire plus féminin et sensuel, à ses yeux. Sauf que les talons compensés en corde n'étaient pas les plus adaptés à ce genre d'endroit et elle passait son temps à manquer de se tordre la cheville et donc à fulminer.

Non mais je te jure... Ce coup-ci, si je tombe sur quelqu'un, je vais avoir du mal à justifier que je traîne là, fringuée comme ça !

Elle parvint au réduit et, avec des gestes qui trahissaient l'habitude, elle retira le boîtier du disjoncteur.

Je vous jure, monsieur le garde, c'est un mec qui m'a filé rencard ici. Ah non, non, c'est un chic type en plus !

Le cylindre était là, posé à sa place.

Et le pire là-dedans, c'est que je trouve ça trop...

Romy interrompit le flux de ses pensées en sentant le mouvement à l'intérieur du cylindre. *Oh putain.*

C'était reparti.

Elle le dévissa précipitamment et déroula le papier.

Pont −2. Hangar #3. Caisse 2.

Ça ressemblait à une chasse au trésor. *Ou à des instructions de narcos !* Elle sortit aussitôt son téléphone de son sac en bandoulière. 22 h 41. Elle n'avait pas le temps d'y aller si elle voulait être à l'heure pour Axel. *Mais si la personne à qui est destiné ce message passe dans la soirée ?* Ce serait fichu. *Merde !*

Romy essaya de se remémorer ses pérégrinations dans le sous-sol pour retrouver l'escalier le plus proche vers le niveau −2. *Avant les salles sous le parc !* Et elle fonça. Si Axel était vraiment le chic type qu'elle se racontait, il attendrait un peu.

Romy n'avait pas parcouru dix mètres qu'elle s'immobilisa en entendant un bruit. Quelqu'un venait. Non pas dans son couloir mais dans l'autre, celui qui menait au réduit d'où elle sortait. *Merde, merde, merde.*

La personne approchait.

Romy ôta les lanières qui remontaient sur ses mollets et glissa ses chaussures sous son bras. Elle n'avait que quelques secondes avant que l'intrus puisse la voir depuis le réduit. Le treillis du sol lui blessait la plante des pieds mais au moins elle était plus silencieuse qu'un fantôme, et elle se dépêcha de filer.

Peu après, elle dévalait les marches vers le deuxième sous-sol. Celui-ci, elle ne le connaissait pas. Une zone de stockage principalement. La coursive ici était plus large, éclairée d'un néon blafard, mais plus impressionnante aussi, puisque à travers les grilles du sol elle pouvait deviner l'océan à plusieurs dizaines de mètres en contrebas. Une masse noire qui réfléchissait les lumières de LUX 1 dans la nuit. *J'espère que ces trucs sont solides et bien vissés.*

Les portes à double battant se succédaient, un chiffre peint en jaune dessus. *Et si le mec que j'ai entendu derrière moi était celui qui vient récupérer le message ?* La suite logique la fit frissonner. Elle n'avait pas du tout envie de tomber nez à nez avec lui ici. Elle avait foncé, donc elle pouvait espérer une ou deux minutes d'avance, ce qui serait vraiment très juste. Elle accéléra encore.

Romy se mit en quête du numéro 3, qu'elle trouva à peine plus loin, et elle tira sur le lourd vantail. À l'intérieur, l'air était sec et il faisait tout noir. Elle tâtonna à la recherche d'un interrupteur ; n'en trouvant pas immédiatement, elle préféra ne pas perdre de temps et alluma la lumière de son portable. Elle sondait le hangar au fur et à mesure de ce qu'elle y découvrait, et ce n'était pas très rapide. Des palettes vides, d'autres couvertes de cartons, mais rien qui comportât un chiffre 2. Régulièrement, son cœur faisait un bond lorsqu'elle croyait percevoir le son de quelqu'un derrière elle dans la coursive, mais ce n'était que le vent. *Qu'est-ce que je fous là...*

Des caisses en plastique vert sombre étaient empilées dans un coin. Modèle étanche et équipé d'une soupape d'équilibrage de pression automatique. Ça ne rigolait pas. Romy tendit l'oreille en direction de la porte. Toujours rien. Alors elle souleva la première.

La caisse 2 était juste en dessous. Romy avait les mains moites. *Si je laisse mes empreintes sur une valise pleine de drogue, ça va me retomber dessus, non ?* Car toute cette histoire ressemblait de plus en plus à un trafic de drogue à bord. Sinon quoi ? Qu'est-ce qu'on pouvait bien vouloir introduire illicitement sur une plate-forme internationale, au beau milieu de l'océan Atlantique ?

Elle n'avait pas le temps de prendre des précautions. Elle déclipsa les deux loquets et souleva le couvercle.

Romy mit plusieurs secondes avant de réaliser ce qu'elle voyait.

Puis ses jambes se remplirent de coton.

33.

C'était Romy qui lui avait dit de venir là parce que la vue était beaucoup plus sympa que dans la salle de sport aux murs aveugles de Darwin.

Et effectivement, la salle de fitness, tout en longueur, au quatrième étage de Rosalind, disposait d'une baie vitrée plein sud donnant sur... la nuit bercée par l'éclat de Sphère quelque part en hauteur.

Zoé se trouvait très conne en cet instant. Être venue jusqu'ici pour profiter de la vue alors qu'il était 23 heures était d'une absurdité sans nom qui témoignait bien de son état de stress. Elle avait besoin de se défouler. D'évacuer toutes ses préoccupations, ne serait-ce qu'une heure.

Par moments, elle en voulait presque à Simon de l'avoir embarquée là-dedans.

Elle voulait la vérité. Comprendre.

La salle était vide – un 31 décembre à cette heure, ça paraissait cohérent –, à l'exception d'une silhouette tout au bout, sur un tapis de course. Zoé reconnut Triss, la chercheuse de La Réunion qu'elle avait rencontrée sur le tarmac au départ de Paris. Ses longues tresses se balançaient dans son dos, retenues par un gros nœud. Biologiste, se souvint Zoé. *Biologiste et bavarde*. Elle allait se tenir à l'écart pour se dépenser tranquillement, lorsqu'elle réalisa que Triss pouvait l'aider. Zoé avait passé sa journée sur Internet à lire tout ce qu'elle dénichait pour piger le concept des ondes électromagnétiques dont il était question dans les documents subtilisés par Simon, et n'était pas beaucoup plus avancée. Elle craignait de se confier à Ethan Gabriel tant qu'elle ne saurait pas dans quel camp il était et préférait se la jouer solo dans la mesure du possible. Peut-être qu'une biologiste bavarde pourrait la renseigner sans qu'elle-même doive se compromettre ?

Zoé vint se mettre sur le tapis d'à côté.

— Bonsoir. Ça ne vous dérange pas si je me mets là ?

— Hey ! Au contraire.

C'était Romy la pro du cardio, Zoé se contenta de démarrer par une marche rapide.

— C'est Thérèse, n'est-ce pas ? commença-t-elle pour montrer qu'elle se souvenait.

— Bravo. De mère en fille. Mais je préfère Triss. Zoé, c'est ça ?

Elle répondit d'un pouce en l'air. Zoé ne voulait pas l'attaquer directement sur les ondes électromagnétiques, alors elle débuta tranquillement :

— Ça va le boulot ?

— Qui se plaindrait ? Nous sommes aux premières loges. Elle est belle, hein ?

— J'avoue qu'on ne se lasse pas.

— Un jour je raconterai à mes enfants que j'étais là. Juste en dessous, et que nous avons passé des mois à l'étudier pour qu'elle nous livre ses secrets.

— Vous avez des enfants ?

— Deux. Eh oui, je suis une dinosaure ! De l'époque où on en faisait encore, et pas qu'un seul !

Triss faisait allusion à la démographie en régression totale depuis plusieurs décennies. Une préoccupation majeure de tous les gouvernements. Après avoir frôlé le naufrage par sa surpopulation, l'humanité risquait l'extinction faute de vouloir ou de pouvoir faire des gosses. Le tout en quelques générations. Du tout au rien. Ça aurait été comique si ça n'était pas avant tout tragique.

— Mais elles sont grandes maintenant. Trente et vingt-six.

— Bientôt grand-mère alors !

— Si seulement ! Mais vous connaissez les jeunes d'aujourd'hui. Mon aînée n'en veut pas, et sa sœur passe son temps à se plaindre des hommes ! Elle en a surtout une peur bleue, oui ! Allez comprendre.

Zoé voulait doucement la ramener sur le terrain du travail.

— Vous avancez sur Sphère en biologie ? La découverte de ce qu'ils appellent l'écorce a dû vous chambouler, non ?

— Un peu. Mais rien n'est joué encore. Et au-delà de sa structure externe, nous ne savons toujours pas ce qu'il y a dedans. Puis il faudra étudier si elle peut avoir un impact sur la biologie environnante.

— Vous voulez dire, sur nous ? Elle nous… irradie, ou ce genre ?

— Grand Dieu non ! Vous pensez bien que des mesures sont effectuées en permanence. Mais à long terme. Par exemple l'effet de sa lumière omniprésente sur la faune et la flore locales.

— Je n'y avais pas pensé.

— Il y a tant de choses à prendre en considération, c'est ce qui est si excitant ! s'exclama Triss en diminuant la vitesse de son tapis pour pouvoir continuer de parler sans perdre son souffle.

— Et ils ne vous embêtent pas dans vos recherches ? Je veux dire, les comités, les diplomates, tout ça...

— Pourquoi, vous l'êtes, vous ? Non, heureusement que non d'ailleurs.

— Je ne sais pas, je me demandais si... S'il y avait un contrôle ou une censure, vous voyez.

— Nous bossons pour l'ONU, ma chère, pas l'armée. Et... je crois que... nous ne nous laisserions... pas faire.

Triss abaissa encore sa vitesse avant d'admettre :

— Waouh... j'ai plus le niveau pour ça... Causer et courir... Vous ne vous sentez pas libre, vous ?

— Si, si, bien sûr. Mais avec toutes les conséquences que la moindre découverte peut avoir sur le monde... Je m'interrogeais.

— Nous n'avons pas le droit de raconter quoi que ce soit en dehors de la plate-forme. En dehors de nos labos en fait. Justement pour éviter que ça devienne n'importe quoi. C'est le comité exécutif qui centralise toutes nos recherches... puis rapporte directement au siège de l'ONU... et c'est de New York que tout est rendu public... Mais il n'y a aucune censure. Vous imaginez ?

Chaque nation qui était représentée à bord avait un diplomate parmi le comité exécutif de LUX. Matéo Villon pour la France, ce qui expliquait qu'il ait un peu disparu des radars, trop occupé à jouer les patrons. Est-ce que tout le comité était au courant pour le labo 6 ? Est-ce que Triss était au courant ?

Zoé était incapable d'estimer à quel point la biologiste était sincère dans son indignation : pouvait-elle lui faire confiance ?

— Donc je n'ai pas le droit de vous demander sur quoi vous êtes en ce moment ? tenta-t-elle.

— Je ne suis pas censée vous répondre en tout cas ! gloussa la scientifique qui reprenait son souffle.

Après plusieurs foulées, Triss ne put s'empêcher d'ajouter :

— J'étudie les bactéries qu'on expose au rayonnement de Sphère.

— Oh. Rassurez-moi, elles ne mutent pas au moins ?

— Pas pour l'instant !

Elles tournaient en rond. Zoé ne parvenait pas à la cerner, et n'osait pas aborder frontalement le sujet qui l'intéressait. Si Triss était au courant, elle allait la griller direct et ce serait le début des ennuis. *Voire pire.*

— Et normalement j'ai mon créneau demain ! fit Triss. Je ne tiens plus !

— C'est quoi, un créneau ?

— C'est l'AC qui les attribue, l'Allocation centrale. Comme il y a toutes les disciplines scientifiques à bord et que nous avons tous le même objet d'étude, il y a un groupe qui coordonne l'ensemble de LUX 2. Ça évite d'une part qu'on se marche sur les pieds, d'autre part qu'on perde notre temps en étant plusieurs sur une approche similaire, et puis c'est l'AC qui publie les feuilles de travail de chaque département pour que nous puissions solliciter des collaborations éventuelles. Eh oui, ça s'organise, la recherche !

— Et les créneaux, c'est quoi ?

Triss prit le temps de respirer pour se lancer :

— Ah oui. C'est à la fois le partage du matériel, les chromatographes, les optiques, les microscopes, et ainsi de suite : sur certains il faut parfois instaurer un roulement, même si nous sommes plutôt très bien dotés de ce côté, ça concerne des outils plus spécifiques en réalité, mais vous voyez l'idée… Les créneaux… c'est surtout que nous avons des impératifs de procédure différents. Imaginez : les acousticiens peuvent avoir besoin de silence pour écouter Sphère. Mais si les physiciens d'à côté envoient leur drone voler tout près avec son moteur ? Ou si… le drone entre dans le champ de vision des lunettes au moment où elles enregistrent des prises de mesures ? Bref… il faut coordonner tout ce petit monde, et l'AC évite les engueulades, si vous préférez !

— Et comment ça se passe concrètement ?

Triss prit une grande inspiration.

— Nous soumettons nos programmes à l'AC, qui répartit les créneaux si nous en avons besoin. Pour moi, demain je vais pouvoir récupérer les…

Zoé n'écoutait plus. L'AC était au courant de toutes les recherches avant même qu'elles aient lieu. Triss n'aurait pas partagé cet avis, mais Zoé y voyait clairement un organe de contrôle potentiel.

Et surtout, l'AC ne pouvait ignorer ce qu'avait trouvé le labo 6.

Ce qui signifiait que Matéo et Marick n'étaient pas les seuls dans le secret.
Zoé avait la chair de poule.
C'était une conspiration globale.
Au plus haut niveau.

34.

Romy courait.
À l'aise dans l'exercice, beaucoup moins dans la tenue.
Pieds nus, ses chaussures à la main, elle enchaînait les foulées dans les couloirs et les escaliers, sa robe virevoltant autour d'elle.
Elle était passée de l'extrême fébrilité à la détermination la plus ferme en une poignée de secondes.
Rosalind, le bureau Média pour commencer. Vide. Vingt-trois heures passées, ce n'était pas surprenant. Même s'il n'y avait pas de fête officielle, Romy avait entendu la plupart des gens dire qu'ils boiraient un coup ou se retrouveraient pour au moins s'embrasser à minuit. Il n'y avait pas dix mille endroits où Marick pouvait être. Romy avait d'abord pensé à sa mère, tout lui raconter, mais c'était beaucoup trop grave, il fallait agir tout de suite, et pour ça Marick était la bonne personne, il avait l'autorité nécessaire.
Romy descendit au mess de Rosalind, où seulement une trentaine de personnes partageaient un verre dans un calme presque sordide. La jeune femme les observa

brièvement. Aucun visage en qui elle ait suffisamment confiance, alors elle sortit et passa par l'immense atrium, au cas où... Il n'y avait que Sphère qui plongeait sa douceur depuis le dôme sur le bassin japonais. *Fuck.*

Romy perdit de longues minutes à sillonner l'espace Pixel. Elle n'imaginait pas du tout Marick jouer à une table ou à une borne, mais préférait ne pas faire l'impasse, puis elle ressortit pour rallier Darwin. Ni le mess ni la Fosse ne donnèrent de résultat. Elle était en eau, de cavaler partout. Elle avait oublié la salle de projection et les espaces de fitness. *C'est un vieux, il se comporte comme un vieux. Il dort en fait !* Heureusement, Romy savait quelle chambre il occupait. En voyant un téléphone accroché au mur du hall où elle marchait, elle se frappa le front. Mais oui ! Elle composa le numéro du bâtiment Marie-Curie, le 3, puis le numéro de la chambre de Marick. Pourvu qu'il soit là...

— Oui ? fit-il au bout de trois sonneries.
— Marick, il faut que je vous voie !
— Romy ? Qu'est-ce qui...
— C'est hyperchaud ! Au deuxième sous-sol ! Ils vont le récupérer ! Faut que je vous montre !
— Calme-toi. De quoi tu parles ?

Romy hésita. Il n'allait jamais la croire.

— Je crois que quelqu'un veut faire exploser la plate-forme.
— Quoi ?!

C'était sûr. Il allait raccrocher...

— J'ai trouvé une malle entière pleine d'explosifs.
— Mais Romy... enfin... Qu'est-ce que tu racontes ?
— Il faut que je vous montre.
— C'est impo...

— Marick ! Je vous en supplie ! Écoutez-moi ! Une malle entière, je vous dis ! Je n'y connais peut-être rien mais je suis certaine que ça suffira à tous nous pulvériser si on la fait sauter.

L'homme souffla dans le combiné. Puis il dit :

— Je te retrouve au pied de Darwin dans moins de dix minutes. Ne fais rien d'ici là.

Marick sortit du bâtiment en enfilant un sweat. Romy s'était attendue à le voir débarquer avec au moins trois gardes armés et faillit lui hurler qu'il n'avait rien compris, que c'était GRAVE, mais elle se contrôla. Il ne la prenait de toute évidence pas au sérieux. Il fallait lui prouver. *Tu vas pas être déçu.*

— C'est quoi cette histoire ? dit-il sur un ton qui confirma à Romy qu'il ne la croyait pas.

— Venez.

Elle l'entraîna vers la rampe la plus proche et lorsqu'ils parvinrent à la porte d'accès à la zone restreinte, alors qu'elle allait brandir son badge, son instinct la retint.

— Vous pouvez ouvrir ? demanda-t-elle. J'y ai pas accès, je vous rappelle.

Dubitatif et agacé, Marick s'exécuta et ils s'engouffrèrent dans le dédale de coursives techniques.

— Romy, ces locaux sont les réserves de gaz notamment. Si c'est à cause de ça que tu m'as fait descendre...

— Non, ce sont de vrais explosifs, je vous dis !

— J'ignorais que j'avais affaire à un artificier, ironisa-t-il.

— Je sais reconnaître des pains de plastic, je ne suis pas débile ! J'en ai vu sur Internet.

Elle ne le voyait pas, il marchait derrière, mais elle devina son air exaspéré et ça la mit encore plus en colère. Il allait bientôt changer de ton. C'était vrai de toute façon, à son âge Romy avait déjà vu au moins cent fois des explosifs dans des séries, des jeux vidéo, sur YouTube ou ailleurs sur le Web. *N'importe qui sait à quoi ressemble une valise d'explosifs s'il en trouve une.* C'était *culturel* désormais. Aussi sûr que n'importe qui pouvait reconnaître une valise pleine de drogue sans être un flic des stups. Merci le monde de l'image.

— Et comment tu es descendue là ? s'étonna-t-il.

— J'ai dragué un mec, improvisa-t-elle à moitié.

— Romy, ce n'est pas une zone autorisée, tu...

— Je sais ! Mais je voulais faire des repérages pour jauger la pertinence d'un reportage. C'est bon, me tombez pas dessus. Vous avez voulu une responsable média pour les jeunes, vous en avez une !

— Tu n'es pas journaliste d'investigation...

Romy ne répondit pas, elle sentait qu'elle allait lui rentrer dedans et ce n'était vraiment pas le moment. Ils parvinrent au deuxième sous-sol, et elle l'amena jusqu'au troisième hangar, où cette fois elle prit le temps de trouver l'interrupteur. Sa plus grande crainte était qu'on ait récupéré la caisse entre-temps, auquel cas elle allait passer pour une conne. Elle préférait ne pas envisager cette option, un cauchemar.

Mais la caisse 2 était bien là, à la même place. Elle la désigna à Marick.

— Allez-y doucement surtout.

Il la gratifia d'un regard lassé puis s'agenouilla pour l'ouvrir précautionneusement. Au moins il jouait le jeu, ce qui la rassura un peu.

L'intérieur était garni de pains brun clair enveloppés dans des sachets transparents. Marick en ouvrit un délicatement, le sentit et en préleva une infime quantité entre ses doigts pour la toucher.

— Alors ? demanda Romy, impatiente.
— Tu es végétarienne ?
— Euh... non, pas vraiment.
— Ça doit être pour ça alors, fit Marick, agacé, que l'experte en explosifs n'a pas reconnu... du tofu !

Il se releva pour lui mettre un sachet dans les mains et la transperça de ses prunelles brillantes de dépit.

— Je ne veux plus te voir dans les sous-sols, ordonna-t-il.

35.

Yggdrasil avait perdu nombre de ses feuilles avec la tempête.

Zoé se pencha pour en ramasser une et passa le doigt sur ses nervures.

— L'AC est un organe de contrôle déguisé, répéta-t-elle. Ils sont forcément au courant pour le laboratoire 6.

— Ils régulent les recherches en amont, mais n'ont peut-être pas le suivi des résultats, ou le temps de les examiner, répondit Simon sans y croire lui-même.

— Arrête, c'est le hub de toutes les données qui transitent par LUX 2. Ils colligent tout, c'est évident qu'ils savent.

— J'essaye de me faire l'avocat du diable, soupira-t-il. Non mais tu réalises ce qu'on se dit ?

Zoé hocha la tête. Oh oui. Elle n'en avait pas dormi de la nuit. Et jusqu'où la conspiration remontait-elle ? Les gouvernements ? Que cherchait-on à dissimuler au monde ? Zoé refusait de croire que ça puisse être une autre course à l'armement, elle espérait, non sans une candeur extrême, que les nations avaient dépassé ce stade depuis longtemps.

Au cœur du parc, parmi les arbres, on pouvait vraiment s'imaginer ailleurs. Le vent bruissait dans les frondaisons. La station était calme. C'était la fin des cérémonies du souvenir organisées en hommage aux victimes des catastrophes climatiques de l'année qui venait de se terminer. Simon avait refusé d'y participer. Il préférait pleurer son fils à sa manière et Zoé n'avait pas insisté.

— La réponse à *pourquoi* est dans le document que tu as subtilisé, dit-elle.

— Tu as pu approfondir ? Parce que moi, ces histoires de fréquences dans Sphère... En quoi c'est différent du 432 hertz qu'elle émet en surface ? Je n'y comprends rien.

— J'ai lu tout ce que je pouvais sur les ondes électromagnétiques, et je me suis enquillé un paquet de vidéos YouTube... Je pige les grandes lignes, mais je ne vois pas en quoi ce document est sensible. Ce sont juste des relevés d'ondes en fait. Un appareil a capté des ondes électromagnétiques qui s'échappent du cœur de Sphère, et c'est tout. Ethan pourrait nous aider, je pense.

— Je sais, mais c'est prendre un risque... S'il est avec eux ? Ou s'il nous trahit ?

Zoé ne savait pas quoi répondre. C'était en effet un pari.

— Il va venir ? demanda Simon nerveusement.

— Oui. Juste après la cérémonie. Je lui ai donné rendez-vous ici. Je ne lui ai encore rien dit. Faut se décider.

Simon se couvrit le visage de ses mains pour réfléchir. Il déambulait autour d'Yggdrasil lorsque le musicien au look de rocker hipster arriva, annoncé par le cliquetis des chaînes qui s'entremêlaient sur son tee-shirt MASS HYSTERIA.

— Wow, je tombe peut-être mal..., dit-il en voyant leurs visages sévères.

Zoé guetta Simon qui faisait la moue, incapable de trancher. Elle avait envie de croire en la solidarité, en l'homme. Il n'y avait personne d'autre dans le parc.

— Il faut qu'on te fasse lire un document, annonça-t-elle en sortant la pochette du sac à ses pieds, sous le regard inquiet de son compagnon. Tiens.

Ethan prit la fine liasse et l'absorba en quelques minutes, pendant que Simon et Zoé échangeaient des coups d'œil anxieux. Ils jouaient gros. Zoé avait déchiqueté la feuille du chêne entre ses doigts sans s'en rendre compte. Elle fit une caresse à l'arbre pour se faire pardonner.

— Surprenant, lâcha Ethan en tournant la dernière page. C'est sorti ce matin ?

— Non, il y a deux semaines, dit Simon. Pas officiellement. C'est un secret gardé jalousement.

Ils lui firent un topo complet et Ethan termina les mains croisées sur le crâne, effaré.

— La question, c'est de savoir ce qu'il y a dans ce document de si important qu'il faille le cacher au monde, résuma Zoé.

— Rien d'évident, avoua-t-il. Ce sont... juste des ondes électromagnétiques.

— OK. Moi, sociologue. Moi, basique. Vous m'éduquez sur leur différence avec celles à 432 hertz qu'on a officiellement annoncées ?

— Les ondes sont partout, et la base de notre univers, rappela Ethan. Les ondes mécaniques se propagent à travers la matière, comme le son par exemple. C'est ça qu'on a entendu à la surface de Sphère. Les 432 hertz qu'elle émet, une sorte de vibration mécanique donc. En d'autres termes : il y a quelque chose qui bouge *physiquement* à ce rythme très précis. Nous ne croyons pas au hasard, donc nous sommes plusieurs à Icon à envisager que ce soit intentionnel. Peut-être pour nous rassurer, une sorte de vibration amicale du bonheur, un message, quoi.

Zoé, qui se souvenait du cours sur le son et de leurs échanges, approuva.

— Mais l'univers est aussi fait d'ondes gravitationnelles, ou électromagnétiques, ce dont il est question ici, ajouta Ethan. Ces dernières n'ont pas besoin de matière pour se déplacer. Ce sont des champs électriques et magnétiques qui se propagent. Elles aussi sont calculées selon le nombre d'oscillations à la seconde, leur fréquence, quoi, c'est ça les hertz, comme avec les ondes mécaniques du son. Des ondes très différentes dans leur nature mais similaires dans leur comportement. Je sais, c'est surprenant, bienvenue dans le cosmos !

Ethan marqua une courte pause pour laisser à Simon le temps de digérer l'exposé et poursuivit :

— Si le champ électromagnétique émet très peu d'oscillations, c'est une basse fréquence. On s'en sert pour transporter nos signaux de radio, et un peu plus haut celui de nos téléphones, wifi et ainsi de suite… À fréquence moyenne, ces ondes deviennent notre lumière. Du moins celles qu'on perçoit à l'œil nu, car avant ça, dans le spectre, il y a l'infrarouge, et au-delà l'ultraviolet ou les rayons X. Et si le champ électromagnétique a une fréquence très élevée, en milliards d'oscillations par seconde, c'est...

— De la haute fréquence, j'ai compris, accéléra Simon.

— C'est surtout mortel, dit Ethan. Ce sont les rayons gamma. Comme je disais, les ondes électromagnétiques transportent de l'information si on en a besoin, la radio, les téléphones... mais également de l'énergie. Et si elles sont très fortes, cette énergie devient ionisante, c'est-à-dire qu'elle peut arracher ou ajouter des électrons. Si c'est intense et que ça traverse votre corps, vous n'allez pas aimer.

— C'est ça dont il s'agit ici ?

— Non, répondit Ethan. Je vous fais un panorama du phénomène pour que vous ayez la vue d'ensemble. Je n'ai rien lu ici qui puisse nous alarmer sur un rayonnement de Sphère qui serait nocif pour nous.

Zoé, qui s'était un peu renseignée, savait qu'il n'était effectivement pas question d'ondes électromagnétiques élevées dans le document, au contraire ; et pourtant elles étaient appelées gamma, c'était la contradiction qui la bloquait.

— Mais il est question d'ondes gamma dans ces pages, intervint-elle. Sauf qu'elles sont faibles, ça ne colle pas avec ce que tu dis...

— En effet, ils appellent ondes gamma une activité de l'ordre de 40 hertz, ce qui n'est techniquement pas vrai. Les rayons gamma dangereux dont je vous parlais sont plutôt au-dessus de 10 puissance 20 hertz, c'est-à-dire cent milliards de milliards de hertz. On est très très loin au-dessus des 40 pauvres hertz stipulés dans le doc.

— Alors c'est quoi ? Je suis largué, moi, avoua Simon.

— C'est une échelle dans l'échelle. En gros, ils ont repris les noms, à tout petit niveau. Ici, leurs ondes gamma sont les plus hautes du spectre analysé, mais restent dérisoires. En dessous, ils écrivent que Sphère émet également des ondes bêta, alpha, thêta et delta, qui sont toutes comprises entre 0,5 et donc 40 hertz.

Simon perdait patience. Il soupira.

— Vous me traduisez ?

— On est sur de l'extrêmement basse fréquence, du genre de celles qu'utilisent les sous-marins dernier cri pour communiquer dans l'eau, mais même eux ne descendent pas en dessous des 30 hertz, je crois.

— Alors, si c'est pas pour des sous-marins, qu'est-ce qu'il y a dans le cœur de Sphère qui émet ces fichues ondes ?

— Il n'y a qu'un domaine à ma connaissance où on emploie ces valeurs avec ces noms.

Ethan passa de l'un à l'autre, ménageant volontairement son effet, et la romancière vit que ça rendait Simon fou.

— Ce sont les ondes que produisent nos cerveaux, lâcha-t-il enfin.

36.

Romy poussa la porte de l'espace Média, René dans son sillage – elle l'avait emmené pour lui dégourdir les pattes.

Marick était assis au bureau, plongé dans un rapport. Il leva à peine les yeux pour voir qui entrait et, constatant que c'était elle, ouvrit un tiroir sans quitter la feuille qu'il annotait.

La veille, Romy n'avait pas laissé le diplomate repartir sans s'expliquer. Elle avait raconté qu'un jour, en quittant son rencard, elle avait surpris quelqu'un qui cachait un message dans le disjoncteur, elle avait forcé Marick à venir constater que le cylindre était encore présent, qu'elle ne rêvait pas. Il y avait un complot ! Ce n'était pas juste dans sa tête ! Oui, peut-être qu'elle était allée trop loin avec la malle remplie de tofu, ou peut-être que quelqu'un s'était rendu compte de sa surveillance et lui avait joué un tour, mais ça ne changeait rien au fait que deux personnes à bord tramaient quelque chose et que ça ne pouvait pas juste être pour du trafic de tofu.

Marick déposa sur la table le cylindre noir que Romy connaissait bien.

— Intercepté ce matin par un garde que j'avais spécialement mandaté en sentinelle.

Romy l'ouvrit et déplia le mot.

Tu me manques. Besoin te voir. Hangar 3, midi.

— Je fais déployer toutes les forces navales pour sécuriser la zone ? demanda Marick sèchement.

Romy bafouillait, elle ne trouvait pas quoi répondre.

— Par chance, nous allons nous épargner une troisième guerre mondiale, ajouta Marick. J'ai envoyé le garde sur place à midi et il a vu un homme repartir précipitamment. De toute évidence, nous avons gâché un rendez-vous galant.

— Mais... pourquoi toutes ces précautions ? Des messages dans un boîtier, c'est... un peu excessif pour une romance, non ?

— Pourquoi les couples se trompent ? Pourquoi les homosexuels se cachent ? Pourquoi les hommes et les femmes se mentent inutilement ? Pourquoi ? Pourquoi ? Pourquoi ? Le monde est mal fichu, Romy, voilà. Ça n'en fait pas pour autant un nid d'espions. Même si je t'accorde que sur cette plate-forme, la tentation de le penser est forte.

Romy se sentait nulle. Nulle d'y avoir tant cru. Mais aussi d'être incapable de défendre son instinct. Elle qui intellectualisait tout plutôt que de privilégier le ressenti se perdait dans ce qu'elle devait penser, dans la légitimité du cheminement d'où découlait ce fiasco.

Sans la regarder, Marick lâcha sévèrement :

— Maintenant, retourne nourrir nos réseaux. Plus les jeunes passeront de temps sur leurs écrans, moins ils seront dans la rue à manifester ou à se poser des questions.

Le mépris pour ce qu'elle estimait être sa génération glaça Romy, déjà passablement retournée. Elle explosa :

— Si c'est ça votre vision de mon travail, tenez, reprenez votre portable de merde et faites-la, votre com d'hypocrite !

Et elle lança son téléphone sur le bureau. Le chien, qui s'était couché à ses pieds, sursauta.

Romy était énervée, mais elle était également tenace, pas du genre à cracher sa morgue et partir pour éviter l'esclandre. Elle toisait Marick, prête à en découdre oralement. Elle avait les arguments.

Celui-ci ôta ses lunettes de lecture et bascula en arrière dans son siège pour la fixer en retour. Il restait parfaitement calme. Il dégaina le premier, d'un ton extrêmement posé :

— Tu te rappelles ce que je t'avais raconté sur nos sociétés dont le modèle économique repose sur la nécessité de toujours croître si on veut réussir à rembourser nos colossales dettes ? Eh bien, on va avoir un énorme problème très bientôt. Car la démographie est catastrophique. La première conséquence, ça va être l'effondrement de la production, et donc de la croissance. Nos créanciers – qui ont absolument besoin de récupérer leur argent, ou au moins quelque chose pour tenir leur propre économie – vont venir taper à la porte. Et si on ne peut rien leur donner, ils prendront la seule chose qui reste : notre pays. Pour en faire une succursale de leur propre production, mais à bas coût. Autrement dit : ils nous exploiteront de force, pour eux aussi survivre.

Et comme notre économie se sera effondrée, nous n'aurons plus les moyens militaires de nous défendre.

Romy n'était pas d'humeur à subir un cours magistral, cependant la voix constante et hypnotique du conseiller présidentiel ainsi que son regard implacable la clouaient sur place.

— Cela dit, on se consolera vite, la démographie en chute libre concerne absolument tout le monde, annonça Marick. Nos pays ne veulent plus faire de gosses ou n'y arrivent plus, et ceux qui le voudraient sont constamment ravagés par des conditions météo effroyables ou des épidémies. L'OMS parle de démographie qui met en péril l'humanité. Tu es au courant, Romy ?

Celle-ci prit sur elle pour ne pas quitter la pièce et émit un vague signe.

— Sur dix milliards de personnes, beaucoup ne se mettent plus en couple, elles ont peur du sexe opposé ou préfèrent vivre seules, sans contraintes, et il y a ceux qui n'ont pas choisi d'être célibataires, ceux qui ne veulent plus être de leur sexe, et ainsi de suite… À croire qu'à force de tout déconstruire dans nos rapports, plus personne n'a le mode d'emploi de ce que nous sommes. Les hommes ne comprennent plus les femmes et *vice versa*.

Romy secouait la tête. Elle avait envie de lui dire qu'il était un mâle alpha archaïque et que c'était lui qui ne comprenait plus rien, mais se retint là encore. Il fallait le laisser dérouler son speech pour pouvoir en placer une. Il dut saisir son dégoût, car il précisa :

— Libre à toi de ne pas partager mon sentiment. Restent les faits. Sur ceux qui se mettent en couple, la plupart n'ont pas d'enfants par choix. Ils ne veulent plus mettre des gamins au monde dans ce contexte. Ils ont perdu l'espoir, la foi. Et ceux qui en veulent galèrent comme jamais, la faute à une hygiène de vie aberrante : malbouffe, saloperies toxiques dans ce qu'on ingère, absence d'activités sportives, obésité, etc.

Romy connaissait tout ça, les médias le rabâchaient à tour de rôle. C'était l'obsession du moment. Comme s'il en fallait toujours une pour faire peur.

Imperturbable, Marick déroulait son exposé :

— Bref, calcul très simple : sur 10 milliards d'habitants, si seulement 2 milliards font des enfants, à raison d'une moyenne d'un seul enfant par couple – eh oui, quand je dis qu'on n'y arrive plus –, ça fait 1 milliard d'enfants sur la prochaine génération. Si la même proportion est appliquée à cette génération, ils ne feront que 100 millions d'enfants à leur tour, qui feront 10 millions d'enfants qui en feront 1, puis 100 000, 10 000, et à ce niveau l'humanité sera déjà perdue, trop faible pour lutter contre son écosystème qui l'absorbera, parce que nous ne sommes plus adaptés à la survie dans ces conditions, pas avec une fertilité si basse. En six générations, c'est fini. Soit : dans à peine un siècle, l'humain sera une espèce en voie d'extinction inéluctable.

Est-ce qu'il se rendait compte qu'il lui disait ça à elle ? Avait-il si bien lu le dossier qui la concernait ? Celui que la DGSI avait fourni à l'Élysée… Savait-il par quoi elle était passée dans son existence pour parvenir à être un minimum heureuse ? À se sentir vraie ?

Le serpent lisait dans son esprit car il ajouta, en trifouillant ses lunettes :

— Je sais que tu incarnes une partie de tout ce que je te raconte là. Et je sais que tu aurais préféré que ta vie soit plus simple dès le début. C'est pour ça que je suis franc avec toi. C'est pour ça aussi que je suis convaincu depuis le premier jour que tu es la bonne personne pour faire ce job, même si on t'a imposée à nous. Au-delà de ta maîtrise ou non des réseaux. Tu *incarnes* cette génération. Ce mal-être. Quand bien même tu as résolu une partie de ton problème, je sais que tu n'oublies pas, Romy. C'est dans ta chair. Ce garçon, né…

— Stop ! Je ne veux plus entendre ce nom.

Marick acquiesça, et il afficha même un début d'empathie pour avoir risqué de la blesser.

— Nous devons donner de l'espoir, dit-il après un blanc. Les gens n'en ont plus. Tous s'affadissent. C'est ça ma mission. Et c'est la tienne auprès des jeunes. Qu'ils croient au moins en ce que nous faisons ici. Qu'ils croient en Sphère. Qu'ils se raccrochent à un avenir meilleur. Je n'ai aucune idée de ce qu'elle est, de ce qu'il y a dedans, mais déjà chaque journée à croire est une journée meilleure que la précédente. Notre monde s'est assombri, Romy. Sphère est arrivée et nous avons une chance de redonner un peu de couleur à notre planète grâce à elle.

La colère était retombée. Elle entendait son discours. Si la démonstration n'était pas du tout de son goût, Romy partageait sa conclusion.

— Vous vous rendez compte que vous confiez cette tâche à une femme qui ne pourra jamais avoir d'enfant par les voies naturelles ?

— Je vois l'émotion que ça suscite chez toi. Je la devine. Et je connais ton intelligence. C'est le cocktail parfait pour être celle qui fera au mieux ce job. Je sais, c'est cruel. Je reste un politicien.

Romy soupira. Marick insista :

— Chacun de tes messages a un impact phénoménal. Tu réalises le pouvoir de tes mots ? De ce monde virtuel sur le nôtre ? Regarde-toi, ici tu es une femme certes admirable mais en plein doute, les larmes aux yeux, qui était prête il y a quelques secondes encore à me passer par la fenêtre... Et sur les réseaux, qui es-tu ? #RomyFromTheRig, le phénomène qui fait rêver les jeunes ! Si tes messages prolongent la lumière de Sphère, repoussent les ténèbres qui s'abattent lentement sur notre civilisation, s'ils donnent de la joie, de l'espoir, ils empêchent la panique ou de sombrer dans le chaos, te rends-tu compte de leur importance ?

Marick et Romy ne parvenaient plus à se quitter du regard.

Il finit par lui tendre son téléphone. Et elle le prit.

37.

Sphère scintillait entre les branches les plus hautes du parc. Zoé la contemplait, fascinée par son apparente simplicité et la complexité des mystères qu'elle recelait pourtant. Une feuille se détacha d'Yggdrasil et tomba à ses pieds.

— Nos cerveaux résonnent en Sphère ? fit Simon, halluciné. C'est ça que vous êtes en train de dire ?

Ethan secoua le menton.

— Non, en fait, je ne sais pas. Mais d'après le document que vous avez chopé, elle a une activité électrique qui est la même que nos cerveaux.

— Expliquez.

— Vous emballez pas ! Je suis un musicien théoricien, j'aime comprendre comment fonctionnent, physiquement, mes instruments, et je suis branché méditation zen, donc j'ai des notions scientifiques qui se recoupent, mais je ne suis pas un expert !

— La version néophyte m'ira très bien, répliqua Simon.

Il était nerveux, constata Zoé.

— Ce que je sais, c'est que notre cerveau est constitué de milliards de neurones qui communiquent entre eux, une stimulation permanente qui crée une activité électrique appelée « ondes cérébrales ». Ces impulsions électriques, on peut les mesurer en hertz, comme les ondes dont on parle depuis le début, OK ? Ce sont les fréquences d'activité plus ou moins intense de notre cerveau. Lorsque nous dormons par exemple, notre activité cérébrale est faible, on descend à moins de 4 hertz, alors que nous pouvons monter à plus de 40 lorsque nous sommes en réflexion intense. Toute la journée, ces fréquences alternent, changent. Selon la rapidité de ces ondes, on leur donne des noms différents : delta pour les plus basses ; thêta de 4 à 8 hertz, c'est la relaxation profonde ou le sommeil paradoxal ; alpha de 8 à 12, un état d'éveil calme ; bêta de 12 à 30, c'est notre veille active, et pour finir les ondes gamma à notre pic, vers 40 hertz.

— Pour un amateur, vous vous y connaissez bien, fit remarquer Zoé, soudain presque un peu méfiante.

— Je fais de la méditation. Pourquoi vous croyez que je suis calé sur tout ça ? Si vous voulez atteindre des états de sérénité profonde, on vous conseille d'écouter un bruit blanc à 432 hertz, soi-disant pour être en harmonie avec la nature, bon, ça, vous savez ce que j'en pense. En revanche, je pratique les exercices de respiration, j'apprends à opérer des cycles de pensée positive, linéaire, et ainsi à faire descendre mon activité cérébrale en ondes thêta, donc entre 4 et 8 hertz. C'est là que je suis le mieux, en synergie avec mon tout.

Ethan vit les expressions surprises de ses deux interlocuteurs et désigna son look :

— Quoi ? Vous pensiez que la panoplie, c'était juste pour le folklore ? Bracelets antistress, lithothérapie, chaque bijou a un sens.

— C'est prouvé tout ça ? s'étonna Zoé. Pas vos cailloux mais les ondes du cerveau ?

— Bien sûr ! Vous croyez que ça sert à quoi, les électroencéphalogrammes ? Ça fait longtemps qu'on sait mesurer l'activité électrique de notre matière grise.

— Concrètement, ça donne quoi, de descendre en ondes thêta ? demanda Simon, clairement sceptique.

— C'est un état de paix intérieure. Je ne dors pas, mais je ne laisse pas non plus mon esprit divaguer n'importe comment. C'est une conscience maîtrisée.

— OK, vous méditez, quoi.

Ethan désigna Simon à Zoé :

— Il est toujours comme ça ?

— Non, seulement lorsqu'il ne comprend pas. Pas vrai, Simon ?

— Ce que je ne comprends pas, c'est pourquoi Sphère émet les mêmes ondes que nos cerveaux !

— Parce qu'elle en est un ? proposa Zoé. Immense.

— Pourquoi l'AC et nos diplomates cacheraient cette information, alors ? C'est pas honteux. Ni effrayant. Ce serait même… fabuleux !

Zoé devait être en ondes gamma, la frénésie cérébrale, car elle réfléchissait à toute vitesse, passant en revue les hypothèses qui lui venaient. Elle faisait les cent pas autour d'Yggdrasil. Soudain elle s'arrêta.

— Pour le contrôle absolu ? dit-elle. Si c'est un cerveau gigantesque, et qu'il peut rayonner puissamment, il pourrait... influer sur nos propres fréquences ? Nos pensées ?

— Pure science-fiction, énonça Ethan.

— Au sens spéculatif ou juste impossible ? lui demanda Simon.

— En fait, je sais pas, ça dépend de ce qu'il y a dans Sphère, mais ça me paraît très improbable avec nos moyens technologiques actuels.

— Mais on parle pas de nos moyens actuels justement, rappela Zoé en tendant le bras vers le ciel. Un outil, à terme, une fois qu'ils sauront comment l'utiliser, pour manipuler les masses ?

Ethan se mit la main dans les cheveux en soufflant. Ça faisait beaucoup pour lui.

— Ne nous lâche pas, hein ? lui dit Zoé.

Ethan était paumé, elle lisait en lui comme dans un livre.

— C'est le moment de mettre en pratique les ondes thêta, gloussa Simon.

Zoé le fusilla du regard. Elle devinait la nervosité de son compagnon et son besoin d'évacuer d'une manière ou d'une autre, mais ce n'était pas le moment de braquer Ethan. Elle posa une main sur l'épaule du musicien.

— Relax. Pour l'instant, on suppute.

— Mais si c'est vrai... on peut pas les laisser faire.

Zoé et Simon échangèrent un air entendu et rassuré.

— C'est pour ça que tu ne vas rien dire à personne, rappela-t-elle.

Une autre feuille tomba d'Yggdrasil. Bien verte mais sèche, et Zoé eut une pensée parasite saugrenue. Est-ce qu'un chêne qui avait connu toute son existence l'enchaînement des saisons continuait de se comporter comme s'il était en hiver une fois sous les tropiques ? Elle ne sut quoi faire de cette idée bizarre et se concentra sur l'instant présent.

— Messieurs, il faut qu'on sache où ils en sont de leurs recherches. Il faut qu'on trouve comment retourner dans le lab 6.

38.

Ses lèvres avaient quelque chose de russe, ne cessait de se répéter Alexander. Leur ourlet provocateur peut-être. C'était une bouche qui osait. Qui ne retenait pas les mots. Celle d'une héroïne de tragédie de la littérature de son pays.

L'agent du FSB passa son pouce sur la photo volée de Romy qui occupait tout l'écran de son téléphone. Ses grands yeux verts également le captivaient. Elle était jolie. Avait-elle du sang slave ? C'était possible, après tout la France avait été une terre d'accueil pour les Russes blancs à l'époque de la révolution d'Octobre.

Alexander grogna. Il recommençait. Il fallait toujours qu'il cherche à prouver que les plus belles étaient les filles de son pays, ou que celles qui lui plaisaient y avaient forcément une attache, un ancêtre, comme si la beauté ne pouvait exister en dehors des frontières de sa patrie. *Elles sont fades, les autres femmes. Elles n'ont pas la passion, l'héritage des sentiments russes, entières, sensibles et cruelles à la fois. Une enveloppe de velours autour d'une âme de sorcière.* La grande

Russie n'était pas le berceau de Vassilissa-la-très-belle et de Baba Yaga pour rien !

Alexander reposa son téléphone sur le lit de sa cabine. Cette fille était un problème. Elle avait failli tout faire foirer. Heureusement qu'il avait du métier. Ça s'était joué à rien. Une impression infime. Alexander trouvait que le boîtier du disjoncteur coulissait de mieux en mieux. Trop bien même, comme s'il était déplacé très régulièrement, or il ne descendait que deux fois par semaine vérifier s'il y avait un message, ça lui avait paru suspect. Et dans sa profession, les bons ne laissaient jamais rien au hasard ; or Alexander n'était pas bon, il était le meilleur.

Il avait utilisé une application que le FSB fournissait sur son téléphone. En apparence une bête appli de traitement de l'image pour améliorer les photos. En réalité un outil pratique pour les gars comme lui. Il l'avait lancée, avait posé son téléphone dans le réduit, en hauteur, caché entre deux tuyaux, et était venu le récupérer deux jours plus tard. L'appli déclenchait la prise de vidéo dès qu'on entrait dans le champ de vision de l'objectif. Et Romy l'avait déclenchée. Deux jours de suite. Elle venait vérifier le contenu du cylindre. D'autres avaient déclenché la prise d'images, mais ils ne faisaient que passer, aucun ne s'était immobilisé pour démonter le disjoncteur, à l'exception de son contact, et de cette fille. Comment avait-elle su ? Elle fouinait partout, elle avait pu les surprendre... Une honte pour leur professionnalisme.

Si Alexander ne s'en était pas rendu compte immédiatement, il n'aurait pas pu récupérer le coup.

À un cheveu, se répétait-il. Et ça, ce n'était pas tolérable. Impensable que ça se reproduise.

Dès qu'il avait vu Romy sur son écran, Alexander s'était jeté sur le cylindre pour lire le message. Il était descendu dans la foulée, il avait vu la fille ressortir du hangar 3 à toute vitesse, il avait failli l'intercepter, la balancer par-dessus bord, mais il s'était ravisé au dernier moment, tandis qu'elle était tout près de lui, cachée dans la pénombre. C'était risqué. Sa disparition aurait attiré l'attention, ce n'était pas le moment.

Alors il avait foncé récupérer l'explosif, qu'il avait remplacé par le tofu. C'était la procédure d'urgence, il la trouvait complètement débile, mais cette fois c'était lui le débile, il devait bien le reconnaître. En cas de contrôle, inverser les *deux caisses* avec le même numéro. Le poids trahissait la bonne, et n'importe quel individu un tant soit peu avisé savait reconnaître un pain de plastic d'un pain de tofu, ça n'avait absolument rien à voir, une ruse grossière, ridicule même. Mais dans la précipitation, pour un profane… Sur ce coup, Alexander reconnaissait qu'il avait eu tort de médire. Les procédures d'urgence servaient à ça, quand bien même on les trouvait parfois débiles.

Il posa un genou à terre et tira la caisse rangée sous son lit – il avait pris mille précautions pour la transporter de cachette en cachette et enfin la rapporter jusqu'ici, tard dans la nuit – puis l'ouvrit.

Ils étaient là. Environ vingt kilos. Largement de quoi faire le boulot.

À condition qu'il n'y ait plus d'impair. Et que cette petite fouineuse se tienne à l'écart. Elle l'avait vexé.

Lui, le cador du renseignement, de l'infiltration, de l'élimination. Mis en danger par une...

Alexander serra le poing. Elle devait payer. C'était la règle. Pas celle du FSB, ça non, d'ailleurs il ne fallait pas que ça se sache sinon il aurait des ennuis. Mais c'était sa règle à lui. *Tu m'humilies, tu payes.* Il regarda à nouveau la photo.

Non, il ne pouvait pas noyer son beau petit cul dans l'océan. En tout cas pas tout de suite. Mais il pouvait lui nuire. *À la russe...* Oui, ça lui plaisait cette idée. Non seulement qu'elle souffre, mais qu'en plus elle sache que c'était parce qu'elle avait mis son nez où il ne fallait pas, le tout sans qu'il se compromette, sans qu'il trahisse son identité.

Alexander avait retrouvé le sourire.

Il repoussa la caisse sous le lit, s'assura qu'il était impeccable dans le miroir et sortit de sa cabine. Pourquoi attendre alors qu'il pouvait se faire plaisir dès à présent ?

39.

La musique n'était pas forte. Du Lynyrd Skynyrd, du Funkadelic ou du Greta Van Fleet qui remplissait le vide du bar.

Romy était descendue bosser à la Fosse, et elle était la seule. Était-ce parce que c'était le 1er janvier ? Ou parce qu'il était encore tôt pour qu'on vienne boire un verre peut-être... De temps à autre, elle se levait pour passer derrière le bar – il n'y avait pas de serveur – et se prendre un Coca ou un jus de grenade en badgeant le frigo de service. Le reste de l'après-midi, elle était dans un des box, avec son ordinateur, à étudier les courbes d'audience de ses vidéos pour comprendre celles qui fonctionnaient bien, celles dont les *viewers* décrochaient trop vite, à quel moment, pour trouver une explication, dans l'objectif de toujours s'améliorer.

Les mots de Marick l'avaient profondément affectée. À maints égards. Intimement, pour ce qu'elle était, son parcours personnel. La confiance qu'il lui témoignait également. La violence de son point de vue aussi, un cynisme exaspérant, anxiogène. Et la responsabilité qu'il lui confiait. L'espoir. Ce mot n'était pas vain pour Romy, c'était au contraire d'une grande résonance avec son histoire. Elle avait tenu parce qu'elle avait un espoir. Mais combien l'avaient perdu ? À tous niveaux. Ne serait-ce que le plus élémentaire : avoir l'espoir d'un avenir pour soi. Pas une bataille pour survivre dans un monde en perdition, pour gagner sa vie dans une économie sans emplois, pour se faire une place, pour exister parmi les autres, toujours plus exigeants et suspicieux... Non, un véritable espoir de douceur. D'une existence sereine. Combien de gens avait-elle vus vivre dans le même état d'esprit que s'ils étaient en guerre ? Car c'était ça leur quotidien, une guerre pour tout. Larvée, insidieuse. Mais dévastatrice.

La majorité de l'humanité avait vécu son existence terrestre dans cette peur. Dans la souffrance et l'angoisse. Comment survivre ? Travailler. Ne pas se faire tuer ou violer ou asservir. La seconde moitié du XXe siècle avait tout changé. Elle avait offert, en tout cas pour beaucoup dans les sociétés occidentales, le loisir, le temps pour soi, l'oisiveté. Le choix. Ce dernier avait permis l'exigence. Un confort d'enfants gâtés en somme. Et ils ne s'en étaient pas privés. Gâtés au point de tout vouloir, d'abuser, de ravager. De casser ce qu'ils avaient. Avec des conséquences désastreuses... Le XXIe siècle reprenait tout, progressivement. Il replongeait l'humanité dans le doute total.

Romy était lucide. Pouvait-elle vraiment y changer quelque chose ? Elle ? Une fille de vingt ans sans diplômes ni talent particulier ? Non. Absolument pas.

Mais #RomyFromTheRig avait son mot à dire. Marick avait raison. Même si ça n'était que pour exercer une influence positive sur une poignée d'individus, est-ce qu'il ça ne valait pas la peine ?

Elle en était à lire les commentaires des vidéos pour justement constater à quel point ils étaient solaires, encourageants, de véritables témoignages du bien que les publications de #RomyFromTheRig leur faisaient. Elle arrivait aux vignettes les plus récentes. Celles où elle se montrait. Les gens adoraient. Ils la kiffaient. Sa manière de parler. Son accent frenchy craquant. Son physique revenait souvent, et cela la rendait fière. Elle en avait tellement bavé. Elle prenait tout. Des cœurs, de l'amour en mégaoctets. Ça faisait du bien. Romy n'était pas dupe, elle était consciente que cette com la narcissisait. Mais si tous y trouvaient leur compte dans l'opération, quel mal y avait-il tant qu'elle ne se perdait pas en route ?

Elle avisa l'heure. Axel n'allait pas tarder. Ils s'étaient donné rendez-vous ici en fin d'après-midi pour partager un verre. Il lui avait demandé si elle comptait lui poser un lapin cette fois aussi et Romy l'avait assez mal pris, même s'il était dans son droit. Elle ne s'était pas expliquée sur son absence de la veille, prise par le tourbillon des événements. Il était décidément grand temps d'avoir une conversation.

Romy se sentait mal à l'aise vis-à-vis de lui. Elle ne pouvait continuer ainsi. Le garçon crevait d'envie de l'embrasser et elle se dérobait sans cesse. Elle allait lui dire. Qu'ils ne devaient plus se revoir. Que c'était mieux ainsi. Romy avait le bide retourné à cette idée, mais elle préférait que ça vienne d'elle maintenant, tant qu'elle avait encore le contrôle. Plutôt que d'attendre de se prendre une claque dans la gueule lorsque ce serait lui qui partirait en courant dès qu'il saurait la vérité. Au moins, elle aurait été réglo sur toute la ligne. Elle n'avait jamais profité de lui, ne l'avait pas dupé puisqu'il ne s'était rien passé.

Ses rétines dérivaient toujours sur les commentaires.

Un hashtag lui enfonça soudain un poignard dans les entrailles. Romy se décomposa, renversa son verre du coude.

#TravFromTheRig.

Les commentaires en dessous étaient sans équivoque. La plupart en français, produits par les trois mêmes personnes. L'un était un gars de son ancien lycée.

Des messages à la suite demandaient si c'était vrai et débattaient à propos de qui aurait pu savoir qu'elle était un mec. On disait qu'elle était bonne pour un trans. Ou qu'elle méritait d'aller en prison pour avoir menti, une prison pour hommes bien sûr. Pour chaque provocation, il y avait dix fois plus de personnes qui prenaient sa défense, qui s'insurgeaient qu'on puisse être encore transphobes de nos jours, mais Romy ne s'attachait qu'à la haine. Aux insultes. Par dizaines. Peut-être davantage encore, Romy ne pouvait les lire, elle ne voyait plus rien, sauf ce monde flouté par sa cruauté, qui la noyait de sa perversité. Les larmes coulaient sur ses joues. Sur le clavier. Sur ses espoirs. Ça n'aurait donc jamais de fin ? Même ici. Même maintenant.

Tout basculait sous ses yeux, et elle était sur le point de tout jeter, de hurler, lorsqu'une main se posa sur la sienne.

— Hey.

Elle reconnut sa voix, et surtout son parfum.

— C'est pas le moment, dit-elle.

— J'ai l'impression que c'est justement le moment.

Elle voulut pivoter pour lui tourner le dos, que personne ne puisse la regarder, mais Axel la retint.

— Te cache pas. Pas de moi en tout cas.

— Pars, s'te plaît.

— Pas si tu es dans cet état.

Son insistance était la goutte de trop. Elle le repoussa des deux mains, le forçant à sortir de la banquette du box.

— Casse-toi ! s'écria-t-elle. Tu sais ce que je suis ?

Axel était perdu, il ne comprenait rien, mais il paraissait également très inquiet pour elle.

— Romy, qu'est-ce qui...

— Tu veux la vérité ? Savoir pourquoi je te laisse jamais m'approcher ? Tu veux vraiment ?

Il semblait souffrir de la voir dans cet état.

— Je suis une trans. Tu sais ce que ça veut dire ? Je suis née mec. Comme toi.

La surprise remplaça une partie de l'angoisse sur les traits d'Axel. Un soupçon de compréhension qui donnait les clés de la situation. La nouvelle et tout ce qu'elle impliquait s'infusait jusqu'à son cerveau, redescendait dans son corps. Ses instincts.

Puis il dodelina, signe qu'il avait enfin réalisé.

— Alors tu es... un...

— Non ! Plus maintenant. Traitements hormonaux, implants, chirurgie gynécologique, je n'ai plus rien de masculin... Mais je l'ai été. Tu comprends ?

Elle était rouge d'injustice, meurtrie dans sa dignité, lassée de devoir se justifier alors qu'elle rêvait seulement d'être.

Axel haussa les épaules.

— OK, dit-il.

— OK ? C'est *ça* ta réaction ? *OK ?*

Il leva une main maladroite.
— Tu veux que je fasse quoi ?
— Putain, mais barre-toi ou dis quelque chose !
— Comme quoi ?
— La vérité ! Tu crois que je la connais pas ? Que je l'ai pas déjà entendue cinquante fois ?

Axel haussa les épaules.

— Que je te dégoûte ! s'écria Romy. Que t'as envie de vomir à l'idée qu'on aurait pu s'embrasser ! Que t'aurais dû t'en douter ou que de toute façon tu ne m'as jamais trouvée attirante !

— Je te trouve très attirante, lui rétorqua-t-il du tac au tac.

— Mais arrête ! C'est pas vrai ! Tu veux tout savoir pour bien me détester ? Tout ce que j'ai fait pour en arriver là ? Les traitements ? Les douleurs ? Les opérations ? Tu veux les détails ? Et de tout ce que je dois encore faire pour être une femme ? Tu réalises ce que ça signifie ? Les *conséquences* ? C'est ça que tu veux ?

Axel haussa les épaules une fois encore.

— Si tu as envie d'en parler.

Elle lui donna un coup dans l'épaule pour le repousser mais il bougea à peine.

— Me fais pas ça, s'il te plaît ! supplia-t-elle.

Elle vit une larme dans le regard du garçon.

— Quoi ? Je te fais pitié, c'est ça ?

— Je suis triste pour toi, Romy. De... tout ça.

Elle fut désemparée par sa réaction. Sa présence, encore à ses côtés.

— Je m'en fous de qui tu étais, avoua-t-il, cash. Je te connaissais pas. Aujourd'hui, t'es une femme, c'est ça que je sais.

— Arrête…
— Non, c'est vrai.
— Je sais que je te dégoûte. Je connais cette situation…

Il posa un genou sur la banquette pour pouvoir se rapprocher d'elle :

— Quand tu vois un papillon que tu trouves sublime, ça te dérange s'il était une chenille avant ? Ça le rend moins beau ?

Il lui passa un pouce sur le menton pour effacer une larme. Elle avala sa salive avec difficulté, un nœud dans la gorge.

— Je t'en veux pas, dit-elle tout bas. Si tu veux partir.

Il secoua la tête.

— Non, c'est pas ce que je veux.
— Tu veux quoi alors ?
— T'embrasser. Mais tu t'esquives tout le temps.

C'était tellement spontané et vrai que ça la fit rire, un hoquet plein de larmes et de morve dont elle eut honte aussitôt. Lui la regardait toujours comme si elle était une merveille.

— Je te fais pas peur ? demanda-t-elle, presque inaudible.

Il désigna l'ordinateur.

— C'est ce monde-là qui me fait peur.

Elle n'osait pas. Son cœur battait vite.

— Ben qu'est-ce que tu attends alors ? demanda-t-elle du bout des lèvres.

Il lui sourit, posa sa main contre sa joue et se pencha pour l'embrasser.

TROISIÈME PARTIE

Divergence

1.

Le capitaine Dewey Howard était sur la passerelle de l'USS *Obama*, un destroyer de classe Zumwalt, des navires dits « furtifs ». De furtif, il n'avait plus rien depuis plusieurs semaines, s'exaspérait Howard. À tourner en rond comme ça autour des plates-formes LUX, dans cette nasse de cibles mouvantes, chaque bateau était parfaitement identifié et sa route connue de tous, sans intention ni possibilité d'en dévier. Il fallait tourner, et voilà tout. À en devenir dingue.

Howard était en charge de s'assurer que tout se passait bien, de coordonner les mouvements de la 4e flotte, sous le commandement du SOUTHCOM et de la 2e flotte, elle sous le commandement de l'US Joint Forces Command. Son job consistait à contrôler que chacun tournait à sa position, et c'était tout. Un enfant de six ans aurait pu assumer la charge. Certes, il fallait gérer le passage des *John Lewis*, les pétroliers qui leur remplissaient le ventre, les petits pépins techniques, l'entrée et la sortie du cargo de ravitaillement vers LUX, mais dans l'ensemble, Howard pouvait lire son Kindle peinard, dix heures par jour. Et ça n'était pas bon signe pour un marin de voir ainsi le temps passer. Même la surveillance des marines indienne et russe au large ne lui était pas confiée, le Pentagone préférait superviser.

À bord, et Howard savait que c'était la même chose sur les autres navires, les gars s'impatientaient et maugréaient contre cette manœuvre qui n'avait aucun sens. Tourner en rond ! Combien de marines différentes brassaient la mer sur ces quelques milles à partager ? Tactiquement, c'était une hérésie. Aucun sens. Mais Howard devinait que c'était justement l'idée. Si tout le monde était prévisible et ultra-vulnérable, cela devait, normalement, suffire à rassurer chaque état-major – puisqu'ils se neutralisaient tous. Mais à quoi servaient-ils ainsi ? Protéger le secteur aurait été possible de manière plus discrète, moins humiliante et en gardant un minimum de précautions... En agissant ainsi, humainement, quel était le message qu'il était censé transmettre à ses troupes ? *Discipline, les gars, vous êtes sacrifiés pour le grand bien de tous !* La Navy n'était plus une force militaire, elle était un outil de com et rien d'autre.

L'enseigne de vaisseau Ryan approcha et tendit une feuille à Howard.

— Ça vient d'arriver par Satcom.

Howard lut et se redressa dans son siège de commandement.

— Un problème ? fit le commandant Mancuso.

Vito Mancuso était le second à bord. Un type droit, très à cheval sur le protocole, agréable mais sans aucune imagination.

— La 6e flotte s'est déployée hors de Méditerranée, dans l'Atlantique nord.

— *Toute* la flotte ?

— Quasi.
— Qu'est-ce qui leur prend ?
— Ils cherchent, dit Howard d'un air sombre.
— En dehors de leur zone ? En quittant la Méditerranée alors que nous y sommes engagés sur plusieurs fronts de surveillance et d'influence cruciaux ? Mais qu'est-ce qui peut bien justif...
— Le SNA *Raspoutine*, annonça Howard en se levant pour venir se poster devant les fenêtres de la passerelle.

Mancuso cogitait. Comme Howard, il savait très bien ce qu'était le *Raspoutine*. Un sous-marin nucléaire d'attaque russe de classe Yasen-Z, la toute dernière du genre. Le *nec plus ultra* des SNA, capable de lancer des mégatorpilles nucléaires Poséidon II à des centaines de kilomètres de distance sans qu'elles soient détectables avant qu'il soit trop tard.

Et le *Raspoutine* était un sous-marin furtif de nouvelle génération. Six mois plus tôt, il avait semé la panique au Pentagone, lorsqu'il avait littéralement disparu de tous les radars de la Navy qui jouait à le traquer, en plein océan Atlantique, à moins de six cents milles des côtes canadiennes, et donc avec les États-Unis presque à sa portée. Le *Raspoutine* était réapparu huit jours plus tard sur les satellites qui surveillaient en permanence Poliarny, la base et le chantier navals des sous-marins russes. Huit jours pendant lesquels il aurait pu faire ce qu'il voulait. À commencer par détruire le monde.

Les Russes n'avaient pas les finances pour maintenir une armée correcte en quantité, mais lorsqu'il s'agissait de bâtir un phénomène, ils y investissaient l'essentiel de leurs ressources.

— Il a disparu quand ? s'alarma Mancuso.

— Il y a trois jours.

— Trois jours ? s'écria le commandant. Et c'est maintenant qu'ils nous préviennent ? Il pourrait tout autant être déjà devant New York ou au pied de Washington dans le Potomac !

Howard scrutait l'océan devant eux.

— Ou ici, dit-il.

Sphère embrasait l'azur au-dessus des plates-formes LUX.

— Qu'est-ce qu'il viendrait foutre là ? s'énerva Mancuso.

— Si la plupart des pays s'alliaient dans notre dos pour s'accorder le monopole de la recherche sur une toute nouvelle technologie, potentiellement extraterrestre, est-ce que vous croyez que nous resterions à attendre les bras croisés ? Il faut se mettre à leur place, Vito. Je peux comprendre les Russkofs.

— Le *Silversides* et le *Jimmy Carter* sont à moins de cent milles de notre position, on peut les rapatrier en urgence et leur faire sonder le secteur. On finira bien par identifier sa signature acoustique, à cet enfoiré.

Il s'agissait de sous-marins nucléaires d'attaque, de classe Virginia pour le premier, un monstre de technologie moderne, mais qui n'était pas au niveau du *Raspoutine* ; et de classe Seawolf pour le second, une antiquité dépassée qui devait prendre sa retraite depuis longtemps mais qu'on maintenait en service faute de budget pour le remplacer – une réalité même dans la première armée du globe. Ce qui ne changeait rien au fond du problème.

— L'accord avec l'ONU est formel, aucun sous-marin sur site, rappela Howard. Plusieurs nations n'en disposent pas, ils ne voulaient pas d'un avantage stratégique unilatéral si près de Sphère.

— De la merde, oui ! C'est une situation de crise ! Qu'en dit Norfolk ?

— Ce qu'en dit la Maison-Blanche : on ne bouge pas et on surveille. La 6e flotte est en charge de retrouver le *Raspoutine*.

— C'est ridicule. S'il est déjà là...

— Il espionnera, et il rendra compte à Moscou. Il fera ce pour quoi il est fait. En attendant on déploie l'ASM, on met les sonars actifs à l'eau et on écoute, si tant est qu'on puisse entendre autre chose que tout le bordel en surface.

Mancuso s'approcha.

— Dewey, c'est aussi et surtout un lanceur de missiles, avoua-t-il d'une voix qui trahissait son inquiétude.

— Il est seul. Furtif ou pas, il ne prendra jamais le risque de s'attaquer à notre flotte. Nous sommes trop nombreux pour lui.

— Si nous n'étions pas la cible ?

Howard approuva imperceptiblement tout en scrutant la boule de lumière au loin.

— Et sauf votre respect, capitaine, dit Mancuso en regardant dans la même direction, ce n'est pas extraterrestre.

Howard se tourna vers son second, surpris.

— C'est Dieu, ajouta Mancuso. Et personne ne touche à Dieu.

2.

Zoé traversait l'atrium de Rosalind, longeant le jardin japonais et ses bassins paisibles. Elle sortait d'une longue réunion de sa cellule d'Icon, où ils rédigeaient leurs dernières hypothèses quant à Sphère comme une entité autonome qui s'était protégée lors de la tempête, sans intention d'en faire profiter la plate-forme en dessous, seulement une réaction. Travaux largement influencés par la pensée de Zoé. Cette dernière éprouvait les pires difficultés à rester neutre, sans teinter son raisonnement de ce qu'elle savait sur le rayonnement intérieur de la lumière, ses ondes parfaitement semblables à celles d'un cerveau humain, mais elle ne pouvait rien dire.

L'ONU avait désespérément besoin de matière à publier pour occuper l'espace ; même s'il n'y avait rien de concret, il fallait montrer que tout n'était pas vain, qu'à force de travail il allait se produire un miracle. Car le monde vacillait toujours un peu plus.

L'ambiance à bord était sinistre ce jour-là. On venait d'apprendre qu'une ECO grade 4 venait de frapper toute la côte ouest américaine, et qu'elle ne se désamorçait pas, ravageant le Midwest et menaçant de dériver vers le Canada. Des milliers de victimes. Au même moment paraissait un bulletin d'alerte pour une formation ECO grade 3 au large de l'Espagne. Mais tous savaient qu'une tempête de grade 3 pouvait empirer en l'espace de quelques heures. L'Asie annonçait une récession majeure, en grande partie à cause d'une agriculture fragilisée par les pluies acides qui n'avaient pas cessé de toute la saison, et on évoquait déjà une *annus horribilis* pour l'Afrique, qui se transformait inexorablement en un immense désert. C'était la période des bilans. Et aucun n'était rassurant.

Sur LUX, comme s'il y allait de leur responsabilité, chacun avait le nez en direction de ses chaussures, les traits tirés.

Simon apparut sur la droite de Zoé et se cala sur son allure.

— Tu as réfléchi ? demanda-t-il.
— C'est non.
Il l'arrêta.
— Zoé, c'est notre unique option. On ne pourra pas entrer à nouveau dans le lab 6 ; et même si on y arrivait, on ne saurait pas quoi chercher parmi la multitude de dossiers sur les ordinateurs, je le sais, je les ai vus !
— Je ne vais pas mêler ma fille à tout ça.
Il s'assura que personne ne les écoutait et insista, plus bas :
— C'est la seule qui peut accéder au bureau de Marick sans éveiller les soupçons ! Il cache ses pochettes, il a des synthèses de ce qu'ils fabriquent là-haut, c'est sûr !
— Je ne ferai courir aucun risque à Romy, compris ?
Simon serra les mâchoires.
— En ne faisant rien, c'est ce que tu fais pourtant.

Elle se jeta sur lui, l'index collé sous le nez de Simon qui recula le visage :

— Je t'interdis de jouer à ça ! Au petit sociologue qui analyse les comportements ! Tu crois que je n'y ai pas pensé ? C'est non.

Simon capitula.

— Entendu. Je n'insiste pas. Je le ferai, moi.

— Non, c'est dangereux.

— Si tu as une meilleure idée, crois-moi, je suis preneur.

— On va réfléchir.

— Nous ne faisons que ça ! C'est l'unique plan de bataille. On n'en a pas d'autre. Je dois entrer dans ce foutu bureau. Est-ce que tu m'autorises au moins à interroger Romy pour savoir si elle aurait une idée sur où Marick range ses documents perso ?

— C'est une maligne, elle va se douter et vouloir les récupérer pour nous : non.

Simon grimaça, elle ne lui facilitait pas la tâche.

Ils rentrèrent à l'appartement de Zoé où ils discutèrent une heure pour tenter d'envisager une autre approche, sans succès, lorsque la porte s'ouvrit sur Romy, les yeux rougis d'avoir pleuré et l'air en colère à la fois.

— Puce ! s'écria Zoé en lui saisissant le bras pour qu'elle entre.

— Un enfoiré a empoisonné René, dit-elle aussitôt.

— Quoi ? Mais... Où est-il ?

— À l'infirmerie, ils lui ont fait un lavage d'estomac, et là il est sous sédatif. Je voulais te prévenir...

— Je... J'y vais.

Simon retint Zoé.

— Qui a fait ça ? demanda-t-il.

Romy n'écoutait pas vraiment, elle poursuivit sur sa lancée :

— René était chez moi. Je suis rentrée et… il était par terre. J'ai tout de suite vu qu'il était pas bien.

— Mais comment tu sais que c'est…

Cette fois, Romy répondit :

— Il y avait une boulette de viande sur le sol, dit-elle. Crue. Elle sentait bizarre. Heureusement, René est un goinfre, mais il a encore du flair. Je crois pas qu'il en ait mangé beaucoup, sinon il serait déjà mort.

— Il va comment ? s'alarma Zoé.

— Pas fort. Le médecin dit qu'il va s'en sortir, mais tu l'aurais vu, Mum…

Romy posa le front dans le creux de l'épaule de sa mère. Simon et Zoé échangèrent un regard inquiet.

— Quelqu'un t'a fait une remarque sur le chien dernièrement ? s'enquit cette dernière.

Romy demeura silencieuse. Puis elle se redressa.

— Je sais qui c'est, Mum. Mais ça va pas te plaire.

Romy raconta tout. Le sous-sol, la silhouette qu'elle avait surprise, les messages, et même l'humiliation du tofu.

— Il se venge, c'est sûr. Je sais pas comment, mais il a appris que c'était ma faute.

Zoé fut accablée par ces révélations.

— Tu m'as menti, Romy.

— Mum…

— Tu t'es comportée comme une imbécile. Déjà ton urbex, je ne cautionne pas. Mais ici ? Faire ça ? Et ne jamais venir m'en parler ? C'est ça notre relation maintenant ? Je suis…

— Mum…

— Non ! Je suis en colère.

Romy se renfrogna et recula. Pour tenter d'apaiser les choses, Simon revint au sujet principal :

— Mais c'est qui, ce bonhomme ?

— Marick pense que c'est un gay qui n'assume pas, ou ce genre, expliqua la jeune femme. Moi... je sais pas.

Simon devinait qu'elle avait une opinion plus personnelle, sombre, mais n'insista pas, ce n'était pas le moment.

— S'il a glissé la viande dans ta chambre, c'est qu'il a badgé la porte, rappela Simon. Donc on doit pouvoir le retrouver.

Zoé se réveilla de sa colère.

— Prévenons Marick, il va nous aider.

Simon la fixa et insista lourdement :

— Peut-être qu'on pourrait attendre un tout petit peu avant de mêler Marick à tout ça, non ?

Il lui faisait les gros yeux pour qu'elle comprenne, et Romy le sauva sans le vouloir :

— Si vous saviez comme c'est simple de se faire un faux badge. Comment vous croyez que je descendais dans les sous-sols ?

— Romy ! s'indigna sa mère.

— Non, non, ça m'intéresse, l'incita au contraire Simon. Raconte.

Elle fit le récit de son passage derrière le comptoir du bureau administratif et de la façon dont elle avait procédé pour *upgrader* son propre badge.

— Pour pouvoir entrer dans ma chambre, c'est que le mec s'est donné un accès *via* l'ordinateur. Je l'ai fait, c'est donc à la portée de n'importe qui. Et s'il est pas débile, il l'a fait sur un badge vierge, sans identité. On trouvera rien.

— Ça veut surtout dire qu'il sait où tu vis et qu'il peut revenir, réalisa Zoé. Tu ne dors plus seule. Terminé.

— Euh... À ce propos, justement...

Mais une fulgurance la traversa et Romy s'interrompit net, habitée par ce qu'elle venait de comprendre. Zoé, focalisée sur ses pensées de mère, ne le nota pas et continua :

— Tu dormiras ici avec moi.

— Je peux aussi te donner ma cabine, si tu veux, intervint Simon.

Mais Romy n'écoutait plus.

Elle avait une idée.

3.

Comme un air de déjà-vu.

Romy tripotait nonchalamment le clavier de son ordinateur, à l'accueil du bureau Média, son attention en réalité fixée au-delà de la porte entrouverte sur le couloir. Plus particulièrement sur l'accueil de l'administration, en face. C'était la pause déj', l'homme était descendu en premier cette fois, et Romy croisait les doigts pour que la femme en fasse autant, ce qui ne semblait pas en prendre le chemin. De là où elle se tenait, Romy pouvait la voir s'affairer à ranger des feuilles dans des tiroirs d'armoires. C'était mal barré. *Allez, va au moins te faire un en-cas, s'te plaît !*

Romy avait retrouvé sa confiance en elle.

Elle n'accordait plus de crédit à ce que pensait Marick. Non, elle n'avait pas été victime de délires paranoïaques dans les couloirs du sous-sol. Non, elle n'affabulait pas lorsqu'elle affirmait qu'une silhouette planquait des messages, lesquels, surtout, n'avaient rien à voir avec une relation homosexuelle non assumée, il fallait arrêter avec ça. Romy savait ce qu'elle avait vu, et surtout ce qu'elle avait *ressenti*. Et elle, la reine de l'intellectualisation, voulait, cette fois, accorder de l'importance à son instinct. Cette silhouette avait de mauvaises intentions. Tofu ou explosifs, Romy n'en savait rien, mais elle était convaincue de s'être fait duper, d'une manière ou d'une autre.

Et cet enfoiré n'aurait jamais dû s'en prendre à René. C'était signé. Obligé. Ça ne pouvait être que lui – ou elle. Tout le monde sur LUX 1 aimait René. Il était l'unique animal de compagnie, une mascotte. Personne n'aurait été assez vicieux pour lui faire du mal. Et surtout assez déterminé pour se bricoler un faux badge et entrer dans la chambre de Romy, ça non, seul un pervers ou quelqu'un rompu à ce genre de méthode aurait osé prendre de tels risques, juste pour empoisonner un chien. Au nom de quoi ? *Me faire payer ce que j'ai fait. Me le dire. Que je ne recommence pas.* Sauf qu'il s'y était très mal pris. Comme un gros bourrin. *T'as touché à mon chien, connard. C'est moi qui vais te le faire payer.*

Et pour ça, Romy devait recommencer son tour de passe-passe. Accéder au bureau de l'administration. *Allez, va au moins pisser !*

Simon lui avait inspiré l'idée, sans le vouloir, en l'interrogeant sur les badges. Cela avait résonné avec son expérience des portes d'accès aux zones restreintes. Le voyant vert ou rouge selon l'autorisation qu'on avait. Et donc, l'informatisation de tout le système. Et qui disait communication numérique disait… archivage.

Romy vit soudain la femme prendre son sac et sortir dans le couloir en fermant la porte, puis hésiter en regardant la poignée. *Non, non ! Ne ferme pas à clé !* Et la femme s'éloigna, de toute évidence prise d'une flemme aiguë. *Yes !*

Romy se pencha pour aviser Marick et deux autres personnes plus loin dans la pièce suivante. Ils ne l'avaient même pas remarquée, trop préoccupés par la situation mondiale qu'ils commentaient. Romy se leva pour sortir, son ordinateur sous le bras.

Trente secondes plus tard, elle était derrière le comptoir administratif, à taper le mot de passe écrit sur le post-it, et accédait à la base de données. Maintenant, il fallait qu'elle trouve ce qu'elle était venue récupérer. Elle explora le disque dur et repéra le lien vers le cloud, tout ce qui était stocké virtuellement ailleurs et partagé entre tous les ordinateurs ayant cet accès. Il y avait encore plus de fichiers à trier. Romy se mit à douter d'y arriver.

Quelqu'un toussa depuis le couloir et elle se raidit en fixant la porte qu'elle avait refermée derrière elle. Marick parlait avec une des filles des médias. Romy sentit son cœur pulser jusque dans sa gorge. Les voix s'éloignèrent et elle respira à nouveau.

Bon, c'est lequel ?! Il y en avait tellement... Elle lisait en diagonale, dans l'espoir qu'un nom lui ferait tilt. Et c'est ce qui se passa. Un picto SÉCU. Dedans elle trouva encore d'autres sous-dossiers, dont l'un était « Historique-Accès ». *Alléluia !*

Double clic. D'autres sous-dossiers. Des centaines. Elle n'allait pas y arriver comme ça. Romy revint en arrière : maintenant qu'elle savait quel logiciel elle cherchait, elle le localisa sur le cloud et le lança. L'ergonomie n'était pas intuitive, mais elle finit par dénicher un historique intégré avec une fonction de recherche pas trop mal faite. On pouvait afficher les résultats par zone, par date ou par numéro de badge. *Oui, c'est ce que je veux*. Elle sélectionna « Zones », mais là encore il s'agissait de numéros et elle perdit cinq bonnes minutes à identifier, dans un autre logiciel, la zone qui l'intéressait, celle du premier sous-sol, dans sa partie restreinte. *Allez, magne !* Puis elle entra ses critères, à savoir tous les badges qui avaient activé les portes du sous-sol restreint au niveau −1, elle affina en organisant par numéro de badge et non par date, pour voir ceux qui avaient été utilisés le plus souvent.

Elle devait scroller sans fin pour tout lire. *Pas le temps*. Romy effectua des copies d'écran et, avant de quitter, opéra de même avec la zone qui correspondait à sa chambre. Elle transféra les résultats directement sur son ordinateur par le Bluetooth, puis elle nettoya les traces numériques de son passage, mit dans la poubelle de l'ordinateur les photos qu'elle avait prises et la vida, plus appliquée encore qu'un ado qui vide son historique de consultations pornos sur l'ordi familial.

Elle n'avait pas encore refermé son ordinateur que la porte s'ouvrit et son cœur se figea.

Elle était foutue.

Et puis elle reconnut le visage qui semblait au moins aussi surpris qu'elle de la voir là.

— Romy ?
— Simon ?

Constatant qu'elle se tenait derrière le comptoir devant l'ordinateur, il s'empressa de refermer derrière lui pour approcher à pas de loup.

— Qu'est-ce que tu fabriques ?

— Je vous en supplie, pas un mot à ma mère, elle va faire une attaque.

— Ça dépend de ce que tu manigances.

— Je veux identifier le type qui est venu dans ma chambre, dit-elle.

Ce n'était qu'un demi-mensonge. Un mensonge par omission, chercha-t-elle à se dédouaner.

— Je croyais que c'était impossible ?

— Bah, on sait jamais, il est peut-être moins malin que ce que je pensais.

Simon la détailla, pesant clairement le pour et le contre de la laisser poursuivre, puis, après s'être décidé, dit :

— De toute manière, que je t'en empêche ou non, tu trouveras un moyen de le faire, je commence à te cerner. OK, je ne dis rien à Zoé si tu m'aides.

— À quoi ?

— Me faire un badge avec un accès total, comme toi. Ta petite histoire d'hier m'a inspiré.

Romy tendit l'oreille pour vérifier qu'il n'y avait pas de bruit dans le couloir.

— Vite alors. Donnez-moi votre badge, demanda-t-elle en s'installant pour initier la procédure qu'elle connaissait.

— Non. Il m'en faut un vierge, qu'on ne pourra pas relier à moi.

Romy releva ses billes vertes vers lui.

— Vous préparez un sale coup.

Il posa un index sur ses lèvres.

— Ce sera notre petit secret.

4.

Un peu avant minuit, Simon utilisa le badge que Romy lui avait fabriqué sous le nom de John Doe, et la porte du bureau Média s'ouvrit.

Les lieux étaient plongés dans l'obscurité, mais le rayonnement de Sphère entrait par les fenêtres et suffisait pour s'orienter.

Un instant plus tard, Simon accéda au bureau que Marick partageait avec d'autres responsables étrangers. Il y avait des armoires, mais Simon le suspectait de garder au plus près de lui les dossiers sensibles, quelque part sous clé. L'autre possibilité était qu'ils soient avec lui, dans sa cabine, et c'était la plus grande crainte de Simon, mais il espérait que Marick était pragmatique : on garde ce dont on a besoin là où c'est le plus utile, c'est-à-dire à portée de main de l'endroit où on passe ses journées. Son bureau.

Simon repéra le bon meuble – il y avait tout bêtement une étiquette avec le nom de chaque responsable et sa nationalité sur le rebord des bureaux – et ouvrit les tiroirs les uns après les autres. Le dernier résista et Simon remarqua l'ergot qui dépassait. Il reconnut une cellule biométrique d'empreintes digitales et jura intérieurement. Comment ne s'en était-il pas douté ? Il y avait trop de passage ici, chacun devait avoir un espace bien à lui, sécurisé au mieux.

Simon inspecta le tiroir sous tous ses angles. Rien à faire. Sans l'empreinte de Marick, il ne pouvait pas l'ouvrir. Il serra le poing de rage. Il n'allait tout de même pas lui couper le doigt !

Simon recula. Le contreplaqué du meuble ne paraissait pas très épais. Mais s'il faisait ça, adieu la discrétion. Il allait forcément laisser des traces.

Il s'assura une dernière fois qu'il n'y avait aucune caméra, s'empara d'une règle plate en métal qu'il avait repérée et commença à la faire coulisser entre la structure du bureau et la planche de contreplaqué verticale qui habillait l'intérieur, là où Marick avait normalement ses jambes. Simon dut s'y reprendre à plusieurs fois pour introduire l'angle de la règle, puis il força pour l'enfoncer un peu plus et fit levier pour casser la colle et défaire le cloutage. Le flanc du tiroir sécurisé apparut. Il était en acier. Simon soupira.

Mais il s'était trop investi pour s'arrêter là. Il fouilla les locaux jusqu'à dénicher un projecteur portatif de prises de vues, du costaud, et en enfonça le pied sous le bureau, dans l'espace qu'il avait mis au jour derrière le tiroir, et poussa de toutes ses forces. Il grogna, ses articulations blanchirent, et il était sur le point de hurler sous l'effort et la frustration lorsque tout le bureau craqua.

Le meuble était ruiné, brisé. Un travail de sagouin.

Mais le tiroir était sorti de son écrin d'acier.

Pendant ce temps, Romy épluchait les listes de numéros qui défilaient sur les centaines de lignes de son ordinateur, allongée dans le lit, les draps remontés jusque sur sa poitrine pour dissimuler son corps nu.

Axel jouait à faire marcher son index et son majeur sur le bras de la jeune femme. Ils avaient fait l'amour. C'était un moment bouleversant pour Romy. Et, parce qu'elle ne voulait pas se laisser submerger, elle s'imposait de focaliser tout son être sur sa besogne intellectuelle. Sauf que son corps, lui, n'y était pas du tout. Elle pouvait encore sentir l'empreinte d'Axel en elle.

Lorsqu'il l'avait embrassée, deux jours plus tôt, non seulement son esprit avait implosé, mais sa chair également, un feu d'artifice de joie, de désir. Alors elle s'était promis de ne pas aller trop vite. Laisser se construire leur relation, la confiance. Ne pas se faire avoir. Ne pas se donner trop vite. Ne pas le regretter. Ne pas souffrir.

Axel était un amour. Un ange. Elle n'avait jamais connu un mec qui prenne soin d'elle, qui semble véritablement sincère dans son attirance, son envie de bien faire. S'il avait des comptes à régler avec son père, il avait su en tirer le meilleur pour devenir une personne intègre et attentionnée. Romy le ressentait, Axel était profondément attaché à la sincérité, à l'échange, un émotif intègre jusqu'au bout des ongles. Il y avait des névroses préférables à d'autres et celle-ci convenait particulièrement à la jeune femme. Axel faisait tout pour lui plaire. Même dans la façon dont il la regardait, elle se sentait belle. Désirable. Romy n'avait pas connu beaucoup de garçons depuis qu'elle était une femme. Très peu à vrai dire. Le premier, c'était de la curiosité, autant pour elle que pour lui, et l'expérience avait été peu concluante. Ensuite, ça avait été compliqué. Et les hommes se tiraient tous dès l'instant où elle leur confiait la vérité. Peu leur importait que son corps soit celui d'une femme, ils retenaient uniquement qu'elle avait été un homme. Elle ne voulait plus jamais revivre cette humiliation, raison pour laquelle elle annonçait les choses avant même de commencer. Et depuis, aucun des mecs qui lui plaisaient n'avait voulu d'elle.

Avec Axel, c'était différent. C'était comme s'il s'en fichait totalement. À aucun moment il ne lui faisait sentir le poids de son passé, de sa transition. Romy était sur le qui-vive, attendant le moment où ça allait déraper, où il allait éclater de rire et lui avouer qu'il s'était bien fichu d'elle, mais non. Et tout dans son attitude témoignait du contraire, du fait qu'elle comptait pour lui.

C'était lui qui avait soutenu Romy après la découverte des messages haineux sur Internet, qui lui avait remonté le moral en recensant les centaines d'encouragements, de remerciements et de soutiens qui pullulaient sur la Toile face à la dizaine de commentaires transphobes. Il lui avait redonné confiance et regonflé son ego. Le monde avait besoin d'elle, surtout en ce moment. C'était lui qui l'avait accompagnée pour récupérer René le matin même à l'infirmerie. Lui qui avait confectionné quatre repas qu'il avait apportés dans des boîtes en carton pour le chien, « pour qu'il se requinque vite ». Lui, Axel, qui réclamait des baisers sans fin, qui ouvrait les portes à Romy – depuis combien de temps n'avait-elle pas rencontré un mec galant ? – ou qui lui proposait sa veste lorsque le vent frais du soir la faisait frissonner – bien sûr, elle se gardait de lui dire que c'était parce qu'il l'effleurait qu'elle avait la chair de poule.

Lui enfin qui avait proposé qu'elle vienne dormir dans sa cabine pour qu'elle soit en sécurité...

Sa résolution de résistance avait donc tenu deux jours. Romy n'était pas fière d'elle, mais n'avait aucun regret. Elle avait aimé le sentir contre elle, en elle. Elle aimait ses baisers, ses caresses.

— T'es obligée de bosser maintenant ? lui demanda-t-il.

— C'est important.

Parce que sinon je vais passer la nuit à te regarder. Je vais vouloir te snifer jusqu'à m'en faire saigner les narines. Je vais vouloir tout faire pour te plaire. Je vais me ridiculiser. Alors non. Elle devait rester concentrée sur ces informations.

Axel avait envie de parler.

— T'as personne qui t'attend dans ton pays ? demanda-t-il.

— En France ? s'étonna-t-elle sans lâcher son ordinateur des yeux. Non. Bien sûr que non ! C'est bizarre comme question.

— On sait jamais.

— Tu as quelqu'un, toi ?

— J'ai toi.

Cette fois, Romy lui jeta un regard rapide, perçant.

— T'as quelqu'un ?

— Mais non. Tu vois, c'est pas bizarre comme question.

— Pour moi, si. Tu vois bien que... Voilà quoi.

— C'est toi qu'es bizarre, non je vois pas.

— Mais enfin... Tu sais. Je suis... pas comme n'importe quelle meuf.

Axel secoua la tête, pas d'accord.

— Je te confirme, t'es unique. Et j'adore ça.

Après un instant, Romy réalisa que les lignes défilaient sur son écran mais qu'elle n'enregistrait rien, l'esprit ailleurs.

— Tu m'as même pas demandé mon *deadname*.

— Je sais pas ce que c'est.

— Le nom que j'avais... avant.

— Parce que je m'en fous. C'est Romy.

Réalisant qu'elle avait peut-être envie d'aller sur ce terrain, il finit par ajouter :

— Tu veux me le dire ?

— Non. Pour moi il n'existe plus. Je n'en parle jamais. Mais d'habitude...

Axel s'assit dans le lit et lui attrapa le menton.

— Hey. C'est toi qui reviens sans cesse là-dessus. Je connais pas celle ou celui que tu as été avant, c'est toi, maintenant, que je découvre. Lâche ce qui te fait souffrir, mets-le derrière. On s'en fout. Juste toi et moi.

Il avait raison. C'était elle qui bloquait sans cesse. Par peur.

Axel montra l'ordinateur :

— Je peux t'aider ?

— Nan. Faut que je fasse du tri. C'est chiant, mais je dois le faire.

— Du moment que je peux te regarder...

Il lui déposa un baiser sur l'épaule. Romy s'ordonna de ne pas lui en rendre un sinon elle allait s'abandonner à ses bras et ne plus avancer. C'était important aussi.

Elle voulait retrouver cet enfoiré qui avait fait du mal à son chien.

Au bout d'un moment, elle y vit plus clair. Elle n'avait pas les noms des individus dans le fichier des entrées et sorties de la zone restreinte mais elle avait leurs numéros de badge. Elle passa alors à l'historique des accès à sa chambre. Il n'y avait que deux numéros récurrents, le sien et celui de sa mère. Le troisième, qui avait bipé le matin du 2 janvier, était un numéro unique qui ne correspondait à personne dans le fichier du personnel. Un badge fantôme fait pour l'occasion. Comme elle s'y était attendue, le type était malin. Et prudent.

Romy retourna au fichier qui traitait du sous-sol. C'était là sa meilleure piste. Par acquit de conscience, elle s'assura que le fameux badge fantôme n'apparaissait pas, ce qui aurait été trop beau. *Vraiment précautionneux, cet enfoiré.*

Elle supposait que le type en question – curieusement, elle n'arrivait pas à concevoir que ça puisse être une femme –, pour échanger ses messages, avait choisi cette zone afin d'être tranquille, que personne ne puisse le surprendre. *Pas de bol, t'avais pas misé sur Romy la poissarde ! Celle qui est toujours là où il ne faut pas !* Donc ce n'était pas quelqu'un qui circulait là tout le temps, qui risquait d'être identifié facilement ou de croiser des collègues. C'était un individu de passage qui voulait rester anonyme. Qui venait régulièrement *checker* s'il y avait un message, et c'était tout. Par conséquent, elle pouvait virer tous les badges qui bipaient quotidiennement. De toute manière, il fallait qu'elle établisse un cahier des charges, sinon elle n'obtiendrait rien ; c'était subjectif, et elle risquait de ne rien tirer d'utile, mais c'était la seule méthode à laquelle elle croyait.

Ensuite, elle élimina tous les badges qui revenaient trop peu. Il fallait tout de même une certaine fréquence. Elle avait déjà bien écrémé le fichier en barrant plus des trois quarts des entrées. Pour finir, elle releva le rythme. Est-ce qu'il y avait des numéros qui revenaient presque à date fixe, tous les mardis par exemple, ou systématiquement deux ou trois fois par semaine ?

Elle avait réduit sa liste à seulement neuf numéros de badge, si elle excluait le sien.

Romy tourna la tête pour constater qu'Axel s'était endormi contre elle. Il était beau, l'animal. Beaucoup trop beau. Elle l'embrassa doucement et coupa la veilleuse. Son visage n'était plus éclairé que par son écran d'ordinateur.

Elle rebascula sur le fichier du personnel, celui qui contenait toutes les informations, dont le numéro de badge, et passa plus d'une heure à le parcourir pour identifier les neuf personnes.

La huitième était Axel Fergusson Jr.

Romy s'entendit déglutir dans le silence de la chambre. *Pas de bad trip. C'est normal. Il bosse en bas. Il traverse le coin régulièrement pour aller fumer sa clope sur le balcon, c'est pas du tout possible qu'il soit...* Et de fait, elle n'y croyait pas une seconde. Ce n'était qu'une mauvaise coïncidence. Oui, voilà, une mauvaise coïncidence. C'était même prévisible qu'elle tombe sur lui, le contraire aurait été surprenant.

Romy évacua cette sombre idée, elle n'allait pas céder à la paranoïa, et s'intéressa aux autres noms. Deux étaient ceux d'employés de maintenance, mais qui n'étaient jamais venus le jour où Romy avait vu la silhouette qui se cachait, donc elle décida de les exclure également.

Et enfin, elle en écarta quatre autres qui n'étaient eux pas venus dans le premier sous-sol, ni au second d'ailleurs, le jour où elle avait trouvé le message qui l'avait conduite au tofu explosif, ni la veille ni le lendemain.

Ce qui ne laissait que deux noms. Deux hommes.

Romy se plantait peut-être sur toute la ligne, mais en cet instant elle se fit la promesse qu'elle ne les lâcherait pas. Et si l'un des deux avait quelque chose à cacher, il ferait bien d'être prêt parce qu'elle ne lui ferait pas de cadeau.

Après tout, elle était #RomyFromTheRig.

5.

Zoé ouvrit les yeux avant que son réveil sonne à 6 h 50.

Simon était là, torse nu, assis sur un tabouret. Il fixait la photo de son fils dans le cadre entre ses mains. Son regard était dur. Un contraste rugueux avec ce qu'ils vivaient, l'air de rien, depuis quelques jours. La dernière fois qu'ils avaient fait l'amour avait été très différente. Ce n'était plus seulement physique. Zoé l'avait éprouvé, au-delà de la tendresse, de la jouissance : c'était plus intérieur que cela. Un renflement du cœur. Un pétillement dans l'esprit. Et elle avait lu le doute en Simon, lui aussi avait vécu leur union différemment.

Le découvrir ainsi, si fermé, si noir, fit mal à Zoé.

Il dut deviner l'attention sur lui car il releva ses prunelles vers sa compagne. Il s'empressa de sécher le coin de son œil.

— Pardon, je voulais pas te réveiller, dit-il.

Elle écarta un pan de la couette.

— Viens, l'invita-t-elle avec douceur.

Mais Simon resta sans bouger. Zoé apprenait ses mécaniques internes. Il se blindait lorsque ça concernait son fils, le masque revenait. Elle n'en tirerait rien.

— Tu es rentré tard, non ?

Il hocha la tête et déposa le cadre dans un coin. Puis ses sourcils se haussèrent, signe qu'il y avait quelque chose d'autre. Zoé se redressa dans le lit.

— Qu'est-ce qui se passe ?

Il prit son air de cocker que Zoé commençait à connaître, l'attitude de celui qui a fait une connerie et l'assume mais pas complètement.

— Je ne veux aucun reproche, annonça-t-il en préambule. Il fallait agir, j'ai fait comme j'ai pu.

— Oh merde. T'es allé dans le bureau de Marick.

Il acquiesça.

— J'ai tout cassé.

— Ils vont savoir que c'est toi ?

— Je n'espère pas. J'ai pris mes précautions.

— Ça va être la panique.

— Je ne suis pas sûr. Marick est un parano de toute manière, il va accuser n'importe quel collègue d'une nation étrangère, et comme ce qu'il planquait ce sont des données confidentielles, pas sûr qu'il prenne le risque de prévenir la sécurité. Il n'aura pas envie d'avoir à se justifier si on retrouve le contenu…

Zoé bondit du lit.

— Tu les as ? Il y a quoi alors ?

— C'est là que c'est décevant. Pas grand-chose en fait.

Il éparpilla une vingtaine de pages sur la petite table de l'appartement et expliqua :

— Beaucoup de confirmations de ce qu'on sait déjà. Et puis… un changement. Sphère a cessé d'émettre ses ondes cérébrales normales. Depuis la tempête en fait.

— Plus rien du tout ?

— Si, mais c'est perturbant. Avant, elle avait une activité cérébrale similaire à un être humain, elle alternait les différents types d'ondes en permanence, ce que nous faisons.

— Et depuis la tempête ?

— Elle s'est mise en ondes gamma. Non-stop.

— Les plus élevées ?

— Oui, ça tournait autour de 40-45 hertz. Enfin, je dis non-stop mais ça a duré trois jours. Ensuite, elle est descendue d'un cran, uniquement des ondes comprises entre 30 et 12 hertz. Sans jamais de pause, à chaque fois.

— Des ondes bêta ? Étrange.

— Et ce n'est pas fini : dans la nuit du 1er au 2, elle a encore baissé, en ondes alpha. Et depuis hier matin, date du dernier relevé que j'ai trouvé, elle n'est plus qu'en thêta, sous les 8 hertz.

Zoé se mordait nerveusement la peau du doigt pour réfléchir.

— J'essaye de comprendre, dit-elle. Pendant plusieurs semaines, elle fonctionne comme nos cerveaux, elle a une activité normale, alternant les pics d'intensité avec des phases plus calmes, reposantes... Puis soudain, la tempête débarque et elle se fige. Elle se met à cogiter à toute berzingue, incapable de ralentir, le cerveau en ébullition.

— Oui, pendant trois jours.

— Puis elle se met en bêta, veille active, et là, c'est combien ? Deux jours ?

— À peine.

— Avant de bientôt entrer en période calme, une attention légère... comme si elle s'endormait ? Ou pire...

Simon leva les mains au ciel, il n'en savait rien.

— J'aime pas ça, confia Zoé en filant vers la douche. Je vais à Icon, il va falloir qu'on dise la vérité à tout le monde.

— Tu es folle ? Et l'AC ? Les dirigeants de la plate-forme ? Ils vont nous...

— Tuer les cinq cents personnes présentes à bord ? De toute façon, Marick va trouver son bureau ravagé, il saura que ça va sortir, à nous de nous débrouiller pour qu'il ne sache pas qui a fait le coup.

Simon avait la main dans les cheveux, accablé. La douche se mit à couler.

— Il se passe quelque chose avec Sphère, ajouta Zoé depuis le seuil de la salle de bains. Tout le monde doit savoir. Je ne la laisserai pas s'éteindre sans rien faire.

6.

Utiliser l'intranet pour diffuser les documents confidentiels dans la boîte mail de chaque membre de la plate-forme LUX était une mauvaise idée. Car pour les poster, il faudrait laisser une trace numérique. Et des services compétents seraient à même de remonter jusqu'à l'expéditeur, si bien caché soit-il.

Zoé avait abandonné cette option pour revenir à une méthode plus simple.

La photocopieuse. Elle en avait imprimé cinquante exemplaires et comptait changer de bureau pour ne pas se faire remarquer afin d'en imprimer autant ailleurs. Elle n'aurait qu'à déposer le tout en trois ou quatre paquets à des endroits de passage, peut-être pendant la prochaine nuit. Mais le chaos commença à se répandre dans la station.

Les téléphones au mur se mirent à sonner. Les messageries mail, à signaler une vague de courriers soudaine. Des personnes se mettaient en colère dans les couloirs. Zoé comprit très vite que la situation était grave.

Tout le personnel ne fut pas informé en même temps, ce qui sema la première vague de confusion. Lorsque la rumeur se propagea, plusieurs versions contradictoires circulèrent. Dans l'une, Sphère était sur le point de s'écraser sur eux, tandis que dans une autre, c'était par empoisonnement que tout le monde risquait de mourir des effets de Sphère, et plusieurs groupes se formèrent même devant les escaliers qui descendaient aux canots de survie, au point que les gardes durent en barrer l'accès.

Zoé avait abandonné ses photocopies sur place, ça n'était plus la priorité. Elle était convoquée en urgence à la salle circulaire d'Icon, et en chemin elle croisa des gens qui s'enfouissaient le bas du visage dans leurs vêtements pour respirer ou qui arboraient les mêmes masques que ceux vus autrefois pendant les pandémies de Covid, lorsqu'elle était une jeune femme. Elle hésita même à se rendre à la réunion pour foncer chercher sa fille, mais elle se méfiait de l'effet de meute et ne savait même pas ce qui se passait réellement. Elle avait d'abord craint que ce soit en lien avec l'effraction de Simon dans le bureau de Marick, mais cela aurait été disproportionné. Non, c'était autre chose.

Zoé arriva dans la grande salle ronde tandis que la réunion avait commencé : il y régnait un brouhaha infernal, Emmett Lloyd et Itishree Kapoor au centre bataillaient pour contrer toutes les indignations, les échos de dizaines de voix résonnaient dans une atmosphère d'insurrection.

— Pourquoi on l'apprend seulement maintenant ? hurla quelqu'un.

— Nous devions au préalable savoir de quels gaz il s'agissait, tenta de répondre Emmett.

— Au risque que nous mourions tous ? s'affola une autre personne.

Itishree monta sur une chaise pour se faire entendre :

— Nous avons dû faire un choix. Une annonce prématurée, quitte à déclencher inutilement un mouvement de panique, ou assumer pleinement notre engagement à tous, et c'est cette seconde option que nous avons entérinée. Vous imaginez si tout le personnel s'était enflammé et avait voulu fuir d'un seul coup ? Si toutes nos armées avaient dû accourir à l'appel désespéré de leurs ressortissants ? Le chaos !

Une partie de la salle s'était calmée pour écouter la professeure charismatique, qui poursuivait :

— Nous nous sommes réunis, nous avions les informations, et nous avons pris nos responsabilités. Nous avons tous signé une décharge avant de venir. Tous. Vous aussi. Nous savions où nous mettions les pieds. Qui, ici, pouvait être assez candide pour croire un seul instant que cette mission serait sans risque ? Qui ?

Itishree éteignait les protestations une par une de son regard limpide.

— Nul explorateur n'est jamais parti avec l'assurance de revenir, rappela-t-elle. Nul pionnier n'eut la garantie ni de réussir ni de survivre. Aucun chercheur manipulant pour la première fois des matières nouvelles ne s'est senti parfaitement en sécurité. C'est le ferment de notre présence ici. Notre capacité à vouloir donner le meilleur de nous-mêmes pour apporter des réponses à l'humanité. Au point de mettre nos propres vies en péril.

— Oui, mais le mensonge n'était pas dans le pacte initial ! cria une femme dans l'assemblée.

Et cela relança la cohue, tous interpellaient les deux responsables, voulaient des réponses.

Zoé constatait, à travers leurs discours, qu'Emmett et Itishree s'incluaient clairement dans la chaîne décisionnaire et ne cachaient pas qu'ils étaient au courant. Tous les dirigeants de la station étaient donc bien impliqués dans la conspiration, s'il fallait là encore employer ce terme. Ce planqué de Matéo Villon aussi dans ce cas. Il avait bien caché son jeu, celui-là...

Dans le tumulte général, Zoé repéra son groupe un peu à l'écart, et elle s'en approcha pour s'adresser à Ethan.

— Tu me briefes ?

— Sphère émet un gaz, et ça a commencé il y a deux semaines. Apparemment ils le savaient, en tout cas un lab à LUX 2, et ils n'ont rien dit.

— Gaz dangereux ? s'alarma Zoé qui était sur le point de repartir en courant récupérer Romy.

Niels répondit, assez fort pour que sa voix porte jusqu'à Zoé malgré le chahut :

— C'est leur ligne de défense, le gaz serait relâché en trop petite quantité et à trop haute altitude pour que ce soit nocif pour nous.

— Sauf qu'il s'échappe sans discontinuer depuis deux semaines, gronda Ronnie.

— Ils auraient dû nous prévenir dès qu'ils l'ont su ! s'indigna Belle en crachant la fumée de sa vaporette. C'est notre santé !

Ils formaient une bulle dans la foule bruyante.

— C'est quoi ce gaz ? voulut savoir Zoé.

— J'ai entendu dire qu'il y avait en partie du dioxyde de soufre, rapporta Niels, mais j'ai pas la composition détaillée.

Hae-il était le plus placide de tous. Il se pencha sur sa table pour dire à Zoé :

— L'émanation est faible mais continue, c'est vrai. Toutefois elle se fait par le sommet de Sphère, à presque deux kilomètres d'altitude. Si le gaz en question est toxique lorsqu'il est inhalé directement, là il est dilué dans l'atmosphère. Je pense qu'on peut se rassurer quant au danger, il est proche de zéro, surtout avec les vents qu'on a sur l'océan.

— Pourquoi ils n'ont rien dit alors ? s'énerva Belle.

— Pourquoi tu stresses, Dieu te protège, non ? lui lança Ronnie.

Zoé avait bien son idée mais elle ne pouvait rien dire pour l'instant. Elle se doutait que c'était encore le lab 6 qui avait fait des siennes.

— Comment on a su ? s'enquit-elle.

Niels répondit, sûr de lui :

— Un scientifique de LUX 2 qui a vu les données passer et n'a pas compris pourquoi elles n'étaient pas publiées dans la foulée. Il a lancé l'alerte.

— T'as l'air bien au courant, soupçonna Ronnie.

— *Ma femme* bosse sur LUX 2, annonça Niels. Comment tu crois que j'avais des news un peu en avance ? C'est bon, ça te suffit ? Si tu t'intéressais un peu à nous en dehors de nos réunions, tu le saurais.

Ronnie approuva et, insensible au reproche, il ironisa dans la foulée :

— Quoi qu'il en soit, votre scientifique, il sera bientôt sur une navette pour rentrer chez lui.

— J'espère être sur la même si tu veux savoir, dit Niels. Moi, je reste pas.

Autour d'eux, la salle bruissait des questions, protestations et commentaires de tout Icon réuni, et de beaucoup d'autres personnes que Zoé voyait rarement ici. Les trois quarts étaient debout et apostrophaient Emmett et Itishree qui poursuivaient leur épuisante tentative de clarification.

— Vous avez noté la date, quand même ? demanda l'Américain à ses compagnons. Le gaz a commencé à sortir le 21 décembre. Le soir du solstice. Vous vous rappelez ce qu'on s'était raconté ?

Zoé se souvenait très bien. L'hypothèse Sphère déclencheur de la sixième extinction. Celle de l'humanité. Ils avaient cherché quel pourrait être le moment symboliquement le plus en harmonie avec la nature pour envisager le début de la fin. Ils étaient à la veille du solstice, la nuit la plus spéciale de l'année.

— Ça ne peut pas être une coïncidence, déclara Niels. Cette fichue boule est liée à notre planète. C'est sûr !

Ronnie grogna pour manifester sa différence d'opinion.

— Attends… T'as dit dioxyde de soufre, c'est bien ça ?

— C'est un gaz qu'on connaît ? tenta Zoé, pour qui cela ne signifiait rien de précis.

— On s'en sert pour fabriquer des acides, il me semble, informa Niels.

Ronnie fit claquer ses doigts devant lui pour attirer l'attention de leur groupe.

— Vous avez déjà entendu parler de « géo-ingénierie » ?

— Tentative de manipulation du climat par l'intervention humaine, décrypta Hae-il. Beaucoup de théories, aucun résultat.

— Parce que tout le monde flippe ! Aucun gouvernement ni aucune entreprise ne veut prendre le risque de flinguer la planète en jouant à Dieu, répondit Ronnie en finissant sa phrase par un regard de provocation vers Belle.

— J'ai besoin d'explications, exigea Zoé.

— Des gros cerveaux ont calculé que si nous parvenions à renvoyer, ou réfléchir, moins de deux pour cent des rayonnements du Soleil, cela suffirait à compenser le réchauffement climatique qui bousille notre existence.

— Et on ferait comment ?

— C'est ça le problème, grimaça Ronnie. Aucune méthode qui fasse l'unanimité. Des gars proposent de construire une sorte de miroir maxi-géant qu'on enverrait à la distance parfaite entre le Soleil et la Terre – bonjour le coût, c'est infinançable –, d'autres veulent déverser tout un tas de produits dans les océans pour en faire une éprouvette colossale qui bouleverserait les courants pour nous aider, et quelques-uns pensent à l'injection d'aérosols dans l'atmosphère pour atténuer les UV notamment, dans le même air qu'on respire évidemment.

— Tu m'étonnes que personne n'ait envie d'essayer, lâcha Niels.

Hae-il intervint :

— Les essais ont tous été interdits, on ignore les dérèglements que nous pourrions provoquer. Vous imaginez un peu ce que ça implique ? Nous modifierions le climat de notre planète à l'échelle globale. Sans aucune visibilité de l'impact à court et moyen terme.

Zoé avait tiqué sur une expression employée par Ronnie :

— Des aérosols dans l'atmosphère ?

L'Américain tendit l'index vers elle :

— Exactement. Et dans les propositions des ingénieurs, il était question de dioxyde de soufre, parmi d'autres. Vous pigez ?

Zoé en resta médusée. Elle finit par lever la main vers le plafond.

— C'est ce que Sphère ferait ?

— Ça y ressemble, sinon quoi d'autre ?

Le Coréen fronça son visage d'habitude si posé et balbutia :

— À une échelle aussi… importante, vous vous rendez compte ? Si elle est remplie de gaz…

Ethan avait la tête entre les mains, effaré.

— On avait raison, dit-il. Putain, on avait raison… Elle est en train de transformer notre climat. Elle a commencé la sixième extinction.

Zoé décida que c'était le moment. Elle sortit les quelques photocopies qu'elle avait gardées des documents volés à Marick.

— Il y a autre chose. J'ignore si c'est grave, annonça-t-elle. J'ai trouvé ça tout à l'heure. Il faut que vous lisiez. Sphère a un comportement étrange.

7.

Un peu plus tôt ce matin-là, Romy sortait de la douche lorsqu'elle vit Axel sur le lit, l'ordinateur de la jeune femme sur ses genoux.

— Tu te rencardes sur moi ? dit-il.

— Pourquoi tu fouilles ?

— Je fouille pas, je voulais lire ce qui se raconte sur la tempête qui a frappé mon pays, et je sais que tu as Internet sur ton ordi... Mais je suis tombé sur ça.

Il leva l'écran pour lui montrer les neuf noms que Romy avait identifiés la veille, dont le sien.

Elle hésita. Il ne semblait pas en colère, juste intrigué. Un peu blessé aussi. Cela fit de la peine à Romy qu'il puisse s'imaginer des choses alors qu'il était plus que réglo avec elle.

— Bon. Je crois que je te dois des explications.

Elle resserra la serviette qui l'enveloppait et vint s'asseoir sur le bord du lit pour lui raconter toute l'histoire. La silhouette surprise dans le sous-sol le jour de leur rencontre, les messages dissimulés dans le tube noir, son enquête en pistant les badges... Elle passa sur l'épisode du tofu pour s'épargner de l'embarras.

— Et mate, ton nom est barré, dit-elle. Je n'aurais jamais cru dire ça au bout de trois jours mais... je te fais confiance.

Axel revint rassuré. Puis la contrariété parut sur son visage.

— Et tu vas faire quoi avec ces deux noms ?

— Un des deux est sans doute l'enfoiré qui a voulu tuer mon chien.

— Transmets la liste à la sécurité.

— En leur disant quoi ? Que j'ai volé toutes les données ? Que je veux me venger du type qui a empoisonné mon chien ? Que je veux m'opposer à Marick et sa théorie d'un gay que j'aurais contrarié ? Que je suis convaincue que c'est grave ? Ils vont se foutre de moi et en plus je serai dans la merde. Non.

— Donc, toi et tes petits bras, vous allez casser la gueule à ces deux lascars, comme ça ? Parce qu'ils accèdent au sous-sol de manière aléatoire ?

— C'est pas aléatoire, j'ai assez cogité pour en être certaine.

Axel soupira. Puis il se pencha pour lui prendre la main.

— Tu les approches pas.

— Tsssssssssss...

Sifflement irrité.

— Tu comptes me dire ce que j'ai le droit de faire ou pas ?

— Non, mais je stresse. Je ne veux pas que tu t'attires des emmerdes. Promets-moi que tu ne vas pas leur parler.

— Axel...

— OK, alors j'irai avec toi. Mais promets-moi que tu n'iras pas seule avant.

— T'es relou...

Il la fixait avec toute sa détermination.

— Promets ou je chante une chanson.

Elle rit.

— D'accord. Je ne leur parlerai pas. Mais on y va ce soir. C'est juré ?

— Milieu d'aprèm, dès que j'ai terminé mon premier service.

Romy fulminait d'attendre, mais elle ne put qu'approuver. Axel tira sur sa main pour la faire tomber sur le lit vers lui.

— Je commence dans une heure. On a le temps de...

Le téléphone mural se mit à sonner. Axel voulut l'ignorer mais Romy craignait que ce soit sa mère.

— Tu lui as dit pour nous ?

— Pourquoi tu crois que j'ai passé l'après-midi avec elle hier ? C'était l'interrogatoire.

Romy décrocha et perdit son entrain.

— Réunion d'urgence, annonça-t-elle après avoir reposé le combiné. Message automatisé. J'aime pas ça.

8.

L'insurrection prenait de l'ampleur.

Une quinzaine de personnes présentes dans la salle centrale d'Icon, soit presque un tiers, l'avaient quittée pour aller sonder l'ambiance à l'extérieur. Il y avait un début de panique chez certains qui ne croyaient plus la parole des cadres de la plate-forme quand on leur affirmait que le gaz diffusé par Sphère ne pouvait les atteindre ici. Le contraste avec les plus optimistes était saisissant, ceux qui s'amusaient de l'aspect intrigant de la chose. Et les sceptiques au milieu, qui ne parvenaient pas encore à trancher.

Un responsable venait de débarquer en soutien d'Emmett Lloyd et Itishree Kapoor, un Chinois que Zoé avait déjà vu traîner avec Matéo Villon. Il tentait de se justifier, en parlant le plus fort possible, par-dessus le brouhaha :

— Nous ne voulions pas générer de panique, nous voulions nous assurer que c'était sans danger avant de rendre publiques ces informations. Oui, nous n'aurions pas dû, la transparence est nécessaire. Que voulez-vous que je vous dise ? Il fallait prendre une décision...

Nous voulions vous protéger de vous-mêmes... Réflexe de politiques ? Je ne sais pas... Oui, c'est tout, il n'y a rien d'autre que nous n'ayons pas partagé... Je suis navré... Mais cela ne remet pas en question notre...

Zoé en avait assez entendu et reporta son attention sur Ethan qui revenait auprès de la cellule 3, regroupée dans un coin de la vaste pièce circulaire. Il était sorti pour jauger l'atmosphère.

— C'est le bordel, annonça-t-il. Il y a vraiment des départs. Des mecs en colère qui se tirent, et ça gueule. Ils ont forcé l'accès aux canots de survie, j'ai entendu. D'autres ont carrément réclamé d'urgence une intervention de leur marine pour venir les récupérer.

Ronnie bascula en arrière sur sa chaise.

— Ça part en cacahouète !

— On fait quoi ? demanda Belle.

— Je propose que tu sautes. De toute manière, tu ne sers à rien. T'as jamais rien proposé, il fallait une erreur de casting, on l'a trouvée...

— Va te faire foutre, gros tas. Tu t'indignes à la moindre allusion sur ton physique mais tu es raciste, misogyne et grossier.

— Hey ! les coupa Hae-il.

La tension commençait à les gagner. Le Coréen désigna les pages que Zoé leur avait remises pour lecture.

— Sphère réagit, dit-il. De toute évidence, la tempête l'a chamboulée.

— Ça l'a mise en éruption, approuva Ethan. Avant, elle réfléchissait, mais le cyclone l'a fait disjoncter.

— Elle se défend ? envisagea Zoé. Le gaz serait un mécanisme de protection ?

— Elle avait commencé à le relâcher bien avant.

— De toute façon qu'est-ce que ça peut bien faire, dit Belle, il faut qu'on se tire, c'est tout !

La rumeur dans la salle s'intensifia et ils comprirent bientôt pourquoi. Les photocopies de Zoé avaient été découvertes et en rajoutaient une couche. Les responsables de LUX savaient que Sphère émettait des ondes semblables aux ondes cérébrales et n'avaient rien dit. Pire, ces ondes avaient complètement changé de comportement.

Une minorité tentait de faire entendre raison aux autres, arguant que ça n'avait finalement pas d'importance, qu'il fallait continuer leur mission, retourner à leurs bureaux, mais le ton montait. La peur était palpable. La défiance également. Ça commençait à tourner à la foire d'empoigne.

— Il est temps de se dire au revoir, déclara Ronnie en se levant de sa chaise.

— Qu'est-ce que tu fais ? s'étonna Niels.

— Ce que vous devriez tous faire. Je me tire.

— Mais…, s'indigna Ethan. On te dit que c'est pas dangereux, que le gaz est dilué dans l'air, que ça n'a aucune conséquence pour nous. On a un job ! On quitte pas le navire comme ça ! Enfin, on est en plein océan !

Ronnie observait autour d'eux.

— Le privilège d'être américain, mec : mon armée viendra me chercher à l'autre bout de la Lune s'il le faut. Et c'est pas le gaz qui m'inquiète. Ce sont ces connards. Ça va être le chaos. Faut se barrer tant que c'est encore possible.

— En agissant ainsi, tu ajoutes justement de l'huile sur le feu, fit remarquer Ethan.

Hae-il voulut modérer Ronnie en posant une main sur son poignet, mais celui-ci retira son bras aussitôt.

— Calmons-nous, proposa le philosophe. Nous réagissons avec trop d'impulsivité.

Ronnie tapa plusieurs fois son gros doigt sur les feuilles étalées entre eux.

— C'est ça, l'impulsivité, vous ne comprenez pas ?

Il mit bout à bout les diagrammes qui montraient la décélération des ondes électromagnétiques de Sphère. De 45 hertz en chute constante et exponentielle jusqu'au dernier relevé disponible, sous les 6 hertz.

— Vous pigez toujours pas ? s'agaça-t-il.

— Elle est en train de s'éteindre, constata Zoé.

Ronnie tapa à nouveau sur les feuilles, en colère que personne ne réfléchisse comme lui ou à sa vitesse.

— Mais non ! Un cerveau ne s'éteint pas comme ça, il alterne, il n'est pas linéaire, il a des pics, des variables, des inconstances, c'est organique, c'est un peu plus aléatoire, enfin ! Et s'il mourait, ce serait pareil ! Ou alors il se couperait brutalement, mais là, c'est évident ! Regardez !

Il les fixa tous. Il transpirait d'émotion. Et il soupira pour dire :

— C'est un compte à rebours.

9.

Le téléphone satellite qu'il utilisait était dissimulé dans la bombe de mousse à raser parce que la forme était adaptée et que l'aluminium de l'aérosol était renforcé d'une fine pellicule en partie composée de sulfate de baryum pour empêcher les rayons X de voir au travers. En cas de contrôle, on accuserait la bombe d'être trop épaisse, rien de plus. Simple. Efficace. Mais Alexander n'avait même pas eu besoin de passer ses bagages au contrôle de sécurité, il était arrivé sur LUX directement par navire militaire, sous l'identité de ce malheureux soldat qu'il avait remplacé.

Quant au téléphone, il venait de l'utiliser pour la première fois. C'était la consigne. Le signal pouvait être repéré, même si c'était peu probable. Avec toutes les analyses qui étaient lancées depuis LUX 2, les armées tout autour n'étaient pas censées braquer leurs grandes oreilles dans cette direction, mais il ne fallait pas être dupe, toutes le faisaient. En revanche, elles ne devaient pas récupérer grand-chose en matière de renseignement. LUX 2 bombardait le ciel et les environs de quantité de flux différents selon les besoins de chaque département scientifique, et cela rendait la zone compliquée à espionner par des moyens technologiques qui devenaient vite saturés.

Quoi qu'il en soit, Alexander n'avait pas eu le choix. Pas après ce qu'il venait d'apprendre. Les ondes dites « cérébrales » dans Sphère qui déclinaient. Allait-elle vraiment s'autodétruire au bout du compte, comme l'affirmaient certains ? Ou était-ce encore une procédure étrange dont personne ne connaissait la finalité, ainsi que le clamaient d'autres ?

La situation à bord se tendait. Alexander devait réagir. Il avait informé son commandement et à présent il attendait les ordres.

Il se tenait prêt.

Il avait son Beretta M9, le modèle américain de la célèbre fabrique d'armes italienne, pas son choix personnel, mais pour le coup il ne pouvait faire autrement. Un couteau CQD Mark I de Duane Dieter, là encore du matériel de Yankee, mais un bon couteau restait un bon couteau, et celui-ci pouvait largement faire le sale boulot. Et ses mains. Peut-être l'arme la plus dangereuse de toutes. Fabrication russe, bien sûr.

Alexander oubliait un peu vite l'explosif sous ses fesses. Initialement, il devait servir, si cela s'avérait nécessaire, à semer la zizanie. Tout renverrait aux Américains. La composition du C-4 était celle utilisée par l'armée des États-Unis, dont les 91 pour cent de RDX classique, mais surtout les huiles typiques qu'employaient les manufactures de leur armée, ainsi que le marqueur chimique US-Army. Quarante pains de M112 de 570 grammes chacun. Les détonateurs également étaient de fabrication US. De quoi faire un joli feu d'artifice. Puisque la communauté internationale n'avait pas daigné inviter la Russie à bord, il était plus prudent que celle-ci prenne les devants et envisage tous les scénarios possibles.

Le préféré d'Alexander consistait à faire croire que les Américains foutaient le bordel pour récupérer la technologie rien que pour eux. Dans l'absolu, c'était même tout à fait plausible, songeait Alexander, sans que la Russie ait besoin de le mettre en scène. Si les nations rassemblées commençaient à douter de leur allié le plus puissant, ce serait le début des ennuis pour tous. Et qui pouvait bien dire comment cela évoluerait à terme ? La Russie aurait certainement une carte à jouer pour reprendre la main, au moins ne plus être exclue. Au pire, cela ferait perdre du temps à tout le monde, et le FSB serait plus à même de récupérer des informations sur Sphère et sa technologie.

Car pour Moscou, cela ne pouvait être que ça. Ils n'envisageaient pas d'alternative. Contrairement aux autres, les satellites russes l'avaient détectée *avant* qu'elle arrive sur site. Ils ignoraient où elle était apparue, il avait été impossible de retrouver sa trace préliminaire. Mais elle venait d'un peu plus au sud lorsqu'ils avaient capturé sa première image. D'un secteur en dehors des routes commerciales maritimes, loin de tout, isolé, sans aucune île, donc aucune explication. Sphère était donc extraterrestre. Par conséquent, il était impensable que la Russie soit mise à l'écart de tout ce qui allait ressortir de son étude.

Le téléphone satellite d'Alexander sonna et il décrocha immédiatement, écouta puis raccrocha sans un mot.

Les ordres avaient changé. Moscou n'aimait pas du tout ce qui ressemblait à un compte à rebours. La chose allait soit se détruire soit s'éteindre, mais dans tous les cas cela signifiait perdre les promesses qu'elle représentait. Et si elle s'abîmait en mer, les Russes n'ayant aucun navire capable de récupérer la technologie sur le secteur, ils seraient devancés par le reste du globe. Là encore, le Kremlin ne comptait pas laisser ses adversaires bénéficier de cette éventualité. Non. Ordre était donné à Alexander de régler le problème. Il avait une feuille de route. Il savait quoi faire, Moscou se chargeait du reste. Politique de la terre brûlée. Si Moscou n'était pas invité à la fête, alors il n'y aurait pas de fête. Pour personne.

Il ouvrit la malle et sépara les pains de C-4 en deux tas qu'il fourra dans des sacs différents. Beretta et couteau rangés sur lui.
Personne ne l'arrêterait.
À présent, il n'avait plus de limites. Il pouvait tuer.

10.

LUX n'avait à disposition, en tout et pour tout, que huit gardes.

Pour près de cinq cents personnes présentes sur l'ensemble des trois plates-formes reliées entre elles. La sécurité intérieure n'avait jamais été considérée comme un facteur essentiel puisque l'équipage n'était constitué que de volontaires respectables, aux antécédents vérifiés. Il n'y avait aucune raison d'envisager le pire. À l'extérieur, les armées s'assuraient que LUX reste un écrin inviolable, et à bord ce joyeux petit monde devait naturellement bien se comporter.

À l'instant où Romy sortit de l'atrium de Rosalind, on pouvait en douter. Une centaine de passagers au moins s'étaient amassés dehors, près du monte-charge, et attendaient leur tour pour descendre, dans un concert d'insultes et de protestations. Des Zodiac ou des petits patrouilleurs se rapprochaient de LUX 1 pour récupérer leurs ressortissants, et un bouchon d'embarcations commençait à se former dans le périmètre restreint de la plate-forme. Plusieurs gouvernements, entendant le cri de panique de leurs meilleurs experts, n'avaient pas voulu prendre le moindre risque et avaient ordonné qu'on les sorte de là de toute urgence, sans consulter l'ONU. Une fois qu'ils seraient à l'abri sur les croiseurs de leur marine, il serait toujours temps de réfléchir à la suite, s'il fallait y retourner ou non.

Cela paraissait démesuré aux yeux de Romy. Elle n'était pas du genre à prendre pour argent comptant les paroles lénifiantes des politiciens, loin de là, mais ce qu'elle avait entendu ce matin même n'était pas pour l'alarmer. D'une, le gaz était dispersé dans l'atmosphère ; et de deux, Sphère avait changé sa façon d'émettre des ondes, ce qui prêtait à toutes les interprétations, quelles qu'elles soient, tant qu'on n'aurait pas décrypté son langage, donc ça ne changeait pas grand-chose. Du moins, c'était là son avis. Romy avait toujours eu un *a priori* positif quant à Sphère, et il n'y avait rien de tangible à ses yeux pour que ça change. Après tout, elle l'avait vue *la sauver* lors de la tempête, elle en demeurait convaincue. Il fallait donc poursuivre les recherches et voilà tout !

Romy avait tout de même sondé Marick, qui se tenait avec eux dans la grande salle de réunion où on les avait briefés, et il lui avait garanti qu'elle ne risquait rien et qu'il retournait quant à lui dans son bureau. Ça valait ce que ça valait, mais elle l'avait trouvé sincère. Axel aussi était resté. Alors Romy avait envoyé un message à sa mère par Internet, en espérant qu'elle l'aurait rapidement, et elles avaient pu se parler brièvement peu après. Zoé, elle, était inquiète. En bonne mère protectrice, elle avait demandé à sa fille de rentrer dans sa cabine à elle avec René et d'attendre ses consignes. Mais elle non plus n'évoquait pas encore la fuite.

Axel devait aller bosser, les cuisines ne pouvaient pas se permettre une pause : il y aurait entre trois et quatre cents estomacs à remplir d'ici trois heures et ne plus avoir à manger serait en revanche une bonne raison de mutinerie.

En la quittant, Axel avait rappelé sa promesse à Romy :

— Tu restes sage tant que je ne suis pas revenu !

Romy alla retrouver René et ils attendirent ensemble pendant une demi-heure, à contempler par la fenêtre de la cabine cette agitation ridicule. Le ciel était pur, limpide, Sphère magnifique au-dessus, et près d'un tiers de la station se faisait la malle dans un ballet incessant de navires qui rapatriaient les uns et les autres sur des bateaux plus loin, plus gros.

Ils avaient tous perdu la tête.

— Ou alors c'est nous qui sommes inconscients. Tu en penses quoi, toi ? demanda la jeune femme à son chien. Que t'as envie de pisser, non ?

Elle prit la laisse et le golden frétilla – terminé la torpeur contemplative.

Il ne restait plus qu'une grosse vingtaine d'hommes et de femmes devant le monte-charge. Les autres étaient déjà partis ou en bas, sur le quai. Autour d'elle, Romy retrouva l'ambiance qu'elle connaissait, calme et studieuse. À la différence qu'il n'y avait personne sur les esplanades. Tout le monde était à l'intérieur, encore en train d'exiger des réponses, ou dans sa cabine pour finir de faire ses valises, ou tout simplement retourné à sa tâche comme un jour normal.

Romy s'interrogea sur ce qui se passait dans son pays, en France. Comment réagissait l'opinion publique ?

Que racontaient les chaînes d'info ? Sphère, un fiasco politique ? L'évacuation de la honte ? Sphère : une menace pour l'humanité ! Romy imaginait sans peine la déferlante de bêtises qui envahissait sans aucun doute les plateaux télé. Parce que maintenir la jauge d'angoisse au plus haut était bon pour l'audimat. Le stress rendait addict à l'info. Le capitalisme de la terreur.

Et elle, pourquoi ne retournait-elle pas dans les locaux Média pour préparer ses prochaines vidéos ? *Parce que ma mère va faire une crise si elle cherche à me joindre et que je ne suis pas dans la cham... Oups.*

— Allez, René, dépêche, faut qu'on remonte, dit-elle tandis que le chien reniflait un arbre à l'entrée du parc.

Romy cherchait à concentrer son esprit sur des questions ou des images précises, elle se tenait à l'écart de la divagation et y était parvenue jusqu'à présent, mais sa vigilance retomba. Et bien sûr, s'imposa alors le sujet qu'elle voulait à tout prix éviter.

Les deux noms.

J'ai promis.

Et elle comptait bien respecter son engagement. Mais étaient-ils encore à bord ? À quoi ressemblaient-ils, ces deux gars ?

Voir René gambader, en pleine santé, lui tordit le ventre. L'ordure avait essayé de tuer son chien. Elle ne pouvait pas passer l'éponge.

Checker s'ils sont encore là, ce n'est pas les approcher. Elle respecterait sa promesse de ne pas leur parler. Oui. Ça, elle le pouvait, c'était acceptable. Dans la limite de la zone floue des mots employés. *En prenant Axel pour un con, quand même...*

Et puis merde, elle n'était pas une femme soumise, non plus ! Si attentionné qu'Axel puisse être, il n'allait pas régir son existence. Elle voulait seulement mettre des visages sur des noms.

Par quoi commencer ? Avec leur numéro de badge et leur nom, elle avait le numéro de cabine. C'était déjà un bon début.

Romy siffla pour faire venir René et elle l'entraîna vers le bâtiment 3, Marie-Curie, où logeait le premier de la liste. *De toute manière, il y a peu de chance qu'il soit dans sa chambre à cette heure...* Ça sonnait déjà comme une excuse.

Elle n'y pensait que maintenant mais... *Si au moins j'avais eu accès au logiciel de sécurité* via *mon ordi, j'aurais pu suivre en temps réel les mouvements du badge.*

Non. Sans regret. Il était impossible de pirater un système sophistiqué avec le peu de connaissances dont elle disposait.

Romy monta au premier étage de Marie, passa dans le couloir où logeait le premier nom sur sa liste, et ralentit au niveau de sa porte pour écouter. Il n'y avait aucun bruit à l'intérieur. *Pas de bol.* Elle ne resta pas trop longtemps et regagna le hall au rez-de-chaussée. *Et maintenant ?*

Elle tournait en rond de frustration. Si le gars ne revenait pas avant ce soir, elle aurait l'air fin à perdre sa journée ici... Romy se creusait la cervelle en quête d'une autre illumination formidable, mais rien ne venait. Elle n'était ni flic ni assez retorse pour imaginer comment faire pour lui mettre le grappin dessus, tels les héros dans les séries. Elle avisa René qui dormait près de la sortie. *Merci pour ton assistance.*

Dehors, Romy vit un garde passer, il revenait du monte-charge.

L'autre nom sur sa liste était justement un garde. Mais celui-ci était une femme.

— René, debout.

Elle sortit en trombe pour l'intercepter.

— Excusez-moi !

La femme se retourna. « SGT NEYLLIS » était brodé sur l'étiquette de sa chemise kaki.

Romy s'apprêtait à la questionner sur l'autre garde lorsqu'elle eut envie de tenter quelque chose de plus culotté.

— Vous étiez en bas avec ceux qui partent ?

— Oui, fit la sergente Neyllis, épuisée.

Romy prit son air le plus éploré possible :

— Vous n'auriez pas vu mon mec par hasard ? Dani Raya.

— Je ne connais pas les noms de tout le monde, je suis désolée…

Elle avait un accent anglais à couper au couteau, ce que confirmait le drapeau en écusson brodé sur sa manche gauche, à l'opposé du sigle de l'ONU.

— Un brun, trente ans, plutôt…

— Il y avait beaucoup de monde, la coupa Neyllis, pardon, mais je dois y aller.

— J'ai *vraiment* besoin de le retrouver ! la supplia Romy. Je vous en prie. Je ne sais pas s'il est encore là ou s'il s'est tiré.

— Je n'ai aucun moyen de vous renseigner. On n'a même pas pu faire de listes, personne n'écoutait rien.

À l'heure qu'il est, nous ne savons pas qui est encore à bord et qui s'est fait la malle.

— Peut-être que vous pourriez le localiser ?

— Non, écoutez, je ne pe...

— Il a les médicaments de mon chien, s'il ne les prend pas, il peut mourir.

Plus c'était gros, mieux ça passait. Romy l'avait appris par expérience.

— C'est son cœur. S'il vous plaît...

— Je vous dis, je n'ai aucun moyen de savoir où il est.

Elle était sur le point de craquer, Romy le sentait. L'argument du chien avait fait mouche.

— *Via* son badge ? proposa-t-elle innocemment. Votre PC sécurité devrait pouvoir vérifier à quel endroit il a badgé pour la dernière fois.

Neyllis ricana.

— On n'a pas de PC sécurité, c'est pas une base militaire ici...

— J'ai besoin de ces médicaments.

Romy se tourna vers le golden qui les observait, intrigué.

Neyllis soupira, agacée, puis prit sa radio et appela quelqu'un qui ne semblait pas être un garde mais une bonne connaissance et elle lui demanda s'il avait un ordinateur devant lui. Elle le guida pour reproduire exactement ce que Romy avait fait la veille, afin de pister les badges par les accès qu'ils validaient, et la réponse tomba brutalement dans le crachouillis du haut-parleur :

« J'ai trouvé. Dani Raya, maintenance. Il a rendu son badge il y a deux heures. Il s'est tiré. »

Neyllis parut réellement affectée. Elle posa la main sur la tête de René pour le caresser affectueusement.

— Je suis désolée. Vous devriez demander à l'infirmerie, ils peuvent...

— Et Gavin Bonta, enchaîna Romy qui n'avait plus rien à perdre, vous le connaissez ?

— Euh... oui, il bosse dans l'équipe...

— Vous savez où je peux le trouver ?

Neyllis fronça les sourcils, ne comprenant plus rien, mais répondit tout de même :

— Il est passé derrière vous il y a deux minutes. Descendu par la rampe des sous-sols, pourquoi ?

11.

La cellule 3 d'Icon sortait de la salle de réunion circulaire, au milieu d'une quinzaine d'autres personnes. L'incompréhension, le doute et le scepticisme se lisaient sur les visages. Parmi eux comme ailleurs, près d'un tiers avait déjà plié bagage. D'autres hésitaient encore.

Ronnie s'arrêta pour refaire son lacet. Il chercha une chaise où poser son pied et le groupe l'entoura pour l'attendre.

Hae-il essaya une dernière fois de raisonner l'Américain :

— Je ne pense pas que ce soit un compte à rebours. C'est *une* interprétation, mais il en existe d'autres, moins dramatiques.

— Vous avez lu à quelle vitesse elle change d'ondes ? Trois jours pour gamma, deux pour bêta, une journée en alpha, *a priori* quelques heures pour thêta... C'est exponentiel, et ça signifie qu'elle sera à zéro aujourd'hui.

— Mais avouez qu'il y a un doute sur la finalité !

— Vous êtes prêt à risquer votre vie sur ce doute ?

Le Coréen désigna le couloir où tout le monde marchait à vive allure en les dépassant.

— Je suis un optimiste. Tout ça est très excessif, vous ne trouvez pas ? Et même si c'en était un, de compte à rebours ? Vers quoi ?

— La fin du réservoir de gaz de Sphère ? proposa Ronnie. De ses réserves énergétiques ? Vous imaginez ce qui se passera si ce bidule de huit cents mètres de diamètre s'écrase ? Qui est juste en dessous d'après vous ?

Il avait terminé son lacet et avant de se remettre en marche il ajouta :

— Ou alors, c'est le déclenchement de son explosion ? D'une nouvelle phase de destruction pour initier la nôtre ? Qu'est-ce que j'en sais ?

En reprenant le chemin vers la sortie, il conclut :

— Ce que je sais, c'est que je tiens à ma vie, et je ne vais pas la jouer au pif dans un jeu d'hypothèses. Sphère lâche un gaz dans l'atmosphère et montre les signes d'un changement imminent. Ça me suffit pour mettre les voiles.

Ronnie s'immobilisa devant l'ascenseur déjà plein et qui attendait de partir. Il s'excita sur le bouton plusieurs fois, empêchant les portes de se fermer, et provoqua les protestations des occupants. L'Américain pesta et se pencha au balcon qui donnait dans l'atrium. Deux étages à descendre. Il grimaça, attendit que l'ascenseur disparaisse enfin et rappuya sur le bouton pour l'appeler.

— Vous devriez en faire autant, dit-il en les toisant tous un par un.

Hae-il secoua la tête.

— Je suis ici pour une mission et je vais la mener à son terme.

Belle ne disait plus un mot, sa vaporette était vide, elle se rongeait les ongles en scrutant la magnificence de Sphère qui pénétrait par le dôme de l'atrium.

Niels dodelina, contrarié.

— Je dois parler avec ma femme. Je ne sais pas.

Ethan hésitait clairement et cherchait une réponse dans l'attitude de Zoé. Pour elle, c'était un dilemme qui lui tordait les boyaux. Elle refusait de céder à la panique, qu'elle trouvait exagérée, et pour autant beaucoup de signaux étaient au rouge. Et elle avait sa fille ici. Plus elle y songeait, plus elle se laissait gagner par la voix de la sagesse. Elle devait parler avec Matéo Villon, lui demander de les mettre à l'abri sur la frégate qui les avait amenés jusqu'ici, au moins le temps d'y voir plus clair. Oui, c'était plus prudent.

Simon faisait partie des derniers à sortir de la réunion, il les vit et rejoignit le groupe.

— Vous restez ? lui demanda Niels.

— Oui.

Zoé le prit comme un coup au ventre, et elle n'avait pas besoin de ça. Ils n'en avaient même pas parlé encore. *Mais il ne me doit rien, non ? Il peut faire ce qu'il veut...* C'était un embryon de relation, ils ne s'étaient rien promis.

Tout de même, elle était blessée. Elle aurait aimé sentir le début d'une union entre eux, surtout sur un sujet aussi grave.

Face aux regards circonspects, le sociologue se sentit obligé de se justifier :

— Il faut bien comprendre ce qui se passe là-haut, non ? Nous sommes venus pour ça !

L'ascenseur remontait, mais il fila jusqu'au quatrième sans s'arrêter, ce qui fit jurer Ronnie.

Zoé posa ses mains sur le balcon qui encerclait l'atrium illuminé de blanc. Elle leva les yeux vers le dôme de verre. Vers *elle*. Qu'est-ce que tout ça signifiait ? Son apparition dans leur existence, cette attention qu'elle avait suscitée, cette obsession même… Les foules entières qui, inlassablement, se rassemblaient, même trois mois après son émergence, pour la célébrer, pour l'implorer, pour s'adresser à elle, pour la prier. Ici, à Icon et dans LUX 2, ils s'acharnaient à trouver des réponses, mais y en avait-il seulement ? L'humain exigeait toujours des réponses à ses questions. Il voulait un sens à la vie. À *sa* vie. Mais en existait-il ? La nature était cruelle, chaotique, complexe et sans intentions. Tout s'y entrechoquait en permanence, les plus forts ou les plus à même de s'adapter vite s'en sortaient et c'était tout. Cela racontait une autre histoire, moins belle que celle que les humains cherchaient à se raconter, celle où préfiguraient une destinée, une origine et une explication cohérente, quelque part, morcelée comme l'énigme primordiale qui n'attendait que leur développement pour se révéler. L'histoire que racontait l'Univers était au contraire celle d'un hasard, d'une capacité à survivre sans cesse remise en question, d'un cosmos froid, implacable, dépourvu de sentiments, où la Terre n'était qu'une anomalie parmi celles de la géologie et de la biologie, sans aucune forme d'intentionnalité. L'émotion n'était qu'un privilège – ou une malédiction – des humains. Un bouillonnement chimique provisoire dans l'histoire sans fin des molécules. Mais aucune morale. Aucune finalité sensée. Et si les humains ne parvenaient plus à démontrer ces mêmes aptitudes qui les avaient hissés au sommet de leur petite chaîne alimentaire, alors ils disparaîtraient, simplement. Une poussière de carbone sur un grain d'hydrogène au milieu de tout.

Sphère avait-elle une réponse à nous offrir ? Zoé avait longtemps envisagé et voulu croire qu'elle n'était pas apparue à ce moment précis sans raison. Qu'il y avait un dessein. Mais elle n'en était plus aussi convaincue à présent. Peut-être qu'ils lui prêtaient des pensées et un comportement trop humains après tout... Il se pourrait qu'elle soit encore là dans mille ans, imperturbable, sans que nous sachions jamais ce qu'elle était. Et que nous-mêmes ayons disparu, pour toujours. Balayés par l'apocalypse que nous avions nous-mêmes créée dans notre ivresse de confort, de plaisir et d'égoïsme.

Des pensées et un comportement trop humains... L'idée trottait dans son crâne sans qu'elle parvienne à comprendre pourquoi. Depuis qu'elle connaissait cette histoire d'ondes cérébrales, Zoé y pensait à longueur de temps. Là, elle sentait l'emballement de sa matière grise, cogitations en puissance. *Ondes gamma.*

L'ascenseur sonna et la porte s'ouvrit sur une cabine déjà remplie qui fit râler Ronnie. Il décida quand même d'y entrer et écrasa tout le monde pour s'y imposer.

— Bye les copains, dit-il au reste de la cellule 3. J'espère vous revoir bientôt.

C'est alors que Belle lâcha sa vaporette et se précipita avec lui, déclenchant d'autres protestations des passagers.

— Je viens ! s'écria-t-elle.

La dernière phrase que Zoé entendit avant que la porte se referme fut de Ronnie :

— Je croyais que Dieu te protégeait ?

La foi avait manifestement ses limites.

Des pensées et un comportement trop humains...

Simon se posta à côté d'elle.

— Tu veux partir ? demanda-t-il.

Sa voix lui parut lointaine, l'esprit de la romancière était entièrement occupé à relier les savoirs emmagasinés, il crépitait, il bâtissait des ponts entre les données factuelles et l'intuition. L'intelligence émotionnelle de Zoé se déversait là-dessus, supraconductrice d'un raisonnement global qui ne se limitait plus à envisager chaque élément à part, cloisonné, opposé aux autres, mais dans son ensemble, et à le relier au reste.

Elle fit volte-face vers ce qui restait de leur cellule.

— Niels, est-ce que tu sais si sur LUX 2 ils ont de quoi faire des électroencéphalogrammes ?

— Probablement. Sinon, à l'infirmerie.

— J'en ai besoin.

— OK, allons voir ma femme alors.

— Tu ne te sens pas bien ? s'inquiéta Simon.

— Je vais très bien. Les ondes cérébrales sont des ondes électromagnétiques, dit-elle, comme celles qu'on utilise pour la radio.

Ethan sortit de sa léthargie et se redressa, voyant où elle voulait en venir.

— Tu veux lui envoyer un signal ?

— Mais nous ne connaissons pas son langage, fit Hae-il.

Zoé secouait la tête en fonçant vers l'escalier.

— Je ne veux pas lui parler. Je veux savoir ce qu'elle *ressent*.

12.

Non seulement il ne l'aidait pas à être discrète, mais en plus René s'avérait inapte à flairer la moindre piste. C'était un chien de salon, incapable de survivre sans la main de son maître.

Romy faisait de son mieux dans le sous-sol pour retrouver la trace de Gavin Bonta, le garde, dernier nom de sa liste et unique suspect potentiel auquel elle pouvait encore se confronter. Il n'était pas question de lui parler, elle se l'était juré à elle-même pour s'assurer de tenir la promesse qu'elle avait faite à Axel. C'était déjà, en soi, un cheminement tordu qui aurait dû l'alerter si elle avait été honnête. Elle ne voulait que le *voir*. Vérifier s'il pouvait au moins correspondre à la silhouette qu'elle avait surprise ce jour-là dans le réduit.

Silhouette que j'ai entraperçue, dans la pénombre, mais bien sûr je vais avoir une épiphanie à l'instant où ce Bonta va apparaître. Genre néon magique – « C'est lui » – et cornes de Satan brûlantes pour ne pas le rater.

Et puis quoi, en définitive ? Si elle obtenait la conviction que c'était le salaud qui avait attenté à la vie de son chien, elle lui ferait quoi ? Le passer par-dessus bord ? Non. Mais elle ne se priverait pas de lui dire droit dans les yeux qu'elle savait, qu'elle ne le lâcherait pas, jamais, qu'elle balancerait son nom en pâture à la planète entière s'il approchait encore une fois d'eux.

Dans une trop infime fraction de lucidité, elle se demanda sincèrement ce qu'elle fichait là, avant d'entendre une porte claquer plus loin, plus bas.

Deuxième sous-sol. Je sais par où y aller !

Elle tira sur la laisse de René pour qu'il suive et ils filèrent au niveau inférieur. Elle reconnut le grand couloir large qui desservait les hangars. De là où elle se tenait, toutes les portes paraissaient closes. L'océan s'agitait mollement en contrebas, à travers la grille du sol. *Non mais vraiment, qu'est-ce que je fous là ?* Ce n'était pas prudent. C'était même d'une inconscience crasse. Romy réagissait enfin, reprenant l'ascendant sur la curiosité, sur la vengeance, et sur cet instinct de tête brûlée qui lui faisait parfois prendre de mauvaises décisions. *Je dois remonter.* Tant pis pour Gavin Bonta. Il y aurait d'autres occasions.

À travers la grille, Romy voyait deux des pieds qui soutenaient LUX 1 dans l'eau bleue. Deux énormes jambes d'acier grises. Et l'escalier qui s'enroulait autour de chacune.

Quelqu'un descendait l'un d'eux, il était environ à mi-chemin de l'océan.

Une silhouette en uniforme kaki.

Il est là ! Trop loin pour qu'elle puisse distinguer son visage, pour imaginer à quoi il ressemblait. *OK, je checke juste un instant et je me tire.*

Elle entraîna René sur le côté, dans un renfoncement qui permettait de descendre encore sous le niveau −2, dans un enchevêtrement de passerelles en plein air, et ils marchèrent sur cinquante mètres vers le pied où le garde était descendu. Romy n'avait pas à se soucier du bruit, elle était beaucoup plus haut que lui, le vent et le ressac couvraient largement leurs pas. Il ne fallait juste pas qu'il relève le nez dans sa direction. Et dans ce cas, elle était tellement loin qu'elle pourrait le semer aisément. Il était à quoi ? Soixante ou soixante-dix mètres plus bas. *Je suis large.*

Parvenue près de l'entrée de l'escalier, elle alla s'accroupir entre plusieurs canalisations très épaisses et attira René contre elle. En se tordant le cou, elle pouvait distinguer le garde tout en bas. Il n'était pas exactement au niveau de la mer, juste au-dessus, et cela faisait bien une ou deux minutes qu'il s'affairait contre la paroi sans que Romy parvienne à comprendre ce qu'il fabriquait. Le manège dura dix minutes supplémentaires pendant lesquelles Romy hésita maintes fois à repartir, mais elle n'osait plus bouger.

Lorsque Gavin Bonta s'élança dans l'ascension, elle réalisa qu'il était trop tard, il pourrait facilement la repérer si elle s'enfuyait maintenant, alors que si elle restait immobile, il n'y verrait rien. Elle serra son chien encore plus fort contre elle lorsque le garde fut arrivé au sommet des marches, à peine essoufflé, et qu'il emprunta la passerelle qui venait droit sur eux.

Romy mit sa main sur la gueule de René pour qu'il arrête de haleter.

Bonta était costaud. Les veines du cou saillantes. La peau légèrement hâlée, les yeux en losange, les pommettes proéminentes. S'il était effectivement américain, comme l'indiquait l'écusson de sa manche, il devait avoir des origines maories ou quelque chose dans ce genre. Romy était incapable de savoir si c'était lui qu'elle avait surpris dans le réduit, mais la chair de poule sur ses bras lui ordonnait de reculer. Son instinct de survie prit le dessus et elle se ramassa sur elle-même pour tenter de ne faire qu'un avec son chien.

Les semelles du garde s'éloignaient sur la passerelle de droite. Il avait tourné avant de parvenir jusqu'à eux. Il remontait.

Romy recommença à respirer et lâcha la gueule de René. Elle aspirait longuement, épuisée comme si elle sortait d'une nuit blanche. La tension nerveuse se dissipait un peu. Elle n'avait pas envie de rentrer maintenant, parce que ça signifiait marcher dans les pas de ce type, et Romy préférait laisser passer un maximum de temps. Il lui avait vraiment fait une impression désagréable. *Une putain de frousse, oui !*

Elle se pencha pour regarder l'endroit où il était resté un moment. L'imagination de la jeune femme turbinait à plein régime. Ça la démangeait d'aller vérifier. *Après tout, ça permettra qu'il s'éloigne.* Le plus loin possible. Romy fit signe à René, et après s'être assurée que le type avait disparu de l'interminable coursive à sa droite, elle entra dans la cage d'escalier.

— J'espère que tu es prêt à te dépenser, mon vieux, dit-elle au chien.

Ils mirent peu de temps pour atteindre leur objectif.

Encore moins pour que Romy saisisse ce que Bonta avait fabriqué.

Des pains d'explosif étaient collés à la paroi d'acier, ils formaient un demi-cercle autour. Et cette fois, Romy n'avait pas besoin d'un cours de Marick pour en être absolument sûre : il ne s'agissait pas de tofu. Il y avait même un détonateur incrusté dans les briques.

Romy haletait plus que son chien à présent, à cause de l'angoisse. Elle releva la tête. D'en bas, la plate-forme était monstrueuse. Un mastodonte écrasant d'acier. Juste sous ses pieds, cinq mètres plus bas, l'océan sans fin. Elle regrettait amèrement d'être venue. Elle avait peur. Elle avait *physiquement* peur. Romy se sentait minuscule, fragile. Vulnérable. Il fallait qu'elle remonte tout de suite.

Malgré tout, elle se força à gravir les marches à un rythme normal, régulier, afin de garder le contrôle. C'était l'unique solution qu'elle avait trouvée pour tenir la panique en respect. Ne pas s'épuiser. Ne pas céder au débordement qui menaçait.

Une fois en haut, elle repassa près de sa cachette qu'elle dépassa sans regarder, et René se mit à grogner.

Romy s'immobilisa net.

Elle le *perçut* avant de l'entendre ou de le voir.

Derrière elle, Gavin Bonta l'avait prise à son propre jeu.

Elle entendit le déclic mécanique de la lame du couteau qui sortait de son manche.

13.

Magda Holbeck-Kirchner traçait sa route dans les couloirs du bâtiment 5 de LUX 2, Ada-Lovelace, sans que quiconque pût la ralentir. Son mari, Niels, accompagné de Kim Hae-il, Ethan Gabriel, Simon et Zoé, la suivaient à vive allure, autant que le leur permettaient les roulettes du dispositif qu'ils trimballaient avec eux.

Dès que Niels avait expliqué l'intention de Zoé à sa femme, celle-ci leur avait fait signe de lui emboîter le pas, et elle les avait guidés jusqu'à un premier laboratoire pour y récupérer l'équipement EEG – matériel pour électroencéphalogramme – que Simon et Ethan poussaient à présent sur un chariot, au milieu d'autres scientifiques, dubitatifs, qu'ils croisaient.

Magda était une planétologue exobiologiste bardée de diplômes. Un stylo planté dans ses cheveux aux reflets cuivrés tenait son chignon improvisé, des lunettes mangeaient la moitié de son beau visage. En la découvrant, Zoé comprit pourquoi Niels avait le même syndrome de l'imposteur qu'elle-même avait eu au début : l'ONU avait voulu Magda pour son expertise mondialement reconnue, et lui, le « concepteur ludique », avait été embarqué comme un supplément de bagage qui pouvait *éventuellement* servir.

Magda ouvrait les sas avec son badge, repoussait les questions, et ils finirent par longer une baie vitrée qui donnait sur une grande salle futuriste aux airs de vaisseau spatial. La planétologue les fit entrer à l'intérieur tandis que les deux personnes déjà présentes levaient les bras au ciel, indignées.

— Qu'est-ce que vous faites ici ? s'écria l'homme moustachu avec un fort accent du golfe Persique. C'est une zone restreinte, vous ne pouvez pas venir sans autoris…

— C'est moi, l'autorisation, le coupa Magda. Dehors.

— Quoi ? Mais…

Ethan se positionna devant lui et fit cliquer ses bagues en lissant sa barbe.

— La dame a dit dehors, insista-t-il.

Apeurés, l'homme et sa collègue sortirent précipitamment.

— On va avoir de la visite rapidement, commenta Simon en les regardant partir en courant de l'autre côté de la baie vitrée.

Magda organisait déjà la suite :

— Niels, installe la console ici, je fais les branchements.

Tout un pan de mur partiellement arrondi était couvert d'écrans qui happaient l'attention de Zoé. La romancière s'approcha. Chaque fenêtre diffusait des données différentes, toutes concernaient Sphère. C'était un centre de contrôle high-tech qui monitorait la boule de lumière vingt-quatre heures sur vingt-quatre. Son volume était suivi en permanence, au centimètre près, sa hauteur dans le ciel, ses coordonnées, sa luminescence, ainsi qu'une image-satellite en direct qui dévoilait une vue infrarouge sur laquelle on distinguait clairement le gaz qui s'échappait par le sommet. Un rectangle affichait des oscillations bleues et un chiffre : 2,4 hertz. Zoé reconnut les ondes cérébrales. Le suivi de l'historique récent s'étalait sur le côté, une décroissance vertigineuse. Sphère n'était plus qu'en ondes delta, les plus basses, les dernières.

Simon vint près de Zoé. Il enroula sa main dans la sienne et elle se laissa faire. Elle lui en voulait encore d'avoir pris la décision de rester sans la concerter, mais elle n'avait pas envie de contrariété, d'opposition. Elle voulait de la douceur et la chaleur de sa paume lui fit du bien.

— Tu crois vraiment que nous pouvons établir un contact avec elle ? demanda-t-il.

— Je ne suis pas scientifique, mais j'ai retenu les leçons d'Ethan. Tout est ondes. Du son aux couleurs en passant par la façon de fonctionner de nos cerveaux. Alors j'espère, oui. Si elle se comporte comme nous, peut-être qu'un pont peut être créé.

— Depuis le début du XXIe siècle, nous savons faire communiquer deux cerveaux directement, intervint Magda, à genoux derrière le chariot pour relier des câbles entre eux. En 2013, par exemple, une expérience a consisté à munir un volontaire d'un casque d'EEG relié à un ordinateur qui transformait les ondes électromagnétiques de son cerveau en message électronique qu'il transmettait à un autre ordinateur, dans une pièce différente, lequel faisait le processus inverse et envoyait les ondes dans un casque de stimulation magnétique transcrânienne porté par un second volontaire. Quand volontaire 1 pensait à lever la main droite, volontaire 2 le faisait sans savoir pourquoi.

— Transmission de pensée ? résuma Simon, halluciné.

— Pas de pensée, mais de geste moteur. En gros, notre cerveau code l'ordre de lever la main avec des ondes électromagnétiques que nous interceptons pour les retransmettre à un autre corps *via* le cerveau du volontaire 2.

— On ne peut pas le faire avec des pensées ? demanda Hae-il, troublé lui aussi.

— Non. C'est bien plus complexe. Une fonction mécanique, c'est une succession de zones précises qui s'activent, c'est identifiable et reproductible. La pensée, c'est plus profond. Nous n'en sommes, heureusement, pas là.

Hae-il avait saisi :

— Nous pouvons faire communiquer deux cerveaux, pas les fusionner.

Simon demanda :

— Alors comment on va faire pour...

Magda se releva et alla s'asseoir derrière un des pupitres qui ressemblaient au poste de pilotage d'une navette.

— Je vais créer un signal électromagnétique faible qui servira de courant porteur entre nous, *via* ces machines et les antennes sur le toit, et Sphère. Dans ce signal, nous allons injecter ceci.

Elle pointa le doigt vers l'appareil EEG :

— Qui va donc capter les ondes cérébrales de notre volontaire. Et Sphère va les recevoir. Nos capteurs actuels nous montreront sur le mur de contrôle si elle a une réaction. C'est exactement comme faire de la radio ou parler dans un téléphone mais avec le rayonnement d'un cerveau, plutôt que la voix.

— Tout est ondes, répéta Ethan, qui avait les yeux brillants d'excitation.

— Vous pouvez émettre un bruit blanc sur 432 hertz pour commencer ? interrogea Zoé.

— Bien sûr.

— Ce sera pour lui souhaiter la bienvenue, lui montrer que nous aussi, nous lui envoyons la fréquence de l'harmonie absolue.

Magda se pencha sur un micro et lança un appel :

— AC, vous m'entendez ? J'ai besoin d'un créneau immédiat. C'est urgent et prioritaire. Coupez les flux en cours sauf ceux de notre poste.

Une voix résonna dans la pièce, par les haut-parleurs :

— Ce n'était pas dans le...

— Qu'est-ce qui n'est pas clair dans le « urgent et prioritaire » ? J'en ai besoin *maintenant* !

— Mais... OK. Je vous passe en prio. Sous quel motif ?

— Dites que ce sont les Français qui refont la Révolution, ironisa Magda en se tournant vers Zoé, Simon et Ethan.

Elle coupa le micro et déclara :

— On va pouvoir y aller. Asseyez-vous dans le siège devant l'EEG. Niels, tu installes le casque ?

Tous se regardèrent sans que quiconque bouge. Chacun regardait l'autre. Ce fut Zoé qui montra le fauteuil à Ethan.

— Tu fais de la méditation, tu seras le plus à même de...

— Certainement pas ! Je suis une boule d'angoisse, là, maintenant. Je vais lui transmettre mon stress. Le message sera « Tu devrais flipper toi aussi » !

— Mais tu connais les techniques de respi...

— Zoé, fit Simon.

— ... ration, tu vas savoir comment descendre en ondes basses pour lui montrer le chemin et initier le conta...

— Zoé, insista Simon en la fixant droit dans les yeux. C'est à toi d'y aller.

Elle secoua la tête. Elle n'était pas compétente.

— Tu es intuitive, rappela-t-il. C'est toi qui es la plus à même de la comprendre, d'une certaine manière. Tu sais quoi faire. C'est entre toi et Sphère à présent.

Zoé ne l'avait pas envisagé ainsi. Quand elle avait dit qu'elle voulait connaître le ressenti de Sphère, elle pensait à une expérience collective, dans laquelle chacune et chacun aurait un rôle à jouer, comme au sein d'Icon, mais ne s'imaginait pas en première ligne.

Elle chercha un appui au sein du groupe, mais Hae-il approuva les paroles de Simon d'un subtil geste du menton, Ethan refit « non » de la tête, tandis que Niels l'attendait avec le casque.

Zoé déglutit avec peine. Simon avait raison. Il ne servait à rien de tergiverser. Elle avait suggéré cette expérience, elle devait aller au bout.

Elle prit place et Niels lui disposa les électrodes principales sur les cheveux, avant de les recouvrir d'un casque souple qui ressemblait à un bonnet de bain et dont l'intérieur était garni d'autres cellules réceptrices et émettrices.

— Ça va faire mal ?

— Pas le moins du monde, la rassura Magda. Tout ce que vous avez à faire, c'est de vous détendre et de penser à ce que vous voulez lui dire. Elle ne le comprendra pas, mais elle va recevoir les ondes que votre cerveau produira. Selon leur intensité, elles seront stimulantes, une invitation au repos ou juste des nappes rassurantes.

Magda s'était gardée d'inclure « agressives » dans la liste ; les ondes le seraient si jamais Zoé ne parvenait pas à se concentrer. Celle-ci lui en fut reconnaissante. Elle le savait déjà et n'avait pas besoin qu'on lui mette la pression.

Zoé prit son inspiration, serra une dernière fois la main de Simon et s'enfonça dans le siège.

— J'envoie le signal, annonça Magda.

14.

Le duvet sur sa nuque s'était hérissé, son cœur venait de tripler son rythme en un instant, douloureux, et Romy devinait un bourdonnement qui montait à ses tempes.

Elle se retourna d'un coup pour découvrir Gavin Bonta et son physique massif qui approchait d'elle lentement, un couteau noir effrayant à la main. Il n'était qu'à cinq mètres. Un saut et il serait sur elle.

Lorsque Romy vit ses yeux, sa peur s'intensifia encore. Ils étaient plus froids que la mer sous leurs pieds. Visage verrouillé. Déterminé. Romy comprit aussitôt qu'il ne venait pas vers elle pour autre chose que la tuer. La lame allait lui ouvrir la gorge, et l'instant d'après elle sentirait qu'elle basculait dans le vide, pour entrer à jamais dans le néant de l'océan.

Il savait très exactement ce qu'il faisait. Il n'était pas préparé, il était parfaitement *habitué*.

Et Romy, elle, s'était figée. Terrifiée. Les muscles tétanisés par un réflexe ancestral de survie. Faire le mort. Ne plus bouger d'un iota pour espérer échapper à l'attention du prédateur. C'était la commande de base du cerveau lorsqu'il était en panique face à un danger et qu'il n'était pas entraîné à y répondre. Elle ne contrôlait plus rien, choquée par la compréhension de la mort qui la fixait.

Trois mètres.

René n'avait peut-être pas perdu tous ses instincts car il grognait – ou bien il reconnaissait celui qui lui avait fait du mal. Et quand le garde fut à moins de deux mètres de Romy, prêt à la frapper de son couteau, René se jeta sur lui. Il mordit le bras armé et retomba de tout son poids, sans lâcher sa proie qui poussa un cri de surprise et de douleur.

Les images parvenaient à Romy sans qu'elle puisse réagir. Elle voulait, mais en était incapable.

René donnait tout pour défendre sa maîtresse, et Bonta le frappa aux flancs, puis chercha à attraper son Beretta dans le holster sur sa hanche droite, du côté où le chien l'attirait vers le sol ; il reçut un coup de patte qui lui fit lâcher l'arme au moment où il la dégainait. Le Beretta cogna contre la grille, rebondit et tomba dans le vide. C'en était trop. De la main gauche, Bonta s'empara de son couteau et en trois coups précis planta le chien, qui couina et tomba lourdement devant lui.

Voir René se faire poignarder ainsi, voir les pétales rouges de la mort éclore dans son poil blanc, comprendre instantanément qu'il n'avait aucune chance, que c'était déjà fini, fit vriller Romy. Elle voulut hurler. Se jeter sur cette ordure, lui arracher le visage et le pousser dans l'océan, mais au lieu de ça son instinct de survie s'activa et injecta dans son sang l'adrénaline nécessaire pour lui permettre de reprendre le contrôle.

Bonta allait la tuer aussi facilement, implacablement et rapidement qu'il venait d'éliminer René. Tout le désespoir et toute la haine du monde ne suffiraient pas à sauver la jeune femme. Elle le sut immédiatement.

Alors Romy recula, trois pas, et pivota pour lui tourner le dos.

La rage et la terreur qui brûlaient en elle lui servirent de combustible pour courir. Vite. Très vite.

Les foulées d'un animal qui veut survivre. D'un animal entraîné. Agile. Ses genoux battaient la cadence, ses cuisses poussaient, ses fessiers tiraient et les foulées s'accélérèrent encore.

Ses pas effleuraient le sol, elle volait presque.

Derrière, Bonta cognait la grille de ses semelles, lourd et puissant.

Romy le distançait dans les lignes droites, ne ralentissait presque pas dans les angles des passerelles ; souple, elle baissait son centre de gravité sans avoir à y réfléchir, se servant des poteaux comme d'un appui vertical supplémentaire pour changer de direction plus aisément. Comme si ses années de sport, d'exploration en milieu industriel, se conjuguaient ici pour donner un sens à tout ce qu'elle avait accompli jusqu'à présent.

Les larmes étaient soufflées par la vitesse, elles coulaient sur ses joues.

Romy s'efforçait de ne pas penser. Surtout pas. Encore moins à ce qu'elle venait de subir. À son chien. À ce monstre sur ses talons. Elle n'avait que sa trajectoire en tête, l'anticipation de chaque mouvement, la gestion de sa respiration.

Lorsqu'elle parvint à l'escalier, elle avait gagné une bonne avance sur Bonta, mais savait que ça ne suffirait pas. Alors elle prit son élan et avala les marches vers l'étage supérieur. D'autres coursives. Elle les connaissait bien celles-ci, pour les avoir parcourues quasi quotidiennement. Elle savait où aller, les obstacles, les raccourcis.

Romy avait une chance de s'en sortir. Elle refusait d'y songer, mais elle le sentait. Elle avait sa chance. Elle risqua un coup d'œil au moment de sortir de la zone restreinte.

Bonta jaillit de la vapeur en suspension, lui non plus ne lâchait rien ; il le savait, c'était inscrit sur son visage, il avait aussi sa chance de la cueillir.

Romy passa la porte magnétique, incapable de la verrouiller, elle ne tenta même pas et gravit la rampe vers le pont principal de LUX 1. Elle était sauvée. Il ne pouvait plus rien lui…

Mais elle ne vit personne. Ceux qui n'avaient pas fui devaient être dans les bâtiments ou sur LUX 2. Romy hésita. Et si elle hurlait ? Qui l'entendrait ? Il y avait du triple vitrage partout, les distances étaient immenses et le vent de l'Atlantique emportait les sons avec lui.

Mais pas celui de la démarche lourde qui se rapprochait, juste en dessous.

Dans la précipitation, Romy fonça droit devant. Darwin était à sa droite, mais qu'allait-elle y faire ? S'enfermer dans sa cabine serait une condamnation à mort, Bonta avait un pass pour y entrer, il l'avait déjà prouvé. Espérer y croiser des gens et se réfugier parmi eux ? Oui, mais s'il n'y avait personne ?

Malgré les larmes, elle vit le parc à ses pieds et sa végétation luxuriante. Ce n'était pas suffisant pour la dissimuler, et certainement pas assez grand pour espérer y perdre son poursuivant.

Et pourtant, un espoir traversa Romy.

15.

Une nouvelle fenêtre apparut sur le mur d'écrans de la salle de contrôle, au dernier étage du bâtiment Ada-Lovelace de LUX 2. Des courbes rapides s'y dessinèrent aussitôt en jaune ou rouge, et une valeur s'afficha : 32 hertz, puis 39, avant de revenir à 31. C'était l'activité neuro-électrique de Zoé. Sa fenêtre était mitoyenne avec celle de Sphère qui était en bleu, et le contraste entre les ondes de l'une et de l'autre saisissant. Sphère ondoyait sereinement, presque endormie, tandis que Zoé était frénétique.

La valeur de Sphère diminua encore un peu, à 2,1 hertz.

— Elle s'éteint, constata Simon, soucieux.

— À ce rythme, dans moins d'une heure elle sera à zéro, ajouta Hae-il du bout des lèvres, comme s'il en avait honte.

— Le but, c'est que Zoé se rapproche de Sphère ? demanda Simon qui avait besoin d'être rassuré.

Les oscillations de la romancière étaient, elles, toujours aussi fortes, intenses.

— Déjà, qu'elle initie une sorte de contact entrant, exposa Niels. Sphère va recevoir directement le signal de Zoé. Nous allons voir s'il y a une réaction. Ensuite, il faudrait que Zoé descende en ondes plus rassurantes, apaisées, pour montrer qu'elle est enveloppante, et que Sphère se sente... disons, rassurée.

Hae-il souligna :

— Vous en parlez comme s'il s'agissait d'une personne.

— Sphère réagit comme un cerveau, donc ne peut-on pas la considérer comme un individu ? Faut-il absolument un corps comme le nôtre pour avoir une identité propre ?

— Non, bien sûr. Mais nous prêtons à Sphère des réactions qui sont le propre des êtres humains.

Ethan désigna les valeurs d'ondes cérébrales sur les écrans.

— À mécanique similaire, comportement semblable, non ?

Niels poursuivit :

— C'est notre espoir. Si Zoé parvient à introduire une vague de quiétude et que Sphère sort de sa torpeur, on pourra déjà exclure l'idée d'un compte à rebours ou d'une mort programmée, ce genre de chose sinistre. Ce sera une première partie du problème réglée, provisoirement. Restera l'émission de gaz...

— Faut juste éviter que Zoé lui balance des ondes de stress..., murmura Ethan.

Simon fronça les sourcils.

— Mais Sphère ne peut pas nous répondre ?

Niels leva la main vers l'immense écran :

— S'adresser à nous directement ? Non. Le canal qui transporte les ondes directement du cortex de Zoé à l'intérieur de Sphère ne peut qu'envoyer, pas recevoir. De toute manière, nous ne savons même pas si elle en serait capable. Mais nous monitorons son comportement, nous verrons si nous déclenchons une activité neuro-électrique en elle. Nous lirons sa réaction.

— Nous pouvons la voir mais pas l'entendre, résuma Simon, contrarié.

Zoé était toujours autour de 30 hertz, avec des pics et des creux soudains, mais la moyenne demeurait en ondes bêta, l'état du quotidien, de la discussion ou de l'anxiété également.

— Il faudrait qu'elle descende, insista Ethan qui commençait à se mordre la lèvre. En l'état, elle va surtout provoquer du stress.

Zoé se redressa et retira le casque.

— Je n'y arriverai pas avec vos voix autour de moi, s'énerva-t-elle. Vous avez des bouchons ?

Niels fouilla dans le chariot de l'EEG et trouva une boîte avec bouchons d'oreilles et masque de sommeil, qu'elle refusa.

Ethan les prit, lui conseillant malgré tout le masque.

— Tu descendras plus aisément en alpha avec les paupières closes, conseilla-t-il.

Zoé se boucha les oreilles, se couvrit les yeux, et Niels lui redisposa le casque sur le crâne.

Ils reculèrent pour la laisser se concentrer.

Quelques minutes plus tard, les valeurs de Zoé s'abaissèrent progressivement sous les 20 hertz ; elles passèrent même en vert, en tombant sous les 12.

C'était parti.

Elle entendait son propre souffle circuler dans son torse, un sifflement rassurant, accompagné du mouvement de l'air dans sa poitrine. Inspiration nasale, expiration par la bouche. Ses battements cardiaques diminuèrent également, jusqu'à se stabiliser sur un rythme régulier. Zoé partait de haut, elle le sentait, mais progressivement elle se laissa gagner par le calme, se focalisa sur elle, sur ses fonctions essentielles. Elle laissa les gamma s'étioler assez rapidement et sentit qu'elle stagnait un moment au niveau du dessous. Des images, des idées, des émotions se télescopaient sans qu'elle parvienne à les discipliner, et dès qu'elle s'y appliquait et que sa concentration se rompait, l'agacement la faisait remonter.

Zoé ne trouvait pas comment parvenir à une pensée reposante, linéaire et domptée.

C'est alors que Romy se faufila dans ses neurones et Zoé s'y agrippa. Elle s'imposa un film de sa fille. De son visage qu'elle connaissait par cœur, ses mimiques, et même son parfum. Les souvenirs qu'elles partageaient. Leur vie. Son parcours depuis des ébauches d'elle, toute petite, en train de faire ses premiers pas, ses rires, ses bêtises, son enfance... Sa fille était son repère, mais là encore, c'était si tumultueux et fort que cela déclenchait des réactions cérébrales. Précieux mais trop vif.

Alors lui vint son petit secrétaire devant la fenêtre du deuxième étage de sa maison. Celui où elle écrivait. Le processus de création ne venait pas du lieu, non, mais celui-ci pouvait le faciliter une fois le réflexe pavlovien implémenté dans le cerveau, quand ce dernier avait compris que l'endroit était synonyme d'un basculement de la pensée vers une recherche permanente, une projection d'émotions fictives, une invention de sons, d'odeurs, de matières... De personnages. Aussi vrais dans cette pièce qu'ils étaient fictifs au-delà dans le monde. Zoé se laissait gagner par la magie du secrétaire. Ce qu'il symbolisait. Écrire. Comment tout ça s'orchestrait en elle lorsqu'elle se mettait à façonner ses histoires. Une concentration maîtrisée et pourtant ouverte à un envahissement ponctuel, qui fonctionnait à la manière d'une rivière dans laquelle on injectait plus ou moins d'eau depuis un barrage. La retenue, c'était sa discipline, le cadre qu'elle se fixait. Le cours en aval, le fil de son roman, et le paysage qui se construisait autour, son imagination.

Zoé atteignait lentement un état semi-hypnotique. Le même que celui qu'elle se décrivait à l'instant et dans lequel la romancière se plongeait pour que les mots lui viennent.

Elle descendait, son être s'enfonçait dans le siège. Son corps cessa d'être présent à son esprit et elle se laissa emporter par ce doux flux interne.

Dans la salle de contrôle, tous étaient rivés à l'écran géant, et plus particulièrement aux valeurs de Zoé. Elles étaient dans le vert, ondes alpha, conscience apaisée, et le chiffre 9,5 apparut.

Simon faisait des allers-retours visuels entre les courbes et Magda, scrutant ses réactions, cherchant à comprendre si tout se passait bien.

— Elle est presque prête. J'ouvre le canal, annonça la scientifique. Bruit blanc sur 432 hertz pour nous annoncer dans la bienveillance.

Elle pianota sur plusieurs boutons de sa console et tous guettèrent une réaction de Sphère, mais rien ne bougea sur la multitude de données qui défilaient.

Pendant ce temps, Zoé était à 9,1 hertz de moyenne. Elle paraissait détendue dans son fauteuil, le masque sur les yeux, le casque lui entourant la partie supérieure de la tête. Un cocon qui ne manquait rien de ce qui se passait entre ses deux hémisphères.

Il y eut une minute où elle remonta, avant de tomber à 8,2 brusquement. L'activité neuro-électrique de Zoé était erratique, mais sa moyenne chutait encore.

Elle devint une courbe violette en passant à 7,4. Ondes thêta. Méditation. Hypnose. Mémorisation. Possible entrée dans la somnolence.

Magda actionna un levier et déclara :

— Je viens de basculer les ondes cérébrales de Zoé dans le flux qui rayonne sur Sphère. Son cerveau est en train de lui parler.

Tous se contractèrent et fixèrent le mur d'images. À leur manière, ils priaient.

16.

Alexander était furieux.

Contre cette plaie de fille, contre son clébard et contre lui-même.

Il avait été trop sûr de lui. L'erreur de base ! Comment ne s'en était-il pas rendu compte ? Primo, avec le chien, il avait manqué de fermeté, l'animal n'aurait jamais dû survivre à son empoisonnement ; à force de ne pas vouloir y aller trop fort, il avait fait les choses à moitié.

Voilà qu'il pissait le sang à l'avant-bras.

Et la fille lui avait échappé. Impensable. Lui, formé pour tuer, ancré dans ce monde à coups de millions de kilos de fonte soulevés en salle de sport, d'années passées sur les tatamis ou en stand de tir, avait laissé filer une connasse qui ne savait exister que sur les réseaux sociaux. Une honte.

C'était une attitude de débutant. D'amateur.

Ou celle d'un professionnel trop à son aise, si sûr de lui qu'il ne s'embarrassait plus de précautions comme avant.

Elle allait le lui payer. Elle pouvait filer comme une gazelle, lui était increvable. Elle pouvait l'entraîner sur des kilomètres, à un moment elle se fatiguerait – lui, jamais.

Il se fichait des témoins. Même si elle criait, personne ne viendrait à son secours, ils étaient bien trop occupés, le nez rivé sur leurs médiocres tâches, leur égoïsme, pour intervenir entre un homme comme lui et une femme. Et s'ils osaient, Alexander en tuerait un, pour l'exemple. Tous s'évaporeraient aussitôt dans la nature, terrorisés. Le courage de la meute n'existait plus depuis longtemps chez l'être humain, il s'était bien trop individualisé pour ça, les effets de groupe ne faisaient plus que l'effrayer ou le rendre crétin par mimétisme.

Oui, Alexander n'hésiterait pas une seconde s'il fallait frapper fort, même en public. Le Russe n'avait plus le temps, et il se moquait de compromettre sa couverture, tout ça était terminé. Gavin Bonta pouvait crever, dans quelques heures au plus Alexander quitterait cet endroit et rentrerait au pays. Enfin.

Mais avant, il avait une mission à accomplir.

Il remonta la rampe au pas de charge et parvint au niveau principal. Il la repéra immédiatement, en train de s'enfoncer dans le parc. Est-ce qu'elle espérait vraiment le semer là-dedans ? Était-elle à ce point idiote ? À moins que son intention soit de rallier Rosalind-Franklin, le gros bâtiment derrière, dans l'espoir d'y trouver de l'aide.

Alexander poussa de toutes ses forces sur ses jambes pour tenter de l'intercepter avant. Si elle comptait sortir par le nord ou l'est, il lui tomberait dessus tout de suite, sinon il verrait où elle allait.

Il pénétra dans le petit bois un instant plus tard, son couteau à la main, les sens en alerte. La végétation n'était pas assez dense pour offrir un abri à un être humain, il suffisait qu'il soit patient et attentif, il allait la repérer...

Alexander atteignit le centre du parc, sous Yggdrasil. Le chêne perdait ses feuilles comme en hiver. Son écorce s'asséchait. Non, il était en train de mourir en fait. Il ne supportait pas le dépaysement. Encore une idée à la con des êtres humains, ça. Des Américains sûrement...

Alexander se reconcentra sur son environnement. Où était-elle passée ? Elle n'était pas ressortie, il l'aurait vue. Alors que fichait-elle ? Soudain, Alexander se trouva idiot et examina les hauteurs.

Sphère brillait à travers les cimes. Mais aucune ombre dans les rares arbres assez solides pour supporter un humain. Non, la fille n'était pas là.

À vrai dire, elle n'était nulle part et Alexander commençait à serrer les dents de colère. Qu'est-ce que ça voulait dire ? Comment pouvait-elle se volatiliser ? Ça n'avait aucun sens...

Il s'accorda trois minutes de plus pour explorer la forêt reconstituée et fut convaincu qu'elle n'y était plus. Un tour de magie.

Il avait envie de cogner ce chêne jusqu'à s'en faire saigner les poings mais se retint. Il devait faire vite. Qu'avait-elle vu en bas ? Le C-4 autour du pilier ? Depuis combien de temps le suivait-elle lorsqu'il l'avait repérée ? Non, pas lorsqu'il était allé sur l'autre pilier poser son premier sac d'explosif. Il était certain qu'elle n'était pas dans les parages. Au pire, elle pouvait compromettre un emplacement. Mais l'autre suffirait largement. Bientôt cet endroit sombrerait à jamais dans les flots...

Alexander détestait ça mais il se résigna à abandonner la fille. Il avait plus important à finir. Avant de partir, il devait récupérer ce pour quoi il était venu sur LUX.

Tout de même... Comment avait-elle fait ? Cette fille avait la beauté d'une Russe, se rappela-t-il. Apparemment, elle était aussi protégée par les vieilles sorcières de leur folklore. Une fille de Baba Yaga !

17.

Simon scrutait les valeurs sur les écrans qui occupaient le mur de la salle de contrôle. Il traquait le moindre changement, une infime variation dans les données qui racontaient tout ce qu'il y avait à savoir de Sphère.

Les ondes cérébrales de Zoé étaient violettes, thêta, sereines. Juste ce qu'il fallait pour rester dans l'éveil, mais sans aucun stress, rien que de la bienveillance, du bien-être, et elles impactaient Sphère depuis une minute au moins sans qu'il y ait eu aucun changement.

— Sphère reçoit le signal, vous êtes sûre ? demanda le sociologue.

— Elle devrait.

Un pic, bref et unique, apparut sur le moniteur de l'activité électromagnétique de Sphère. Ethan leva le bras pour montrer le saut encore visible dans le graphique numérique.

Puis un autre, plus fort, aussitôt suivi d'une succession de vagues.

2,8 hertz. Tous les témoins dans la pièce retenaient leur respiration.

3,4. Et rapidement 4,2.

— Elle se réactive ! s'écria Hae-il.

Les valeurs de Sphère passèrent en violet, comme l'écran collé à côté, celui de Zoé, qui, elle, était descendue à 6,6 hertz.

Ethan souriait comme un enfant le matin de Noël. Hae-il faisait les cent pas devant le mur d'informations sans le lâcher du regard.

Sphère grimpait encore.

— Elle la rejoint, comprit Niels.

Et de fait, Sphère se stabilisa à 6,6 hertz de moyenne.

Les deux écrans montraient les mêmes oscillations, à la seconde près.

— C'est dingue, lâcha Ethan qui n'en revenait pas. Elle s'est calée sur Zoé.

Ailleurs, aucune autre donnée n'avait bougé, altitude, circonférence, luminosité, tout demeurait stable.

Brusquement, les courbes de Sphère s'effondrèrent, et son activité neuro-électrique retomba sous les 4 hertz, proche des valeurs qui étaient les siennes au début de l'expérience.

— Pourquoi elle s'affaisse ? se morfondit Ethan. Non ! Reviens !

Mais elle s'était remise en ondes delta. Pire, elle baissa encore, à 1,2 hertz, le plus bas qu'elle ait jamais atteint.

— Oh, pourquoi on la fait fuir ? s'alarma-t-il.

— Est-ce que c'est dû à une interférence ? demanda Hae-il.

— Non, c'était bien elle, confirma Magda. J'ignore ce qui s'est passé.

Simon était venu se placer à côté de la scientifique et inspectait attentivement le tableau de bord. Il cherchait à comprendre.

— Ce loquet-là, « Bidirectionnalité », à côté des commandes d'entrée de signal, c'est pour recevoir une émission, c'est ça ?

— Exactement.

— Ça veut dire que nous pourrions donner à Sphère la possibilité de nous envoyer elle aussi des ondes, dans le casque ?

— Techniquement, oui, puisque le casque est équipé en stimulation magnétique transcrânienne, confirma Niels. Et la console peut servir d'interface pour le signal électrique, c'est automatisé normalement.

— Mais nous n'en sommes absolument pas là, intervint Magda, tranchante.

— Et si Sphère était venue voir ce qui se passait mais, faute de pouvoir répondre, était repartie ? proposa Simon. Il faut lui offrir la possibilité d'interagir !

— Vous réalisez ce que vous demandez ? C'est autoriser la réciprocité ! Mettre le cerveau de Zoé en lien bilatéral avec elle, sur le même niveau ! Et donner à Sphère les pleins pouvoirs si elle veut ! Hors de question.

— Zoé ne les lui donnera pas, elles seront d'égale à égale.

— Vous n'en savez rien !

Hae-il s'approcha.

— Sphère serait en mesure *d'entrer* dans la tête de Zoé ?

— Oui ! Vous vous rappelez l'expérience de 2013 que je vous ai relatée ? Ce serait pareil, avec une entité dont on ne sait rien. Vous ouvrez le crâne de Zoé et laissez Sphère y agir à sa guise. La contrôler physiquement si elle le souhaite.

— Et *vice versa*, répliqua Simon. Zoé pourrait agir *en* Sphère.

Magda, farouchement opposée au concept, se ferma. Simon insista :

— Imaginez qu'on vous appelle dans le noir mais que vous ne puissiez jamais répondre à cet appel, d'aucune manière, vous finiriez par ne plus vous y intéresser, trop frustrant. C'est ce qu'on fait à Sphère en ne lui laissant pas la possibilité d'interagir avec nous.

— Un jour nous en serons peut-être là, lorsque nous aurons progressé dans notre compréhension de ce qu'elle est. En attendant, je ne prends pas ce risque avec un cobaye humain qui n'a rien autorisé.

— Si Zoé le pouvait, je suis sûr qu'elle vous dirait de le faire, maugréa Simon.

— Mais elle ne le peut pas, et je ne vais pas la sortir de sa concentration pour lui demander de jouer avec sa vie.

Hae-il pointa son doigt sur l'image satellite de Sphère, celle en infrarouge qui montrait le gaz s'échappant par son sommet.

— Nous avons une idée de son poids ? voulut-il savoir.

— Non. Je sais que des collègues tentent de le calculer, pour avoir notamment une approximation de la quantité de gaz qu'elle contient encore, mais sans réussite pour l'heure.

— Et sa rotation n'a pas été altérée depuis la tempête ?

— Jamais. D'une constance d'horlogerie suisse.

Soudain l'activité cérébrale de Sphère se réactiva, et elle grimpa à 4, puis 6 hertz en quelques secondes, pour se caler sur les mêmes valeurs que Zoé.

— Elle recommence, commenta Ethan, excité. Elle est revenue !

Mais les ondes de Zoé se mirent également à bouger, et montèrent à plus de 8, et rapidement à 10, aussitôt suivies par Sphère.

— Qu'est-ce qu'elles font ? pensa tout haut Niels.

Simon se rapprocha à son tour du mur d'écrans, fasciné.

— On dirait que... Zoé remonte en état de conscience, que ses neurones se stimulent, analysa Magda. Et que Sphère cherche à l'imiter.

— À l'imiter..., rebondit Hae-il, ou à communiquer avec elle.

— Bon sang ! s'écria Magda en avisant sa console.

Le loquet « Bidirectionnalité » était allumé. Quelqu'un l'avait intentionnellement activé. Magda posa la main dessus pour le couper mais Niels l'arrêta.

— Regarde, dit-il. L'image-satellite.

Le rayonnement de gaz était en train de diminuer.

— Hae-il a raison, elles se parlent, ajouta-t-il, stupéfait. Et Zoé lui demande d'arrêter.

Ethan avait les poings dans la bouche tant il n'en revenait pas. Simon semblait magnétisé par le spectacle des ondes cérébrales de Zoé et de Sphère qui dansaient ensemble, s'envolaient à présent toutes les deux à plus de 50 hertz, en pleine explosion de conscience, une activité mentale à l'intensité formidable.

Magda tira le bras de son mari pour lui montrer Zoé, sur son siège.

Des larmes coulaient sur les joues de la romancière.

19.

Plusieurs tuyaux d'arrosage automatique du parc gouttaient dans la salle souterraine.

Romy était pelotonnée en bas de l'étroit escalier en colimaçon qui montait dans le petit bois, fermé par une trappe.

Elle s'était rappelé l'avoir vu lors d'une de ses visites du premier sous-sol. Elle ignorait où la trappe se trouvait exactement dans le parc ; toutefois le souvenir de la proximité des racines d'Yggdrasil qui plongeaient dans un bassin d'engrais lui était un précieux indice. En entrant dans le jardin planté façon nature sauvage, talonnée par cette brute de Bonta, elle avait foncé près du chêne et avait scanné le sol. La trappe était invisible pour quiconque en ignorait l'existence. Mais en sachant ce qu'elle cherchait, Romy avait repéré la poignée assez facilement. Elle s'était empressée de tirer sur du lierre pour la recouvrir encore un peu plus, qu'elle soit cette fois fondue dans le décor, et s'était glissée dessous avant de refermer derrière elle le plus délicatement possible.

Et cela faisait bien dix minutes qu'elle n'avait pas bougé. Bonta était passé à côté, il n'avait rien détecté... Oui, il s'était fait berner.

Romy se frotta le visage. Dix minutes qu'elle sanglotait de peur et pleurait la mort de son chien. Elle avait du sel et de la furie plein la bouche. Elle n'arrivait pas à faire disparaître de son esprit la vision de ce tueur qui frappait René avec son couteau.

Son chien ne méritait nullement ça. Il lui avait sauvé la vie.

Le menton de la jeune femme tremblota à nouveau et elle enfonça son poing dans un sac d'humus à côté d'elle. Romy voulait se venger. Que ce monstre paye pour ce qu'il avait fait.

Mais pour l'heure, il fallait déjà survivre.

Elle hésitait à ressortir par la trappe : si Bonta était le chasseur qu'elle devinait, il pouvait très bien l'attendre des heures durant, sans broncher. Non, trop dangereux. Alors elle déplia sa carcasse douloureuse et entreprit de faire le tour. La zone restreinte communiquait avec le sous-sol de Darwin. Elle pouvait regagner sa chambre et... *Non. Il sait où je vis. Il y est peut-être.* Et l'appartement de sa mère était voisin, pas une bonne idée non plus.

Elle ignorait où était Zoé à cet instant. Dans les locaux d'Icon peut-être ? Au vu de la situation chaotique d'aujourd'hui, elle pouvait tout aussi bien être ailleurs, en réunion.

Cela ne lui laissait pas beaucoup de possibilités. Pouvait-elle faire confiance à Marick après ce qui s'était passé ? Est-ce que le politicien ne la trahirait pas ?

J'ai vu un véritable explosif cette fois. Il DEVRA me croire !

Elle connaissait l'histoire du garçon qui criait au loup et qu'on finissait par ne plus entendre le jour où un loup était effectivement là. C'était pile ce qui allait lui arriver si elle sollicitait Marick sans preuve. Mais retourner en bas pour faire une photo n'était pas concevable. Bonta pouvait rôder dans le secteur et Romy ne se faisait aucune illusion : elle lui avait échappé une fois, par miracle, elle n'aurait pas de seconde chance.

En passant devant une bifurcation dans les coursives embrumées, Romy ralentit. À droite elle remontait vers Darwin, mais en face elle filait vers les cuisines…

Elle fit son choix *illico* et débarqua au milieu des casseroles en ébullition, des marmites qui fumaient et du personnel qui orchestrait ce concerto odorant. Plusieurs s'étonnèrent de sa présence, le chef tenta de l'alpaguer pour la mettre dehors, mais Romy se faufila jusqu'aux arrière-cuisines, il fallait plus de dextérité pour espérer la retenir.

Lorsqu'elle entra sous les invectives du chef, tous se tournèrent vers elle. Axel, en la voyant, sut immédiatement que c'était grave. Il le lut sur ses traits, dans son regard. Il s'empara d'un long couteau, l'attrapa par la main et la fit sortir en hâte par une porte de service.

— On doit trouver ma mère, furent les seuls mots qu'elle parvint à prononcer.

20.

Marick se massait les tempes pour tenter d'atténuer ses acouphènes.

Il en avait souvent lorsqu'il stressait démesurément.

Et aujourd'hui, il avait toutes les raisons d'avoir des sifflements dans les oreilles. Des réacteurs d'avion même.

Plurienallait. Il valait mieux le dire vite, d'une traite, pour que ce soit supportable. Plus rien.

Il venait de s'engueuler avec Matéo de surcroît, qui l'accusait d'être responsable de la seconde couche de scandales, avec les documents qu'on lui avait piqués dans son bureau. Comme si c'était sa faute ! Marick avait plaidé DÈS LE DÉBUT pour qu'on ne garde pas confidentielles les découvertes sur les ondes cérébrales de Sphère. Il l'avait dit et redit à Matéo, pour qu'il plaide cette cause auprès du comité exécutif. Mais bien sûr, le jeune con n'en avait fait qu'à sa tête, comme toujours. « Non, tu comprends, on ne peut pas se permettre que ça sorte maintenant, il y a déjà le gaz à gérer, si en plus on injecte ça, on va perdre le contrôle de la situation », avait-il dit avec ses manières supérieures.

ET LÀ ? TU LA CONTRÔLES ENCORE, TA PUTAIN DE SITUATION ?

La moitié ou presque de la plate-forme s'était fait la malle, le monde entier était en panique à l'idée que Sphère explose, se tire ou annihile la moindre forme de vie sur la planète, l'ONU était hystérique à propos de leur gestion de la crise, les armées autour de LUX menaçaient de se rentrer dedans à chaque instant pour récupérer leurs ressortissants, mais sinon tout se passait bien. Sur des rails. Ceux d'un express pour l'enfer, aucun doute.

Comment en étaient-ils arrivés là ? Franchement. Des professionnels comme eux. L'artillerie lourde des meilleurs stratèges des plus grandes nations. Des cadors de la planification, de la communication, de la politique. Comment est-ce que ça avait pu merder à ce point ? Avec le temps qu'ils y avaient passé pour que ce soit parfaitement huilé, bétonné. Avec la pression de tous les regards du globe braqués sur leur nuque, ils étaient parvenus à tout foutre en l'air.

Marick poussa un interminable soupir.

Il fallait rattraper le coup. Rassurer les chercheurs et l'équipage pour les faire revenir, qu'ils se remettent au boulot, ce job pour lequel ils avaient été scrupuleusement sélectionnés, et qu'on avance enfin, qu'on aille au bout et que le monde change. Vu d'ici, dans son bureau, Marick trouvait que c'était un plan simple et percutant.

Il fallait reprendre la main. Par quoi commencer ? Sphère bien sûr. Sauf que ceux-là mêmes qui étaient supposés l'étudier et la comprendre s'étaient tirés comme des couards !

Et là-dessus, l'AC venait de l'appeler pour signaler qu'ils avaient une « situation » avec des Français à la salle de contrôle d'Ada-Lovelace sur LUX 2. Une situation avec des Français ? Des gens d'Icon apparemment.

ET PUIS QUOI ENCORE ? Non mais, ça n'allait jamais finir ?

Marick voulait les envoyer promener, il avait autre chose à foutre, mais l'AC avait demandé s'ils devaient prévenir Matéo afin qu'il règle la « situation », et cela avait suffi pour que Marick leur confirme qu'il se chargeait du problème. Ne rien offrir à l'autre petit con qu'il pourrait par la suite retourner contre lui pour se faire mousser auprès de la présidente.

Marick recula son fauteuil, qui cogna dans les morceaux de son bureau cassé et que le type de la maintenance était venu démonter. Compte tenu du bordel du jour, c'était tout ce qu'il avait pu obtenir : un tas dans un coin.

Il fallait qu'il se rende sur LUX 2 pour voir ce dont il s'agissait. Des Français d'Icon. Bordel de merde. Il avait le choix parmi cinq personnes, et aucune n'avait de raison d'être dans cette salle de contrôle. Pourvu que ça ne soit pas une revendication sociale à la con, une manif de protestation pour paralyser les derniers courageux qui bossaient encore ! Il n'y avait que des Français pour foutre un tel merdier... La honte.

Mais qu'est-ce qui leur prenait, à tous, de péter une durite le même jour ?

La porte s'ouvrit violemment et Romy apparut, suivie d'un type un peu plus vieux, l'air mexicain ou arabe – Marick ne faisait pas la différence. Romy affichait une expression terrible, bouleversée et brûlante de rogne, ce qui n'augurait rien de bon. Qu'est-ce qu'elle allait encore lui raconter cette fois ?

— Je dois retrouver ma mère, annonça-t-elle sur un ton résolu qui effraya Marick.

— Allons bon.

— Il s'est passé quelque chose de très grave. Je dois la voir maintenant, c'est urgent, Marick, vous pigez ? Et elle n'est plus dans les bureaux d'Icon.

Marick frotta ses tempes pour essayer de faire disparaître les acouphènes qui revenaient à grande vitesse.

— Je crois que je sais où elle est.

Il hésita, mais voyant l'état de la pièce et songeant à celui de la plate-forme, il haussa les épaules.

— Très bien, dit-il, venez, je vous emmène.

Romy s'interposa. Elle le fixait avec une intensité qu'il ne lui avait jamais vue.

— D'abord, il faut que je vous dise quelque chose. Vous n'allez pas me croire, mais il va falloir faire un gros effort. Sinon, nous allons tous mourir.

À ce stade, Marick ne fut même pas surpris.

21.

Le visage de Simon était illuminé du jaune, du rouge, du bleu des courbes témoignant de l'activité neuro-électrique de Sphère et de Zoé. Il était rivé à l'écran, hypnotisé par leurs valeurs sans cesse changeantes, toutes ces ondes qui oscillaient simultanément ou presque. À présent, l'une montait et l'autre l'imitait avant de descendre aussitôt, et c'était au tour de la première de la copier. Elles ne dansaient plus, elles se répondaient.

Puis, d'un coup, tout s'effondra. Les valeurs de Zoé tombèrent à 0 hertz, avant qu'un trait continu les remplace, tandis que Sphère chercha pendant trois secondes avant de décliner pour revenir en ondes delta, à 1,2 hertz.

Simon pivota et vit que Niels et Magda avaient ôté le casque d'électrodes à Zoé, ainsi que le masque et les bouchons.

Hae-il se précipita pour lui tendre une bouteille d'eau, mais Zoé ne réagissait pas. Ses paupières étaient ouvertes, ses pupilles ailleurs. Des larmes avaient inondé ses joues et son menton.

Ethan, lui, passait de la console à Zoé, incrédule.

— Zoé ? Tu nous entends ? demanda Niels. Hey !

Il lui tapotait le visage tandis que Magda prenait son pouls.

— Dis-moi qu'elle est vivante, la supplia son mari.

Magda hocha la tête et se pencha vers Zoé :

— Si vous percevez ma voix, serrez ma main.

Les paupières cillèrent. Simon vit la gorge de Zoé se soulever tandis qu'elle avalait sa salive. Il soupira. Son cœur à lui s'était arrêté. Elle revenait à elle.

Vrrr. Vrrr. Le portable dans sa poche vibrait. C'était un téléphone fourni par la délégation française et sur lequel, à défaut de réseau, il avait le wifi et pouvait communiquer par messagerie.

Zoé redressa la tête lentement. Elle se remettait. Le poids sur la poitrine de Simon s'estompait.

Vrrr. Vrrr. Vrrr. Vrrr. Le téléphone insistait. Il se passait quelque chose. Alors Simon le sortit de sa poche et le poids revint aussitôt lui ensevelir le torse, lui couper la respiration.

Le garde qui précédait Marick, la sergente Neyllis, ouvrait les sas avec son badge.

— Il faut aller plus vite, exigea Romy derrière.

Ils pressèrent le pas. Couloirs. Ascenseur. Couloirs. Cinquième étage.

Salle de contrôle.

À peine la porte franchie, Romy se précipita dans les bras de sa mère, assise dans un fauteuil entouré d'appareils inconnus, renversant au passage la bouteille que Zoé buvait lentement.

— Mum !

Romy s'effondra en larmes et la serra de toutes ses forces.

Zoé l'enveloppa, ne sachant ce qui se passait, mais comprenant que ce geste était la seule réponse adéquate. Par-dessus sa fille, elle vit Marick, les rides profondes de plusieurs siècles, Axel angoissé, un couteau de cuisine passé dans la ceinture, et une garde ne semblant pas commode. Tout ça la fit frissonner.

Les regards étaient braqués sur elle, dans l'expectative.

Si bien que personne ne vit l'ombre passer dans le couloir, derrière la baie vitrée. Ils n'entendirent que le sas s'ouvrir et Gavin – Alexander – Bonta entra, dans sa tenue de garde lui aussi.

La sergente Neyllis dégaina son arme dès qu'elle le reconnut, manifestement prévenue, mais Alexander leva les bras encore plus vite pour intercepter son geste. L'arme passa d'une main à l'autre et le Russe la récupéra avec une souplesse déconcertante. BAM ! Une fulgurance sombre traversa le crâne de Neyllis, qui tomba aussitôt à la renverse.

Marick, qui avait pour seul tort d'être juste à côté, fut le suivant. Une balle en plein front et ses rides se lissèrent en même temps que ses acouphènes s'envolèrent à jamais avec le sifflement du projectile qui lui avait fendu le cerveau.

Hae-il voulut profiter d'une ouverture et se jeta sur Alexander. BAM ! Le philosophe retomba en se tenant la poitrine, avant de convulser.

Une poignée de secondes, déjà trois détonations avaient résonné aux oreilles de tous et trois corps gisaient au sol dans l'odeur piquante de la poudre.

Le message était passé.

Simon, Ethan, le couple Holbeck, Axel, Zoé et Romy – figés par la stupeur.

Le Russe les mettait en joue à tour de rôle. Son avant-bras saignait, de petites perles carmin gouttaient çà et là de sa manche. Le canon s'arrêta sur Romy.

— Toi, debout, ordonna-t-il.

Axel vit rouge. Avec la célérité du courage, ou de l'inconscience, il bondit vers le garde en sortant son couteau de cuisine, prêt à viser la gorge mais... BAM ! Il fut cueilli dans son élan par une balle en plein ventre.

— Nooon ! hurla Romy en se précipitant vers Axel qui tombait.

Alexander ne s'arrêtait plus. Un à un il allait les éliminer. Parce que c'était ce pour quoi il était programmé. La réponse à ses problèmes.

Il saisit Romy par les cheveux au moment où elle passait devant lui et la plaqua contre lui. Le bout de son arme chaude vint se coller sur la tempe de la jeune femme, qui cria de douleur, de terreur, de désespoir confondus. Il allait presser la queue de détente lorsque Zoé commença à se lever, incapable de se raisonner en voyant sa fille ainsi basculer vers la mort, mais Simon s'interposa et tendit la main en direction d'Alexander.

— Stop ! ordonna-t-il. Laisse-la !

Alexander posa son regard vide sur lui.

— Tu sais ce que je veux, répondit-il d'une voix sans émotion.

Le visage de Simon était marqué par la contrition.

— Tu ne devais blesser personne ! dit-il.

Alexander enfonça un peu plus son canon dans la tempe de Romy, qui gémit.
— J'ai dit : tu sais ce que je veux.
Et Simon acquiesça.

22.

Zoé était sur le point de défaillir. Sa tête était le théâtre d'un feu d'artifice interminable, tiré en intérieur, dans un espace qui résonnait. Il explosait encore et encore, se réverbérant à l'infini, faisant claquer et vibrer les parois de son crâne.

Ce qu'elle venait de vivre avec Sphère la terrassait. Comme si sa boîte crânienne avait été ouverte, sa matière grise exposée, offerte, et qu'on y avait plongé les mains généreusement. Mais Sphère s'était offerte à elle de la même manière.

Et ce que Zoé y avait entraperçu l'avait fait vaciller. Elle n'était pas prête.

Personne ne l'était. L'humanité n'était pas prête.

Son propre inconscient jouait contre elle, ou plutôt, il veillait pour elle et s'efforçait déjà d'en recouvrir le plus possible, d'enfouir ce qu'il fallait au plus profond. Pour la protéger.

Mais là, ce qui venait de s'enchaîner sous ses yeux, le garde, les morts, Romy... et à présent Simon ?

Qu'est-ce que ça signifiait ? Pourquoi est-ce qu'il connaissait ce tueur ? Pourquoi savait-il ce qu'il voulait ? Elle ne pouvait en supporter plus.

Zoé sentait une force sourdre en elle et saisir son disjoncteur interne, une main noire qui attrapait la poignée et s'apprêtait à l'abaisser d'un coup, pour que tout s'arrête, pour qu'elle ne vrille pas, pour qu'elle n'implose pas dans la folie.

Zoé trouva dans le regard terrifié de sa fille la nécessité de retenir la main. Elle ne pouvait pas. Non. Pas là. Romy avait besoin d'elle.

Elle s'efforça de la regarder dans les yeux et de la rassurer. Elle secoua la tête, tout allait bien se passer. Elle produisit un léger chuintement prolongé avec sa bouche, comme pour calmer un bébé qui pleure. Elle était là. Pour sa fille.

Romy se ressaisit un peu. Elle acquiesça imperceptiblement. Oui, elle avait foi en sa mère. Les sanglots cessèrent. Seules quelques larmes roulaient encore.

Magda et Niels rampèrent vers Axel pour l'asseoir et contenir l'hémorragie de sa blessure au ventre. Le garçon était sonné mais conscient. Romy le vit et cela l'aida à tenir. Parce qu'elle avait un espoir.

Zoé n'avait plus le choix. Elle devait s'en remettre à Simon. À ce qu'il semblait savoir. À ce *pacte* entre lui et ce tueur ?

Simon sortit une minuscule clé USB de sa poche et l'inséra dans l'ordinateur central de la salle de contrôle.

— Je te la donne et tu épargnes Romy, annonça-t-il. Tu ne tues plus personne.

Il pianota sur le clavier et commença à transférer des données. Zoé reconnut une partie des fichiers qui s'affichaient en vitesse sur l'écran. C'étaient les opérations qui avaient été menées sur Sphère, tous les résultats. Tout ce que LUX avait fait et savait sur la boule de lumière dans le ciel. Ces morts, c'était pour ça ? Pour quelle raison, alors même que l'ONU devait transmettre l'entièreté de leurs résultats à la communauté internationale ?

La réponse n'était que trop évidente.

Bassement humaine.

La peur des autres. D'être inférieur, un jour. Dominé. Le besoin de se rassurer. De se sentir aimé ? Une nation n'était en définitive que la réplique d'un être humain basique. Avec ses nécessités, ses réactions. Ses névroses.

Qui que soit l'employeur de ce tueur, il n'était pas invité à la fête. Il était l'exclu. Nous avions créé le ressentiment qui en avait découlé. Il n'avait pas confiance en nous. Et ce qui s'était passé ces derniers jours sur LUX prouvait qu'il n'avait pas vraiment tort. Nos petites manipulations permanentes, nos mesquineries, nos jeux de pouvoir, de séduction, de rivalités, à l'échelle de deux individus, d'un groupe, d'une communauté ou d'un pays, voire de plusieurs nations entre elles, c'était l'essence même de l'être humain.

Celui qui était exclu avait toutes les raisons de se méfier. De ne pas croire. Croire aveuglément, c'était renoncer à son autonomie. À sa liberté totale. Les Occidentaux n'avaient pas voulu des Russes. Les Chinois, des Indiens. Les Israéliens, des Iraniens. Les Anglais, des Argentins. Les... les... les...

Les hommes s'opposaient. Toujours. La rivalité comme nécessité de progression. Un modèle voué à l'échec.

Zoé connaissait le résultat.

Et elle pouvait le voir à présent.

— On a trouvé vos explosifs, déclara brusquement Romy à l'intention de son tortionnaire. Marick a envoyé ses gars retirer les détonateurs.

Zoé voulut lui dire de se taire, de ne rien faire qui puisse le défier, mais elle ignorait ce dont sa fille parlait. Elle perçut que le garde était déstabilisé.

— Marick a ordonné l'inspection de tous les pieds de LUX et ils ont aussi neutralisé ceux qui étaient sur LUX 2. Il n'y en a plus aucun d'opérationnel.

L'homme jura dans sa langue natale et appuya sur sa prise pour faire mal à Romy. Zoé vit rouge, et tant pis si elle devait se prendre une balle. Elle allait lui rentrer dedans lorsque Simon aboya :

— Laisse-la, j'ai dit ! Les données contre la fille.

Le Russe se calma mais ne lâcha pas Romy pour autant. Zoé réussit à capter le regard de sa fille pour lui faire comprendre qu'elle ne devait rien provoquer et Romy lui répondit d'un signe par l'affirmative.

Après quoi Zoé vit Simon sortir son téléphone de sa poche et l'agiter en direction du garde.

— Ils vont savoir. C'était pas malin de l'utiliser pour me joindre directement.

— J'avais besoin de savoir où tu étais. Je pars. Il me faut les infos.

Simon posa le portable sur la console comme s'il l'abandonnait pour toujours. Il avait le regard sombre. Le masque était revenu. Celui de l'âme ailleurs. *Il doit tenir !* paniqua Zoé. C'était lui qui avait interrompu la frénésie meurtrière du Russe, lui le seul que ce dingue semblait écouter. Leurs vies étaient entre ses mains.

L'esprit de Zoé refusait de relier les points entre eux, de prendre le recul nécessaire pour distinguer le mot qu'ils traçaient, pourtant si évident.

Mais il s'imposa à elle, trop choquant pour rester en retrait.

Trahison.

— Pourquoi ? dit-elle tout bas, presque inaudible.

Simon entendit et se tourna vers elle. Croiser son regard vitreux, ravagé, tordit les entrailles de Zoé. Qu'était ce vide qui était remonté à la surface de Simon ? Comment l'homme qu'elle avait approché de si près pouvait-il être à ce point torturé de l'intérieur sans qu'elle l'ait remarqué ?

Simon déglutit laborieusement. Il se dégoûtait lui-même, Zoé le lisait.

— Pour Pierre, avoua-t-il comme si c'était évident.

Zoé était en état de choc. Simon, lui, avait ouvert une vanne, et il parut ne pas contrôler le flot qui se déversa aussitôt, donnant l'impression de l'avoir retenu à grand-peine, autant de mots et d'idées qu'il avait voulu confier à Zoé depuis longtemps, sans jamais y parvenir :

— Parce que sa mort m'a fait comprendre que rien n'allait jamais changer. Nos gouvernements ne feront jamais ce qu'il faut. Parce que la masse elle-même n'en est pas capable. Nous accusons les entreprises, les politiciens, les autres, de ne pas prendre conscience de l'état du monde, pourtant si le peuple dans son ensemble agissait, nous n'en serions pas là. Mais c'est trop difficile de renoncer à nos privilèges, à nos habitudes, à notre confort. Alors on regarde ailleurs et on accuse.

— Ça ne peut pas être ça…, murmura Zoé.

— Avec mon fils, j'ai perdu la seule raison d'être qui me restait. Mon seul avenir.

Les pupilles de Simon tremblaient, tout s'effondrait en lui.

— Le monde est déséquilibré. Je ne supportais plus ce constat, de me regarder dans la glace, de contempler ma passivité... De blâmer nos égoïsmes, notre hypocrisie, notre lâcheté. J'ai décidé d'agir. Je *devais* agir. C'était ça ou me tuer.

— Vous avez trahi notre pays ! s'indigna Ethan qui osait se manifester. La communauté internationale !

— J'ai trahi des alliances qui nous trahissent, des puissances qui s'estiment supérieures aux êtres qu'elles sont censées servir. Qui ne font qu'entretenir un système archaïque.

Zoé devinait les failles en lui, ce vide insupportable qui s'était imposé à la mort de son fils et qu'il tentait de combler à sa manière. L'amour, l'espoir, tout s'était évanoui avec la disparition de Pierre. Pour tenir debout, Simon s'était trouvé un but, si fou ou dérisoire soit-il, à la démesure de la souffrance qu'il éprouvait.

— Simon, dit-elle doucement. La mort de Pierre n'a pas de sens. Parce que vivre n'a pas de sens. Mais nous faisons de notre mieux pour que notre passage compte.

Simon poussa un cri silencieux. Une douleur sans voix. Le mal qu'il avait fait ressortait, remontait à la surface. Il secoua la tête, accablé.

— Oui. Et j'étais près de me tuer lorsque l'Élysée m'a appelé. Ils n'ont pas eu besoin de me convaincre, j'ai vu dans cette mission l'opportunité de faire en sorte que mon passage compte, comme tu le dis. À peine dehors, j'ai filé droit à l'ambassade de Russie. Pourquoi eux ? Les exclus. Je leur ai dit que je serais leur relais ici. Que personne ne serait laissé pour compte. L'humanité au-dessus des peuples. Mais tu as raison, rien n'a de sens. Même nos actions les plus limpides un jour nous apparaissent comme folles le lendemain. C'est ainsi.

Zoé hésita, sur le point d'ajouter que tout n'était pas définitif, qu'il pouvait encore se reprendre, mais le garde intervint :

— Simon Privine. Privine, c'est russe, non ?

— Oui. Mes arrière-arrière-grands-parents. Mais je n'ai jamais posé un pied en Russie. Je m'en fous, à vrai dire. Je veux seulement que ce monde soit plus juste. Égalitaire. Aujourd'hui la Russie, demain la Chine ou la France, qu'est-ce que ça peut faire ? Nos pays ont fini par nous diviser au lieu de nous rassembler.

Zoé savait qu'il n'était pas possible de justifier ce qu'il avait fait. Pas plus que de le comprendre réellement. Elle-même ne pouvait imaginer quelle serait sa réaction si Romy venait à mourir, ce qu'elle mettrait en place comme stratagèmes conscient et inconscient pour tenir, jusqu'où pourrait aller son délire afin de trouver un sens à ce qui n'en avait pas.

Simon voulait croire à un idéal. Croire que la mort de Pierre était le déclencheur. Et qu'une fois au bout de son processus, tout serait logique, utile, peut-être pour un monde meilleur. Les traîtres d'un jour étaient souvent les héros du lendemain.

Les données étaient chargées, la clé USB remplie.

Zoé savait ce qu'il y avait dessus. Ce que ça signifiait de la donner au Russe. Son pays s'imaginait s'en servir pour rééquilibrer la balance entre lui et les autres. Pour les faire chanter ? Pour tout détruire ? Il serait déçu. Il n'y avait rien de plus dans cette clé que ce qu'ils savaient désormais tous. Rien de magique. Aucune arme secrète. Aucun pouvoir. Les hommes et les femmes à bord n'avaient fait qu'effleurer la surface de Sphère. Zoé le savait. Cette clé ne serait qu'une frustration, l'outil d'une colère, l'étincelle paranoïaque d'un délire, et jusqu'où tout cela pourrait-il entraîner la planète ?

Simon s'approcha du garde qui entravait Romy, avec la clé dans la main.

Il jouait leur vie avec ce petit bout de plastique noir.

Le Russe n'avait aucune raison d'honorer sa parole une fois qu'il l'aurait. À moins d'avoir de l'humanité en lui.

Zoé ne pouvait confier la vie de sa fille à une espérance folle.

Pourtant, quelle option avait-elle ? Il était entraîné, rapide, impitoyable, elle n'aurait pas le temps d'approcher qu'il lui aurait déjà planté une balle dans la gorge. C'était illusoire de croire avoir la moindre chance face à lui !

Zoé avait les larmes aux yeux. Romy le vit et comprit. Elles se fixaient, le menton tremblant. Elles savaient. C'était fini. Elles se le dirent avec le regard. Tout l'amour qu'elles avaient l'une pour l'autre.

Simon tendit la clé USB à Alexander.

Le Russe eut un sourire cruel.

23.

Sur la passerelle de l'USS *Obama*, le capitaine Howard surveillait le trafic maritime avec un flegme apparent. Il avait quitté l'écran radar pour observer de ses propres yeux, à la jumelle, le retour d'une frégate allemande dans le quadrant qui lui était alloué, et bien sûr elle n'avait pas respecté l'itinéraire qu'on lui avait indiqué. Était-ce parce qu'elle était allemande qu'Howard la suivait particulièrement ? Un vieil *a priori* historique. Après tout ce temps, vraiment ? On en était encore là ?

La frégate déclencha les foudres d'un patrouilleur qui voguait non loin. Sirène, équipage hargneux sur le pont, ils le lui firent bien comprendre.

C'était comme ça depuis le début des opérations d'évacuation. Howard avait essayé d'organiser un plan général, une rotation pour que chaque marine puisse récupérer ses ressortissants, mais entre ceux qui se rajoutaient au dernier moment, ceux qui n'avaient pas voulu quitter la plate-forme une première fois mais qui réclamaient qu'on vienne finalement les sortir de là, et les ego des amiraux rassemblés sur site, il était impossible de coordonner quoi que ce soit.

Le commandant Mancuso, lui, tapait du pied nerveusement devant l'écran qui traçait chaque navire, sa direction et sa vitesse. Il y avait un tel embouteillage que Mancuso se prenait pour un contrôleur aérien à JFK Airport un jour de grève.

— Un miracle si on n'a pas eu un éperonnage jusqu'à présent, bougonna-t-il. Ah, ils doivent bien se bidonner, les Russkofs, s'ils sont en dessous, à nous espionner.

— J'avoue que ça m'arrangerait.

— De quoi ? Qu'ils se foutent de nous ?

— Au moins nos sonars les entendraient se marrer.

Mancuso émit un râle qui était l'équivalent d'un rire chez lui.

— Pas faux.

Le *Raspoutine* demeurait introuvable. Ni la 6ᵉ flotte plus au nord ni aucun navire entre les Sargasses et ici ne l'avaient localisé. Howard en avait même fait un cauchemar la nuit dernière. Il avait rêvé qu'il pêchait avec Ervin, son petit-fils, sur sa barque au large de Knotts Island, dans le chenal, lorsqu'un immense squale les avait pris en chasse. Dans son rêve, Howard tentait toutes les manœuvres, il ne parvenait jamais à semer le squale, qui était de plus en plus énorme à mesure qu'il se rapprochait d'eux. Ervin pleurait. Des cris stridents de gamin horrifié. Et soudain, le moteur lâchait et le squale se positionnait par la poupe pour les attaquer. Une longue masse noire sous l'eau qui dessinait un profond sillon lorsqu'elle rasait la surface. L'embarcation chavirait avant que le squale soit sur eux et Ervin disparaissait dans l'eau.

Howard savait très bien ce que représentait le squale noir, invisible. Ça et son incapacité à protéger les gens qu'il aimait. La métaphore était plus que grossière et il n'y avait pas besoin d'avoir étudié Freud pour comprendre.

Mais où était ce maudit sous-marin ?

Non. À vrai dire, la question n'était pas où – ça, il ne fallait pas être très malin pour deviner que c'était ici, à quelques centaines de mètres de profondeur –, mais plutôt ce qu'il y faisait exactement.

Intercepter les communications ? Des satellites pouvaient s'en charger. Tout comme surveiller qui fabriquait quoi dans le secteur.

Le *Raspoutine* venait pour autre chose. Une manœuvre d'entraînement furtif en conditions réelles ? C'était probable. Et les Russes savaient que la Navy était à leurs trousses. Si c'était juste ça, Howard était prêt à parier qu'avant de partir le *Raspoutine* se signalerait. Juste pour les faire chier. « Hey les gars, j'étais juste là, j'aurais pu vous expédier sur Uranus avant que vous déterminiez ma position, mais vous voyez, on est des mecs cool, parce que nous vous sommes *supérieurs* ! » Ce genre de connerie. Les Russes adoraient qu'on sache lorsqu'ils réussissaient un joli coup.

— Elle est passée, cette foutue frégate ? s'énerva Mancuso.

Howard avisa le navire en question. Oui, elle sortait de leur route en leur faisant cadeau d'un sillage agité.

Howard fronça les sourcils et se pencha vers la vitre.

Dans les remous de l'hélice, il avait cru voir…

— L'enfoiré, il est juste là !

Le *Raspoutine*. Ça ne pouvait être que lui ! Planqué dans la traîne d'un bateau pour passer encore plus inaperçu. Mais pourquoi était-il remonté si près de la surface ?

Howard allait sonner l'alerte lorsqu'il vit un bouquet d'écume jaillir de l'océan droit devant l'USS *Obama*, là même où il avait positionné le *Raspoutine*. Une bulle blanche de plus de vingt pieds de diamètre au moins, aussitôt percée en son centre par une seconde explosion, plus verticale encore. Une aiguille grise s'en éjecta dans un éclat de feu et Howard sut ce que c'était.

— Merde.

Le missile fusa en un instant sous leurs yeux, suivi par un filet de fumée, et se propulsa en une courbe parfaite dans l'atmosphère. Mancuso aussi avait pigé.

— Il faut répliquer avant qu'il replonge ! hurla-t-il.

Mais Howard l'arrêta. L'alarme antiprojectile retentit toute seule.

Les deux hommes virent le missile grimper en altitude et, avant même qu'ils puissent lancer le moindre ordre, il entra dans Sphère.

Une demi-seconde, on put penser qu'elle l'avait digéré.

Puis elle explosa. Par le centre, une onde de choc qui volatilisa une partie de la structure lumineuse, avant que le noyau s'embrase dans un spectacle aussi formidable qu'il était tragique. L'USS *Obama* tangua sous la force de la déflagration et tous durent se cramponner. Le ciel s'était allumé d'un feu à l'image d'une étoile en perdition. Une boule incandescente qui se propageait presque au ralenti.

Howard en avait vu des choses incroyables et merveilleuses sur les mers du globe. Mais jamais il n'avait vu un soleil mourir.

— Dewey ! l'interpella Mancuso. Il faut répondre ! Le *Raspoutine* est encore à portée !

Le capitaine secoua la tête.

— Mais tu as vu ? hurla le second. Tu as vu ce qu'il LUI A FAIT ?

Mancuso avait les yeux qui lui sortaient des orbites. À deux doigts de mettre son supérieur aux arrêts pour haute trahison.

Sphère se carbonisait en déversant ses entrailles fumantes sur les trois plates-formes juste en dessous.

— Et si c'était *lui* qu'ils avaient frappé ? insista Mancuso. Et si c'était *Dieu* ?!

— Je l'ignore. Mais moi, je suis un simple mortel. Et je ne vais pas déclencher une troisième guerre mondiale sans en avoir reçu l'ordre de ma nation.

En revanche, pour ce qui était des occupants de LUX, leur sort était scellé, songea-t-il.

24.

Alexander tenait fermement Romy d'une main et son arme contre sa tempe de l'autre.

Il toisait Simon qui le défiait. Qui voulait lui imposer de laisser tout le monde en vie alors même qu'il lui tendait l'unique monnaie d'échange dont il disposait.

Alexander repoussa violemment Romy en direction de sa mère et attrapa la clé USB tout en levant le canon vers la jeune fille. Il allait lui donner une leçon de pragmatisme, à ce type. Et d'efficacité.

Alexander s'apprêtait à tirer lorsque Simon lui dit :

— La clé est cryptée. Je l'ai achetée sur le dark Web avant de partir, elle se verrouille dès le téléchargement terminé. Même le FSB s'y cassera les dents, et le contenu sera détruit à la moindre intrusion dans le système.

— Baratin.

— Je suis le seul à connaître la combinaison.

Alexander arma le chien.

— Je ne te crois pas.

— Tu penses qu'avant de débarquer à l'ambassade de Russie, je n'ai pas pris mes précautions ? J'ai dit que je faisais ça pour équilibrer le monde, pas que j'étais naïf.

Nul ne faisait chanter Alexander. Personne n'avait l'audace de le provoquer, encore moins de tester sa détermination. De toute manière Simon mentait, c'était visible. Il n'avait pas les compétences pour déjouer le FSB. Pitoyable tentative de négocier leurs vies. S'il voulait jouer à ce jeu, il allait le regretter.

Alexander décida qu'il commencerait par mettre une balle à la fille, puis à la mère, et il verrait si Simon ouvrait encore sa grande gueule.

C'est à ce moment que le sol trembla, les murs vibrèrent et la lumière ainsi que les écrans clignotèrent.

Sphère venait d'exploser.

Tout alla ensuite très vite. Simon se précipita vers Alexander, aussitôt imité par Ethan, non loin. Ils se frottèrent au colosse qui repoussa le premier d'un coup de coude en plein visage et l'expédia au tapis, tandis que – BAM ! – Ethan fut touché d'une balle qui lui traversa l'oreille et le fit trébucher avant qu'un coup de crosse le sonne.

Mais Alexander ne vit pas arriver l'unité centrale que Romy venait d'arracher au chariot d'EEG et qu'elle lança de toute la fureur qu'il avait provoquée en elle. L'acier lui percuta le visage, lui brisa le nez, la pommette et plusieurs incisives. BAM ! BAM ! Il tira à l'aveugle et reçut un autre coup encore plus violent, qui cette fois lui fit lâcher le Beretta.

Romy cognait à la mesure de son traumatisme. Comme si chaque coup pouvait effacer l'image de ceux infligés à René. Comme s'ils pouvaient rayer cet homme de son histoire, et ce qu'il avait provoqué depuis. Elle sentait les os se fracturer sous les chocs, les balles fuser autour de son visage aussi, mais elle s'en moquait. Elle voulait qu'il cesse d'exister.

Alexander, en sang, restait un assassin chevronné, et il la balaya d'un mouvement de la jambe. Romy heurta douloureusement le sol et elle le vit, un amas de chair à la place des traits, se mettre sur un genou et sortir son couteau de sa poche. Il voulut l'attraper par le menton pour l'égorger mais Zoé saisit sa main armée et tira de toutes ses forces en arrière.

Le Russe, robuste, réussit à rapprocher sa lame de Romy. Il était près de la traverser. Romy et Zoé hurlaient pour résister lorsque la détonation claqua au-dessus.

Alexander se figea, ses yeux glissèrent vers son cœur où une auréole obscure se propageait soudain, et il tomba à la renverse.

Simon tenait le Beretta dont l'extrémité fumait.

Zoé se précipita sur Romy pour la palper, s'assurer qu'elle n'était pas blessée, et la serra contre elle.

Plusieurs écrans explosèrent aussitôt, une partie du plafond s'effondra dans une myriade d'étincelles et la baie vitrée sauta en répandant ses éclats de verre autour des survivants.

Sphère et ses débris tombaient sur la plate-forme.

Une alarme anxiogène se mit à retentir depuis le couloir, à l'unisson des néons qui passèrent au rouge pour signaler l'urgence.

— Il faut évacuer ! s'écria Magda.

Niels aida Axel à se relever, aussitôt secondé par Romy, effrayée par le sang qu'il avait perdu. Un bandage de fortune avait provisoirement endigué l'hémorragie. Ethan chancelait en se tenant l'oreille, déboussolé.

Zoé sentit une main qui l'aidait à ne pas trébucher. Simon.

Elle faillit le repousser violemment, lui crier de ne pas la toucher, mais elle en fut incapable. Elle *ressentait* tellement son mal-être. Il avait déraillé, pourtant c'était encore Simon. Sa peau. Sa douceur. Sa folie.

Non, sa douleur. En cet instant, elle était incapable de le juger davantage. Viendrait un moment, plus tard, où elle le ferait. Où ils se parleraient, et elle pressentait déjà, quelles que soient les poursuites dont il ferait l'objet, que tout entre eux serait différent, pour toujours. Il ne pouvait en être autrement, n'est-ce pas ? Elle éluda la question. L'esprit de Zoé bourdonnait de ce qu'elle venait de vivre, d'encaisser, de ce qu'il fallait encore charrier, elle était incapable d'en anticiper les séquelles, elle avait seulement besoin, en cet instant, de sentir sa main autour de la sienne.

Une explosion retentit au loin dans le couloir et une autre alarme, incendie celle-là, se déclencha.

Le sas s'était mis en mode sécurité et il coulissa sans qu'on ait besoin de badger. Si la plate-forme entière était déverrouillée, c'était que la situation était grave.

— Qu'est-ce qui se passe ? hurla Ethan.

— Je crois qu'elle a explosé ! fit Magda tandis qu'ils sortaient tous dans le couloir.

À ces mots, Zoé vacilla et Simon dut la retenir.

Non ! Surtout pas ! Ça ne pouvait pas être vrai ! Sphère...

— Zoé ! Il faut tenir, fit Simon en la secouant.

Il avait raison... *Mais Sphère... détruite ?*

Tout se brisait alentour, dans un éclat sans fin qui perçait les tympans.

Zoé hocha la tête. Oui, elle tiendrait. Elle n'avait pas le choix.

Ils titubèrent entre les ruines de LUX 2 qui s'écroulait de partout.

Niels et Romy aidaient Axel à marcher, Magda leur ouvrait la route. Soudain, un énorme débris d'alliage en fusion traversa le bâtiment juste sous leurs yeux, les obligeant à se jeter en arrière, dans une onde de chaleur suffocante. Encore à terre, ils entendirent l'immeuble gronder et aperçurent le débris gigantesque basculer en arrachant toute la façade avec lui.

Il y avait un trou béant devant eux, d'où tombaient de la poussière, des câbles crépitants et des canalisations qui déversaient leur eau dans le vide. En face, ils voyaient le ciel, d'où s'abattait une pluie discontinue de fragments de Sphère en feu.

L'océan était quatre-vingt-dix mètres plus bas.

Il était impossible d'espérer sortir par là.

— L'escalier ouest ! réagit Magda par-dessus le boucan des tremblements permanents.

Zoé était bouche bée. Elle se reprit, sous l'impulsion de Simon qui la tirait en arrière, loin du trou sur l'horizon.

— Viens !

Romy était galvanisée par le soin qu'elle devait prendre d'Axel, elle s'en faisait une mission, le soutenir, s'assurer qu'il ne se cognait pas et qu'il résistait au choc, maintenir son bandage. Le garçon serrait les dents mais il était encore là.

Ils croisaient d'autres personnes dans leur fuite, hagardes, paniquées, parfois couvertes de plâtre, trempées, brûlées, il y avait de tout ; et Magda s'escrimait à leur dire de ne pas aller vers la salle de contrôle, que le nord du bâtiment avait disparu, mais la plupart n'écoutaient pas, assourdies par les sirènes, par la peur. Ethan voulait aider chacun, il tendait la main, offrait son assistance dès que possible, mais là encore, peu lui répondaient, abasourdis.

Des morceaux de Sphère entraient par le plafond à chaque instant, de la taille d'une pomme ou plus larges qu'une voiture, ils émettaient un sifflement chuintant en pénétrant la matière, carbonisaient ce qu'ils traversaient et laissaient dans leur sillage un trou oblique qu'il fallait prendre soin d'éviter pour ne pas chuter à travers toute la plate-forme directement dans l'océan. Par moments, la tentation était grande de quitter cet enfer en sautant, mais d'aussi haut l'eau était une plaque de béton, sans compter le risque de s'éventrer sur une des nombreuses tiges d'acier qui sourdaient de LUX à mesure qu'elle se faisait détruire par les débris.

La mort surgissait aléatoirement, elle emporta deux individus devant Zoé, avant qu'elle voie un laboratoire dans lequel s'était enfermé un homme en blouse blanche se faire littéralement oblitérer par ce qu'elle prit d'abord pour une énorme météorite.

Des flammes jaillissaient brusquement, une dalle se décrochait du plafond, le sol se fissurait, des murs entiers s'effondraient dans une gerbe électrique ; respirer cet air chargé devint éprouvant, se repérer pour ne pas trébucher ou tomber dans l'une des fosses encore tièdes, tout aussi difficile ; Romy manqua s'empaler sur une traverse de fer dans un virage abordé trop rapidement ; Magda se prit un néon sur le crâne lorsqu'il se

décrocha, elle saignait beaucoup ; et Simon esquiva de justesse un bout de Sphère qui lui frôla la jambe.
Le chaos n'avait jamais si bien porté son nom.
Ils dévalaient les marches vers le pont principal lorsque le palier supérieur où se trouvait encore Ethan – il avait voulu dissuader une femme de remonter – fut arraché à la réalité en une fraction de seconde. Une masse rougeoyante avala l'espace dans un nuage oppressant, comme s'il n'y avait jamais rien eu là.
— Ethan ! hurla Zoé.
Mais c'était déjà fini. Il avait été broyé ou vaporisé à l'instant même où cette masse avait creusé sa trajectoire dans l'immeuble. Zoé avait les jambes flageolantes. Elle n'était plus certaine de pouvoir continuer. Tout le paysage tournoyait, elle étouffait…
Simon la chargea sur ses épaules pour finir de descendre – les autres ne s'en étaient pas rendu compte dans l'affolement général –, et dès qu'ils furent à l'air libre, Simon la plaqua contre le mur et lui donna une tape sur la joue pour la faire revenir.
— Hey ! Zoé ! Regarde !
Il lui prit le menton pour la pivoter vers Romy :
— C'est ta fille ! Elle a besoin de toi ! Alors tu vas te battre !
Zoé aperçut Romy serrée contre Axel. Sa fille venait de réaliser qu'il manquait sa mère et se retournait, à vingt mètres devant. La pluie de débris en fusion était encore pire ici. Une grêle mortelle qui fracassait les grilles du pont, un martèlement à devenir fou.
Ne t'arrête pas ! Elle exposait beaucoup trop sa fille à la faire ainsi hésiter. Elle risquait d'être transpercée.

Zoé acquiesça et fit signe à Simon qu'elle avait recouvré ses esprits. Ils se mirent à courir entre les gouttes terribles de cette averse qui les criblait de brûlures.

— Ethan ? Où est-il ? s'alarma Romy, et Zoé dut lui faire comprendre que c'était terminé.

Mais ils ne pouvaient s'apitoyer s'ils voulaient avoir une chance de s'en sortir.

À ce moment, Zoé leva la tête pour la regarder.

Ce qu'il en restait.

Sphère était un quart de soleil de crépuscule, un croissant en pleine fonte ; illuminée de l'intérieur par sa propre destruction, elle répandait sur eux ses oripeaux liquéfiés.

Elle s'affaissait lentement, décrochée de son orbite, des fumerolles blanches traçaient autour d'elle des arabesques, témoins de sa chute.

Elle allait engloutir LUX.

25.

Zoé serra la main de Simon qu'elle n'avait pas quitté, et ils zigzaguèrent entre la mort, parmi les explosions, les tisons, les fenêtres qui éclataient, les constructions qui implosaient, jusqu'à la rampe la plus proche, pour accéder au sous-sol. Il était impensable d'emprunter un monte-charge, plus rien ne fonctionnait, alors ils continuèrent en direction du pied nord-est de la station et se jetèrent dans les marches. Soixante-dix mètres à parcourir avant les canots de survie arrimés près de la surface.

Zoé estimait que ce qu'il restait de Sphère les heurterait d'ici quelques minutes à peine. Des millions de tonnes qui réduiraient en particules ce qui serait sur leur trajectoire. Et ils étaient en plein dedans.

Au-dessus, LUX 2 était en train de subir un bombardement intensif, tout s'effondrait, s'enflammait, et le pont principal lui-même commençait à plier.

Ils entendirent une rupture violente et Zoé se tourna vers l'ouest.

LUX 1 ployait sur elle-même, son ventre s'était creusé. Elle rompit pour déverser dans l'océan un bouillonnement de matières indéfinissables et de lave. Les pieds craquèrent sous le choc et les deux passerelles qui la reliaient à LUX 2 ondoyèrent comme des élastiques dans le vent, avant de s'arracher.

Zoé comprit que leur tour venait.

— Plus vite ! Plus vite !

Ils sautaient de marche en marche lorsque Niels les retint avant qu'ils basculent tous dans le vide.

L'escalier qui s'enroulait autour du pilier avait disparu sur deux mètres et les dernières marches devant Niels, branlantes, menaçaient d'agrandir le trou.

Deux mètres, c'était encore franchissable.

Niels recula, prit une impulsion et sauta avant de se rattraper à la rambarde pour ne pas dévaler en roulé-boulé la suite de l'escalier. Ils haletaient, ils hésitaient. Le vide, l'acier cautérisé sur le côté, prouvant que l'impact était frais et que d'autres pouvaient survenir à tout moment, la manœuvre de Niels qui avait failli être emporté par son élan, tout les dissuadait de se lancer.

Le Danois tendit les bras vers eux.

— Allez !

Axel fit signe à Magda qu'elle devait suivre, lui se cramponnait à Romy, et la scientifique sauta, accueillie par son mari.

— Axel ! À toi ! cria Niels.

— Non, Romy d'abord.

Et Axel fit signe à la jeune femme d'y aller.

— Je ne te laisse pas seul, s'opposa-t-elle.

— J'ai pu courir jusqu'ici, c'est pas pour trébucher maintenant. Vas-y, je ne sauterai pas tant que tu ne seras pas de l'autre côté. Et puis va falloir être à plusieurs pour me retenir.

Des projectiles continuaient de fuser de toutes parts, pilonnant la plate-forme et la surface de l'Atlantique.

Romy avisa la blessure sanglante sur le ventre d'Axel.

— T'es sûr que tu peux ?

— Oui. Allez !

Romy se laissa convaincre et en deux appuis souples franchit le vide, mais les marches abîmées devant Axel émirent un grincement sinistre.

— À toi ! s'époumona Romy. Viens !

Axel souffla, fébrile, recula au maximum et fit un bond vers ses compagnons.

Sur le coup, Zoé crut que tout allait bien se passer, Axel toucha le rebord, fut immédiatement saisi par Niels et Romy, et bascula du bon côté.

Mais les dernières marches, celles sur lesquelles il fallait prendre l'ultime appui, crissèrent et une partie se décrocha du pilier, à l'intérieur de l'escalier. Elles n'étaient plus maintenues que par la rambarde côté extérieur. Zoé comprit que ses chances de passer venaient de se réduire drastiquement.

— Maman ! implora Romy. Saute ! Vite !

Les mains de Simon se posèrent sur les épaules de Zoé pour qu'elle soit face à lui.

— Je vais tenir la rambarde le plus que je pourrai, expliqua-t-il, ça devrait stabiliser les marches le temps que tu passes dessus.

— Je ne suis pas sûre d'y arriver…, répondit Zoé, effrayée. Et toi, comment tu feras ?

— J'ai plus d'allonge, je partirai de plus haut. Je vais probablement me briser une cheville mais c'est mieux que rien.

— Non, je ne…

Il lui attrapa le visage en serrant ses joues entre ses paumes.

— Zoé, dit-il tout près d'elle. Je serai juste derrière.

Mais elle vit dans ses yeux qu'il mentait.

Elle sut qu'il n'allait même pas essayer. Les larmes lui brouillèrent la vue. Elle secoua la tête.

Il lui adressa alors un sourire tendre. Lui aussi avait compris qu'elle lisait en lui.

— C'est la fin de mon voyage, lui confia-t-il.

— Non. Tu peux encore venir. Je plaiderai ta cause. Tu n'es pas obligé de te sacrifier pour...

— Zoé. Je ne meurs pas ici. Je suis mort il y a déjà plusieurs mois. Avec Pierre. Ce n'est pas seulement mon fils que j'ai perdu ce jour-là, ce sont mes idéaux. Mon espoir. Je suis une coquille vide, et c'est tellement difficile de donner le change, de faire semblant...

— Simon...

— Tu m'as offert les derniers plus beaux jours que je n'attendais pas...

Une ride nouvelle se creusa à la naissance de son nez tandis qu'il s'évertuait à ne pas se laisser envahir par l'émotion. Ses yeux rougirent. Ses pupilles se dilatèrent.

La gorge de Zoé la brûlait.

— Tu ne peux pas renoncer.

Elle voulait y croire. Elle ravala un sanglot, renifla et ajouta :

— Ça, dit Zoé en attrapant une larme qui coulait sur l'ourlet de l'œil de Simon, c'est de la vie.

— C'était la dernière. Je te l'offre.

Zoé faisait « non » de la tête, ses larmes à elle s'envolaient dans le vent.

La pluie de feu et de fer continuait autour d'eux. Ils n'avaient plus de temps.

— Je ne te demande pas de me pardonner, murmura-t-il. Je te demande juste de me comprendre.

Le pied entier de LUX 2 se secoua et d'abominables plaintes de la structure leur indiquèrent qu'elle allait elle aussi céder.

Simon la tourna de force, et il l'obligea à descendre sur la marche suivante.

— Romy t'attend, dit-il en glissant quelque chose dans la poche arrière de son jeans.

Et il la poussa.

Zoé eut l'instinct de contracter son corps, bondit, et elle se retrouva amortie par les bras des autres, plus bas. Haletante, elle ne respirait que sa détresse et, aveugle, elle ne voyait que son désarroi. Elle avait le cœur qui se désagrégeait à l'idée de se retourner vers la vision qui l'attendait. Constater que Simon serait de l'autre côté du vide, au-dessus, et qu'elle ne pourrait plus rien faire. Cette image la hanterait jusqu'à la fin de son existence, Zoé le savait. Pourtant, elle essuya ses yeux de sa manche et pivota lentement.

Lorsqu'elle releva le menton, prête, Simon avait disparu. Il était remonté.

Ne restait que le souvenir, déjà évanescent, avec la promesse que le temps adoucirait les détails, ne consentirait qu'à un portrait incomplet, peut-être la mémoire de sa voix ou de son odeur, à peine, une esquisse fragile, capable de s'envoler à tout moment. Zoé n'aurait, un jour, plus que la trace de l'émotion qu'il lui avait procurée, et celle-ci resterait, vive et à elle.

À eux.

De la suite, elle ne se souvint pas très bien.

D'autres marches, un gros canot de survie orange, le petit moteur qui les poussait vers le large, tandis que la surface était éclaboussée d'une nuée d'impacts.

En revanche, elle n'oublia jamais le quart de soleil rougeoyant qui s'enfonça dans ce qu'il restait de LUX, l'explosion phénoménale que cela provoqua, le champignon de vapeur blanc qui remonta dans le ciel, puis la vague qui les propulsa encore plus loin.

Lorsqu'un navire de guerre les récupéra, Zoé observait encore le ciel où le champignon ne s'était pas dissipé. Il avait provisoirement pris la place de Sphère.

Et pendant un instant, il dessina une forme.

Bien sûr, elle crut y lire le visage de Simon.

Épilogue

La vue sur le petit lac avait changé.

Zoé était assise à son secrétaire, l'ordinateur ouvert, mais elle regardait au-delà, par la fenêtre du deuxième étage de son bureau mansardé.

Ce n'était ni le tracé du rivage qu'elle connaissait par cœur, ni les couleurs de la végétation, elle était habituée à leurs variations. Il n'y avait pas d'arbres en plus ou en moins. Non, elle ne voyait décidément pas ce qui avait changé, et pourtant cette vue était peut-être ce qu'elle avait le plus fixé de toute son existence, après le visage de sa fille.

Zoé reporta son attention sur l'écran de l'ordinateur.

Savoir conclure un roman était toujours un moment délicat, chargé de doutes, de tendresse, presque plus que de satisfaction ou de fierté. Elle quittait ses personnages. Un adieu absolu, car ce livre-là n'aurait pas de suite, c'était certain. Bon sang, ce qu'ils lui avaient fait traverser ! Elle n'avait pas vécu avec eux, elle avait *été* chaque personnage, jusqu'au fond de ses tripes, de son ressenti. Chaque émotion, il avait fallu l'anticiper, la réfléchir, la tenter, la relire, la réécrire, et ainsi de suite jusqu'à figer le sentiment dans sa justesse. Ces personnages-là l'avaient épuisée. Mais Zoé en connaissait chaque facette – comme des amis, comme des enfants : plusieurs mois à ne plus se lâcher, à vivre ensemble –, y compris ce qui s'était imposé mais qu'elle n'avait pas pu garder, ou pas voulu. Même pour une romancière, il existait une pudeur à dévoiler certains aspects de ses héros, et des confidences qu'on se faisait dans le feulement des pages qui réclamaient d'être gommées le lendemain, à la lumière du recul.

Ces vies-là devaient à présent la quitter. Sauter dans le grand bain du monde.

Zoé recula dans son siège. Elle avait adoré écrire ce livre. Adoré le vivre. Son deuxième roman l'avait vidée, celui-ci l'avait remplie. Il l'avait aidée à se rendre compte des risques de son métier aussi. À trop prendre de plaisir dans sa tête, à y façonner les sentiments, les gens qu'elle voulait, et à y trouver un sens qui la portait, un sens à tout, là même où il n'y en avait aucun dans la réalité, on avait vite fait de se perdre dans sa propre création. De ne plus vouloir en sortir. La tentation de laisser son humanité dans son écriture, à l'abri, pour ne garder qu'une enveloppe dans le monde réel était permanente. Dehors, elle ne maîtrisait rien, elle devait subir la vie, s'exposait. Dans ses mots, tout était possible, sous contrôle et sans danger, sans déception. C'était la peur du dehors qui l'avait empêchée d'écrire son troisième roman.

Zoé savait qu'elle devait soigner cet équilibre. Elle y travaillait.

Ce qu'elle avait vécu sur LUX lui avait ouvert les yeux à maints égards, et pas seulement les yeux, mais tout son être.

Elle aurait pu se refermer à son retour, après ce qu'elles avaient traversé avec Romy, les mensonges, la peur, les morts, et il avait fallu du temps pour panser leurs blessures d'âme. Aujourd'hui, Zoé avait pardonné à Simon.

Elle l'avait compris.

Les failles de Simon, sa souffrance et la réaction qu'il avait improvisée pour les combler, pour tenir alors même qu'il n'avait plus rien, qu'il n'était plus rien. Il avait tenu parce qu'il avait un but et qu'il pensait que c'était la seule réponse à la mort de son fils et de ses derniers idéaux. Il avait voulu partir en donnant un sens à ses actions, remettre l'humanité entière à égalité, balayer les secrets, les rivalités. Une utopie. Mais Zoé pouvait-elle blâmer un écorché vif qui se raccrochait désespérément à un rêve avant de mourir ?

Simon avait fait ce dont il avait besoin pour partir en paix.

Zoé avisa les cadres sur le rebord du secrétaire. Dans l'un, elle avait disposé une photo découpée dans un journal. Celle-ci avait été prise sur l'esplanade devant Rosalind-Franklin et montrait la délégation française, le troisième jour après leur arrivée. Des visages familiers. Et Simon, sur le bord, presque détaché des autres, déjà.

Un autre cadre contenait un cliché de la cellule 3 d'Icon, un soir au mess. Six trombines joyeuses. Zoé n'avait pas de nouvelles des survivants. Elle n'en avait pas donné non plus. Elle n'en était pas capable. Cet épisode de sa vie était encore douloureux.

Une cloche verte s'imposa dans l'angle droit de l'écran. Un mail qui venait d'arriver.

Zoé ouvrit son navigateur. C'était Romy.

Il n'y avait que deux phrases et une photo.

Je me demande toujours ce qu'Elle était, Mum.
Je t'aime.

La photo, un selfie pris par Axel, les montrait sur un vélo tandem, dans un paysage de sierra aux couleurs orangées intenses, sous un ciel bleu pur. Ils éclataient de rire, toutes dents dehors.

Merveilleux. Zoé était heureuse pour sa fille. Ces deux-là s'étaient trouvés. Ça tiendrait – parole de mère.

Axel avait bien récupéré, bien que les premiers mois après le retour de chacun dans son pays aient été difficiles : Romy ne voulait pas qu'ils passent leur temps dans l'avion, pas question d'aggraver le bilan carbone désastreux de la planète, alors ils avaient vécu leur relation à distance. Une période compliquée pour les deux femmes, où il avait fallu encaisser le traumatisme de la catastrophe et accepter la tragédie, la perte d'êtres qui avaient compté pour elles. Ethan, Hae-il, Marick, toutes les vies englouties dans la destruction de LUX. La mort de René, le membre si particulier de leur famille, resterait une déchirure.

Matéo Villon s'était manifesté au nom de la présidente, mais elles ne voulaient plus en entendre parler. Zoé avait bloqué les relations extérieures toxiques. Politiciens, journalistes, personne n'était autorisé à les approcher.

Les deux femmes s'étaient serré les coudes. Elles avaient tenu. L'une plongée dans son roman qu'elle écrivait enfin, l'autre dans son nouveau projet virtuel.

Puis Axel était venu trois mois, et c'était Romy à présent qui vivait là-bas, aux États-Unis, pour découvrir sa famille. Zoé n'avait jamais vu sa fille plus épanouie. Elle s'investissait beaucoup dans son blog, un journal personnel hybride, entre ses vidéos et ses écrits. Zoé avait d'abord craint que ce soit vain, une passion, pas un métier, mais #RomyFromTheRig avait un ton, une histoire à raconter, un monde à défendre et une génération à incarner. Sa popularité déconcertait Zoé, toutefois elle s'efforçait de s'ouvrir à cette nouvelle façon de vivre, même si ça n'était pas son univers.

Là où Romy avait le plus de mal, c'était d'accepter que Sphère ne soit plus. Et qu'il n'y ait eu aucune réponse à ce qu'elle était et à la raison de son apparition, un jour, parmi les humains.

Étrangement, Zoé et elle n'en avaient jamais véritablement parlé. Zoé en avait été incapable. Pas après ce qu'*elle* avait vécu. Sa connexion avec les ondes cérébrales de la lumière. Ses émotions.

Car la pensée est une émotion. Zoé n'avait plus aucun doute.

Elle refusait d'aller sur ce chemin avec sa fille parce qu'elle ne voulait pas lui mentir, et Romy devait le deviner car elle n'insistait pas plus que ça.

Zoé s'interrogeait tout le temps sur ce qu'elle devait faire ou dire.

La clé USB que Simon lui avait glissée dans la poche avant de disparaître était posée sur son secrétaire. Les données sur Sphère étaient enregistrées dedans. Du moins ce que les scientifiques de LUX avaient pu capter. Aucune révélation, aucune explication nouvelle. Juste une masse d'informations sur l'extérieur de Sphère. Son apparence. Presque rien sur son cœur.

Zoé les avait toutes transmises à sa fille, qui les avait postées sur son blog. La planète avait ainsi appris que Sphère pensait. À sa manière. Cela n'avait fait que conforter ceux qui la croyaient venue d'ailleurs – une forme de vie complexe qui nous échappait –, ou ceux qui la glorifiaient d'une nature divine – si nous pensions en ondes cérébrales, comme Dieu, c'était bien parce qu'il nous avait conçus à son image.

Chacun pouvait y voir ce dont il avait besoin.

Zoé se rapprocha pour taper une réponse à sa fille.

Puce,

Est-ce que savoir est si important au final ? Je veux surtout retenir ce que nous avons appris sur nous. Ce qu'elle nous a appris sur nous. Elle a été la sublimation de nos émotions.

La vérité est bien souvent décevante. Ce que tu as imaginé sera toujours plus personnel et donc plus fort et plus beau qu'une vérité froide, tu ne crois pas ?

Aujourd'hui, les possibilités sont sans fin.

Savoir, c'est fermer.

La vie n'a pas de sens. Elle ne cherche pas la cohérence, seulement l'efficacité, il suffit d'observer la nature, les animaux... Le sens, c'est nous qui le donnons. Sphère était ce que nous en avons fait. Elle a été la lumière qui s'est posée sur nous et qui nous a éclairés.

Et elle le fait encore.

Tout simplement.
Tu me manques. Je te sais heureuse. Alors je le suis.
Je t'aime.

Elle pressa la touche « Envoi » et coupa le navigateur puis examina pour la millionième fois la vue par la fenêtre devant elle.
Zoé gloussa. Une évidence !
Elle savait ce qui avait changé.
Ce n'était rien de ce qui se trouvait sous ses yeux.
C'était elle.

Le lendemain matin, Zoé fut réveillée tôt par les aboiements du chien du nouveau voisin. Pendant une seconde, elle crut que c'était René, et lorsqu'elle comprit sa méprise, elle eut une boule au ventre qui l'obligea à se lever.
Elle ne put s'empêcher d'aller regarder par la fenêtre.
De l'autre côté de la rue, un labrador sautait dans l'herbe en aboyant après un papillon.
Zoé enfila sa robe de chambre en laine pour s'improviser une apparence, et sans bien savoir pourquoi descendit et sortit de la maison pour traverser son jardin. Il avait repris vie, son panache. Il n'y avait pas eu de tempête importante depuis celle d'avril, plus d'un an auparavant, une première depuis… tellement longtemps. C'était une accalmie qui ne concernait pas que la France, mais la plupart des pays. Certes, les températures demeuraient excessives, les pays gravement impactés par le réchauffement climatique restaient des plaies à ciel ouvert, mais les ECO se faisaient curieusement

silencieuses. Les médias répétaient à tour de rôle que ce n'était qu'une pause avant un retour encore plus violent, mais beaucoup de gens affirmaient que c'était grâce à Sphère.

Zoé s'accouda à la barrière et resta là un moment à observer le chien en face.

C'était le réveil le plus inattendu, cruel et pourtant doux qu'il lui était donné de vivre depuis le départ de Romy.

— Oh, il vous a dérangé ? fit une voix navrée depuis la propriété de l'autre côté de la rue.

C'était un homme de son âge tenant un sécateur dans une main, l'autre en visière pour se protéger du soleil au-dessus de Zoé.

Elle lui répondit d'un air aimable et haussa les épaules.

— Il me rappelle le mien.

— C'est un jeune, il va se calmer, mais je vais lui apprendre à ne pas aboyer pour un rien.

— Un papillon n'est pas rien.

L'homme inclina la tête, touché par la remarque. Il resta plusieurs secondes à regarder Zoé.

— J'ai emménagé il y a un mois, je suis désolé, avec les travaux, ma nouvelle vie, ces choses-là, je n'ai pas encore pensé à venir me présenter, dit-il.

Zoé répondit d'un signe de la main qui voulait dire que tout allait bien.

Et de fait, tout allait bien. Ils avaient le temps.

Ils se regardèrent encore, il avait un physique rassurant, une expression touchante. Puis Zoé recula pour rentrer.

— Passez donc à l'occasion prendre un café, lança-t-elle.

— C'est promis.

— Et venez avec votre chien !

Zoé referma la porte et soupira en se demandant ce qu'elle ressentait.

Elle mit de l'eau à bouillir et alluma la télé par réflexe. Elle ne la regardait pas vraiment, c'était surtout pour créer l'illusion d'une présence qui comblait l'absence de Romy – et Zoé se trouvait assez pathétique, tâchant de s'habituer à mettre de la musique, mais elle n'y pensait pas encore naturellement.

Le thé fumant dans son mug, Zoé saisit la télécommande et allait éteindre lorsque les pubs furent brusquement interrompues ; les présentateurs reprirent l'antenne, des diamants dans les pupilles et le sourire extatique.

— Édition spéciale, s'exclama la femme. C'est une information à prendre avec le recul qui s'impose, mais déjà deux sources indépendantes font état d'une activité extraordinaire dans le Pacifique...

— Oui, enchaîna l'homme, nous ne sommes pas encore en mesure de vous le confirmer, mais d'après la première photo qui vient juste d'être publiée sur Internet, le phénomène que nous avons tous...

À l'écran apparut une photo prise en pleine journée depuis le pont d'un navire, montrant l'océan, et au-dessus, sous les nuages, une immense boule de lumière éclatante.

Zoé eut un large sourire. Puis elle rit et coupa la télévision.

Il était trop tôt pour que Romy soit au courant, avec le décalage horaire elle dormait encore. Zoé aurait adoré être là pour assister à la réaction de sa fille.

Romy allait l'appeler, se consola-t-elle. Oh oui, à l'instant même où la nouvelle s'afficherait dans une notification sur son téléphone, Zoé recevrait son appel.

Ce qui signifiait qu'elle avait encore quelques heures rien qu'à elle avant d'en passer au moins autant à parler avec Romy.

Zoé décida de monter au deuxième étage.

La boule de lumière du Pacifique pouvait attendre. Elle la laissait au monde, il en avait besoin. Elle, elle avait la fin d'un roman à valider.

Devant son secrétaire en bois, elle rejoignit une dernière fois ses personnages et leur prit la main en sachant que ça n'arriverait plus jamais.

Zoé relut ses dernières phrases et enregistra. Le roman s'achevait ainsi pour elle. La suite appartenait à présent à celles et ceux qui le liraient.

Note aux lecteurs,
remerciements et la vérité...

Barjavel a écrit : « La vérité, c'est ce qu'on croit. »
Et je trouve cette phrase d'une sagesse infinie.
Je suis très friand d'histoires miroirs. Celles qui nous transportent et finissent par nous renvoyer à nos propres questions, nos propres obsessions ou croyances.
Je n'aurai pas la prétention d'affirmer que c'est ce que j'ai réussi avec ce roman, mais si au moins vous vous êtes interrogé(e) sur ce que *vous*, vous pensiez qu'était Sphère, ce que vous auriez voulu qu'elle soit, plutôt que de seulement attendre une réponse toute faite, alors je serai le plus heureux des romanciers.
Attendez avant de vous indigner sur le concept de roman sans fin. Qui a dit qu'il était fini ?
On en reparlera d'ici quelques pages. Je vous conseille de ne pas fulminer et d'aller au bout de ces messages, ainsi je m'assure que vous resterez pour le générique de fin, pour que vous puissiez bien remercier avec moi celles et ceux que je tiens pour responsables du meilleur de ma prose.

En premier lieu, bien sûr, ma femme, Faustine, première lectrice, témoin de mes convictions, de mes doutes, de ma passion parfois dévorante. Tu es toujours juste. Toujours.

Ma femme et aussi mes enfants, Abbie et Peter, sont à remercier. Sur ce roman, c'est un peu comme si vous aviez vécu avec un de ces gars qui bossent sur les plates-formes pétrolières et qui partent quatre semaines avant de revenir quatre semaines à la maison. Sauf que je revenais un peu moins longtemps que je ne partais, je le confesse. Merci d'avoir supporté mes absences et de m'avoir encouragé. Je n'arrive pas à écrire lorsque je suis immergé dans la vie réelle. Mais comme vous êtes ma vie réelle, je la retrouve avec un bonheur inespéré à chaque fois. Grâce à vous, j'arrive à vivre pour de vrai, heureux, ailleurs que dans mes romans. Vous avez ce pouvoir. Je vous aime.

Merci à mes ami(e)s, ma famille, et à celles et ceux qui comptent. Vous me prenez quand je suis là, et lorsque je disparais dans mon bureau, vous ne m'en faites jamais aucun reproche. C'est précieux, ce respect. J'espère le mériter.

Merci à toi, Nona. J'ai passé le Noël de mes onze ans dans la jungle avec toi et une tribu qui n'en avait que faire de cette fête, et ce jour-là, j'en ai appris beaucoup sur nous et les autres. Je sais tout ce que je te dois. Tu m'as obligé à tenir un journal lors de mon premier voyage à l'autre bout du monde, j'étais gamin, je m'en souviens comme si c'était le premier roman que je rédigeais. J'ignore si tu es partout ou nulle part, mais si le paradis existe, je compte sur toi pour trouver un moyen de me communiquer l'adresse, que je te fasse parvenir ce livre qui te doit beaucoup, j'aurais tant aimé que tu puisses le lire et me donner ton avis.

Décidément…
Quelques semaines avant la parution de ce roman, j'ai perdu mon père, Yvon.
Entre autres choses, c'est lui qui m'a appris que même si on ne croit en rien, il faut être droit. Pas au nom du regard

des autres, pas parce qu'il y aura un jugement, une entité, supérieure ou non ; simplement parce que le monde est ce qu'on en fait et que notre comportement le façonne, petit à petit. Même lorsque c'est difficile, qu'il faut se battre avec son humanité, ses failles. Lui et moi en savons quelque chose.

Il m'a transmis d'avoir des valeurs justes, et je pense que je n'aurais jamais pu écrire mes livres comme je l'ai fait sans lui. Je ne le réalise que maintenant.

Si vous aimez mes livres, alors, sans le savoir, vous aimez une grande part de ce qu'a été mon père.

Je voulais que le monde le sache.

Papa, je t'aime.

Et enfin, merci à mon éditeur et à ses équipes talentueuses, en permanence sur le pont pour que mes histoires atteignent au mieux leurs destinataires. Je ne peux tous vous citer, mais je pense à vous.

Une pensée particulière pour :

Richard, toujours. Gilles et Anna, pour votre confiance. Francis, qui veille au grain.

Caroline, attentive, qui sait me lire, me comprendre dans mes lubies d'auteur (c'est une faculté rare !), me rendre meilleur, et rassurer tout le monde quand je disparais un peu trop longtemps. Tes conseils sont toujours précieux.

Chère lectrice, cher lecteur, pour vraiment finir, cette fois, je vais vous laisser le choix.

Est-ce si important de connaître la vérité ? Les mots qu'adresse Zoé à Romy dans son e-mail lors de l'épilogue ne font-ils pas écho en vous ?

Alors je vous invite à vous arrêter là. Avec votre ressenti. C'est le plus important. Il est à vous. Unique. Encore malléable. Ouvert.

Du doute naissent tous les possibles. Toutes les conversations…

Mais si ma vérité prime le reste, alors…

Sachez que j'ai écrit ce qui suit en écoutant en boucle le morceau « She Remembers » dans l'album *The Leftovers, Season 1* de Max Richter, et je ne peux que vous recommander d'en faire autant pour le lire.

Vous êtes toujours sûr(e) de vous ?

Alors voici :

CE QUE ZOÉ A VÉCU
(Troisième partie – Chapitre 18)

Mû par un ultime espoir de trouver un sens que son existence avait perdu, Simon bascula le levier « Bidirectionnalité » dans le dos de Magda, et le flux entre LUX et Sphère devint non plus un signal strictement émetteur, mais également un canal ouvert, prêt à recevoir, directement dans l'esprit de Zoé, *via* les machines qui opéraient leur rôle de médiateur.

Zoé cessa d'être.

Son corps se détacha. Abandonnée sur son siège, Zoé n'était plus, elle était une autre.

Elle était Sphère.

Elle sut tout d'elle comme elle sut tout d'elle.

L'une dans le ventre de l'autre, l'autre dans sa tête.

Puis Zoé reprit conscience d'elle-même, et elle fut à nouveau. Sphère autour d'elle, elle autour de Sphère. Elles n'étaient qu'ondes. Et leurs cerveaux ainsi se comprenaient. Ils n'avaient pas besoin de parler, leur communication était au-delà des mots, c'était une communion. Leurs ondes cérébrales s'entrelaçaient après s'être mêlées, et elles se répondaient dans leurs échanges.

Alors Zoé sut. Elle sut ce qu'était Sphère.

Sa création. Son créateur. Son besoin. Sa mission. Son histoire.

Celle d'un monde malade, désespéré. En fin de course. Un monde qui n'avait pas su faire les bons choix. Qui n'avait pas pu. Pas eu le courage, l'audace. L'envie.

Un monde qui s'était condamné lui-même, sans oser se l'avouer.

Un monde à la civilisation vieillissante, économiquement exsangue, au modèle épuisé, qui n'arrivait plus à se réinventer, dépassé. Son écosystème s'était retourné contre lui et était en train de lentement l'absorber. Sa propre population plus capable ou trop lucide pour vouloir se reproduire.

Un monde qui avait perdu ses dernières illusions.

Alors, dans un ultime sursaut de survie, il fut un groupe de femmes et d'hommes, les derniers à y croire, qui – dans le secret absolu – s'unirent pour porter un projet fou. Des scientifiques, des philanthropes, des milliardaires, des politiques dont l'histoire ne devrait rien retenir. Ils agissaient pour tous, et non en leur nom. Un projet fou donc, porté par des fous.

Une double quête. Matérielle et spirituelle. Les deux pivots qui avaient fait de l'humanité cet animal dominant, plein de promesses et aujourd'hui déchu.

Pour parvenir à leur but, ces fous durent convaincre les vrais puissants. Ceux qui faisaient le monde – ceux-là mêmes qui n'en faisaient rien. Ceux qui gouvernaient et ceux qui avaient les fonds. Parce qu'il fallait tout le pouvoir et tout l'argent du monde pour espérer réussir. Et là où nul n'était jamais parvenu à mettre autant de diversité autour d'une table non seulement pour s'écouter, mais surtout pour s'entendre, les fous réussirent. Parce que la menace n'était plus une hypothèse, elle était là, à leurs portes, à celles de leurs enfants, et qu'il n'y avait plus aucun espoir.

Les fous rassemblèrent les financements, les missions et le secret total. Parce que leur folie reposait principalement sur ce dernier.

Matériellement, il fallait bâtir Sphère. Là où une nation seule, si riche et intelligente fût-elle, n'aurait pu relever le défi, les plus riches, les plus innovantes et les plus diversifiées s'y investirent furieusement en un lieu retiré et clandestin. Il faut dire que la motivation était unique. Réussir ou périr.

Et Sphère naquit.

Elle termina de ruiner les économies, mais là encore, cela n'avait plus d'importance puisque sans elle il n'y aurait bientôt plus rien.

Matériellement, son cœur était construit comme le cerveau d'un homme. Un *supra*-ordinateur animé en ondes électromagnétiques capables de la faire fonctionner parfaitement. Une intelligence artificielle d'un genre nouveau, nourrie de bienveillance, avec une tâche précise. À l'extérieur, il fallait un alliage unique insondable, et une enveloppe symbolique pour que le matériel et le spirituel se rejoignent. Enfin, une technologie apte à tout lier, jusqu'à lui permettre de se transporter elle-même.

Et ce fut fait. Là encore, les fous et les fonds accomplirent des prouesses ; les miracles ne naissent que si l'humain réunit ce qu'il a de mieux en lui, généralement lorsqu'il n'a plus le choix.

Sphère était immense. Pour impressionner. Parce qu'elle devait être vue.

Mais aussi parce qu'elle avait un rôle vital pour la suite et qu'elle prenait une place considérable *matériellement*.

Personne n'avait jamais réussi à s'entendre sur ce qu'il fallait faire ou sur la manière de le faire pour sauver la planète. La géo-ingénierie engendrait, à juste titre, la peur de tous et nul ne voulait prendre le risque de dérégler le climat.

Pourtant, l'humanité s'en était bien chargée pendant plusieurs siècles, en ne faisant justement rien pour y remédier.

La géo-ingénierie était une solution. Aléatoire. Permettre aux humains de jouer à Dieu avec leur environnement. Un pari insensé.

Les gouvernements n'eurent pas à assumer la responsabilité de tout sauver ou de tout détruire, puisqu'ils laissèrent les fous la prendre pour eux.

Sphère fut remplie d'un gaz jugé capable d'altérer suffisamment l'atmosphère pour compenser le réchauffement climatique et enrayer les tempêtes les plus féroces. Si cela ne marchait pas, de toute façon le monde courait à sa perte et l'échec n'y changerait rien à la minuscule échelle des humains. Si cela fonctionnait, en revanche, l'humanité reprendrait un sursis. Peut-être assez pour choisir de changer… C'était la conviction des fous.

Sphère devait lâcher son gaz progressivement, en deux points terrestres jugés cruciaux.

Lorsque Zoé et Sphère se mêlèrent, le cerveau de cette dernière, véritable IA autonome, lut la peur de Zoé quant à ce gaz, et elle enferma la diffusion pour rassurer cette autre, étrangère à elle. Elle était programmée pour le répandre, mais programmée comme un cerveau, et comme un cerveau elle eut une réaction. Et Sphère fit un choix. Rassurer.

Même si elle était déjà quasiment vide, c'était un choix et cela en dit beaucoup sur elle.

Les fous avaient deux quêtes, de ce fait Sphère jouait un double rôle.

Matériel donc, pour croire à une seconde chance.

Mais pour la saisir, encore fallait-il en avoir envie.

Or ce monde, qui avait pourtant dominé la planète en ne partant de rien, n'avait plus envie de grand-chose. Ce monde s'était hissé à la force de ses bras et son corps régnait encore, même malade et fatigué, sur la Terre, mais sa tête, elle, n'y était plus. Ce monde était mentalement étiolé.

Sphère devait être Dieu. Être une force d'un autre monde. Une projection de Gaïa, l'âme de la planète. Peu importe.

Sphère devait être ce dont l'humain manquait au point de se laisser mourir petit à petit.

L'espoir.

Elle serait l'envie de savoir, de croire à nouveau, elle incarnerait l'appétence du futur. Le plus important dans une croyance n'étant pas qu'elle soit fondée, mais qu'elle procure du bien à ceux qui en ont besoin.

Et pour que cela fonctionne, il fallait que Sphère soit un secret et qu'elle le reste. Toute sa conception, de ses matériaux à son indépendance, fut motivée par cet impératif.

Comme la longue et minutieuse coordination qu'il avait fallu pour l'extraire de son chantier secret, afin qu'elle n'apparaisse pas sur les radars – certains furent piratés de l'intérieur pour qu'ils ne puissent pas la détecter. Une conspiration à l'ambition démesurée, d'une extraordinaire exécution.

Bien sûr, il y eut quelques exceptions regrettables, la principale étant la mise au ban de quelques nations, écartées du secret des fous, par précaution ou rivalité, que celles-ci soient légitimes ou pas. Mais au final, Sphère apparut à l'humanité, et tous y crurent, quoi qu'elle fût.

Sphère était programmée pour redonner au monde un espoir et pour diffuser son gaz. Le reste n'était qu'une fable savamment orchestrée en haut lieu pour maintenir l'illusion. De l'endroit symbolique de sa position à la fréquence du son qu'elle émettait, Sphère devait nourrir sa propre figure légendaire. Le laboratoire 6 était un de ses organes, pour s'assurer que ceux qui n'étaient pas au courant du stratagème – soit à peu près l'intégralité de la population mondiale – restent ignorants. On contrôlait tout. Tout le temps. On surveillait. On filtrait. On dissimulait. On manipulait. Pour le bien de l'humanité. L'homme, pour survivre, n'a pas seulement besoin d'air, d'eau, de nourriture. Il a besoin de croire.

Il suffisait de lui donner un peu de matière et il se chargerait de la travailler, dans l'intention d'y dénicher du sens à la vie, au monde.

Sphère devait boucler sa mission, elle y était presque, c'était pour cela qu'elle s'éteignait progressivement, elle avait besoin de moins en moins d'activité cérébrale, elle avait atteint ses principaux objectifs. Se positionner, libérer lentement son gaz, maintenir sa stabilité, ce qu'elle avait brillamment exécuté lors de la tempête – pour ne pas être emportée ou endommagée, Sphère avait diffusé de plus grandes quantités de fluide afin de repousser l'agresseur. Elle s'apprêtait à terminer. Elle devait quitter le site pour aller au-dessus du point le plus profond de l'océan et s'y enfoncer jusqu'à ce que la pression la fasse imploser dans les abysses, que nul ne puisse jamais en récupérer la moindre particule. Fin de la narration.

Début du mythe. Et de là, si le gaz commençait à faire effet sur le climat, on pouvait escompter que l'humanité, galvanisée par ce souffle nouveau, voudrait embrasser cet espoir neuf et, peut-être, se donner une dernière chance.

Prendre soin d'elle.

Tout cela, Zoé le comprit lorsque son cerveau fit un avec celui de Sphère.

Tout cela, ainsi que le double de Sphère. Comme il y a eu à l'origine un homme pour une femme, une femme pour un homme, le Soleil pour la Lune et la Lune pour le Soleil, Sphère ne pouvait être unique.

Encore fallait-il que la première prouve son utilité. Mais il fallait croire. Les fous étaient les derniers, et ils espéraient ne plus l'être.

Lorsque Zoé entra en Sphère, elle entra dans la vérité. Triste et crue. L'humain forgeait ses propres mythes depuis l'aube des temps, mais le propre de l'espoir, c'est de n'avoir aucune certitude. Zoé, désormais, en avait une. Tout n'était qu'un vaste complot international visant à créer ce qui n'était jamais venu naturellement à nous. Et son succès reposait sur le secret.

Connaître un secret qui doit le rester, c'est la cruauté lucide du savoir, c'est s'isoler.

Alors elle pleurait. Sur son siège, les larmes de la vérité coulaient.

Quand elle ouvrit les paupières, elle sut que par amour elle vivrait avec ce secret.

Pour sa fille.

L'espoir, comme la vie, se transmet.

Edgecombe, le 20 juillet 2023.

Générique de fin :

« Says » dans l'album *Ad Astra*, de Max Richter

*Cet ouvrage a été composé et mis en page
par Nord Compo à Villeneuve-d'Ascq*

*Imprimé en France par
CPI Brodard & Taupin
en janvier 2025
N° d'impression : 3059514*

Pocket – 92 avenue de France, 75013 PARIS

S31128/01